폐허

폐허

스콧 스미스 장편소설

남문희 옮김

비채

폐허

1판 1쇄 발행 2008년 4월 9일 **1판 6쇄 발행** 2017년 7월 27일

지은이 스콧 스미스 **옮긴이** 남문희
펴낸이 김강유

발행처 김영사
주소 경기도 파주시 문발로 197(문발동) 우편번호 10881
등록 1979년 5월 17일 (제406-2003-036호)
주문 및 문의 전화 031)955-3200 **팩스** 031)955-3111
편집부 전화 02)3668-3290 **팩스** 02)745-4827 **전자우편** literature@gimmyoung.com
비채 카페 http://cafe.naver.com/vichebooks **인스타그램** @drviche
트위터 @vichebook **페이스북** http://www.facebook.com/vichebook **카카오톡** @비채책

공포를 이해할 줄 아는 사람,
엘리자베스를 위하여

아내 엘리자베스 힐, 나의 에디터 빅토리아 윌슨,
그리고 에이전트 게일 호치먼과 린 플러시트,
이 책을 마치기까지 지원을 아끼지 않은 그들에게 감사를 표한다.
다음에 열거하는 이들은, 미완성 상태의 초고를 읽고 비판과 조언,
그리고 늘 한결같은 도움을 베푼 분들이다. 마이클 센데하스, 스튜어트 콘펠드,
칼린 콘비엘로, 캐롤 에드워즈, 매리언 메롤라, 존 플러시트,
더그 스미스와 린다 스미스, 그리고 벤 스틸러.
이분들께 감사를 표한다.

그들은 당일치기로 코수멜 관광을 떠났다가, 마티아스를 처음 만났다. 잠수하여 난파선 잔해를 구경할 생각으로 가이드까지 고용했지만, 폭풍 때문에 부표(浮標)가 유실된 데다 가이드마저 그 지점을 찾아내지 못했다. 결국 모두 수영만 하고, 특별한 볼거리는 단념해야 했다. 그때 산소 탱크를 짊어진 마티아스가 마치 인어처럼 수면 위로 불쑥 모습을 드러냈다. 일행의 사정을 들은 그는 싱긋 웃고는, 난파선 잔해로 그들을 안내했다. 마티아스는 후리후리한 키에 햇볕에 그을린 피부, 짧게 친 금발, 연푸른 눈을 가진 독일인이었다. 오른쪽 팔뚝에는 검은색과 파란색으로 날개를 물들인 독수리 문신이 있었다. 그는 자신의 산소 탱크를 일행이 돌아가며 사용하게 해주었고, 그 덕에 수심 90미터 아래까지 내려가 난파선 잔해를 가까이에서 구경할 수 있었다. 말수 적고 온화한 성품에 영어에는 조금 강한 억양이 섞인 마티아스는, 일행이 해안으로 돌아가려고 가이드의 보트에 올랐을 때, 무리에 합류하기로 결정했다.

그리스 청년들을 만난 것은 칸쿤으로 돌아가고 나서 이틀 밤 후, 해변의 호텔 근처에서였다. 스테이시는 술에 취해 그들 중 한 사람하고 키스까지 했다. 거기서 일이 더 진전되지는 않았지만, 그 후 그리스인들은 어디로 가고 무엇을 하든지 간에, 늘 그들 일행과 어울리려고 했다. 물론 그들 중 아무도 그리스어를 할 줄 몰랐고, 그리스 청년들은 영어를 할 줄 몰랐기 때문에, 대개 미소를 짓고 고개를 끄덕이며, 가끔 먹을 것이나 마실 것을 나누는 정도였다. 그렇기는 해도 마티아스나 그들 일행과 마찬가지로 세 명의 그리스 청년들도 20대 초반인 데다 붙임성도 좋아, 또래들과 어울리는 게 즐거운 모양이었다.

그리스인들은 영어만 모르는 게 아니었다. 에스파냐어도 할 줄 몰랐다. 그러면서도 저마다 에스파냐식 이름을 갖다 붙였는데, 거기에 무척 재미가 들린 것 같았다. 괴상한 억양과 손짓을 섞어가며, 각각 파블로, 후안, 돈키호테라고 자신들을 소개했다. 돈키호테는 바로 스테이시와 키스를 나눈 청년이었다. 셋 모두 떡 벌어진 어깨에 살집이 좋고, 기다란 검은 머리카락을 뒤로 한데 묶은 비슷한 생김새라서, 스테이시조차 누가 누구인지 분간하기 힘들었다. 화요일에 파블로를 자처했던 사람이 수요일에는 싱글싱글 웃어가며 후안이라고 주장한다 해도, 깜빡 속아 넘어갈 거라며 농담을 하기도 했다.

그들은 3주 동안 멕시코에 머무를 예정이었다. 때는 8월이라 유카탄 반도 여행은 어리석기 짝이 없는 계획이었다. 너무 덥고 눅눅했다. 게다가 거의 매일 오후마다 급작스레 폭우가 쏟아져, 길바닥은 불과 몇 초 사이에 물바다가 되었다. 날이 어두워지면 모기들이 기승을 부리는데, 마치 구름장이 뒤덮이듯이 거대한 모기떼가 웽웽거렸다. 처음에 에이미는 자기 생각대로 샌프란시스코로 갈 걸 그랬다며 투덜댔다. 그러나 제프가 성질을 내면서 모처럼 떠난 여행을 그녀가 망친다고 퉁을 주자, 더 이상 캘리포니아 이야기는 입에 올리지 않았다. 밝고 화창한 날씨, 전차, 땅거미가 질 무렵의 자욱한 안개 따위는, 에이미의 입에서 뚝 끊겨버렸다. 사실 여행이 꼭 나쁘기만 한 것은 아니었다. 물가가 싸고 사람이 붐비지 않으므로, 그 덕이나 실컷 보아야겠다고 그녀는 마음먹었다.

일행은 전부 넷이었다. 에이미와 스테이시, 그리고 제프와 에릭이었다. 에이미와 스테이시는 단짝 친구들이었다. 여행에 앞서 남자처럼 머리를 짧게 자르고 파나마모자를 쓰고는, 함께 팔짱을 끼고 기념사진까지 찍었다. 두 사람은 마치 자매처럼 보였다. 에이미는 살결이 희고 스테이시는 가무잡잡한 편이지만, 둘 다 겨우 153센티미터 정도의 키에 새처럼 가냘팠다. 행동도 자매 같아서, 소곤소곤 둘이서만 귀엣말을 주고받거나, 말한마디 없이 표정만으로 서로 생각을 읽을 정도로 잘 통했다.

제프는 에이미의 남자 친구였다. 에릭은 스테이시의 남자 친구였다. 남자들도 허물없이 지내기는 했지만, 정확히 말해 친구 사이는 아니었다. 멕시코 여행은 제프의 아이디어였는데, 가을에 에이미와 의대에 입학할 예정이므로, 그 전에 마지막으로 실컷 놀아보자는 생각이었다. 그는 인터넷을 뒤진 끝에, 유별나게 싼값에 좋은 여행거리를 찾아냈다. 눈부신 태양 아래 해변에 누워 무위도식하며, 3주간 느긋하게 쉴 수 있는 기회였다. 그는 에이미한테 함께 가자고 설득했고, 에이미는 스테이시를, 스테이시는 에릭을 설득했다.

마티아스는 본래 동생 헨리히와 멕시코에 왔지만, 지금은 떠나버렸다고 말했다. 그러나 그의 태도가 어딘지 어정쩡해서, 일행 중 누구도 자세한 사정까지는 알지 못했다. 헨리히에 관해 물어볼 때마다, 마티아스는 당황해하며 애매한 태도를 취하곤 했다. 엉겁결에 독일어를 내뱉으며 손을 내저었고, 금방이라도 눈물을 쏟아낼 듯 눈가가 젖어들었다. 그 후 일행은 마티아스의 동생에 관해 더 이상 묻지 않았다. 꼬치꼬치 캐묻는 게 왠지 눈치 없는 행동 같아서였다. 에릭은 마티아스의 동생이 마약 문제에

얽혀 당국에 쫓기는 신세일 거라고 했지만, 정확히 독일, 미국, 멕시코 어느 나라의 당국인지는 알 수가 없었다. 그러나 형제 사이에 다툼이 있었다는 데에는, 일행 모두 의견이 같았다. 마티아스가 동생과 싸우다가 아마 주먹다짐을 했을 것이고, 그 바람에 헨리히가 자취를 감추었으리라 짐작했다. 물론 마티아스는 근심하고 있었다. 동생이 돌아와 독일로 함께 귀국할 수 있기만 바랐다. 어떤 때는 헨리히가 별 탈 없이 다시 나타날 걸 확신하다가도, 또 어떤 때는 영 자신 없어 하기도 했다. 마티아스는 천성적으로 숫기가 없는 타입으로, 말을 하기보다는 듣는 쪽이었고, 별안간 우울한 기분에 푹 빠져 드는 습성이 있었다. 네 사람은 그의 기분을 북돋우려고 애썼다. 에릭은 우스꽝스러운 농담을 던졌다. 스테이시는 다른 사람들의 흉내를 냈다. 제프는 구경을 나가자고 부추겼다. 에이미는 수도 없이 셔터를 눌러대며, 일행에게 웃으라고 주문했다.

낮에는 해변에 원색의 수건을 깔아놓고, 나란히 드러누워 일광욕을 즐겼다. 수영을 하고 잠수도 했다. 햇볕에 타서 하얗게 각질이 일어나기 시작했다. 말을 타고 카약을 즐기며, 미니어처 골프를 치기도 했다. 어느 날 오후 에릭은 요트를 한 척 빌리자고 일행을 설득했다. 그러나 큰소리만 쳤을 뿐, 에릭이 요트 조종엔 젬병이라는 게 곧 드러났고, 결국 모두 부두를 향해 돌아가야 했다. 황당한 요트 관광에 돈만 쏟아 넣은 꼴이었다. 밤이 되자 해산물 요리를 먹고, 맥주를 실컷 마셨다.

에릭은 스테이시와 그리스인의 키스 사건에 대해서는 알지 못했다. 그는 저녁을 먹고 나자 잠을 자러 숙소로 들어갔고, 나머지 세 사람만 마티아스와 함께 해변을 어슬렁거렸다. 인근의 한 호텔 뒤편에서 모닥불이 피어올랐고, 정자에서는 밴드가 음악을 연주했다. 그리스 청년들은 테킬라를 마시며, 리듬에 맞춰 손뼉을 쳤다. 그들이 마시던 술병을 일행에게도 건넸다. 스테이시가 돈키호테 옆에 앉았고, 서로 전혀 알아듣지 못하는 언어로 지껄이면서도 엄청나게 웃고 떠들었다. 술병은 계속 그들 사이를 오갔고, 모두 독한 술맛에 정신이 오락가락할 무렵, 그리스인과 부둥켜안은 스테이시가 에이미의 눈에 들어왔다. 그리 긴 시간은 아니었다. 5분 정도 입을 맞추고, 그가 그녀의 왼쪽 젖가슴을 슬쩍 쓰다듬는 사이에 밴드는 연주를 마쳤다. 돈키호테는 그녀를 자기 숙소로 데려가고 싶어 했지만, 스테이시는 미소를 지으며 고개를 저었고, 일은 그렇게 유야무야 끝이 났다.

아침이 되자 그리스인들이 해변에 누운 마티아스와 네 사람 곁에 수건을 깔았고, 오후에는 함께 제트스키를 타러 갔다. 직접 목격하지 않는 한, 그들 사이에 키스가 오갔다고는 아무도 짐작 못 했을 것이다. 한마디로 그리스인들의 태도는 깍듯하고 신사다웠다. 에릭도 그들을 좋아하는 듯 보였다. 그리스어로 비속어를 배워보려는 참이었는데, 뜻대로 되지는 않았다. 그들이 가르쳐주는 말이, 배우고자 하는 그 말인지 확인할 방법이 없었기 때문이다.

헨리히가 형한테 메모를 남기고 떠났다는 게 곧 밝혀졌다. 휴가를 보내던 어느 날 아침, 마티아스가 에이미와 제프에게 그 메모를 보여주었다. 손 글씨로 적은 독일어 메모였는데, 맨 밑에는 엉성하나마 지도도 그려져 있었다. 에이미와 제프가 독일어를 전혀 몰랐기 때문에, 마티아스가 영어로 통역해서 들려주었다. 마약이나 경찰과 관련된 내용은 전혀 없었다. 워낙 극적인 스토리를 좋아하는 에릭이, 멋대로 추측한 사연일 뿐이었다. 마티아스는 헨리히가 해변에서 한 여자를 만난 게 문제였다고 털어놓았다. 여자는 헨리히를 만난 바로 그날 아침에 비행기에서 내려, 오지로 향하던 중이었다. 고고학 발굴 현장에서 일할 예정이었다고 한다. 발굴터는 옛날 광산 캠프로, 은 또는 에메랄드 광산이었겠지만 마티아스도 정확히 알지는 못했다. 그날 헨리히는 여자와 함께 돌아다녔다. 그가 점심을 대접하고 함께 수영도 했다. 그러고는 자기 방으로 데려가 샤워를 하고 섹스를 했다. 그 후 여자는 버스를 타고 떠났다. 레스토랑에서 점심 식사를 마칠 무렵, 그녀는 냅킨에다 그림을 그려, 발굴터의 위치를 알려 주었다. 그리고 헨리히가 발굴 작업에 도움을 주면 좋겠다는 의향을 비쳤다. 여자가 떠난 후, 헨리히의 입에서는 한시도 그녀에 관한 이야기가 떠나지 않았다. 저녁도 먹지 않고 잠도 자지 못했다. 그러더니 한밤중에 침대에서 벌떡 일어나 앉아, 형 마티아스에게 자기도 발굴 작업에 참여하겠노라고 선언했다.

그 말에 마티아스는 얼간이라고 쏘아붙였다. 휴가지에서 우연히 만난 여자일 뿐이고, 게다가 헨리히는 고고학에 대해서는 낫 놓고 기역 자도 몰랐기 때문이다. 헨리히는 형에게 절대 상관할 바가 아니라고 못 박았다. 자신은 마티아스의 허락을 구하는 게 아니라, 단지 자신의 결정을 통보하는 것이라고 했다. 그는 침대에서 나와 짐을 꾸리기 시작했다. 형제 사이에 험한 말이 오갔고, 헨리히가 마티아스에게 전기면도기를 집어던져 어깨를 맞혔다. 그러자 마티아스가 달려들어 동생을 자빠뜨렸다. 형제는 호텔 방 바닥에 뒤엉킨 채 욕설을 내뱉었고, 마침내 마티아스가 머리로 헨리히를 들이받아 입술을 터뜨렸다. 커다란 충격을 받은 헨리히는 욕실로 달려가 세면대에 피를 뱉어냈다. 마티아스는 동생한테 얼음을 구해주려고 옷을 집어 들고 나갔지만, 그 시간에 갈 만한 데라고는 밤새도록 영업하는 아래층의 바뿐이었다. 때는 새벽 세 시였다. 마티아스는 흥분을 좀 가라앉혀야겠다고 마음먹었다. 그는 맥주를 두 잔 마셨다. 한 잔은 급하게 들이켜고, 나머지 한 잔은 천천히 음미했다. 하지만 객실로 돌아왔을 때, 보이는 것은 베개에 올라앉은 메모뿐이었다. 헨리히는 떠나고 없었다.

메모는 한 페이지의 4분의 3 분량이었지만, 막상 마티아스가 영어로 크게 읽어준 내용은 생각보다 짧았다. 에이미는 형제의 사생활에 관련된 일부 내용은 마티아스가 빼놓았을 거라고 짐작했지만, 그게 문제가 되지는 않았다. 그녀와 제프가 사건의 요지를 파악하기에는 충분했기 때문이다. 헨리히는 마티아스가 마치 부모라도 된 듯이 자기를 대한다고 주장했다. 그런 태도는 용서할 수 있지만, 그래도 수용하기는 여전히 힘들다고 했다. 형은 자신을 얼간이 취급했지만, 그날 아침 일생일대의 사랑을 만났다고 믿기에, 만일 그 사랑을 중간에 포기해버린다면 자신은 물론 형 마티아스도 절대 용서 못 할 거라는 내용이었다. 출국 날짜에 맞춰 돌아오도록 해보겠지만, 장담할 수 없다는 말도 덧붙였다. 헨리히는 자신이 없는 사이에도 형이 즐겁게 지내기를 바란다고 했다. 만일 적적해진다면 언제든지 발굴지를 찾아와, 함께 작업에 참여하자고도 했다. 발굴지는 서쪽을 향해 차로 반나절 거리밖에 되지 않았다. 여자가 냅킨에 그린 지도를 헨리히가 필사한 메모 밑 부분의 지도는 그곳으로 가는 길을 안내하는 것이었다.

에이미는 마티아스가 털어놓는 사연과 헨리히의 메모를 더듬더듬 통역하는 걸 들으면서 그가 자신들에게 도움을 청하고 있음을 깨달았다. 그들 셋은 호텔 베란다에 앉아 있었다. 매일 아침 식사로 뷔페가 제공되는 장소였는데, 달걀, 팬케이크, 프렌치토스트, 주스, 커피, 차, 그리고 신선한 과일이 푸짐하게 차려졌다. 거기에서 야트막한 계단만 내려가면, 바로 해변으로 이어졌다. 갈매기들이 음식 부스러기를 구걸하며 머리 위를 맴돌다가, 식탁의 파라솔에 내려앉곤 했다. 부서지는 파도 소리가 들리는 가운데, 조깅하던 사람들이 천천히 발을 끌며 지나가고, 노부부가 조가비를 주우러 다니고, 호텔 직원 셋이 갈퀴로 모래밭을 정돈하는 광경이 에이미의 눈에 들어왔다. 일곱 시를 막 넘긴 이른 아침이었다. 마티아스가 아래층의 내선 전화로 스테이시와 에릭을 깨웠다. 그들은 아직 일어나지 않고 있었다.

제프는 몸을 숙인 채 지도를 찬찬히 들여다보았다. 마티아스한테 도움을 요청하라고 충고한 장본인이 제프라는 걸, 에이미는 군이 묻지 않고도 훤히 알 수 있었다. 그렇다고 기분이 상하지는 않았다. 그런 일에는 이미 익숙해졌기 때문이다. 제프한테는 사람을 신뢰하게 만드는 뭔가 특별한 것, 즉 능력과 자신감 같은 게 있었다. 에이미는 자기 자리에 깊숙이 기대고 앉아, 그가 손바닥으로 지도의 주름 진 곳을 펴 누르는 걸 물끄러미 바라보았다. 제프는 검은 곱슬머리였고, 눈동자는 주변의 빛에 따라 색깔이 달라졌다. 적갈색이나 초록색 또는 연갈색을 띠기도 했다. 키는 마티아스보다 작고 어깨도 그보다 덜 벌어졌지만, 그런데도 더 크고 더 우람해 보였다. 그에게는 일종의 위엄이 있었다. 그는 침착했다. 언제나 침착했다. 계획한 대로 시간이 흘러간다면, 그는 언젠가 훌륭한 의사가 된다. 거기까지는 아니더라도, 최소한 사람들이 훌륭한 의사라고 믿을 수 있도록 할 것이다.

마티아스가 초조한 듯 다리를 떨어댔다. 그날은 수요일 아침이었다 그와 동생은 금요일 오후에 고국으로 돌아갈 예정이었다.

"나는 그곳에 갈 거야. 동생을 만나서 함께 귀국해야 좋지 않겠어?"

제프가 지도에서 눈을 떼고 물었다.

"오늘 저녁까지는 돌아올 수 있을까?"

마티아스는 어깨를 으쓱 움직이고는 메모를 흔들어 보였다. 그가 아는 것이라고는 동생이 남긴 지도가 전부였다.

티지민, 바야돌리드, 코바. 지도에 적힌 마을 이름 몇몇이 에이미의 눈에 익숙하게 들어왔다. 여행 안내서에서 본 이름들이었다. 사실 책을 읽은 것은 아니었다. 사진만 보았을 뿐이다. 티지민 페이지에서는 폐허가 된 대농장이 기억에 남았고, 바야돌리드에서는 새하얀 건물들이 길가에 줄지어 선 장면, 코바에서는 얼굴 모양을 한 커다란 바위가 덩굴에 파묻힌 게 머릿속에 떠올랐다. 마티아스의 지도에는 코바의 서쪽 어디쯤에 희미하게 X자 표시가 나 있었다. 발굴 현장을 가리키는 표시였다. 칸쿤에서 코바까지는 버스를 타고, 코바에서 택시를 잡아서 서쪽으로 18킬로미터를 더 들어가야 했다. 그런 다음 도로에서 갈라져 나온 숲길을 따라 3킬로미터가량 더 걸어야 한다. 만일 마야인 촌락을 발견하게 된다면, 너무 깊이 들어갔다는 뜻이라고 했다.

제프가 지도를 자세히 들여다보는 걸 지켜보며, 에이미는 그가 무슨 생각을 하는지 충분히 짐작할 수 있었다. 마티아스나 그의 동생하고는 아무 상관도 없는 생각일 것이다. 정글과 거기에 자리한 폐허, 그런 곳을 탐험한다는 건 과연 어떤 느낌일까를 그는 상상하고 있었다. 그들 일행은 처음 도착한 날, 어렴풋하게나마 그런 얘기를 나눈 적이 있었다. 자동차와 현지민 가이드를 구해서, 오지의 폐허들을 샅샅이 찾아볼 궁리를 해보았다. 하지만 날이 너무 더웠다. 결국 정글을 헤집고 다니며, 거대한 화초나 도마뱀이나 험악한 암벽 사진을 찍겠다는 계획은, 얘기를 하면 할수록 점차 구미가 떨어졌다. 하지만 이제는 사정이 달라졌다. 그날 아침은 바다에서 산들바람이 불어와 믿을 수 없을 정도로 서늘했다. 한낮이 되면 몹시 습도가 높아지지만, 제프는 지금 그걸 전혀 염두에 두지 않았다. 그가 지금 무슨 생각에 빠져 들있는지, 에이미는 훤히 들여다볼 수 있었다. *이런 흥밋거리를 왜 포기하겠어?*

사실 햇살과 음식과 마실 것이 지천인 나날이 이어지자, 일행은 권태에 빠져 들고 있었다. 그런 와중에 약간의 모험이란 신선한 활력이 될 수도 있었다.

제프가 지도에서 눈을 떼고 테이블 앞에 마주 선 마티아스를 바라보았다.

"우리도 너와 함께 가겠어."

그가 말했다.

에이미는 아무런 말도 하지 않았다. 묵묵히 의자에 기대앉아만 있었다. *아니, 난 가고 싶지 않아.* 속으로는 그렇게 생각했지만, 그 말을 겉으로 꺼낼 수는 없었다. 에이미는 불만이 너무 많았다. 모두들 그녀를 두고 그렇다고들 했다. 그녀는 징징대는 스타일이었다. 만족이라는 재주는 아예 타고나지를 못했다. 누군가 그녀에게 그 능력을 베풀어주지 않은 까닭에, 이제는 다른 친구들한테까지 폐를 끼치는 신세가 돼버렸다. 정글은 덥고 지저분하며, 후미진 곳에는 모기가 득실대겠지만, 그녀는 일부러 그런 생각은 하지 않기로 했다. 무시하려고 애썼다. 마티아스는 자신의 친구다, 그렇지 않은가? 그는 자기 일행에게 산소 탱크를 빌려주고, 바다 밑으로 안내해 구경하게 해주었다. 그리고 지금은 그가 도움을 필요로 하는 처지가 되었다. 에이미는 그 사실에만 집중하며, 다른 생각일랑 아예 접근도 못 하도록 꼭꼭 문을 닫아걸었다. 제프의 동행 발언에 마티아스는 뛸 듯이 기뻐하며, 에이미를 향해 미소를 지어 보였다. 에이미의 반응을 살피는 그 얼굴을 보니, 더 이상 어쩔 도리가 없었다. 마티아스를 향해 생긋 웃어 보이며, 고개를 끄덕이는 수밖에.

"나도 갈게."

그녀가 말했다.

에릭은 깊은 잠에 들지 못하고 꿈속을 헤맸다. 그가 종종 꾸던 꿈, 좌절과 권태에 관한 꿈이었다. 자리에 누운 채 마음을 가라앉히고, 양을 세고, 평온한 생각들을 떠올리려 애썼다. 하지만 입 안에서 구토 냄새가 감돌아, 벌떡 일어나 이를 닦고 싶었다. 소변을 보아야 했지만, 몸을 조금이라도 움직이면 그걸 빌미로 잠이 싹 달아나버릴 것 같았다. 그래서 그대로 가만히 누워 있기로 했다. 푹 잠들기만 바라며 억지로 버텨보았지만, 잠은 통 깊이 들지 않았다. 그런데 구토 냄새와 방광이 꽉 찬 느낌은, 그가 평소에 꾸던 악몽이 아니었다. 이런 불쾌한 느낌은 처음이었는데, 왜냐하면 꿈이 아니고 현실이었기 때문이다. 에릭은 전날 밤 술을 너무 많이 마셔서, 동트기 전에 몇 번이나 자리를 박차고 화장실에 들어가 토했는데, 이제는 또 오줌까지 마려웠다. 구토가 올라와 질식하거나 침대에 오줌을 쌀 판이라고 경고라도 하려는 듯, 그 두 가지 불쾌한 느낌이 꿈속까지 밀고 들어온 것이다.

에릭이 구토 지경까지 가도록 과음한 것은, 애초에 그리스인들 때문이었다. 그들은 술 마시기 게임을 가르쳐주려고 했다. 컵에 주사위를 넣고 흔드는 게임이었다. 그리스어로 그에게 규칙을 설명해주었지만, 말이 안 통하니 게임은 더욱 복잡하게만 여겨졌다. 그런데도 에릭은 용감무쌍하게 주사위 든 컵을 흔들어댔고, 자기가 왜 게임에 이기거나 지는지, 그 이유는 도통 알지 못했다. 처음에는 높은 숫자가 나와야 좋은 줄로 알았는데, 시간이 지나자 괴이하게도 적은 숫자가 나와도 이기는 수가 있었다. 그가 주사위를 굴릴 때, 그리스인들이 이따금씩 손짓으로 술을 권하기는 했지만, 그 이상으로 억지로 권하지는 않았다. 한동안 시간이 흐르고 나자, 게임은 뒷전이 되었다. 그리스인들은 에릭에게 몇 가지 새로운 단어를 가르쳐주고는, 그가 얼마나 빨리 잊어버리는지 놀려대며 깔깔거렸다. 그러는 사이에 모두 만취하게 되었고, 에릭은 자기 방으로 비틀대며 간신히 돌아가 잠자리에 들었던 것이다.

가을에 이런저런 대학원에 진학할 예정인 일행들과 달리, 에릭은 직장 생활을 시작할 참이었다. 보스턴 외곽의 사립학교에 영어 교사로 채용된 것이다. 남학생들과 같이 기숙사에 살면서, 학생 신문 운영을 감독하고, 가을에는 축구 코치, 봄에는 야구 코치를 맡기로 했다. 그는 그 일을 잘해낼 것이라고 믿었다. 사람들하고 잘 어울리는 편인 데다, 교사 일엔 자신감도 있었다. 게다가 그는 유머러스한 스타일이었다. 아이들을 기분 좋게 만들어주고, 자신을 좋아하도록 이끌 자신이 있었다. 에릭은 검은 머리에 검은 눈동자, 키가 크고 마른 편으로, 자신이 잘생겼다고 여겼다. 또한 머리도 좋고 성공한 인생이라고 여겼다. 스테이시는 보스턴에 살면서 사회 사업가가 되는 걸 목표로 공부 중이었다. 두 사람은 주말마다 데이트를 즐겼고, 앞으로 1, 2년 후에는 청혼할 생각이었다. 둘은 뉴잉글랜드 어딘가에 살게 될 테고, 그녀는 사람들을 돕는 일을 하게 될 것이며, 아마도 그는 계속 교사로 일하거나 아니면 그렇지 않을지도 모른다. 그건 중요하지 않았다 에릭은 자신의 삶이 만족스러웠다. 앞으로도 계속 그와 같은 만족을 유지하며 살 것이다. 즉, 앞으로도 두 사람은 함께 행복을 누릴 게 분명했다.

에릭은 천성이 낙천적이라, 가장 복 받은 인생이라도 거칠 수밖에 없는 가벼운 슬럼프마저 아직 모르고 지냈다. 게다가 그의 정신력은 불편한 악몽을 수용할 만큼 호전적이지도 못해서, 사전에 안전 그물망까지 제공했다. *괜찮아, 너는 꿈을 꾸고 있을 뿐이야.* 악몽을 꿀 때도 의식 한편에서는 이렇게 속삭이며 안심을 시켜주었던 것이다. 잠시 후 누군가 문을 두

들기기 시작했다. 그때 스테이시가 침대에서 벌떡 일어났고, 에릭은 부스스한 시선으로 방을 둘러보았다. 커튼은 걷혀 있고, 바닥에는 그와 스테이시의 옷이 어지럽게 널려 있었다. 스테이시가 침대 시트를 질질 끌고 지나갔기 때문이다. 그녀는 알몸에 시트를 어깨에서부터 둘둘 말고, 문가에 서서 누군가와 이야기를 나누는 중이었다. 에릭은 점차 그게 제프라는 걸 깨달았다. 오줌을 누고 이를 닦고, 무슨 일로 제프가 찾아왔는지 알고 싶었지만, 몸은 꿈쩍도 할 수가 없었다. 그는 다시 잠에 빠졌고, 다음 순간 눈을 떴을 때에는, 카키색 바지에 티셔츠를 걸친 스테이시가 곁에 서서, 젖은 머리를 말리며 서두르라고 재촉하고 있었다.

"서두르라고?"

그가 물었다.

그녀는 시계를 쳐다보며 말했다.

"40분 남았어."

"뭐가 40분 남아?"

"버스."

"무슨 버스?"

"코바행."

"코바……."

침대에서 일어나 앉으려고 안간힘을 쓰는 순간, 다시 구토가 밀려 올라올 것 같았다. 문가에 놓인 침대 시트가 눈에 들어오자, 아까 거기서 무슨 얘기가 오갔는지 궁금해졌다.

"제프가 뭐라고 했어?"

"여행 준비하라고."

"왜 긴 바지를 입은 거야?"

"제프가 그랬어. 벌레 때문에."

"벌레?"

에릭이 물었다. 스테이시의 말이 얼른 머리에 들어오지 않았다. 아직도 술이 다 깨지 않았다.

"웬 벌레?"

"우리 모두 코바에 간대. 옛날 광산으로. 폐허를 보러."

그녀는 욕실로 다시 들어갔다. 물을 트는 소리가 들렸고, 그러자 꽉 찬 방광의 기억이 떠올랐다. 그는 침대에서 기어 나와, 비틀거리며 열린 욕실 문을 향해 다가갔다. 그녀가 켜둔 세면대 위의 조명 때문에 눈이 부셨다. 그는 문턱에 잠시 선 채, 눈을 깜박이며 스테이시를 바라보았다. 그녀가 샤워기를 빼서 그에게 건넸다. 그는 몸에 아무것도 걸치지 않은 채였다. 그대로 욕조 안으로 들어가기만 하면 되었다. 욕조 안에 서자 반사적으로 비누칠을 하고, 두 발 사이의 공간으로 오줌을 누었지만, 아직도 잠은 달아나지 않았다. 스테이시가 다가와 거들어주었다. 그녀의 도움으로 가까스로 샤워하고 이를 닦고 머리를 빗은 다음 진과 티셔츠를 입었지만, 아래층으로 내려가 서둘러 아침을 먹을 때에야 비로소 일행이 어디로 가는지 제대로 깨닫기 시작했다.

🌿

일행은 호텔 로비에 모여, 밴이 오기를 기다렸다. 그걸 타고 버스 정류장까지 이동해야 했다. 마티아스가 동생의 메모를 일행에게 건넸고, 명사마다 대문자로 시작하는 낯선 독일어 글자와 엉성한 지도를 모두 돌아가며 들여다보았다. 스테이시와 에릭이 빈손으로 나타나자, 제프는 객실로 돌아가서 물, 구충 스프레이, 자외선 차단제, 먹을 것을 꾸려오라고 말했다. 그는 일행 중에서 세상 돌아다니는 법을 제대로 아는 사람은 자기

뿐이라는 생각이 이따금 들었다. 에릭은 아직도 숙취에서 깨어나지 못한 게 뻔했다. 스테이시의 대학 때 별명은 "스페이시(Spacy)"였는데, 그야말로 딱 맞아떨어지는 이름이었다. 그녀는 몽상가였다. 멍하니 앉아 혼잣말로 중얼대는 걸 좋아했다. 그런가 하면 에이미는 툭하면 뾰로통해지곤 했다. 그녀가 마티아스의 동생을 찾으러 갈 생각이 없다는 걸, 제프는 이미 알아채고 있었다. 필요 이상으로 굼뜨게 굴었기 때문이다. 아침 먹고 나서는 욕실로 사라져버려, 두 사람의 배낭을 꾸리는 일은 제프 혼자의 몫이 되었다. 그 후에는 바지를 갈아입겠다고 욕실에서 나왔는데, 그가 재촉할 때까지 팬티만 걸친 채 침대에 엎드려 꼼짝도 하지 않았다. 게다가 그에게는 통 말을 붙이려 들지 않고, 어깨를 으쓱 움직이거나 단음절로 짤막하게만 대꾸했다. 제프는 굳이 함께 가지 않아도 되니까 해변에서 혼자 시간을 보내라고 했지만, 그녀는 그를 물끄러미 쳐다보기만 했다. 에이미는 아무리 좋아하는 일이라도 혼자 하는 걸 싫어했고, 차라리 내키지 않는 일일지언정 무리와 떼 지어 다니고 싶어 했다. 두 사람 모두 그걸 잘 알고 있었다.

에릭과 스테이시가 배낭을 가지고 돌아오기를 기다리는 동안, 그리스인 중 한 사람이 로비에 들어왔다. 최근에는 파블로를 자처하는 사람이었다. 그는 한 사람씩 차례대로 끌어안았다. 그리스 청년들은 포옹을 좋아했다. 기회만 나면 끌어안았다. 포옹하고 나자 그와 제프는 팬터마임을 섞어가며, 낯선 언어로 짤막한 대화를 주고받았다.

"후안은?"

제프가 물었다.

"돈키호테는?"

그리고 어디에 갔느냐는 뜻으로, 양손을 눈썹 위에 갖다 대었다. 파블로는 그리스어로 대꾸하며, 팔로 뭔가 던지는 동작을 보여주었다. 그러고는 커다란 물고기를 힘들여 낚아 올리는 시늉을 했다. 그런 다음 손목시계에서 6을 가리키고, 다시 12를 가리켰다.

제프는 알아들었다는 뜻으로, 고개를 끄덕이며 빙긋 웃었다. 나머지 두 그리스인들은 낚시하러 간 게 틀림없다. 여섯 시에 떠났고, 정오에 돌아올 모양이었다. 그는 헨리히의 메모를 꺼내 그리스인에게 보여주었다. 그리고 손짓으로 에이미와 마티아스를 가리키고, 다시 위층을 가리키며 스테이시와 에릭 커플을 지목한 다음, 지도상의 칸쿤을 가리켰다. 그는 천천히 손가락을 코바로 옮기고, 그런 다음 X 표시한 곳으로 옮겨갔다. 발굴지를 뜻하는 표시였다. 친구들의 여행 목적을 어떻게 설명할지, 남동생이나 실종이란 낱말을 어떻게 손짓 발짓으로 표현할지 난감했기에, 그의 손가락은 내내 지도에서만 바쁘게 움직였다.

파블로는 매우 흥미로워했다. 싱긋 웃으며 고개를 끄덕이더니, 손가락으로 자신의 가슴을 가리키고 다시 지도를 가리켰는데, 그러는 사이에도 계속 그리스어로 빠르게 지껄였다. 제프는 고개를 끄덕였고, 다른 이들도 고개를 끄덕였다. 그리스인들은 이웃한 호텔에 묵고 있었다. 제프는 그곳을 가리킨 다음, 파블로의 맨발과 자기가 입은 청바지를 가리켰다. 파블로는 무슨 뜻인지 몰라, 그를 빤히 쳐다보았다. 제프는 긴 바지를 걸친 에이미를 다시 가리켰고, 그리스인은 그때서야 다시 고개를 끄덕였다. 그는 자리를 뜨려다가 이내 돌아오더니, 헨리히가 남긴 메모에 손을 뻗었다. 그리고 그것을 안내 데스크로 가져갔다. 파블로가 데스크에서 펜과 종이를 빌려, 고개를 숙인 채 뭔가 끄적거리는 게 제프와 에이미의 눈에 들어왔다. 그러는 동안 꽤 시간이 흘렀다. 에릭과 스테이시가 배낭을 꾸려 돌아왔고, 그걸 보자 파블로는 얼른 펜을 내려놓고 일행에게 다시 다가왔다. 그와 에릭은 손으로 주사위 던지는 시늉을 했다. 술 마시는 흉내까지 내고는 깔깔 웃고 악수를 나눈 다음, 파블로가 그리스어로 한참 지껄였지만 물론 알아듣는 이는 없었다. 비행기 또는 새, 날개 가진 어떤 것을 말하는 것 같았지만, 거기까지 이해하는 데만도 몇 분이나 걸렸다. 우스꽝스러운 이야기인 모양인데, 파블로가 내내 낄낄대며 이야기하는 걸로 보아 최소한 수다 떠는 장본인은 그렇게 생각하는 것 같았다. 그의 웃음소리에는 모종의 전염성이 있어서, 다른 이들까지 이유를 전혀 모르면서도 따라 웃게 만들었다. 파블로는 안내 데스크로 돌아가더니, 다시 헨리히의 메모를 보며 뭔가 끄적거렸다.

다시 돌아왔을 때, 그의 손에는 지도의 복사본이 들려 있었다. 그 위에 그리스어로 글귀도 적어놓은 게 보였다. 일행을 따라서 발굴지로 떠난다는 메시지를, 후안과 돈키호테에게 남긴 것이라고 제프는 짐작했다. 여행은 당일 코스이므로, 그날 저녁 늦게 돌아올 계획이라고 파블로에게 설명하려고 했지만, 그는 말귀를 알아듣지 못했다. 제프는 내내 자기 손목시계를 가리키며 설명하려 애썼고, 그것은 파블로도 마찬가지였다. 그는 다른 그리스 청년들은 언제 낚시에서 돌아오느냐고 묻는 줄로만 알았다. 제프와 파블로 모두 열두 시를 가리켰지만, 제프는 자정을 뜻하는 것이었고, 파블로는 정오를 말하는 것이었다. 결국 제프는 설명을 포기했다. 계속 그러고만 있다가는 버스를 놓치기 십상이었다. 제프는 파블로에게 그가 묵는 호텔을 가리키며, 다시 맨발을 가리켰다. 파블로는 싱긋 웃고는 고개를 끄덕이고 일행을 모두 다시 한 번씩 끌어안은 다음, 헨리히의 지도 복사본을 손에 쥔 채 로비를 달려 나갔다.

제프는 호텔 정문 곁에서 밴이 오기를 기다렸다. 마티아스가 그의 뒤를 따라가며, 지도를 폈다 접었다 하다가 주머니에 집어넣더니, 다시 꺼내 들었다. 스테이시, 에릭, 에이미는 로비 한가운데에 있는 긴 의자에 나란히 앉았다. 그런데 그들에게 시선을 돌린 순간, 제프의 머릿속에는 동요가 밀려들었다. 이번 탐험에 동행할 만한 위인들이 못 된다는 걸, 그때서야 깨달은 것이다. 꺼림칙한 깨달음이었다. 에릭은 아직 머리 회전이 제대로 되지 않았다. 술에 취하고 녹초가 된 데다, 잠에서 깬 상태를 유지하는 데만도 애를 먹었다. 에이미는 입을 뾰족 내밀고 팔짱을 낀 채, 눈앞의 바닥만 뚫어지게 쳐다보았다. 스테이시는 양말도 없이 샌들만 신고 있었다. 두세 시간도 못 돼, 그녀의 발은 온통 벌레에 물어뜯길 것이다. 제프는 이 세 사람을 데리고, 유카탄의 열기 속에서 3킬로미터를 하이킹할 일이 까마득하게 여겨졌다. 그는 마티아스에게 이런 점을 설명하고 사과한 다음, 양해를 구해야겠다고 판단했다. 그러자면 마티아스가 충분히 납득할 수 있고, 일행은 해변에서 마음 편히 시간을 때울 수 있도록, 현명하게 의견을 전달할 방법을 고민해야 했다. 적절한 어휘만 선택하면 아주 쉬운 일일 거라 확신하며 제프가 막 일행에게 고개를 돌리려 할 때, 청바지를 걸친 파블로가 짐을 들고 돌아왔다. 다시 돌아가면서 포옹이 이어졌고, 저마다 입을 열었다. 그리고 밴이 도착해 차례로 승차했으니, 마티아스에게 가지 말자고 하기에는 너무 늦어버렸다. 차량, 호텔, 해변, 그들은 지난 2주간 눈에 익은 모든 것들에서 벗어났다. 네 젊은이가 오지의 탐험을 향해 호텔에서 자취를 감춘 것이다.

스테이시가 일행을 쫓아 버스 터미널로 서둘러 걷던 무렵, 한 소년이 별안간 그녀의 젖가슴을 움켜쥐었다. 소년은 뒤에서 불쑥 다가오더니, 억센 힘으로 꽉 틀어쥐었다. 스테이시는 소년의 손을 떼어내려고, 몸을 비틀며 버둥거렸다. 그 황당한 상황에서는 몸을 비틀며 버둥댈 수밖에 없었고, 소년이 노린 게 바로 그것이었다. 그 틈을 이용해 두 번째 소년이 그녀의 모자와 선글라스를 앗아가버렸다. 검은 머리카락에 열두 살 남짓

한 두 아이는 인도를 내달려, 금세 인파 속으로 사라져버렸다.

　선글라스가 사라지자 갑자기 눈앞에 밝은 광선이 쏟아져 들어왔다. 스테이시는 약간 현기증을 느끼며 눈을 깜박였고, 아직도 소년의 손이 가슴을 움켜쥐는 것만 같았다. 일행은 이미 터미널에 당도하고 있었다. 그녀는 비명을 질렀다. 아니, 비명을 질렀다고 생각했지만 사실 아무도 듣지는 못했다. 일행을 따라잡으려면 힘껏 달려야 했기에, 반사적으로 모자를 잡으려고 손을 머리로 뻗었지만, 있을 리가 없었다. 모자는 광장 저편으로 시시각각 그녀의 손에서 멀어져, 새 주인의 손으로 넘어가고 있을 것이다. 물론 그녀의 존재, 특히 복받치는 울음을 애써 참으며 칸쿤행 버스 터미널로 달려가는 이 기막힌 상황에 대해서는 까맣게 모르는 낯선 사람일 것이다.

　버스 터미널 내부는 마치 공항 같은 분위기로, 깨끗하고 냉방이 잘되었으며 매우 밝았다. 제프는 벌써 오른쪽의 매표소에 가 있었다. 그는 승무원과 이야기를 하는 중이었다. 정확한 고급 에스파냐어로 질문을 던졌다. 다른 일행은 그의 뒤에 모여 서서, 지갑을 꺼내 운임을 모으는 중이었다. 스테이시가 다가서며 말했다.

　"어떤 남자 애가 내 모자를 훔쳐갔어."

　그 말에 돌아본 사람은 파블로뿐이었다. 다른 친구들은 승무원이 뭐라고 대꾸하는지 들으려고, 제프에게 한창 주의를 기울이는 중이었다. 파블로가 그녀를 보고 씩 미소를 지었다. 발코니 아래 펼쳐진 근사한 풍경이라도 소개하듯이, 손으로 버스 터미널 일대를 쭉 가리켰다.

　스테이시는 진정이 되기 시작했다. 심장은 요동치고 아드레날린이 솟구치며 몸이 덜덜 떨렸지만, 흥분은 차차 가라앉았다. 무엇보다 그 사건이 왠지 자기 잘못으로 빚어진 것 같아 창피하기까지 했다. 그녀에게는 늘 그런 불상사가 터졌다. 여객선에는 카메라를 두고 내렸고, 비행기에는 핸드백을 두고 나왔다. 다른 일행은 분실하거나 망가뜨리거나 도둑맞는 경우가 없는데, 왜 그녀만 그랬을까? 진작 주의를 기울였어야 했다. 아이들이 다가오는 걸 감지했어야 했다. 스테이시는 어지간히 마음이 진정되었지만, 여전히 울고 싶은 심정이었다.

"내 선글라스까지 빼앗아갔어."

그녀가 말했다.

파블로는 고개를 끄덕였는데, 한층 더 만족스러운 미소가 그의 얼굴에 번졌다. 터미널에 나온 게 무척이나 마음에 드는 모양이었다. 방금 기막힌 사고를 당하고 왔는데, 파블로의 만족스러운 태도를 대하자 스테이시는 순간 당혹스러웠다. 왠지 자기를 비웃는 게 아닌가 하는 생각마저 들었다. 그녀는 파블로를 지나쳐 다른 친구들한테 눈길을 돌렸다.

"에릭!"

그녀가 애인을 불렀다.

에릭은 그녀에게 시선을 돌리지 않고, 손짓으로만 대꾸했다.

"잠깐만."

그가 말했다. 그는 막 제프한테 티켓 요금을 건네고 있었다.

스테이시에게 눈길을 보낸 이는 마티아스뿐이었다. 그는 잠시 그녀를 빤히 보며 표정을 살피더니, 곁으로 다가왔다. 그는 너무 크고 그녀는 너무 작았다. 마치 아이를 대하듯이 그녀 앞에 허리를 숙인 그는, 걱정이 담긴 시선으로 가만히 바라보았다.

"무슨 일이야?"

그가 물었다.

모닥불을 피우고 놀던 날 밤, 스테이시가 그리스인과 키스했을 때, 그 광경을 목격한 것은 에이미뿐만이 아니었다. 마티아스도 보았다. 에이미의 얼굴에 드러난 표정은 완전한 경악이었고, 마티아스의 것은 완전한 무표정이었다. 그날 이후부터 스테이시는 마티아스가 똑같은 방식으로 자기를 바라보는 걸 알 수 있었다. 정확히 말하자면 잘잘못을 따지는 눈빛은 아니었다. 하지만 왠지 저울에 올라가 무게를 단 결과, 함량 미달로 판명이 난 기분이 들었다. 겁을 집어먹은 스테이시는 그때 일은 절대 상상이 아닌, 자칫하면 엄청난 대가를 치러야 한다는 걸 잘 알았기에 최대한 마티아스를 피했다. 그의 존재뿐만 아니라, 신중한 그의 눈길까지도 외면했다. 그런데 다른 친구들은 아무런 관심도 주지 않고 오직 티켓을 사는데 정신을 판 지금, 마티아스가 자기 앞에 허리를 숙이고 선 채, 안쓰러운 얼굴로 바라보고 있는 것이다. 너무나 혼란스러웠다. 스테이시는 아무 말도 꺼낼 수가 없었다.

마티아스가 손을 뻗어 그녀의 팔뚝을 어루만졌다. 아주 작은 짐승을 달래듯이, 손끝으로만 살짝 쓰다듬었다.

"무슨 일이야?"

"어떤 남자 애가 내 모자를 훔쳐갔어."

스테이시가 가까스로 입을 열었다. 그녀는 손으로 머리와 눈을 가리켰다.

"선글라스도."

"방금?"

스테이시는 고개를 끄덕이고 출입문을 가리켰다.

"저 밖에서."

마티아스는 몸을 쭉 펴고는, 그녀의 팔에서 손끝을 거두었다. 금방이라노 성큼성큼 밖으로 나가, 아이들을 찾아낼 태세였다. 스테이시는 그를 제지하기 위해 손을 들어 올렸다.

"사라졌어."

그녀가 말했다.

"달아났다고."

"누가 달아나?"

에이미가 물었다. 그녀는 어느새 마티아스 곁에 와 있었다.

에릭도 있었는데, 스테이시에게 막 종잇조각을 건네려는 참이었다. 에릭이 무엇을 건네주는지, 왜 주는지 전혀 알려고도 하지 않은 채, 스테이시는 그것을 받아 들고는 힘없이 팔을 늘어뜨렸다.

"한번 봐. 네 이름이 적혀 있어."

그가 말했다.

스테이시가 종잇조각으로 시선을 내렸다. 그녀의 티켓이었다. 그녀의 이름이 티켓에 인쇄돼 있었다.

"스테이시 허친스."

에릭이 장난기 가득한 미소를 지었다.

"터미널 직원이 우리 이름을 밝혀야 한다잖아."

"그녀는 모자를 도둑맞았어."

마티아스가 말했다.

스테이시는 또 창피함을 느끼며 고개를 끄덕였다. 모두 그녀를 향해 시선을 집중했다.

"선글라스도."

제프까지도 스테이시 앞으로 다가왔지만, 걸음을 멈추지 않고 그들 곁을 빠르게 지나가며 말했다.

"서둘러. 이러다 놓치겠어."

그는 게이트를 향해 걸었고, 일행도 그를 따르기 시작했다. 파블로와 마티아스와 에이미, 모두 그 뒤를 따랐다. 에릭은 그녀 뒤에서 머뭇거렸다.

"어쩌다가?"

"내 잘못이 아니었어."

"아니, 그런 뜻으로 한 말이 아니고. 난 그냥……."

"그 애들이 채 갔어. 낚아채서는 달아나버렸어."

소년의 손이 아직도 자신의 젖가슴을 움켜쥐는 것 같은 느낌이 들었다. 또한 팔뚝에 와 닿았던, 이상하리만치 차가운 마티아스의 손길도 느껴졌다. 여기서 만일 에릭이 또 질문을 던진다면, 서러운 나머지 울음이 터질 것 같았다.

에릭은 다른 일행을 쳐다보았다. 그들은 거의 시야에서 사라지고 있었다.

"우리도 가야겠어."

그가 말했다. 에릭은 스테이시가 고개를 끄덕이고 다시 걸음을 뗄 때까지 기다렸다가, 그녀의 손을 꼭 잡고는 무리를 향해 이끌고 갔다.

❦

버스는 에이미가 예상한 것과 완전히 딴판이었다. 덜덜거리는 창에 차체는 심하게 흔들리며, 화장실 냄새 같은 고약한 냄새가 풍기는 더러운 고물 차를 상상했다. 그러나 버스는 말끔했다. 에어컨이 작동되었고, 천장에는 조그만 TV까지 달렸다. 에이미의 좌석 번호가 티켓에 적혀 있었다. 그녀와 스테이시가 버스 중간쯤에 함께 앉았다. 파블로와 에릭이 그들 바로 앞에, 제프와 마티아스는 통로 건너편에 앉았다.

버스가 터미널을 벗어나자마자, TV에 전원이 들어왔다. 멕시코의 TV 드라마였다. 에이미는 에스파냐어를 몰랐지만, 배우의 경악하는 표정과 진저리 치는 몸짓으로 대충 스토리를 짐작해가며 시청했다. 사실 별로 어려운 일도 아니었다. TV 드라마란 정도의 차이가 있을 뿐 스토리가 뻔하기 마련이고, 대화의 내용을 상상하는 데 온 신경을 집중시키자 기분이 한결 나아지기도 했다. 변호사로 보이는 검은 머리카락의 남자가 아내 몰래 밝은 금발 머리 여인과 바람이 났지만, 그 금발 여인이 그들의 밀회를 녹음하는 줄은 꿈에도 모른다는 걸 금세 알 수 있었다. 장신구를 요란하게 걸친 노부인이 등장하는데, 모든 사람을 돈으로 조종하는 인물로 보였다. 노부인은 긴 흑발 머리 여인을 신임하지만, 그 여인은 모종의 음모를 꾸미고 있었다. 노부인의 주치의와 은밀히 손을 잡고 있는데, 그는 바로 금발 여인의 남편이기도 했다.

잠시 후 버스는 시내를 뒤로하고 해안선을 따라 남으로 향했고, 그 무렵 한결 기분이 풀린 에이미는 손을 뻗어 스테이시의 손을 붙잡았다.

"괜찮아."

그녀가 말했다.

"네가 원한다면 내 모자를 빌려줄게."

그 말에 스테이시가 방긋 미소를 지었다. 꾸밈없고 사랑스러운 미소가 친구의 얼굴에 피어오르자, 그 순간 모든 게 달라져버렸다. 그날의 원정 길이 그럴싸하게 생각되고, 어쩌면 흥미진진할 것 같기도 했다. 단짝 친구끼리 폐허를 찾아 정글을 누비는 흥미진진한 모험을 앞두고 있었다. 두 여자는 손을 맞잡고 드라마를 지켜보았다. 스테이시도 에스파냐어를 할 줄 몰랐기 때문에, 드라마 내용을 놓고 에이미와 상상의 나래를 펼쳤다. 별별 희한한 스토리를 만들어가며 히히덕거렸다. 스테이시는 무성 영화 시대의 여배우처럼 악의와 탐욕에 가득 찬 노부인의 과장된 표정 연기를 흉내 냈다. 좌석에 느긋하게 기대앉아 함께 킬킬대던 사이, 버스는 어느덧 슬슬 시작되는 대낮의 열기를 뚫고 해안을 따라 질주했지만, 둘은 여전히 즐겁기만 했다. 기분이 한결 안정되고 편안해졌다.

파블로가 배낭에 테킬라를 챙겨 왔다. 맙소사. 에릭은 배낭에서 달그
락대는 소리가 나는 걸로 봐서, 술병이 두 병 또는 그 이상 있을 거라고
판단했다. 일단 눈으로 직접 확인한 건 한 병이었다. 파블로가 술병을 꺼
내 들고는, 그를 향해 싱글거려가며 눈썹을 추켜올렸기 때문이다. 코바로
가는 버스 안에서 그걸 함께 마시자는 뜻 같았다. 그의 손에는 동전 한 개
도 들려 있었다. 그리스 동전 같았다. 파블로가 그걸 꺼내 들고 보란 듯이
손가락으로 튕기고는 술을 마셨다. 또 게임을 시작한 모양이다. 에릭이
판단하기로 그것은 아주 간단한 게임이었다. 동전을 튕기기만 하면 되었
다. 머리 쪽이 나오면 에릭이 마시고, 뒷면이 나오면 그리스인이 마시는
것이다. 에릭은 평소와 달리 이번에는 몸을 사렸다. 좌석을 뒤로 젖히고
눈을 감고, 전신마취라도 된 듯이 금세 잠에 빠져 들었다. *백, 아흔아*
홉, 아흔여덟, 아흔일곱……. 그러고는 세는 걸 잊어버렸다.

　잠은 금세 다시 깨었다. 기념품 매점들이 길게 늘어섰고, 버스가 그 앞
에 정차한 모습이 에릭의 부연 시선에 들어왔다. 일행이 내릴 곳은 아니
었고, 다른 승객들이 짐을 챙겨 내리는 중이었다. 밖에는 승차할 사람들
이 버스 문가에 줄을 서서 대기했다. 파블로는 그의 곁에서 입을 벌린 채,
조그맣게 코까지 골아가며 잠에 빠졌다. 에이미와 스테이시는 좌석에 웅
크리고 앉아 속닥거렸다. 제프는 일행이 공동으로 사용하는 여행 안내서
를 읽는 중이었는데, 책에 얼굴을 바짝 늘이대고 집중한 모습이 마치 책
을 달달 외기라도 할 작정인 것 같았다. 마티아스는 눈을 감고 있었지만,
잠을 자는 건 아니었다. 그걸 어떻게 알았는지는 정확히 설명할 길이 없
었다. 왜 그런 생각이 들었을까 궁리하며 그의 얼굴을 빤히 보던 참에, 마

티아스가 고개를 에릭 쪽으로 돌리더니 눈을 떴다. 어색한 순간이었다. 두 사람은 통로를 사이에 두고 나란히 앉아, 서로 물끄러미 바라보았다. 마침 새로 승차한 무리 중 한 여인이 버스 뒤쪽으로 터벅터벅 걸어 들어 왔고, 그들의 응시는 이내 중단되었다. 여인이 지나가자 마티아스는 고개를 다시 돌리고 눈을 감았다.

막 하차한 승객들이 과연 이곳을 목적지로 정한 게 잘한 일인지 의심이라도 난 듯, 버스 곁에서 불안스레 사방을 둘러보는 게 창문 너머로 보였다. 매점의 상인들이 어서 오라고 손짓하며 손님을 불러들였다. 하차한 승객들은 웃는 얼굴로 고개를 끄덕이며 손을 흔들거나, 애써 호객 소리를 못 들은 체했다. 그들은 선뜻 이동하지 않고, 어정쩡하게 서 있기만 했다. 매점에서는 소프트드링크, 먹을거리, 옷가지, 밀짚모자, 장신구, 마야의 조각상, 가죽 벨트와 샌들을 팔았다. 대부분의 매점에는 에스파냐어와 영어, 두 가지 간판이 내걸렸다. 어느 매점의 말뚝에는 염소가 매어 있고, 개가 몇 마리 어슬렁거리다가 버스와 막 하차한 승객들을 멀거니 바라보기도 했다. 매점 행렬 너머로는 마을이 이어졌다. 교회의 잿빛 석탑, 새하얀 집들이 에릭의 눈에 들어왔다. 그 집의 안뜰마다 숨어 있는 분수, 부드럽게 흔들리는 해먹, 새장에서 노래하는 새들을 상상하자, 에릭은 일행을 재촉해 버스에서 내려, 칸쿤보다 훨씬 더 '현실' 다운 그곳으로 가고픈 충동이 불끈 일어났다. 사실 그들 일행은 관광객이라기보다는 나그네에 가까웠다. 탐험하고 발견하고……. 그러나 그는 숙취에 시달리고 너무 지친 데다, 지독하게 더웠다. 뿌연 유리창 너머로 혀를 길게 빼물고 머리를 축 늘어뜨린 개들만 봐도, 얼마나 더운 날인지 충분히 짐작이 갔다. 게다가 마티아스의 동생. 그들이 이 탐험에 뛰어든 이유가 바로 그것이었다. 에릭은 독일인이 또 자기를 응시하는 건 아닐까 반은 기대하며 고개를 돌렸지만, 마티아스의 얼굴은 정면을 향한 채 여전히 눈을 감고 있었다.

에릭도 그렇게 했다. 정면을 향해 고쳐 앉고는 눈을 감았다. 버스가 다시 움직이기 시작할 때도 그는 깨어 있었다. 버스는 심하게 요동치며 출발했고, 그 바람에 에릭과 파블로가 세게 부딪히고 말았다. 잠을 자던 파블로는 별안간 에릭한테로 와락 쓰러졌고, 에릭은 그를 밀어내야 했다. 그리스인은 자기 나라 말로 뭐라고 중얼거렸지만, 잠이 깨지는 않았다. 그의 입에서 튀어나온 거친 말은 욕설이나 비난 같았는데, 그 순간 에릭은 그리스인들이 가끔 그들끼리 주고받던 미소가 떠올랐다. 일종의 그들끼리 통하는 암호 같았다. 그들은 누구일까? 그는 궁금해졌다. 에릭은 이미 반쯤은 잠이 들었고 의식은 멋대로 흘러, 자신이 던진 질문이 정확히 누구에 대한 것인지도 가물가물해졌다. 멕시코인일 거야. 매점에서 손님을 부르는 마야인들인지도 몰라. 아니면 늘 소곤대고 고개를 끄덕이며 툭하면 포옹하고 윙크하는 파블로와 그리스인들이겠지. 아니면 동생이 실종되었다는 마티아스, 꺼림칙한 문신에 무표정한 시선의 소유자. 아니면, 음, 누군들 어때? 제프와 에이미와 스테이시. 그들은 누구일까?

그는 잠이 들었지만 꿈을 꾸지는 않았고, 다시 눈을 떴을 때 일행은 코바로 진입하고 있었다. 모두 일어서서 기지개를 켰고, 그의 머릿속에는 그 질문도, 그 질문에 대한 기억도 남아 있지 않았다. 때는 정오가 되기 전이었고, 잠에서 완전히 깨어난 에릭은 하루 종일 자고 난 듯 가뿐한 기분이 들었다. 목이 마르고 배가 고픈 데다 소변을 보고는 싶었지만, 머릿속은 한결 맑아지고 기운도 나서, 그날 무슨 일을 겪든지 간에 기꺼이 맞이할 수 있을 것 같았다.

❧

제프가 일행이 타고 갈 택시를 찾아냈다. 샛노란 픽업트럭이었다. 제프가 짙은 선글라스를 낀 땅딸막한 운전사에게 지도를 보여주자, 그는 곰 곰이 들여다보았다. 운전사는 영어와 에스파냐어를 섞어서 말했다. 윗몸에 걸친 티셔츠가 퉁퉁한 몸에 꽉 끼었다. 겨드랑이에는 소금 땀이 배었고, 얼굴은 땀으로 번질거렸다. 그는 지도를 들여다보며 큼직한 손수건으로 연방 얼굴에 흐르는 땀을 문질렀는데, 영 마땅찮은 표정이었다. 잔뜩 찌푸린 얼굴로 여섯 명의 일행을 하나씩 바라본 다음 자기 트럭을, 마지막으로 하늘을 쳐다보았다.

"20달러."

그가 말했다.

제프가 고개를 가로저었다. 어느 정도가 적당한 가격인지는 알 수 없었지만, 일단 그렇게 하는 게 흥정상 중요하다고 판단했다.

"6달러."

그가 생각나는 대로 뱉어냈다.

운전사는 제프가 자기 앞에 다가와 침이라도 내뱉은 듯이 황당하다는 표정을 지었다. 그는 지도를 도로 건네고는 자리를 뜨려고 했다.

"8달러!"

제프가 그 뒤에 대고 외쳤다.

운전사는 고개를 돌렸지만, 돌아서지는 않고 대꾸했다.

"15."

"12."

"15."

운전사가 고집을 피웠다.

버스는 이제 출발하려 했고, 다른 승객들은 마을을 향해 이동을 시작했다. 그들 일행을 전부 이동시켜줄 만한 택시라고는 노란 트럭뿐이었다.

"15."

제프는 마침내 운전사가 제시한 가격에 동의했다. 그는 자신이 바가지를 썼다는 것을 직감했고, 그 때문에 바보가 된 기분이었다. 운전사가 애써 기쁨을 감추는 게 훤히 보였지만, 다른 일행은 눈곱만큼도 알아채지 못했다. 그들은 벌써 트럭을 향해 이동하고 있었다. 그건 중요한 문제가 아니었던 것이다. 일행 중 누구도 신경 쓰지 않았다. 사실 차편을 마련하는 것은 이번 탐험의 첫 단계에 불과하므로, 어서 결정을 내리는 게 급선무였다. 그런데 어느새 마티아스가 그의 곁에 다가와, 지갑을 열고 운전사에게 돈을 지불했다. 제프는 그걸 거부하지 않았고, 그렇다고 돈을 내라고 제안하지도 않았다. 어쨌든 마티아스는 그들이 여기까지 찾아온 원인을 제공했다. 그가 아니라면 지금쯤 모두 해변에 길게 누워 유유자적한 한때를 보내고 있을 테니까.

픽업트럭 뒤에 조그만 개가 보였는데, 콘크리트 벽돌에 사슬로 묶여 있었다. 그들이 트럭에 다가가자, 개는 주둥이에서 침을 질질 흘리며 그르렁대고 짖어댔다. 사슬의 길이가 모자란 것은 전혀 개의치 않고, 일행에게 몸을 날리려고 덤볐다. 앞발에만 흰 털이 났을 뿐, 온몸에 반질반질한 털외투를 걸친 듯이 새까만 개는 큰 고양이만 한 크기였지만, 목청 하나는 덩치 큰 개 못지않았다. 녀석의 분노, 낯선 이들에게 경고하려는 열의는 거의 인간과 같은 수준이었다. 일행은 걸음을 멈추고 굳은 얼굴로 개를 바라보았다.

운전사가 일행을 향해 활짝 웃으며 손짓했다.

"노 프로블렘."

그가 억센 억양의 영어로 말했다.

"노 프로블렘."

그는 트럭의 후미판을 내려 개를 들여보낸 다음, 사슬이 짧아서 개가 짐칸의 절반 이상은 넘어가지 못한다는 걸 일행에게 보여주었다. 일행 중

두 사람은 앞좌석에 앉았다. 나머지 넷은 사나운 조그만 개가 덤비지 못하도록 최대한 거리를 두고 짐칸에 자리 잡았다. 이렇게 자리를 배정하기까지, 의사소통 수단이라고는 손짓과 함께 딱 두 마디의 어색한 영어만 연방 되풀이되었다.

"노 프로블렘, 노 프로블렘, 노 프로블렘……."

스테이시와 에이미는 앞좌석에 앉겠다고 나섰다. 그러고는 혹여 누가 반대라도 할까봐, 부리나케 앞으로 달려가서는 조수석 문을 열고 냉큼 올라앉았다. 나머지 남자들은 짐칸으로 올라갔다. 개가 짖어대는 소리가 더욱 커졌다. 얼마나 요란하게 덤벼드는지, 그러다가는 사슬 때문에 목이라도 부러질 것 같았다. 운전사는 마야어로 중얼거리며 개를 진정시키려고 했지만, 쇠귀에 경 읽기였다. 결국 일행을 향해 싱긋 웃고 어깨를 으쓱 움직이더니, 후미판을 탁 닫아버렸다.

트럭은 세 번의 시도 끝에 가까스로 시동이 걸려 출발할 수 있었다. 시내를 향해 이어진 포장도로로 진입했다. 1.5킬로미터쯤 갔을 때, 트럭은 왼쪽으로 방향을 틀어 자갈길로 들어섰다. 주변은 일종의 밭이었다. 제프는 무슨 작물이 재배되는지 알 수 없었지만, 고장 난 트랙터와 말 두 필이 눈에 들어왔다. 어느새 일행의 눈앞에 정글이 모습을 드러냈다. 길 오른쪽의 잎이 무성한 곳은 눅눅해 보였다. 해가 중천에 떠올라 일행의 머리 위에 있었기 때문에 방위를 가늠하기가 어려웠지만, 제프는 서쪽일 거라고 짐작했다. 운전사가 지도를 갖고 있었다. 그가 지도를 제대로 읽고 찾아간다고 믿는 수밖에 없었다.

짐칸에 앉은 네 사람은 후미판에 바짝 기대앉아 최대한 발을 오므린 채, 침을 줄줄 흘려가며 그르렁대고 짖어대는 개를 바라보았다. 식물들이 가득 들어찬, 약간 악취가 풍기는 온실에 들어온 기분이었다. 트럭이 달리는 힘으로 약한 바람이 불었지만, 그것으로는 셔츠에 스며든 땀을 식히기에 역부족이었다. 이따금 파블로가 개를 향해 그리스어로 뭐라고 고함을 쳤고, 그들 모두 킬킬 웃기는 했지만, 물론 뭐라고 한 것인지는 알 길이 없었다. 통 웃는 모습을 보기 어려운 마티아스조차 이 웃음 대열에 합류했다.

한참 후 자갈길은 울퉁불퉁한 흙길로 변했다. 트럭은 속도가 줄고 덜컹덜컹 흔들렸으며, 그럴 때마다 일행은 서로 몸이 부딪혔다. 차가 심하게 요동치면, 콘크리트 벽돌이 허공으로 들썩였다가 짐칸 바닥에 쾅 내려앉았다. 그럴 때마다 개가 조금씩 벽돌을 끌고 전진했다. 왠지 지도에 적힌 18킬로미터보다 더 멀리 가는 기분이 들었다. 길이 험해질수록 속도는 점점 더 느려졌고, 머리 위로 우거진 길가의 나무들이 트럭 양옆을 스치고 지나갔다. 벌레 떼가 구름장처럼 머리 위로 모여들어 천천히 이동하며 그들의 팔과 목을 물어뜯었고, 그럴 때마다 저마다 자기 살갗을 찰싹찰싹 때렸다. 에릭은 배낭에서 모기약 스프레이를 꺼내려다 헛짚어 짐칸 바닥에 떨어뜨렸다. 스프레이 통은 개가 있는 곳으로 데굴데굴 굴러가서는, 콘크리트 벽돌에 부딪히고 움직임을 멈추었다. 개가 얼른 다가가 킁킁 냄새를 맡고는, 또 요란하게 짖어댔다. 파블로는 더 이상 고함을 치지 않았고, 아무도 킬킬대지 않았다. 시간은 자꾸만 흘러 아주 먼 길을 달려온 것만 같았고, 제프는 운전사가 자기들을 정글로 유인해 살해하는 게 아닌가 의심이 들기 시작했다. 여자들을 강간하고, 남자들에게 총을 쏘거나 칼로 찌르거나 삽으로 머리를 내리칠지도 모른다. 조그만 개의 먹잇감이 될지도 모른다. 이 눅눅한 땅에 그들의 뼈가 묻힌다면, 세상 누구도 찾아낼 수가 없을 것 같았다.

그때 길 오른편으로 오솔길이 나오고, 트럭이 그리로 접어들더니 돌연 움직임을 멈추었다. 길은 숲으로 이어져 있었다. 목적지에 도달한 것이다. 네 사람은 모기약 스프레이를 짐칸에 버려둔 채, 다시 킬킬 웃어가며 후미판에서 재빨리 내려왔고, 개는 여전히 사슬 길이에 개의치 않고 안녕을 고하듯이 그르렁대며 짖어댔다.

🌿

　스테이시는 창 쪽에 앉았는데, 창문은 점점 열기를 더하는 대낮의 더위 때문에 꼭 닫혀 있었다. 트럭에 장착된 에어컨이 너무 세게 돌아갔다. 시간이 지나자 땀이 마르고 팔뚝에 소름이 돋으며 온몸이 오들오들 떨려왔다. 그래도 도착하기까지 시간이 길게 느껴지지는 않았다. 사실 시간이 흐르는 걸 거의 의식하지도 못했다. 15년 전 3,200킬로미터 밖에서 벌어진 사건에 정신을 팔고 있었기 때문이다. 딴생각에 빠져 든 것은 픽업트럭의 노란 빛깔 때문이었다. 도로 표지판에 쓰이는 샛노란 빛깔. 그녀의 백부는 그것과 똑같은 색깔의 차 안에서 죽음을 맞았다. 아버지의 형인 로저 큰아버지는 매사추세츠에 봄철 폭우가 닥쳤을 때, 차를 몰고 가다가 도로에 팬 웅덩이에 빠졌다. 그때 둑을 넘쳐 범람한 강줄기가 차를 덮쳐 전복시키고는, 과수원 한구석에 내동댕이쳐버렸다. 큰아버지는 뒤집힌 노란 차 안의 안전벨트에 고정된 채, 박쥐처럼 거꾸로 매달려 발견되었다, 익사한 채로.
　그 소식을 접했을 때 스테이시는 부모, 두 남자 형제와 플로리다에 가 있었다. 아버지가 가족을 데리고 디즈니월드에 가서 봄 휴가를 보내던 중이었다. 다섯 식구가 한방에 묵었는데, 부모가 침대 하나를 차지하고, 두 소년이 다른 하나를, 스테이시는 두 침대 틈에 휴대용 간이침대를 펴고 잠을 잤다. 그녀는 일곱 살, 남동생은 네 살, 오빠는 아홉 살이었다. 아버지가 수화기에 대고 "뭐…… 뭐…… 뭐……" 하고 말하던 장면이 떠올랐다. 왠지 그 상황에 어울리는 태도는 아닌 것 같았다. 급작스러운 비보를 듣고, 큰 소리로 묻고 또 묻는 게 어울릴 성싶었다.

"로저 형이…… 폭우…… 익사……."

아버지는 풀썩 주저앉더니 눈을 질끈 감고 눈물을 흘리며, 침대 곁 테이블의 전화기에 수화기를 다시 올려놓으려 했다. 하지만 방향이 엇나가, 자꾸 엉뚱한 데 수화기를 내려놓았다. 결국 엄마가 아버지한테 수화기를 받아서 바로 놓아야 했다. 스테이시와 형제들은 놀란 얼굴로 그들의 침대에 앉아 있었다. 그토록 슬피 우는 아버지는 그 이후로 다시는 볼 수 없었다. 엄마는 아이들을 데리고 나가 호텔 레스토랑에서 아이스크림을 사주었고, 돌아왔을 때는 상황이 마무리된 뒤였다. 아버지는 다시 차분해진 얼굴로 바삐 짐을 꾸렸다. 그날 밤 늦게 집으로 돌아가는 비행기가 이미 예약돼 있었다.

로저 큰아버지는 뚱뚱한 몸집에 나이에 비해 머리가 일찍 센 편으로, 조카들과 어울리는 데 재주가 없었다. 손가락으로 그림자를 만들거나 지루한 끝말잇기로 아이들의 관심을 끌려 하곤 했다. 죽기 전에는 동생 가족을 찾아와 크리스마스를 함께 지내기도 했다. 스테이시의 방이 손님방으로 쓰였다. 어느 날 밤 그녀는 쿵 하는 커다란 소리에 잠에서 깨어났다. 조금 놀라기도 하고 호기심도 나서, 살짝 제 방문을 열고 안을 엿보았다. 곤드레만드레 취한 큰아버지가 바닥에 나동그라진 채, 다시 일어서려고 버둥대고 있었다. 두어 차례 더 시도하더니 결국 포기해버렸다. 끙끙대며 구부정하게 방문에 기대앉았다.

바로 그때 문틈으로 스테이시가 쳐다보는 걸 깨달은 큰아버지는 싱긋 웃으며 윙크를 던지고는, 문을 조금 더 열어주었다. 그녀는 문틈으로 들어가 큰아버지를 빤히 쳐다보았다. 그때 그의 입에서 나온 말은, 일곱 살 어린 아이의 의식에 너무나 선명하게 각인돼, 이제는 그게 실제 일어난 일인지조차 확신할 수 없게 되었다. 너무나 생생한 기억이라, 왠지 실제 기억보다는 꿈이 아닐까 싶어진 것이다.

"아주 중요한 것을 일러주마."

로저 큰아버지가 말했다.

"듣고 있니?"

스테이시가 고개를 끄덕이자, 그는 경계의 뜻으로 손가락 하나를 들어 올려 좌우로 흔들었다.

"조심하지 않으면 아무 생각 없이 선택하는 지경에 이른단다. 아무 계획 없이 말이다. 네가 마음먹은 인생으로 풀리지 않을 수도 있다는 말이지. 아마 네가 자초한 일일 테지만, 그래도 네가 의도하지는 않은 일이지."

여기서 그는 다시 한 번 손가락을 좌우로 흔들었다.

"그러니까 생각을 분명히 해두어야 한단다. 계획을 확실히 세우라고."

그 말과 함께 큰아버지는 갑자기 입을 다물었다. 일곱 살배기 꼬마한테 해줄 만한 얘기는 아니었다. 큰아버지도 뒤늦게 그 점을 깨닫기는 한 것 같았다. 스테이시한테 억지로 미소를 지어 보였다. 양손을 들어 올려, 층계참으로 들어온 흐릿한 불빛에 그림자 동물을 만들었다. 토끼, 컹컹 짖는 개, 날갯짓하는 독수리도 만들었다. 그다지 흥미롭지는 않았고, 그도 역시 그걸 안 모양이었다. 하품을 쩍 하고 눈을 감더니, 이내 잠에 빠져들었다. 스테이시는 문을 닫고 다시 침대로 돌아갔다.

그녀는 그때의 대화에 대해 부모한테 얘기하지 않았지만, 유년기 내내 이따금씩 그 말을 곱씹어보곤 했다. 그리고 성인이 된 지금도 그 말을 떠올려보곤 했는데, 요즘은 더 자주 그러는 것 같았다. 그럴 때마다 왠지 두려워졌다. 그때 큰아버지가 해준 말, 또는 그때 꾸었던 꿈속에 진실이 담겨 있다는 걸 깨달았기 때문이다. 자신이 깊이 생각하는 타입도 아니고, 계획을 철저하게 세우는 타입이 절대 아니기 때문에 더욱 겁이 났다. 나태함과 무관심 때문에 예기치 않은 인생길로 접어드는 걸 상상하기란 전혀 어렵지 않았다. 예를 들어 독신의 노파로 꼬질꼬질한 가운을 걸친 채, 밤늦게 고양이 여섯 마리와 함께 TV나 보는 신세가 되는 것이다. 교외의 을씨년스러운 집에서 아기는 젖을 달라 빽빽 우는데, 젖꼭지가 쓰라린 광경도 떠올릴 수 있었다. 노란 픽업트럭의 앞좌석에 앉아 울퉁불퉁한 흙길을 달릴 무렵, 그녀는 바로 그런 장면을 상상했고, 금방이라도 울음을 터뜨리고 싶은 심정이 되었다. 하지만 이내 그런 기분을 떨쳐버리고 마음을 다잡았다. 어쨌든 그것은 그녀의 인생이 아니지 않은가. 지금 당장은. 아직은. 이제 두어 달만 있으면 대학원에 진학하고, 눈앞에 새로운 일들이 펼쳐지게 된다. 새로운 사람들, 어쩌면 앞으로 일생 동안 함께할 새로운 친구들을 만날지도 모른다. 스테이시는 보스턴에서 대학원 생활을 시작한 자신을 쉽게 떠올릴 수 있었다. 어느 커피숍이다. 찾는 이가 거의 없는 어느 늦은 밤, 탁자에 책을 한 꾸러미 쌓아놓고 앉았는데, 같은 과 남학생이 수줍은 미소를 띠고 들어와 옆에 앉아도 되겠느냐고 묻는다. 그런데 생각이 거기에 미친 순간, 기묘하게도 폭우가 쏟아지는 도로에서 바로 이런 색깔의 차를 몰고 가다가 홀로 변을 당한 로저 큰아버지가 다시 떠올랐다. 범람한 강줄기가 마치 마법처럼 그의 차를 가뿐하게 들어 올린 찰나, 즉 아직 공포에 이르기 직전, 순전한 경이의 순간이 떠올랐다. 어쩌면 큰아버지는 집으로 돌아가 이웃한테 자랑삼아 늘어놓고 싶은 아찔한 쾌감을 맛보았는지도 모른다.

자동차로 물을 건널 생각은 절대 하지도 말 것. 살아가면서 기억해야 할 규칙이란 너무나 많다. 따라서 전혀 의도하지 않은 곳에서 생을 마감하는 이들이 많다는 것은, 어찌 보면 당연한 일 같기도 했다.

차 앞 유리 너머로 일행이 목적지에 도착한 걸 깨달았을 때, 스테이시의 잡념은 거기까지 진행되고 있었다. 하지만 그것이야말로 딱 들어맞는 불길한 전조였음을, 그녀는 알 턱이 없었다.

트럭이 멈추었을 때 운전사가 에이미를 향해 지도를 내밀었다. 그런데 그녀가 지도를 받아 들었는데도, 그는 손을 거두지 않았다. 그녀가 지도를 잡아당기자, 그도 손에 힘을 주었다. 그렇게 끌고 당기는 사이, 스테이시는 문손잡이를 열고 있었다. 바로 옆에서 무슨 일이 벌어지는지 전혀 눈치 채지 못했다. 제프와 남자 일행이 짐칸에서 바닥으로 뛰어내릴 때, 트럭이 약간 흔들렸다. 창문이 닫히고 에어컨이 요란하게 돌아가고 있었지만, 그들의 웃음소리가 에이미의 귀에 똑똑히 들렸다. 개도 여전히 짖어댔다. 마침내 스테이시가 밖으로 나갔고, 그러면서 에이미가 따라 나오도록 문을 그대로 열어두었다. 그러나 운전사는 지도를 놓아줄 기색이 아니었다.

"거긴 왜 가는 거야?"

그가 고갯짓으로 오솔길을 가리키며 물었다.

에이미는 남자의 영어 실력이 짧다는 걸 알고 있었다. 따라서 이번 여행길의 목적이 무엇인지를 최대한 알기 쉽게 설명해야 했다. 그녀는 문밖을 내다보았다. 일행은 배낭을 멘 채 트럭 옆에 모여 서서 그녀를 기다리고 있었다. 에이미는 마티아스를 가리켰다.

"저 사람 남동생. 우리는 그를 찾아야 해."

그녀가 말했다.

운전사가 한동안 마티아스를 빤히 보고, 다시 그녀를 쳐다보았다. 이맛살을 찌푸린 채 아무런 말도 하지 않았다. 두 사람은 여전히 지도를 쥔 손을 놓지 않았다.

"에르마노?"

에이미는 에스파냐어로 말해보았다. 그 말을 어디에서 들었는지, 맞는 표현인지도 알 수가 없었다. 그녀의 에스파냐어 실력은 영화 제목이나 식당 이름을 읽는 정도였다.

"페르디도?"

그녀는 다시 마티아스를 가리키며 말했다.

"에르마노 페르디도."

그녀는 자기가 무슨 말을 하는지 정확히 알지도 못한 채 지껄였다. 개는 계속 짖어댔다. 무슨 말이든 생각해내려고 집중하자 머리가 지끈거렸지만, 지도를 잡아당겨도 운전사는 여전히 놓아주지 않았다.

그는 고개를 가로저었다.

"이곳. 소용없어."

그가 말했다.

"소용없어?"

그녀가 물었다. 대게 그게 무슨 말인지 이해가 되지 않았다.

그는 고개를 끄덕였다.

"이곳에 가봤자 소용없어."

밖에서는 일행이 트럭을 빤히 바라보고 있었다. 그녀가 나오기를 기다리는 것이다. 그들 너머로 숲으로 들어가는 오솔길이 보였다. 길 위로 우거진 수목이 그늘진 터널을 만들어, 그 안은 어두컴컴해서 잘 보이지 않았다. 따라서 오솔길의 길이가 어느 정도나 되는지는, 차 안에서 볼 때 가늠이 되지 않았다.

"무슨 말인지 모르겠이."

에이미가 말했다.

"15달러만 받을게."

"우리는 저 사람 남동생을 찾으러 간다니까."

운전사는 거세게 고개를 저었다.

"다른 데로 데려다준다. 15달러. 그러면 모두 만족해."

그는 새로운 제안을 내놓고는, 이를 드러내며 씩 웃어 보였다. 크고 두툼한 이 틈새마다 까만 때가 찌든 게 보였다.

"여기가 맞아."

에이미가 말했다.

"지도에 나오잖아, 그렇지?"

그녀가 지도를 잡아당기자 마침내 그가 놓아주었다. 그녀는 X 표시를 가리키고, 다시 오솔길을 가리켰다.

"맞잖아?"

운전사의 얼굴에서 미소가 사라졌다. 못 말리겠다는 투로 고개를 흔들더니, 문을 향해 손을 내저었다.

"가. 난 분명히 소용없다고 했지만, 당신들 간다고 했어."

에이미는 지도를 펼쳐 들고 다시 X 표시를 가리켰다.

"우리가 찾는 데가……."

"가라고."

운전사가 그녀의 말을 뚝 끊고는 내뱉었다. 그녀와 대화에 넌더리를 내며, 금방이라도 버럭 성질을 낼 것처럼 언성을 높였다. 운전사는 문을 향해 손을 내젓더니, 그녀와 지도에서 얼굴을 돌려버렸다.

"가, 가, 가."

그녀는 시키는 대로 했다. 차에서 나와 문을 닫고는, 트럭이 천천히 흙 도로로 진입하는 걸 지켜보았다.

한낮의 열기가 그녀의 온몸을 뜨거운 손길로 끌어안았다. 에어컨의 냉기 때문에 처음에는 그게 반갑게 여겨졌지만, 이내 손바닥에 땀이 배어나기 시작했다. 그녀는 땀을 흘려댔고, 그 위에 모기떼가 윙윙 맴돌다가 달려들었다. 제프가 배낭에서 모기 스프레이를 꺼내 일행에게 뿌려주었다. 픽업트럭이 울퉁불퉁한 흙길을 덜컹대며 달릴 때에도, 개는 여전히 일행을 향해 덤벼들 태세를 늦추지 않았다. 트럭이 시야에서 사라진 뒤에도, 놈이 짖어대는 소리는 계속 들려왔다.

"운전사가 뭐라고 했어?"

스테이시가 물었다. 그녀는 막 모기 스프레이를 몸에 뿌린 뒤였다. 그것 때문에 피부가 반짝이고, 방향제 같은 향기도 났다. 하지만 모기들은 여전히 그녀를 물어뜯었기에 연방 팔뚝을 찰싹찰싹 때렸다.

"우리더러 가면 안 된다고 했어."

"어디를?"

에이미가 오솔길을 가리켰다.

"왜?"

스테이시가 물었다.

"소용이 없다나."

"무슨 소용이 없다는 거야?"

"우리가 가는 데 말이야."

"폐허가 아무 소용이 없다니 무슨 뜻이야?"

에이미는 어깨를 으쓱 올렸다. 말을 전한 자신도 그게 무슨 뜻인지 알 수가 없었다.

"15달러 주면 다른 데로 데려다준댔어."

제프가 모기 스프레이를 갖고 다가왔다. 에이미한테서 지도를 넘겨받고는, 그녀한테 스프레이를 뿌렸다. 에이미는 팔을 머리 위로 들어 윗몸 전체에 스프레이가 묻게 했다. 그리고 천천히 제자리에서 한 바퀴 돌았다. 다시 그를 마주 보았을 때, 그는 스프레이 통을 배낭에 넣고 있었다. 모두 그 자리에 선 채 제프를 지켜보았다.

에이미는 문득 불안한 생각이 스쳤다.

"우리 어떻게 돌아갈 거지?"

그녀가 물었다.

제프가 그녀를 흘끗 쳐다보았다.

"돌아가?"

그녀는 픽업트럭이 사라진 길을 가리켰다.

"코바로 말이야."

그는 도로를 바라보며 잠시 생각을 기울였다.

"여행 안내서에는 언제든 지나다니는 버스를 잡으면 된다고 돼 있어."

그가 어깨를 으쓱 움직였다. 그게 얼마나 황당한 말인지 본인도 깨달은 것 같았다.

"그러니까 내 생각에는……."

"저 길에는 다니는 버스가 전혀 없어."

에이미가 말했다.

제프도 고개를 끄덕였다. 그건 어디로 보나 분명한 사실이었다.

"버스는 저런 길은 다니지 못해."

"그러면 길에 다니는 아무 차든지 히치하이킹해서……."

"지금 아무 차든지라고 했어, 제프?"

제프는 한숨을 내쉬며 배낭 끈을 조였다. 그러고는 어깨에 멨다.

"에이미."

그가 입을 열었다.

"우리가 트럭을 타고 오는 동안 차 한 대라도 다니는 걸 본 적……."

"그 사람들도 식료품은 전달받고 있을 거야."

"누구?"

"고고학 팀. 그들도 트럭이 있겠지. 아니면 트럭을 구할 방법이라도. 우리가 마티아스의 동생을 찾으면, 코바까지 돌아가는 방법도 알아낼 수 있을 거야."

"맙소사, 제프. 우린 여기서 오도 가도 못 하는 신세가 된 거야, 그렇지? 앞으로 30킬로미터는 걸어야 해. 저 빌어먹을 정글을 통과해서."

"20킬로미터야."

"뭐?"

"20킬로미터라고."

"20킬로미터는 말도 안 돼."

에이미가 동의를 구하는 뜻으로 일행을 돌아보았지만, 눈길이 마주친 것은 파블로뿐이었다. 그는 싱글싱글 웃고 있었다. 두 사람 사이에 무슨 말이 오가는지, 전혀 알아듣지 못한 것이다. 마티아스는 자기 배낭 속을 들여다보았다. 스테이시와 에릭은 발밑만 쳐다보았다. 에이미가 또 불평을 늘어놓는다고 여기는 게 틀림없었고, 거기에 생각이 미치자 그녀는 화가 치밀었다.

"얼마나 걸어야 할지, 아무도 신경이 안 쓰이는 거니?"

"그게 왜 내 책임이지?"

제프가 물었다.

"그 거리를 계산하는 게, 왜 내 책임이어야 하는 건데?"

에이미는 너무 당연한 걸 묻는다는 듯, 어이없는 표정으로 양손을 들어 올렸다.

"왜냐하면……."

하지만 힐 밀이 떠오르지 않았다. 왜 제프여야 하지? 책임이? 그녀는 자신이 확신했던 이유가 무엇인지, 전혀 생각해낼 수가 없었다.

제프는 다른 일행을 바라보며, 손짓으로 오솔길을 가리켰다.

"준비됐지?"

그가 물었다. 에이미만 제외하고 모두 고개를 끄덕였다. 그가 앞장서서 걸음을 떼고, 그 곁에 마티아스가 따라붙고, 파블로와 에릭이 뒤를 따랐다.

스테이시가 에이미에게 동정 어린 시선을 보냈다.

"어서 가자, 얘."

그녀가 말했다.

"괜찮은 거지? 너도 알잖아. 다 잘될 거야."

그녀는 친구의 팔짱을 끼고는 오솔길로 이끌었다. 에이미는 저항하지 않았다. 두 사람은 팔짱을 끼고 나란히 오솔길을 향해 걸음을 뗐다. 제프와 마티아스는 이미 그늘 속으로 사라진 뒤였고, 일행이 정글 깊숙이 입성한 걸 기념하듯 머리 위에서는 새들이 울어댔다.

지도에는 오솔길을 따라 3킬로미터를 더 가야 한다고 되어 있었다. 그러면 왼쪽으로 또 다른 숲길이 이어진다고 했다. 새로 난 숲길은 점차 오르막 비탈길이 된다. 비탈길이 끝나는 곳에 그들이 찾는 폐허가 기다릴 것이다

일행이 약 20분쯤 걸었을 때, 파블로가 소변을 보겠다고 했다. 에릭도 걸음을 멈추었다. 그는 길에 배낭을 내려놓고, 털썩 주저앉아 쉬었다. 길가의 나무들이 태양을 가렸지만, 여전히 너무 더워서 계속 걷는 것은 무리였다. 그의 셔츠는 땀에 흠뻑 젖었고, 이마에 늘어진 머리카락에는 땀방울이 맺혔다. 모기만이 아니고 파리처럼 아주 작은 벌레들이 몰려왔다. 물지는 않았지만, 에릭의 땀 냄새에 이끌려온 모양이었다. 놈들은 그의 주변에 구름처럼 몰려들어 귀 따갑게 웽웽거렸다. 땀을 흘리느라 몸에 뿌

린 스프레이가 죄다 씻겨 내려갔든지, 아니면 그게 전혀 소용이 없는 게 틀림없었다.

파블로가 소변을 보는 사이에, 스테이시와 에이미가 일행을 따라붙었다. 일행을 향해 다가오며 소곤소곤 이야기하다가, 마침내 그들 앞에서 입을 꾹 다무는 걸 에릭은 알 수 있었다. 스테이시는 에릭을 지나가면서 생긋 미소 짓고는, 머리를 토닥토닥 다독거려주었다. 두 여자는 속도도 늦추지 않고 그대로 계속 걸음을 옮겼고, 다시 이야기 소리가 들려왔다. 혹시 자기에 대해 험담을 주고받는 게 아닌가, 에릭은 조금 불안한 기분이 들었다. 아니겠지. 어쩌면 제프일지도 모른다. 하지만 저 두 여자는 늘 비밀을 주고받으며 속닥거린다. 에릭은 두 여자의 그러한 태도와 친밀함에 아직도 적응이 되지 않았다. 때로는 아무 이유도 없이 에이미를 쏘아보기도 했다. 그는 질투하고 있었다. 스테이시가 귀엣말을 나누는 상대가 되고 싶지, 그 귀엣말의 희생자가 되고 싶지는 않았기에, 지금 같은 상황에도 은근히 신경이 쓰였다.

그리스인은 거대한 방광의 소유자였다. 소변을 보는 그의 발치에 커다란 웅덩이가 만들어졌다. 조그만 까만 파리들이 땀보다 오줌 냄새에 더욱 유혹을 느낀 모양이었다. 놈들이 웅덩이에 몰려들더니, 거기에 뛰어들었다가 다시 날아오르며 웅덩이 표면에 잔물결을 일으켰다. 그리스인은 오줌을 누고 누고 또 누었다.

마침내 소변을 마치고는, 배낭에서 테킬라 한 병을 꺼내 마개를 열었다. 그리고 단숨에 한 모금 들이켜더니, 에릭에게 건넸다. 에릭도 따라서 한 모금 들이켰다가, 눈에 눈물이 핑 돌았다. 그는 기침을 하며 술병을 다시 내밀었다. 파블로는 배낭에 도로 넣기 전에 또 한 모금 꿀꺽 들이켰다. 그는 고개를 젓고 그리스어로 뭐라 중얼거리면서, 셔츠로 얼굴의 땀을 훔쳤다. 에릭은 더위를 두고 한 말이라고 짐작했다. 한마디 하지 않고는 못

배길 날씨였다.

그는 고개를 *끄덕*이며 말했다.

"지옥처럼 뜨겁군. 너희도 이럴 때 쓰는 말이 있지? 어디든지 그렇잖아? 하데스? 인페르노?"

그리스인은 가만히 웃기만 했다.

에릭은 배낭을 어깨에 메고 다시 길을 걷기 시작했다. 지도에 오솔길은 직선으로 그려졌지만, 실상은 꼬불꼬불했다. 스테이시와 에이미는 백 걸음쯤 앞에 있었고, 에릭은 그들을 이따금 흘낏 쳐다볼 뿐 아무런 눈길도 주지 않았다. 제프와 마티아스는 보이스카우트라도 된 듯 씩씩하게 앞서 나갔다. 에릭의 시선에 그들은 더 이상 보이지 않았고, 길조차 똑바로 이어지지 않았다. 길은 폭이 1.2미터쯤 되는 흙길로, 양편에는 짙은 정글이 우거졌다. 타잔 만화책에서 튀어나온 듯이 잎이 널찍한 초목, 덩굴, 나무들이 *빽빽*했다. 특히 나무가 밀집한 곳에서는 보이지는 않지만, 뭔가 잎사귀들을 비집고 다니는 소리가 에릭의 귀에 들려왔다. 아마 일행의 기척에 놀란 새일 것이다. 새가 깍깍 울어대고 매미 소리 같은 게 울리다가 갑자기 뚝 그치곤 했는데, 그럴 때마다 뒷덜미가 주뼛 올라섰다.

샛길에는 꽤 많은 사람들이 오간 모양이었다. 빈 맥주병과 납작하게 눌린 담뱃갑 하나가 일행의 눈에 들어왔다. 어느 지점에서는 짐승의 발자국도 남아 있었는데, 말보다는 덩치가 작은, 발굽 달린 동물 같았다. 당나귀인지 염소인지, 에릭은 확실히 알 수가 없었다. 제프라면 그게 무엇인지를 알 것 같았다. 별자리를 찾는다든가 꽃 이름을 알아맞히는 데 워낙 능수능란했기 때문이다. 제프는 리더이며 만물박사이고, 조금은 과시욕이 강한 면도 있었다. 웨이터가 영어를 할 줄 아는데도 굳이 에스파냐어로 주문을 하거나, 사람들이 발음을 틀렸을 때 정정해주는 면을 보면 그랬다. 사실 에릭은 자신이 제프를 어느 정도나 좋아하는지 아직 감이 잡히지 않았다. 또한 그 반대의 경우(그게 아마 더욱 요점에 가깝겠지만) 제프는 자신을 얼마나 좋아하는지도 알 수가 없었다.

길이 구부러진 지점을 지나자, 길고 완만한 비탈길과 함께 시냇물이 나왔고, 갑자기 밝은 햇살이 들이쳤다. 계속 그늘 속을 통과하던 일행은 눈이 부셨다. 정글이 뚝 끊기고, 눈앞에는 무엇인가 경작을 하려다 그만둔 흔적이 나타났다. 길 양편으로 100미터쯤 펼쳐진 너른 들판이, 뜨거운 햇살 속에서 이글이글 끓어오르는 듯이 보였다. 화전 농업의 최종 단계에 있는 땅이었다. 초목을 베고 불을 지른 다음, 씨를 뿌리고 수확하는 단계가 끝나고, 처음의 과정, 즉 황무지가 정글로 회복되도록 기다리는 단계에 있었다. 벌써 들판 가장자리에는 넓은 잎들이 고개를 내밀고, 이따금 허리 높이의 덤불이 자라는 게 보였는데, 온통 파헤쳐진 흙더미를 비집고 나온 품이 무척 억세게 보였다.

파블로와 에릭이 배낭 속을 뒤적거리며 선글라스를 찾았다. 멀리 정글이 다시 시작되어, 길 저편에 푸른 벽처럼 뻗어 있었다. 제프와 마티아스는 벌써 그 그늘 속으로 사라지고 없었지만, 스테이시와 에이미는 아직 보였다. 에이미는 모자를 썼고, 스테이시는 바나나 잎을 머리에 얹고 묶었다. 에릭은 그들의 이름을 소리쳐 부르며 손짓했지만, 그들은 듣지 못했다. 아니면 듣고서도 뒤돌아보지 않은 것인지도 몰랐다. 조그만 까만 파리들은 숲에 남았지만, 모기들은 여전히 끈질기게 따라붙었다.

일행이 탁 트인 황무지를 반쯤 건너고 있을 때, 뱀 한 마리가 바로 그들 앞을 가로질러 지나갔다. 황갈색 반점이 박힌 아주 조그만 까만 뱀으로 기껏해야 60센티미터쯤 되었지만, 파블로는 겁에 질려 소리를 꽥 질렀다. 그는 화들짝 뒷걸음치다 에릭을 밀쳐 쓰러뜨리고는, 자신도 뒤뚱거리며 그 위에 포개어 엎어졌다. 후다닥 일어선 파블로는 뱀이 사라진 지점을 손짓으로 가리키더니, 잔뜩 놀라 그리스어로 마구 떠들어대며 가로 뛰고 세로 뛰었다. 그는 뱀 공포증이 있는 모양이었다. 에릭은 천천히 일어서며, 몸에 묻은 먼지를 털어냈다. 넘어질 때 팔꿈치를 긁혔는데, 그 상처에 흙이 붙어 있었다. 그는 상처에서 흙을 털어냈다. 파블로는 여전히 손을 내저어 가며 그리스어로 마구 떠들어댔다. 그리스 청년들은 늘 그런 식이었다. 무슨 말인가 전달하고자 손짓 발짓을 하거나 그림을 그렸지만, 대부분 상대방을 이해시키기보다는 장황하게 늘어놓기 일쑤였다. 듣는 사람의 이해는 차치하고, 떠벌린다는 사실 자체에 더 중점을 두는 것 같았다.

에릭은 파블로가 수다를 멈추기를 기다렸다. 마침내 그는 떠벌리는 걸 마칠 무렵에서야 에릭을 넘어뜨린 걸 사과하는 것 같았고, 그래서 용서의 뜻으로 미소를 짓고 고개를 끄덕여 보였다. 그런 다음 다시 행군을 시작했는데, 파블로는 이제 발밑을 초조하게 살피며 걷느라 속도가 훨씬 느려졌다. 에릭은 일행이 폐허로 도착하는 모습을 사진 찍을 생각에 빠져 들었다. 정교한 쇠스랑, 삽, 작은 솔로 작업하는 고고학자들, 그들의 불룩한 비닐 백, 또는 옛날 광부들이 사용했던 양철 컵이나 숙소에 박혔던 못 따위들을 찍고 싶었다. 마티아스는 동생을 만날 테고, 그 무렵엔 독일어로 언쟁이 오가고 언성이 높아지다가 뭔가 최후의 결단이 내려질 것이다. 에릭은 그 순간을 고대하고 있었다. 그는 드라마나 갈등처럼, 타인들의 감정이 격하게 부딪히는 사건에 관심이 많았다. 이글이글 타는 열기를 통과하는 고된 행군, 심장 고동에 맞춰 욱신거리는 팔꿈치의 상처는, 그런 기대와 전혀 어울리는 게 아니었다. 그래도 일단 폐허를 발견하기만 하면, 새로운 국면이 펼쳐질 게 틀림없었다.

일행이 황무지의 끝에 도달하자, 정글이 다시 시작되었다. 조그만 까만 벌레들이 그늘 속에서 그들을 기다리고 있었다. 반가운 재회를 기념이라도 하듯, 구름처럼 몰려다니며 웽웽거렸다. 시냇물은 흔적도 보이지 않았다. 숲길은 오른쪽으로 구부러졌다가 왼쪽으로, 그런 다음 마치 어둠의

긴 복도처럼 곧게 이어졌는데, 그 끝에는 또다시 밝은 햇살 아래 펼쳐진 들녘이 대기하고 있었다. 그 지점까지 접근했을 때, 눈부신 햇살 때문에 에릭의 귀에는 날카로운 피리 소리가 울리는 것 같았다. 강렬한 햇살에 눈이 시리고 머리까지 띵했다. 그는 선글라스를 다시 꼈다. 그때서야 다른 일행, 즉 제프, 마티아스, 스테이시, 에이미가 들녘이 시작되는 지점 바로 앞에 옹기종기 모여, 물병을 주거니 받거니 하다가, 자신과 파블로가 천천히 다가오는 걸 바라보는 게 보였다.

지도에 따르면, 산등성이 밑자락에 자리한 마야의 촌락에 도달할 경우, 너무 멀리 내려간 것이라고 했다. 제프와 마티아스는 길이 갈릴 때마다 내내 조심하며 걸었지만, 어디선가 잘못 들어선 게 틀림없었다. 그렇다면 온 길을 되짚어 아주 천천히 주변을 살피면서 가야 했다. 일행은 의논 결과, 마을을 먼저 답사하고 폐허로 안내해줄 사람이 있을지 알아보기로 했다. 그렇다고 마을이 아주 가까운 거리에 있는 건 아니었다. 크기와 모양새가 거의 동일한, 허술해 보이는 서른 채의 건물로 이루어진 마을이었다. 대부분 초가지붕을 두른 한 칸 또는 두 칸짜리 오두막인데, 개중에는 양철 지붕을 얹은 집도 있었다. 바닥이 지저분할 거라고 제프는 짐작했다. 머리 위에 전선이 전혀 보이지 않는 걸로 보아, 전기도 없을 것이다. 주변에 물이 흐르는 곳은 없고, 마을 한가운데에 우물이 있는데 밧줄에 바가지가 매달려 있었다. 옹기종기 모여 서서 에릭과 파블로가 당도하기를 기다리던 무렵, 제프는 물을 길러 온 노파가 도르래를 움직여 바가지를 우물 아래로 내려 보내는 걸 볼 수 있었다. 도르래에 기름칠이 필요한 것 같았다. 이렇게 떨어진 곳에서도 삐삐대는 소리가 들렸다. 바가지가 수면에 닿자 그 소리는 멈췄지만, 바가지를 끌어 올릴 때 다시 이어졌다. 제프는 노파가 어깨에 물병을 얹고, 천천히 자신의 오두막을 향해 돌아가는 걸 지켜보았다.

마야인들은 촌락 주변을 빙 둘러서 땅을 개간하여, 옥수수와 콩으로 보이는 작물을 심어놓았다. 남자, 여자는 물론 어린아이들까지 들판에 흩어져 허리를 구부리고 잡초를 뽑고 있었다. 염소와 닭들이 돌아다니고, 당나귀도 몇 마리 보였으며, 울타리를 친 마구간에는 말도 세 마리 있었지만, 트랙터나 경운기, 자동차, 트럭 따위의 기계 장치라고는 전혀 눈에 띄지 않았다. 제프와 마티아스가 마을 초입에 처음 들어섰을 때, 구부정한 잡종 개가 재빨리 다가와 공격 태세로 꼬리를 치켜들었다. 녀석은 두 사람 쪽으로 다가오다 말고, 선뜻 접근하지 못하고 그르렁대며 짖어댔다. 하지만 그 간단한 행위마저도 따가운 햇살 아래에서는 견디기 힘든 수고인지라, 개는 이내 흥미를 잃고 잠잠해져 마을로 돌아가더니, 한 오두막 곁의 그늘에 풀썩 주저앉았다.

제프는 그 개가 마을 주민들에게 외부인의 접근을 알린 것이라 여겼지만, 그들에게서 그런 기색은 전혀 찾아볼 수 없었다. 하던 일을 멈추고 그들을 바라보는 이는 아무도 없었다. 이웃을 쿡 찌르며 일행을 손으로 가리키는 이두 없었다. 남녀노소 허리를 구부린 채 잡초를 뽑으며, 천천히 줄지어 작물들 틈으로 나아갔다. 남자들은 대부분 흰옷을 입고 머리에 밀짚모자를 썼다. 맨발의 아이들은 야만인 같은 느낌을 주었는데, 셔츠도 입지 않은 맨몸에 까맣게 그을린 소년들은, 허리를 숙이고 일하는 통에 들판에서 불쑥 나타났다 사라지곤 했다.

스테이시는 앉아서 쉴 만한 곳을 찾거나, 어쩌면 시원한 소다수를 살 수도 있겠다는 생각으로 성급히 마을로 들어서려고 했지만, 제프는 망설였다. 마을 전체가 의도적으로 존재를 드러내려 하지 않는다는 느낌이 들자, 바짝 경계심이 들었기 때문이다. 그는 공중에 전선이 없는 걸 지적하며, 따라서 냉장고와 에어컨이 없을 것이고, 물론 시원한 소다수나 쉴 자리는 기대하기 어렵다고 말했다.

"그래도 가이드는 구할 수 있을지 모르잖아."

에이미가 말했다. 그녀는 배낭에서 카메라를 꺼내 사진을 찍기 시작했다. 옹기종기 모여 선 일행을 찍고, 그런 다음 막 다가오는 에릭과 파블로를 한 장씩 찍고는, 들판에서 일하는 마야인 한 사람을 찍었다. 제프는 그녀가 기분이 한껏 들떴다는 걸 알 수 있었다. 에이미는 늘 그런 식이었다. 기분이 오락가락하곤 했는데, 거기에도 나름의 기준이 있을 거라는 생각은 들었지만, 그게 무엇인지 가려낼 생각은 예전에 포기해버렸다. 그는 그녀에게 "해파리"라는 별명을 붙였는데, 바다 속을 끊임없이 오르락내리락하는 놈들처럼 그녀의 기분도 그러했기 때문이다. 가끔은 에이미도 그 별명을 재미있어하기는 했지만, 대부분은 그렇지 않았다. 그녀는 한참 동안이나 뷰파인더로 제프를 들여다보았고, 그 바람에 그도 카메라를 의식하지 않을 수 없었다. 그때 그녀가 셔터를 눌렀다.

"우리는 하루 종일 이 길만 왔다 갔다 할 수도 있어."

그녀가 말했다.

"그렇다면 그 결과는? 결국 이 마을에서 밤을 나게 되는 걸까?"

"혹시 주민들이 우리를 코바까지 데려다줄지도 모르겠어."

그녀가 말했다.

"여기에 자동차나 트럭이 보여?"

제프가 물었다.

모두 한동안 마을을 뚫어지게 쳐다보았다. 누군가 입을 열기 전에 파블로와 에릭이 마침내 그들 앞으로 당도했다. 파블로는 모두를 끌어안고는, 이내 그리스어로 마구 지껄였는데, 양팔을 활짝 벌린 품이 대어라도 낚았

다는 말 같았다. 제자리에서 펄쩍 뛰어오르더니, 허우적대며 에릭을 밀어
넘어뜨리는 시늉까지 했다. 그러고는 다시 양팔을 쭉 폈다.

"오다가 뱀을 만났어."

에릭이 말했다.

"하지만 저 정도로 크지는 않아. 아마 절반 정도."

그 말에 일행이 웃음을 터뜨리자, 파블로는 한층 흥이 난 모양이었다.
그는 다시 풀쩍 뛰어올라 에릭에게 달려들며 큰 소리로 지껄였다.

"그는 겁을 먹었어."

에릭이 말했다.

일행은 물병을 건네고, 파블로가 마시기를 기다렸다. 에릭은 물을 길게
들이켜고는 팔꿈치에도 부었다. 상처가 난 자리였다. 모두 그의 주위로
모여들어 자세히 살폈다. 피가 흘렀지만 그리 깊지는 않았고, 8센티미터
가량의 길이에, 팔꿈치의 곡선을 따라 낫 모양으로 벤 자국이 났다. 에이
미가 사진을 찍었다.

"우리는 마을에서 가이드를 찾을 생각이야."

그녀가 말했다.

"시원하게 쉴 만한 곳도."

스테이시도 입을 열었다.

"차가운 소다수랑."

"어쩌면 라임이 있을지도 모르지."

에이미가 말했다.

"그걸 네 상처에 짜 넣자. 그러면 그 안에 든 고약한 것들을 모조리 멸
균시킬 거야."

그녀와 스테이시가 에릭에게서 시선을 거두고 제프를 향해 미소 지었
는데, 마치 그를 조롱이라도 하는 것 같았다. 그는 아무 대꾸도 하지 않았

다. 말해봐야 무엇 하겠는가? 결정은 이미 나버렸다. 마을로 들어서는 것이다. 마침내 파블로가 수다를 멈추었다. 마티아스는 물병에 마개를 채웠다. 제프는 배낭을 멨다.

"갈까?"

그가 말했다.

그들은 마을을 향해 샛길을 내려가기 시작했다.

그들이 숲에서 벗어나던 그 순간, 남녀노소 할 것 없이 마을의 온 주민들이 다가오는 여섯 사람을 보고는 순간적으로 모든 동작을 멈추고 그 자리에서 얼어붙은 것처럼 보였다. 하지만 그 순간은 찰나에 사라지고, 언제 그랬냐는 듯 태평하게만 보였다. 수상한 낌새를 포착했다고 여겼던 스테이시는, 마을을 향해 한 걸음 한 걸음 다가설수록 정말 그랬던가 싶은 생각마저 들었다. 주민들은 계속 밭일에 열중하며 허리를 숙인 채 줄지어 작물들 사이로 전진해나갔고, 아무도 일행을 향해 눈길을 주지 않았다. 누구 하나, 심지어 어린아이들조차, 그들이 길을 내려오는 데 전혀 아랑곳하지 않았다. 결국 모든 게 착각이었다. 하긴 스테이시는 몽상가였다. 자신이 허무맹랑한 공상가라는 걸 누구보다 본인이 잘 알고 있었다. 서늘하게 쉴 만한 곳도, 차가운 소다수도 마을에는 없을 것이다. 주민들이 미심쩍은 기적을 보였다가, 잽싸게 태평한 체했을 리도 없을 것이다.

개가 다시 모습을 드러냈는데, 앞서 일행을 향해 짖어대던 녀석이었다. 하지만 이번에는 태도가 달랐다. 꼬리를 흔들고 혀를 쭉 빼문 품이 친구를 맞이하는 태도였다. 스테이시는 개를 좋아했다. 그 앞에 쪼그리고 앉아 쓰다듬자, 녀석은 그녀의 얼굴을 핥았다. 몸통 절반이 실룩거릴 정도로 힘차게 꼬리를 내저었다. 다른 일행은 걸음을 멈추지 않고, 계속 길을 따라 걸었다. 개의 온몸에 반점이 덮인 게, 그때 스테이시의 눈에 들어왔다. 그런데 배에 붙었던 반점들이 후두둑 떨어져 내렸다. 건포도처럼 통통하고 피가 말라붙은 빛깔이었다. 개의 가죽에 덮인 다른 반점들도 움직이고 있다는 걸 깨달은 순간, 스테이시는 후다닥 일어나 개를 밀쳐내려고 했지만 헛수고였다. 그 짧은 애정의 표시에 개는 완전히 매혹돼버렸다. 녀석은 그녀가 걸음을 떼는 데도 꼬리를 흔들고 킹킹대며 그녀 곁에 찰싹 달라붙어 엉겨 붙으려 해, 하마터면 발이 걸려 넘어질 뻔했다. 허겁지겁 일행을 뒤쫓으며, 그녀는 개의 주둥이를 냅다 걷어차 한 방 먹여 내쫓고 싶은 충동이 불끈 일었다. 개의 몸에 붙은 벌레들이 자기 몸에서도 굼실대는 것만 같아, 그건 사실이 아니라고 자신에게 타일러야만 했다. 그건 사실이 아니야. 한 글자 한 글자 마음속으로 되새겼다. 불현듯 칸쿤의 자기 객실로 돌아가 샤워하고픈 생각이 간절해졌다. 따뜻한 물, 샴푸 냄새, 종이 포장지에 싸인 조그만 비누, 행거에 걸린 깨끗한 수건.

마을에 들어서자 숲길은 일반적인 길이라고 해도 좋을 만큼 넓어졌다. 길 양편에 오두막들이 늘어서 있었다. 밝은 색깔의 담요가 오두막 입구마다 걸렸는데, 그나마 담요를 걷은 집도 컴컴한 그늘 속에 그 내부가 보이지 않았다, 닭 몇 마리가 꼬꼬거리며 마당을 돌아다녔다. 또 다른 개가 스테이시에게 한껏 반한 개와 함께 나타났는데, 두 마리는 서로 물어뜯으며 그녀를 놓고 싸움을 벌였다. 두 번째 개는 늑대처럼 잿빛을 띠었다. 눈동자 한쪽은 갈색, 다른 한쪽은 파란색을 띠고 있어 오싹한 느낌이 들었다. 스테이시는 어느새 머릿속으로 녀석들의 이름까지 지었다. 피그펜(불결한)과 크리피(섬뜩한).

처음에는 다들 밭일에 나가고, 마을에는 아무도 없는 것처럼 보였다. 흙길에는 주민들의 발자국이 어지럽게 흩어져 있었다. 아무도 입을 열지 않았다. 좀처럼 입을 다물지 않는 파블로까지도 침묵을 지켰다. 한 여인이 젖먹이 아기를 품에 안고, 문 앞에 나와 앉아 있었다. 길고 까만 머리카락을 잿빛 끈으로 묶은 몹시 깡마른 여인이었다. 일행은 흙길 중간쯤까지 다다랐고, 여인하고는 딱 3, 4미터 거리였지만 그녀는 눈길 한 번 주지 않았다.

"올라!"

제프가 외쳤다.

대꾸가 없었다. 여전히 외면한 채 묵묵부답이었다.

아기 머리에는 머리카락 한 올 없고, 대신 심한 발진이 돋아났는데 몹시 아플 것 같았다. 아기 머리에 잼을 처발라놓은 것 같은 모양이었는데, 눈 뜨고 바라보기 힘들 만큼 참혹한 상처였다. 그런데 왜 아기가 울지 않는지 스테이시는 알 수가 없었지만, 왠지 가슴속이 먹먹해지는 걸 어쩔 수 없었다. *인형 같네.* 움직이지도 울지도 않는 아기라는 생각이 든 순간, 그 고요함이 왜 그토록 신경을 거스르는지 깨달았다. 죽은 아기라는 게 퍼뜩 떠올랐던 것이다. 그녀는 눈길을 돌리고, 다시 마음속으로 그 단어들을 되새겼다. *그건 사실이 아니야.* 일행은 이내 아기 엄마 곁을 지나갔고, 스테이시는 뒤를 돌아보지 않았다.

그들은 마을 한복판에 있는 우물 앞에서 걸음을 멈추고, 누군가 다가오기를 기다리며 주변을 돌아보았지만, 만일 그렇지 않을 경우 어떻게 해야 할지는, 조금도 감이 잡히지 않았다. 우물은 깊었다. 스테이시가 우물가에 손을 짚고 내려다보았지만, 바닥은 보이지 않았다. 침을 탁 뱉거나 조약돌을 던져서, 그것이 수면에 닿는 소리로 깊이를 가늠해보고 싶은 걸 애써 참았다. 끈적끈적한 밧줄이 감긴 나무바가지가 보였지만, 스테이시는 손을 댈 엄두가 나지 않았다. 모기떼가 이제나저제나 먹잇감을 노리며, 바가지 주변에 구름처럼 윙윙거리고 있었기 때문이다.

에이미가 사진을 몇 장 찍었다. 주변의 오두막들, 우물, 두 마리 개. 그녀는 카메라를 에릭에게 건네고는, 자기 사진 한 장, 그리고 스테이시와 팔짱을 낀 사진을 한 장 찍게 했다. 이번 탐험을 마치고 돌아갈 무렵, 둘이서 이렇게 팔짱을 끼고 카메라를 향해 미소 짓는 사진들을 죽 늘어놓고 보면, 처음에는 살결이 하얗다가 점차 햇볕에 타고 마침내 각질이 벗겨지는 모습을 하고 있을 것이다. 하필이면 이 첫 번째 기념사진에서 모자가 빠졌고, 그것 때문에 스테이시는 잠시 우울해졌다. 광장에서 달아나던 소년들, 조그만 손이 자신의 젖가슴을 틀어쥐던 그 충격이 떠올랐기 때문이다.

크리피라고 이름 붙인, 갈색과 파란색 짝짝이 눈을 한 개가 쭈그리고 앉더니, 우물 옆에 기다란 똥을 누기 시작했다. 똥은 굼실거리고 있었다. 배설물이라기보다는 차라리 벌레 뭉치에 가까웠다. 피그펜이 몹시 호기심이 도는 듯 킁킁 냄새를 맡았고, 그 광경에 굳게 다문 파블로의 입에서 짜증스러운 비명이 터져 나왔다. 그는 손을 마구 내저으며 그리스어로 뭐라 떠들어댔다. 속이 메슥거리는지 입을 앙다문 채, 꿈틀대는 똥을 자세히 살펴보려고 몇 걸음 다가섰다. 그는 고개를 들고 하늘을 향하고는, 마치 신에게 말을 걸듯 연방 중얼대며, 손으로는 두 마리 개를 가리켰다.

"어째 이건 별로 좋은 생각이 아닌 것 같다."

에릭이 말했다.

제프도 고개를 끄덕였다.

"어서 빠져나가는 게 좋겠어. 우린 오늘……."

"누가 온다."

마티아스가 말했다.

한 남자가 일행을 향해 흙길을 걸어 내려왔다. 들판에서 일을 하다 말고 나온 듯, 흰 바지에는 양손을 훔쳐낸 얼룩이 묻어 있었다. 작은 키에 어깨가 떡 벌어진 사내로, 이마의 땀을 닦으려고 밀짚모자를 들어 올렸을 때, 거의 대머리라는 걸 스테이시는 놓치지 않고 보았다. 그는 6미터쯤 떨어진 데서 걸음을 멈추고 곰곰이 일행을 훑어보았다. 모자를 다시 머리에 얹고는, 손수건을 도로 주머니에 넣었다.

"올라!"

제프가 외쳤다.

남자는 마야어로 대꾸했는데, 눈썹을 추켜올린 품이 질문을 던진 것 같았다.

일행더러 무엇을 원하는지 묻는 모양이었는데, 제프는 처음에는 에스파냐어로, 다음에는 영어로, 마지막으로는 손짓 발짓으로 대답을 하려 애썼다. 남자는 그중에 어떤 말도 알아들은 기색을 보이지 않았다. 사실 스테이시는 사내가 제프의 설명을 들을 생각이 없으며, 마을까지 오게 된 사연 따위에도 전혀 관심이 없다는 느낌이 들었다. 그는 제프의 말에 귀를 기울이고, 손짓 발짓에는 희미하게 미소를 짓기도 했지만, 그 태도에는 마땅치 않아 하는 기색이 역력했다. 그는 공손하기는 했지만 친절하지도 않았다. 어서 그들이 마을을 떠나 다시는 찾아오지 않기만 고대하는 거라고, 스테이시는 짐작했다.

마침내 제프도 그의 의중을 읽은 모양이었다. 그는 설명을 포기하고는 일행을 바라보며 어깨를 으쓱 움직였다.

"안 되겠어."

그가 말했다.

누구도 그 의견에 토를 달지 않았다. 모두 배낭을 어깨에 메고 정글을 향해 다시 걸음을 옮기기 시작했다. 마야 남자는 우물가에 선 채, 그들이 떠나는 걸 지켜보았다.

일행은 아는 척도 하지 않던 여인을 다시 지나쳤는데, 이번에도 여인은 빨간 잼을 머리에 덮어쓴 것 같은 꼼짝 않는 아기를 안은 채 시선을 피했다. *죽은 거야.* 스테이시는 그 생각이 들자 다시 마음속으로 주문을 되뇌어야 했다. *그건 사실이 아니야.*

개들이 따라왔다. 두 아이까지 뒤따라와 일행을 놀라게 했다. 삐걱대는 소리가 들려 스테이시가 돌아보니, 두 소년이 자전거를 타고 따라붙고 있었다. 둘 중에 몸집이 큰 소년이 페달을 밟고, 작은 소년은 핸들에 걸터앉았다. 상대적으로 크고 작다고 구분했을 뿐, 두 소년 모두 왜소했다. 움푹 팬 가슴팍에 어깨도 구부정하고, 무릎과 팔꿈치는 앙상하게 튀어나와, 자전거를 타기에도 버거울 듯했다. 자전거는 무거워 보였다. 타이어는 바람이 빠져 지면에 닿을 때마다 힘없이 퍼지고, 그나마 안장도 없었다. 뒤에 앉은 소년이 일어선 자세로 페달을 밟았는데, 땀을 뻘뻘 흘리며 안간힘을 썼다. 체인에 기름칠을 한 지 오래된 것 같았다. 계속 삑삑대며 거슬리는 소리를 냈다.

여섯 명이 걸음을 멈추고 돌아보며, 아이들에게 폐허의 위치를 물어볼까 생각했지만, 아이들은 10여 미터쯤 떨어진 곳에서 움직임을 멈추고는, 마치 두 올빼미처럼 경계의 시선으로 바라보기만 했다. 제프가 소리치며 가까이 오라고 손짓했다. 심지어 아이들을 유인할 생각으로 1달러짜리 지폐까지 흔들어 보였지만, 소년들은 가만히 보기만 했고, 작은 아이는 핸들에 앉은 채 꼼짝도 하지 않았다. 마침내 일행은 포기하고, 다시 걸음을 옮기기 시작했다. 잠시 후 일정한 리듬으로 삐걱대는 소리가 다시 들렸지만, 아무도 관심을 두지 않았다. 들판에서 줄지어 일하는 사람들의 움직임도 계속 이어졌다. 우물가에 선 남자와 자전거를 탄 두 소년만이 일행의 출발에 관심을 보였다. 크리피는 일행이 정글로 들어서자마자 단념했지만, 피그펜은 끈질겼다. 스테이시에게 계속 엉겨 붙으려 했고, 스테이시는 연방 녀석을 밀어냈다. 개는 그게 무슨 놀이라고 여기는지, 점점 더 열을 내며 그녀에게 달라붙었다.

스테이시도 더 이상 참을 수가 없었다. 인내심이 한계에 다다랐다.

"안 돼."

그녀는 개의 주둥이를 찰싹 갈겼다. 개는 깨갱대며 화들짝 놀라 뒤로 물러섰다. 녀석은 길 한복판에 서서 마치 고통에 일그러진 인간과 같은 표정을 지으며, 그녀를 바라보았다. 배신. 개의 눈은 틀림없이 그 뜻을 전하고 있었다.

"오, 강아지야."

스테이시는 이렇게 말하며 다가서서 팔을 뻗었지만 이미 때는 늦었다. 개는 꼬리를 다리 사이에 바짝 말아 감은 채, 경계하며 뒷걸음질쳤다. 일행은 그늘진 오솔길로 계속 전진하며, 구부러진 모퉁이로 접어들고 있었다. 그들은 금세 눈앞에서 사라지고 말 것이다. 스테이시는 마치 숲에 혼자 버려진 것 같은 공포에 소름이 끼쳤고, 냅다 몸을 돌려 일행을 따라 달렸다. 뒤를 돌아보니, 개는 여전히 길 한가운데에 선 채 그녀를 지켜보고 있었다. 소년들은 삐걱대는 자전거를 타고 개를 거의 스칠 듯이 지나갔지만, 녀석은 꼼짝도 않고 원망스러운 눈초리로 그녀가 모퉁이를 돌아 사라질 때까지 하염없이 쳐다보았다.

길을 거슬러 올라가면서, 에이미는 그날의 만족스러운 결말에만 생각을 붙들어 매려고 애썼지만, 문득문득 떠오르는 불안을 지울 수 없었다. 그들은 폐허를 발견할 수도, 그렇지 못할 수도 있다. 발견 못 할 경우 그들은 코바와 18킬로미터 이상 거리를 둔 채, 흙길 도로에서 하루를 마감하고 밤을 나야 할 것이다. 어쩌면 그 길에 대해 잘못된 인상을 받았는지도 모른다. 그들이 생각하던 것보다는 지나다니는 차량이 많을 수도 있다. 히치하이킹해서 코바까지 간다면, 그야말로 해피엔딩일 거라고 그녀는 생각했다. 막 해가 질 무렵 도착해서 밤을 지낼 곳을 찾거나, 칸쿤으로 돌아가는 막차를 잡을지도 모른다. 하지만 에이미는 그런 가능성에 그다지 희망을 걸 수 없었다. 칠흑 같은 어둠 속에서 숲길을 따라 걷거나, 텐트나 침낭이나 모기장도 없이 한데서 야영을 하는 광경이 떠올랐고, 그러느니 폐허로 가는 길을 찾아내는 게 차라리 낫겠다는 결론을 내렸다.

폐허에는 헨리히와 새로 사귄 그의 애인과 고고학자들이 있다. 영어가 통하는 사람들이다. 에이미 일행을 반기고 도움을 줄 수 있는 사람들이다. 그들이 코바로 돌아갈 방법을 강구하고, 시간이 너무 늦었을 경우에는 텐트라도 기꺼이 내줄 것이다. 저녁 식사도 기꺼이 만들어줄 것이다. 모닥불을 피워놓고 술을 마시고 웃고 떠들며, 나중에 돌아가면 사람들한테 보여주기 위해 사진을 찍어댈 것이다. 그것이야말로 이번 탐험에서 하이라이트를 차지하는 대목이었다. 숲길을 다시 거슬러 올라가며, 그녀가 마음속에 새긴 해피엔딩은 바로 그런 것이었고, 어느새 일행은 황무지 바로 앞에 당도했다. 눈부신 햇살 때문에 걸음을 빨리하지 않으면 안 되는 곳이었다.

일행은 공터로 걸음을 내딛기 전에, 그늘 아래에서 걸음을 멈추었다. 마티아스는 물병을 꺼내 다시 일행에게 죽 돌렸다. 모두 땀을 흘리고 있었다. 파블로한테서는 벌써 땀 냄새가 지독하게 풍겨 나왔다. 그들 뒤에서 삐걱대는 자전거 소리가 멈추었다. 에이미가 돌아보니, 두 소년이 15미터쯤 떨어진 곳에서 자신들을 바라보는 게 보였다. 누추한 개들도 거기에 있었는데, 그중 하나는 스테이시에게 홀딱 마음을 빼앗긴 녀석이었다. 녀석은 동무보다 한결 떨어진 채, 그늘 속에서 거의 모습을 드러내지 않았다. 하지만 녀석도 걸음을 멈춘 채, 일행을 바라보며 머뭇대고 있었다.

그때 황무지를 생각해낸 것은 에이미였다. 그게 떠올랐을 때 자랑스러운 기분에 양 뺨이 붉게 달아오른 그녀는, 어린아이가 책상에서 벌떡 일어나 선생님에게 손을 들고 흔들 때처럼 자못 으쓱해졌다.

"어쩌면 저 황무지 어딘가에 길이 연결돼 있을지도 몰라."

그녀가 그늘 밖의 햇살을 가리키며 말했다.

모두 고개를 돌려, 황무지를 바라보며 생각에 잠겼다. 그리고 제프가 고개를 끄덕였다.

"그럴 수도 있겠다."

그가 에이미의 아이디어에 만족스러운 미소를 짓자, 그녀는 한층 더 뿌듯해졌다.

그녀는 목에 건 카메라를 들어 올리고, 일행에게 모여 서라고 주문했다. 태양을 등지고 선 채, 일행을 뷰파인더로 들여다보며 모두 웃으라고 명령했고, 심지어 찌푸린 마티아스에게도 웃으라고 부추겼다. 에이미가 막 셔터를 누르려던 순간, 스테이시는 카메라에서 시선을 돌려 에이미 어깨 너머로 소년과 개, 고요한 마을을 향해 이어진 숲길을 흘끗 쳐다보았다. 어쨌거나 상관없었다. 사진이 잘 찍혔다는 걸, 에이미는 장담할 수 있었다. 무엇보다 일행의 해결책, 즉 그들을 해피엔딩으로 이끌어줄 방법을 생각해내지 않았는가. 폐허는 반드시 나타날 것이다.

단단하게 흙이 다져진 길을 벗어나, 황무지가 된 들판을 통과하는 일은 무척 힘이 들었다. 최근 들어 써레로 흙을 파 일군 모양이었다. 써레가 지나간 길마다 고랑이 파였고, 진흙 덩이가 잔뜩 뭉쳐 있어 지면이 울퉁불퉁했다. 움직일 때마다 진흙이 신발에 달라붙고 점차 두껍게 덩어리가 져, 그걸 긁어내느라 계속 걸음을 멈추어야 했다. 에릭은 이런 모험을 견뎌낼 만한 상태가 아니었다. 숙취에서 깨나지 못한 데다 잠이 부족해 피곤하고, 대낮의 더위가 짜증스럽게 느껴지기 시작했다. 심장은 두방망이질 치고 머리가 지끈거렸다. 구역질이 울컥울컥 올라왔다. 더 이상 꼼짝도 할 수 없을 것 같지만 친구들에게 뭐라고 설명해야 할지 난감한 지경이었는데, 파블로가 돌연 걸음을 딱 멈추어 돌파구를 열어주었다. 진흙에 오른쪽 신발이 파묻힌 채, 발만 쏙 빠져나온 것이다. 파블로는 그 자리에서 우뚝 선 채, 두루미처럼 한 발로 서서 뭐라고 중얼거렸다. 에릭은 전에 그리스 청년들이 가르쳐준 욕설이라는 걸 알 수 있었다.

제프와 마티아스와 에이미는 벌써 저만치 앞서 가고 있었다. 그들은 정글의 경계 지점을 따라 성큼성큼 걸음을 옮겼는데, 보기에는 무척 가뿐해 보였다. 하지만 스테이시는 파블로와 에릭 옆에서 고전을 면치 못했다. 그녀는 그리스 청년의 팔꿈치를 잡고 균형을 잡도록 도왔고, 에릭은 웅크리고 앉아 진흙 속에 틀어박힌 신을 꺼내려 애썼다. 몇 차례 안간힘을 써가며 잡아당기자, 마침내 신은 뻥 뚫리는 소리를 내며 빠져나와 셋 모두 웃게 만들었다. 파블로가 다시 신을 신었다. 그러고는 입을 다물고, 길을 따라 다시 걸음을 놓기 시작했다. 스테이시와 에릭은 다른 일행을 바라보았는데, 이제는 족히 15미터는 떨어진 거리에서 수목이 우거진 부근을 요령 좋게 전진하고 있었다. 아주 잠깐 조용히 실랑이를 벌이다가, 에릭이 스테이시에게 손을 내밀었다. 그녀도 결국 빙긋 웃으며 손을 잡았고, 두 사람은 파블로의 뒤를 따라 황무지를 횡단하기 시작했다.

제프가 그들에게 큰 소리로 뭔가 외쳤지만, 에릭과 스테이시는 대꾸하지 않고 손을 흔들며 계속 걸음을 놓았다. 몇 걸음 앞에서 두 사람을 기다리던 파블로가, 배낭을 열고 테킬라를 꺼냈다. 그는 뚜껑을 열고 에릭에게 술병을 건넸다. 바로 그 술 때문에 지독한 숙취에 빠졌으면서도, 에릭은 한참이나 들이켜고 난 뒤 스테이시에게 건넸다. 스테이시는 일단 마음만 먹으면 꽤 잘 마시는 편으로, 지금도 그랬다. 고개를 젖히고는 술병을 수직으로 들어, 벌컥벌컥 소리를 내가며 목구멍으로 쏟아 부었다. 그러다 기침을 토해내고는 크게 웃었는데, 얼굴은 붉게 달아올라 있었다. 파블로가 박수를 보내며, 그녀의 어깨를 툭 치고는 술병을 도로 챙겼다.

마야 소년들은 여전히 그들을 따라왔다. 아까보다 조금 더 가까운 거리에서 따라붙었지만, 여전히 정글의 그늘 속에 몸을 숨기고 있었다. 이젠 자전거에서 내려 나란히 걸었는데, 둘 중 큰 소년이 핸들을 잡았다. 파블로가 그리스어로 지껄이며 술병을 건넸지만, 아이들은 꿈쩍도 하지 않은 채, 가만히 서서 바라보기만 했다. 개들도 소년들 바로 옆에서 빤히 쳐다보았다.

제프와 마티아스와 에이미는 황무지 맞은편, 즉 정글의 시작 지점에 도달해 있었다. 그들은 그 주변을 돌아다니며, 숲길 주변으로 또 다른 길이 연결되었는지 찾는 중이었다. 파블로가 배낭에 술병을 도로 넣었고, 그들 셋은 잠시 서서 제프 일행이 진흙 밭을 걸어가는 걸 바라보았다. 에릭은 아무래도 폐허를 찾아낼 거라는 확신이 들지 않았다. 사실 그 폐허의 존재 여부조차 믿어지지가 않았다. 누군가 그들에게 거짓말을 했거나 장난을 친 것이지만, 그게 마티아스나 마티아스의 동생 또는 그 동생의 상상 속 여자 친구인지는 확실히 알 길이 없었다. 어쨌든 그건 중요한 게 아니었다. 잠시 탐험에 재미를 느끼기도 했지만, 이제는 끝을 내고 안전하게 에어컨이 장착된 버스를 타고 칸쿤으로 돌아가 꿈나라를 찾고 싶었다. 어떻게 해야 그럴 수 있는지는 알 수가 없었다. 확실한 것은 거기에 가고 싶다는 것이요, 한시라도 빨리 도로에 가 닿는 것뿐이었다. 고된 진흙 밭 행군은 질색이었다.

에릭은 계속 걸음을 떼어놓았다. 차라리 그늘에 앉아, 일행이 길을 찾을 때까지 기다릴 걸 그랬다. 그 틈에 낮잠을 조금 자둘 수도 있었을 텐데. 그는 스테이시와 손을 맞잡고 계속 걸었다.

"그래서……."

스테이시가 입을 열었다.

"소녀는 피아노를 샀어."

"하지만 그걸 연주할 줄은 몰랐지."

에릭이 응수했다.

"그래서 그녀는 레슨에 등록했어."

"하지만 그럴 만한 돈이 없었지."

"그래서 공장에 취직했어."

"하지만 지각해서 해고당했지."

"그래서 그녀는 창녀가 됐어."

"하지만 첫 고객하고 사랑에 빠졌지."

이 커플은 '그래서- 하지만'이라는 말 잇기 게임을 즐겨 하곤 했다. 게으름의 극을 달리는 인생에 관해 대꾸 놀이를 하는 것인데, 몇 시간이나 계속한 적도 있었다. 이 커플이 고안한 게임으로, 재미있다고 여기는 사람은 아무도 없었다. 에이미조차 따분하다고 했다. 하지만 에릭과 스테이시는 워낙 무의미한 장난을 즐기는 타입이었다. 스테이시와 둘이서 어린아이로 지내다가 그녀만 불쑥 어른이 된 건 아닐까, 에릭은 마음 깊고 깊은 곳에서 의심이 들곤 했지만, 사실 그 변화는 이미 시작되고 있었다. 하지만 에릭 자신도 언젠가는 그런 단계에 도달할 거라는 생각은 전혀 들지 않았다. 다른 사람들은 어떻게 그럴 수 있는지도 이해가 가지 않았다. 그는 아이들을 가르치며 영원히 아이로 남겠지만, 야속하게도 스테이시는 그를 남겨두고 혼자 어른이 되어버렸다. 언젠가는 그녀와 결혼하리라 꿈꾸었지만, 어디까지나 혼자만의 다짐일 뿐, 그런 생각 자체가 그의 내면에 자리한 미숙함의 상징이라 할 수 있었다. 그들의 미래에는 실연의 조짐, 이별 통고, 고통스러운 마지막 만남이 대기했다. 그는 그걸 알면서도 모른 체하는 것이거나, 아니면 예상은 하면서도 의도적으로 눈을 감아버린 상태였다.

"그래서 그녀는 손님한테 결혼하자고 했어."

"하지만 그는 이미 결혼한 몸이었지."

"그래서 그녀는 그에게 이혼하라고 매달렸어."

"하지만 그는 아내를 사랑하고 있었지."

"그래서 그녀는 자살하기로 마음먹었어."

그때 개가 갑자기 컹컹 짖는 바람에 에릭은 화들짝 놀랐다. 그는 뒤를 돌아보았다. 두 소년과 개가 정글에서 모습을 드러냈다. 셋 모두 햇살 아래 모습을 드러낸 채 서 있었다. 하지만 시선은 에릭을 향한 게 아니었다. 제프와 마티아스와 에이미가 있는 황무지 저편을 뚫어질 듯 바라보았다. 마티아스가 나무가 늘어선 지점에서 커다란 야자수 잎을 주워 들어 들판으로 내던지고 있었다. 그가 또 잎을 주워 들려고 몸을 구부릴 때, 제프가 돌아보더니 뭐라고 소리치며 어서 오라고 손짓했다.

에릭과 스테이시와 파블로는 꼼짝도 하지 않았다. 또 진흙탕 안으로 걸어 들어가고 싶지가 않았기 때문이다. 마티아스는 계속 야자 잎을 주워 들어 내던졌다. 그러자 나무가 늘어선 틈으로 입구가 보였다. 또 다른 숲길이었다.

에릭은 새로 드러난 길에 채 눈길을 주기도 전에, 등 뒤에서 잽싼 움직임이 일어나는 걸 느꼈다. 그는 그쪽으로 시선을 돌렸다. 두 소년 중에 큰 소년이 자전거에 올라타더니, 전속력으로 페달을 밟아 정글 속으로 사라졌다. 홀로 남은 작은 소년은 제프와 일행을 불안이 가득한 시선으로 바라보며, 몸을 좌우로 흔들고 양손으로 손뼉을 치다가 턱 밑에 갖다 붙였다. 에릭은 그 행동을 보면서도, 도무지 무슨 뜻인지 알 수가 없었다. 제프는 어서 오라고 손짓하며 또 고함을 쳐댔다. 선택의 여지는 없었다. 에릭은 한숨을 푹 내쉬고, 진흙 밭으로 다시 걸음을 떼어놓았다. 스테이시와 파블로도 뒤따라 들어왔고, 세 사람은 나무가 늘어선, 황무지와 정글의 경계 지점을 향하여 다시 걸음을 옮겼다.

그 뒤에서 개는 계속 짖어댔다.

야자나무 잎을 발견한 것은 마티아스였다. 제프는 무심코 그냥 지나쳤다. 문득 돌아보니 마티아스가 뒤에서 머뭇대며, 야자나무 잎들을 빤히 보고 서 있었다. 바닥에 떨어진 잎들이 아직도 푸릇빛을 띠었다. 나뭇잎의 줄기 끝부분이 흙 속에 파묻혀, 나무들이 늘어선 지점을 따라 덤불이 자란 것처럼 보였고, 그 때문에 샛길의 입구까지 가려졌던 것이다. 그런데 덤불에서 잎사귀 하나가 툭 떨어지며, 줄기 끄트머리를 드러냈다. 마티아스가 바로 그걸 발견했던 것이다. 그가 다가가 다른 잎사귀들까지 걷어내자, 새로운 숲길이 모습을 드러냈다. 제프가 에릭을 비롯한 세 사람을 향해 돌아서서, 손짓하며 외친 게 바로 그때였다.

야자 잎들을 제기히지, 숲길은 쉽게 눈에 들어왔다. 폭이 좁고 성글을 굽이굽이 돌면서 점차 오르막을 이루고 있었다. 마티아스와 에이미, 제프는 그늘에 잠긴 샛길 입구에 모여 섰다. 마티아스가 다시 물병을 꺼냈고, 모두 돌아가며 마셨다. 그런 다음 한동안 앉아, 에릭과 파블로와 스테이시가 천천히 다가오는 걸 지켜보았다. 모두의 마음속에 꽉 들어찬 생각을 처음으로 입 밖에 낸 것은 에이미였다.

"왜 길에 야자 잎들이 덮였던 거지?"

마티아스가 배낭에 물병을 도로 밀어 넣고 있었다. 그에게 대답을 듣고 싶으면, 그를 향해 직접 말을 걸어야 했다. 누군가 일행에게 말을 걸기라도 하면, 그는 아예 듣지 않는 듯한 태도를 취했다. 지금은 그게 타당한 처신이라고 제프는 생각했다. 애초부터 그는 이 여행의 멤버가 아니었으니까.

제프는 애서 태연을 가장하며, 어깨를 으쓱 움직였다. 그녀의 관심을 딴 데로 돌릴 방법을 궁리해보았지만 떠오르는 게 없었고, 결국 입을 다물기로 했다. 그는 에이미가 오솔길에 들어서는 걸 거부하면 어쩌나 꺼리고 있었다.

그렇다고 의심을 풀 그녀가 아니라는 걸, 제프는 잘 알고 있었다. 그리고 그의 판단은 옳았다.

"남자 아이가 자전거를 타고 가버렸어."

그녀가 말했다.

"너도 봤어?"

제프는 고개를 끄덕였다. 그의 시선은 그녀를 향하지 않았다. 그는 에릭 일행이 자신들에게 다가오는 걸 지켜보았지만, 그녀가 여전히 자신을 주목한다는 걸 느낄 수 있었다. 소년이 자전거를 타고 달아났고 숲길이 은폐돼 있었다는 데, 에이미가 신경 쓰는 걸 그는 원치 않았다. 그녀에게 공포를 심어줄 뿐이므로, 도움이 될 게 없었다. 뭔가 이상한 점이 없지 않아 있지만, 필요 이상으로 예민해질 필요는 없다고 여겼다. 물론 그게 아주 현명한 처사라고는 할 수 없지만, 그때 그가 생각해낼 수 있는 최선책은 그것뿐이었다. 따라서 거기에 따르는 수밖에 없었다.

"누가 샛길을 감춰놓으려 한 거야."

에이미가 말했다.

"그렇게 보인 거지."

"야자나무 잎을 잘라 흙에 묻어놓고는, 마치 땅에서 자라는 식물처럼 보이게 했잖아."

제프는 아무런 대꾸도 하지 않았고, 그녀도 그래주기만 바랐다.

"그러느라 꽤 공을 들였을 거야."

에이미가 말했다.

"그럴지도 모르지."

"넌 조금도 이상하다는 생각이 안 드는 거야?"

"조금은."

"어쩌면 저게 맞는 길이 아닐지도 몰라."

"두고 보면 알겠지."

"어쩌면 마약하고 연관이 있는 건지 몰라. 마리화나 밭으로 가는 길일 지도 모른다고. 마을에서 그걸 재배하는 중이고, 아까 그 남자 애가 총 든 사람들을 데리고 와서······."

제프가 마침내 에이미를 똑바로 쳐다보았다.

"에이미."

그녀는 입을 다물었다.

"이게 맞는 길이야, 알았니?"

물론 적절한 대꾸는 아니었다. 그녀는 제프를 향해 의심스러운 눈길을 던졌다.

"어떻게 장담할 수 있지?"

제프가 마티아스를 손짓으로 가리켰다.

"지도에 나와 있어."

"그건 손으로 그린 거야, 제프."

"글쎄, 그건······."

그는 할 말을 잃고 당황스럽게 손을 내저었다.

"그러니까······."

"저 길이 숨겨졌던 이유를 말해봐. 저 길이 맞는 길인 이유, 그리고 그 입구를 은폐해놓은 이유가 뭔지, 그럴듯한 이유를 대보라고."

제프가 잠시 생각에 잠겼다. 에릭 일행은 거의 그들 앞에 당도하고 있었다. 황무지 저편에서는, 조그만 마야 소년이 여전히 우두커니 선 채 그들을 바라보았다. 마침내 개는 짖어대던 걸 멈추었다.

"오케이."

제프가 입을 열었다.

"이렇게 생각하면 어때? 고고학자들이 귀중한 것들을 찾아낸 거야. 광산이 고갈되지 않았던 거지. 은을 발견했다고 치자. 아니면 에메랄드 같은 것. 어쨌든 그들이 뭔가를 찾아냈고, 누가 와서 훔쳐 갈까봐 불안해졌지. 그래서 숲길을 가려놓은 거야."

에이미는 한동안 그 시나리오를 곰곰 생각해보았다.

"그러면 그 남자 애가 자전거를 타고 달아난 건?"

"고고학 팀은 낯선 사람들을 쫓아내는 데 도움을 받으려고 마야인들을 고용했어. 돈을 지불한 거지."

제프가 자신의 설득에 만족스러워하며, 그녀를 보고 싱긋 웃었다. 물론 그 자신도 그 시나리오를 조금도 믿지 않았다. 사실 무엇을 믿어야 할지도 알 수가 없었다. 그런데도 그는 꽤나 뿌듯해졌다.

에이미는 여전히 생각에 잠겼다. 그는 에이미가 자신의 주장을 믿을 리가 없다고 여겼지만, 어쨌든 상관없었다. 다른 일행이 마침내 그들 앞에 당도했기 때문이다. 모두 땀을 흘리고 있었는데, 특히 에릭은 핏기가 없고 몹시 고단해 보였다. 물론 그리스 청년은 이번에도 포옹을 잊지 않았다. 땀이 축축한 팔로 친구들을 한 명씩 차례대로 끌어안았다. 그것과 동시에 커플의 입씨름도 끝이 났다. 따지고 보면, 샛길 말고 다른 선택의 여지란 것도 없지 않은가?

몇 분간 더 휴식을 취한 후, 그들은 새로 발견한 숲길을 따라 정글로 걸음을 떼어놓기 시작했다.

🌿

길이 워낙 좁아 일행은 한 줄로 서서 걸어야 했다. 제프가 앞장서고 그 뒤에 마티아스, 에이미, 파블로, 에릭의 순서였다. 스테이시가 맨 뒤에 섰다.

"하지만 그녀의 애인이 경찰에 신고했지."

에릭이 말했다.

스테이시는 그의 뒤통수를 빤히 쳐다보았다. 에릭은 보스턴 레드삭스의 모자를 챙이 뒤로 가게 돌려쓰고 있었다. 그녀는 자신이 바라보는 뒤통수가, 눈, 코, 입을 몽땅 갈색 머리카락으로 뒤덮은 얼굴이라고 상상해 보았다. 그러고는 머리카락이 온통 내리덮은 그 얼굴을 향해 빙그레 미소를 지었다. 그가 둘만의 게임을 다시 시작하자, 그녀는 응수할 말을 궁리했다. 그래서 그녀는 다른 도시로 달아났지. 이 말을 떠올렸지만, 입 밖에 내지는 않았다. 스테이시와 에릭이 '그래서- 하지만' 놀이 하는 걸, 에이미가 흉내까지 내며 늘려내곤 했기 때문에, 왠지 그녀 앞에서는 꺼리게 되었다. 스테이시가 아무런 대꾸도 하지 않자, 에릭도 묵묵히 걸음을 떼어놓았다. 사실 이 커플만의 게임에서 가끔 벌어지는 현상이었다. 즉, "그래서" 또는 "하지만"이라고 말을 던졌는데 상대가 아무런 응수를 하지 않으면, 게임은 자연스럽게 끝이 났다. 그것 역시 게임의 일부로, 두 사람이 공유하는 규칙이었다.

스테이시는 테킬라를 그렇게 벌컥벌컥 마셔대는 게 아니었다고 후회했다. 어리석기 짝이 없는 행동이었다. 파블로한테 자신의 술 실력을 과시하려고 허세를 부린 것이다. 머리가 떵하고 배도 조금 아팠다. 사방은 온통 푸른색 천지인데, 이럴 때에는 전혀 도움이 되지 않았다. 양쪽으로 잎사귀가 무성하게 자라나고, 길 주변으로 나무들이 빽빽하게 자리 잡고 있어, 몸이 스치지 않으려야 않을 수가 없었다. 가끔 산들바람이 지나갈 때마다, 잎사귀들끼리 서로 비벼대는 소리가 났다. 스테이시는 그 소리에 귀를 기울이며 어떤 말이든 갖다 붙이려 했지만, 뜻대로 되지 않았다. 영 집중할 수가 없었다. 술기가 얼근하게 도는 데다, 사방에 푸른색은 너무 너무 많았다. 머리가 아파오기 시작하더니, 점점 더 욱신거렸다. 땅바닥엔 이끼가 자라고 있어, 발밑까지 온통 푸른색에 미끄럽기까지 했다. 약간 우묵하게 파인 곳에서는 발을 헛디뎌 넘어질 뻔하기도 했다. 그 순간 균형을 잃고 새된 비명을 질렀지만, 그녀의 안전 여부를 확인하려고 돌아보는 이가 아무도 없자 서글픈 느낌이 들었다. 만일 넘어져서 머리를 다쳐 의식을 잃었다면 어떻게 되었을까? 시간이 얼마나 지난 뒤에야, 그녀가 뒤따라오지 않는다는 걸 일행은 알아챌까? 그래도 그들은 가던 길을 되돌아올 거라고, 그녀는 생각했다. 자신을 발견하고 구조해주겠지. 하지만 그 전에 정글에서 뭔가 튀어나와 자신을 물고 달아나면 어떡해야 하나? 정글에는 생명체가 있는 게 틀림없었다. 그녀가 길을 걸으며 이동하는 걸, 어떤 존재들이 날카롭게 지켜보는 게 느껴졌다.

물론 실제로 그럴 거라고는 믿지 않았다. 공포를 즐기는 편이기는 하지만, 아이들이 흔히 그렇듯이, 그게 현실이 아니라는 것은 이미 알고 있었다. 게다가 소년이 자전거를 타고 달아난 것이나, 길이 은폐돼 있었다는 사실도 전혀 알지 못했다. 그 점에 관해서, 일행 중 아무노 말을 꺼내지 않았기 때문이다. 너무 더워 대화를 나눌 만한 상황이 아니었다. 헛발질을 해 넘어지지나 않으면 다행이었다. 따라서 스테이시가 즐기는 공포란, 제 머릿속에서 지어낸 상상뿐이었다.

왜 샌들을 신고 왔을까? 멍청하기도 해라. 그녀의 발은 엉망진창이었다. 발가락마다 진흙이 끼었다. 황무지를 누빌 때는 그래도 감촉이 괜찮았다. 뭉근하고 질척한 게 묘한 쾌감을 주었지만, 다 좋은 것만은 아니었다. 흙에서는 희미하게 배설물 냄새가 풍겨, 마치 똥밭에 발을 담근 기분이었다.

초록은 질투의 색깔, 구토의 색깔이다. 스테이시는 걸스카우트였는데, 초록색 제복을 입고 푸른 숲을 하이킹한 경험이 있었다. 그때 불렀던 노래가 여전히 기억에 남았다. 그중 하나를 떠올리려고 했지만, 두통 때문에 마음대로 되지 않았다.

일행은 돌다리를 건너뛰며 시냇물을 건넜다. 시냇물도 바닥에 촘촘하게 자란 조류 때문에 초록빛을 띠었다. 돌다리는 숲길보다 더 미끄러웠지만, 그녀는 넘어지지 않았다. 껑충껑충 다리를 건너 시냇물 맞은편에 도착했다.

모기와 조그만 까만 파리들은 너무나 끈덕지고 너무나 많아서, 그녀는 오래전에 놈들을 쫓아내는 걸 포기했다. 그런데 시냇물을 건넌 이후로, 돌연 그것들이 시야에서 사라졌다. 순식간에 일어난 일이었다. 그것들은 늘 그녀 주변에서 윙윙대며 떼를 지어 다녔는데, 정말 마법처럼 사라져버렸다. 놈들이 없으니 그나마 뜨거운 열기도 견디기가 수월하고, 부담스러운 초록빛, 발에서 풍겨 나오는 악취마저도 참을 만해졌다. 그 덕에 나뭇잎이 속삭이는 소리를 들으며 걸음을 내딛는 게, 한동안 상쾌하게 느껴지기까지 했다. 머리도 한결 개운해지고, 나뭇잎이 사각대는 소리에 갖다 붙일 말도 떠올랐다.

나도 데려가. 나무 하나가 그렇게 말하는 것 같았다.

이어서 다른 말도 들렸다. *내가 누구인지 아니?*

숲길이 구부러지더니, 돌연 또 다른 황무지가 나타났다. 내리쏘는 햇살 아래 자리한 공터를 보고 있자니, 뜨거운 열기에 눈이 시리고 머리가 띵했다.

왼편에 선 나무에서 그녀의 이름을 부르는 소리가 들리는 것 같았다. 스테이시. 너무나 또렷하게 속삭여서, 그녀는 문득 고개를 돌렸고 그 순간 등줄기를 타고 소름이 쭉 돋았다. 그녀 뒤에서 또다시 나뭇잎이 사각대며 속삭였다. 길을 잃었니? 그 말에 스테이시는 얼른 일행을 따라 햇살 속으로 걸음을 옮겼다.

이번에 나온 공터는 들이 아니었다. 길처럼 보였지만 길도 아니었다. 한 무리의 사람들이 길을 만들기로 계획하고 정글을 갈아엎고 땅을 일구었지만, 갑자기 마음이 변한 모양이었다. 폭이 20미터로 좌우 양편으로 쭉 펼쳐졌는데, 스테이시가 한참 들여다보았지만, 그나마 모퉁이에서 구부러져 공터의 총면적이 얼마나 되는지는 가늠할 수가 없었다. 공터 한쪽 끝에는 아담한 구릉지가 형성되어 있었다. 암석이 많은 언덕이었는데, 나무는 없고 덩굴 같은 게 온통 뒤덮였다. 덩굴에는 짙은 초록색에 손처럼 생긴 잎과 작은 꽃들이 피어났다. 그 식물이 언덕 전체에 분포했고, 얼마나 촘촘하게 자랐는지 마치 지면 자체를 움켜쥐고 있는 것 같았다. 꽃은 크기와 색깔이 양귀비와 흡사해서, 빨간색 스테인드글라스처럼 화사한 빛을 뿜어냈다.

일행 모두 강렬한 햇살 때문에 이마에 손을 얹은 채, 구릉지를 잠자코 바라보았다. 아름다운 풍경이었다. 언덕은 거대한 젖가슴 모양으로, 빨간 꽃이 무성하게 피어 있었다. 에이미가 카메라를 꺼내더니 셔터를 눌러댔다.

언덕 앞 공터의 흙은, 방금 건너온 황무지하고는 빛깔이 달랐다. 그곳의 흙은 붉은빛이 감도는 갈색으로 군데군데 오렌지 빛을 띠기도 했는데, 이곳은 마치 서리가 내린 듯 흰점이 무수하게 박힌 짙은 검정색을 띠었다. 그리고 공터 너머로 길이 다시 이어져, 구릉을 향해 뻗어 올라갔다. 바로 그때 스테이시는 사방이 괴이할 정도로 조용해졌음을 깨달았다. 새들이 전혀 지저귀지 않았다. 줄기차게 울어대던 매미도 마찬가지였다. 한적한 장소였다. 그녀는 숨을 깊이 들이마시고는, 졸린 기분이 들어 그대로 푹 주저앉았다. 그다음에는 에릭, 그다음에는 파블로가 차례로 주저앉았다. 마티아스가 다시 물병을 돌렸다. 에이미는 계속 사진을 찍어댔다. 언덕, 예쁜 꽃들, 그리고 일행을 한 사람씩 찍었다. 그녀는 마티아스더러 웃으라고 했지만, 그는 물끄러미 언덕을 올려다보고 있었다.

"저거 텐트지?"

그가 물었다.

일행은 일제히 그쪽으로 시선을 돌렸다. 오렌지 빛을 띤 사각형 구조물이, 언덕의 정상에 서 있는 게 보였다. 산들바람을 받아서, 마치 돛처럼 불룩한 모양을 띠었다. 일행이 앉은 자리에서는 언덕의 경사 때문에 시야가 확보되지 않아, 그게 정확히 무엇인지는 분간하기 어려웠다. 스테이시는 덩굴의 꽃에 걸려 떨어진 연이 아닐까 생각했지만, 물론 텐트일 가능성도 배제할 수 없었다. 누구 하나 입을 열지 않고, 강렬한 햇살 아래 실눈을 뜬 채 구릉을 올려다보고 있을 때, 정글에서 이상한 소리가 들렸다. 희미한 그 소리를 모두 동시에 들었고, 거의 같은 각도로 고개를 갸웃 기울인 채 가만히 귀를 기울였다. 귀에 익은 소리이기는 하지만, 처음에는 아무도 그것을 분간해내지 못했다.

마침내 제프의 입을 통해 그 소리의 원천이 밝혀졌다.

"말이야."

그가 말했다.

스테이시도 그 말에 공감했다. 전속력으로 질주하는 발굽 소리가, 그들 뒤에서 좁은 숲길을 타고 가까워졌다.

에이미는 아직 카메라를 들고 있는 상태였다. 그녀는 뷰파인더를 통해 말이 달려오는 걸 보았다. 그리고 셔터를 누르고 나자, 말은 어느새 공터 앞에 불쑥 모습을 드러냈다. 커다란 갈색 말이 일행 앞에 앞다리를 곧추세우며 멈추었다. 등에는 아까 마을 우물가에서 보았던 마야 남자가 타고 있었다. 분명히 같은 사람이지만, 이제는 다른 사람이 된 것 같았다. 마을에서는 말수가 적고 소극적이었으며, 심지어 그들이 접근하는 게 귀찮은 듯 냉담한 태도를 보였다. 마치 극성맞은 아이를 돌보다 지친 부모처럼. 하지만 그런 기색은 사라지고, 다급하고 불안한 분위기가 그를 지배하고 있었다. 숲을 헤치고 얼마나 빨리 달렸던지, 그의 하얀 셔츠와 바지에는 푸른 물이 들어 있었다. 모자는 중간에 잃어버렸는지, 대머리 정수리가 땀으로 반짝였다.

말도 흥분하기는 마찬가지였다. 입에 거품을 물고 푸르륵거리며 눈자위를 굴렸다. 두 번이나 앞발을 치켜드는 바람에, 그들은 겁을 먹고 공터 쪽으로 물러서야 했다. 그러자 마야 남자가 팔을 흔들며, 고함을 치기 시작했다. 말에는 고삐만 있고 안장은 없었다. 마야 남자는 말의 맨 등에 올라탄 상태로, 양다리를 핀셋처럼 말 옆구리에 찰싹 갖다 붙이고 있었다. 말이 또 앞다리를 치켜들자, 남자는 거의 떨어져 구르는 듯이 바닥에 내려섰다. 여전히 손에 고삐를 쥐고 있었지만, 말은 그의 손아귀에서 벗어나려고 고개를 홱 젖히고 버둥거렸다.

에이미는 이후에 벌어진 말과 남자의 실랑이를 사진으로 찍었다. 남자는 말을 한 걸음 한걸음 길 안쪽으로 끌어당기면서 달래보려고 애썼다. 그런데 남자의 허리띠에 총이 있는 걸 깨달은 순간, 에이미는 뷰파인더에서 눈을 떴다. 마을에서는 분명히 총을 갖고 있지 않았다. 자신들을 추적하기 위해 가져온 게 틀림없었다. 말은 극도로 흥분해 있었다. 결국 마야 남자는 달래는 걸 포기하고 고삐를 놓았다. 그러자 말은 순식간에 몸을 틀더니, 정글로 달음질쳤다. 숲을 헤치며 질주하는 소리가 일행의 귀에 들렸고, 발굽 소리는 점차 멀어졌다. 그런데 남자는 다시 일행을 향해 고함을 치며, 팔을 쭉 뻗어 숲길 저 아래쪽을 가리켰다. 그가 무슨 말을 하려는 것인지 알 수가 없었다. 에이미는 말과 관련된 내용, 즉 말이 과도하게 흥분한 탓을 자기들에게 돌리는 게 아닐까 짐작했다.

"대체 뭐라는 거야?"

스테이시가 물었다. 어린아이처럼 잔뜩 겁에 질린 목소리에, 에이미가 친구를 향해 시선을 돌렸다. 스테이시는 에릭의 팔을 붙든 채, 그의 뒤에 조금 떨어져 서 있었다. 에릭은 마야인을 보며 싱글싱글 웃었는데, 마치 이 만남이 일종의 장난이며, 어서 그 사실을 실토하기를 고대라도 하는 것 같았다.

"이 사람은 우리더러 돌아가라고 말하는 거야."

제프가 말했다.

"왜?"

스테이시가 물었다.

"돈을 벌고 싶어서겠지. 일종의 통행료라고 할 수도 있고. 아니면 자기를 안내인으로 고용해달라거나."

제프가 바지 주머니에서 지갑을 꺼냈다.

하지만 남자는 고함을 치며 다급하게 길 아래를 가리킬 뿐이었다.

제프는 10달러짜리 지폐를 꺼내 그에게 건넸다.

"디네로!"

그가 말했다.

남자는 본 체도 하지 않았다. 그는 손으로 총을 겨누는 시늉을 해 보이더니, 공터 바깥쪽을 가리켰다. 일행은 뭘 어떻게 해야 할지 몰라 가만히 서 있었다. 제프는 조심스레 지폐를 도로 지갑에 넣고, 지갑은 다시 바지 주머니에 넣었다. 그리고 몇 초가 흐른 후, 남자는 고함을 그쳤다. 숨이 찼던 것이다.

그 오렌지색 텐트가 살짝 부풀어 오른 걸 제외하면, 언덕 등성이에서는 아무런 움직임도, 대꾸도 없었다. 멀리서 말발굽 소리가 다시 나더니 점점 가까워졌다. 그 남자의 말이 돌아오는 것이거나, 또 다른 마을 사람이 당도하고 있는 것이다.

"네가 동생을 찾으러 언덕에 올라가보는 건 어때?"

제프가 마티아스에게 말했다.

"우리는 여기서 기다리면서 상황을 지켜볼게."

마티아스가 고개를 끄덕였다. 그는 몸을 돌려 공터를 건너가기 시작했다. 마야 남자가 다시 고함을 쳤지만 마티아스가 멈추지 않자, 허리에서 권총을 빼들어 머리 위로 쳐들고 허공에 발사했다.

스테이시가 비명을 지르고, 손으로 입을 막으며 뒷걸음질쳤다. 모두 본능적으로 움찔하며 엉거주춤한 자세를 취했다. 마티아스가 고개를 돌리고, 남자가 자신의 가슴팍을 향해 총을 겨눈 걸 보고는 그 자리에서 우뚝 멈추었다. 남자는 그를 향해 손짓하며 뭐라고 소리쳤고, 마티아스는 양손을 들어 올린 채 일행에게 돌아왔다. 파블로도 양손을 들어 올렸지만, 다른 일행이 잠자코 있자 다시 손을 내렸다.

말발굽 소리가 점점 더 가까워지더니, 별안간 말 두 마리가 공터에 나타났다. 처음에 마야인 남자가 등장했을 때하고 똑같이, 말은 몹시 흥분해 있었다. 눈알을 희번덕거리고 푸릉푸릉 소리를 냈으며, 옆구리는 땀으로 반짝였다. 한 마리는 연한 잿빛이고, 다른 하나는 검은색이었다. 말에 올라탔던 이들이 말 등에서 훌쩍 내려왔지만, 고삐는 전혀 잡을 생각조차 하지 않았기에, 말들은 즉시 정글로 내달렸다. 새로 도착한 이들은 대머리 남자보다 훨씬 젊었다. 검은 머리카락에 호리호리한 근육질이었다. 가슴팍에는 활과 가느다란 화살이 든 통이 매달려 있었다. 그중 한 사람은 턱수염을 길렀다. 그들은 대머리 남자와 다급하게 이야기를 주고받고, 질문을 던졌다. 대머리는 여전히 마티아스를 향해 총부리를 겨누었고, 다른 두 남자도 이야기 도중에 화살을 꺼내 활시위에 걸었다.

"무슨 짓이지?"

에릭이 말했다. 잔뜩 성이 난 목소리였다.

"조용히 해."

제프가 얼른 제지하고 나섰다.

"저들이 지금……."

"가만."

제프가 말했다.

"지켜보자고."

에이미는 카메라를 마야인들에게 돌려, 사진을 찍었다. 지금은 구도가 중요한 게 아니라, 현장을 남기는 데 의미가 있다고 판단한 그녀는, 무기를 든 마야인들과 우뚝 선 채 그들과 대치 중인 일행을 모두 한 화면에 담아야겠다고 마음먹었다. 뷰파인더를 뚫어질 듯 바라보며, 조금 뒤로 물러섰다. 그러자 한결 마음이 안정되어, 이 기이한 상황의 당사자가 아닌 것 같은 착각이 들었다. 네 걸음을 더 물러서자 제프, 파블로, 그리고 아직도 양손을 들어 올린 마티아스까지 화면에 들어왔다. 이제 조그만 더 움직이면 스테이시와 에릭도 보이게 된다. 그러면 그녀가 원하는 사진을 얻을 수 있었다. 그녀는 또 한 걸음 물러서고 다시 한 걸음 물러섰는데, 그때 별안간 마야인들이 다시 고함을 쳤다. 그들은 이제 그녀를 향해 총부리와 화살을 겨누었다. 제프와 일행은 깜짝 놀라 그녀를 바라보았다. 좋아, 오른편에 스테이시가 보인다. 에이미는 또 한 걸음 물러섰다.

"에이미."

제프가 부르는 소리에 그녀는 우뚝 걸음을 멈추었다. 머뭇대며 카메라를 얼굴에서 내릴까도 생각했다. 하지만 사진이 거의 완성될 찰나였기 때문에, 마지막으로 한 걸음 더 물러나기로 했고, 그러자 마침내 완벽해졌다. 에릭까지 모두 다 화면에 들어왔다. 에이미는 셔터를 눌렀고, 찰칵 소리가 났다. 그러자 무척 뿌듯해지며, 그 위험한 현장을 초월한 듯한 기분까지 들었다. 그런데 뷰파인더에서 얼굴을 들던 순간, 누군가 발목을 붙잡는 듯한 이상한 감촉이 느껴졌다. 발밑을 내려다보고는, 그때서야 완전히 공터를 벗어났다는 걸 깨달았다. 발목의 이상한 느낌은, 꽃이 만발한 덩굴 때문이었다. 기다란 초록빛 덩굴이 발목에 감겼던 것이다. 그것도 제대로 올가미에 걸려든 양, 팽팽하게 조인 상태였다.

묘한 정적이 흘렀다. 마야 사내들이 고함을 멈춘 것이다. 두 남자는 여전히 활을 겨누고 있었지만, 대머리는 천천히 총 든 손을 내렸다. 마치 덩굴이 삼켜버린 듯한 그녀의 오른발로 일행의 시선이 쏠리는 게 느껴졌다. 그녀는 쪼그리고 앉아 덩굴을 떼어내려고 했는데, 마야인들이 다시 고함을 쳐대는 걸 듣고는 몸을 일으켰다. 그들은 그녀를 향해 소리치다가, 자기들끼리 고성을 주고받았다. 언쟁이 일어난 걸로 보였는데, 활 든 남자들이 대머리 사내하고 의견이 맞지 않는 모양이었다.

"제프."

그녀가 불렀다.

그는 시선은 돌리지 않고, 입을 다물라는 뜻으로 손을 들어 올렸다.

"움직이지 마."

그가 말했다.

그녀는 제프의 주문에 따랐다. 대머리 남자가 손으로 오른쪽 귀를 북북 문지르며, 이맛살을 찌푸리고 고개를 저었다. 권총을 쥔 왼손은 허벅지에 붙이고 있었다. 그는 젊은 청년들의 주장을 반대하는 것 같았다. 그는 에이미를 가리키고 다시 일행을 가리키고는, 길 아래쪽을 손짓으로 가리켰다. 하지만 이미 그의 행동에는 힘이 빠졌고, 패배의 기색이 역력했다. 대머리 남자 본인도 자기주장이 수용되지 않을 거라고 여긴다는 걸, 에이미는 알 수 있었다. 언쟁 끝에 지쳐서 포기하고 마는 듯이 보였다. 그는 결국 입을 다물었다. 활 든 남자들도 마찬가지였다. 그들은 제프와 마티아스, 에릭과 스테이시, 그리고 그리스인을 바라보았다. 그리고 에이미도 바라보았다. 그때 대머리 남자가 권총을 들어 올리더니, 제프의 가슴을 겨냥했다. 다른 손으로는 어서 가라는 뜻으로 손을 내저었는데, 그 대상은 언덕을 등지고 선 에이미였다.

아무도 움직이지 않았다.

대머리 남자는 언덕을 향해 손짓하며 고함을 쳐대기 시작했다. 권총을 조금 낮추더니, 제프 발치의 땅을 향해 발사했다. 모두 화들짝 놀라 뒷걸음질쳤다. 파블로가 또 허공을 향해 양손을 들어 올렸다. 다른 마야인들도 활을 들고 일행을 한 사람씩 겨누다가, 마지막으로 에이미를 겨누었다. 제프와 일행은 뒤로 물러섰다. 자기들이 어디를 향해 가고 있는지, 전혀 알 수가 없었다. 공터 끝부분에 도달했을 때, 발과 다리에 덩굴이 감기는 걸 느끼고는 머뭇거렸다. 발밑을 보고 모두 걸음을 딱 멈추었다. 에릭은 에이미의 왼편에 서 있었다. 파블로는 그녀의 오른편에 있었다. 스테이시, 마티아스, 제프도 그녀와 나란히 섰다. 제프 뒤로는 언덕으로 오르는 길이 시작되었다. 대머리 사내는 그 길을 가리키며, 그걸 타고 언덕으로 올라가라고 손짓했다. 기묘하게 굳은 얼굴은 금세라도 눈물을 흘릴 것만 같았다. 아니, 그는 정말로 울기 시작했다. 소매로 얼굴을 훔치며, 언덕을 향해 손을 내저었다. 참으로 이해할 수 없는 해괴한 상황이었지만, 아무도 말을 꺼내지 않았다. 제프를 선두로 하여, 모두 샛길을 따라 걸음을 떼어놓을 뿐이었다.

일행은 묵묵히 침묵한 채, 열을 지어 천천히 언덕을 올라갔다.

에릭은 맨 뒤에서 따라갔다. 걸으면서 어깨 너머를 흘끗 돌아보았다. 마야인들은 일행이 언덕에 오르는 걸 지켜보았는데, 대머리 남자는 손을 이마에 얹고 햇볕을 가리고 있었다. 언덕에 나무라고는 없고 사방에 덩굴만 무성하게 또아리를 틀며 자랐는데, 잎은 짙푸르고 꽃은 선홍색을 띠었다. 뜨거운 햇살이 머리 위에서 내리쪼였지만 주변에 그늘이라고는 없고, 등 뒤에서는 무장한 세 남자가 주시하고 있었다. 도무지 이해할 수가 없었다. 처음에 대머리 남자는 일행에게 돌아가라 해놓고, 이제 와서 다시 전진하라고 명했다. 틀림없이 활을 든 남자들 때문이리라. 그들이 대머리와 언쟁을 벌여 설득한 것이다. 그래도 여전히 의문은 풀리지 않았다. 여섯 명의 청년들은 묵묵히 입을 다문 채, 비지땀을 흘려가며 샛길을 올랐다. 겁도 난 데다가, 무슨 말을 해야 할지도 알 수가 없었다.

어느 정도 가고 나면, 언덕을 도로 내려갈 수 있을지도 모른다. 공터를 건너고 황무지로 향하는 좁다란 숲길을 걸어가면, 도로로 이어지는 더 넓은 숲길을 만난다. 하지만 어떻게 해야 그럴 기회를 얻을지, 에릭은 상상조차 할 수가 없었다. 고고학 팀을 만나면 여기서 무슨 일이 벌어졌는지, 설명을 들을 수 있을 것이다. 어쩌면 앞으로 5분 안에 모두 깔깔 웃어댈 수 있을 만큼, 쉽고 단순한 문제일지도 모른다. 그저 의사소통에 오해가 생긴 것일 수도 있다. 아니면 단순한 실수(mistake). 에릭은 *mis*로 시작하는 단어들과 접두사 *mis*의 의미를 생각해보았다. 2, 3주 후면 학교에서 영어를 가르칠 몸이므로, 연습 삼아 해보는 것도 좋을 것 같았다. 틀렸다 또는 *나쁘다* 등의 뜻일 테지만, 정확히 맞는지는 알 수가 없었다. 그래도 분명히 알아두어야 한다. 어디를 가나 교사의 실수를 잡아내는 데 열을 올리는 학생 두셋은 있기 마련이니까. 학과장에게 이미 읽었노라고 장담했던 책들을 올 여름에 읽을 계획이었지만, 사실 여름은 끝나가고 있었고, 그동안 그는 한 글자도 들여다보지 않았다.

misstep. misplace. misconstrue.

마지막 단어가 가장 그럴싸한 것 같았다. 에릭은 그런 단어들을 머릿속에 많이 담아두고 능수능란하게 활용함으로써, 학생들이 어려운 말을 알아들으려고 기를 쓰고 귀 기울이는 선생이 되었으면 했지만, 사실 자신과 영 거리가 먼 얘기라는 걸 본인 스스로 잘 알고 있었다. 소년티를 벗지 못한 새파란 야구 코치로서, 학생들의 장난에 윙크와 미소로 응수하는 최고 인기 교사는 되겠지만, 정확히 말해 그게 바람직한 교사라고 할 수는 없었다. 다시 말해, 중요한 가르침을 전수하는 존재는 못 되는 것이다.

mischief. misanthrope. misconception.

에릭은 걸음을 디딜 때마다 공포가 줄어드는 걸 느꼈고, 그런 사실이 기뻤다. 왜냐하면 조금 전만 해두 말 그대로 아연실색 지경이었기 때문이다 대머리 남자가 제프의 발치 근처에 총을 쏜 순간, 에릭은 스테이시의 주장이 옳았다는 생각에 그녀를 쳐다보고 있었다. 대머리가 일부러 발치를 겨누었다는 것은 미처 볼 틈도 없었고, 총소리가 터지는 순간 제프가 가슴에 총을 맞고 죽은 줄로만 알았다. 그 후 상황은 급진전되어 일행은 뒤로 물러나 언덕을 올라야 했고, 이제야 고동치던 그의 심장은 속도를 늦추기 시작했다. 누구든지 해결책을 생각해낼 것이다. 아니면 고고학 팀이 도움을 줄 것이다. 그러면 이런 불상사쯤은 별일도 아닌 게 될 게 뻔했다.

misrepresent. mislead. misguide.

"헨리히!"

마티아스가 외치는 소리에 일행은 걸음을 멈추고, 언덕 저 위에서 어떤 반응이 나올지 기다렸다.

아무도 나타나지 않았다. 일행은 몇 초 동안 머뭇대다가, 다시 걸음을 떼어놓기 시작했다.

텐트가 보였다. 더 올라가자 밝은 오렌지색에 원뿔 형태라는 걸 알 수 있었고, 꽤 낡아 보였다. 덩굴이 알루미늄 기둥을 타고 올라간 걸로 보아, 한참이나 그 자리에 있었던 모양이다. 에릭은 4인용 텐트일 거라고 짐작했다. 일행은 입구를 향해 다가섰다.

"아무도 없어요?"

제프가 외쳤고, 일행은 다시 걸음을 멈추고 대답을 기다렸다.

산들바람이 지나가자 텐트는 마치 돛처럼 펄럭이는 소리를 냈고, 그들은 그 소리를 들을 수 있을 정도로 가까이 접근했다. 그러나 아무런 대답도, 아무런 인기척도 없었다. 쥐 죽은 듯 고요한 이 순간, 에릭은 스테이시가 앞서 깨달은 사실을 비로소 깨달았다. 모기떼가 사라진 것이다. 조그만 파리 떼도 마찬가지였다. 이것이 조금이나마 안도감을 주기는 했지만, 다른 면으로는 꼭 그렇지만도 않았다. 사실 안심하고는 정반대라 할 수 있었다. 막 떠나온 공터에서 접했던 공포, 즉 제프가 죽어 쓰러졌으리라 여기며 고개를 돌리던 순간, 총성이 정글 속으로 울려 퍼지던 기묘한 공포의 메아리가 다시 떠올랐기 때문이다. 그래서 정글 한가운데에 있는 언덕을 오르다가 우뚝 멈춰 선 지금, 그토록 괴롭히던 곤충들이 사라진 게 영 어색하게만 여겨졌다. 지금은 그따위 어색한 느낌을 받고 싶지 않았다. 모든 게 또렷하게 예측 가능하기만 바랐다. 누가 나와서 벌레들이 왜 사라졌는지, 마을 남자들이 왜 언덕으로 올라가도록 강요했는지, 왜

그들은 저 아래에서 아직도 무기를 손에 쥔 채 자신들을 지켜보고 있는
지, 그 이유를 알려주면 좋겠다고 여겼다.

*misery*는 안 돼. *miser*도 안 되고. 문득 두 단어가 같은 어원을 가진 게
아닌가 하는 생각이 들었다. 라틴어에서 유래했을지도 모른다. 반드시 알
아두어야 할 게 또 하나 생겼다.

팔꿈치의 상처가 욱신거리기 시작했다. 심장이 세차게 고동치는 게 다
시 느껴졌다. 조금 차분해졌다고는 해도, 아직 너무 빠르게 뛰었다. 그는
고고학 팀이 이 기묘한 상황을 전해 듣고 깔깔대며 웃는 광경을 떠올려보
았다. 그들의 설명을 들으면, 결국 그다지 묘한 상황도 아니라는 걸 알게
될 것이다. 오렌지색 텐트 안에는 구급약 상자가 있을 거라고 에릭은 짐
작했다. 누군가 그의 상처를 소독하고 하얀 반창고를 붙여줄 것이다. 칸
쿤으로 돌아가면 고무 뱀을 사다가 파블로의 수건 속에 감춰둘 생각도 했
다. 그러자 그의 얼굴에 빙그레 미소가 번졌다.

언덕에 난 길과 텐트의 오렌지색만 빼면, 사방이 덩굴이었다. 일부 듬
성듬성하게나마 지면이 보이는 곳도 있었지만, 그마저도 에릭이 예상하
던 것보다 암석이 많이 박혔고, 사막처럼 건조했다. 그 일부만 빼면 덩굴
위에 또 덩굴이 자라 허리 높이까지 차올라서, 언덕을 친친 휘감은 것 같
았다. 덩굴에는 종처럼 생긴 선홍색 꽃들이 흐드러지게 만발했다.

에릭은 다시 언덕 아래를 흘끗 내려다보았는데, 바로 그때 네 번째 마
야인이 도착했다. 다른 이들과 마찬가지로 흰옷에 밀짚모자를 쓰고, 자전
거를 타고 왔다.

"또 한 사람 왔어."

에릭이 말했다.

모두 걸음을 멈추고 돌아보았다. 그들이 시선을 돌렸을 때, 다섯 번째
마야인이 눈에 들어왔고, 이어서 여섯 번째도 도착했는데 모두 자전거를

타고 있었다. 새로 도착한 이들 모두 어깨에 화살집을 메고 있었다. 짤막한 이야기가 오갔다. 대머리 남자가 책임자 역할을 하는 모양이었다. 그가 한동안 손짓을 해가며 설명하고, 나머지는 귀를 기울였다. 그리고 그가 언덕을 가리키자, 나머지 사람들이 일행을 향해 시선을 돌렸다. 에릭은 당황해 얼른 눈길을 돌리려다가, 의미 없는 짓이라는 걸 금세 깨달았다. "남을 빤히 쳐다보는 것은 예의에 어긋난다"는 가르침은, 지금 이곳의 상황에 전혀 부합되지 않았다. 대머리 남자가 공터 양편을 가리키며, 군대 장교처럼 절도 있는 손짓을 취했다. 그러자 활 든 남자들은 두 명과 세 명으로 팀을 나눠 왼쪽과 오른쪽으로 흩어져 공터로 재빨리 걸음을 옮겼고, 대머리는 숲길이 시작되는 지점에 홀로 남았다.

"뭣들 하는 거지?"

에이미가 물었지만 아무도 대꾸하지 않았다. 해답을 아는 이는 아무도 없었다.

한 아이가 정글에서 모습을 드러냈다. 일행을 따라오던 두 소년 중, 들판에 홀로 남았던 작은 소년이었다. 그는 대머리 남자 옆에 서서 일행을 쳐다보았다. 대머리는 소년의 어깨에 손을 얹었다. 마치 사진이라도 한 장 찍으려는 자세였다.

"지금이라도 저 아래로 달려갈 수 있겠어."

에릭이 말했다.

"서두르자. 저 애와 대머리만 남은 사이에, 재빨리 달아날 수 있을 거야."

"그는 총을 가졌어, 에릭."

스테이시가 말했다.

에이미도 고개를 끄덕였다.

"다른 사람들을 부를 수도 있고."

그들은 다시 입을 굳게 닫은 채 언덕 아래를 내려다보며 골똘히 생각에 잠겼지만, 지금 이 상황에 대한 해결책은 아무도 찾아내지 못했다.

마티아스가 양손을 오므려 입에 대고, 텐트를 향해 다시 한 번 소리를 질렀다.

"헨리히!"

텐트는 여전히 산들바람에 살며시 나부꼈다. 언덕 아래에서 정상까지는 먼 거리가 아니고 150미터쯤 되는데, 이제 절반쯤 온 것 같았다. 텐트 안에 있는 사람이 얼마든지 알아들을 수 있을 만한 거리였다. 그러나 아무도 모습을 나타내지 않았다. 아무런 대꾸도 없었다. 몇 초가 흐르고 침묵만 이어지자, 모두 짐작은 하지만 감히 입 밖에 내지 못하는 사실을 에릭도 인정하지 않을 수 없었다. 저 안에 사람은 없는 것이다.

"어서 가자."

제프가 전방을 가리키며 말했다.

일행은 다시 정상을 향해 걸음을 떼어놓기 시작했다.

언덕은 정상 부근에서 평평해져 널찍한 고원을 형성했다. 마치 하늘에서 거대한 손이 내려와 창조를 마친 다음, 아직 반죽이 덜 굳은 상태에서 부드럽게 다독여준 듯한 모양이었다. 제프가 예상했던 것보다 면적이 넓었다. 길은 오렌지색 텐트를 비켜 지나가, 15미터를 더 내려간 다음, 돌투성이의 조그만 공터로 확장되었다. 거기에 두 번째 텐트가 있었다. 파란색이었다. 오렌지색 텐트와 똑같이 낡은 것이었다. 주변에 사람이라고는 없었고, 제프는 도착하자마자 인적이 끊긴 지 오래되었다는 걸 직감했다.

"아무도 없어요?"

그가 다시 외쳤다. 여섯 명은 텐트에서 불과 2, 3미터 떨어진 거리에 서서 어떤 반응이 있기를 기다렸지만, 사실상 누가 나올 거라는 기대는 전혀 하지 않았다.

그리 힘든 오르막길은 아니었지만, 일행은 모두 숨이 찼다. 누구 하나 한동안 입을 연다거나 움직이려 들지 않았다. 너무 덥고 너무 땀이 났으며 너무 두려웠다. 마티아스는 물병을 꺼내 일행에게 죽 돌렸다. 에릭과 스테이시와 에이미는 흙바닥에 주저앉아, 서로 등을 기댔다. 마티아스는 텐트를 향해 다가갔다. 지퍼 출입구는 닫혀 있었고, 그걸 여느라 잠시 시간이 걸렸다. 제프가 그를 도우러 다가갔다. *찌이익.* 입구 지퍼를 연 두 사람은, 텐트 안으로 머리를 들이밀었다. 바닥에는 침낭 세 개가 펼쳐져 있었다. 석유램프도 보였다. 배낭 두 개. 플라스틱 공구함 같은 것도 보였다. 4리터짜리 물병에는 물이 반쯤 남아 있었다. 하이킹 부츠 한 쌍도 있었다. 사람이 거주하던 흔적은 보였지만, 한동안 아무도 머물지 않은 게 분명했다. 곰팡이 냄새가 감도는 게 그 증거였지만, 더욱 충격적인 것은 꽃이 피어난 덩굴이었다. 밀폐된 텐트 속에서 그것이 뿌리를 내리고는, 아무런 방해도 받지 않고 울창하게 자라난 것이다. 하이킹 부츠 속은 덩굴이 거의 가득 메웠다고 할 정도였다. 배낭 하나가 열려 있었는데, 그 안에도 덩굴이 가득 자라났다.

제프와 마티아스가 텐트에서 머리를 빼고 서로 마주 보았지만, 아무런 말도 나누지 않았다.

"안에 뭐가 있어?"

에릭이 말했다.

"아무것도 없어."

제프가 대꾸했다.

"침낭 몇 개."

마티아스는 언덕 정상에 선 파란색 텐트를 향해 올라가기 시작했고, 제프도 그 뒤를 따르며 어떻게 된 상황일까 골똘히 궁리에 빠졌다. 고고학 팀에게 무슨 일이 벌어진 게 틀림없다. 어쩌면 마야인들하고 모종의 갈등이 생겨, 팀을 공격했는지도 모른다. 그렇다면 어째서 저 아래 마야 사내들은 그들더러 언덕으로 올라가라고 명령했을까? 그들을 몰아내려고 해야 하지 않을까? 언덕 밑자락에 있기는 했지만, 그들이 너무 많은 것을 보았다며 불안해서 그랬을 수도 있다. 하지만 그렇다면 왜 그 자리에서 살해하지 않은 걸까? 차라리 그렇게 하는 게 훨씬 간단했을 거라고, 제프는 생각했다. 일행이 어디에 있는지 아는 사람은 아무도 없었다. 파블로가 떠나기 전에 정말 메모를 남겼다면, 그리스 청년들한테 기대를 걸 수도 있다. 하지만 그렇다고 해도 그리 간단한 문제가 아니다. 만일 저 아래 마야인들이 자신들을 죽여서 정글에 파묻어버린다면, 나중에 수색하러 사람들이 찾아온다고 해도 모른 체하면 그만이다. 제프는 아까 트럭 운전사 때문에 두려워하던 기억을 억지로 떠올렸다. 그때처럼 지금의 두려움도 근거 없는 공포로 끝날 수 있다. 오히려 지금의 이 상황이 길조가 되지 말란 법도 없지 않은가?

마티아스가 파란색 텐트의 덮개를 열고, 머리를 들이밀었다. 제프도 텐트 속으로 몸을 기울였다. 마찬가지였다. 침낭, 배낭, 캠핑 장비들. 곰팡이 냄새에 여기저기 덩굴이 수북하게 자란 상태였다. 두 사람은 다시 머리를 빼고 지퍼를 닫았다.

그 텐트에서 10미터 떨어진 곳에 구덩이가 보였다. 구덩이 옆에 간이 권양기가 서 있고, 그 권양기 밑 부분의 본체에 핸들이 달려 있었다. 본체 둘레에는 로프가 둘둘 감겼다. 본체에서 나온 로프는 조그만 바퀴를 돈 다음, 구덩이 입구로 뻗어 나온 톱질 모탕(나무를 패거나 자를 때에 받쳐놓는 나무토막─옮긴이)을 감고 땅 밑을 향해 곧게 떨어졌다. 제프와 미티아스는 구덩이를 향해 천천히 다가가 그 안을 들여다보았다. 구덩이는 가로

3미터에 세로 1.8미터의 직사각형 모양에 매우 깊었고, 제프는 그 바닥이 어디쯤인지 확인할 수가 없었다. 갱로일 거라고 그는 짐작했다. 갱로 아래에서 희미한 미풍이 올라왔는데, 어둠 속에서 으스스하고 싸늘한 냉기가 뿜어져 나오는 것 같았다.

다른 일행도 두 사람을 뒤따라 언덕의 정상에 도달했다. 모두 구덩이로 시선을 던졌다.

"여기에는 아무도 없잖아."

스테이시가 말했다.

제프가 고개를 끄덕였다. 그는 계속 생각에 빠져 있었다. 이 구덩이가 마야 문명의 폐허와 관련이 있는 걸까? 아니면 종교적인 것? 부족의 폭력? 하지만 폐허에 이런 게 있다는 말은 못 들어봤는데? 그것은 옛 광산 캠프, 즉 지면에 뚫어놓은 갱로였다.

"사람이 오래 머문 것 같지는 않아."

에이미가 말했다.

"그럼 우린 어떡하지?"

에릭이 물었다.

그들 모두 제프를 바라보았는데, 심지어 마티아스도 마찬가지였다. 제프는 어깨를 으쓱 움직였다.

"길이 계속 이어지고 있어."

그는 구덩이 너머를 손짓으로 가리켰고, 모두 그의 손끝을 따라 시선을 옮겼다. 맨땅은 거기에서 겨우 2, 3미터 앞에서 끝이 나고, 그 이후부터는 덩굴이 다시 이어졌고, 덩굴 한가운데에 길이 나 있었다. 길은 언덕 꼭대기를 감아 돌다가 시야에서 사라졌다.

"계속 가야 하나?"

스테이시가 물었다.

"온 길을 돌아가고 싶지는 않아."

에이미가 말했다.

그리하여 일행은 제프를 선두로 하여 다시 일렬로 행진을 시작했다. 한 동안 언덕 밑자락이 보이지 않았지만, 길이 내리막으로 접어들자 올라올 때보다 한층 비탈이 심해졌고, 결국 제프는 속으로 두려워하던 광경을 목도하고야 말았다. 다른 일행도 겁에 질렸다. 모두 걸음을 우뚝 멈추고 앞을 바라보았고, 제프도 마찬가지로 걸음을 멈추었다. 하지만 놀라지는 않았다. 대머리 남자가 활 든 청년들더러 공터의 양편으로 달려가게 하는 걸 본 순간, 이미 짐작하고 있었다. 활 든 사내가 길 밑자락에 서서, 자신들이 나타나기를 기다린다는 것을.

"젠장."

에릭이 말했다.

"어떡하지?"

스테이시가 물었다.

아무도 대꾸하지 않았다. 언덕 밑자락을 빙 둘러 정글이 깡그리 베여 나가 공터가 되었고, 이 황량한 언덕에 그들은 오도카니 갇힌 신세가 되었다. 마야인들은 언덕 밑자락을 에워싼 공터에서 일행을 포위하고 있었다. 제프는 언덕을 내려갈 엄두가 나지 않았다. 마야 사내가 길을 내주지 않을 게 뻔했지만, 빠져나갈 만한 다른 길은 전혀 없었다. 결국 그는 어깨를 으쓱 움직이고는 일행을 향해 손짓했다.

"가보면 알겠지."

그가 말했다.

내리막길은 오르막길보다 훨씬 가파른 데다 직선으로 쭉 뻗어 있어, 자칫 발을 헛디디면 뒤에서 내려오던 일행과 뒹굴기 십상이었다. 도로 올라가려면 험한 등반이 될 게 틀림없었지만, 제프는 그 점은 생각하지 않기로 했다. 그들이 접근하자 마야 남자가 어깨에서 화살을 꺼내, 활에 걸었다. 그는 일행을 향해 고개를 흔들고 손을 내저으며 소리쳤다. 그러고는 자신의 왼쪽을 향해 뭐라고 외쳤는데, 누군가의 이름인 듯했다. 2, 3초 후 활 든 사내 중 한 명이 공터에서 달려 나와, 일행의 눈앞에 모습을 드러냈다.

두 사내는 화살을 겨눈 채, 그들이 다가올 것에 대비했다.

일행은 공터 시작 부분에 우뚝 서서 얼굴에서 비지땀을 쏟아냈고, 파블로는 그리스어로 뭔가 중얼거렸다. 무엇을 묻는 듯했지만, 물론 알아듣는 이는 아무도 없었다. 그는 같은 말을 반복하다가 결국 입을 다물었다.

"어쩌지?"

에이미가 입을 열었다.

제프는 뭘 어떻게 해야 할지 알 수가 없었다. 상대방을 조준하는 것과 화살을 날리는 데는 분명히 차이가 있다고 그는 믿었다. *중대한 차이고말고*, 그는 이렇게 생각하고, 마야인들을 떠볼 궁리를 했다. 공터 안으로 한 걸음 내디디고 다시 한 걸음 또 한 걸음을 내디디면, 어느 지점에선가 두 남자는 화살을 날리든지, 그대로 통과시키든지 할 것이다. 아마 단순히 용기의 문제일지도 모른다고 여기며, 그는 대담한 모험에 뛰어들기로 작정했다. 그가 막 거기까지 생각을 했을 때, 또 다른 활 든 사내가 왼쪽에서 뛰어나오는 바람에 그 기회는 사라지고 말았다. 제프는 아무 소용없을 걸 알면서도 지갑을 꺼내 들었다. 어떤 시도든지 해보자는 생각이었다. 그는 지폐를 몇 장 꺼내 마야인들을 향해 흔들었다.

아무런 반응이 없었다.

"그냥 쏜살같이 달려버리자."

에릭이 다시 제안했다.

"우리 모두 한꺼번에."

"그만둬, 에릭."

스테이시가 말했다.

하지만 그는 들으려 하지 않았다.

"아니면 방패를 만들자. 몸을 막을 수만 있으면……."

또 다른 남자가 공터를 돌아 그들을 향해 달려왔는데, 다른 이들보다 덩치가 좋고 턱수염을 길렀으며, 지금까지 보지 못한 인물이었다. 그는 권총을 쥐고 있었다.

"맙소사."

에이미가 말했다.

제프는 지갑에 지폐를 다시 넣고, 지갑은 주머니에 넣었다. 덩굴이 공터까지 뻗어 내려와 한가운데에 군락을 형성했다. 언덕길에서 3미터가량 떨어진 곳에, 기묘한 매듭처럼 엉킨 덩굴 수풀이 자라났는데, 다른 덩굴보다 키는 조금 작아 무릎 높이까지 올라왔으며 꽃이 가득 피어났다. 마야인들은 그 덩굴 수풀 저편에서 활을 겨누고 있었다. 그리고 이제 권총든 사내까지 합류한 것이다.

"언덕으로 도로 올라가자."

스테이시가 말했다.

그러나 제프는 공터에 섬처럼 덩그러니 놓인 조그만 덩굴 밭을 뚫어질 듯 바라보고 있었다. 거기에 무엇이 있는지, 사전에 아무런 정보도 없었지만 그는 이미 알고 있었다.

"난 돌아갈래."

스테이시가 말했다.

제프는 앞으로 걸어 나갔다. 3미터 거리이므로 네 걸음이면 충분했다. 그는 양손을 들어 올려 자신이 아무런 해를 가할 생각이 없다는 뜻을 나타내, 마야인들을 진정시켰다. 그들은 화살을 날리지 않았다. 그는 그들이 그러지 않을 것임을 확신했다. 오히려 덩굴 수풀 밑에 있는 것, 즉 그가 이미 알고 있으면서도 굳이 알려고 들지 않았던 것을 볼 수 있도록 허용할 거라고 믿었다. 그들은 그가 보기를 바라고 있었다.

"제프."

에이미가 외쳤다.

그는 부르는 소리를 무시하고, 덩굴 수풀 옆에 쪼그리고 앉았다. 그리고 꽃들 속으로 손을 넣고 헤쳤다. 그가 줄기를 잡아당기고 밀쳐내자, 테니스화, 양말, 남자의 넓적다리가 드러났다.

"뭐가 있어?"

에이미가 물었다.

제프가 고개를 돌리고 마티아스를 바라보니, 마티아스 역시 직감하고 있었다. 제프는 그의 눈빛을 보고 그걸 알 수 있었다. 독일 청년이 다가와 그의 옆에 쪼그리고 앉아, 덩굴 밭을 처음에는 살며시, 그러다 점차 거세게 헤쳐냈고, 이내 그의 가슴 깊은 곳에서 조그만 신음이 터져 나왔다. 마야인들은 6미터 밖에서 묵묵히 지켜보았다. 나머지 신발 한 짝과 다리가 드러났다. 바지, 벨트 버클, 검은 티셔츠. 그리고 마침내 청년의 얼굴이 드러났다. 마티아스를 꼭 닮은 얼굴이었다. 누가 보아도 한 핏줄을 나눴다고 할 만큼 생김새가 흡사했지만, 헨리히의 피부 일부가 기묘하게 부패해 광대뼈가 드러났고, 왼쪽 안구도 없었다.

"오, 이런."

에이미가 말했다.

"안 돼."

제프가 손을 들어 그녀가 입을 다물게 했다. 마티아스는 동생 시신 옆에 쪼그리고 앉은 채, 조그맣게 몸을 떨며 간헐적으로 신음을 토해냈다. 티셔츠가 짙은 검정색을 띤 이유를 제프는 깨달았다. 피로 물들었기 때문이다. 홍건한 피가 말라붙어 있었던 것이다. 헨리히의 가슴팍에 꽂힌 채 덤불 수풀 밖으로 비죽 튀어나온 것은, 가느다란 화살이었다. 제프는 마티아스의 어깨에 손을 얹었다.

"진정해."

그가 속삭였다.

"괜찮은 거야? 진정하고 마음 굳게 먹어. 우리 일어나서 돌아가자. 언덕으로 도로 올라가자."

"내 동생이야."

마티아스가 말했다.

"그래."

"저들이 죽였어."

제프가 고개를 끄덕였다. 그의 손은 여전히 마티아스의 어깨에 얹혀 있어, 독일 청년의 근육이 불끈 솟구치는 걸 느낄 수 있었다.

"진정해."

그가 다시 말했다.

"무엇 때문에······."

"나도 모르겠어."

"이 애는······."

"쉿."

제프가 말했다.

"여기서는 말자. 일단 언덕으로 올라가서, 오케이?"

마티아스는 숨이 탁 막혔다. 숨을 토해내려 애썼지만 심호흡은 되지 않았다. 제프는 그의 어깨에서 손을 거두었다. 마침내 독일 청년이 고개를 끄덕이고, 둘은 수풀에서 몸을 일으켰다. 스테이시와 에이미가 손을 맞잡은 채, 돌처럼 굳은 얼굴로 헨리히의 시신을 바라보고 있었다. 스테이시는 조용히 흐느끼고 있었다. 에릭이 그녀를 끌어안았다.

마야인들은 화살과 총으로 여전히 저마다 무기를 겨눈 채, 제프와 일행이 다시 언덕에 오르는 걸 지켜보았다.

※

이번에는 오르막길이 오히려 도움이 되었다. 때로는 손으로 짚고 기어 올라가야 할 만큼 경사가 급해서, 언덕을 오르던 스테이시가 차츰 훌쩍이는 걸 멈추었던 것이다. 그녀는 자기가 지나온 공터를 돌아보았다. 그러지 않으려고 했지만 어쩔 수가 없었다. 마야 남자들이 뒤쫓아 올라올까봐 두려웠다. 마티아스의 동생을 죽였으므로, 자신들까지 죽이는 게 논리에 맞는 것 같았다. 여섯 명 모두 죽여서, 그 시체들 위로 넝쿨이 뻗어 오르게 할지도 모른다. 하지만 지금 마야 사내들은 공터 한가운데에 우뚝 선 채, 일행을 지켜보고만 있었다.

언덕 정상에 오르자 사태는 다시 악화되었다. 에이미가 울음을 터뜨렸고 그러자 스테이시도 따라 울었다. 둘은 땅바닥에 주저앉아 손을 맞잡고 훌쩍거렸다. 에릭이 스테이시 곁에 쪼그리고 앉았다.

"괜찮을 거야. 우리 모두 무사할 거야. 조용, 자, 조용."

계속 이렇게 되뇌었다. 하지만 어디까지나 말일 뿐, 그녀를 진정시키기 위해 무심코 뱉은 무의미한 헛소리였다. 오히려 그의 얼굴에 드리운 공포 때문에 그녀는 더욱 서럽게 훌쩍이기만 했다. 그러나 태양이 머리 위에서 이글거리고 사방에 그늘이라곤 없는 데다, 언덕을 오르느라 기진맥진한 그녀는, 한참 후 멍하니 넋이 나가 울음조차 울지 못했다. 그녀가 울음을 그치자 에이미도 따라 그쳤다.

제프와 마티아스는 언덕 정상 주변을 돌아다녔다. 두 사람은 정상 언저리에 서서, 공터를 내려다보며 이야기를 나누었다. 파블로는 파란색 텐트 안으로 들어가 보이지 않았다.

"물 좀 있어?"

에이미가 물었다.

에릭이 배낭을 뒤적거리더니 물병을 꺼냈다. 두 사람은 번갈아 물을 마셨다.

"괜찮아질 거야."

그가 또 말했다.

"어떻게?"

스테이시는 이렇게 물어놓고 자신을 질책했다. 그런 질문은 하지 말았어야 했다. 묵묵히 입을 다물고, 에릭이 몽상을 할 수 있도록 내버려 두었어야 했다.

에릭은 한동안 궁리하더니 이렇게 말했다.

"해가 지면 저 아래로 내려가서, 어둠을 틈타 사람들 몰래 빠져나갈 수 있을지도 몰라."

두 사람은 물을 좀 더 마시고 나서, 그 탈출 방법에 대해 생각해보았다. 하지만 너무 더워 집중이 되지 않았고, 스테이시의 귀에서는 계속 윙윙 소음이 울렸는데, 일정한 리듬을 타고 점점 더 커졌다. 어서 강렬한 햇살을 피해 텐트로 들어가 누워야겠다는 생각이 들었지만, 텐트를 떠올리자 겁이 덜컥 났다. 언덕 꼭대기에 정성 들여 텐트를 세운 이가 누구든지 간에, 이제는 죽어 없어진 게 틀림없었다. 헨리히가 죽었다면 고고학자들도 그렇게 된 게 뻔했다. 스테이시는 그 외의 다른 가능성이란 생각할 수가 없었다.

에릭이 다시 입을 열었다.

"아니면 여기서 그냥 기다리고 있어도 될 거야."

그가 말했다.

"그리스 사람들이 조만간에 올 테니까."

"그걸 어떻게 알아?"

에이미가 물었다.

"파블로가 친구들한테 메모를 남겼잖아."

"확실하지는 않아."

"그가 지도를 복사했잖아, 그렇지?"

에이미는 아무런 대꾸도 하지 않았다. 스테이시는 에릭의 주장에 반박을 하든 동의를 하든 에이미가 다시 입을 열기를 바랐지만, 그녀는 입을 다문 채 언덕 정상의 제프와 마티아스를 쳐다보았다. 사실 뭐라 뾰족하게 대꾸할 구실도 없었다. 파블로는 메모를 남겼을 수도, 안 남겼을 수도 있다. 확실히 알 수 있는 방법은 오직 하나, 그리스 청년들이 찾아오느냐 그렇지 않느냐에 달려 있었다.

"죽은 사람은 지금까지 본 적이 없었어."

에릭이 말했다.

에이미와 스테이시는 아무 말도 하지 않았다. 헨리히의 시체를 화제로 삼고 싶은 마음이 전혀 없었기 때문이다.

"그런데 시체가 뜯어 먹힌 것 같지 않았어? 정글에서 뭐가 나와서……."

"그만 해."

스테이시가 말했다.

"그래도 이상하잖아? 덩굴이 그토록 수북하게 자라도록, 그가 오랜 시간 그 자리에 있었다면……."

"제발, 에릭."

"다른 사람들은 어디 있는 거지? 고고학자들은 어디 간 거야?"

스테이시가 팔을 뻗어 그의 무릎을 붙들었다.

"그만둬, 응? 그만 하라고."

제프와 마티아스가 그들에게 돌아오고 있었다. 마티아스는 양손을 앞으로 내밀고 있었는데, 마치 손에 페인트가 묻어서 옷에 묻히지 않으려는 듯한 자세였다. 그들이 가까이 왔을 때에야, 스테이시는 그의 두 손과 손목이 날고기처럼 불그죽죽한 빛을 띤다는 걸 깨달았다. 화상을 입은 것 같았다.

"어떻게 된 거야?"

에릭이 물었다.

제프와 마티아스가 그들 곁에 웅크리고 앉았다. 제프가 물병에 손을 뻗어 마티아스의 손에 조금 부었다. 그러자 마티아스는 잔뜩 찡그리며 셔츠로 물기를 닦아냈다.

"덩굴에 뭐가 있어."

제프가 말했다.

"마티아스가 동생을 찾아내고 덩굴을 헤쳐낼 때, 손에 덩굴 즙이 묻었어. 산성 물질이라서 그의 피부가 화상을 입은 거야."

그들 모두 마티아스의 두 손을 내려다보았다. 제프가 물병을 도로 스테이시에게 건넸다. 그녀는 손수건을 꺼내 물병을 기울였다. 젖은 천을 머리에 얹으면 조금 시원해질 것 같아서였지만, 제프가 그녀를 제지했다.

"안 돼."

그가 말했다.

"물이 얼마 없어. 우리한테는 각각 하루에 최소 1.9리터의 물이 필요해. 그러니까 모두 합해 하루에 총 11.4리터가 필요한 거야. 빗물을 받아둘 방법도 생각해놓아야겠어."

그는 먹구름이라도 찾는 듯이 하늘을 올려다보았지만, 구름은 한 점도 눈에 띄지 않았다. 그들이 멕시코에 온 후로 매일 오후만 되면 비가 내렸는데, 정작 그게 필요한 지금 하늘은 활짝 개어 있었다.

"계획을 철저하게 세워야 해."

제프가 말했다.

"지금, 우리 컨디션이 아직 견딜 만할 때."

일행은 그를 빤히 쳐다보기만 했다.

"음식 없이는 버틸 수 있어. 문제는 물이지. 햇살을 피하기 위해서는 최대한 텐트 안에서 시간을 보내야 할 거야."

스테이시는 그의 말을 들으며 속이 울렁거렸다. 그는 마치 그들이 이곳에서 한참이나 있어야 할 것처럼, 그들이 이곳에 갇힌 것처럼 이야기하고 있었고, 생각이 거기에 미치자 머릿속으로 공포가 밀려들었다. 그 자리에서 양손으로 귀를 틀어막고 싶었다. 그가 이야기하는 걸 중단시키고 싶었다.

"어두워지고 나서 몰래 빠져나갈 수는 없을까?"

그녀가 물었다.

"에릭은 그럴 수 있을 거랬어."

제프는 고개를 가로저었다. 그리고 자신과 마티아스가 서 있던 언덕 정상 너머를 손짓으로 가리켰다.

"그들이 계속 오고 있어."

그가 말했다.

"점점 수가 불어나. 모두 무장했고, 대머리 남자가 그들을 공터에 분산시키고 있어. 우리를 빙 에워싸는 거야."

"왜 그냥 우리를 죽이지 않지?"

에릭이 물었다.

"모르겠어. 왠지 이 언덕하고 관련이 있을 것 같아. 일단 언덕에 걸음을 디디면 벗어나지 못한다, 뭐 그런 것. 마야인들은 언덕에 들어오지 않으려고 했는데, 우리는 들어왔어. 따라서 우리가 여기를 벗어나지 못하기를 바랄 거야. 만일 달아나려고 한다면 화살을 날리겠지. 그러니까 누군가 와서 우리를 찾아낼 때까지, 최대한 버틸 수 있는 대책을 강구해야 해."

"누가 찾으러 와?"

에이미가 물었다.

제프가 어깨를 으쓱 움직였다.

"그리스 사람들이 아마 제일 빠르겠지? 그리고 우리가 귀국하지 않으면 부모님들이……."

"우린 다음다음 주에나 돌아갈 예정이었어."

에이미가 말했다.

제프가 고개를 끄덕였다.

"그러니까 그 이후가 되어야 부모님들은 우리를 찾으러 오실 거야."

제프가 다시 고개를 끄덕였다.

"대충 한 달쯤 후?"

그가 어깨를 으쓱 움직였다.

"아마."

에이미는 그 말에 충격을 받은 것 같았다. 그녀는 날 선 목소리로 외쳤다.

"우리는 여기서 한 달씩이나 살아내지 못해, 제프."

"하지만 우리가 여기를 벗어나려고 하면, 저들이 화살을 쏠 거야. 지금 확실히 알 수 있는 것은 오직 그것 하나뿐이야."

"뭘 먹을 건데? 앞으로 어떻게……."

"그리스 사람들이 올지도 몰라."

제프가 말했다.

"바로 내일 찾아올 수도 있다고."

"그런 다음에는? 그들도 우리와 함께 여기에 갇히고 말 거야."

제프가 고개를 저었다.

"언덕 밑자락에 우리도 보초를 세워두어야지. 그리스 사람들이 오면 주의를 줄 수 있도록."

"하지만 마야인들은 우리가 여기를 떠나게 해주지 않을 거야. 우리를 강제로……."

제프가 다시 고개를 흔들었다.

"나는 그렇게 생각하지 않아."

그가 말했다.

"네가 공터로 발을 디디고 나서야, 그들은 우리가 언덕을 올라가게 했어. 처음에는 그냥 쫓아내려고만 했잖아. 그러니까 그리스 사람들도 이 언덕으로 못 들어오게 막아주겠지. 따라서 지금 우리가 준비할 일은, 그리스인들이 도착했을 때 무슨 일이 벌어졌는지 알리고, 그들의 도움을 얻을 수 있는 대책을 마련하는 거야."

"파블로를 보내자."

에릭이 말했다.

제프가 고개를 끄덕였다.

"우리 생각을 그에게 이해시키면, 그가 친구들에게 위험을 알려줄 수 있어."

그들 모두 파블로를 향해 눈길을 던졌다. 그는 파란색 텐트에서 나와, 언덕의 정상 주변을 돌아다니고 있었다. 나지막하게 중얼대는 모습이 마치 자신과 대화를 나누는 듯이 보였다. 양손은 바지 주머니에 찔러 넣고, 구부정하게 어깨를 숙이고 있었다. 일행이 자신을 바라본다는 것은 전혀 알지 못했다.

"비행기가 지나갈 수도 있어."

제프가 말했다.

"빛을 반사하는 방법으로 신호를 보낼 수 있을 거야. 아니면 덩굴을 일

부 잘라서 말려 불을 피워도 되고. 삼각형 모양으로 불을 세 군데 피워서,
구조 요청 신호를 보내는 거지."

그는 말을 멈추었다. 더 이상 생각나는 게 없었기 때문이다. 스테이시
도 다른 일행도 아이디어가 없기는 마찬가지여서, 잠자코 앉아만 있었다.
그때 무거운 정적을 뚫고서 치르르 하는 소리가 일정한 간격을 두고 희미
하게 울려댄다는 걸, 스테이시는 깨달았다. 처음에는 새라고 여겼지만,
이내 아니라는 걸 깨달았다. 아직은 아무도 그 소리를 알아채지 못한 듯
보였고, 스테이시가 막 소리의 출처를 알아내려고 시선을 돌린 순간 파블
로가 고함을 치기 시작했다. 그는 갱로 옆에서 펄쩍펄쩍 뛰며 그 아래를
가리켰다.

"왜 저러는 거지?"

에이미가 물었다.

스테이시는 그가 마치 휴대 전화로 통화하듯 손을 귀에 대고 듣는 시늉
하는 걸 보고는, 벌떡 일어나 부리나케 다가갔다.

"빨리 가보자."

일행에게는 어서 따라오라고 손짓으로 재촉까지 했다. 그때 문득 치르
르 하는 소리의 출처가 또렷하게 떠올랐다. 말도 안 되는 일이기는 한데,
왠지 갱로 비닥에서 휴대 전화 벨이 울리는 것 같았다.

에이미는 그게 휴대 전화 소리라고는 믿지 않았다. 갱로에서 올라오
는 소리가 틀림없고, 일행과 마찬가지로 휴대 전화 소리 같다는 점은 인
정했지만, 정말 그럴 거라고는 여기지 않았다. 제프는 여행에 나서기 전
에 그녀더러 휴대 전화를 챙기지 말라고 했다. 통화료가 너무 비싸, 멕시

코에서 사용할 수 없다는 게 이유였다. 하지만 멕시코에도 휴대 전화 통신망이 구축돼 있으므로, 지금 들리는 소리가 휴대 전화 벨 소리가 아니라고 단정 지을 수만은 없지 않은가? 그럴 가능성은 분명히 있다. 꼭 불가능하다고 생각할 필요는 없다. 에이미는 이렇게 자기 자신을 설득하려 애썼다. 하지만 소용이 없었다. 마음 깊은 곳은 이미 비참한 생각들로 꽉 들어차, 어둠 속에서 울리는 애처로운 벨 소리 따위로 위로받는 데에는 한계가 있었다. 구덩이 속을 들여다보며 에이미는 그 소리가 휴대 전화가 아니라, 아기 새가 먹이를 달라고 주둥이를 벌리고 지저귀는 소리라고 상상했다. 치르르…… 치르르…… 치르르, 왠지 그 소리는 도움을 요청한다기보다는, 간절한 욕구처럼 들렸다.

하지만 다른 일행은 신이 났고, 에이미의 의심 따위에는 아무런 관심도 갖지 않았다. 그녀는 침묵을 지켰다. 다른 친구들과 마찬가지로 희망을 발견한 체했다.

파블로는 벌써 권양기에서 로프를 풀어낸 뒤였다. 그는 그걸 가슴에 묶고 매듭을 지었다. 갱로로 내려가고픈 모양이었다.

"그를 보내면 안 돼."

에릭이 말했다.

"에스파냐어가 통하는 사람이 내려가야 하잖아."

그러고는 밧줄에 손을 뻗었지만, 파블로는 놓아주지 않았다. 가슴의 매듭 위에 한 번 더 매듭을 묶어, 큼지막하고 끈끈한 덩어리를 만들어놓았다. 매듭 묶는 법을 잘 모르는 것 같았다.

"상관없어."

제프가 말했다.

"파블로가 저 아래에서 그걸 가져오면, 우리가 통화를 시도해보자."

그때 치르르 소리가 멎었고, 일행은 귀를 기울이며 갱로 주변에 모여

섰다. 한참 후 소리는 다시 울리기 시작했다. 모두 서로 바라보며 안도의 미소를 지었고, 갱로 가장자리에 선 파블로는 어서 내려가고 싶어 안달이 났다. 꽃이 핀 덩굴이 권양기를 뒤덮고, 로프, 굴대, 핸들, 톱질 모탕과 거기에 붙은 조그만 바퀴까지 휘감았다. 제프는 화상을 입지 않도록 조심해 가면서 그것들을 뜯어냈다. 마티아스는 파란색 텐트로 들어갔다. 그가 다시 나타났을 때에는, 석유램프와 성냥 한 갑이 들려 있었다. 그는 구덩이 가장자리에 램프를 내려놓고, 성냥을 그어 불을 붙이고는 조심스레 심지에 갖다 댔다. 그런 다음 램프를 파블로에게 건넸다.

권양기는 원시적인 수준으로 엉성하고 조잡해 보였다. 갱로 옆의 작은 금속 지지대 위에 설치되었는데, 그래도 돌처럼 단단한 땅바닥에 튼튼하게 고정된 것 같았다. 굴대에 권양기 본체가 장착된 형태였고, 굴대 여기저기에 녹이 슬어 기름칠이 필요할 것 같았다. 브레이크는 보이지 않았다. 오르내리던 도중에 제동을 걸고자 한다면, 있는 힘을 다해 핸들을 붙드는 수밖에 없었다. 에이미는 그 장비가 파블로의 체중을 견디지 못할 거라는 생각이 들었다. 그가 갱로 안의 허공으로 발을 들여놓는 순간, 금세 뚝 끊어져버릴 것만 같았다. 그러면 그는 어둠 속으로 깊이깊이 추락해, 다시는 일행의 시야에 들어오지 못할 것이다. 하지만 그녀의 두려움과 달리, 다른 일행은 그에게 격려의 손짓을 보내고 도닥거려주었고, 그는 마침내 하강을 시작했다. 권양기는 귀에 거슬리는 비명을 토해내며 작동에 들어갔다. 제프와 에릭이 있는 힘껏 핸들을 돌리며, 그리스 청년을 서서히 갱로 밑으로 내려 보냈다.

그 광경을 지켜보는 사이에, 휴대 전화의 존재에 회의를 품었던 에이미조차 심장이 뛰기 시작했다. 정말 휴대 전화일지도 모른다. 그렇다면 파블로가 저 어둠 속에서 그걸 찾아내 가지고 올라와 도움을 요청할 것이다. 경찰, 미국 대사관, 그리고 부모들한테. 치르르 울리던 소리가 다시 멎었고, 이번에는 또 울릴 기미가 없었지만 어쨌든 상관없었다. 그게 저 아래에 있는 것이다. 에이미는 이제 자신들이 구조될 것을 믿기 시작했다. 아니, 믿고 싶었고, 그래서 그렇게 믿도록 자신에게 허용했다. 그녀는 구덩이 가장자리에서 선 채, 오른쪽에는 스테이시, 왼쪽에는 마티아스와 나란히, 파블로가 땅 밑으로 내려가는 광경을 지켜보았다. 그의 석유램프가 갱로의 벽을 비추었다. 처음에는 거무스름한 흙에 암석이 박힌 게 보였지만, 그가 하강할수록 갱로 벽은 갈색을 띠었다가 황갈색으로, 이어 짙은 주황색으로 변했다. 3미터, 4.5미터, 6미터, 7.5미터, 파블로는 점점 깊이 내려갔지만, 아직 일행의 눈에 갱로 바닥은 보이지 않았다. 파블로는 허공에 대롱대롱 매달린 채 일행을 올려다보며 미소를 짓고는, 갱로 벽에 한 손을 뻗어 체중을 실었다. 에이미와 스테이시가 그에게 손을 흔들었다. 그러나 마티아스는 꼼짝하지 않았다. 그는 천천히 풀려나가는 로프를 뚫어질 듯 바라보고 있었다.

"멈춰!"

그가 별안간 소리치는 바람에 모두 화들짝 놀랐다.

제프와 에릭은 핸들을 붙들고 있었는데, 둘 다 이미 땀에 흠뻑 젖어 이마에 머리카락이 착 달라붙었다. 에이미는 제프의 목에 힘줄이 팽팽히 올라선 걸 보고, 그리스 청년이 매달린 로프를 지탱하는 게 얼마나 벅찬 작업인지를 깨달았다.

마티아스는 미친 듯이 고함을 쳐댔다.

"그를 끌어 올려! 끌어 올리라고!"

제프와 에릭은 무슨 말인지 몰라 머뭇거렸다.

"뭐라고?"

에릭은 어안이 벙벙한 얼굴로 눈만 껌벅거렸다.

"덩굴."

마티아스가 다급한 목소리로 파블로를 감아올리라고 손짓했다.

"로프 말이야."

그때서야 일행은 로프로 시선을 돌렸다. 제프는 권양기에서 덩굴을 대부분 벗겨냈지만, 전부 그런 것은 아니었다. 본체에 둘둘 감긴 로프에 붙었던 덩굴손은 그냥 두었는데, 권양기가 돌자 그게 찢어져 뿌연 수액이 스며 나와 로프의 섬유질을 좀먹었던 것이다.

파블로가 그리스어로 뭔가 짤막하게 묻는 투로 외쳤고, 에이미가 아래를 내려다보았다. 그가 손에 석유램프를 들고 7.5미터 아래에 매달린 채, 좌우로 천천히 흔들리는 게 보였다. 그걸 본 순간 에이미는 스테이시, 마티아스와 함께 핸들로 달려들어 온 체중을 싣고 힘을 보탰지만, 수액은 눈에 띌 정도로 빠르게 로프를 태워 들어갔다. 불가사의할 만큼 빠른 속도였다. 갑자기 덜컹하는 소리와 함께 파블로의 상승이 중단되고, 일행은 한꺼번에 뒤로 나동그라졌다. 제어력을 잃은 권양기는 미친 듯이 팽팽 돌아갔다. 긴 정적이 찾아왔다. 길게만 느껴지던 정적은 쿵 떨어지는 소리와 함께 깨어졌는데, 그들 귀에는 실제보다 훨씬 크게 들렸다. 이어 램프가 부서지는 소리도 들렸다. 그들은 구덩이로 기어가 아래를 내려다보았지만, 아무것도 눈에 들어오지 않았다.

어둠. 정적.

"파블로?"

에릭이 외치는 소리가 갱로 밑으로 메아리쳤다.

그러자 아득히 먼 데서 나는 듯한 소리가 들렸다. 하지만 마치 에이미 자신의 몸속에서 터져 나오는 신음처럼, 아주 가깝게 느껴지기도 했다. 그리스 청년이 비명을 지른 것이다.

그 소리를 듣자마자 에릭은 공포에 휩싸였다. 파블로는 저 어두운 구덩이 밑으로 떨어져 끔찍한 고통을 당하는데, 에릭은 뭘 해야 할지, 어디로 가야 할지, 어떤 해결책을 강구할지 아무런 생각도 할 수가 없었다. 어떻게든 그를 도와야 하는데, 시간은 자꾸만 지체되었다. 일은 눈 깜짝할 사이에 벌어졌지만, 도무지 믿을 수가 없었다. 일단 구조 계획을 잡아야 하는데, 어느 누구도 뾰족한 수가 생각나는 것 같지 않았다. 스테이시는 권양기 곁에 서서 눈을 휘둥그레 뜬 채 손톱을 물어뜯었다. 에이미는 구덩이를 내려다보았다.

"파블로?"

그녀는 계속 그의 이름을 불러댔다.

"파블로?"

그렇게 외치는 소리 때문에 다른 소리를 분간하기가 어려웠지만, 그녀는 쉼 없이 부르고 또 불렀다.

마티아스가 오렌지색 텐트를 향해 달려가, 그 안으로 들어갔다. 제프는 갱로에서 로프를 도로 감아올렸다. 그는 권양기에서 로프를 풀어내 커다란 원으로 감아놓았다. 그리고 조금이라도 남은 덩굴의 흔적을 조심스레 제거하고는, 수액이 로프의 섬유질을 좀먹은 부분이 없는지 꼼꼼히 점검했다. 시간이 많이 소요되는 작업이지만, 그는 조금도 서두를 필요가 없고 그리스인의 비명 소리는 듣지도 못했다는 듯 차분하게 살폈다. 그의 곁에 선 에릭은 충격을 받은 나머지 꼼짝도 하지 못했지만, 그런데도 전력 질주를 한 듯 심장이 거세게 고동치는 게 느껴졌다. 게다가 파블로의 비명 소리는 그칠 줄 몰랐다.

"나이프가 있나 볼래?"

제프가 말했다.

에릭은 멍하니 그를 바라보았다. *나이프?* 그 단어가 그의 머릿속에 낯선 외국어처럼 울렸다. 나이프를 갖고 뭘 하겠다는 것일까?

"텐트를 뒤져봐."

제프가 말했다. 그는 에릭을 쳐다보지는 않고, 웅크리고 앉은 채 여전히 로프가 손상된 곳을 찾느라 여념이 없었다.

에릭은 파란색 텐트로 가서, 덮개를 열고 안으로 들어갔다. 다락방처럼 곰팡이 슨 냄새가 풍기고, 공기가 탁하고 후텁지근했다. 파란색 나일론으로 햇살이 스며 들어와 그 안을 온통 몽롱한 물빛으로 물들였다. 침낭이 네 개 있고, 그중 세 개는 최근에 주인들의 몸뚱이가 빠져나간 흔적이 남아 있었다. *죽은 거야.* 그 생각이 드는 순간, 애써 죽음이란 단어를 떨쳐버렸다. 트랜지스터 라디오도 보였는데, 그게 작동하는지 틀어보고 싶은 걸 간신히 참았다. 만일 전파가 잡혀서 음악이라도 흘러나오면, 파블로의 비명을 묻어버릴 수 있겠다는 생각이 들었던 것이다. 짙은 초록색과 검정색 배낭 중에서, 초록색을 뒤지기 시작했는데, 남의 소유물에 손을 대다니, 도둑이라도 된 기분이었다. *죽은 거야.* 다시 그 생각이 들었고, 이번에는 용기를 내기 위해 죽음이라는 단어를 환기시켜보았지만, 기분이 나아지기는커녕 또 다른 범죄를 저지르는 듯한 느낌만 들었다. 초록색 배낭은 남자, 검정색은 여자의 것으로 보였다. 그 밖에 옷가지도 보였다. 남자의 티셔츠에서는 담배 냄새가, 여자의 옷에서는 향수 냄새가 났다. 마티아스의 동생이 해변에서 만났다는 여자, 바로 그들 일행을 이곳으로 끌어들인 장본인의 소지품은 아닐까 하는 생각이 들었다.

물건들은 많은 부분 덩굴에 뒤덮인 상태였다. 가느다란 초록색 덩굴에는, 거의 분홍색에 가까운 연한 빨간색 꽃이 매달렸다. 여자의 짐이 남자의 것보다 훨씬 무성하게 뒤덮였는데, 그녀의 면 블라우스들, 양말들, 때 묻은 청바지가 덩굴에 휘감겨 있었다. 에릭은 남자의 배낭에서 소매에 파란 줄무늬가 들어간 회색 점퍼를 발견했는데, 고향 집 그의 옷장 안에도 똑같은 점퍼가 안전하게 걸려 있었다. 이제는 그의 손이 닿을 수 없는 곳에서, 주인의 귀환을 기다리고만 있을 터였다. *나이프.* 그는 제프의 지시를 떠올리고는, 옷에서 가느다란 덩굴을 제거한 다음, 주머니 지퍼를 열고 안에 들었던 것들을 텐트 바닥에 내려놓았다. 아직 필름이 장착된 카메라가 나왔다. 스프링 노트 여섯 권은 일기로 보였는데, 삐뚜름한 남자의 글씨체로 채워졌고, 파란색과 검정, 일부는 붉은 잉크로 쓰였지만, 모두 에릭은 읽을 수도 뜻도 헤아릴 수 없는 언어였다. 네덜란드 또는 스칸디나비아 반도의 언어가 아닐까 짐작될 뿐이었다. 그 밖에 카드 한 통, 구급약 함. 플라스틱 원반. 자외선 차단제. 테가 접히는 안경. 비타민 한 병. 빈 물통. 하지만 나이프는 없었다.

회중전등을 집어 들고 비좁은 텐트에서 갑자기 탁 트인 공간으로 나온 순간, 에릭은 갑작스레 들이닥친 강렬한 햇살에 눈살을 찌푸렸다. 회중전등을 켜보았지만, 작동이 되지 않았다. 흔들었다가 다시 한 번 켜보았지만 마찬가지였다. 파블로가 비명을 그쳤다. 두 번 심호흡을 하고 나자, 비명은 다시 이어졌다. 비명이 그치는 것도, 비명 소리만큼이나 불안하게 했다. 아니, 다음 순간 에릭은 생각을 바꾸기로 했다. 비명이 그치는 게 훨씬 불안했다. 그의 손에서 회중전등이 뚝 떨어졌다. 마티아스가 이미 오렌지색 텐트에 있는 또 다른 구급약 함에서 커다란 나이프를 챙겨 갖고 나온 게 보였기 때문이나. 제프와 마티아스는 한 팀을 이뤄 묵묵히, 그러면서도 절도 있게 로프에서 상한 부분을 잘라내는 데 열중했다. 마티아스가 좀먹은 부분을 잘라내면, 제프가 그걸 받아서 다시 로프와 연결했는데, 인상까지 써가며 최대한 단단하게 매듭을 지었다. 에릭은 언덕 정상에서 그 광경을 지켜보았다. 바보가 된 기분이었다. 파란색 텐트에서 구급약 함을 가지고 나왔어야 했고, 최소한 그 함 안에 무엇이 들었는지는 점검했어야 했던 것이다. 그건 생각도 하지 못했다. 파블로의 비명을 그치게 하고 그를 돕고 싶었지만, 정작 자신은 어리석은 무용지물이며, 그 사실에 재고의 여지란 없었다. 그는 걸음을 떼야겠다 생각하면서도, 우두커니 선 채 일행을 지켜보았다. 스테이시와 에이미도 자신과 똑같은 상태인 것 같았다. 잔뜩 겁에 질린 채 꼼짝도 못 하고 있었다. 두 사람 모두 제프와 마티아스가 로프를 자르고 연결하고 당기는 작업을 지켜보고만 있었다. 천년만년이 흐른 듯, 작업은 더디게 진행되었다.

"내가 갈게."

에릭이 말했다. 심사숙고해서 한 말은 아니었다. 극심한 불안, 즉 어떻게든 서둘러야 한다는 압박감에서 터져 나온 말이었다.

"내가 아래로 내려가서 그를 데려올게."

제프가 에릭을 쳐다보았다. 의외라고 생각하는 것 같았다.

"괜찮아."

그가 말했다.

"내가 할 수 있어."

제프의 목소리는 너무나 차분했다. 질려버릴 정도로 너무나 침착한 말투에, 에릭은 그의 말뜻을 얼른 알아차리지 못했다. 제프의 입에서 나온 말을, 자신의 불안한 상태에 맞춰서 재해석해야만 했다. 에릭은 고개를 가로저었다.

"내 체중이 더 가벼워."

그가 말했다.

"그리고 내가 파블로를 더 잘 알잖아."

제프는 그 두 가지 주장을 듣고 잠시 궁리하더니, 그럴듯하다고 판단하는 것 같았다. 그는 어깨를 으쓱 움직였다.

"파블로를 위해 그네를 만들 거야. 그가 그네 안에 몸을 넣도록 네가 도와줘. 그러면 우리가 끌어 올릴게. 그를 구조한 다음에 다시 로프를 내려 너를 올려줄게."

에릭은 고개를 끄덕였다. 제프의 말이 너무나 간단명료해서, 에릭은 그 말 그대로 되리라 믿으려 했고 또 믿고 싶었지만, 뜻대로 되지는 않았다. 초조한 나머지 주변을 서성대고 싶었지만, 마음을 굳게 먹고 간신히 평정을 유지했다.

파블로가 비명을 그쳤다. 심호흡을 한 번, 두 번, 세 번째 하고 나니, 비명은 다시 이어졌다.

"그에게 말을 시켜봐."

제프가 말했다.

에이미는 그 제안에 겁먹은 얼굴로 물었다.

"말을 시켜?"

제프가 구덩이를 가리켰다.

"구덩이에 최대한 머리를 들이밀어. 그가 너를 볼 수 있게 해줘. 우리가 포기하지 않을 거란 걸 알게 하자고."

"뭐라고 말하지?"

에이미가 여전히 겁먹은 얼굴로 물었다.

"아무것이나, 진정이 될 만한 걸로. 어차피 그는 우리말을 몰라. 네 목소리를 들려주는 걸로 충분해."

에이미가 구덩이로 다가갔다. 그녀는 양손과 무릎으로 땅을 짚고, 갱로로 머리를 내밀었다.

"파블로?"

그녀가 외쳤다.

"우리가 너를 구조할 거야. 로프를 묶은 다음에 에릭이 너한테 내려간대."

그녀는 앞으로 어떤 조치를 취할지를 단계적으로, 즉 파블로가 그네 안으로 들어가게 한 다음 지상으로 끌어 올릴 계획을 차근차근 이야기해주었고, 잠시 후 파블로는 비명을 멈추었다. 제프와 마티아스는 거의 일을 마쳤다. 이제 로프의 맨 마지막 부분이었다. 제프는 최후의 매듭을 묶고는, 마티아스와 로프의 양 끝을 서로 잡아당겨 강도를 시험했다. 로프는 이제 다섯 개의 접합부로 이어져 있었다. 매듭이 그리 견고해 보이지는 않았지만, 에릭은 일부러 눈여겨보지 않기로 했다. 일단 거기까지만 생각해야지, 매듭의 강도와 부실한 모양새까지 신경 쓰다보면 또 생각이 바뀔지도 몰랐기 때문이다.

마티아스는 로프를 도로 권양기에 감고, 그 과정에서도 손상된 부분이 없는지 다시 한 번 점검했다. 그는 로프의 끝을 톱질 모탕의 조그만 금속 바퀴에 다시 연결했다. 제프는 에릭을 태울 그네를 만들어, 그의 머리부터 씌운 다음, 겨드랑이에 가뜬하게 고정시켰다.

"다 잘될 거야, 파블로."

에이미가 외치고 있었다.

"에릭이 내려간 거야. 거의 다 됐어."

스테이시가 쪼그리고 앉아 두번 째 석유램프를 밝혀 에릭에게 건네주었다. 조그만 유리알 속에서 불꽃이 희미하게 깜박였다.

에릭은 구덩이 가장자리에서 서서, 저 아래 어둠 속을 응시했다. 마티아스와 제프는 핸들 앞에서 자세를 잡은 다음, 힘껏 붙들었다. 로프가 팽팽해졌다. 준비가 된 것이다. 이 구조 작업에서 가장 어려운 부분은, 로프가 튼튼하게 지탱해주기를 바라며 허공에 발을 디디는 것인데, 그 순간 에릭은 자신에게 그럴 만한 담력이 있는지 확신이 들지 않았다. 하지만 이제 와서 포기하는 것도 불가능했다. 머리에 로프 그네를 뒤집어쓴 그 순간, 에릭은 구조 작업에 뛰어든 것이고, 이제 중단할 방법이란 전혀 없었다. 갱로 가장자리에서 허공을 향해 발을 떼자, 톱질 모탕 밑에 몸이 대롱거리며 매달렸고, 로프가 겨드랑이 밑으로 꽉 죄어들었다. 권양기가 덜거덕거리고 돌아가면서 끽끽 신음을 토했고, 에릭은 갱로 속으로 하강을 시작했다.

3미터도 채 내려가지 않아 기온이 내려가기 시작해, 땀이 식어 서늘해졌고, 덩달아 마음속까지 한기가 스며드는 것 같았다. 더 이상 내려가고 싶은 생각이 들지 않았다. 조금씩 밑으로 내려갈수록 자신이 겁을 집어먹었다는 걸 인정해야 했고, 차라리 제프가 했으면 하는 바람이 굴뚝같아졌다. 갱로 벽에 삐뚤빼뚤 박힌 나무들이, 흙벽을 엉성하게 지탱하고 있었다. 방부 처리된 나무들을 마치 선로처럼 죽 연결해놓았는데, 에릭은 애초부터 설계란 것은 있지도 않았을 거라고 짐작했다. 지상에서 6미터쯤 내려가자 갱로 벽에 또 다른 통로의 입구가 나와 에릭은 깜짝 놀랐는데, 그가 하강하는 방향과 직각을 이루고 있었다. 그는 자세히 보기 위해 램프를 들어 올렸다. 통로 한가운데에 녹슨 선로가 두 줄 나 있었다. 그중 한 선로에는 때가 찌든 들통이 올라앉았지만, 램프의 희미한 불빛으로는 거기까지밖에 보이지 않았다. 더구나 그 통로는 왼쪽으로 구부러져 더 이상 시야에 들어오지 않았다. 그 안에서 싸늘하고 탁하고 축축한 느낌의 미풍이 계속 흘러나왔고, 그 때문에 램프 불꽃이 별안간 불끈 올라왔다가 깜박거리더니 거의 꺼질 듯이 희미해졌다.

"다른 갱로가 또 있어."

그가 위에 있는 친구들을 향해 외쳤지만 아무런 대꾸가 없고, 권양기가 삐걱대며 자신을 어둠 속으로 밀어 넣는 소리만 들렸다. 갱로의 벽에는 두개골만 한 돌들이 박혔는데, 만질만질하고 옅은 잿빛을 띠고 있어 거의 유리처럼 보였다. 덩굴이 이 돌들을 기초로 삼고, 흙벽을 지탱하는 나무에 손을 뻗었는데, 잎과 꽃들은 언덕에 있는 것들보다 빛깔이 흐려 거의 반투명에 가까웠다. 위를 올려다보니, 직사각형 모양의 하늘과 자신을 바라보는 스테이시와 에이미가 보였고, 주춤주춤 흔들리면서 조금씩 하강할수록 그들의 모습은 차츰 작아졌다. 로프가 마치 추처럼 좌우로 천천히 흔들리기 시작했고, 램프도 마찬가지로 흔들려 갱로의 벽을 어지럽게 비추었다. 에릭은 울컥 구역질이 올라올 것만 같아, 마음을 진정시키려 자신의 발을 내려다보았다. 그때 발밑 어디에선가 파블로가 신음하는 소리가 들렸지만, 어둠 속에 그리스 청년의 위치는 쉽게 눈에 들어오지 않았다. 에릭은 자신이 얼마나 하강했는지 가늠하기가 어려웠다. 15미터쯤 될 거라고 어림잡을 무렵, 아직도 어둠에 싸인 바닥이 비로소 시야에 들어왔고, 거기에 파블로의 널브러진 형체, 즉 그의 하얀 테니스화, 옅은 파란색 티셔츠가 눈에 띄었는데, 바로 그때 로프가 덜컥 움직임을 멈추었다.

에릭은 허공에 매달린 채 좌우로 대롱거렸다. 그는 눈을 들어 조그만 직사각형 모양의 하늘을 올려다보았다. 스테이시와 에이미의 얼굴, 그리고 이어서 제프의 얼굴도 나타났다.

"에릭?"

제프가 외쳤다.

"어떻게 된 거야?"

"로프가 바닥났어."

"아직 바닥에 못 닿았는데."

"파블로가 보여?"

"웬만큼."

"괜찮아?"

"아직 모르겠어."

"파블로하고 얼마나 떨어져 있어?"

에릭은 바닥과 떨어진 거리를 가늠해보려고 아래를 내려다보았다. 이런 일에는 별로 익숙지가 않았다. 할 수 없이 어림잡아 숫자를 말하는 수밖에 없었다. 어떤 사람이 주머니에 동전을 얼마나 갖고 있을지 맞히는 것처럼 애매한 짓이었다. 만일 그의 눈대중이 제대로 맞는다면, 순전히 운이 좋아서일 것이다.

"6미터쯤?"

"파블로가 몸을 움직이고 있어?"

에릭이 다시 시선을 내려, 그리스 청년의 희미한 형체를 바라보았다. 뚫어지게 보니, 점차 그의 모습이 뚜렷하게 눈에 들어왔다. 신발과 티셔츠뿐만 아니라 파블로의 팔, 얼굴, 목이 보였는데, 어둠 속에서도 이상할 정도로 창백해 보였다. 에릭의 램프가 그리스 청년의 몸 주변에 흩어진 유리 조각들, 즉 제 동료의 파편들을 비추었다.

"움직이지 않아."

에릭이 외쳤다.

"그냥 누워 있어."

아무런 대꾸가 없었다. 에릭이 올려다보니 친구들의 얼굴은 구덩이에서 사라지고 보이지 않았다. 그들이 이야기하는 게 들렸지만, 정확한 단어가 아니라 두서없이 웅얼대는 소리로 들릴 뿐이었다. 실제 거리보다 훨씬 더 먼 곳에 그들이 떨어져 있는 것만 같았고, 에릭은 다시 공포가 꿈틀대는 걸 느꼈다. 그들은 가버릴지도 모른다. 그를 이곳에 버려놓고……

그때 파블로가 손을 에릭 쪽으로 천천히, 그 작은 몸짓 하나도 무척 버거운 듯, 힘겹게 들어 올리는 게 보였다.

"그가 손을 들었어."

에릭이 외쳤다.

"뭐라고?"

제프의 목소리였다. 그의 머리가 구덩이에 다시 나타났다. 스테이시, 에이미, 마티아스도 나타났다. 아무도 권양기를 붙들지 않은 것이다. 어차피 로프가 다 내려왔으니 그럴 필요가 없는 거라고 에릭은 생각했다. 로프가 없어. 머릿속에 그 말만 꽉 들어찼다. 웃어보려고 했지만, 서러운 생각만 들었다.

"그가 손을 들었어."

에릭이 다시 외쳤다.

"우리가 너를 끌어 올릴게."

제프가 외쳤다. 그리고 네 사람의 머리가 구덩이에서 사라졌다.

"잠깐!"

에릭이 고함쳤다.

제프의 얼굴이 다시 나타나고, 스테이시와 에이미도 다시 나타났다. 그들의 얼굴은 너무나 작게 보여서 하늘 아래 겨우 윤곽만 보였다. 뚜렷한 생김새는 보이지 않아도, 누가 누구인지는 구별할 수 있었다.

"로프를 연장할 방법을 찾아야 해."

제프가 외쳤다.

에릭이 고개를 가로저었다.

"내가 파블로하고 같이 있어야겠어. 뛰어내릴게."

그의 머리 위에서 다시 웅얼대는 소음이 일어났다. 그러고 나서 제프의 목소리가 다시 갱로를 타고 내려왔다.

"안 돼. 우리가 너를 올려줄게."

"왜?"

"로프를 연장 못 할 수도 있어. 잘못하다가는 그 아래에 갇히게 된다고."

에릭은 그 말에 뭐라 대꾸해야 할지 생각이 나지 않았다. 파블로는 이

미 바닥에 내려가 있다. 일행이 로프를 연장하지 못한다면…… 그 말인
즉슨…… 그는 그 결과를 떠올렸다가 얼른 밀어내버렸다.

"에릭?"

제프가 외쳤다.

"왜?"

"우리가 끌어 올려줄게."

머리들이 다시 사라지고, 잠시 후 권양기가 다시 돌자 로프가 덜컹하고
움직였다. 에릭은 아래를 쳐다보았다. 그의 램프가 다시 좌우로 요동했는
데, 확실한 것은 아니지만 그 순간 파블로가 자신을 물끄러미 바라보는
것 같았다. 손은 더 이상 들어 올리지 않았다. 깜짝 놀란 에릭은 움찔하며
허공에서 헛발질을 했다. 생각은 아예 하지 않기로 했다. 분명히 어리석
은 행동이라는 걸, 그도 또한 알고 있었다. 하지만 파블로를 거기 두고 떠
날 수는 없었다. 다친 몸으로 혼자 어둠 속에 남도록 두고 갈 수는 없었
다. 그는 왼팔을 들어 올려 그네를 벗겨서 머리 위로 들어냈다. 다른 팔에
는 아직 그네가 걸쳐 있어, 그의 몸은 어둠 속에서 서서히 갱로를 타고 바
닥에서 상승하고 있었기에, 석유램프를 다른 손으로 옮겨 잡아야 했다.
그리고 나서 로프를 몸에서 완전히 떼어내고 허공으로 뛰어내렸고, 추락
의 순간 불꽃은 심하게 팔딱거리다 꺼졌다.

바닥과 거리는 그가 예상하던 것보다 멀었지만, 막상 그네에서 뛰어내
리자 바닥은 너무 빨리 어둠 속에 윤곽을 드러냈다. 에릭은 미처 마음의
준비를 하기도 전에 바닥과 충돌해 나뒹굴었고, 가슴까지 뻐근했다. 램프
가 꺼지기 직전 분명히 파블로의 왼쪽을 겨냥하고 뛰어내렸건만, 바닥에
떨어지자 몸은 뜻대로 균형을 잡지 못했다. 점프하자마자 갱로 벽에 부딪
히고, 그리스 청년의 가슴팍에 내려앉은 것이다. 파블로는 에릭의 몸뚱이
밑에서 몸부림을 치며 다시 비명을 지르기 시작했다. 에릭은 자기 몸을

치우려 안간힘을 썼지만, 어둠 속에서 그 일은 쉽게 되지 않았다. 무엇이 어디에 있는지도 감이 잡히지 않았다. 그는 손을 뻗어 땅바닥이나 갱로 벽을 짚어보려고 했지만, 허공에서 허우적거릴 뿐이었다.

"미안해."

그가 말했다.

"오, 이런 맙소사. 미안해."

파블로는 그의 밑에서 비명을 지르며 한 팔을 휘저을 뿐, 몸의 절반은 미동도 보이지 않았다. 그 마비 현상이야말로 에릭을 오싹하게 만들었다. 그게 무엇을 뜻하는지 짐작할 수 있었기 때문이다.

그는 가까스로 무릎을 짚고 일어나 쪼그리고 앉았다. 그의 뒤에 벽이 있고, 왼쪽과 오른쪽에도 벽이 있지만, 맞은편 파블로가 있는 곳은 탁 트인 공간이라는 걸 알 수 있었다. 언덕 밑을 통과하는 또 다른 갱로가 있는 것이다. 그곳에서도 싸늘한 공기가 불어왔지만, 그 이상의 어떤 것, 묘연한 압박감, 즉 자신을 주시하는 어떤 존재가 있는 것 같았다. 에릭은 바짝 긴장한 채 어둠 속을 뚫어지게 응시하며, 어떤 형체가 새로운 갱로 안에 숨었는지 확인하려고 해보았지만, 물론 어디까지나 공포가 빚어낸 환상일 뿐, 마침내 그도 그걸 인정할 수밖에 없었다.

에릭은 제프가 멀리고 고함치는 소리를 듣고는, 다시 구덩이 입구를 올려다보았다. 이제 하늘은 조그만 창문처럼 작게 보였다. 로프는 허공에서 천천히 좌우로 흔들리고 제프는 다시 소리쳤지만, 에릭은 파블로의 비명 소리와 흙벽에 이중 삼중으로 번지는 메아리 때문에 제대로 알아들을 수가 없었다. 부상자가 한 사람만이 아닌, 비명을 쳐대는 사람들이 가득한 동굴에 사로잡힌 기분이 들었다.

"나는 괜찮아.!"

그가 위를 향해 외쳤지만, 그러면서도 일행이 알아들을 수 있을지 의심스러웠다. 게다가 정말 괜찮은 것일까? 잠시 그 생각에 골몰하자, 온몸 여기저기서 고통의 신호를 보내기 시작했다. 턱이 한 대 얻어맞은 양 얼얼한 게 아무래도 부딪힌 게 틀림없고, 등 아래쪽도 추락하다가 부상을 입은 것 같았다. 하지만 가장 신경이 쓰이는 곳은 오른쪽 다리로, 슬개골 바로 아래가 몹시 쓰라리고 축축하게 젖은 듯한 기분도 들었다. 손으로 더듬어보니 커다란 유리 조각이 박혀 있었다. 카드 패만 한 크기였는데, 꽃잎 모양의 오목한 파편이 청바지를 뚫고, 1센티미터 남짓 깊이로 살점에 박혀 있었다. 파블로의 부서진 램프 파편일 것이라고 추측했다. 추락하면서 다친 게 틀림없었다. 그는 이를 악물고 유리 조각을 상처에서 뽑아냈다. 정강이를 타고 피가 흘러내렸는데 묘하게 차가운 느낌이 들었고, 많은 양의 피가 이내 양말까지 적시기 시작했다.

"다리를 베었어."

그는 이렇게 외치고 귀를 기울였지만, 대답은 들리지 않았다.

그건 중요하지 않아. 그는 생각했다. 나는 괜찮을 거야. 겁을 집어먹은 어린아이가 위안 삼아 공허한 다짐을 하는 것과 마찬가지라는 걸 그도 알았지만, 계속 그 생각만 반복하고 또 반복했다. 너무 어두웠다. 차가운 공기가 불어오는 맞은편 갱로에서는 누군가 지켜보는 듯한 기분이 들었고, 오른쪽 신발은 피로 서서히 젖어들었으며, 파블로의 비명은 그칠 줄을 몰랐다. 로프가 떨어졌어. 에릭은 생각했다. 그리고 다시 처음의 생각으로 돌아갔다. 그건 중요하지 않아. 나는 괜찮을 거야. 그의 머릿속에는 오직 그 말만 가득 떠올랐다.

왼손에는 여전히 램프가 들려 있었다. 떨어뜨리지 않고 용케 붙들었던 모양이다. 그는 램프를 바닥에 내려놓고, 손을 뻗어 그리스 청년의 손목을 붙들었다. 그리고 어둠 속에 웅크리고 앉은 채, 이렇게 말했다.

"쉿. 자, 조용. 내가 왔잖아."

그는 파블로가 비명을 그치기를 기다리며 이렇게 말했다.

그들은 에릭이 소리치는 걸 들을 수 있었지만, 파블로의 비명과 그가 하는 말을 분간할 수가 없었다. 제프는 그리스인이 결국 비명을 지르다 지쳐 잠잠해질 테고, 그런 연후라야 저 아래에서 무슨 일이 일어났는지, 에릭이 뛰어내린 것인지 추락한 것인지, 그도 다쳤는지를 파악할 수 있을 거라고 짐작했다. 하지만 일단 중요한 것은 그게 아니었다. 문제는 로프였다. 그걸 연장시키는 방법을 강구할 때까지, 그 두 사람을 위해 해줄 수 있는 것이라고는 아무것도 없었다.

제프는 처음에 고고학 팀이 남긴 배낭에서 나온 옷들을 떠올렸다. 바지, 셔츠, 재킷 따위를 줄줄이 동여매 임시 밧줄로 규주할 생각이었다. 그다지 좋은 아이디어는 아니라는 생각이 들었지만, 처음 몇 분 동안 그의 머리에서 쥐어 짜낼 수 있는 것은 그게 전부였다. 지금 당장 6미터쯤, 아니 안전을 확보하기 위해 9미터는 더 필요한 마당인데, 그걸 감당하자면 쓸 수 있는 게 옷밖에 더 있겠는가? 그렇다고는 해도 그게 사람의 체중을 지탱할 만큼 튼튼한지, 매듭이 견고한지, 의심이 드는 게 사실이었다.

9미터의 로프.

제프와 마티아스는 권양기 옆에 서서 골똘히 생각에 잠겼지만, 누구도 입을 열지 않았다. 결정적인 해결책으로 제시할 만한 게 전혀 떠오르지 않았기 때문이다. 에이미와 스테이시는 구덩이 옆에 무릎을 꿇고 앉아, 그 안을 들여다보았다. 이따금 스테이시가 에릭의 이름을 부르면 그가 큰 소리로 뭐라 대꾸하기는 했지만, 무슨 말인지 알아듣기는 어려웠다. 파블로는 여전히 비명을 질러댔다.

"텐트 중에 하나를 잘게 잘라서, 나일론 노끈으로 만들자."

마침내 제프가 말문을 열었다.

마티아스가 파란색 텐트로 시선을 돌리고는, 제프의 제안을 곰곰 따져보았다.

"충분히 튼튼할까?"

"나일론 끈 세 개를 꼬아 한 줄로 만들고, 그걸 다시 모아서 죽 잇는 거야."

제프는 이렇게 말하면서 기막힌 좌절 속에서 마침내 성공을 건져낸 양, 기뻐서 두 뺨까지 붉게 달아올랐다. 외딴 언덕에 소량의 물과 음식만 지닌 채 갇힌 상태에서, 일행 중 둘은 친구들의 손이 닿지 않는 갱로에 빠져버렸고, 그 둘 중 한 사람은 부상을 당한 게 틀림없지만, 지금은 거기에 신경쓸 여력조차 없었다. 새로운 계획이, 그것도 꽤 그럴듯한 계획이 떠올랐고, 그 사실 때문에 제프는 어서 실행에 옮기고픈 활력과 희망이 불끈 솟구쳤다. 마티아스와 그는 파란색 텐트에서 침낭들을 꺼내 작은 공터로 끌어내고, 배낭, 노트북, 라디오, 카메라, 구급약 함, 놀이용 원반과 빈 물통들도 한군데 쌓아두었다. 그런 다음 텐트 분해 작업에 착수해, 말뚝을 빼고 가느다란 알루미늄 기둥들을 해체했다. 마티아스가 재단에 나섰다. 끈의 폭을 정하는 데 잠시 입씨름이 오가다가, 10센티미터로 결정을 보았다. 마티아스가 억세고 빠른 손놀림으로 나일론 직물을 척척 절개해 3미터 길이의 끈으로 만들면, 제프가 그것을 넘겨받아 꼬았다. 제프가 첫 번째 노끈을 단단하게 삼던 와중에, 마침내 파블로의 비명 소리가 끊어졌다.

"에릭?"

스테이시가 외쳤다.

에릭의 목소리가 그들을 향해 메아리쳐 올라왔다.

"여기야."

그가 고함쳤다.

"추락한 거니?"

"내가 뛰어내렸어."

"괜찮은 거야?"

"무릎을 베었어."

"많이 다쳤어?"

"신발에 피가 흥건해."

제프는 나일론 끈을 손에서 놓고, 갱로 입구로 다가갔다.

"꽉 누르고 있어."

그가 구덩이에 대고 소리쳤다.

"뭐라고?"

"셔츠를 벗어. 그걸 뭉쳐서 상처에 대고 눌러. 세게."

"너무 춥다."

"추워?"

제프가 물었다. 잘못 들은 게 아닌가 싶었다. 그의 온몸은 땀에 젖어 번들거리고 있었기 때문이다.

"다른 갱로가 있어."

에릭이 외쳤다.

"수평으로. 거기서 찬 공기가 밀려들어 와."

"기다려봐."

제프가 소리쳤다. 그는 파란색 텐트에서 꺼낸 잡동사니 더미를 헤치고, 구급약 함을 꺼내 열었다. 쓸 만한 게 거의 없었다. 제프 자신도 뭘 찾으려고 했는지 정확히 알지 못했지만, 어쨌든 쓸 만한 약품이라고는 그 안에 없었다. 1회용 밴드는 에릭의 상처에 붙이기에 턱없이 작아 보였다. 항생제 연고인 네오스포린은 에릭을 다시 지상으로 끌어 올리고 나서야 발라줄 수 있었다. 아스피린과 소화제 약병, 정제 소금, 체온계, 조그만 가위가 전부였다.

제프는 아스피린 병을 들고 갱로 입구로 다가가 셔츠를 벗었다.

"램프는 어떻게 됐어?"

그가 소리쳐 물었다.

"꺼져버렸어."

"내 셔츠를 그리로 떨어뜨릴게. 아스피린 병에다 묶어서. 성냥갑도. 알아들었지?"

"오케이."

"셔츠로 상처를 압박해. 아스피린 세 알을 파블로에게 주고, 너도 먹어."

"오케이."

에릭이 다시 대꾸했다.

제프는 셔츠에 아스피린과 성냥갑을 잡아 묶고는, 구덩이를 향해 몸을 기울였다.

"준비됐어?"

그가 외쳤다.

"준비됐어."

그는 셔츠를 떨어뜨리고, 그것이 어둠 속으로 사라지는 걸 지켜보았다. 잠시 후 약병은 바닥에 착륙했다. 바닥과 가볍게 충돌하는 소리가 메아리쳐 울렸다.

"받았어."

에릭이 외쳤다.

마티아스는 이미 재단 작업을 마치고, 제프가 하다 만 노끈삼기에 뛰어들었다. 제프는 갱로만 뚫어져라 쳐다보는 에이미와 스테이시를 향해 시선을 돌렸다.

"마티아스를 도와줘."

턱 끝으로 그를 가리키며 말하자, 두 사람은 해체된 텐트로 다가가 독일 청년 옆에 쪼그리고 앉았다. 마티아스가 노끈 삼는 법을 그들에게 일러주자, 에이미와 스테이시도 각자 작업에 들어갔다.

갱로 아래에서 희미한 불빛이 드러나자, 제프는 한결 안심이 되었다. 에릭이 가까스로 램프에 불을 밝힌 것이다. 파블로 곁에 웅크리고 앉은 에릭이 제프의 눈에 들어왔다. 둘 다 매우 조그맣게 보였다.

"파블로는 괜찮아?"

제프가 물었다.

에릭의 대답이 들리기까지 잠시 정적이 흘렀다. 제프는 그가 허리를 굽힌 채, 석유램프를 들고 그리스인을 살피는 걸 볼 수 있었다. 그러고는 고개를 들어 위를 향해 소리쳤다.

"허리가 부러진 것 같아."

제프는 갱로에서 시선을 돌려 일행을 흘끗 바라보았다. 그들도 일손을 멈추고 제프를 바라보았다. 스테이시는 놀라 딱 벌어진 입을 손으로 막았다. 또 울음을 터뜨릴 것만 같은 얼굴이었다. 에이미는 자리에서 일어나 제프에게 다가왔다. 두 사람은 구덩이를 내려다보았다.

"팔은 움직이고 있어."

에릭이 그들을 향해 소리쳤다.

"하지만 다리는 못 움직여."

제프와 에이미는 서로 마주보았다.

"발을 살펴봐."

에이미가 중얼거렸다.

"내 생각에는 파블로가……."

에릭은 말을 멈추었는데, 적당한 표현을 찾아 궁리 중인 것 같았다. 그가 마침내 다시 입을 열었다.

"변을 본 것 같은 냄새가 나."

"발을 봐."

에이미가 제프를 쿡 찌르며 다시 중얼거렸다. 무슨 이유에선지 그녀는 고함을 치려고 들지 않았다.

"에릭?"

제프가 외쳤다.

"왜?"

"그의 신발을 벗겨."

"신발?"

"양말도 벗겨봐. 그런 다음 네 엄지손톱으로 발바닥을 간질여. 세게. 그리고 반응이 있는지 살펴."

에이미와 제프는 구덩이로 한껏 몸을 들이밀고, 에릭이 파블로의 발치에 웅크리고 앉아 테니스화와 양말을 벗기는 광경을 바라보았다. 스테이시도 그들에게 다가왔다. 마티아스는 여전히 노끈을 삼는 데 열중했다.

에릭이 지상을 향해 고개를 들었다.

"아무 반응 없어."

그가 외쳤다.

"오, 맙소사."

에이미가 중얼거렸다.

"오, 이런."

"들것을 만들어야 해."

제프가 그녀에게 말했다.

"어떻게 만들어야 하지?"

에이미가 고개를 가로저었다.

"안 돼, 제프. 틀렸어. 지금 그를 움직이게 하면 안 돼."

"우리는…… 우리는 그를 저 아래에 버려둘 수는 없어."

"상황을 악화시킬 뿐이야. 그러다 그의 몸에 충격을 줄 것이고, 그러면……."

"텐트 기둥을 이용하자."

제프가 말했다.

"거기에 파블로를 고정시키면……."

"제프."

그는 말을 멈추고 에이미를 물끄러미 쳐다보았다. 텐트 기둥으로 들것 만드는 걸 상상하기 시작한 것이다. 그게 효과가 있을지 알 수는 없었지만, 그 밖에 달리 쓸 만한 물건은 생각해낼 수가 없었다. 이어서 배낭과 배낭에 달린 철제 구조물도 떠올랐다.

"우리는 그를 병원으로 데려다주어야 해."

에이미가 말했다.

제프는 그 말에 대꾸하지 않고 계속 물끄러미 응시한 채, 텐트 기둥과 배낭을 해체해서 들것 만들 궁리만 했다. 에이미는 어쩌자고 그를 병원으로 옮기는 상상만 하고 있다는 말인가?

"이건 말이 안 돼."

에이미가 말했다.

"진짜 진짜 말이 안 돼."

그녀는 울음이 터지기 시작했지만, 애써 참으며 손바닥으로 눈물을 훔쳐내고 고개를 흔들었다.

"우리가 그를 이동시키면⋯⋯."

그녀는 말을 채 잇지 못했다.

"그렇다고 그를 저 아래에 버려둘 수는 없어, 에이미."

그가 말했다.

"너도 잘 알잖아, 그렇지? 그럴 수는 없어."

그녀는 한동안 그 말을 곰곰 생각하고는 고개를 끄덕였다.

제프는 구덩이로 다시 몸을 기울이고 갱로를 향해 외쳤다.

"에릭?"

"왜?"

"파블로를 끌어 올리기 전에 들것부터 만들어야겠어."

"오케이."

"최대한 빨리 하겠지만, 그래도 시간이 좀 걸릴 거야. 계속 그에게 말을 시켜."

"램프에 석유가 얼마 없어. 아주 조금밖에 안 남았어."

"그러면 일단 꺼."

"끄라고?"

에릭이 그 말에 화들짝 놀라 물었다.

"나중에 또 필요할 거야. 우리가 그리로 내려갔을 때. 파블로를 들것에 고정시킬 때 필요할 거라고."

에릭은 아무런 대꾸도 하지 않았다.

"알아들었지?"

제프가 외쳤다.

에릭이 고개를 끄덕인 것 같기는 했지만, 뭐라고 말했는지는 분명히 알아들을 수가 없었다. 그가 램프에 몸을 기울이는 게 보였고, 이내 그의 모습은 시야에서 사라져버렸다. 갱로의 바닥은 다시 어둠 속에 자취를 감추고 말았다.

🌿

　제프와 마티아스가 들것을 만드는 동안, 스테이시와 에이미는 나일론 노끈을 삼는 작업을 재개했다. 남자들은 들것의 제작을 놓고 서로 웅얼거리며 의견을 주고받는 참이었다. 그들에게는 텐트 기둥, 배낭의 금속 구조물, 마티아스가 고고학 팀의 생필품에서 찾아온 넓적한 접착테이프가 전부였는데, 뭔가 조립하는가 싶더니 다시 해체하고 있었다. 스테이시와 에이미는 묵묵히 손을 놀렸다. 아무 생각 없이 단순 작업에 몰두하는 게 마음을 진정시키는 데 도움이 되기는 했지만, 스테이시는 시간이 지날수록 자꾸 불안이 커져만 갔다. 뱃속에서는 아까 들이컨 테킬라 때문에 신물이 올라왔다. 입 안이 바싹 마르고, 더위에 온몸이 따끔거리며, 머리까지 지끈거렸다. 물을 좀 달라고 하고 싶었지만, 제프가 안 된다고 할 게 뻔했다. 게다가 배도 고팠고, 허기 때문에 머릿속이 멍했다. 주전부리와 찬 음료수를 먹고 그늘진 곳에 눕고 싶었지만, 그럴 수 없다는 사실에 가슴이 짓눌려 공포에 숨이 탁탁 막히는 것만 같았다. 에릭과 같이 꾸린 짐에 대해 기억을 떠올려보았다. 조그만 물병, 프레첼(길고 꼬불꼬불한 하트 모양의 밀가루 반죽에 소금을 뿌려 구워낸 빵과자의 일종―옮긴이) 한 봉지, 혼합 너트 한 캔, 잘 익은 바나나 두 개. 물론 그것들은 이제 일행과 나눠 먹어야 한다. 일행 또한 마찬가지이다. 각자 가진 음식물을 한데 모아서, 최대한 조금씩 나눠 섭취해야 할 것이다.
　왼쪽으로 갔다가 오른쪽으로, 왼쪽에서 오른쪽으로, 왼쪽에서 오른쪽…….

"젠장."

공터에서 제프가 뱉어낸 소리가 또렷하게 들렸다. 두 청년은 조립하던 들것을 다시 해체하기 시작했고, 알루미늄 기둥들이 희미하게 쨍그랑 소리를 내며 바닥에 떨어졌다. 스테이시는 일부러 두 사람한테 눈길을 주지 않았다. 파블로가 허리를 다쳤지만, 그녀는 차마 그 광경을 볼 수가 없다. 지금 자신들은 도움이 필요하다. 구조 팀이 헬리콥터를 타고 와서 파블로를 병원으로 데려가주어야 한다. 하지만 지금은 그들 스스로 파블로를 갱로 벽에 찧고 충격을 줘가면서, 지상으로 끌어 올려야 한다. 그를 구조한 다음에는? 그는 오렌지색 텐트에 누워 비명을 지르며 신음할 테지만, 그들이 해줄 것이라고는 아무것도 없다.

아스피린. 파블로가 허리가 부러졌는데, 제프가 준 것이라고는 구덩이 속에 떨어뜨려준 아스피린 한 병이 전부였다.

제프는 공터를 벗어나, 언덕 아래를 내려다보며 잠시 한숨을 돌렸다. 모두 걸음을 멈추고 그를 쳐다보았다. 그자들이 갔나봐. 스테이시는 이렇게 작은 희망을 품어보았지만, 제프는 걸음을 돌려 묵묵히 일행에게 돌아왔다. 그리고 다시 마티아스 옆에 쪼그리고 앉았다. 텐트 기둥들이 쨍그랑대며 부딪히는 소리, 테이프를 찢는 소리가 그녀의 귀에 들어왔다. 마야인들이 아직도 그 아래에 있다는 걸, 스테이시는 직감했다. 언덕 밑자락을 에워싼 채, 소름 끼칠 정도로 무표정한 얼굴로 정상을 올려다보는 그들의 모습이 선명하게 떠올랐다. 그들은 마티아스의 동생을 죽였다. 화살로 쏘아 죽였다. 그런데 마티아스는 지금 일행에게 닥친 난관을 해결하고자, 무릎을 구부리고 앉아 제프가 테이프를 감도록 알루미늄 기둥을 붙들고 있다. 어떻게 그토록 침착할 수 있는지 도무지 이해가 가지 않았고, 작업에 몰두한 자신들의 태도 또한 이해가 가지 않았다. 에릭은 캄캄한 갱로 바닥에서 신발에 피가 흥건하게 젖도록 부상을 당했는데, 자신은 양손을 부지런히 놀리며 나일론 노끈을 삼는 데 열중하고 있는 것이다.

왼쪽으로 갔다가 오른쪽으로, 왼쪽에서 오른쪽으로, 왼쪽에서 오른쪽……

태양은 어김없이 서쪽으로 기울기 시작했다. 노끈 작업을 시작하고 시간이 얼마나 흘렀을까? 스테이시는 시간을 가늠할 수가 없었다. 깜박 잊고 시계를 호텔 침대 곁의 테이블에 두고 나온 것이다. 그걸 생각하자, 호텔 메이드가 훔쳐가지는 않을지 문득 걱정이 밀려왔다. 부모님이 준 졸업 선물이었기 때문이다. 호텔 메이드들이 소지품을 훔쳐 갈까봐 그녀는 늘 전전긍긍했지만, 사실 그런 사고는 단 한 번도 일어나지 않았다. 아마 손님 물건을 절도하는 게 생각만큼 쉬운 일이 아니거나, 현지인들이 그녀가 예상하던 것보다 정직하기 때문일지도 모른다. 스테이시의 머릿속에서는 시계의 초침 소리가 울렸고, 그게 테이블에 올라앉은 채 주인이 돌아오기를 1초, 1분, 1시간 헤아리며 기다리는 광경이 떠올랐다. 이른 아침 메이드들이 자신들의 침대를 정리하고, 베개에는 조그만 초콜릿을 놓아두고, 심지어 라디오까지 은은하게 틀어두곤 했는데, 그들이 불을 끄고 룸을 나갈 때까지 스테이시는 아무것도 모르고 잠을 자곤 했다.

"몇 시야?"

그녀가 물었다.

에이미가 일손을 멈추고 시계를 보았다.

"5시 35분."

일단 노끈 삼는 작업을 마치고 나면, 각 노끈을 한데 모아 매듭으로 연결해야 했다. 누군가 임시 들것을 가지고 구덩이로 하강하여, 에릭이 파블로를 거기에 태우도록 도울 것이다. 최대한 그를 안전하게 지상으로 운반할 수 있도록, 들것에는 금속 구조물을 덧대놓았다. 그런 다음 로프를 다시 갱로로 내려, 나머지 두 사람을 차례로 끌어 올려야 한다.

스테이시는 그 모든 과정이 얼마나 시간을 요할 것인지 상상해보았고, 많은 시간이 걸릴 거라는 판단이 들었다. 지금 시각이 5시 35분, 즉 5시 40분이 되어가고 있으므로, 해지기 전까지 그들에게 남은 시간은 고작 1시간 30분밖에 되지 않았다.

❧

결국 그들은 다섯 개의 노끈을 삼아야 했다. 처음 세 개를 완성해서는 로프에 연결한 다음 갱로로 다시 떨어뜨려 바닥까지 충분히 닿는지 살폈지만, 에릭은 아직도 모자란다고 소리쳤다. 그리하여 네 번째 노끈을 만들었지만 그들이 급조한 들것과 연결한 결과, 별도의 노끈 두 개가 더 필요하다는 결론에 이르렀다. 하나는 알루미늄 골조의 머리 부분에 연결하고, 다른 하나는 끝 부분에 연결하기 위해서였다.

마티아스가 마지막 노끈을 재빨리 만드는 사이에, 제프가 에이미를 한쪽으로 데려갔다.

"네가 해도 괜찮을까?"

그가 물었다.

두 사람은 전에 파란색 텐트가 서 있던, 흙이 깔린 네모난 공터에 나란히 서 있었다. 해는 지평선 너머로 거의 기울었는데도, 사방에 밝은 기운이 남았고 더위도 마찬가지였다. 이곳의 하루가 어떻게 흘러가는지 에이미는 잘 알고 있었다. 낮과 밤 사이의 변화, 즉 서서히 저무는 저녁이란 개념이 전혀 없었다. 태양은 떠오르는 즉시 거의 한낮과 같은 강도로 강렬하게 타올랐고, 서쪽 끝으로 사라지는 순간까지도 기세가 누그러지지 않았다. 즉, 낮에서 순식간에 밤으로 돌변해버렸다. 그들에게 램프라고는 에릭이 가진 것뿐인데, 그나마 기름도 거의 바닥난 상태였다. 15분쯤 후면 사방은 캄캄해질 거라고, 그녀는 짐작했다.

"뭐가 괜찮아?"

그녀가 물었다.

"네가 아래로 내려가는 거."

제프가 말했다.

"내려간다고?"

"갱로로."

에이미는 그를 뚫어지게 쳐다보았다. 너무 놀라 아무 말도 나오지 않았다. 제프는 에릭에게 던져준 티셔츠 대신 어느 고고학자의 셔츠를 입었는데, 왠지 처음 만난 사람처럼 낯설게 보였다. 셔츠에는 광택이 흘러 모직 느낌이 나기는 했지만 폴리에스테르 직물이었고, 버튼다운 셔츠에 가슴팍에는 커다란 주머니가 나 있었다. 사냥 여행에 나선 사람 같다고 에이미는 생각했다. 아니면 저 괴상한 주머니에 필름 통을 가득 채운 사진사 같기도 했다. 또는 군인처럼 보이기도 했다. 그 무엇이든지 간에 제프는 제 나이보다 더 들어 보이고, 심지어 덩치까지 더 커 보였다. 코끝은 빨갛게 달아오르고 각질이 일어났으며, 강한 햇살에 지쳐 보이기는 해도, 신경이 곤두서고 몹시 긴장해 있다는 걸 알 수 있었다.

"마티아스와 나는 핸들을 돌려야 해. 그러자면 알다시피 너나 스테이시밖에 남지 않는데……."

그가 말을 멈추고 어깨를 으쓱 움직였다.

"적임자는 너인 것 같다."

에이미는 여전히 아무 말이 없었다. 어둠을 뚫고 지하로 내려갈 생각에 잔뜩 겁을 집어먹었고, 물론 내려갈 생각이라곤 조금도 없었다. 지상에 남겠다고 제프에게 말하고 싶었다. 자신은 처음부터 이 탐험이 내키지 않았다. 게다가 일행이 은폐된 숲길을 발견했을 때도, 그녀는 경고하려 들지 않았던가? 따라서 이 모든 사태는 다 제프의 책임이 아닌가? 그런데도 자신이 저 구덩이 속으로 하강해야 한다는 말인가? 이런 질문들을 자신에게 던져보았지만, 에이미는 언덕 저 아래에서 벌어진 일, 즉 사진을 남길 욕심에 무리하게 공터로 뒷걸음질치다가 덩굴에 발목이 감긴 일을 떠올렸다. 만일 자신이 그런 행동만 저지르지 않았어도, 마야인들은 일행더러 언덕에 오르라고 위협하지는 않았을 것이다. 따라서 친구들은 이 언덕에 남지도 않았을 것이다. 파블로는 갱로 바닥에 허리가 부러져 쓰러지지도 않았겠지. 에릭은 신발이 피로 젖도록 고통당하지 않았겠지. 여섯 명 모두 여기서 한참 떨어진 어느 곳을 걸어가며, 모기와 조그만 파리 떼, 발의 물집 등 지독한 고생을 추억하고 있을 테지.

"너는 인명 구조원이야, 그렇지?"

제프가 물었다.

"이런 일에 대처하는 법을 알잖아."

인명 구조. 어떻게 보면 맞는 말이었다. 에이미는 고향의 아파트 단지 수영장에서 일하며, 여름을 보낸 적이 있었다. 수심 2미터의 조그만 타원형 수영장으로, 잠수는 할 수 없는 곳이었다. 그녀는 일주일에 닷새 동안 열 시에서 여섯 시까지 야외용 접이의자에 앉아 일광욕을 즐기면서, 아이들이 뜀박질, 물장난, 남을 물속에 억지로 잡아넣는 짓을 못 하도록 지키고, 어른들은 수영장 근처에 알코올류를 반입하지 못하도록 단속하는 일을 맡았다. 그 두 가지 임무를 그녀는 대충 때우곤 했다. 그녀의 고향 마을은 술주정뱅이와 이혼녀들이 많이 거주하는 음울한 분위기의 조그만 단지였다. 아이들이 많지 않아, 며칠 동안이나 수영장에 개미 새끼 하나 얼씬하지 않기도 했다. 에이미는 그저 의자에 앉아 책을 읽곤 했다. 특히 한산한 날은 수심이 얕은 데 멍하니 드러누워 시간을 보냈다. 물론 고용

되기 전에 구명 강좌를 수강하기는 했다. 척추 부상에 관한 수업도 있었고, 부목을 어떻게 사용하는지도 배웠다. 하지만 지금 기억나는 것은 전혀 없었다.

"허리띠로 들것을 고정할 생각이야."

제프가 말했다.

에이미의 바람은 당장 언덕을 내려가는 것뿐이었다. 공터로 달려가서, 자신들을 지켜보는 마야인들을 대면하는 자신을 떠올려보았다. 언덕에서 무슨 일이 벌어졌는지, 어떤 불상사가 생겼는지를 그들에게 손짓 발짓으로 알린다. 물론 어렵기는 하겠지만, 어떻게 해서든지 자신의 다급한 상황을 그들이 알아듣고 느낄 수도 있게 한다. 그리고 마침내 그들은 마음이 누그러진다. 그래서 도움을 주기로 한다. 그리하여 모두 언덕을 떠난다. 화살을 맞고 언덕 반대편에 누워 있던 마티아스 동생의 시체도, 그녀의 상상 속에서는 간단하게 해결된다. 하지만 갱로로 내려가는 임무만은 절대 맡고 싶지 않았다.

제프가 그녀의 손을 붙들었다. 그가 뭔가 말을 하려고 입을 열었다. 그녀를 설득하는 말, 또는 그녀가 수긍할 수밖에 없는 어떤 말을 하려는 게 뻔했다. 바로 그때 구덩이 저 아래에서 다시 치르르 하는 소리가 울려나왔다.

마티아스를 제외하고 모든 이들이 구덩이 속을 들여다보았다. 마티아스는 노끈을 거의 완성하는 참이었는데, 조금도 멈추지 않고 그 일에만 몰두했다.

"에릭?"

제프가 외쳤다.

"그걸 찾을 수 있겠니?"

에릭은 잠시 아무런 말도 하지 않았다. 저 아래에서 소리의 출처를 찾던 그가 혼란스러워한다는 걸 모두 짐작할 수 있었다.

"계속 움직이고 있어."

그가 외쳤다.

"어떤 때는 내 왼쪽인 것 같다가, 다시 오른쪽에서 들리기도 해."

"소리가 울린다면 조명도 나와야 되는 거 아냐?"

에이미가 거의 속삭이듯이 제프에게 물었다.

제프가 소리쳤다.

"조명도 있어? 조명을 찾아봐."

에릭이 다시 움직이는 걸 느낄 수 있었다.

"안 보이는데."

그가 외쳤다. 그 말이 떨어지기 무섭게 그가 또 외쳤다.

"소리가 멈췄어."

치르르 소리가 끊긴 것은, 지상의 일행도 알 수 있었다.

그들 모두 그 소리가 다시 이어지는지 기다려보았지만 잠잠했다. 태양은 서쪽 지평선에 걸리고, 온 사방이 붉은빛으로 물들었다. 2, 3분 안에 캄캄해질 것이다. 마티아스는 노끈 삼는 작업을 다 마쳤다. 그가 마지막으로 완성한 노끈을 다른 노끈들과 연결한 다음, 임시 들것에 달린 두 개의 고리와 연결하는 걸 모두 지켜보았다. 그 일을 마치자마자 별안간 밤이 찾아왔다. 제프는 핸들을 붙들고, 마티아스와 스테이시는 갱로의 입구 위에 들것을 띄웠다. 들것이 대롱대롱 흔들리는 걸, 세 사람은 한동안 물끄러미 바라보았다. 마티아스가 알루미늄 골조 위에 고고학 팀이 쓰던 침낭을 씌워, 충격을 흡수하도록 만들었다. 침낭 머리는 그들 네 사람의 허리띠로 고정을 시켰다. 에이미는 제프의 제안에 아직 동의하지는 않았지만, 사실 이미 결정 난 것이나 다름없었다. 모든 게 준비되었고, 그녀 또한 당연히 그럴 거라고 다들 생각했다. 마티아스가 권양기 옆에 선 제프와 합류하여 핸들을 붙들었다. 스테이시는 묵묵히 팔짱을 끼고 서서 남자들을 쳐다보았다.

"올라앉아."

제프가 말했다.

에이미는 그의 말대로 따랐다. 마음을 다잡고 갱로의 입구로 걸음을 내디뎌 알루미늄 골조로 올라타고, 나일론 노끈을 꽉 붙들었다. 들것이 그녀의 체중을 받자 끼익 소리를 내며 좌우로 흔들리다가 우뚝 멈추었다. 그러고는 에이미가 하강할 준비를 채 하기도 전에, 또는 하강을 결심할 사이도 없이, 권양기는 돌아가기 시작하고, 그녀는 이제 막 시작된 지상의 어둠에서 저 구덩이 속의 더 깊은 어둠을 향해 내려앉기 시작했다.

🌿

오랜 시간이 걸렸지만 마침내 그들이 하강 작업을 시작했다. 에릭은 정확히 시간이 얼마나 흘렀는지는 알 수 없었지만, 자기가 느끼는 것만큼 오래 걸리지는 않았을 거라고 추측했다. 그래도 시간은 길게만 여겨졌다. 이른바 생체 시계라는 걸 아예 갖고 태어나지 못했는지, 그는 최상의 컨디션일 때도 시간을 대중하는 데 영 재주가 없었다. 하지만 캄캄한 구덩이 밑에서 오늘 일어난 기막힌 사건들로 인한 스트레스를 견디며 시간을 보내기란, 평소보다 훨씬 더 힘이 들었다. 그가 아는 것이라고는 저 위에서는 밤이 시작되었다는 것, 즉 파란색 사각형 하늘이 불그스름해지다가 점차 파란색이 섞인 잿빛, 그러다 청회색에서 마침내 암회색으로 바뀌었다는 것뿐이었다. 그리고 친구들은 들것을 만들고, 에이미가 거기에 올라타 자신을 향해 내려오고 있었다.

그사이에 몇 시간은 흘렀을 거라고 에릭은 짐작했다. 틀림없이 그럴 것 같았다. 파블로는 비명을 지르다 멈추었고, 스테이시는 자신을 향해 고함치며 몇 마디를 주거니 받거니 했으며, 제프는 램프를 끄라고 지시했다. 그러고는 모두 시야에서 사라져, 들것에 쓸 로프를 연장하는 작업에 들어갔다. 그러는 동안 너무나도 기나긴 시간이 흘렀다. 처음에는 가만히 웅크리고 앉았다가, 파블로 곁으로 옮겨 앉아 내내 그의 손목을 부여잡고 기다렸다. 그리스 친구가 의식을 잃지 않도록, 이따금 모든 게 다 잘될 거라는 식으로 말을 건넸는데, 사실 그것은 자신을 의식하고 하는 말이기도 했다.

물론 다 잘될 리가 없었다. 평소 그리스 청년들의 쾌활한 말투를 흉내내며 에릭이 일부러 밝은 목소리를 내려 애쓴다고 해도, 잔인한 현실을 외면할 수는 없었다. 일단 냄새가 문제였다. 대변에 소변 냄새까지 섞여서 풍겼다. 파블로는 등을 다쳐 내장 기관, 즉 방광을 조절하는 기능을 상실했던 것이다. 그에게 도뇨관(방광 등의 내용액의 배출을 측정하기 위해 사용되는 고무 또는 금속제의 가는 관—옮긴이)을 채우고, 침대맡에 조그만 주머니를 매달아주어, 간호사가 그걸 비우고 소독하게 해야 한다. 수술도 시급하다. 의사와 물리치료사가 그의 곁을 지키며, 경과를 주시해야 한다. 하지만 어떻게 해야 그런 조치를 취해줄 수 있을지, 에릭은 도무지 생각조차 할 수가 없었다. 친구들은 오후 내내 들것을 만들었고, 결국 그것을 사용해 파블로를 이 구덩이 밖으로 데리고 가겠지만, 그다음에는 과연 무엇을 한단 말인가? 구덩이에서 나온 다음, 텐트와 꽃이 핀 덩굴을 헤치고 나아가다보면, 그의 등은 더욱 손상되고 방광과 내장 기관에서는 소변과 대변이 이미 오염된 바지로 스며들 것이다. 하지만 친구들이 해줄 만한 조치란 아무것도 없었다.

에릭의 무릎에서 마침내 출혈이 멈추었다. 여전히 욱신거렸고, 자세를 바꿀 때마다 그 강도가 찌를 듯이 커졌다. 제프의 티셔츠는 피가 굳어 뻣뻣해졌다. 에릭은 파블로 곁의 맨바닥에 앉아 있었다. 신발은 여전히 축축했다.

에릭은 사람이 최악의 사태를 당하면, 자기 치유력을 발휘한다는 이야기를 파블로에게 해주었다. 그들이 이야기를 나누는 지금도, 그 현상은 시작되고 있다고 했다. 그는 어린 시절 뼈가 부러졌던 경험을 파블로에게 들려주었다. 물에 젖은 미끄러운 보도에 넘어져, 팔뚝에 골절상을 입었다. 정확히 어느 부위인지는 가물가물하기는 한데, 아마 척골이었던 것 같고, 사실 그게 중요한 것은 아니었다. 그는 6주 동안이나 깁스를 해야 했는데, 여름이 다 지나갈 무렵 깁스를 제거할 때는, 땀과 곰팡이의 악취가 풍겨 나왔다. 그의 팔은 핏기 하나 없이 너무나 야위었고, 그때 깁스를 가르던 톱날 돌아가는 소리가 기억난다고 했다. 또한 슈퍼맨 흉내를 내다가 운동장에 거꾸로 떨어져, 쇄골이 부러진 적도 있었다. 스카이콩콩을 타다가 코가 부러지기도 했다. 에릭은 그때의 사건들을 설명하며, 당시의 통증과 마침내 회복되기까지 일련의 과정으로 볼 때, 치유는 당연지사라는 논리를 폈다.

파블로는 물론 단 한 마디도 알아듣지 못했다. 그는 신음하며 뭐라고 웅얼거렸다. 이따금 에릭이 붙잡지 않은 손을 들어 자기 옆을 가리키려고 하는 것 같았지만, 캄캄한 어둠뿐 아무것도 보이지 않았다. 에릭은 파블로의 그런 몸짓을 무시했다. 신음과 웅얼거림도. 그저 계속 이야기하며, 목소리를 밝게 꾸미려 애썼다. 그것 외에는 무엇을 어떻게 해야 할지 전혀 떠오르는 게 없었다.

그는 자신이 목격했던 다른 사고에 대해서도 파블로에게 들려주었다. 도로에서 스케이트보드를 타다가 뇌진탕을 입고 갈비뼈 다섯 개가 부러졌던 소년, 배수관을 청소하려고 지붕에 올라갔다가 낙상해 어깨뼈가 탈구되고 손가락뼈 두 개가 골절된 이웃, 로프를 타고 강물에 뛰어내린다는 게 그만 바위투성이 강변에 떨어져 발목뼈가 골절되고 이가 세 개나 부러졌던 소녀의 사례들이었다. 그는 자신이 성장한 마을에 대해서도 이야기했다. 얼마나 비좁고 얼마나 추악하며 꽉 막힌 촌구석인지를 설명했다. 추악한 면은 아름다운 겉모습에 대비시켜, 배타성은 속물적인 면과 대비시켜 묘사했다. 사이렌 소리가 울리면, 사람들은 무슨 일인가 싶어 현관으로 후다닥 나와 이마에 손을 얹고 내다보았다. 어린애들은 자전거에 잽싸게 올라타고, 앰뷸런스나 소방차 또는 경찰차를 뒤쫓았다. 어수룩한 촌닭들이었지만, 그래도 주민들은 인정이 많았다. 에릭이 팔이 부러졌을 때, 이웃들이 찾아와 만화책이나 비디오테이프 같은 선물을 주고 가기도 했다.

그는 오른손으로 파블로의 손목을 붙들고 있었는데, 이야기하다가 중요한 대목에서는 이따금 손을 꽉 쥐기도 했지만, 절대 놓지는 않았다. 그의 왼손은 석유램프와 성냥갑 사이를 초조한 듯 오갔는데, 끊임없이 만지작대는 사이에 두 물건은 마치 없어서는 안 될 보물인 양 그의 앞으로 조금씩 이동했다. 사실 그의 손짓에는 일종의 기도와도 같은 의미가 담겨 있었다. 부지런히 손을 놀리면서, 머릿속에는 두 마디 단어가 계속 맴돌았기 때문이다. 파블로를 의식해서 자신감 있고 낙천적인 투로 말하고 있었지만, 램프에서 성냥갑, 성냥갑에서 램프로 초조하게 손을 움직이며, 마음속으로는 계속 똑같은 말을 되뇌었다. *조금만 참자, 조금만 참자, 조금만 참자, 조금만 참자.*

그는 자전거를 타고, 사이렌 소리와 깜빡이는 자동차 불빛을 따라갈 때 어떤 기분이었는지를 파블로에게 설명했다. 사고 현장으로 달려가는 극적 긴장감과 흥분 때문에 짜릿한 쾌감을 맛보곤 했다. 그 시절의 사고들 중에서 해피엔딩의 사례들을 그는 이야기하기 시작했다. 나무에 오를 줄만 알고 내려오는 법을 모르던 일곱 살짜리 메리 켈리가, 두려움에 그 조그만 몸으로 자꾸만 위로 올라갔고, 결국 훌쩍훌쩍 울면서 12미터나 되는 참나무 꼭대기까지 올라갔는데, 나무 아래 모인 사람들이 어서 내려오라고 달래던 사이에, 바람이 점점 거세지더니 나무 전체가 뽑혀나갈 듯이 휘몰아쳤다. 사이렌 소리와 자전거 탄 소년 무리가 당도하던 무렵, 메리가 발을 헛디뎌 몇 초간 고통스럽게 대롱대롱 매달렸다가, 엉엉 울면서 가까스로 나뭇가지에 다시 발을 디디던 순간, 안도의 한숨을 내쉬던 사람들의 표정을 에릭은 그대로 흉내 냈다. 그 후 소방차가 공중을 향해 서서히 사다리를 뻗어, 소방대원이 무성한 잎사귀 사이를 뚫고 들어가 어린 소녀를 들어 올려 품에 안자, 군중은 환호했다.

에릭은 어둠 속에서 문득 자신의 등을 어루만지는 손길을 느꼈다. 화들짝 놀라 고함을 지를 뻔한 걸 간신히 참았다. 덩굴이었다. 갱로 밑바닥까지 그것이 뿌리를 내렸던 것이다. 그때의 기분과 감동을 이야기하며 열을 올리는 사이에, 자기도 모르게 몸을 젖혔던 게 틀림없었다. 캄캄한 갱로 밑바닥에서는 오감이 제대로 작용을 못 해, 장님이나 다를 바가 없었다. 지금 느껴지는 것이라고는 파블로의 손목과, 조금만 참자, 조금만 참자, 조금만 참자 되뇌며 램프와 성냥갑을 만지작대는 일뿐이었다. 그는 덩굴의 손아귀에서 벗어나려고 앞으로 바짝 다가앉았는데, 그 순간 파블로의 부러신 몸과 맞닿고 밀렸다. 소름이 돋고 오한이 들었다. 오싹한 기분이었다. 그가 물러나 앉으려고 몸을 움직이자, 무릎의 베인 자국에서 찌를 듯한 통증이 올라왔고, 출혈이 다시 시작되었다. 그는 손으로 바닥을 더듬어 제프의 티셔츠를 집어 들고 상처를 다시 압박했다.

그는 강가에서 로프타기를 하던 소녀에 대해서도 이야기를 꺼냈다. 열세 살 난 마시 브랜드는, 이에 교정기를 끼고 긴 머리를 뒤에서 하나로 묶고 다녔다. 처음에 그녀가 강물로 떨어졌을 때 아이들과 함께 깔깔대며 웃었다고 에릭은 이야기했다. 사실 만화처럼 우스꽝스러운 장면이기는 했다. 하지만 그녀가 떨어지던 와중에 바위에 세게 부딪히는 걸 보고, 모두 마시가 다쳤다는 건 직감하고 있었다. 하지만 그 사실을 부인이라도 하려는 듯 일제히 웃어버렸고, 그녀가 일어서려다가 강물로 철퍼덕 쓰러지는 걸 보고서야 뚝 그쳤다. 마시는 입 주변이 찢어지는 부상을 입었다. 바위에 얼굴을 찢긴 것이다. 그녀가 허우적대는 강물 주변으로 붉은 피구름이 서서히 번져나갔다. 소녀는 눈은 질끈 감고 있었지만, 고통스럽게 일그러진 그때의 표정이 에릭은 똑똑히 기억났다. 마시는 인상을 쓰기는 했지만 울지는 않았다. 모두 달려들어 그녀를 끌어내 강둑으로 옮겨놓았고, 한 남자 아이는 자전거에서 뛰어내려와 도왔지만, 마시는 아무 말도 하지 않았다. 나중에는 그때 웃어댄 걸, 특히 그녀가 다시 걸을 수도 없을 것처럼 보이는 심각한 사고를 당한 상황에서 웃어댄 걸, 모두들 후회했다. 하지만 놀랍게도 마시는 약간 절름거리기만 하고 다시 걷게 되었는데, 사실 그때 사고를 모르는 사람이라면 전혀 눈치도 못 챌 정도로 표가 나지 않았다.

에릭은 자신이 어둠 속에서도 볼 수 있는 능력이 생긴 건 아닐까, 자꾸만 의심이 들었다. 희부연 빛을 발하는 풍선 같은 형체가 허공에 떠다녔기 때문이다. 그것들은 에릭을 향해 다가와 눈앞에서 어른거리고는, 서서히 다시 물러났다. 어떤 것은 청록색을 띠었고, 어떤 것은 거의 하얀색에 가까운 연노란빛을 띠었다. 시각이 어둠 속에서 일으키는 환시 현상에 불과하다는 걸 알면서도, 자꾸 그런 생각이 드는 건 어쩔 수 없었다. 그것들이 바로 코앞에 바짝 다가올 때면, 만져보고 싶어서 파블로의 손목을 쥔 손을 놓기도 했다. 하지만 그가 손을 들자마자 그 형체들은 사라지고, 저만치 떨어진 곳에서 다시 나타나 서서히 유연하게 접근을 재개했다. 그는 무릎의 상처를 압박하던 티셔츠를 치워보았다. 출혈이 다시 멈추었다. 그는 또 부리나케 램프와 성냥갑으로 손을 가져갔다. *조금만 참자, 조금만⋯⋯.*

그는 파블로에게 그다지 해피엔딩이라 할 수 없는, 즉 질기디질긴 생명력이 증명되지 못한 다른 사례들까지 이야기했다. 단, 부상자의 심리 상태를 고려해 내용에는 약간의 변화를 주었다. 꼬마 스티비 스탈이 침수된 밭에 들어가 놀다가, 배수로에서 쏟아진 급류에 휩쓸린 사건이었다. 잠수부가 자진해서 나섰지만, 침적토가 워낙 많이 밀려온 탓에 그 속에 반쯤 파묻힌 아이를 찾아내지 못했다. 스티비는 5분 후 1.5킬로미터 떨어진 강물로 떠밀려나왔다. 온통 베이고 멍든 상처투성이가 되었고, 거기까지가 사실이지만, 사실에 약간 변형을 주어 전달하기로 했으므로, 기적적으로 털끝 하나 상하지 않았다고 말했다. 진저 루비는 삼촌의 헛간에서 성냥으로 불장난을 하다가, 짙은 연기에 잔뜩 겁을 집어먹고 방향 감각을 상실해, 쉽게 달아날 수 있는 출구는 놔두고, 일렬로 늘어선 쓰레기통 뒤에 웅크린 채 숨을 거두었다. 그러나 에릭은 모여든 군중의 환호를 받으며, 진저가 소방수에게 구조되었다고 얘기해버렸다. 매연을 뒤집어써 셔츠와 머리가 온통 그을렸지만, 그것 말고는 (역시 기적적으로) 부상 하나 없이 멀쩡했다.

파블로 옆으로 난 갱로에서 들어오는 차가운 공기는 일정하지 않았다. 마치 호흡을 멈춘 듯이 우뚝 멈추곤 했는데, 그럴 때마다 구덩이 속의 기온은 이내 상승했다. 에릭은 땀을 흘렸고 서츠는 금세 축축하게 젖이들었지만, 그때 또 차가운 공기가 다시 스며들기 시작했다. 끊임없이 반복되는 이 변화에 에릭은 불안하고 겁을 먹을 수밖에 없었고, 어두운 갱로 속은 무시무시한 생명체처럼 느껴졌다. 갱로에서 밀려오던 호흡이 정지할 때면, 마치 그의 눈앞에 도사린 채 일거수일투족을 예의 주시하는 존재 또는 어떤 형체가 일부러 숨을 참는 듯한 기분이 들었다. 한번은 마치 에릭의 체취를 맡으려는 듯, 킁킁대는 소리가 얼핏 들리기도 했다. 그의 시각이 또다시 환시를 일으킨 게 틀림없었다. 그렇다고는 해도 후다닥 램프에 불을 밝히고픈 충동이 불끈 올라왔고, 초조한 듯 손가락을 꼼지락거리다가 램프와 성냥갑 사이를 갈팡질팡하기 헤매기 시작했다. *조금만, 조금만 참자.*

그는 파블로에게 파일럿을 지망하던 친구 게리 홈즈 이야기를 들려주었다. 게리는 몇 년이고 부모를 조르고 졸라, 마침내 열여섯 살 생일에 비행기 조종을 배울 수 있도록 허락받았다. 토요일마다 자전거를 타고 인근의 공항으로 가서, 오후 시간을 이 새로운 세계를 접하는 데 사용했다. 그렇게 석 달이 흘렀고, 당시 에릭은 고교의 축구 선수로 활약 중이었다. 그가 소속된 청소년 리그는, 한 경기장에서 몇 개의 경기를 연속으로 진행하곤 했다. 어느 날 경비행기가 경고음을 울리며 매우 낮은 고도로 지나갔고, 놀란 선수들은 잔뜩 몸을 움츠렸다. 모두 경기를 멈추고 하늘을 쳐다보았다. 비행기는 저만치 날아가다 선회하더니, 다시 선수들 위를 스쳐지나갔고, 경기장은 아수라장이 되었다. 심판들이 휘슬을 불어댔다. 양팔을 휘두르며 질서를 찾으려 애쓰던 와중에, 비행기에서 불안한 소음이 흘러나왔다. 엔진이 불규칙하게 털털거리는 소음을 내다가 갑자기 딱 그쳤다. 그러고는 마치 숨을 참다가 질식 지경에서 다시 토해놓듯이, 몇 초 후 경기장의 서쪽 담장 부근에서 쾅 하고 요란하게 부서지는 소리가 났다. 하지만 에릭은 파블로한테 곧이곧대로 들려주지는 않았다. 절대로. 에릭은 당시 관중석의 맨 앞줄에 앉았던 사람들이 사태를 정확히 파악했다고 말했다. 아마 야구 팀의 감독들이었을 것이다. 그들은 고함치며 사고 지점을 가리켰고, 심판들은 연방 휘슬을 불어댔으며, 선수들은 아우성치며 달아났다. 비행기는 추락 직전이었다. 이제 막 비상 착륙을 시도할 참이었다. 어서 경기장을 비워야 했다. 다행히 모두 그렇게 했다. 비행기가 다시 선회하여 또 머리 위를 스쳐 지나려고 할 무렵에는, 모두 사이드라인 쪽으로 물러난 상태였다. 불안하게 착륙한 비행기는 계속 팅겨나가 골대를 들이받았다. 앞바퀴가 부드러운 흙을 파헤친 채 벌렁 뒤집히다시피 했고, 프로펠러가 휘어지고 앞 유리가 박살났다. 에릭은 잠시 이 대목에서 말을 멈추고, 게리와 비행 교관이 어떤 부상을 입었는지, 즉 불시착 때문에 조종석의 그들이 어떤 피해를 입었다고 말할 것인지 궁리에 빠졌다. 결국 슬개골이 부서졌다고 하기로 결정했다. 어깨가 탈구되고 골반이 골절되었으며, 경미한 뇌진탕도 입었다. 에릭은 바로 옆에서 지켜본 듯이 생생하게 설명했다. 부상자들은 모두 치료를 받았는데, 어차피 부상이란 질기디질긴 생명력으로 치유되기 마련임을 파블로에게 다시 한 번 확인시켰다.

지상의 친구들은 파란색 텐트를 잘라 노끈을 삼고, 임시 들것을 만드느라 분주했다. 그들은 딴생각에 빠질 겨를이 없었다. 그러나 에릭은 파블로의 오물 냄새, 오락가락하는 신음 소리, 웅얼거림을 들으며, 캄캄한 구덩이 밑에 몇 시간이고 주저앉아 기다려야 했다. 따라서 그리스인이 이번 모험에서 살아남지 못한다면, 질기디질긴 생명력의 한계를 벗어난다면, 즉 일행이 속수무책으로 동동거리는 가운데 앞으로 몇 시간 또는 며칠 후에 죽어버린다면 어쩌나 불안에 젖을 수밖에 없었다.

파블로는 깊이 잠든 것처럼 보였다. 어쩌면 의식을 잃었는지도 모른다. 그는 더 이상 웅얼대거나 끙끙대지 않고, 어둠 속에서 누군가 사신을 삽아주기라도 바라는 것처럼 허공으로 손을 뻗어 올리던 몸짓도 더 이상 하지 않았다. 에릭도 아무 말 없이 파블로 곁을 지키고 앉아, 한 손으로는 그의 손목을 붙들고, 다른 한 손은 램프와 성냥갑을 만지작거렸다. 자신의 목소리가 갱로의 비좁은 벽에 메아리치는 소리가 들리지 않자, 시간은 훨씬 더디게 흐르는 것만 같았다. 에릭은 게리 홈즈, 지역 신문의 1면을 장식했던 파손된 비행기 사진, 고교 강당에서 진행된 추도식으로 다시 생각을 모았다.

게리는 그와 절친한 사이는 아니었지만, 그렇다고 그냥 아는 정도라고
도 할 수 없는 어중간한 사이였다. 그의 장례식 한 달 후 게리의 어머니가
에릭의 집을 찾아왔다.

"에릭?"

에릭의 어머니가 아들을 불렀다.

"이리 좀 내려와보렴."

서둘러 아래층으로 내려가보니, 홈즈 부인이 현관에서 기다리고 있었
다. 그녀는 게리의 자전거를 갖고 싶은지 의향을 물었다. 참으로 어색한
만남이었다. 에릭의 어머니는 눈물이 그렁그렁한 채, 두 사람의 곁에 서
서 대화에 귀를 기울였다. 어머니는 연방 홈즈 부인의 어깨를 토닥거렸
다. 에릭은 그녀의 제안에 놀란 것은 물론 당혹스럽기까지 했다. 어쨌든
게리하고 제일 친한 사이는 아니었기 때문이다. 그는 그 제안을 거절하려
고 했지만, 자기가 고개를 내젓는 걸 보고 낙심하는 홈즈 부인의 얼굴을
보니, 차마 말을 꺼낼 수가 없었다. 그는 그러겠다고 대답했다. 사실 에릭
한테는 이미 자전거가 있었다. 그가 게리의 어머니에게 감사를 표하자,
그의 어머니는 눈물을 흘렸다. 홈즈 부인도 마찬가지였다.

자전거는 공항에 그대로 남아 있었다. 게리가 마지막 날 울타리에 체인
으로 잠가둔 그대로였다. 에릭의 아버지가 출근길에 아들을 공항에 데려
다주었다. 자전거를 끌어낸 에릭은, 홈즈 부인이 건네준 쪽지를 들여다보
았다. 손으로 휘갈겨 쓴 세 자리 숫자, 즉 자물쇠의 비밀 번호를 알아내느
라 한참을 궁리해야 했다. 대여섯 번이나 시도한 끝에, 마침내 자전거를
움직일 수 있었다. 일단 20킬로미터 거리의 학교까지 곧장 타고 갔는데,
이미 몇 분 정도 지각한 뒤여서 복도는 괴괴하니 텅 비어 있었다. 자전거
의 안장이 너무 높아 페달을 밟는 게 힘들었다. 게다가 체인은 기름칠이
필요했고, 바퀴 테도 한 달 넘게 방치된 터라 녹이 슨 상태였다. 남들 앞

에 자랑스레 내놓을 만한 물건은 아니었고, 이미 그에게는 자기 자전거가 있었다. 그래서였는지 아니면 지각했다는 단순한 이유 때문이었는지는 몰라도, 그는 학교에 도착한 후 자전거를 잠가두지 않았다. 그냥 보관대에 팽개쳐 두고, 허겁지겁 교실로 뛰어 들어갔다. 그 상태 그대로 방치한 채, 에릭은 버스를 타고 귀가했다. 다음 날 아침 그 자전거는 온데간데없었다.

에릭은 누군가 자기 등을 손으로 누르는 듯한 느낌이 또 들었다. 애써 진정하려고 했지만, 심장은 거세게 방망이질 쳤다. 또 덩굴이었다. 이번에도 몸을 웅크려 당겨 앉는 수밖에 없었다. 파블로 쪽으로 붙어 앉으려 하는 순간, 그와 이미 바싹 붙어 앉은 상태였음을 깨달았다. 아마 덩굴이 그의 체온에 이끌려 그를 향해 손을 뻗은 모양이었다. 덩굴이 감각기관을 가진 모종의 의지를 가진 존재라고 생각하자, 그는 불안하고 겁도 나서 자리를 박차고 달아나고 싶었다. 위를 향해 고함쳐서 친구들을 부르고 싶은 생각이 간절했지만, 파블로를 깨워놓을 것 같아 단념했다.

게리의 어머니는 가가호호 찾아다니며 아들의 유품들을 또래 소년들한테 나눠주었지만, 사실 그게 정말 그들에게 필요한지는 전혀 알지 못했다. 스웨터, 외투, 야구 장갑, 물안경을 받은 소년들은 그 자리에서 돌려주거니 노골적으로 버리기도 했고, 옷상이나 트렁크, 지하실에 처박아 두는 아이들도 있었다. 죽음이란 으레 그런 거라고 에릭은 생각했다. 삶이 죽음의 모든 흔적을 눈앞에서 싹 치워버리기 마련인 것이다. 게리의 친한 친구들도 그가 없는 데 별 영향을 받지 않고 삶을 계속 이어나가, 한 해 한 해 진급하여 대학에 진학하는 사이에 아예 그를 잊어버렸다. 차라리 부서진 비행기 사진과 불시착 직전의 돌연한 정적이 그들의 기억에는 더 선명한 자리를 차지했다고 할 수 있었다.

에릭은 소변이 급했다. 갱로 벽으로 다가가 볼일을 보고는 싶었지만,

제자리로 돌아와 보면 그리스인이나 램프 혹은 성냥갑이 사라지고 없을 것 같은, 말도 안 되는 공포가 엄습했다. 그는 벨트를 풀어 방광의 압박을 낮춘 다음, 나중에 학생들한테 시험 칠 자료도 만들 겸, 낱말 게임으로 주의를 돌려보기로 했다. 매주 첫 시간마다 알파벳 'A'로 시작하는 열 가지 단어 시험을 내서, 뜻 해석에 5점, 맞춤법에 5점을 주기로 할 작정이었다.

제일 먼저 떠올린 단어는 'Albatros'였다. 이어서 'Avarice, Annunciation, Alacrity, Armament, Adjacent, Arduous, Accentuate, Accommodate, Allegation'을 생각해냈다.

다음에는 B로 시작하는 낱말들을 떠올려보았다.

'Boisterous, Bravado, Bandoleer, Botanist.'

거기까지 생각했을 때, 치르르 하는 전자음이 다시 울리기 시작했고, 그 소리에 파블로가 깨어났으며, 구덩이 밑의 두 사람은 화들짝 놀랐다. 에릭은 그리스인의 손목을 놓고 일어섰는데, 무릎의 상처 때문에 안짱다리처럼 구부정한 자세를 취했다. 치르르 하는 소리는 그의 오른쪽에서 울리는 듯했지만, 그쪽으로 비틀거리며 다가가고 나서야 방향을 잘못 잡았다는 걸 깨달았다. 소리는 바로 등 뒤에서 울리고 있었다. 그는 다시 몸을 돌렸지만, 그 방향마저 확실하지는 않았다. 마치 그를 빙 에워싼 채, 갱로의 사방 벽에서 소리가 울리는 것 같았다.

"에릭!"

제프가 밑을 향해 소리쳤다.

"그걸 찾을 수 있겠어?"

에릭은 고개를 치켜들었다. 사각형 모양의 파란 하늘로 친구들이 고개를 쑥 들이밀고 있었다. 에릭은 벨 소리가 처음에는 이쪽에서 들리는가 싶다가, 다시 저쪽으로 움직이는 것 같다고 외쳤다.

"조명이 보여?"

제프가 소리쳤다.

"조명이 보이나 잘 찾아봐."

벨 소리는 이제 파블로의 몸뚱이 저편의 구멍, 즉 또 다른 갱로의 입구에서 울려나오는 것 같았다. 에릭이 절뚝거리며 파블로 곁을 지나자, 공기는 눈에 띄게 서늘해졌다. 벨 소리는 마치 갱로 저 안쪽에서 빨아들이는 듯이 힘이 약해졌다. 그는 덜컥 겁이 나서 움찔하며 걸음을 멈추었다.

"안 보이는데."

그가 외쳤다. 그리고 그때 치르르 하는 소리가 멎었다.

"소리가 그쳤어."

그가 외쳤다. 그는 머릿속으로 열을 세며, 그 소리가 다시 이어지기를 기다려보았지만 들리지 않았다. 그가 구덩이의 입구를 올려다보자, 친구들의 머리는 사라지고, 하늘에는 붉은 기운이 드리워졌다. 태양이 지기 시작한 것이다.

그는 비틀거리며 파블로에게 다가갔다. 어둠 속에서도 그가 고개를 움직이는 걸 알 수 있었지만, 여전히 입은 열지 않았다. 신음하거나 웅얼거리지도 않았는데 오히려 그게 더 에릭을 두렵게 만들었다.

"파블로?"

에릭이 물었다.

"괜찮아?"

그는 그리스인이 다시 말문을 열기 바랐지만, 그는 아예 미동도 없이 누워만 있었다. 에릭은 손을 뻗어 램프를 더듬어 찾고, 성냥갑에도 손을 뻗으려 했지만…… 그것은 그 자리에 없었다. 그는 울퉁불퉁한 갱로 바닥을 천천히 원을 그리며 더듬었고 그럴수록 두려움은 점차 커졌다. 성냥갑을 찾을 수가 없었다.

그때 머리 위에서 삐걱대는 소리가 울렸고, 에릭은 다시 위를 향해 시선을 들었다. 하늘은 급속도로 어두워졌지만, 어렴풋한 윤곽이 구덩이 입구를 가득 메우다시피 한 걸 볼 수 있었다. 일행이 들것 작업을 마치고, 구덩이 위에 띄우는 참이었다. 에릭은 계속 바닥을 더듬어가며 점점 더 먼 곳까지 손을 뻗어보고는, 다시 램프가 있던 데에서 수색을 재개했다. 하지만 성냥갑은 나오지 않았다.

삐걱대는 소리는 점차 크고 규칙적으로 들렸고, 에릭은 다시 시선을 들었다. 친구들이 갱로 안으로 들것을 하강시키고 있었다.

"에릭?"

에이미가 부르는 소리였다.

"왜?"

그가 외쳤다.

"램프를 켜!"

그녀가 들것 위에 올라탄 채, 천천히 자신을 향해 내려오고 있다는 걸 알 수 있었다.

자리에서 일어나 막 절뚝거리며 한 걸음을 내디뎠을 때, 불현듯 한 가지 생각이 떠올랐다. 벨 소리가 들린 순간, 성냥갑을 쥔 채 소리의 근원지를 찾으러 다니다가, 자기도 모르는 사이에 바닥에 떨어뜨렸는지도 모른다. 뭔가 앞뒤가 맞지 않아, 그리 신빙성이 가지는 않았다. 그런데 막 두 번째 발걸음을 뗀 순간 뭔가 발부리에 걸렸는데, 그 냄새와 발에 걸리는 느낌으로 성냥갑이라는 걸 알 수 있었다. 그는 조심스레 손과 무릎으로 바닥을 짚고 손을 더듬어 찾기 시작했다

삐걱대는 소리는 계속 이어졌다. 하늘은 이제 완전히 어두워져 들것이 눈에 보이지는 않았지만, 자신을 향해 접근하고 있다는 건 알 수 있었다.

"램프를 켜, 에릭."

에이미가 다시 외쳤다. 그녀는 이제 상당히 가까워져 목소리에 다급함

이 배어 있었다. 겁에 질린 목소리였다.

그는 연방 땅바닥을 더듬었다. 그는 덩굴이 꽤 무성하게 자란 갱로의 한 귀퉁이에 있었다. 복잡하게 뒤얽힌 덩굴 속에 그의 손이 들어가자, 마치 식물이 의도적으로 그를 방해하는 듯한 으스스한 기분이 들었다. 마침내 그가 덩굴 속에 파묻힌 성냥갑을 발견하고 보니, 그것은 거의 매장되다시피 꼭꼭 숨겨 있었다. 에릭이 덩굴에서 성냥갑을 끄집어내고 달라붙은 덩굴을 뜯어내자, 그 즙이 왼손의 손가락에 끈끈하게 달라붙었는데 처음에는 차가웠지만 이내 활활 타는 듯한 통증이 쏟아졌다.

"에릭?"

에이미가 또 외쳤다. 그녀는 거의 그의 머리 위에 와 있었다.

"잠깐만."

그가 외쳤다. 그는 다시 램프를 향해 비틀비틀 다가가, 그 앞에 웅크리고 앉아 유리집을 들어 올렸다. 처음 성냥에 불을 붙일 때까지는, 자신의 손이 얼마나 떨리고 있는지 알아채지 못했다. 얼마나 심하게 파들거렸는지, 성냥불은 이내 꺼지고 말았다. 그는 잠시 진정하고 심호흡을 두 번 한 다음, 다시 시도했다. 이번에는 성공하여 램프에 불을 밝혔고, 그때서야 에이미가 겨우 5미터 위에서 불안스레 내려다보며 하강하고 있다는 걸 깨달았다.

에릭은 어둠 속에서 몇 시간이나 밝은 불빛을 보고픈 충동을 참아야 했지만, 그 불꽃은 기억하던 것보다 또는 바라던 것보다 너무나 희미했다. 갱로는 대부분 어둠 속에 잠긴 그대로였다. 그의 손은 덩굴의 즙 때문에 화상을 입은 뒤였다. 바지에 대고 손을 쓱 문질렀지만 아무 소용이 없었다. 들것이 손에 닿을 만한 거리에 오자, 그는 파블로의 바로 옆에 안착할 수 있도록 들것을 붙들고 위치를 조정했지만, 지면과 약 1미터를 남겨둔 거리에서 갑자기 덜컹하며 멈춰, 하마터면 에이미가 굴러 떨어질 뻔했다.

"에이미?"

제프가 위에서 외쳤다.

"뭐야?"

에이미가 소리쳤다.

"다 내려갔니?"

"거의. 80~90센티미터쯤 남았어."

이 정보를 전달하고 나서 약간의 침묵이 흘렀다. 그리고 다시 질문이 이어졌다.

"바닥하고 얼마나 떨어졌어?"

에이미는 고개를 빼고 파블로와 들것 사이의 거리를 가늠했다.

"모르겠어. 90센티미터?"

"로프가 바닥났어."

제프가 외쳤다. 침묵이 흘렀다. 그리고 다시 외치는 소리가 들렸다.

"그래도 할 수 있겠어?"

에이미와 에릭은 서로 마주 보았다. 들것의 목적은 파블로를 지상으로 들어 올릴 때, 그의 척추를 곧게 유지하기 위함이다. 그런데 들것이 없으면, 그의 몸이 비틀리거나 구부러질 것이고, 물론 그것은 부상당한 그의 몸에 더 큰 위험을 초래할 것이다. 하지만 여기서 또 시간을 지체하여, 들것을 지상으로 끌어 올려 노끈을 연장하고 다시 내려 보내야 하는데, 그것도 완전히 캄캄절벽 상태에서 해야 한다는 뜻이 된다.

"이렇게 생각해?"

에이미가 에릭에게 물었다. 그녀는 여전히 들것에 웅크리고 앉았지만, 땅바닥까지는 얼마든지 쉽게 내려설 수 있는 거리였다. 이 임무를 전혀 떠맡고 싶지 않고 정말 피하고 싶지만, 어쩔 수 없이 발을 들여놓았다는 걸, 그 행동을 통해 여실히 보여주고 있었다.

에릭은 이 상황에 적절한 사고를 하려고 애썼지만 쉽지 않았다. 그는 갱로 벽에 삽이 기대 세워진 걸 바라보았다. 광산용 삽으로 접었다 폈다 할 수 있어, 배낭에 휴대하는 것이었다. 그는 한동안 그걸 뚫어지게 쳐다보며, 유익하게 써먹을 방법은 없을까 궁리하려 했다. 하지만 아이디어라고는 아무것도 떠오르지 않았고, 오히려 '삽'이라는 단어 때문에 묘지의 무덤 파는 일꾼이 떠올라 뜨거운 물건에 손을 덴 듯이 움찔했다.

"들것을 벗겨낼 수 있잖아."

그가 말했다.

"파블로를 거기에 올려놓고 다시 들것을 들어 올려서 고정시켜보자."

"우리끼리?"

에이미가 물었다. 말도 안 된다는 투였다.

에릭이 고개를 가로저었다.

"도와줄 사람이 하나 더 내려와야 할 거야. 스테이시가 좋을 것 같은데. 우리 둘이 그를 들어 올리면, 다른 사람이 고정시키면 돼."

잠시 두 사람은 이 계획에 대해 곰곰 생각하며, 그 과정과 소요되는 시간을 계산해보았다.

"일단 램프부터 꺼야 할 거야."

에릭이 말했다.

"스테이시가 올 때까지는, 어둠 속에서 충분히 기다릴 수 있어."

에이미가 자세를 바꿔 앉자, 들것이 흔들거렸다. 에릭이 손을 뻗어 그것을 정지시켰다. 그는 에이미가 바닥으로 내려올 거라고 생각했지만, 그녀는 꼼짝도 하지 않았다.

에이미는 아무 말 없이 파블로를 쳐다보았다. 에릭은 그녀가 뭐라고 말을 했으면 싶었다. 혼자 힘으로는 이 임무를 감당할 수가 없었다.

"들것하고 바닥 사이는 겨우 1미터도 안 돼."

"만일 파블로의 몸이 뒤틀리면……."

"내가 그의 어깨를 잡을게. 네가 발을 붙들어. 하나, 둘, 셋에 옮기면 간단해."

에이미는 망설이며 이맛살을 모았다.

에릭은 램프를 들어 올리고 한쪽으로 기울여, 기름이 얼마나 남았는지 살폈다.

"어서 결정하자."

그가 말했다.

"램프의 기름이 얼마 안 남았어."

"에이미?"

제프가 불렀다.

두 사람이 고개를 치켜들었지만, 너무 어두워 그의 모습은 분간할 수 없었다.

"우리가 해볼게."

그녀가 외쳤다.

그녀가 바닥으로 내려오는 동안, 에릭은 들것이 균형을 잃지 않도록 붙들었고, 그런 다음 램프를 바닥에 내려놓았다. 에이미가 침낭에 고정시켰던 벨트들을 모아 램프 옆에 모아두었다. 파블로는 눈으로 두 사람의 움직임을 좇으며 바라보았다.

"우리가 너를 들어 올릴 거야."

에이미가 파블로에게 말했다. 그녀는 손바닥을 펴서 들어 올리는 동작을 해 보이고는, 들것을 가리켰다.

"너를 여기에 눕힌 다음, 저 밖으로 올려다줄게."

파블로가 그녀를 물끄러미 바라보았다.

에릭은 그리스인의 머리로 다가가고, 에이미는 그의 발치에 섰다.

"엉덩이를 붙잡아."

에릭이 말했다.

에이미가 머뭇거렸다.

"그래야 할까?"

"네가 발을 들게 되면, 허리가 아래로 처지게 돼."

"하지만 내가 그의 엉덩이를 붙들면, 오히려 허리가 위로 휘어지지 않을까?"

두 사람은 파블로를 내려다보며, 두 가지 시나리오를 머릿속에 그려보았다. 좋은 생각이 아니라는 걸 에릭도 잘 알았다. 두 사람은 들것을 올려보내, 로프를 연장하도록 기다려야 했다. 아니면 최소한 스테이시라도 합류하게 했어야 했다. 그는 램프를 쳐다보았다. 거의 바닥이 드러나고 있었다.

"그럼 무릎을 붙들어."

에릭이 말했다.

에이미는 새로운 제안도 곰곰 생각해보았지만, 언제까지 그러고만 있을 수는 없었다. 몇 초간 생각하다가, 결국 파블로의 무릎 근처에서 위치를 잡았다. 에릭은 허리를 구부려 그리스인의 어깨 밑으로 양손을 밀어 넣었다. 다리를 쭉 펴서 씻어지는 듯한 통증이 올라오더니, 다시 피가 흐르는 게 느껴졌다. 파블로가 신음을 토해내자, 에이미가 다시 그를 내려놓으려 했지만 에릭이 고개를 저었다.

"서둘러."

그가 말했다.

"셋에 하는 거야."

그들은 동시에 숫자를 셌다.

"하나…… 둘…… 셋."

그리고 파블로를 들어 올렸다.

에릭이 두려워하던 것 이상으로 괴로운 시간이었다. 마치 영원이 흐르는 듯한 느낌이었지만, 실상 그 일은 눈 깜짝할 사이에 끝났다. 두 사람이 파블로를 들어 올린 순간, 그는 극심한 고통을 이기지 못하고, 전과 비교할 수 없이 큰 소리로 비명을 토해냈다. 에이미는 그만 포기하고 그를 다시 내려놓으려 했지만, 에릭이 고함쳤다.

"안 돼!"

결국 그녀는 손을 놓지 않았다. 파블로의 몸은 허리 부분에서 아래로 푹 꺼졌다. 그는 팔을 휘두르기 시작했다. 그의 비명은 계속 이어졌다. 에이미가 감당하기에 그의 몸은 너무 무거워, 에릭과 보조를 맞출 수가 없었다. 그리스 청년의 어깨가 들것 높이까지 올라갔지만, 무릎은 여전히 30센티미터가량만 바닥과 떨어진 상태였고, 에이미 힘으로는 더 이상 들어 올릴 수가 없을 듯했다. 밑으로 꺼진 파블로의 허리가 더욱 깊이 늘어졌다. 그는 오른쪽 팔로 들것을 내리쳤고, 그러자 들것은 좌우로 심하게 흔들리기 시작했다.

"올려!"

에릭이 에이미에게 고함치자, 그녀는 안간힘을 쓰며 파블로의 다리를 치켜들었고, 그 바람에 그리스 청년의 몸통이 비틀려 비명 소리는 더욱 높아졌다.

에릭은 나중에도 그 작업을 어떻게 마쳤는지 실감이 나지 않았다. 마지막 순간은 마치 암흑 같은 정전 속에 스쳐 지나간 듯했다. 그리스인의 몸이 실린 들것을 밀어 올리기에는 턱없이 조그만 몸으로 축소된 기분이었다. 자기도 모르는 사이에 어느새 젖먹이 아기가 된 건 아닌가, 두려움이 일었다. 에이미는 충격에 휩싸인 채 우두커니 서서 울음을 터뜨렸다.

"됐어."

에릭이 말했다.

"파블로는 괜찮을 거야."

파블로의 비명 소리 때문에, 에이미는 그 말을 듣지도 못한 것 같았다. 에릭은 금방이라도 구역질이 올라올 듯 속이 울렁거리고, 쓴물이 목구멍으로 올라왔다. 억지로라도 심호흡을 해야 했다. 다리에서 다시 피가 흘러 신발까지 축축하게 젖었고, 소변이 급하다는 생각이 불쑥 올라왔다.

"오줌을 눠야겠어."

그가 말했다.

에이미는 그에게 눈길도 주지 않았다. 손으로 입을 가린 채, 고함을 지르는 파블로를 바라보고 있었다. 그의 하반신은 절반은 꿈쩍도 하지 않았고, 양팔만 허우적대는 통에 여전히 들것이 좌우로 흔들리고 있었다. 에릭은 비틀거리며 벽으로 다가가 지퍼를 열고 방뇨를 시작했다. 그가 일을 마칠 즈음 파블로도 조용해졌다. 눈은 질끈 감은 채였는데, 이마에는 구슬 같은 땀방울이 맺혀 있었다.

"그를 고정시켜야겠어."

에이미가 말했다. 그녀는 울음을 그치고 소매로 얼굴을 쓱 훔쳐냈다.

석유램프 옆에는 벨트가 네 개 모여 있었다. 에릭이 제 것을 풀어, 벨트 더미에 던져놓았다. 에이미가 그중 두 개를 집어 들어 버클로 연결하여 긴 띠를 만들었다. 그것으로 파블로의 가슴을 고정시키고, 갈비뼈 높이에서 단단히 잡아당겨 매듭을 지었다. 그리스 청년은 여전히 눈을 감은 채였다. 에릭이 벨트 두 개를 가져다가 에이미에게 건넸고, 그녀는 파블로의 허벅지를 같은 방식으로 고정시켰다.

"하나가 더 있어야겠어."

에릭이 마지막 남은 벨트를 집어 들며 말했다. 에이미가 파블로 위에 몸을 숙이고, 조심스레 그의 벨트 버클을 풀어냈다. 그리스인은 여전히 눈을 뜨지 않았다. 에릭이 쥐고 있던 벨트를 건네자, 그녀가 막 풀어낸 벨트와 연결하여 파블로의 이마를 고정시켰다. 그러고는 몇 걸음 물러나서 고정 상태를 점검했다.

"됐어."

에릭이 같은 말을 꺼냈다.

"그는 괜찮을 거야."

하지만 속으로는 비참한 기분이 들었다. 그는 파블로가 눈을 뜨고 다시 뭐라고 웅얼댔으면 싶었지만, 그는 살며시 흔들리는 들것에 가만히 누워 있었고, 이마에서는 굵은 땀방울이 계속 솟아나 관자놀이를 타고 흘러내렸다. 에릭은 신발 속에 피가 꽉 찬 느낌이 들었다. 팔꿈치도 욱신거렸고, 손은 화끈거렸다. 턱에도 멍이 들었고, 등까지 따끔거렸는데, 정글을 통과하던 중에 벌레 떼에게 온통 물렸기 때문이었다. 목이 마르고 배도 고팠다. 집에 가고 싶었다. 상대적으로 안전하다 할 수 있는 호텔이 아닌, 집으로 돌아가고 싶었다. 아무것도 괜찮지가 않았다. 파블로는 심하게 부상을 입었고, 그래서 이 힘든 작업을 진행해야 했고, 그것은 에릭 자신에게도 고통 그 자체였다. 그는 울고만 싶어졌다.

에이미가 고개를 들고 시선을 들었다.

"준비됐어!"

그리고 이어서 외쳤다.

"천천히 해!"

위에서 일행은 파블로를 끌어 올리기 위해 권양기를 작동시키기 시작했고, 들것은 에릭의 얼굴을 지나 머리 위로 쑥쑥 올라갔다. 그때 희미한 빛을 내던 램프가 가물거리다가 꺼져버렸다.

"제프."

스테이시가 거의 속삭이다시피 조그만 목소리로, 그러나 잔뜩 긴장한 투로 그를 불렀다. 그 목소리에 다급함이 역력한 걸, 제프도 알 수 있었다.

그와 마티아스는 권양기의 핸들을 붙든 채 일정하고도 느린 속도를 유지하려 안간힘을 쓰던 터라, 그는 그녀에게 시선을 주지 않은 채 대꾸했다.

"왜?"

"램프가 꺼졌어."

마티아스와 제프가 갱로 입구를 묵묵히 바라보았다. 지상과 마찬가지로 갱로 아래도 암흑천지가 되었다. 하늘은 맑았다. 별이 빛났지만 달은 뜨지 않았다. 제프는 지금까지 지내온 밤들을 떠올리며 언제쯤 달이 뜰까 예상해보았지만, 생각나는 것이라고는 해변에서 보낸 휴가 초창기의 어느 날 저녁, 멜론 조각 같은 달이 수평선에 걸쳤던 기억밖에 없었다. 뜨려고 하는 것인지 지려고 하는 것인지, 커지는 참인지 이울던 참인지, 알 수는 없었다.

"그들을 불러봐."

그가 스테이시에게 말했다.

스테이시는 구덩이에 몸을 기울이고, 양손을 오므려 입에 대고 외쳤다.

"어떻게 된 거야?"

에릭의 목소리가 갱로에서 메아리쳐 올라왔다.

"기름이 다 됐어."

제프는 모든 과정을 머릿속에 담아두려고 애썼지만, 뜻대로 되지가 않았다. 그는 종이라도 한 장 있으면 모든 일이 발생한 시간을 기록하고, 목록을 작성해서, 그들이 처한 이 혼란스러운 상황에 조금이나마 질서를 부여하고 싶었다. 아침이 되면 고고학 팀이 남긴 수첩을 사용할 수 있겠지만, 지금으로서는 모든 과정을 머릿속에 넣어두는 수밖에 없는데, 모든 것이 돌아서기만 하면 바로 기억 속에서 지워지는 기분이 들었다. 물과 음식과 잠자리에 대해서도 생각해보아야 한다. 언덕 밑자락에는 마야인들이 있고, 가슴에 화살이 박힌 헨리히의 시신도 있다. 파블로는 척추가 부러졌다. 다른 그리스인들이 자신들을 구조하러 올 수도 있고 그렇지 않을 수도 있다. 게다가 램프가 필요한 마당인데, 그나마 남은 램프를 밝힐 기름이 없다.

그와 마티아스는 권양기의 핸들을 다시 붙들었다.

"파블로가 보이면 우리한테 알려줘."

제프가 스테이시에게 말했다.

지금 생각이란 중요하지가 않다고, 그는 자신에게 타일렀다. 생각이란 혼란을 불러일으켜 허둥대게 하고 맥이 빠지게 만든다고. 따라서 생각은 내일 아침까지, 즉 날이 밝을 때까지는 미뤄두기로 했다. 지금 필요한 것은, 남은 일행을 갱로 밖으로 끌어내서 오렌지색 텐트에 모이게 한 다음 잠을 자게 하는 것뿐이었다.

권양기가 삐걱거리며 로프가 천천히 감기기 시작했다. 스테이시는 입을 꾹 다문 채 구덩이 속을 지켜보았지만, 파블로는 아직 어둠에서 모습을 드러내지 않았다. 하지만 제프는 그에게서 풍겨 나오는 대소변의 악취를 이미 느낄 수 있었다. 텐트를 자르고 나일론 노끈을 삼고 알루미늄 기둥을 조립하는 동안, 그는 에릭의 판단과 달리 파블로가 척추를 다치지 않았을지도 모른다고 내내 생각했다. 내일 아침 그리스인이 잠에서 깨어나 비틀거리며 돌아다니기 시작하면, 섣불리 비관한 걸 놓고 모두 웃음을 터뜨리리라. 하지만 지금 갱로를 올라오는 파블로에게서 풍기는 악취만으로도, 제프는 사태를 충분히 짐작할 수 있었다.

그만. 그는 또 자신에게 타일렀다. *일단 모두 구해내서, 텐트로 데려가야 해. 그런 다음에는 잠을 자야 해.*

"파블로가 보여."

스테이시가 속삭였다.

"그가 구덩이 밖으로 나오면, 네가 들것을 붙잡고 지면으로 안내해."

그가 말했다.

두 사람은 여전히 핸들을 붙들고 있었다.

"오케이."

스테이시가 대꾸하자, 두 사람은 구덩이로 시선을 돌렸다. 갱로 위로 올라온 들것은 톱질 모탕 바로 위에서 대롱거렸다. 말없이 드러누운 파블로의 거무스름한 형체는, 마치 미라와 같았다. 스테이시가 들것의 침낭과 알루미늄 골조를 붙들었다.

"조금만 내려봐."

그녀가 말했다.

두 사람이 핸들을 반대 방향으로 돌리자 들것이 다시 하강을 시작했고, 스테이시가 그것을 구덩이 가장자리로 끌어들였다.

"조심해."

그녀가 말했다.

"조심."

파블로를 지면에 내려놓은 다음, 마티아스와 제프가 다가왔고, 모두 들것 옆에 쪼그리고 앉았다. 아마 사방이 캄캄하고 몹시 지친 탓일지도 모르지만, 제프의 눈에 파블로는 걱정하던 것보다 훨씬 상태가 심각해 보였다. 얼굴이 수척하고 몹시 창백해 어둠 속에서 희끄무레한 빛을 띠었고,

두 뺨도 푹 꺼졌다. 마치 부상 때문에 몸이 줄어들기나 한 듯, 몸집까지 작아진 것 같았다. 눈은 굳게 감은 채였다.

"파블로?"

제프가 그의 어깨를 붙들고 말했다.

그리스인의 눈꺼풀이 스르르 열리고 제프를 바라보고, 이어서 스테이시와 마티아스를 보았다. 아무 말도 하지 않았다. 잠시 후 그는 다시 눈을 감았다.

"심각한 거지?"

스테이시가 물었다.

"모르겠어."

제프가 대꾸했다.

"판단하기 어려워."

그러고는 왠지 거짓말을 한 것 같아, 한마디 덧붙였다.

"내 생각에는 말이야."

마티아스는 아무 말 없이 파블로를 바라보았는데 몹시 우울한 표정이었다. 산들바람이 불고, 일몰과 함께 밤이 시작되자 기온은 한층 서늘해졌다. 제프의 몸에 땀이 마르고, 팔뚝에 소름이 돋아났다.

"이제 어쩌지?"

"텐트로 데려가자. 다른 친구들을 끌어 올리는 동안, 네가 곁에서 지키고 있어."

제프는 스테이시가 혹시 저항하지 않을지 눈치를 보았지만, 그녀는 아무런 반응도 하지 않았다. 가만히 파블로만 바라보고 있었다. 제프가 구덩이로 몸을 기울여 소리쳤다.

"파블로를 텐트로 옮길 거야. 그러고 나서 돌아올게. 오케이?"

"서둘러."

에이미가 외쳤다.

제프와 마티아스는 들것과 나일론 노끈이 연결된 매듭을 푸느라 애를 먹었고, 결국 마티아스가 나이프를 가져와 잘라냈다. 그러고 나서 두 남자는 파블로의 몸에 손상이 가지 않도록 최대한 천천히 언덕 정상의 오렌지색 텐트를 향해 이동했고, 스테이시는 그들 뒤를 따라가며 조그맣게 중얼거렸다.

"조심…… 조심…… 조심."

파블로를 텐트 바깥에 내려놓고, 제프가 덮개를 열었다. 그는 안으로 들어가 들것을 놓을 자리를 만들었지만, 텐트 속의 탁한 공기를 호흡하자마자, 좋은 생각이 아니라는 판단이 들었다. 그는 다시 밖으로 나왔다.

"저 안에 들여놓으면 안 되겠어."

그가 말했다.

"그의 방광에서 계속 소변이 새어 나올 거야."

마티아스와 스테이시가 파블로를 물끄러미 쳐다보았다.

"그렇다고 바깥에 둘 수도 없잖아."

스테이시가 말했다.

"숙소를 지어야겠어."

제프가 언덕 정상 너머를 손짓으로 가리켰다.

"파란색 텐트에 남아 있던 것들을 재료로 쓰면 될 거야."

나머지 두 사람이 그 문제를 놓고 곰곰 생각을 기울였다. 파블로는 눈을 감고 있었다. 호흡이 거칠고 가래 끓는 소리가 났다.

"에이미와 에릭을 끌어 올린 다음에 숙소를 짓기로 하자. 오케이?"

스테이시가 고개를 끄덕였다. 그러자 제프와 마티아스는 갱로를 향해 다시 달려갔다.

파블로가 몸을 떨기 시작했다. 조금 전까지만 해도 눈을 감고 잠자코 누워 있었지만, 잠을 자는 것은 아니었다. 스테이시는 겉으로 표현은 안 했지만 그렇게 짐작했는데, 돌연 그가 너무나 격렬하게 몸을 떨어, 발작을 일으킨 것은 아닌가 의심이 들었다. 그녀는 어찌할 바를 몰랐다. 제프를 부르고 싶었지만, 권양기 소리 때문에 듣지 못할 것 같았다. 게다가 지금 에이미나 에릭을 구덩이에서 끌어 올리는 중인데, 방해해서는 안 되었다. 파블로의 이마, 가슴, 허벅지에는 벨트가 단단히 고정돼 있었고, 그녀는 그것을 풀어주고 싶었지만 그래도 괜찮은지 확신이 들지 않았다. 그녀가 파블로의 손에 손을 대자, 그가 눈을 뜨고 바라보았다. 그리스어로 뭐라고 중얼거렸는데, 몹시 희미하고 가라앉은 목소리였다. 그는 계속 몸을 떨어대는데, 어떻게 해야 멈추게 할 수 있을지 스테이시는 아무 생각도 떠오르지 않았다.

"추워?"

그녀가 물었다. 스테이시는 고개를 잔뜩 움츠리고는, 제 몸을 감싸 안고 덜덜 떠는 시늉을 해 보였다.

그러자 파블로가 눈을 감았다.

스테이시는 그의 곁에서 일어나, 텐트로 시선을 돌렸다. 그 안은 바깥보다 훨씬 어두웠지만, 양손과 무릎으로 바닥을 짚고 더듬으며 가까스로 침낭을 찾아낼 수 있었다. 그걸 가지고 서둘러 밖으로 나가 파블로의 몸에 둘러주려고 했는데, 불현듯 갈등이 찾아들었다. 차라리 자기가 침낭에 들어가서 곰팡내 나는 정적 속에 몸을 숨기고 싶은 충동이 밀려든 것이다. 하지만 그런 유혹은 찰나로 그쳤다. 스테이시도 부질없는 짓이란 걸 잘 알고 있었다. 어차피 여기에 숨을 곳이라곤 없으므로, 그런 잡념은 이내 지워버렸다. 텐트 밖으로 나오니, 그리스인은 여전히 덜덜 떨고 있었다. 스테이시가 그의 몸에 침낭을 덮어주고, 곁에 앉아 손을 잡았다. 그를 안정시킬 만한 말을 해주어야 할 듯싶었지만, 한마디도 떠오르는 게 없었다. 그는 척추를 다쳐 대소변을 흘린 채, 자기 나라 말은 한마디도 모르는 낯선 이들에 둘러싸여 누워 있다. 이런 상황에서 무슨 도리로 그에게 희망을 줄 수 있다는 말인가?

미풍이 불어와 텐트가 불룩해졌다. 그 안의 덩굴들도 몸을 움직이며 부스럭대는 소리를 냈다. 너무 어두워서 스테이시는 아무것도 볼 수가 없었고, 자신과 파블로와 텐트, 그리고 언덕 정상 저 너머에서 권양기가 삐걱대는 소리만 들렸다. 에이미나 에릭이 곧 어둠 속에서 나와 자기와 파블로 곁에 앉으면 훨씬 견딜 만해질 거라고 여겼다. 스테이시는 속으로 생각했다. *지금 여기에 그와 단둘이 있는 게, 제일 힘든 순간일 거야.*

그녀는 부스럭대는 소리가 귀에 거슬렸다. 바람 때문만이 아니고, 뭔가 또 일이 벌어질 것만 같았다. 무엇인가 움직이고 있다. 그게 서서히 스멀스멀 다가온다. 스테이시는 활과 화살로 무장한 마야인들이 생각났고, 그러자 파블로의 손을 놓고 언덕 정상으로 내달려 제프와 일행한테로 달아나고 싶은 충동이 울컥 올라왔다. 물론 그것은 텐트 속에 도사린 위험한 존재를 상상하는 것만큼이나 어리석은 생각이었다. 달아나봤자 아무 소용없을 게 뻔했다. 지금 귀에 들리는 소리에 겁을 먹었다면, 달아나려는 시도는 그 두려움과 고통을 더 길게 연장시킬 뿐이다. 따라서 정신을 바짝 차리고, 어둠을 뚫고 날아드는 화살에 온 신경을 집중시키는 게 낫다. 스테이시는 마음을 다잡고 자리를 지키고 앉아, 희미하게나마 활시위가 울리는 소리가 들리지 않는지 기다렸지만, 덩굴 속에서 부스럭거리는 은밀한 움직임만 계속 이어졌다. 화살은 날아오지 않았다. 마침내 스테이시는 더 이상 견딜 수 없는 지경에 이르렀다. 그 의혹, 그 직감을.

"누구 있어요?"

그녀가 외쳤다.

제프의 목소리가 언덕 너머에서 울렸다.

"뭐라고?"

권양기가 끽끽대던 소음을 멈추었다.

"아무것도 아니야."

그녀가 외쳤다. 그러자 권양기 돌아가는 소리가 다시 이어졌고, 그녀는 혼자 중얼대며 같은 말을 되뇌었다.

"아무것도 아니야. 아무것도 아니야. 아무것도 아니야."

파블로가 그 소리에 눈을 뜨고 그녀를 바라보았다. 차디찬 그의 손은 이상하리만치 축축해, 지하실에서 썩고 있던 어떤 것을 붙잡은 느낌이었다. 그는 입술을 핥고는 입을 열었다.

"아무것도?"

잔뜩 가라앉은 목소리였다.

스테이시가 고개를 끄덕이며 미소 지었다.

"아무것도 아니라고."

그녀가 말했다.

"아무것도 아니야."

그러고는 잠자코 앉아 일행이 합류하기를 기다리며, 정말로 아무것도 아닐 거라고 애써 다짐하며, 상상 속의 괴물들을 떨쳐냈다.

"아무것도 아니야."

그녀는 연방 중얼거렸다.

"아무것도 아니야. 아무것도 아니야. 아무것도 아니야."

에이미가 에릭에게 손을 잡아도 되냐고 물었다. 겁을 먹어서 그런 것은 아니라고 했다. 갱로 바닥이 너무 어두워, 목소리 외에도 그가 바로 곁에 있다는 일종의 접촉감이 필요하다고 했다. 그는 물론 동의해주었지만, 울퉁불퉁한 맨바닥에 앉아 제일 친한 친구의 애인과 손을 잡는다는 게 처음에는 좀 어색한 느낌이 들었으나, 이내 그 단순한 행동으로 꽤 안정을 찾을 수 있었다.

제프와 마티아스가 오렌지색 텐트에서 돌아와 구덩이 속으로 로프를 다시 내려줄 때까지 기다리는 동안, 두 사람은 내내 그러고 있었다. 입을 다물고 있으면 무슨 위험이든지 들이닥칠 것만 같아, 그녀와 에릭은 쉼 없이 이야기를 나누며 시간을 보냈다. 생각하는 것, 즉 말을 멈추고 갑갑한 구덩이 밑에서 어떻게 해야 빠져나갈지를 궁리하는 것은 위험하다고 그녀는 판단했다. 위험천만한 절벽에 올라앉아, 천길만길 떨어진 저 아래를 느끼지 않으려고 일부러 시선을 밑으로 내리지 않는 것과 같다고 그녀는 생각했다. 이야기를 나누자, 예상외로 꽤 안전한 느낌을 주었다. 설사 화제가 그들의 머릿속을 꽉 채운 불안에 대한 것일지라도, 대화를 함으로써 최소한 서로 힘을 주고 격려하고 위로할 만한 기회는 될 수 있었기 때문이다. 또한 낙관적인 거짓말을 늘어놓을 수 있는 기회이기도 했다. 그들은 에릭의 무릎에 대해 이야기를 나누었다(다친 무릎으로 체중이 실릴 때 아직 통증이 있기는 해도 출혈이 다시 멈춘 걸로 봐서, 아무 이상 없을 거라고 에이미는 위로했다). 그들의 갈증과 남은 물이 얼마나 갈 것인지에 대해서도 이야기를 나누었다(몹시 목이 마르고 물은 기껏해야 며칠 사이에 바닥나겠지만, 그래도 아마 빗물을 받아먹을 수 있을 거라는 데 두 사람은 의견을 같이했

다). 다른 그리스인들이 아침에 찾아올지에 대해서도 이야기를 나누었다
(처음에는 에릭이 말을 꺼내고 에이미도 응수했지만, 사실 그렇게 되기만 바랄
뿐임을 그녀는 잘 알고 있었다). 지나가는 비행기에 구조 신호를 보내거나,
한밤중에 일행 중 한 사람이 마야인들 몰래 빠져나가거나 또는 마야인들
이 이번 사건에 흥미를 잃고 떠나서 탈출로가 다시 열릴 가능성에 대해서
도 이야기를 나누었다.

그들이 이야기를 나누지 않은 것은 다만 한 가지, 파블로에 관한 것이
었다. 파블로와 부러진 척추에 관해서였다.

마침내 호텔에 돌아가게 되었을 때 가장 먼저 무엇부터 할 것인지, 다
양한 선택 사항들을 놓고 입씨름을 벌였는데, 결국 그 생각 자체가 너무
나 고통스러운 것이 돼버렸다. 먹을 것을 떠올리자 둘 다 너무 배가 고파
졌고, 얼음처럼 찬 맥주는 더욱 목이 타게 만들었으며, 샤워 생각을 하자
견딜 수 없이 자기 몸이 불결하게 느껴졌던 것이다.

차가운 냉기가 들어왔다 나갔다 했지만, 갱로에서 파블로의 변 냄새까
지 쓸어가지는 못했다. 에이미는 입으로만 숨을 쉬려고 해보았지만 악취
는 피해갈 수 없어, 절대 빠져나갈 수 없는 페인트 속에 푹 잠긴 듯한 기
분이 들었다. 에릭은 어둠 속에서 자신들을 향해 서서히 둥둥 떠오는 게
보이지 않느냐고 그녀에게 물었다.

"저기 말이야."

그가 이렇게 말하며, 손가락으로 그녀의 턱을 잡고 왼쪽으로 돌렸다.

"푸른빛이 도는 동그란 풍선 같은 게 있어. 안 보여?"

그녀의 눈에는 아무것도 보이지 않았다. 눈앞은 캄캄한 암흑뿐이었다.

제프가 그들을 도로 끌어 올리겠다고 고함쳤다. 지금 할 수 있는 것은,
그네를 엮어서 두 사람을 들어 올리는 방법뿐이라고 했다.

에이미와 에릭은 누가 먼저 올라갈지 의논했고, 두 사람 모두 상대방에

게 양보하겠노라고 했다. 에이미는 에릭이 먼저 가야 한다고 주장했다. 어쨌든 그가 부상을 당한 데다, 벌써 여러 시간 동안 구덩이 밑에서 버텨야 했기 때문이다. 자신은 절대 겁을 먹지 않았다고 신신당부하며, 그래 봐야 다음 차례를 기다리는데 2, 3분이면 족할 거라고 했다. 하지만 에릭은 그녀의 말을 들으려 하지 않았다. 겁을 먹지 않았고 기꺼이 기다리겠다는 에이미의 말에 속으로 안심은 되었지만 딱 잘라 거절했고, 결국 그녀는 그의 결정을 받아들이기로 했다.

권양기에서 삐걱대는 소리가 울리기 시작했다. 제프와 마티아스가 로프를 하강시키고 있었다.

너무 어두워 그네가 다가오는 걸 확인할 수가 없었다. 두 사람은 하늘을 향해 고개를 치켜들었지만 아무것도 보이지 않았는데, 마침 삐걱대던 소리가 멈추었다.

"잡았어?"

제프가 외쳤다.

에릭과 에이미는 손을 맞잡은 채 일어나, 다른 손으로 천천히 허공을 휘저었고, 마침내 에이미의 손끝에 그네의 차가운 나일론 감촉이 느껴졌다. 어둠 속이지만 손으로 더듬는 것만으로, 그네의 형태를 짐작할 수 있었다.

"여기 있어."

그녀가 손으로 그네를 끌어다가 에릭에게 가져갔다. 두 사람은 가만히 서서 그네를 붙들었다. 그리고 에이미가 위를 향해 고함쳤다.

"잡았어!"

"준비되면 말해."

제프가 다시 외쳤다.

에이미의 귀에 곁에 선 에릭의 숨소리가 들려왔다.

"준비됐어?"

그녀가 물었다.

"물론."

그는 이렇게 대꾸하고 씩 웃었다. 아니, 웃어 보이려고 했다.

"이걸 도로 내려 보내는 거 잊으면 안 돼."

"어떻게 타는 거더라?"

"머리 위에서부터 뒤집어써. 겨드랑이 밑에 딱 맞게 고정시켜."

그녀는 그네에서 손을 놓고, 입구에 팔을 집어넣고는 뒤집어썼다. 에릭이 겨드랑이 밑에 가뜬하게 채워지도록 도왔다.

"너 정말 괜찮은 거지?"

어찌 된 셈인지 어둠 속에서도 그가 고개를 끄덕이는 걸 알 수 있었다. 에릭이 불쑥 질문을 던졌다.

"내가 준비됐다고 소리쳐줄까?"

"내가 할게."

그녀가 말했다. 에릭은 아무 대꾸도 하지 않았다. 그는 그녀 곁에 서서 한 손을 그녀의 어깨에 살짝 얹은 채, 그녀가 고함치기를 기다렸다. 그녀는 고개를 치켜들고 외쳤다.

"올려!"

이어서 권양기가 삐걱대기 시작하더니 그녀의 발이 순식간에 바닥에서 떠올랐고, 에릭의 손은 그녀의 어깨에서 떨어져 어둠 속으로 멀어졌다.

🌿

치르르 하는 소리가 다시 울리기 시작했다. 처음에는 에릭의 머리 위에서 울리는 줄 알았다. 하지만 다음 순간 그의 앞에서, 30센티미터도 안

떨어진 바로 코앞에서 울리는 것 같았다. 그는 그 소리가 나는 쪽으로 팔을 뻗어 더듬어보았지만, 잡히는 것은 덩굴뿐이었고, 손끝에 닿는 덩굴 잎의 끈끈한 점액질은, 마치 지하 세계에 서식하는 양서류를 건드린 것만 같은 느낌이 들게 했다.

권양기가 삐걱대던 소음을 멈추었고, 에이미는 공중에서 대롱대롱 매달려 있었다.

"그게 보이니?"

제프가 외쳤다.

에릭은 대답하지 않았다. 벨 소리는 이제 그의 앞에서 멀어져, 갱로의 입구 저 안쪽으로 깊숙이 사라지고 있었다.

"에릭?"

에이미가 외쳤다.

그의 왼쪽에서 옅은 노란 풍선이 둥둥 떠다니고 있었다. 물론 그것은 현실일 리가 없고, 그의 눈이 일으킨 착시 현상이란 걸 그도 잘 알고 있었다. 그렇다면 벨 소리 또한 굳이 현실이라고 믿을 필요가 있을까? 그는 또 다른 갱로 속으로 멀어지는 소리에 집중하거나, 그 소리를 따라 몸을 움직이지 않고, 한 손에는 기름이 떨어진 램프, 한 손에는 성냥갑을 쥐고 그네가 내려오기만 얌전히 기다리겠다고 마음먹었나.

"안 보이는데."

그가 위를 향해 외쳤다.

권양기가 삐걱대는 소리가 다시 울려 퍼졌다.

무릎의 상처는 계속 쓰라렸다. 머리도 아팠다. 배가 고프고 목도 말랐다. 게다가 몹시 지쳤다. 자신과 에이미가 나눈 이야기들은 전부 잊어버리고, 머릿속을 텅 비워내고만 싶었다. 외톨이로 남겨진 지금, 두 사람이 만들어낸 온갖 기대들을 그대로 간직하기란 그에게 너무 가혹한 요구였다. 마야인들은 절대 언덕 밑을 떠나지 않을 것이다. 어쩌자고 자신들은 그토록 어리석은 기대를 했던 것일까? 까마득한 창공에 한 점처럼 떠서 순식간에 지나치는 비행기에 구조 신호를 보낸다는 상상을 어떻게 할 수 있었다는 말인가? Chiropractor. 그는 다시 낱말 퀴즈 만들기에 몰입했다. Credentials. Collision. Celestial. Cadaver. Circumstantial. Curvaceous. Cumulative. Cavalier. Circumnavigate.

치르르 하는 벨 소리가 멈추었다. 그리고 잠시 후 권양기 소리도 멈추었다. 제프와 마티아스가 에이미가 그네에서 나오도록 돕는 소리가 에릭의 귀에도 들렸다.

그리스인들이 오지 않는다면 어떡하지? 아니, 온다 해도 그들마저 이 언덕에 꼼짝없이 갇히고 만다면 어쩌지? Derisive. 그는 다시 낱말잇기를 계속했다. Dilapidated. Decandent. 비가 오지 않으면 어떡하지? 그러면 물을 어떻게 구한다지? Delectable. 얼른 낱말을 또 떠올렸다. Divinity. Druid. 제프는 그의 팔꿈치에 난 베인 자국을 씻어내면서, 이런 기후에서는 아주 경미한 상처라도 감염 속도가 매우 빨라진다고 얘기했는데, 지금쯤 소독할 기회마저 없던 자신의 무릎 부상은 훨씬 심각해졌을 게 뻔했다. 괴저를 일으켰을 수도 있다. 어쩌면 다리를 잃을 수도 있다. Dovetail. Disastrous. Devious. 그는 다시 낱말잇기에 몰두했다.

그리고 파블로……. 파블로와 부러진 그의 척추는 어떻게 될 것인가?

삐걱대는 소리가 다시 시작되자, 에릭은 자리에서 일어났다. *거품이 부글부글.* 무심코 이 말이 머릿속에 불쑥 떠올랐다. *으웩.* 그는 양손에 성냥갑과 램프를 쥔 채, 그네를 맞이하기 위해, 캄캄한 어둠 속에서 양팔을 들어 올렸다.

스테이시와 에이미는 파블로가 누운 들것에서 1미터쯤 떨어진 맨바닥에 나란히 앉았다. 손을 꼭 붙든 채, 제프가 에릭의 무릎을 살피는 걸 바라보고 있었다. 에릭은 조심조심 바지를 벗어 내렸는데, 찢어진 무릎의 피가 엉겨 붙은 자리를 바지가 스치고 지나갈 때는 고통스러운 듯 인상을 썼다. 그의 곁에 쪼그리고 앉은 제프는, 칠흑 같은 어둠 속에서 에릭의 상처가 어느 정도인지 파악하려 애썼지만 허사였다. 결국 포기하고는 아침이 될 때까지 기다리기로 했다. 당장 시급한 과제는 출혈을 막는 것이었다.

마티아스는 파란색 텐트에서 노끈으로 쓰고 남은 나일론 천과 알루미늄 기둥을 테이프로 이어 붙여, 엉성하나마 파블로를 위한 숙소를 짓는 중이었다.

"우리 둘 중 하나는 불침번을 서야 할 거야."

제프가 말했다.

"왜 우리가 망을 보아야 해?"

에이미가 물었다.

제프는 턱 끝으로 피블료를 가리켰다. 그들은 눈을 꾹 감은 채 들것에 누운 파블로의 몸에서 벨트들을 제거하고 있었다.

"그가 도움이 필요할 경우를 대비해야지."

제프가 말했다.

"또……"

그는 어깨를 으쓱 움직이고는 공터 건너편에 언덕 아래로 쭉 이어지는 길을 가리켰다. 마야인들을 염두에 둔 게 분명했지만, 굳이 그걸 입 밖에 내고 싶지는 않았다.

"모르겠다. 어쨌든 그러는 게 현명할 것 같아."

모두 말이 없었다. 마티아스가 이로 테이프를 뚝 끊었다.

"두 시간씩 교대로 하자."

제프가 말했다.

"에릭은 빼주고."

에릭은 멍한 얼굴로 우두커니 앉아, 발목 부근에서 돌돌 말린 자기 바지만 쳐다보았다.

"아마 우리 오줌도 받아두는 게 좋을 거야. 만약을 위해."

"우리 오줌이라고?"

에이미가 물었다.

제프가 고개를 끄덕였다.

"비가 내리기 전에 물이 바닥날 경우를 대비해야지. 최대한 버텨내려면……."

"오줌을 받아 마시고 싶지는 않아, 제프."

스테이시가 동감의 뜻으로 고개를 끄덕이며 한마디 덧붙였다.

"절대 안 돼."

"그나마 마실 오줌도 없이 죽어간다면……."

"내일 그리스 사람들이 올 거라고 네가 그랬잖아."

에이미가 저항하고 나섰다.

"네가 분명히……."

"난 만전을 기하자는 거야, 에이미. 이럴수록 현명해져야 해. 최악의 시나리오를 생각해두는 것도 현명한 처신의 하나야. 만일의 경우가 닥친다 해도, 계획해둔 대로 행동할 수 있잖아. 그렇지?"

그녀는 아무 대꾸도 하지 않았다.

"탈수가 진행될수록 오줌도 진해지게 돼 있어."

제프가 말을 이었다.

"그러니까 지금부터 모아두는 게 좋지."

에릭은 고개를 내젓고는, 진저리가 난다는 듯 얼굴을 문질러댔다.

"맙소사. 빌어먹을."

제프는 그의 말을 무시하고 말을 이었다.

"일단 내일 날이 밝으면 현재 우리가 보유한 물이 얼마나 되고, 그걸 어떻게 나눠 먹을지 계획을 세우자. 먹을 것도. 우선 지금은 각자 한 모금씩 마시고 잠을 자도록 하자."

그는 말을 마치고 마티아스를 바라보았는데, 여전히 오두막을 짓느라 여념이 없었다.

"빈 병 있어?"

마티아스가 오렌지색 텐트를 향해 걸어갔다. 그의 배낭이 텐트 옆의 땅바닥에 놓여 있었다. 지퍼를 열고는 잠시 뒤적거리더니 빈 물병을 꺼냈다. 그리고 그걸 제프에게 건넸다.

제프는 일행 앞에 물병을 내려놓았다. 2리터짜리 물병이었다.

"오줌이 마려우면 이걸 사용해. 오케이?"

아무도 대꾸하지 않았다.

제프는 텐트 출입구 옆에 물병을 내려놓았다.

"마티아스와 내가 파블로의 숙소를 완성할게. 그런 다음에 내가 1차 불침번을 설 거야. 너희들은 잠을 좀 자두도록 해."

그들은 캄캄한 텐트에 누운 채, 입에 올리지 말아야 할 사항, 즉 동요만 불러일으킬 화제들에 대해 소곤소곤 주거니 받거니 이야기를 나누었다. 스테이시는 에릭과 에이미의 사이, 중앙에 자리를 잡고 똑바로 누워 양손으로 그들의 손을 붙들고 있었다. 에이미 옆의 가장자리에는 마티아스가 누울 자리를 비워놓았다. 텐트에는 침낭이 두 개 비어 있었지만, 너무 더워 사용할 엄두조차 나지 않았다. 침낭들과 함께 배낭, 플라스틱 연장함, 하이킹 부츠, 물통 따위의 잡동사니들은 텐트 뒷벽으로 밀어놓았다. 그들은 잠시 마실 물에 대해서도 이야기를 나누었는데, 플라스틱 물통을 두고 음모를 꾸미듯이 속닥거리기도 했다. 제일 먼저 운을 뗀 것은 에이미였는데, 장난치듯이 물통 마개에 손을 가져갔다. 정말 그걸 마실 생각인지는 장담할 수 없지만, 아마 다른 친구들이 동의만 한다면 꿀꺽꿀꺽 들이켰을지도 모르지만, 그들이 다른 일행에게 공평치 못한 처사라며 손을 내젓자 얼른 물통을 내려놓고 깔깔 웃어댔다. 스테이시와 에릭도 따라 웃었지만, 그 웃음소리는 어둠 속에 왠지 을씨년스럽게 울려, 곰팡내 나는 비좁은 텐트 속에서 그들은 이내 입을 꾹 다물어버렸다.

에릭이 신을 벗자, 스테이시는 그가 바지를 마저 벗도록 도와주었다. 그녀와 에이미는 옷을 벗을 생각이 없었다. 스테이시는 옷을 벗어도 좋을 만큼 안전하다는 느낌이 들지 않았다. 언제든 달아날 태세를 갖추고 싶었다. 에이미도 같은 생각일 거라고 여겼지만, 둘 다 그걸 입 밖으로 내지는 않았다.

물론 달아날 데라고는 그 어디에도 없었다.

스테이시는 묵묵히 누워 나머지 두 사람이 잠이 들었는지, 그들의 숨소리에 귀를 기울였다. 그녀는 잠이 오지 않았다. 울고 싶을 정도로 지치기는 했지만, 도무지 이 텐트 안에서 쉴 수 있을 것 같지가 않았다. 제프와 마티아스가 텐트 밖에서 낮은 소리로 중얼거리는 게 들렸지만, 정확히 뭐라고 하는지는 가늠할 수가 없었다. 잠시 후 에이미가 잡은 손을 놓더니 휙 돌아눕는 바람에, 스테이시는 하마터면 소리를 지를 뻔했다. 간신히 에릭 쪽으로 몸을 당겨 누웠다. 그러자 그는 그녀를 향해 머리를 기울이고는 뭔가 말을 하려고 했는데, 스테이시는 조용하란 뜻으로 그의 입술을 손가락으로 눌렀다. 그러고는 머리를 그의 어깨에 얹고 바싹 안겼다. 그의 땀 냄새가 풍겼고, 그의 피부를 혀로 핥자 소금 맛이 났다. 그녀는 그의 배로 손을 가져갔다. 손은 거의 무의식적으로 밑으로 미끄러져 내려가, 박서 팬티의 고무밴드 속으로 파고 들어갔다. 그의 페니스에 살짝 손을 대자, 나른한 부드러운 촉감이 손끝에 와 닿았다. 섹스를 생각한 행동은 아니었다. 그런 의욕을 찾기에는 너무나 지치고 겁에 질려 있었다. 그녀는 그저 안식을 찾고 싶었다. 어떻게 해야 그럴 수 있는지 막막했고, 이 독특한 방식을 시도하는 것 외에 다른 아이디어란 전혀 떠오르지 않았다. 스테이시는 흥분으로 그의 몸이 굳어지고 달아오르게 만들어, 정액을 분출하는 찰나의 그의 몸을 느끼고 싶었다. 그렇게 하면 일종의 인위적인 안락감이나마 찾아낼 수 있을 것 같았다.

그녀의 행동은 오직 그것을 염두에 두고 있었다. 시간은 오래 걸리지 않았다. 그녀의 손길에 그의 페니스가 서서히 굳어졌고, 그녀는 인상까지 써가며 빠른 속도로 어루만지기 시작했다. 그는 애써 격렬한 호흡을 참아가며 깊은 숨을 내쉬었고, 그녀가 빠른 손놀림에 통증을 느낄 무렵 마침내 그가 절정에 이른 신음을 뱉어냈다. 스테이시의 귀에 그의 신음 소리가 들려오고, 이어 그가 누운 텐트 바닥에 정액이 축축하게 흩뿌려졌다. 그 여파로 그의 몸이 안식을 찾은 것을 그녀는 느낄 수 있었고, 나아가 그가 잠에 곯아떨어진 순간까지도 느낄 수 있었으며, 그의 근육에서 긴장이 풀어지는 것도 느낄 수 있었다. 그 쾌감은 전염성이 있어, 돌연한 안락감이 솟구쳐 올라, 마치 그녀의 눈앞에서 일시적으로나마 공포가 한 걸음 물러선 것만 같았다. 어쨌든 그걸로 충분했다. 그 짧은 순간에, 참으로 기적과도 같이, 그녀의 손은 힘을 잃은 에릭의 끈끈한 페니스에서 떨어져 나와 잠으로 빠져 들었다.

𖦹

에이미는 그 모든 것을 알고 있었다. 스테이시가 수상쩍게 부스럭대
더니, 리드미컬하게 밀고 당기는 속도가 점점 빨라졌고, 그 뒤 에릭의 호
흡도 거칠어지고 점차 소리가 높아져 억눌린 신음이 터지더니 적막이 찾
아왔다. 어떤 맥락으로 보면 그 모든 게 우스꽝스러운지라, 아침에 스테
이시를 놀려줄 수도 있고, 어쩌면 절정의 그 순간 박수를 치며 "브라보!
브라보!" 하고 외칠 수도 있었을 것이다. 그러나 칠흑같이 어두운 비좁은
텐트에서 눈을 감은 채, 모른 척 돌아누워만 있었다. 그들이 잠에 빠지자
그녀는 잠시나마 질투를 느꼈고, 제프가 여기 있어 자기를 안고 보듬어주
면 좋겠다는 생각이 들었다. 그때 텐트 덮개의 지퍼가 열리고, 마티아스
의 묵직한 발걸음이 안으로 들어왔다. 그는 에이미의 몸을 건너가, 그 옆
의 빈 공간에 몸을 뉘었다. 참으로 놀라운 속도로 잠에 떨어졌는데, 마치
셔츠를 머리 위로 벗어던지고 바지를 채 다 벗기도 전에, 눈은 이미 감기
고 코를 골기 시작한 것만 같았다. 코 고는 소리가 얼마나 우렁찬지, 다른
이들이 내는 소리는 견딜 만한 속삭임 수준이라 봐야 할 정도였다. 그녀
는 꾹 참고 100까지 세다가 일어나 앉고는, 덮개를 향해 기어가 지퍼를
열고 밖으로 빠져나갔다.
　밖은 텐트 속만큼 어둡지 않았다. 에이미의 눈에 오두막의 기다란 그림
자 옆에 앉은 제프의 형체가 보였고, 그가 고개를 들고 자신을 바라보는
걸 알 수 있었다. 그는 아무런 말도 하지 않았다. 파블로를 깨우고 싶지
않아 그러는 거라고, 그녀는 짐작했다. 에이미는 플라스틱 병을 집어 들
고 바지 단추를 풀고는, 텐트 앞에 쪼그리고 앉아 어둠 속에서 제프가 자

신을 바라보는 가운데 오줌을 누기 시작했다. 병 입구에 오줌 줄기를 맞추느라 잠시 뜸이 들었고, 그 와중에 손에 오줌이 묻었다. 병은 이미 누군가의 오줌으로 바닥이 차올랐는데, 에이미는 마티아스의 것이라고 여겼지만, 그렇다고 오줌을 누는 데는 전혀 방해가 되지 않아, 그녀의 오줌은 그의 오줌으로 쏟아져 내려가 포말을 일으키다가 그 안으로 섞여 들어갔다. 이 병을 마실 일은 없을 거라고 그녀는 다짐했다. 그럴 일은 절대 없을 거라고. 그녀는 제프의 기분을 맞춰줄 생각으로, 그의 앞에서 보란 듯이 오줌을 누는 참이었다. 그가 물병에 오줌을 받기 원했으므로, 원하는 대로 해주는 것이었다. 하지만 아침이 되어 그리스인들이 도착하면, 오줌 따위는 더 이상 문제도 되지 않을 거라고 믿었다. 그들이 돌아가 구조 인력을 구해 오게 한다면, 밤이 될 무렵 모든 문제는 해결되어 있을 것이다. 그녀는 병에 마개를 덮고 다시 출구 곁에 내려놓은 다음, 바지를 올리고 단추를 채우고는 제프를 향해 다가갔다.

마침내 달이 떠올랐지만 너무 작아 지평선 위에 희미하고 가느다란 은색 조각이 걸쳐 있는 게 전부였다. 달빛이라야 너무나 미미해, 에이미는 사물의 형체만 가늠할 수 있을 뿐 자세히 볼 수는 없었다. 제프는 책상다리를 하고 앉아 신기할 정도로 차분한 표정, 심지어 만족스러운 표정을 짓고 있었다. 에이미는 그 곁에 주저앉아 그의 손을 붙들었는데, 마치 그가 침착성을 나눠주기라도 바라는 것 같았다. 그녀는 오두막으로는 시선을 두지 않으려고 의식적으로 노력했다. *그는 잠을 자고 있어.* 그녀는 속으로 생각했다. *그는 괜찮은 거야.*

"뭐 해?"

그녀가 속삭였다.

"생각."

제프가 대꾸했다.

"무슨 생각?"

"여러 가지를 기억하려고 하는 중이야."

에이미는 그 말을 듣자마자, 한 줄기 빛이 어두운 방 안에 스며 들어온 순간 낯선 이의 얼굴과 딱 맞닥뜨릴 때처럼 가슴이 쿵 내려앉았다. 밭은 기침을 해가며 튜브와 기계 장치에 의존한 채 임종을 앞두고 누워 있던 외할아버지를 만나던 때가 떠올랐다. 맑은 액체가 할아버지의 몸 안에 투입되고, 반대로 검은 액체가 몸 밖으로 배출되고 있었다. 당시 에이미는 여섯 살, 아니면 일곱 살쯤 되었다. 그녀는 단 한 순간도 어머니의 손을 놓지 않았는데, 죽어가는 할아버지의 푹 꺼진 볼에 마지막 입맞춤을 하기 위해 다가설 때도 그랬다.

"뭐 하고 계세요, 아버지?"

처음 대면하자마자 엄마가 할아버지한테 던진 말이었다.

그리고 할아버지는 이렇게 대꾸했다.

"여러 가지를 기억하려고 하는 중이지."

죽음을 기다릴 시점이 되면 사람들은 으레 그런 거라고, 그때 에이미는 결론을 내렸다. 지나온 삶의 자세한 부분들, 즉 너무나 고통스러워 결코 잊을 수 없을 것 같았던 모든 사건들, 어떤 맛, 냄새, 소리, 마치 계시처럼 돌연 떠올랐던 깨달음들을 기억하려 애쓰며 누워 있는 거라고. 그런데 지금 제프가 똑같은 말을 하고 있었다. 그는 포기하고 말았다. 자신들은 이곳에서 살아남을 수가 없는 것이다. 결국 화살을 맞고 쓰러져 뼈에 덩굴이 자라고 꽃이 피어난 채 발견된 헨리히처럼, 비참한 종말을 맞는 것이다.

아니다. 그런 일은 제프에게 해당되지 않는다. 그녀는 애써 생각을 돌렸다.

"오줌을 증류할 수 있는 방법이 있어."

제프가 입을 열었다.

"구덩이를 하나 파. 오줌을 모으는 야외 저장소인 셈이지. 일단 방수포로 구덩이를 덮은 다음에, 그 자리에 고정되도록 잘 눌러두어야 해. 방수포가 적당히 늘어지도록 한가운데에는 돌멩이를 놓고. 그리고 바로 그 밑에, 그러니까 구덩이 밑에는 빈 컵을 하나 두는 거야. 그러면 태양 광선이 구덩이를 향해 내려 쪼이겠지. 오줌이 증발하면 방수 시트에 증기가 맺히게 돼 있어. 거기에 맺힌 물방울이 중심을 향해 미끄러져 컵으로 떨어지게 하는 거야. 그럴듯하지 않아?"

에이미는 그를 빤히 바라보았다. 애초부터 그가 하는 말은 듣는 둥 마는 둥 귓등으로 흘리고 있었다.

사실 그녀의 경청 여부가 중요한 것도 아니었다. 결국 제프가 자기한테 하는 말이 아니라는 걸, 그녀는 잘 알고 있었다. 그는 말하면서 생각하는 중이었고, 자신이 애써 대꾸한다 해도 제대로 듣지도 않을 게 뻔했다.

"난 틀림없이 잘될 거라고 생각해."

그가 말을 이었다.

"그렇기는 한데 아직도 뭔지 놓치고 있다는 기분이 들어."

그는 다시 입을 다물고 생각에 잠겼다. 희미한 달빛 아래에서 그의 얼굴이 똑똑히 보이지는 않았지만, 어떤 표정인지는 쉽게 상상이 갔다. 미간을 찌푸리고 있어, 이미에는 살짝 주름이 졌을 것이다. 그는 에이미를 날카롭게 째려보는 것 같았는데, 사실 그렇게 보일 뿐이었다. 그는 그녀 너머의 먼 곳을 응시하고 있었다.

"꼭 오줌일 필요는 없어."

그가 또 입을 열었다.

"덩굴 줄기를 잘라 써도 돼. 그걸 구덩이 밑에 갖다 두면, 태양열로 인해 수분이 증발할 테니까."

에이미는 뭐라고 대꾸해야 할지, 아무것도 떠오르지 않았다. 이곳에 도착한 이후로, 제프의 날 선 목소리와 행동거지에는 예민한 기운이 감돌았다. 불안의 징후, 즉 다른 일행과 마찬가지로 그도 또한 두렵고 초조하다는 걸 반증하는 증거였다. 그런데 어쩌면 그게 아닐지도, 즉 예상도 못 한 다른 데 원인이 있을지 모른다는 생각이 불쑥 들었다. 어쩌면 그는 흥분한 것인지도 모른다. 에이미는 제프가 평생 동안 이와 같은 경험, 즉 위기 또는 재앙을 겪을 준비를 하며, 공부하고 훈련하고 책을 읽고 지식을 암기해왔다는 느낌이 들었다. 생각이 거기까지 미치는 순간, 만일 여기서 자신들을 이끌어낼 사람이 있다면 바로 제프라는 결론이 내려졌다. 그 무엇보다도 그 사실에 안도감을 느껴야 했지만, 에이미는 그렇지가 않았다. 그녀는 불안했다. 그에게서 떨어져 텐트 속으로 기어 들어가고 싶어졌다. 그는 만족스러워 보였다. 여기에 있는 게 기쁜 모양이었다. 그걸 생각하자 에이미는 흐느껴 울고 싶어졌다.

난 오줌을 마시지 않을 거야. 에이미는 이렇게 소리 내어 말하고 싶었다. 증류했다고 해도 난 마시지 않을 거야.

하지만 고개를 들어 숨을 들이쉴 뿐, 입은 열지 않았다. 나무가 타는 매캐한 냄새, 모닥불 냄새가 설핏 코로 들어오자 뱃속이 울렁거렸다. 배가 고팠다. 그 순간 아침부터 아무것도 먹지 못했다는 걸 에이미는 깨달았다.

"저거 연기 맞아?"

그녀가 속삭였다.

"그들이 불을 피웠어."

제프가 대꾸했다. 그는 팔을 들어 두 사람 주변으로 허공에 커다란 원을 그렸다.

"언덕 밑자락을 빙 둘러 피워놨어."

"먹을 것을 만드느라고?"

그는 고개를 저었다.

"우리를 감시하는 거야. 캄캄할 때 몰래 빠져나가지 못하게 하려는 거지."

에이미는 자신들이 꼼짝없이 포위된 신세가 되었음을 절감했다. 어떻게든 뚫고 나갈 방도가 없는지 그에게 묻고 싶었지만, 그의 입에서 나올 절망적인 대답을 들을 만한 용기가 나지 않았다. 결국 가만히 입을 다물었지만, 굶주림 때문에 뱃속은 여전히 요동을 쳤다.

"아침에는 이슬이 맺히겠지."

제프가 말했다.

"발목에 헝겊을 묶고 덩굴 밭을 누비고 다니면, 수분을 모을 수 있어. 헝겊을 짜보자. 많은 양은 아니겠지만 그래도……."

"그만."

그녀가 입을 열었다. 더 이상 들어줄 수가 없었다.

"제발, 제프."

그는 입을 다물고 어둠 속에서 가만히 그녀를 응시했다.

"그리스 사람들이 올 거라고 네가 그랬잖아."

그녀가 말했다.

그는 여러 가지 대답 중에서 무엇을 고를지 망설이는 듯 잠시 머뭇거렸다. 그리고는 아주 조용히 입을 열었다.

"맞아."

"그러니까 수분 따위는 중요하지 않아."

"난 그렇게 생각 안 해."

"비도 올 거야. 이곳에 놀러오고 나서는 늘 비가 내렸잖아."

제프는 아무 말 없이 고개만 끄덕였다. 에이미는 캄캄해서 그의 얼굴이 분명히 보이지는 않아도, 지금 그가 자기 비위를 맞추려 든다는 걸 알 수 있었다. 그것으로 족했다. 제프가 자기 비위를 맞춰주며, 다 괜찮을 것이고 내일이면 구조될 거라고 말해주고, 나아가 이곳에서 구멍을 파 오줌을 증류하거나 발목에 헝겊을 묶고 언덕 등성이를 누비고 다닐 일은 절대 없을 거라고 말해주기를 바랐다. 더러운 헝겊에서 나온 이슬 한 모금, 어쩌다가 이런 이야기를 주고받는 지경까지 왔단 말인가?

두 사람은 묵묵히 손을 잡고 앉아 있다가, 에이미가 그의 왼쪽 어깨에 머리를 기댔다. 그녀는 두 번째 데이트에서 제프와 영화를 보고 나오던 무렵, 그가 자신의 어깨에 팔을 두르던 기억을 떠올렸다. 비가 오고 있었다. 두 사람은 한 우산을 쓰고, 몸을 바짝 붙인 채 걸었다. 그는 에이미가 생각하던 것보다 수줍음을 많이 탔다. 그날 밤 한 우산 아래 비를 맞으며, 둘의 머리가 그토록 가까이 마주 섰는데도, 그는 굿나잇 키스조차 하지 않았다. 그렇게 일주일 남짓 더 뜸을 들였고, 그게 에이미는 마음에 들었다. 조명으로 눈부신 극장 입구에서 빗물이 번들거리는 거리로 발을 내디디며 그가 자기 어깨에 팔을 둘렀던 것처럼, 그의 작은 몸짓 하나까지도 그녀는 새롭게 느껴졌다. 겉으로 말은 하지 않았지만, 에이미는 자신에게 감동과 환희를 가져다준 그때 추억이, 제프에게는 대수롭지 않을 것만 같아 불안했다. 자기한테 접근하려고 했다기보다는, 그저 궂은 날씨 때문에 자기도 모르게 팔을 올렸을 거라는 의심이 든 것이다.

산들바람이 불어와 에이미는 잠시 싸늘한 기운을 느꼈다. 하지만 바람은 이내 그치고 더위는 계속되었다. 그녀는 땀을 흘리고 있었다. 버스에서 내리고 많은 시간이 흐른 지금까지 계속 땀을 흘렸지만, 아주 먼 옛날 일처럼 느껴졌다. 파블로는 고개를 저으며 뭐라고 중얼거리고는 다시 조용해졌다. 그녀는 그를 보지 않으려고 눈을 질끈 감아버렸다.

"넌 잠을 자두는 게 좋겠어."

제프가 말했다.

"잠이 안 와."

"그래도 자야 해."

"안 온다고 했잖아."

에이미는 방금 짜증스럽게 볼멘소리를 했다는 걸 깨달았다. 가까스로 둘만 남은 이 고요한 순간을 망쳐버리고, 또다시 불평을 해댄 것이다. 방금 한 말을 얼른 취소하고 어떻게든 분위기를 완화시킨 다음, 제프의 무릎에 머리를 파묻고 그의 위로를 받으며 잠이 들고 싶었다. 오줌 묻은 왼손이 끈끈했다. 손을 코앞으로 가져다가 쿵쿵 냄새를 맡아보았다. 그러고는 눈을 뜨고 무심코 파블로를 쳐다보았다. 그에게 덮어주었던 침낭은, 제프와 마티아스가 치우고 보이지 않았다. 그는 오두막 밑에서 팔을 가슴에 엇갈려 올려놓고 똑바로 누워 있었다. 눈도 감은 채였다. *잔다.* 그녀는 생각했다. *쉬고 있어.* 겉으로 보이는 외상은 없어도, 척추가 부서지고 척수가 짓뭉개진 것은 충분히 상상할 수 있었다. 그는 야위고 나이 들어 보였다. 몸이 조그맣게 쪼그라든 것 같았다. 에이미는 하루 사이에 사람 몰골이 어떻게 그렇게 변할 수 있는지, 이해가 되지 않았다. 구덩이 옆에 서서 휴대 전화 벨 소리에 귀를 기울이며, 일행을 향해 어서 와보라고 손짓하던 그가 생생하게 떠올랐다. 이렇게 처참한 몰골로 누워 있는 사람이, 바로 그라는 것은 말도 되지 않았다. 바지가 벗겨지고 없어, 허리 아래로는 나체가 드러나 있었다. 그의 다리는 부자연스럽게 뒤틀려, 오두막에 아무렇게나 내던져 놓은 듯한 느낌마저 늘렸다. 에이미의 눈에 그의 페니스가 들어왔다. 음모 그늘에 가려 컴컴해서 거의 보이지는 않았다. 그녀는 시선을 돌렸다.

"바지를 벗겼구나."

그녀가 말했다.

"잘라냈어."

에이미는 제프와 마티아스가 들것 위에 웅크린 채, 한 사람은 파블로의 다리를 붙들고, 한 사람은 나이프로 바지를 잘라내는 광경을 떠올렸다. 그게 잘못이었다. 파블로의 다리를 붙들 필요까지는 없었다. 문제는 바로 거기에 있었던 것이다. 마티아스는 제프와 똑같은 부류라고 에이미는 생각했다. 생각이 깊고 의지가 굳센 생존자 스타일. 동생이 죽었지만 그는 슬픈 내색 하나 없이 감정을 통제했다. 나이프를 쓴 사람은 마티아스였을 거라고 에이미는 짐작했다. 제프는 파블로 곁에 쪼그리고 앉아 마티아스가 잘라낸 데님 조각들을 모으며, 너무 더럽지 않은 것들은 발목에 묶어서 이슬을 모으는 데 쓸 것을 궁리했을 테니까. 만일 자신이 마티아스라면 언덕 밑자락에서 썩어가는 동생의 시체를 붙들고, 지금까지도 울며불며 소리쳤을 것이다. 하지만 그런다고 나머지 일행에게 무슨 득이 되겠는가?

"파블로를 청결하게 해놓아야 해."

제프가 말했다.

"아무래도 그래야 할 것 같아. 만일을 대비해서."

산들바람이 다시 불어 그녀는 한기를 느꼈다. 에이미는 몸을 떨었다. 언덕 밑자락에서 피어오르는 연기 냄새를 맡지 않으려고 입으로만 숨을 내쉬었다.

"무슨 만일?"

그녀가 물었다.

"그가 여기에서 죽는 경우. 감염이 문제가 될 거란 말이야. 예를 들면 패혈증 같은 것. 그렇게 되면 우리는 속수무책으로 당할 수밖에 없게 돼."

에이미는 몸을 조금 비척거리며, 제프에게서 손을 뺐다. 감히 입에 올리기조차 두려운 말을, 그는 마치 손으로 파리를 때려잡는 것처럼 아무렇지도 않게 말해버렸다. *그가 여기에서 죽는 경우*라니. 에이미는 뭔가 그럴듯한, 더 희망적인 다른 가설을 얘기하고 싶었다. 그리스 사람들이 아침에 도착할 거라고 얘기하고 싶었다. 내일 이 무렵이면 모두 구조된다.

아무도 오줌이나 이슬 따위는 마시지도 않는다. 파블로는 죽음을 맞지도 않는다. 그러나 그녀는 입을 열 수가 없었고, 그 이유 또한 잘 알고 있었다. 제프가 자신의 주장에 반박하고 나올까봐 두려웠던 것이다.

제프가 하품을 하고, 팔을 들어 올리며 기지개를 켰다.

"피곤해?"

그녀가 물었다.

그는 어둠 속에서 알 수 없는 모호한 손짓을 했다.

에이미는 텐트를 가리키며 말했다.

"그만 자는 건 어때? 내가 여기 남을게. 나는 신경 쓰지 마."

제프는 시계의 버튼을 딸깍 눌러 조명을 켰다. 연녹색 불이 들어왔다. 너무 흐린 데다 금세 꺼져버려, 에이미가 눈을 깜박거렸다면 보지도 못했을 것이다. 그는 아무 대꾸도 하지 않았다.

"교대 시간이 얼마나 남았어?"

그녀가 물었다.

"40분."

"내 몫에 보탤게. 어차피 잠도 달아났으니까."

"괜찮아."

"정말이야."

그녀는 고집을 피웠다.

"무엇 하러 우리 둘 다 깨어 있어?"

그는 다시 녹색 조명을 켜고 시계를 들여다보았다. 불빛 속에서 그의 얼굴, 턱의 튀어나온 부분까지 눈에 들어왔다. 그는 그녀를 바라보며 입을 열었다.

"난 언덕 아래로 내려가볼까 해."

에이미는 그가 무슨 말을 하는지 알아들었지만, 인정하고 싶지 않았다.

"왜?"

그는 그녀 등 뒤의 텐트 너머를 손짓으로 가리켰다.

"저쪽은 모닥불하고 거리가 꽤 떨어져 있어. 몰래 빠져나갈 수 있을지도 몰라."

그녀는 화살을 맞고 쓰러진 마티아스 동생의 시체를 떠올렸다. *안 돼.* 그녀는 생각했다. *안 돼.* 하지만 소리 내어 말하지는 않았다. 제프가 마음먹은 일을 반드시 해낼 수 있다고, 저 아래 지키고 선 마야인들의 눈을 피해 유령처럼 소리도 없이 공터를 빠져나갈 수 있다고 믿고 싶었다. 그러고 나면 그는 정글로 들어가 숲을 내달릴 것이다.

"그들이 아마 숲길은 지키고 있을 거야. 그러니까 덩굴 밭을 통과해서 곧장……."

그는 입을 다물고 에이미의 반응을 기다렸다.

"조심해야 해."

그녀는 말했다. 그녀가 할 수 있는 말은 그게 전부였다.

"일단 점검만 할게. 확신이 들면 시도하는 거고."

그녀는 고개를 끄덕였지만, 그가 자기 얼굴을 볼 수 있는지는 알 수가 없었다. 그는 자리에서 일어나, 허리를 구부리고 신발 끈을 고쳐 맸다.

"내가 금세 돌아오지 않는다고 해도, 무슨 일을 하는 중인지 너는 알고 있는 거다."

그가 말했다.

그는 달리고 있을 것이다. 도움을 구하기 위해. 그러나 그녀의 머리에 떠오르는 것은 얼굴뼈를 드러낸 채 드러누운 헨리히의 시신이었다.

"오케이."

말은 이렇게 했지만, 속으로는 안 돼라고 부르짖었다. *안 돼.* 그녀는 부르짖었다. *그만둬.*

에이미는 파블로 곁에 앉아, 제프가 묵묵히 어둠 속으로 걸어 들어가 시야에서 사라질 때까지 우두커니 바라보았다.

※

제프가 텐트를 지나갈 때, 에릭은 설핏 잠에서 깼다. 똑바로 누운 채 자신이 어디에 와 있는지 잠시 어리둥절했다. 목이 마르고 다리는 아프 고, 평소보다 훨씬 어두웠다. 그리고 그 순간 그날 하루 벌어진 일들이 번 개처럼 머릿속을 스치고 지나갔다. 활을 든 마야인들, 갱로 하강, 에이미 와 함께 파블로의 몸을 들것에 싣던 일. 마지막 사건은 너무나 힘들고 끔 찍해, 얼른 머릿속에서 지워내려 했지만 그때의 암담한 기분은 선명히 남 았다.

스테이시는 등을 돌리고 곁에 누웠고, 텐트 저편에서 누군가 코를 고는 소리도 들렸다. 마티아스인 것 같았다. 시간이 얼마나 흘렀는지, 파블로 는 어떻게 되었는지 궁금해, 밖으로 나가 살펴보고픈 생각이 들었다. 하 지만 너무 피곤했다. 그 생각은 이내 물러가고, 눈이 스르르 감겼다. 손을 팬티 속에 집어넣고 사타구니를 긁었다. 끈끈한 느낌이 들었다. 그때서야 스테이시가 짜릿한 흥분을 안겨준 게 기억났다. 어둠 속에서 발밑에 뭐가 있다는 느낌이 불쑥 들었다. 마치 거미줄 같은 것이 조심조심 그러면서도 집요하게 그의 다리를 건드리고 있었다. 얼른 발로 차내고는, 옆으로 돌 아누워 도로 잠에 빠졌다.

※

제프는 언덕 밑자락을 향해 덩굴 숲을 곧장 내려갔다. 마야인들은 공

터 가장자리를 빙 둘러가며 불을 피워놓았다. 얼마나 촘촘하게 불을 피웠
는지, 타오르던 불길이 이웃한 불길과 합쳐 타오르기도 했다. 그래도 다
른 것들에 비해 조금 거리를 두고 있어, 불길 사이에 그늘이 지는 지점도
있었다. 하지만 그 정도 가지고는 어림도 없었다. 제프는 자기 몸이 빠져
나가기에는 틈이 너무 좁다고 판단했다. 하지만 그들의 감시에도 분명히
허점은 있을 것이다. 꾸벅꾸벅 졸거나, 소곤소곤 이야기를 주고받는 사람
이 있을지도 모른다. 그에게 필요한 것은 단 10초, 아니 20초뿐이었다. 공
터로 살며시 접근하여 통과한 다음, 순식간에 정글로 몸을 숨기기에는 충
분한 시간이었다.

덩굴 밭을 통과하기란 예상보다 어려웠다. 대부분 무릎 높이까지 자랐
지만, 어떤 곳은 거의 허리까지 차올랐다. 그가 지나갈 때마다 다리에 줄
기가 뒤엉키고 휘감겼다. 몹시 더디고 험난한 작업이었다. 숨을 고르기
위해 연방 걸음을 멈추었다. 언덕 밑자락에서 정글로 내달리다가 마야인
들에게 들켜 혹시라도 화살이 날아올지 모르므로, 힘을 아껴두어야 했기
때문이다.

몇 번이나 가다 서다 반복하며 덩굴 밭을 통과해 언덕을 반쯤 내려갈 무
렵, 새들이 날카로운 소리로 울어댔다. 어둠 속에서 놈들은 눈에 보이지
않았다. 그는 걸음을 멈추고 가만히 기다렸다. 그러나 막 걸음을 내디디려
고 하니, 새는 다시 울어대기 시작했다. 그 소리가 너무 크고 거북해서, 언
덕 등성이에 사는 새란 새는 모조리 모여든 것 같았다. 제프는 돌연 어린
시절 동물원에 갔다가, 새들이 퍼덕거리며 날갯짓하고 울어대는 소리에
겁을 먹었던 기억이 떠올랐다. 아버지는 전상을 가로막은 쇠 그물을 가리
키며 그를 안정시키려고 했지만, 제프는 그것만으로 마음을 놓을 수가 없
었다. 결국 그는 엉엉 울어댔고, 새들은 달아났다. 제프는 전진은 더 이상
불가능하다는 생각이 들었다. 그가 접근한다는 걸, 지금쯤 마야인들은 알

아차리고도 남았을 것이다. 그런데도 그는 언덕 밑자락까지 계속 내려갔고, 새들이 악을 써대는 소리도 어둠 속에서 내내 그를 따라붙었다.

밑자락에 막 도달하자, 자신을 기다리는 마야인들이 눈에 들어왔다. 왼쪽의 모닥불 곁에는 세 사람이, 오른쪽에는 두 사람이 경계를 섰다. 그들 중 한 사람은 권총을 들었고, 다른 한 사람은 화살을 겨누었다. 제프는 조심스레 공터가 시작되는 지점으로 내디뎠고, 깜박이는 모닥불 빛이 그의 몸에 어른거렸다. 활을 든 남자들은 언덕 등성이만 지켜볼 뿐 제프를 보지 않는 것 같았는데, 다른 사람들이 또 내려올 것을 대비하는 모양이었다. 권총을 든 남자가 제프의 가슴을 향해 총을 겨누었다. 그 순간 새 울음소리가 뚝 그쳤다.

마야인들은 모닥불을 등지고 섰는데, 밤에 시야를 확보하기 위해서일 거라고 제프는 추측했다. 그들의 얼굴에 그늘이 져서, 낮에 본 그 사람들인지, 아니면 새로 합류한 사람들인지는 확인할 수가 없었다. 오른쪽 모닥불에는 삼각대 위에서 커다란 검은 솥이 올라앉아 짙은 연기를 뿜어냈는데, 토마토와 닭을 푹 삶는 냄새가 났다. 굶주린 제프의 위장이 요동을 쳤다. 그것만은 제프 본인도 어찌할 도리가 없었다. 그는 한참 동안 그 자리에 서서 솥을 빤히 바라보았다. 그의 뒤편 그늘 속에서 누군가 조그맣게 노래를 부르고 있었다 여자의 목소리였는데, 활 든 남자 중에 한 사람이 날카롭게 휘파람을 날리자 노래는 뚝 그쳤다. 아무도 입을 열지 않았다. 마야인들은 그의 움직임을 기다리며, 날카롭게 주시했다.

제프는 그들에게 말을 걸고, 그들이 바라는 게 무엇인지, 왜 이 언덕에 가둬두려고 하는지, 자유를 얻으려면 어떻게 해야 하는지를 묻고 싶었지만, 물론 그들의 언어를 알지 못했고, 설령 안다 해도 그들이 황송하게도 대꾸를 해줄지는 의심스러웠다. 그럴 리가 없었다. 그들은 무기를 겨눈 채, 계속 그의 행동을 기다리며 주시했다. 제프는 용감하게 그들을 향해 다가섰다가 마티아스의 동생처럼 화살을 맞을 수도 있고, 또는 어둠 속에 새들이 요란하게 울어대는 덩굴 밭으로 천천히 발길을 돌릴 수도 있었다. 그것 말고 다른 선택의 방향은 있을 수 없었다.

결국 그는 다시 언덕을 오르기 시작했다.

돌아가는 길은 무슨 이유에서인지 몰라도, 내려갈 때보다 훨씬 수월했다. 물론 오르막길이 더 어려운 게 당연했지만, 덩굴을 헤치고 나아가는 게 훨씬 쉬워서 그의 다리를 붙들거나 할퀴기는커녕 오히려 한 몸이 된 듯했다. 더욱 당황스러운 것은 새들이 침묵을 지킨다는 점이었다. 제프는 등성이를 향해 올라가며, 계속 그 점을 이상하게 여겼다. 자신과 마야인들이 언덕 밑자락에서 말없이 대치하는 동안 어디론가 날아가버렸을 가능성이 있지만, 그렇다면 날갯짓하는 소리가 왜 들리지 않았는지 이해가 가지 않았다. 하루 종일 언덕에 있으면서도 왜 진작 새들의 존재를 눈치채지 못했을까? 언덕 밑으로 내려갈 때 귀가 찢어질 듯한 울음소리로 봐서 놈들은 꽤 무리를 이루었을 텐데, 지금껏 존재를 몰랐다는 게 이상하기만 했다. 그와 마티아스가 파블로를 갱로에서 구해내느라 정신없이 바쁘던 해질 무렵, 새들이 이곳으로 날아왔다는 게, 그가 생각해낸 유일한 해답이었다. 새들이 이곳에서 밤을 나는 것은 틀림없어 보였지만, 그렇다고 해도 왜 아침에는 놈들의 둥지를 보지 못했을까. 아마 어딘가에 새알도 있을 것이다. 새를 잡을 덫을 놓으면, 먹을거리가 마련될 거라는 게 최소한 안심은 되었다. 오줌을 증류하고 이슬을 모으고 비를 기다릴 테지만, 먹는 문제는 전혀 대책이 없었다. 제프는 그 문제는 나중으로 미뤄둔 참이었다. 이차피 해결책을 찾지도 못할 것이고…….

뭔가 얄팍하면서도 낚싯줄처럼 튼튼한 걸 사용해야 한다고 그는 생각했다. 하지만 너무 피곤해서 그 이상으로 궁리하는 것은 무리였다. 그것은 아직 중요하지 않았다. 시간은 충분했다. 그가 당장 해야 할 일은 텐트로 들어가 잠을 자는 것이었다. 아침이 되어 날이 밝으면 모든 게 더 분명해질 거라고 확신했다. 아직 하지 못한 많은 일들과 그 일들을 수행할 방법들이.

🌿

스테이시의 차례는 세 번째였다. 에이미가 시간이 되었다고 속삭이며, 친구의 어깨를 흔들어 깨웠다. 스테이시는 목이 마른 데다, 눈은 떴지만 제대로 깨어나지도 못했다. 텐트 안은 너무 어두워 잘 보이지 않았다. 등을 돌리고 누운 에릭, 자기 앞에 웅크리고 앉아 흔들어 깨운 에이미, 그리고 제프와 마티아스가 누운 것만 알 수 있었다. 남자들은 곤히 자는 중이었다. 마티아스는 조그맣게 코까지 골았다.

에이미는 내내 같은 말만 중얼거리고 있었다.

"시간이 됐어."

스테이시는 처음에는 뭐라고 말하는지, 그다음에는 무슨 뜻인지를 헤아리려고 애썼고, 마침내 교대 차례가 온 걸 깨달았다. 그녀는 잠에서 깨어났다. 자리에서 일어나 텐트 덮개를 열고 밖으로 나왔다.

잠은 깼지만 아직도 몽롱했다. 에이미의 시계를 찾으려고 도로 들어가, 조심스레 제프를 건넌 다음, 벌써 잠에 빠져 뭐라 흥얼거리는 에이미의 팔을 잡아 올렸다. 스테이시는 시계를 풀어내느라고 한참이나 더듬거려야 했다. 그런 다음 다시 밖으로 나와 파블로의 곁에 앉으니, 점차 맑은 정신이 돌아왔다. 에이미의 시계를 손목에 채우자, 따스한 체온과 조금은 축축한 느낌이 들었다.

파블로는 잠들어 있었다. 그의 숨소리가 예사롭지 않게 들렸다. 폐에 액체가 꽉 찬 것처럼 그르렁대는 소리를 냈는데, 폐 기능에 문제가 생긴 건 아닐까 의심이 들었다. 잠자코 한참 지켜보고 있으니, 어둠 속에서 그의 다리와 음부가 노출된 상태라는 걸 알 수 있었다. 그러자 손을 뻗어 그의 페니스를 만져보고픈 순간적인 충동이 일었으나, 말도 안 된다며 얼른 그 생각을 떨쳐버렸다. 들것 바로 옆의 맨바닥에 침낭이 놓여 있어, 스테이시는 파블로가 깨지 않도록 살며시 덮어주었다.

그러자 그는 조금 움찔하며 고개를 움직이기는 했지만, 눈을 뜨지는 않았다.

조용히 자신이 처한 상황을 점검할 수 있는 시간이라는 것은 잘 알고 있었다. 지난 하루를 돌아보고 다가올 시간들에 대해 생각해보는 게, 슬기로운 태도임을 잘 알면서도 그녀는 영 그럴 기분이 나지 않았다. 폐에 물이 꽉 찬 듯한 파블로의 심상치 않은 숨소리를 들으며, 아직도 절반은 잠이 든 것처럼 멍하니 앉아만 있었다. 눈은 뜨고 있었기 때문에, 파블로가 돌연 호흡을 멈춘다거나 그녀를 찾는다면 즉시 반응할 수 있었지만, 왠지 현실이 아닌 것 같은 기분이 들었다. 상점 진열장에서 거리를 바라보고 선 마네킹이 된 것처럼 묘한 기분이었다.

그녀는 어둠 속에서 시간을 확인하려, 에이미의 시계를 뚫어지게 들여다보았다. 그사이 7분이 흘렀다. 3분이 흐르고, 또 6분이 흐르고, 거기서 2분이 또 흘렀다. 그 후로는 시계 보는 걸 중단했다. 이럴 때는 주전부리를 하며 시간을 보내는 게 딱 좋을 성싶었다.

시간을 때우기 위해 머릿속으로 노래라도 불러보려고 했지만, 하필 생각나는 게, 〈징글벨〉, 〈소나무야 소나무야〉, 〈눈사람 프로스티〉 같은 크리스마스 캐럴뿐이었다. 가사도 제대로 알지 못해, 속으로 흥얼거려보니 뒤죽박죽이었다. 사실 그녀는 자기 목소리를 그다지 좋아하지 않았다. 결국 노래 부르는 걸 포기하고, 멍하니 파블로를 쳐다보았다.

마음먹은 것과 달리, 그녀는 또 시간을 확인하기 시작했다. 29분째 깨

어 있으니, 앞으로 한 시간 반을 더 버텨야 했다. 불침번이 끝나면 다음에
는 누구를 깨워야 할지 몰라 잠시 당황했지만, 이내 자신의 영리함에 으
쓱한 기분이 들었다. 자기 어깨를 흔들어 깨운 사람은 에이미였고, 가장
먼저 불침번을 섰던 것은 제프였다. 따라서 다음 차례는 마티아스가 틀림
없는 것이다. 시계를 쳐다보니 1분이 또 흘러가 있었다.

파블로가 깨어나지 않으면 좋겠어. 그런데 그 생각을 떠올린 바로 그
순간, 마치 알아듣기라도 한 듯이 파블로가 깨어났다.

그는 한동안 꼼짝도 하지 않고 누운 채 스테이시를 올려다보았다. 그러
고는 기침을 해대며 고개를 옆으로 돌렸다. 입을 막으려는 듯 손을 들었
지만, 그마저 힘이 부족한 모양이었다. 손은 겨우 목 근처에 닿을 뿐이었
다. 그의 손은 몇 초간 목젖 부근의 허공을 헤매다가, 힘없이 가슴팍으로
내려갔다. 그는 입술을 핥으며 다시 고개를 돌리더니, 그리스어로 뭐라
중얼거렸다. 묻는 듯한 말투였다. 스테이시는 그를 보고 웃음을 보냈지만
거짓말쟁이가 된 것만 같았고, 자신이 뭔가 감추기 위해 하릴없이 웃어댄
다는 걸 그에게 들킨 기분까지 들었다. 그렇다고는 해도 얼굴에서 웃음을
싹 거두기는 어려웠다. 그녀는 계속 웃는 얼굴을 하고 있었다.

"괜찮아."

그렇게 한마디 운을 뗐지만, 물론 그 한마디로는 충분치가 않았고, 파
블로는 같은 질문을 또 던졌다. 잠시 말을 멈추더니, 다시 한 번 같은 질
문을 반복하고는, 양팔로 허공을 휘젓는 품이, 어떤 의견을 제시하려는
것 같았다. 하지만 그 손짓 때문에 침낭 밑에 꼼짝도 않는 그의 다리를 애
써 무시하는 게 더욱 어려워졌고, 스테이시의 가슴에는 불현듯 공포가 밀
려들었다. 뭘 어떻게 해야 할지, 알 수가 없었다.

그는 계속 중얼거렸다. 같은 질문을 몇 번이고 되물으며, 손으로 자기
가슴팍 부근의 허공을 가르는 시늉을 했다.

스테이시는 고개를 끄덕이려다 우뚝 멈추었다. 그의 질문이 "나는 죽어가는 거야?"라는 게 아닌지 문득 의심이 들었기 때문이다. 그래서 고개를 저으려고도 해보았지만, 혹시라도 "나는 낫고 있는 거야?"라는 질문일 수도 있기 때문에 위험하기는 마찬가지였다. 그녀는 계속 미소를 지으며, 그를 바라만 보았다. 점차 울음이 터질 것만 같은 기분이 들었지만, 자신이 파블로 곁에 있고, 그의 친구로서 최선을 다해 안심시켜야 한다는 생각에, 절대로 울어서는 안 된다며 마음을 다잡았다. 스테이시는 파블로가 자기 몸 상태를 얼마나 파악하고 있는지 궁금했다. 허리를 다친 것도 알까? 다시는 걷지 못하게 될지 모른다는 것도? 구조의 손길이 닿기 전에 여기서 죽을 수 있다는 것도?

그는 계속 그녀를 향해 팔을 휘저으며 같은 질문을 되풀이했는데, 다급함 때문인지 좌절감 때문인지 목소리 톤도 높아졌다. 그가 던지는 질문은 워낙 두루뭉술하게 굴러가는 발음 때문에 확실히 알 수는 없었지만, 예닐곱 개의 단어로 구성된 것 같았다. 그 질문의 각 단어들이 무슨 뜻일까를 궁리해보았지만, 도무지 감이 잡히지 않았다. "나는 지금 죽어가는 거야?", "나는 지금 낫고 있는 거야?" 두 가지 모두 그럴듯하게만 들렸다. 그의 곁을 지키고 앉아 고개를 젓든 끄덕이든 해야 할 것 같았지만 결국 아무 반응도 보일 수가 없었고, 거짓 미소는 그녀의 얼굴에서 차차 사라졌다. 스테이시는 또 시간을 확인하고 싶었고, 누군가 텐트에서 나와 자신을 도와주었으면, 즉 파블로가 다시 눈을 감고 휘젓던 팔을 거두고 조용히 잠들게 해주면 좋겠다고 생각했다. 그런데 그의 손을 잡고 꼭 쥐자, 그가 조금이나마 안정을 찾는 듯싶었다. 이어 스테이시의 입에서 무심코 크리스마스 캐럴이 흘러나왔는데, 가사를 몰라 조그맣게 흥얼거렸다. 〈고요한 밤〉, 〈경배하세〉, 〈산타클로스 우리 마을에 오시네〉를 불렀다. 파블로는 조용해졌다. 그리고 자기도 그 노래를 잘 안다는 듯이 미소를 지었다. 〈루돌프 사슴코〉는 그리스어로 웅얼거리며 함께 부르려고도 했다. 어느덧 그는 눈을 감았고, 그녀가 꼭 쥔 그의 손에서도 힘이 풀렸다. 파블로는 다시 잠이 들었고, 그의 가슴에서 울려나오는 그르렁대는 숨소리도 한층 잦아들었다.

스테이시는 노래를 멈추었다. 몸이 뻐근했다. 일어나 기지개라도 켜고 싶었지만, 손을 놓으면 파블로가 놀라서 깨지 않을까 두려웠다. 그녀는 잠깐 쉬자는 생각으로 눈을 감고서, 파블로의 숨소리에 귀를 기울였다. 자신에게는 앞으로도 그런 숨소리가 나지 않기를 바라며, 그의 쌕쌕거리는 호흡에 맞춰 숨을 내쉬면서 숫자를 헤아렸다. *하나, 둘, 셋, 넷……*.

마티아스가 웅크리고 앉아 어둠 속에서 그녀의 이마에 손을 얹었고, 그 서늘한 느낌에 그녀는 눈을 껌벅이며 그를 바라보았다. 조금 놀라기도 한 데다, 처음에는 그가 누구이고 뭘 하는 건지 몰라 어리둥절했다. 그러다 자신이 깜박 잠들었다는 게 번개처럼 떠올랐다. 임무에 소홀했다는 게 드러나 몹시 겸연쩍고 창피했다. 얼른 고쳐 앉으며 입을 열었다.

"미안."

마티아스는 그 말에 놀란 표정을 지었다.

"뭐가?"

그가 물었다.

"잠들었잖아."

"괜찮아."

"안 그러려고 했는데, 파블로한테 노래를 불러주다가……."

"쉿."

마티아스가 그녀의 팔을 톡톡 두들겨주었다. 그러고는 이내 손을 거두었지만, 그녀의 가슴에서는 미묘한 감흥이 일어 저도 모르게 기운이 쑥 빠졌다. 하마터면 그에게 몸을 기댈 뻔하던 걸, 움찔하며 멈추어야 했다.

"그는 괜찮아."

마티아스가 입을 열었다.

"봐."

입을 조금 벌리고 고개를 돌린 채 깊이 잠든 파블로를, 그가 고갯짓으로 가리켰다. 그렇다고는 해도 파블로는 그리 괜찮아 보이지 않았다. 뭔가 그의 가슴팍에 올라앉아 서서히 생기를 앗아가기라도 하는 듯, 그는 몹시 초췌해 보였다.

"두 시간 다 됐어."

마티아스가 말했다.

스테이시는 팔을 들어 에이미의 시계를 들여다보았다. 그의 말이 맞았다. 마침내 임무가 끝난 것이다. 이제 비틀거리며 텐트로 들어가, 아침이 될 때까지 자기만 하면 된다. 하지만 부끄러운 기분은 사라지지 않았다. 그녀는 일어날 생각을 않고, 그에게 물었다.

"깨우지도 않았는데 어떻게 일어났어?"

그는 어깨를 으쓱 움직이고는, 쪼그리고 앉은 자세에서 털썩 흙바닥에 주저앉았다.

"저절로 그렇게 됐어. 언제 일어나야 하는지, 나 자신에게 미리 말해두는 거지. 헨리히도 그랬어. 우리 아버지도. 그게 심리적으로 어떤 작용을 하는 건지는 나도 몰라."

스테이시는 고개를 돌리고 잠시 마티아스를 바라보았다.

"있잖아."

마침내 입을 열기는 했지만, 무슨 말부터 꺼내야 할지 몰라 머뭇거렸다. 이런 화제를 놓고 어떻게 말해야 하는지, 누구한테도 배워본 적이 없었다.

"네 동생 말이야. 네가…… 지금 심정을 나한테 털어놓으면……."

마티아스는 손을 내저으며 말했다.

"괜찮아."

"그래도……."

"괜찮다니까. 정말이야."

스테이시는 달리 뭐라 말해야 할지 알 수가 없었다. 자신이 얼마나 안타까워하는지 알려주고 싶고, 그의 아픈 심정을 들어주고 싶었지만, 도무지 어떻게 말을 꺼내면 좋을지 알 수가 없었다. 그를 안 지 이제 일주일이 되었고, 이렇게 이야기를 나눈 적도 거의 없었다. 돈키호테와 키스를 나눈 날 밤 이후, 스테이시는 그의 무뚝뚝한 시선이 자신을 비난하는 게 아닌가 불안해하기도 했다. 하지만 버스터미널에서 모자와 선글라스를 도둑맞았을 때, 상냥하게 다가와 팔을 어루만져주어 놀라기도 했다. 스테이시는 그가 누구이며 어떤 사람인지, 자신을 어떻게 생각하는지 알지 못했지만, 그의 동생이 언덕 밑자락에 죽어 누워 있는 지금, 어떻게든 그가 울음을 토해놓게 하고, 그럼으로써 그를 안고 달래주고픈 생각이 간절했다. 물론 그는 울지 않았다. 그럴 리 없다는 걸, 그녀도 잘 알았다. 마티아스는 바로 곁에 앉아 있지만, 접근하기에는 너무 먼 데 있는 듯한 느낌이 들었다. 사실 그가 지금 무슨 생각을 하는지도 그녀는 알 수가 없었다.

"그만 들어가시 지."

그가 말했다.

스테이시는 고개를 끄덕였지만 자리에서 일어나지 않았다.

"그 사람들 왜 그런 거지?"

그녀가 물었다.

"누구?"

그녀는 언덕 밑자락을 손으로 가리켰다.

"마야인들."

마티아스는 한동안 말없이 곰곰 생각을 기울였다. 그러고는 어깨를 으쓱 움직였다.

"그 애가 떠나는 걸 바라지 않았던 것이겠지."

"우리처럼."

그녀가 말했다.

"맞아."

그가 말했다.

"뭐가 맞아?"

그는 팔을 들어 올리고 몸을 뒤틀었다.

"기지개를 켜봐. 동물처럼. 개들이 그러는 것처럼 말이야. 기회 있을 때 쉬도록 해. 먹을 것이나 물이 있으면, 먹고 마시고. 매 순간을 살아남아야 해. 지금은 그게 중요해. 헨리히, 그 애는 충동적이었어. 사방팔방 관심이 갔다 하면 덜컥 덤벼들었어. 너무 생각이 많은 동시에 너무 적기도 했던 거지. 남은 우리까지 내 동생처럼 되어서는 안 돼."

스테이시는 아무 대꾸도 하지 않았다. 그의 목소리가 끝에 가서는 성난 듯이 높아졌기 때문에, 화들짝 놀란 것이다.

마티아스는 당황해하며 얼른 손을 내저었다.

"미안. 그저 이야기를 하던 건데……. 무슨 말을 하는지도 모르고 내뱉었어."

"괜찮아."

스테이시는 이렇게 대꾸하며, 속으로 생각했다. 그는 지금 울고 있는 거야. 그녀는 그를 향해 팔을 뻗었지만, 마티아스는 고개를 흔들며 제지했다.

"됐어."

그가 말했다.

"괜찮아. 신경 쓰지 마."

이런 상황에서는 어떤 말을 해야 좋을지, 거의 1분가량이나 스테이시는 궁리했지만 아무것도 떠오르지 않았다. 어색한 적막을 깨는 것이라고는, 파블로의 심상치 않은 숨소리뿐이었다. 마침내 마티아스가 텐트로 돌아가라고 손짓했다.

"어서 들어가 자."

스테이시는 고개를 끄덕이고 일어났는데, 몸이 뻣뻣하고 약간 어지럽기도 했다. 그녀는 마티아스의 어깨에 손을 짚었다. 한동안 그의 어깨를 누르고 섰다가, 다시 텐트 안으로 들어갔다.

⚜

에이미는 순간 목이 콱 막히는 충격에 잠에서 화들짝 깨어났다. 서둘러 정신을 집중하고, 무엇 때문에 그토록 놀라 깼는지 알아내려 애썼다. 어떤 소리가 들린 게 틀림없는데, 그렇다면 일행 중에 자기 혼자 들었다는 말이 된다. 다른 친구들은 미동도 없이 눈을 감고 고른 숨소리를 낼 뿐이었다. 어둠 속에서도 곁에 누가 누웠는지 알 수 있었다. 에릭, 스테이시, 제프. 마티아스는 밖에서 파블로를 지키는 중일 거라고 짐작했다. 소리가 났다면 모두들 들었어야 마땅했다.

에이미는 소리가 다시 들리기를 기다리며 가만히 앉아 귀를 기울였고, 그러는 사이 놀란 가슴은 차차 진정되었다.

정적.

설마 그게 꿈이었다고 해도, 에이미의 기억에는 하나도 남아 있지 않았다. 화들짝 놀라 일어나 앉을 만큼, 온몸의 피가 얼어붙을 것 같은 공포는 번개처럼 지나가버렸다. 그녀는 다시 누워 눈을 감았다. 하지만 잠은 오지 않고 계속 겁에 질린 채로 귀를 기울였는데, 이번에는 심한 갈증이 찾아와, 입 안에 끈끈하고 역겨운 솜털 뭉치를 문 채 양 입술이 딱 달라붙은 느낌이었다. 조금씩 안정을 찾으며 다시 잠들기를 바랐지만 잠은 오지 않고, 갈증은 덩치 큰 개가 짖는 소리만으로 작은 개를 굴복시키듯 그녀의 공포를 단번에 제압했다. 발레리나처럼 발끝을 쭉 뻗자, 벽에 밀어놓은 물통이 와 닿았다. 딱 한 모금만 마시면, 타는 듯한 목구멍의 갈증을 씻고 곤히 잠들 수 있을 텐데. 이럴 때 꼭 다른 이들의 동의를 구해야 하는 걸까? 아침이 오면, 제프가 살아남기 위해 반드시 해야 한다고 판단한 임무들을 해치워야 하고, 따라서 그들은 지금 휴식을 취해야 한다. 발목에 헝겊을 묶고 덩굴 밭을 헤집고 다녀야 할 것이다. 오줌을 증류하기 위해 구덩이도 파야 한다. 그런데도 아주 조금만 목을 축이는 것까지, 꼭 허락을 받아야 할까? 물론 그들은 아침이 될 때까지 물을 안 마시기로 의견을 모았다. 모두 잠자리에서 일어난 다음, 먹을 것과 물을 함께 나누기로 했다. 하지만 다른 이들은 곁에서 단잠에 빠지고, 자기만 입 안이 바싹 말라붙어 잠을 못 이룬 지금, 꼭 그럴 필요가 있을까?

그녀는 다시 일어나 앉아 텐트 뒤쪽을 유심히 보며, 어둠 속에서 물통을 찾아내려 애썼다. 보이지 않았다. 그곳에 쌓인 잡동사니들이 희미하게 보이기는 했지만, 어느 게 배낭이고 연장함이며 하이킹 부츠이고 플라스틱 물통인지는 영 구별되지 않았다. 하지만 발에 닿는 느낌으로는 구별이 가능했다. 발을 이용한다면 물통이 어디 있는지는 알 수 있었다. 60~70센티미터만 기어가면 손에 잡힐 게 뻔했다. 그러면 마개를 열고 물통을 입으로 가져가 고개를 젖히기만 하면 된다. 아수 조금만 마시는 건데, 그걸 탓할 사람이 있을까? 예를 들어 에릭이 지금 깨어나 한 모금만 마시게 해달라고 애걸한다면, 에이미는 전혀 갈증을 못 느끼는 상황이라고 해도 기꺼이 이해하고 내어줄 것이다. 다른 일행도 마찬가지 심정으로, 자기와 똑같은 관용을 베풀 거라고 확신했다. 지금 당장 그들을 깨워 허락을 구한다면, "당연하지. 그렇게 해"라고 할 게 틀림없다. 그런데 무엇 때문에 곤히 잠든 그들을 깨워야 하겠는가?

그녀는 소리를 내지 않으려고 조심해가며, 물통을 자세히 확인하기 위해 조금 더 가까이 다가갔다.

물론 에이미는 물을 훔쳐 먹으려는 게 아니었다. 절대, 단 한 모금도. 분량으로 치면 고작해야 얼마나 되겠는가? 그래도 도둑질은 도둑질이다. 제프가 아무리 계획을 잘 짠다 해도, 어차피 그들에게 남은 물은 많지 않았고, 그나마 더 얻을 방법도 막연했다. 따라서 다른 사람들이 잠든 사이에 아무리 조금이라도, 입술만 적실 만큼이라고 해도, 모두가 함께 나눠야 할 몫인 것만은 틀림없다. 에이미는 비행기 충돌, 난파, 머나먼 행성의 우주여행 등 재난 영화를 많이 보았다. 그때마다 두 눈을 부라리며 제 몫 챙기기에 급급한 이들이 꼭 등장했다. 다른 사람들은 간신히 목을 축일 때도, 홀로 게걸스레 들이켜는 부류이다. 그녀는 그런 인간은 되고 싶지 않았다. 오직 자기 욕구밖에 모르는 이기적인 인간. 일행은 잠들기 전에 물통을 돌려가며 각자 자기 분량을 마셨고, 그것으로 끝난 것이며, 아침이 올 때까지 참기로 모두 동의했다. 다른 이들이 참고 기다리는데, 왜 자기라고 그러지 못하겠는가?

그녀는 조금 더 바짝 다가갔다. 그저 물통을 눈으로 확인하고, 또는 만져보고 손으로 들고 무게를 가늠해보고 싶었을 뿐이다. 그런다고 무슨 해가 되겠는가? 그저 다시 잠드는 데 도움이 되기를 바라는 것뿐인데?

그런데 정확히 따지고 보자면, 그들이 진정 약속을 했다고 할 수 있을까? 토론을 거쳐 투표를 거친 게 아니었다. 그저 제프가 결정을 내린 다음 일행에게 선포했고, 나머지 일행은 너무 피곤한 나머지 고개를 끄덕이고 수락하는 수밖에 없었다. 에이미가 좀 더 휴식을 취한 후이거나 겁을 덜 먹은 상태였다면, 분명히 제 의견을 냈을 테고, 다른 일행도 더 마시자고 요구했을 것이다. 그들 역시 저마다 제 목소리를 내는 데 분분했을 게 틀림없다.

그래, 사실 그건 약속이라고 할 수도 없었던 것이다.

아침이 되면 모두 어떻게 할까? 다시 물통을 돌려가며 순서대로 마시겠지? 모두 정해진 분량만큼 마시는 것이다. 하지만 에이미는 지금 목이 마르므로, 다른 사람들보다 몇 시간 먼저 제 몫을 주장해도 되지 않을까? 이건 약탈이나 도둑질이 아니다. 자기 몫을 앞당겨서 취하는 것일 뿐. 아침에 자기 앞으로 물통이 왔을 때, 그저 고개를 휘휘 젓고는 밤에 목이 너무 말라서, 지독하게도 목이 말라서, 아침에 먹을 분량을 이미 마셨노라고 얘기하면 된다.

그녀가 조금 더 다가가자, 텐트 뒷벽에 뒤죽박죽 쌓아둔 물품들 틈에서 물통의 형태가 분명히 잡혔다. 이제 머리와 무릎을 좀 더 기울이고, 팔을 쭉 뻗어서 물통 손잡이를 잡기만 하면 되었다. 그녀는 한참이나 망설이며 그렇게 앉아 있었다. 머릿속에서는 다른 일행과 마찬가지로 아침까지 기다려야 하고, 아기처럼 굴어서는 안 된다며 갈등을 벌였지만, 어느새 그녀의 몸은 불쑥 물통을 향해 한층 다가가 손을 뻗어 들어 올려서는, 살며시 뚜껑을 열고 있었다. 누군가 소리치며 제지할까봐 두렵기라도 했는지, 에이미는 눈 깜짝할 사이에 후다닥 일을 벌였다. 물병을 입으로 가져가 조금 삼켰지만 간에 기별도 가지 않았고, 그녀는 물통을 더 높이 들어 목구멍으로 쏟아 부었다. 한참이나 꿀꺽대며 마시고 난 다음, 다시 한 번 들이켰고, 물은 그녀의 턱을 타고 흘러내렸다.

그녀는 물통을 내리고 손등으로 입을 훔쳤다. 그리고 마개를 도로 틀어 막으며, 어둠 속에 잠든 일행을 죄의식을 느끼며 바라보았다. 에릭과 스테이시는 깊이 잠들었다. 그런데 제프는 어둠 속에서 그녀를 응시하고 있었다. 그의 입에서 호된 질책이 떨어질 줄 예상했는데 그러지 않았다. 너무 어두워서 그가 눈을 떴다고 지레짐작한 것이라 여기면서도, 한편으로는 여전히 양심이 찔리는 걸 어쩔 수 없었다. 그런데 그 순간 제프가 고개를 내젓는 게 아닌가. 반감이라기보다는 나무라는 뜻으로 보였고, 그는 이내 등을 돌렸다.

에이미는 물통을 텐트 뒤쪽에 돌려놓고 제자리로 기어갔다.

"목이 말랐어."

그녀가 조그맣게 속삭였다. 울음을 터뜨리고 싶기도 하고 화도 치밀었다. 죄의식과 분노, 수치심이 한데 섞인 끔찍한 칵테일이었다. 한편으로는 편안하기도 했다. 어쨌든 목구멍과 뱃속에 물이 공급되었으므로.

제프는 아무런 대꾸도 하지 않았다. 입을 꾹 다물고 한마디도 하지 않았는데, 그게 거센 비난보다 더욱 에이미의 속을 긁어놓았다. 자신은 제프한테서 대꾸를 들을 만한 가치도 없는 존재라는 뜻 같았다.

"엿 먹어."

에이미는 큰 소리로, 제프가 충분히 알아듣도록 크게 외쳤다.

"알았니, 제프? 엿이나 먹으라고."

눈물이 흘러나왔지만 굳이 참을 생각도 나지 않았다.

"뭐라고?"

깊이 잠들었던 스테이시가 어리둥절한 얼굴로 물었다.

에이미는 아무 말도 하지 않았다. 웅크리고 누워 조그맣게 훌쩍거리며, 제프를 마구 때리고 어깨를 밀쳐버리고 싶었다. 또한 그가 다정한 목소리로 괜찮다고, 그녀가 잘못한 게 아무것도 없고, 다 이해하고 용서하니 잊으라고 말해주기를 바랐지만, 그는 등을 돌린 채 그대로 잠이 들어버렸다. 스테이시와 에릭까지도 자기만 어둠 속에 홀로 깨어 있도록 버려두었다고 생각하니, 뺨 위로 눈물이 주르륵 흘러내렸다.

태양이 떠올랐다. 에릭이 눈을 떴을 때, 제일 먼저 깨달은 것은 햇빛이 스며 들어와 나일론 텐트 안이 오렌지 빛으로 물든 것이었다. 벌써 날이 무더워 몸에 땀이 흐르고 입 안이 말랐는데, 그게 두 번째로 깨달은 사실이었다. 그는 머리를 들고 주변을 두리번거렸다. 옆에는 스테이시가 자고 있었다. 그녀 뒤에는 조그만 공처럼 몸을 바짝 웅크린 에이미가 보였다. 마티아스는 없었다. 제프도 마찬가지였다.

에릭은 일어나 앉을 생각을 해보았지만, 몹시 지친 데다 몸도 아팠다. 그는 고개를 내리고 다시 눈을 감고는, 머리에서부터 발끝까지 몸 여기저기서 느껴지는 다양한 통증들을 한동안 헤아려보았다. 입을 열고 닫을 때마다 아픈 걸 보니, 턱에 멍이 든 모양이다. 팔꿈치의 상처를 슬쩍 만져보니, 화끈화끈한 게 곪은 것 같았다. 허리 아랫부분이 뻣뻣해져서, 몸을 움직일 때마다 왼쪽 다리까지 저릴 정도였다. 무릎은 예상보다는 덜 다쳤는데, 실상은 마비 증세가 아닌가 싶기도 했다. 무릎을 구부리려고 해보았지만 다리는 꿈쩍도 하지 않았다. 마치 무릎 위에서 뭔가 찍어 누르고 있어, 텐트 바닥에 꼼짝 못 하고 붙박인 기분이었다. 그는 머리를 들어 제 몸을 내려다보았다. 덩굴이 밤사이에 놀랍도록 성장해 텐트 뒤쪽의 비품 더미에서 뻗어 나와, 그의 왼쪽 다리를 지나 왼쪽 옆구리는 물론 거의 허리까지 손을 뻗은 걸 볼 수 있었다.

"맙소사."

에릭의 입에서 신음이 터져 나왔다. 공포라기보다는 혐오에 가까운 신음이었다. 그는 일어나 앉아 몸에서 그 식물을 뜯어내려 했고, 바로 그때 파블로가 비명을 지르기 시작했다.

언덕 밑자락에 있던 제프는, 비명을 듣기에는 너무 멀리 떨어져 있었다. 그는 동트기 직전에 텐트에서 나가 플라스틱 병에 오줌을 누었다. 소변을 다 보고 나니, 병에 반이 넘게 차 있었다. 해가 뜨고 난 후에 구덩이를 파서, 모은 오줌을 증류해보아야 한다. 하지만 그게 효과가 있을지는 확실치 않았다. 아직도 뭔가 중요한 항목을 놓치고 있는 것 같아 찜찜했지만, 그래도 그 생각에 골몰한 덕에 두어 시간 동안은 굶주림과 목마름을 마음속에서 몰아낼 수 있었다.

그는 마개를 닫고 병을 땅에 도로 내려놓고는 조그만 오두막을 향해 걸어갔다. 마티아스가 숙소 곁에서 책상다리를 하고 앉았다가, 제프가 다가오는 걸 보고 고개를 끄덕이며 인사를 보냈다. 아직 날이 환해지지는 않았지만, 어둠은 벌써 물러갈 움직임을 보이고 있었다. 마티아스의 얼굴과 뺨에 난 거뭇한 수염이 제프의 눈에 들어왔다. 의식을 잃은 채 들것에 누운 파블로도 보였는데, 허리 아래는 침낭이 덮였고, 푹 꺼진 뺨과 그늘진 눈자위, 입이 헤벌어진 것만 보아도, 그가 얼마나 심한 부상을 입었는지 짐작할 수 있었다. 제프는 마티아스 옆에 주저앉았고, 두 사람은 한동안 말 없이 가만히 있었다. 제프는 상대방이 말을 꺼낼 때까지 늘 기다려주는 차분한 독일 청년이 마음에 들었다. 그는 함께 지내기가 수월한 사람이었다. 가식이라고는 없고, 그저 그의 행동이 곧 마음을 나타내는 타입이었다.

"상태가 되게 안 좋아 보인다, 그렇지?"

제프가 말했다.

마티아스의 시선이 천천히 파블로의 몸을 향해 움직이다가 그의 얼굴에서 멈췄다. 그러고는 고개를 끄덕였다.

제프는 손으로 머리를 쓱 쓸어 넘겼다. 머리카락에 얼마나 기름이 꼈는지, 손가락이 미끈거렸다. 몸에서는 쿰쿰한 쉰내가 확 풍겨 나왔다. 샤워를 했으면 좋겠다는 생각이 들자, 불쑥 어린아이처럼 왈칵 눈물이 쏟아질 것만 같았다. 어린 시절 갖은 애를 쓰고도 원하는 걸 얻지 못했을 때 느낀 절망과 똑같은 감정이었다. 하지만 이내 그러한 감정, 즉 갈망에서 벗어나, 자신이 바라는 것보다는, 지금 당장 처한 끔찍한 곤경에 대해 억지로 생각을 집중했다. 입은 마르고 혀는 부풀어 올랐다. 물통이 생각났지만 모두 잠자리에서 일어날 때까지는 기다리기로 했다. 거기에 생각이 미치자, 당연히 지난밤 에이미가 몰래 저지른 도둑질이 떠올랐다. 그녀하고 얘기를 해봐야 한다. 그래야 다시는 그런 짓을 저지르지 못할 테니까. 아니, 어쩌면 그대로 놔둬야 할지도 모른다. 그 절도 행각에 관해 에둘러 말할 방법을 궁리해보았지만, 몸은 더럽고 지치고 목이 마른 데다, 생각은 영 거기에 집중할 기색을 비치지 않았다. 아버지는 그런 상황에서는 설교를 늘어놓기보다는, 간단한 이야기로 능숙하게 교훈을 주곤 했다. 그래서 아버지가 말하고자 하는 교훈은, 늘 나중에야 깨닫곤 했다. *거짓말하지 말거라. 겁을 먹어도 괜찮단다. 상처를 받는다고 해도 옳은 행동을 하렴.* 물론 아버지는 지금 여기에 없고, 제프는 아버지를 닮지도 않았다. 아버지처럼 은근하게 말하는 법은 알지도 못했다. 그런데 아버지 생각이 떠오르자, 샤워하고는 비교도 안 될 정도로 부모님이 간절하게 그리워졌고, 그들이 나서서 이 상황을 바로잡아주기를 바랐다. 그는 현재 스물두 살이고 지금까지 삶의 10분의 9를 어린아이로 살아왔으므로, 아직도 그때 시절이 생생했다. 하지만 그때로 돌아갈 수 없다는 사실, 그것이 제프에게는 공포로 다가왔다. 어린아이가 되어 누가 나서서 구해주기를 바라는 게, 어른으로서 죽음을 맞는 것보다는 쉬워 보였다.

그는 입을 다물기로 결심했다. 에이미가 또 그런 짓을 할 때, 말을 꺼내보기로 했다.

그는 방수포를 구덩이에 씌워 오줌을 증류하자고 마티아스에게 제안했다. 헝겊을 발목에 묶어 이슬을 모으는 방법에 대해서도 이야기했다.

"지금이 딱 좋은 때일 거야. 해 뜨기 직전."

그가 말했다.

마티아스는 시선을 돌려 동쪽을 바라보았다. 흔히 알려진 대로 동트기 직전이 가장 어둡다는 말은 사실이 아니었다. 사방은 이미 더욱 환해져 하늘이 잿빛을 띠었지만, 아직 태양은 코빼기도 모습을 드러내지 않았다.

"다른 방법을 찾을 수도 있을 거야. 좀 더 기다려봐야 할 것 같기도 해. 일단 모두 잠을 자두는 게 좋아. 오늘 먹을 물은 충분하니까. 비도 내릴 거고."

마티아스는 설핏 고개를 끄덕이는 듯, 어깨를 약간 으쓱 움직이는 듯한 모호한 몸짓을 취하고는, 잠시 아무 대꾸도 하지 않았다. 제프는 파블로의 숨소리에 귀를 기울였다. 가래가 잔뜩 낀 거친 숨소리였다. 만일 병원이라면 항생제를 충분히 맞게 하고, 기도(氣道)의 이물질을 제거해주었을 텐데. 그만큼 그의 숨소리는 매우 불길하게 들렸다.

"표지판도 세워두어야겠어."

제프가 말했다.

"안전을 기하기 위해서지. 그리스 사람들이 여기까지 찾아왔을 때, 아무도 언덕에 발을 들여놓지 못하게 말이야. 해적 깃발 같은 걸 그려 넣어서."

마티아스는 아주 조그만 소리로 웃어댔다.

"너 꼭 독일 사람처럼 말한다."

"무슨 뜻이야?"

"쓸모가 될 만한 건, 뭐든지 해보려고 하잖아. 비록 아무 소용이 없더라도."

"표지판이 소용없을 것 같아?"

"어제 네가 이 언덕을 오를 때, 해골하고 뼈들을 보고 걸음을 멈추었니?"

제프는 쉽게 대꾸를 못 하고 이맛살을 찌푸렸다.

"그래도 해볼 만은 하지 않아? 그러니까 우리한테는 도움이 안 되었다고 해도, 다른 사람한테는 언덕에 오르지 않도록 막아주는 구실을 하지 않을까?"

마티아스가 다시 껄껄 웃었다.

"야, 헤어 제프(그래, 미스터 제프). 아무렴요. 표지판을 만들러 가시지요."

그는 손을 내저으며 말을 이었다.

"게엔(가). 가라고."

제프는 자리에서 일어나 길을 나섰다. 파란색 텐트에서 나온 물품들이 아직도 구덩이 옆에 뒹굴고 있었다. 배낭, 라디오, 카메라, 구급약 함, 원반, 비어 있는 캔, 스프링 노트들이었다. 제프는 배낭들을 뒤져서 검은 볼펜을 찾아냈다. 그것과 노트 한 권을 집어 들고, 언덕 정상을 지나 마티아스가 오두막을 짓고 남은 잔해들로 다가갔다. 여기에서는 접착테이프, 1미터짜리 알루미늄 기둥을 골랐다. 마티아스는 싱긋 웃으며 고개를 내젓고 그를 지켜보았지만, 아무 말도 하지 않았다. 어느새 날이 밝고 있었다. 태양이 곧 떠오를 거라는 걸, 제프는 알 수 있었다. 언덕길을 따라 내려가니 마야인들이 눈에 들어왔는데, 아직도 공터의 경계선에 불을 피웠고, 희붐한 어둠 속에서 깜박이는 불꽃이 어렴풋이 눈에 들어왔다.

언덕길을 반쯤 내려갔을 때 갑자기 대변이 급해졌다. 그것도 몹시 급하게. 그는 들고 온 모든 것들을 내려놓고, 덩굴 밭으로 들어가 재빨리 바지를 내렸다. 설사는 아니었지만, 금방이라도 쏟아져 나올 태세였다. 묽은 변이 뱀처럼 줄줄 빠져나와, 양발 사이에 쌓였다. 지독한 냄새 때문에 속이 울렁거렸다. 뒤를 닦을 게 필요했지만, 쓸 만한 게 떠오르지 않았다. 사방의 덩굴에 넓적하고 반짝이는 잎이 달리기는 했지만, 그걸 따내는 즉시 강한 산성을 띤 즙에 호되게 당할 게 뻔했다. 그는 바지를 발목에 건 채 엉거주춤한 자세로 언덕길로 비척비척 다가가, 노트 한 장을 떼어냈다. 그것을 뭉쳐 대충 구겼다. 텐트보다 낮은 위치에 변소도 만들어야겠다는 생각이 그때 들었다. 물론 바람 부는 쪽으로. 휴지 대용으로 노트도 한 권 비치해두고.

마침내 동이 텄다. 녹색 지평선 위로 짙은 핑크빛과 장밋빛이 떠오르는, 참으로 기묘한 광경이 펼쳐졌다. 제프는 뒤를 닦은 종이를 손에 쥐고 쪼그리고 앉은 채, 그 장면을 지켜보았다. 해는 지평선 위로 통통 튀어 올라오듯 순식간에 떠올랐다. 연노란빛으로 반짝이는 태양은 똑바로 보기 힘들 정도로 눈부셨다.

똥 더미 위에 흙을 차서 덮을 생각으로, 그는 다시 덩굴 밭으로 걸음을 옮기며 바지를 올리고 지퍼를 채우고 있었는데, 순간 손가락이 불에 덴 듯 화끈거렸다. 밝은 햇살 아래에서 그의 바지에 연두색 솜털들이 번진 게 훤히 보였다. 신발도 마찬가지였다. 덩굴이었다. 밤새 덩굴의 줄기가 그의 옷에 뿌리를 내린 것으로, 거의 투명에 가까운 반투명의 베일 같았다. 제프가 손으로 쓸어내자, 그것들이 한데 뭉쳐 즙이 스며 나와 손에 생채기를 냈다. 그는 한참이나 녹색의 솜털들을 바라보았지만, 뭘 어떻게 해야 할지 뚜렷이 떠오르는 게 없었다. 덩굴이 급속도로 자란다는 것은 매우 중대한 발견인 것 같기는 한데, 대체 그게 무슨 의미인지는 감이 잡히시 않있디. 더 이상 생각도 나지 않고 따라서 결론을 내릴 수도 없어, 마침내 포기하기로 했다. 그는 시선을 거두고 그날의 일과를 계속하기로 했다. 뒤를 닦은 종이 뭉치를 조그만 똥 더미를 향해 던졌다. 그런데 흙이 너무 단단하고 건조하게 굳어 있어, 발로 차 덮기에는 역부족이었다. 그는 쪼그리고 앉아 돌로 흙을 잘게 바쉈고, 그러는 틈에 어느덧 온몸에서 땀이 솟아올랐다. 연노란색의 한 줌 흙을 자기가 만들어놓은 오물 더미에 뿌렸다. 대충 가려지고 냄새까지 묻혔으니, 그만하면 충분했다.

그러고는 언덕길로 돌아가 테이프와 펜, 노트와 알루미늄 기둥을 집어

들었다. 그가 막 길을 내려가려던 순간, 문득 떠오른 생각에 다시 발길을 멈추었다. 파리들이 있어야 하는데. 왜 파리가 날아들지 않을까? 그는 다시 쪼그리고 앉아 그 점을 곰곰 생각하며 반쯤 덮인 똥 더미를 쳐다보았다. 뒤늦게나마 곤충들이 윙윙대며 떼 지어 나타나기를 기다렸다. 하지만 놈들은 나타나지 않았고, 그의 머릿속에는 생각에 생각들이 순식간에 이어졌다. 마치 책상을 뒤지는 도둑이 서랍째 홱 빼내서, 그 안에 든 것들을 바닥에 엎어버릴 때처럼 초조하고 성급하게.

여기서만 그런 게 아니고, 파블로한테도 마찬가지였어. 파리 떼가 그의 냄새를 맡고 공중에서 맴돌며, 그의 살갗을 기어 다녀야 했어.

모기들도.

각다귀들도.

그것들이 다 어디에 간 거지? 아마 새들 때문일 거야. 새들이 곤충들을 죄다 먹어치웠을 거야.

제프는 생각했다.

그는 우뚝 서서 언덕 능선을 바라보며, 새가 있는지, 울음소리가 나는지 귀를 기울였다. 지금쯤이면 잠에서 깬 공중을 날아다니며 새 아침을 맞아야 할 텐데. 그런데 아무 흔적도 없었다. 아무런 움직임도, 아무런 소리도. 파리도, 모기도, 각다귀도 없고 새들도 없었다.

새똥. 그 생각이 떠오르자 얼른 주변에 널린 덩굴의 선홍색 꽃, 납작한 손 모양의 잎사귀를 뚫어지게 쳐다보며, 흰색 혹은 노란색의 새똥이 떨어져 있지 않은지 살폈다.

새들은 땅속의 은신처에 똥을 누고는, 부리로 흙을 끌어다 덮어 은폐를 해두었는지도 모르겠다. 그런 습성을 가진 새들에 관해 읽은 기억이 났다. 깃털과 발톱이 흙빛에 부리가 구부러진 모습이었다. 하지만 똥이 묻혔을 만한 구멍이나 그 입구 따위는 전혀 보이지 않았다.

발치의 자갈들이 눈에 들어왔다. 완벽한 구형에 블루베리만 한 크기였는데, 제프는 주저앉아 그걸 주워 입 안에 넣었다. 전에 책에서 보았던 내용이다. 사막에서 조난당한 사람들이 갈증을 저지하기 위해 조그만 돌멩이를 빨아 먹는다고 했다. 돌멩이에서는 얼얼한 맛이 났는데, 예상보다 독했다. 하마터면 뱉어낼 뻔했지만 꾹 참고, 혀로 조그만 돌멩이를 아랫입술로 밀어내 마치 담배 파이프를 문 것처럼 되었다.

입으로 말고 코로 숨을 쉬도록 해야 한다. 그렇게 하면 수분을 덜 빼앗길 수 있다.

꼭 필요한 경우를 제외하고 대화는 삼가야 한다.

지면에서 최소한 30센티미터 간격을 유지하고 그늘에 앉아야 한다. 지면은 방열체와 같은 역할을 해서 체력을 고갈시키기 때문이다.

또 뭐가 있더라? 기억해야 할 것, 곰곰 따져보아야 할 것은 너무 많은데, 도와줄 이는 아무도 없었다.

지난밤 새들이 우는 소리를 제프는 들었다. 분명히 들었다고 장담할 수 있다. 그는 언덕 경사면을 성큼성큼 내려가 새들의 은신처를 찾아보고 싶었지만, 지금은 신경 쓸 일이 아니었다. 일단 표지판을 만들어야 했다. 그런 다음 텐트로 돌아가, 그날 분량의 물과 음식을 나눠 먹을 것이다. 그다음에는 오줌을 증류할 구덩이와 변소를 만든다. 그러자면 본격적으로 더워지기 전에, 땅 파는 작업을 마쳐야 할 것이다. 그런 연후에야 새와 새알을 수색하고, 덫을 놓는 일이 가능할 터이다. 한꺼번에 덤벼들어 혼란에 빠지지 않는 게 가장 중요하다. 일단 한 가지 과제를 마친 후에, 그다음 과제에 착수한다. 이것이 일행 모두 지켜야 할 작업 규칙이었다.

그는 언덕길을 따라 걸음을 놓기 시작했다.

마야인들은 그가 언덕 밑자락까지 내려오기를 기다리고 있었는데, 모두 네 명으로 남자 셋에 여자 하나였다. 그들은 아직 연기를 뿜어내는 모닥불 곁에 웅크리고 앉아 있었다. 그가 접근하는 걸 지켜보던 사내들이, 제프가 언덕 밑자락에 가까워오자 자리에서 일어나며 무기를 향해 손을 뻗었다. 그들 중 하나는 처음에 제프와 일행을 제지하려고 했던 대머리 사내로, 손에는 가죽 케이스가 달린 권총을 들고 있었다. 총 든 손을 느긋하게 내려뜨리고 있었지만, 언제든지 들어 올려 발사하겠다는 태세였다. 그의 두 동료들도 활과 화살을 느긋하게 들고 있었다. 빽빽한 숲이 시작되는 지점에 마야인 여섯 명이 더 있는 게, 제프의 눈에 들어왔다. 담요를 둘둘 말고 밀짚모자를 얼굴에 덮은 채, 잠을 자고 있었다. 그들 중 하나가 마치 제프의 접근을 눈치라도 챈 듯, 잠에서 부스스 깨어났다. 그는 옆에 자던 사내를 흔들어 깨우고, 둘 모두 일어나 앉아 제프를 응시했다.

제프는 언덕길이 시작되는 지점에서 걸음을 멈추고, 손에 든 걸 모두 내려놓았다. 그리고 마야인들에게 등을 돌린 채 주저앉았다. 순간 무시무시한 공포가 확 밀려들었다. 그들 손에 들린 활이 일제히 들어 올려지고, 화살이 소리도 없이 날아드는 게 눈에 훤히 보이는 듯했지만, 그런 자세를 취하는 게 마야인들에게 훨씬 덜 위협적으로 보일 거라고 계산했다. 그는 노트 뒤쪽에서 빈 장을 하나 뜯어내고, 펜 뚜껑을 열어 첫 번째 표지판을 적었다. 최대한 굵은 글씨로 썼다.

그는 노트를 또 한 장 뜯어내고, 그 위에 'SOS'라고 썼다.

세 번째 장에는 'HELP'라고 썼다.

네 번째 장에는 'DANGER'라고 썼다.

그는 소프트볼 공 크기의 돌멩이를 흙바닥에서 파내고, 그 자리에 알루미늄 기둥을 박았다. 공터의 오른쪽 한 귀퉁이, 바로 언덕길이 시작되는 지점이었다. 그러고는 마야인들의 반응을 살피기 위해 마침내 시선을 돌렸다. 숲이 시작되는 지점에 있던 두 남자는 다시 얼굴에 모자를 덮고 벌렁 누웠고, 모닥불 곁에 있던 여자는 제프에게서 등을 돌리고 있었다. 왼손으로는 타다 남은 재를 흩어내고, 오른손으로는 금속 삼각대 위에 조그만 단지를 올리는 걸 보고, 제프는 아침을 짓는다고 여겼다. 다른 세 남자는 여전히 그를 바라보았지만, 아까보다 더욱 무심한 듯한 태도였다. 어떻게 보면 미소를 짓는 것 같기도 해서, 꽤나 기분이 좋은 듯 보였다. 아니면 조롱을 하고 있는 것은 아닐까? 제프는 돌멩이로 알루미늄 기둥을 몇 번 더 쾅쾅 두들겨 박았다. 버스 시간을 놓쳐서 저녁나절에야 그리스인들이 도착할 경우, 표지판을 알아보지 못할 수도 있지만 지금은 이 정도로 만족해야 했다. 그들이 예상보다 빨리 당도했을 경우를 위한 대책으로서. 자동차를 얻어 타거나, 아예 렌트해서 올 수도 있기 때문이다.

제프는 펜과 수첩, 테이프를 다시 주워 들고 막 언덕길을 오르려다가 마음을 바꿨다. 소지품을 도로 내려놓고서, 다급하면서도 한편으로는 조심스레 양손을 들어 올리며 공터로 걸음을 옮겼다. 마야인들이 무기를 들어 올렸다. 제프는 오른쪽을 가리키면서, 공터의 가장자리를 따라 걸어서 덩굴 밭에 접근하고 싶다, 즉 절대 달아나려는 게 아니라는 뜻을 전달하려고 애썼다. 마야인들은 여전히 활시위를 겨누고, 권총을 그의 가슴팍을 향해 조준한 채, 예의 주시했지만, 아무 말도 하지 않고 그를 제지하려는 움직임도 보이지 않았다. 그걸로 제프는 허락의 뜻으로 받아들이기로 했다. 그는 언덕 밑자락을 따라 천천히 걸음을 뗐다.

마야인들은 잠시 언덕길을 향한 감시망을 비우고, 그를 따라 걸음을 옮겼다. 10여 미터쯤 가고 나자, 권총을 든 남자가 뒤에 남은 여자를 향해 소리쳤고, 그녀는 음식을 만들다 말고 잠을 자던 사내 하나를 발로 툭 건드렸다. 그는 눈을 비비며 일어나 앉았다. 그러고는 한동안 제프를 쳐다보다가 자던 동료를 깨웠다. 그 둘이 일어나 화살을 손에 쥐고는, 잠이 덜 깨 비틀거리는 걸음으로 경계용 모닥불을 향해 다가갔다.

제프는 공터 가장자리를 따라 계속 걸었고, 마야인들도 여전히 무기를 겨눈 채 뒤를 밟았다. 그의 마음속에는 여러 생각들이 어지럽게 뛰놀기 시작했다. 변소, 오줌 증류할 구덩이, 물을 훔쳐 먹은 에이미. 그리스인들에게 표지판이 별 도움이 되지 않는다면, 즉 그걸 못 보면 어떻게 할까? 하늘을 보니 연한 파란색에 구름 한 점 없었고, 과연 오후에 날이 흐려질지, 늘 그랬듯이 짧고 강렬하게 소나기가 퍼부어줄지 의심이 들었다. 어떻게 된 일인지, 어제는 소나기를 볼 수 없었다. 비가 내리기만 했다면, 어떻게 해서든지 빗물을 받아두려고 했을 것이다. 하지만 파란색 텐트의 잔해를 이용해 거대한 나일론 깔때기를 만든다고 한들, 그 물을 다 어디에 담아두었을까? 저장해둘 데가 없는데, 빗물을 받는다는 것은 말이 안 된다. 따라서 보관할 만한 통, 병, 단지가 필요하다. 허리 높이까지 차오른 덩굴 둔덕이 처음 시야에 들어왔을 때, 그는 바로 그 문제에 골몰하던 참이었고, 그때서야 무엇을 찾기 위해 공터 가장자리를 따라 걸어왔는지를 깨달았다. 스스로 인정할 틈도 없이, 그는 처음부터 무엇을 찾아낼지 이미 알고 있었던 것이다.

덩굴 둔덕은 공터를 향해 3미터쯤 뻗어 있어, 거무스름한 불모지 한가운데에 자리한 조그만 섬 같았다. 제프는 둔덕에서 아직 몇 미터쯤은 떨어져 있었고, 조금은 겁이 나서 그냥 돌아갈까 싶기도 했다. 하지만 안 된다. 그게 무엇인지를 안다고 해도, 이미 확신하고 있다고 해도, 그래도 일단 눈으로 보아야만 했다. 둔덕을 향해 다가간 그는 후다닥 쪼그려 앉고는, 덩굴 밭을 헤치기 시작했다. 덩굴 즙 때문에 손바닥에 화상을 입고서야, 그 위험성을 떠올렸다. 그때는 이미 덩굴에 반쯤 가렸던 형체를 발견한 뒤였고, 그는 동작을 멈추고, 흙으로 손을 훔쳐냈다.

또 다른 시체였다.

제프는 자리에서 일어나, 남은 덩굴들을 발로 걷어냈다. 여자였다. 헨리히가 해변에서 만났다던 그 여인일 것 같았다. 그 미모에 매혹당해 헨리히

또한 죽음으로 끌려 들어가야 했다. 짙은 금발 머리가 어깨 길이까지 내려 왔지만, 그것 말고는 뭐라 표현할 길이 막막했다. 살점이란 살점은 거의 사라진 뒤였기 때문이다. 그녀의 얼굴은 멀거니 응시하는 해골로 남아 있었다. 옷 역시 온데간데없었다. 뼈대와 머리카락 위에 미라화된 살점 몇 조각만 남았고, 손목이 있던 자리에는 변색된 은팔찌가 걸렸으며, 텅 빈 골반에는 벨트 버클, 지퍼, 그리고 구리 단추가 남아 있었다. 물론 헨리히의 연인이 아닐 수도 있었다. 시신의 상태가 한참 전의 것이었기 때문이다. 그 정도의 분해가 이런 기후에서 이루어지자면, 몇 달은 걸려야 했다. 아니, 그게 아닐지도 모른다는 생각이 제프는 문득 들었다. 덩굴을 좀 더 치우고 세심하게 시신을 살펴보았다. 어쩌면 이 짓을 해놓은 존재, 즉 살 점을 갉아먹고 양분을 다 먹어치운 것은 그 식물일지도 모른다.

마야인들은 6, 7미터쯤 떨어진 자리에서 그를 주시했다.

제프가 덩굴을 좀 더 걷어내려고 하자, 시신의 왼팔이 스르르 딸려 나 오다가 덜거덕 소리를 내며 바닥에 나뒹굴었다. 덩굴은 땅에 뿌리를 박지 않고도 성장한다는 걸, 그때 그는 깨달았다. 그것이 뼈에 달라붙어 자라 고 있었기 때문이다. 그걸 보며 한동안 생각에 잠겼던 제프는, 공터의 비 밀로 생각이 이어졌다. 마야인들은 어떻게 이 식물이 자기들에게 접근하 지 못하도록 만든 걸까? 덩굴은 굉장한 속도로 성장한다. 단 하룻밤 사이 에 그의 옷과 신에 뿌리를 내렸다. 하지만 그가 밟고 선 지면은 깨끗하기 만 했다. 그는 흙 한 줌을 집어 들고 자세히 들여다보았다. 검고 기름져 보이는 흙에는 하얀 크리스털 같은 게 점점이 섞여 있었다. 소금이군. 그 는 혀끝으로 맛을 보고 더욱 확신에 이르렀다. 그들은 소금을 뿌려두었던 거야.

파블로가 비명을 지르기 시작한 것은 바로 그때였다. 하지만 먼 거리라 서 제프의 귀에는 아무것도 들리지 않았다.

그는 일어나 흙을 털어내고는 계속 걸음을 옮겼다. 세 길동무들도 그 뒤를 따랐다. 제프 뒤에는 세 사내가 있고, 그들 뒤로는 숲이 시작되는 지점에 또 다른 마야인들이 대기하고 있었다. 조금 더 가자 또 다른 경계용 모닥불이 보였고, 거기에서도 여섯 명의 마야인들이 옹기종기 모여 아침을 먹는 중이었다. 그들은 제프가 접근하자 움직임을 멈추고, 음식 접시를 무릎에 내려놓았다. 그들의 음식이 보이고 냄새도 났다. 닭고기, 토마토, 쌀을 넣은 스튜의 일종 같았는데, 그제 밤부터 굶주린 제프의 위장이 굶주림에 죄어들었다. 그는 그들에게 무릎을 꿇고 양 손바닥을 내밀며 애걸하고 싶은 걸 간신히 참았지만, 머릿속은 여전히 음식 생각으로 가득 찼다. 자갈을 문 입 안으로 계속 흙먼지를 삼키며, 그는 걸음을 이어갔다.

또 다른 둔덕이 눈에 들어왔다.

그 앞에 쪼그리고 앉아 조심스럽게 덩굴을 걷어냈다.

또 시체였다.

이번 것은 금발 여자보다 크기가 훨씬 쪼그라들긴 했지만, 왠지 남자일 것 같았다. 뼈대라는 명칭에는 더 이상 관심을 두고 싶지 않은 듯, 뼈들은 엉성하게 쌓여 있었다. 무엇보다 두개골의 크기로 보아 남성인 게 틀림없다고 제프는 추측했다. 웬만한 상자하고 맞먹을 만큼 컸다. 꽃이 핀 덩굴한 줄기가 오른쪽 안구로 뻗어 들어가 왼쪽에서 비어져 나왔다. 여기서도 남자의 바지 단추와, 가느다란 벌레 같은 지퍼가 나왔다. 철테 안경, 플라스틱 머리빗, 열쇠 꾸러미도 나왔다. 화살촉 세 개도 나왔는데 화살대는 보이지 않았다. 이어서 뼈 더미 속에 가려져 잘 보이지 않던, 신용카드 몇 장과 여권이 나왔다. 당연히 지갑에 담겼던 소지품일 테지만, 지갑이 흔적조차 보이지 않는 걸로 보아, 가죽 제품이었을 거라고 제프는 짐작했다. 남은 것이라고는 비유기 물질, 즉 금속, 플라스틱, 유리 같은 합성물질뿐으로, 이미 다 먹히고 난 뒤였다. 먹어치운다. 그것이야말로 여기에 딱 어울리는 어휘였다. 이런 짓을 해놓은 정체는 꽃을 피우는 덩굴이었다. 녹이 슬게 한다거나 부패시키는 소극적인 힘이 아닌, 적극적인 힘을 가진 존재라는 걸 제프는 깨달았다.

그는 시신 앞에 쪼그리고 앉아 여권을 열어보았다. 이름은 시스 스틴캄프, 네덜란드 국적이었다. 그 안의 사진에서 이마가 넓고 옅은 금발에 무뚝뚝해 보이기도 하고, 어쩌면 우울해 보이기도 하는 얼굴이 그를 바라보았다. 1951년 11월 11일 로쳄이라는 도시 출생이었다. 제프가 시선을 들어 올리자, 세 마야인들이 그를 바라보고 있었다. 물론 그들이 화살을 날려 이 남자를 살해한 당사자들일 수도 있다. 제프는 여권을 그들 앞에 내밀고, 시스 스틴캄프의 사진을 내보이며, 이제는 살해당해 시신이 된 채 너무나 처연하게 세상을 바라보는, 어떻게 보면 소 같기도 한 그의 커다란 눈망울을 보여주고픈 충동이 일어났다. 하지만 그것은 중요한 게 아니었고, 그래봐야 바뀔 것은 아무 것도 없다는 걸 그는 잘 알고 있었다. 이곳에서 무슨 일이 벌어졌는지, 어떤 이유로 그렇게 되었는지, 어떤 힘들이 작용하고 있는지를 제프는 파악하기 시작했다. 죄책감, 동정, 연민 따위는 아무 상관이 없었다. 이자들에게 죽은 사람의 사진 따위는 아무런 의미도 없을 것이고, 하물며 동정은 기대도 할 수 없다는 걸 제프는 점차 깨달아갔다. 마야인들 뒤로 5, 6미터 떨어진 거리에서 구름같이 모여든 각다귀 떼가, 시나브로 다가오는 보이지 않는 어떤 힘을 막아보기라도 하려는 듯, 정글의 시작 지점에서 허공을 맴돌며 웽웽거렸다. 물론 그것 역시 제프의 바람일 뿐이었다.

그는 여권을 주머니에 찔러 넣고 계속 걸음을 옮겼고, 마야인 세 명도 아무 말 없이 그 뒤를 따랐다. 또 다른 경계용 모닥불이 나타났고, 모두 제프의 접근에 움직임을 멈추고는, 터덜터덜 걸음을 놓는 그를 지켜보았다. 언덕 밑자락을 도는 데는 거의 한 시간이 걸렸고, 일주를 마치기까지 다섯 개의 둔덕을 더 찾아냈다. 그렇다고 달라질 건 없었다. 뼈, 단추, 지퍼들. 안경 두 개. 미국, 에스파냐, 벨기에 국적의 여권이 세 개 나왔다. 결혼반지 네 개, 귀고리 몇 점, 목걸이 하나. 화살촉이 좀 더 나왔고, 총알도 한 줌 나왔는데 뼈에 부딪혀 납작하게 눌린 형태였다. 물론 헨리히의 무덤도 발견했지만, 처음에는 그의 시신이라는 걸 알아볼 수가 없었다. 시신은 똑같은 곳에 있었지만, 밤사이에 눈에 띄게 달라져 있었다. 살점은 완전히 사라지고, 옷가지들도 거의 사라졌다. 덩굴이 먹어치운 것이다.

제프는 이제야 알 수 있었다. 아니, 겨우 알기 시작한 것인지도 모른다. 언덕 밑자락 일주를 마치고 언덕길의 시작 지점에 돌아왔을 때에야, 그들 일행이 어떤 국면에 처했는지를 제대로 보여주는 증거와 드디어 맞닥뜨렸기 때문이다.

그가 만든 표지판이 사라진 것이다.

처음에 제프는 마야인들이 표지판들을 넘어뜨렸다고 생각했지만, 그건 지금껏 보아온 그들의 행동과 어울리지 않았다. 그는 한동안 그 자리에 선 채, 다른 가능성을 찾아보았다. 자신이 땅속에 구멍을 팠던 자리를 찾아보니, 망치 대용으로 사용했던 돌, 수첩, 펜, 테이프를 볼 수 있었다. 하지만 표지판은 어디에도 없었다.

막 포기하려던 순간, 그는 언덕길에서 옆으로 1미터쯤 떨어진 곳에서 덩굴 밑에 묻힌 금속 물질이 반짝이는 걸 발견했다. 그쪽으로 다가가 웅크리고 앉아, 양손으로 무릎 아래까지 차오른 덩굴을 헤쳐보았다. 태양열 때문에 아직도 따끈한 열기를 품은 알루미늄 기둥이었다. 덩굴이 얼마나 기둥을 꽉 조이는지, 제프는 그걸 떼어내느라 애를 먹어야 했다. 표지판에 붙었던 테이프는 갈가리 찢겨 너덜거렸다. 덩굴이 이미 종이를 분해해 먹어치우는 중이었다. 하지만 그때까지도 제프는 덩굴로 뒤덮인 언덕 너머의 세상 방식, 곧 이전의 논리에 여전히 집착하고 있었다. 그때까지도 마야인들이 기둥에 돌을 던져서 넘어뜨린 것이라고 여겼던 것이다. 그런데 그때 덩굴이 빽빽하게 휘감긴, 검게 변색한 금속 물체가 그의 눈에 들어왔다. 그것을 발로 차내서 길로 끌어냈다. 가로 세로 30센티미터 크기에, 8센티미터 깊이의 프라이팬이었다. 누군가 검댕이 두껍게 낀 바닥을 뭉툭한 도구로 파서, 단어 하나를 아로새겨놓았다.

펠리그로!

제프는 그 말의 뜻을 곱씹으며 한참이나 서 있었다.

위험.

날은 계속 더워지고 있었다. 모자를 텐트에 두고 와서, 태양이 목과 얼굴을 태우는 게 느껴졌다. 갈증의 정도도 전과 달라졌다. 이제는 단순히 물이 마시고픈 게 아니라, 고통이 가중돼 몸에 치명적인 위험이 될 것 같은 기분이 들었다. 입 안에 넣었던 돌멩이는 이와 같은 갈증을 이기는 데 아무 소용이 없어 뱉어버렸다. 그때 조그만 돌멩이가 덩굴 밭에 떨어지는 순간 덩굴이 풀썩하며 들썩였고, 그는 화들짝 놀랐다. 어떤 형체가 돌멩이를 향해 뱀처럼 날래게 달려드는 걸 제프는 분명히 볼 수 있었지만, 그야말로 눈 깜짝할 사이에 일어난 움직임이었다.

새들이야. 그는 생각했다.

하지만 그게 새일 리가 없다는 것은, 그도 잘 알고 있었다. 지난밤 그 새소리가 어디에서 난 것인지를 아직 파악하지 못했지만, 그는 언덕배기에 새는 전혀 없다는 걸 이미 깨달은 뒤였다. 새도 파리도 모기도 각다귀도 없었다. 그는 몸을 숙여 또 다른 돌멩이를 집어 들고, 자기 옆의 덩굴이 우거진 데를 향해 던져 넣었다. 또다시 순간적으로 풀썩 튀는 움직임이 있었고, 이제 제프는 그게 무엇인지, 또한 자기 표지판을 무엇이 여기까지 끌어왔는지를 깨달았고, 그 깨달음에 욕지기가 올라올 것만 같았다.

그는 다시 자갈을 던졌다. 이번에는 아무런 움직임이 없고, 제프도 그걸 알 수 있었다. 그가 예상하던 그대로였다. 그런 현상이 계속 일어난다면 단순히 반사적인 반응일 수 있지만, 이번의 반응으로 볼 때 그것은 분명히 아니었다.

그는 몸을 돌려 마야인들을 바라보았는데, 그들은 공터 한가운데에 서서 그를 마주보며 마침내 무기를 내려놓았다. 그들은 눈앞의 광경에 다소 싫증이 난 듯 보였고, 제프는 그것 또한 눈치 챌 수 있었다. 결국 마야인들이 처음 경험하는 이상 현상은 전혀 없었다는 뜻이 되었다. 표지판, 언덕 순찰, 시체 발견, 그가 갇힌 세상이 어떤 곳인지 서서히 깨달아가는 것까지, 그 모든 걸 마야인들은 전에도 이미 목격했던 것이다. 그것뿐만이 아니다. 그들은 아마 앞으로 어떤 일이 이어질지도 훤히 내다보고 있어, 언어만 통한다면 앞으로 상황이 어떻게 전개되고, 그들은 어떤 행동을 시작해서 어떻게 마감할지를 그에게 들려줄 수도 있을 것이다. 자신이 발견한 모든 사실을 일행에게 알리기 위해 언덕길을 거슬러 올라가는 제프의 머릿속에는, 내내 그런 생각들이 가득 차올랐다.

스테이시는 비명 소리에 눈을 떴다. 에릭이 바로 곁에서 몹시 힘겨운 듯 인상을 찌푸리고 있어, 방금 들은 비명 소리가 그의 것이 아니라는 걸 깨닫기까지 한동안 시간이 흘러야 했다. 그 소리는 밖에서 났다. 파블로이다. 파블로가 비명을 지르고 있다. 하지만 에릭도 뭔가 심상치 않았다. 그는 팔꿈치로 바닥을 짚고 윗몸을 일으킨 자세로, 제 다리를 물끄러미 바라보고 발버둥을 치며 말했다.

"이런 젠장, 미치겠네."

그는 그 말만 되풀이했고 파블로는 계속 비명을 질러대는 통에, 스테이시는 대체 무슨 일인지를 파악할 수가 없었다. 에이미도 그녀 맞은편에서 이제 막 잠에서 깨어나 어리둥절한 표정을 지었는데, 스테이시는 자기보다 훨씬 넋이 나간 얼굴 같다고 여겼다.

텐트에는 세 명이 남아 있었다. 제프나 마티아스는 보이지 않았다.

에릭의 왼팔에는 덩굴이 뒤덮여 있었다.

"그게 뭐야? 이렇게 된 거야?"

스테이시가 말했다.

에릭은 아무 말도 들리지 않는 모양이었다. 그는 기대앉은 자세에서 몸을 앞으로 기울이고는, 덩굴을 뜯어내기 시작했다. 덩굴 잎들이 뜯겨나가고 즙이 터져 나와 결국 그의 손은 화상을 입었고, 그를 돕던 스테이시도 화상을 입었다. 덩굴은 그의 왼쪽 다리를 감고 사타구니를 향해 뻗어 있었다. 전날 밤 자기 손으로 했던 일을 떠올리며, 스테이시는 그의 정액 때문일 거라고 생각했다. *그의 정액에 이끌린 거야.* 그건 사실이었다. 즉, 덩굴은 에릭의 왼쪽 다리뿐만 아니라 그의 성기, 고환까지도 뒤덮고 있었기 때문이다. 에릭은 덩굴에서 벗어나려고 이제는 아예 마구 뜯어냈고, 그러면서 "오, 이런 젠장, 미치겠네……" 이 말만을 계속 되뇌었다.

텐트 바닥이 울리는 것 같을 정도로 파블로의 비명 소리는 더욱 커졌다. 마티아스까지 고함치는 게, 스테이시의 귀에도 들렸다. 자신들을 부르는 것 같았지만, 덩굴을 뜯는 데 정신이 팔려 그 말에 집중하지 못하고 어렴풋이 귓전에 맴돌았다. 그러는 사이에 그녀의 손은 화상을 입어 살갗이 벗어지고 몹시 쓰라렸는데, 실제로 손끝에서는 피가 흐르기 시작했다. 에이미가 벌떡 일어나 입구로 달려가더니, 지퍼를 열고 바깥으로 나갔다. 그녀가 열어둔 입구 너머로 햇살과 열기가 흠뻑 쏟아져 들어갔고, 그 순간 스테이시는 이 혼란스런 와중에 돌연 갈증을 느꼈다. 입 안이 바싹 말라 목구멍이 붓고 갈라졌다.

꼭 에릭의 정액 때문만은 아니라는 걸, 그때 스테이시는 깨달았다. 피 때문이기도 했다. 덩굴은 상처 난 그의 무릎에 거머리처럼 악착같이 달라붙어 있었다.

그때 텐트 밖에서 울부짖던 파블로가 돌연 비명을 멈추었다.

"그게 내 안에 있어. 오, 이런! 망할 게 내 안에 있어."

에릭이 말했다.

사실이었다. 덩굴이 그의 상처까지 뻗어나가, 그 안으로 비집고 들어간 것이다. 스테이시는 그의 피부 밑으로 덩굴손이 들어간 걸 볼 수 있었다. 공포에 휩싸인 에릭이 서둘러 휙 뽑아내려다가, 오히려 그게 중간에 뚝 끊어져 더 많은 즙이 흘러나와 화상을 입혔고, 피부 밑의 덩굴손은 그대로 남겨두고 말았다.

에릭이 고함을 치기 시작했다. 처음에는 비명에 불과했지만 이내 말소리가 되어 흘러나왔다.

"나이프를 가져와!"

그가 외쳤다.

스테이시는 너무 놀란 나머지 꼼짝도 하지 못했다. 덩굴은 그의 피부를 뚫고 들어가고 있다. 그게 움직이고 있다는 말인가?

"망할 나이프 가져오라고!"

에릭이 비명을 질렀다.

그녀는 벌떡 일어나 텐트 입구를 향해 후다닥 움직였다.

✿

에이미는 스테이시보다 조금 늦게 잠에서 깨어났다. 에릭에게 무슨 일이 벌어진 것인지, 그녀는 알 수가 없었다. 파블로의 비명 소리가 너무 커서 도무지 집중할 수가 없었다. 게다가 마티아스가 텐트 안의 그들의 향해 고함을 쳤고, 에릭과 스테이시는 무슨 이유에서인지 아무 대꾸도 하지 않았다. 두 사람은 몸부림을 치고 있었는데, 어떻게 보면 레슬링을 벌이는 것 같기도 했다. 에이미는 도무지 알 수가 없었다. 잠이 덜 달아나 머릿속이 개운하지 않았다. 그래도 파블로가 계속 비명을 질러대는 것, 일단 그게 급선무 같았다. 그녀는 밖에 무슨 일이 생겼는지 보려고, 벌떡 일어나 텐트 입구로 뛰어나갔다. 고통에 찬 비명은 멈출 기미가 보이지 않았지만, 에이미는 그것 때문에 불안하지는 않았다. 파블로는 허리가 부러진 것이다. 그런데 어떻게 비명이 터지지 않겠는가? 시간이 좀 걸릴 테지만, 전날 밤에 그랬듯이 결국 그는 안정되고 다시 잠에 빠져 들 것이다.

바깥에 나온 그녀는 한동안 눈부신 햇살 때문에 눈을 깜박이며 서 있었다. 머리가 핑 돌고 현기증이 일어나, 선글라스를 찾으러 막 텐트로 돌아가려던 참이었다. 그때 마티아스가 공포에 질린 얼굴로 그녀를 향해 시선을 돌렸다. 순간 어떤 손이 그녀를 붙들고 마구 흔드는 것만 같았다. 머리카락이 쭈뼛 서는 공포가 밀려들었다.

"도와줘!"

마티아스가 외쳤다. 그는 들것에 누운 그리스 청년의 다리 곁에 웅크리고 앉아, 고통에 찬 비명 소리에 파묻히지 않도록 더 큰 소리로 외쳤다.

에이미는 서둘러 그를 향해 걸음을 옮기기는 했지만, 파블로 쪽으로는 제대로 시선을 던지지 못하고 보는 둥 마는 둥 미적거렸다. 침낭은 마티아스 옆에 한데 뭉쳐 구겨져 있고, 파블로의 허리 아래는 완전히 발가벗겨진 상태였다. 오, 이런! 그는 벌거벗은 게 아니라 무엇인가를 입고 있었다. 그의 두 다리가 꽃이 핀 덩굴에 완전히 뒤덮였는데, 너무나 무성하게 덮여 있어 마치 초록 덩굴로 된 바지라도 걸친 것처럼 보였다. 허리에서 발까지 단 1인치의 살갗도 내비치지 않을 정도였다. 마티아스는 덩굴을 들어내고 기다란 덩굴손을 뜯어내 옆으로 던졌고, 그사이에 그의 양손과 손목에는 끈끈한 즙이 묻어 반짝였다. 파블로가 고개를 치켜들고 있어, 얼굴을 또렷이 확인할 수 있었다. 그는 팔꿈치로 바닥을 짚고 몸을 일으키려 애썼지만 허사였다. 얼마나 진을 뺐는지 목에 힘줄이 일어나고, 입은 완벽한 O자로 딱 벌어진 채 비명을 질러댔다. 그 소리가 너무 크고 소름끼쳐서, 어떤 장벽이나 압력을 거슬러 그를 향해 다가서는 기분이었다. 마침내 들것 옆에 꿇어앉아, 그녀도 덩굴을 뜯어내기 시작했다. 손에 즙이 묻는 것도 신경쓰지 않았지만, 처음에는 시원하고 미끈한 듯하더니 이내 불에 덴 듯이 심하게 화끈거렸다. 끊이지 않는 비명 소리, 그녀 안으로 비집고 들어와 온몸 속에 울려 퍼지며, 시간이 지날수록 불가능할 정도로 점점 커져, 화상보다 더 큰 괴로움을 주는 그 비명만 아니었다면, 그녀는 아픔을 견디지 못하고 금세 손을 놓고 말았을 것이다. 어쨌든 파블로의 비명을 멎게 하고 진정을 시켜야 했는데, 그녀가 생각해낼 수 있는 유일한 해결책이란 덩굴을 들어내는 것, 즉 잡아당기고 찢고 뜯어내서 파블로의 몸이 그 손아귀에서 놓여나게 하는 것뿐이었다. 여전히 시선을 회피하던 그녀지만, 결국 그의 두 다리가 시야에 들어왔다. 특히 무릎 아랫부분에서 하얗게 빛나는 부분이 눈에 띄었는데, 흰 피부라기보다는 더 밝고 깊은 느낌, 즉 촉촉하고 반짝이는 뼈처럼 하얀빛을 발했다. 그녀는 계속 덩굴을 제거하고 파블로의 비명 소리에 허둥지둥 보는 둥 마는 둥 시선을 피해가면서도, 뼈처럼 흰 것은 실제 뼈라는 것, 즉 살점이 완전히 벗겨져 나간 뼈라는 걸 알 수 있었다. 덩굴을 더 들어내자 새하얀 뼈는 더 큰 자취를 드러냈다. 무릎 아랫부분은 피부外 근육과 지방이 완전히 갉아먹힌 채 새하얀 뼈만 남은 걸 알 수 있었고, 방울방울 떨어지는 핏물이 바닥에 흥건하게 고였다. 정강이뼈를 에워쌌던 기다란 줄기는 그래도 떨어지는 게 싫어 악착같이 달라붙었고, 그 기다란 녹색 줄기에서 빨간 꽃 세 송이, 피처럼 빨간 선홍색 꽃

세 송이가 대롱대롱 매달린 걸 볼 수 있었다.

"오, 맙소사."

마티아스가 말했다.

그는 덩굴 치우던 걸 멈추고 웅크리고 앉은 채, 공포에 질린 얼굴로 파블로의 마비된 다리를 뚫어지게 쳐다보았고, 보는 둥 마는 둥 애써 시선을 회피하던 에이미도 뼈와 꽃과 홍건하게 고인 피를 결국 보고야 말았다. 이제 비명 소리는 더 이상 중요한 게 아니었고, 두 사람이 손에 입은 화상은 더더욱 그러했다. 덩굴 밑에서 드러난 새하얀 뼈에 에이미는 가슴이 먹먹하고 뱃속이 울렁거려, 구토가 올라왔다. 그녀는 벌떡 일어나 오두막에서 재빨리 세 걸음을 나가 땅에 대고 토악질을 했다.

파블로는 비명을 멈추었다. 이제 그는 울고 있었다. 에이미의 귀에도 그가 훌쩍훌쩍 흐느끼는 소리가 들렸다. 그녀는 돌아보지 않았다. 허리를 구부리고 양손으로 무릎을 짚고 서서 구역질을 했다. 약간 원을 그리며 우르르 쏟아져 나온 토사액은 양발 사이에 조그맣게 끈끈한 웅덩이를 만들었다. 밤에 몰래 훔쳐 먹은 귀중한 물이, 그렇게 서서히 땅 밑으로 스며들고 있었다. 토악질은 끝나지 않을 것 같았다. 더 쏟아져 나올 것 같은 기분이 들어, 그녀는 눈을 감고 기다렸다.

"파블로는 깨어나자마자 비명을 질러댔어."

마티아스가 말했다.

에이미는 꼼짝도 하지 않고, 그를 쳐다보지도 않았다. 기침을 한 번 하고 침을 뱉고는, 여전히 눈을 꼭 감고 있었다.

"내가 침낭을 걷어냈어. 그때까지도 나는 못 보고……."

그때 먼젓번보다 뱃속이 더욱 격하게 울렁거렸다. 그녀는 더 깊게 허리를 숙였고, 입에서 거센 급류가 쏟아져 나왔다. 고통스러웠다. 몸의 일부분을 게워내는 것만 같았다. 마티아스가 입을 다물고 지켜보는 중이라고,

에이미는 짐작했다. 그 순간 텐트에서 에릭의 고함 소리가 울려나왔다. 처음에는 그냥 시끄러운 괴성처럼 들렸지만, 이내 또렷한 어휘가 되어 귀에 들어왔다.

"나이프를 가져와!"

그가 비명을 질렀다.

에이미는 고개를 들었고, 그 바람에 아직 입에서 흘러나오던 구토액이 턱을 타고 셔츠까지 흘러내렸다. 그녀는 텐트를 바라보았다. 마티아스도 마찬가지였다. 파블로까지 훌쩍이던 걸 멈추고, 고개를 들어 텐트를 보려고 애썼다.

"망할 나이프 가져오라니까!"

이어서 스테이시가 텐트 덮개에서 구부정하게 몸을 숙이고 나왔고, 에이미와 그녀 입에서 흘러나오는 구토액, 그리고 발치의 웅덩이를 멈칫하며 바라보았다. 스테이시는 따가운 햇살 아래에서 실눈을 뜬 채, 마티아스가 있는 오두막으로 다가갔다. 에이미는 그녀도 보는 둥 마는 둥 시선을 피하는 것이라 여겼다.

"나이프가 있어야겠어."

스테이시가 말했다.

"왜?"

마티아스가 물었다.

"그게 그의 몸 안에 들어갔어. 어떻게 된 건지는…… 난 모르겠어……. 그게 몸 안에 들어갔어."

"뭐기 이랬다고?"

"덩굴 말이야. 그의 무릎에. 비집고 들어갔다고."

그녀는 이 말을 하면서도, 파블로를 흘끗 보았는데, 그는 다시 훌쩍거리고 있었고 소리도 높아졌다. 드러난 뼈, 흥건한 피, 아직도 다리를 반쯤 뒤덮은 덩굴을, 그녀도 보는 둥 마는 둥 흘끔거리며 보았다.

텐트 안에서 공포에 질린 에릭의 목소리가 터져 나왔다.

"빨리!"

스테이시는 열어젖힌 텐트 입구의 덮개를 돌아보고는 파블로를 쳐다보았고, 마지막으로 마티아스를 향해 시선을 돌렸다. 에이미는 그런 그녀를 보며, 나이프를 들고 텐트에 들어가고 싶지도, 밖에서 무슨 일이 벌어진 것인지도 전혀 알고 싶지 않은 것이라고 짐작했다. 초췌한 얼굴과 잦아든 목소리. 에이미는 스테이시가 쇼크 상태임을 알 수 있었다.

"에릭은 그걸 잘라낼 생각인가 봐."

스테이시가 말했다.

마티아스는 오두막 옆에 남은 잔해들, 즉 길게 찢어놓은 파란색 나일론 천, 알루미늄 기둥 더미를 한동안 뒤졌다. 마침내 그가 일어섰을 때에는 손에 나이프가 들려 있었다. 그는 막 텐트를 향해 가려다가 우뚝 멈추고는, 에이미와 그녀의 발, 그리고 양발 사이의 지면을 유심히 쳐다보았다. 함께 시선을 돌렸던 스테이시도 그 자리에서 딱 얼어붙은 것 같았다. 두 사람의 얼굴에는 공포와 당혹감이 뒤섞인 똑같은 표정이 떠올랐고, 이어서 에이미 본인 또한 채 시선을 돌리기도 전에, 심장이 요동치며 아드레날린이 몸을 훑고 지나가는 걸 느꼈다. 사실 보고 싶지는 않았지만, 보고 안 보고는 이제 선택 사항이 아니었다. 에이미의 뒤에서 사각대는 소리가 들리고, 스테이시는 눈이 휘둥그레진 채 오른손을 들어 입으로 가져갔다.

에이미는 뒤를 돌아보았다.

마침내 볼 작정으로.

자기 눈으로 직접.

그녀는 텐트 앞의 조그만 공터 한가운데에 서 있었다. 지름 4.5미터가량의 건조한 자갈투성이 땅인데, 그 너머부터는 무릎 높이의 덩굴 밭이

시작되었다. 그런데 이 녹색으로 우거진 밭에서 뭔가 불쑥 일어나더니 곧장 그녀 앞으로 다가왔다. 에이미는 처음에 커다란 뱀인 줄로만 알았다. 엄청나게 크고 진초록빛을 띤, 군데군데 새빨간 점이 박힌 뱀이라고만 여겼다. 선홍빛 점이란 것은 사실 점이 아니고 꽃이었지만, S자를 그리며 그녀를 향해 유연하게 움직이는 모양새가 뱀과 똑같았다. 그러나 그것은 덩굴이었다.

에이미는 후다닥 구토액 웅덩이에서 물러섰다. 나이프를 쥔 마티아스가 자기 앞을 막고 설 때까지도, 그녀는 계속 뒷걸음질을 쳤다.

파블로는 들것에서 조용히 지켜보고 있었다.

에릭의 고함 소리가 다시 텐트에서 울렸지만, 에이미의 귀에는 거의 들리지도 않았다. 덩굴 뱀이 공터로 들어와 그녀의 조그만 구토액 웅덩이로 다가오는 걸 물끄러미 쳐다볼 뿐이었다. 놈은 그러다 움직임을 멈추었는데, 마치 뱀이 퇴비 더미를 밀고 들어가 느긋하게 또아리를 틀기 전 일단 냄새부터 맡는 꼴이었다. 그러더니 쉭 소리를 내며 넙적한 잎을 사용해, 구토액을 빨아들이기 시작했다. 덩굴의 잎들이 웅덩이 표면에 달라붙어 쭉쭉 빨아들였다. 그러기까지 시간이 얼마나 흘렀는지 에이미는 짐작도 할 수 없었다. 기껏해야 몇 초, 길게 보면 30초 정도의 짧은 시간에 웅덩이는 말끔히 비워졌고, 자갈 섞인 지면에는 축축한 그림자만 남았으며, 덩굴은 처음처럼 유연한 몸짓으로 공터를 빠져나가기 시작했다.

스테이시의 입에서 비명이 터져 나왔다. 공포에 질린 채 덩굴을 가리키고 소리를 질러대며, 주위의 일행을 쳐다보았다. 에이미가 친구에게 다가가 끌어안고 어루만지며 진정시켰다. 이어 나이프를 쥔 마티아스가 텐트로 들어가는 걸, 두 사람은 나란히 바라보았다.

스테이시가 비명 지르는 걸 듣고, 에릭은 고함치던 걸 멈추었다. 그의 양손과 발은 덩굴 즙으로 화상을 입었고, 약 8센티미터가량의 덩굴손이 그의 몸을 뚫고 들어가, 피부 밑에서 정강이뼈 왼쪽으로 평행선을 그리며 계속 움직이고 있었다. 그도 그걸 알고 있었지만, 자기 몸의 근육이나 경련 때문에 그렇게 보이는 것이라 여겼다. 어서 그걸 몸 밖으로 빼내고 싶었고, 그러자면 나이프로 피부를 절개해 끄집어내는 수밖에 없었다.

그런데 바깥에서는 대체 어떻게 되어가고 있는 걸까? 스테이시는 왜 비명을 지르는 걸까?

그는 큰 소리로 그녀를 불렀다.

"스테이시?"

그러자 나이프를 쥔 마티아스가 구부정하게 몸을 숙이고 입구로 불쑥 들어왔다. 그의 얼굴이 돌처럼 굳었다는 걸 에릭은 알 수 있었다.

"무슨 일이야? 무엇 때문에 그래?"

에릭이 물었다.

마티아스는 아무 대꾸도 하지 않았다. 그는 에릭의 몸을 쓱 훑어보았다.

"보여줘 봐."

마침내 그가 입을 열었다.

에릭은 자신의 상처 부위를 가리켰다. 마티아스는 그의 곁에 쪼그리고 앉아, 피부 위에 기다랗게 도드라진 부위를 잠시 살펴보았다. 그것 역시 벌레처럼 움직이고 있었다. 마치 에릭의 몸 안에서 둥지를 틀려는 듯이. 바깥에서는 스테이시가 마침내 비명을 멈추었다.

마티아스가 나이프를 들어 올렸다.

"네가 할래? 아니면 내가?"

그가 물었다.

"너."

"상처가 생길 거야."

"알아."

"소독은 못 해."

"어서 해, 마티아스. 그냥 하라고."

"지혈이 안 될지도 몰라."

그때서야 에릭도 자기 몸 안에 움직이는 게 근육이 아니라는 걸 깨달았다. 그것은 덩굴이었다. 덩굴은 마치 나이프가 다가올 걸 감지라도 한 듯, 그의 다리 속으로 더 깊게 파고 들어갔다. 다급해서 고함을 치고 싶었지만 꾹 참았다. 그가 흘린 땀이 온몸에 찐득하게 흘러내렸다.

"빨리 해줘."

그가 말했다.

마티아스는 에릭의 다리를 벌리고는, 등을 돌린 채 넓적다리로 깔고 앉아 단단히 고정시켰다. 마티아스의 덩치에 가려, 에릭은 그가 무슨 일을 꾸미는지 전혀 볼 수가 없었다. 그때 칼날이 살을 뚫고 들어오는 느낌이 왔고, 에릭은 날카로운 비명을 지르며 마티아스를 밀쳐내려 했지만, 바위처럼 꿈쩍도 하지 않았다. 그의 체중 때문에 바닥에 꼼짝없이 눌려 있어야 했다. 에릭은 두 눈을 질끈 감았다. 마치 지퍼를 열듯 나이프가 더욱 깊게 파고드는 느낌이 왔고, 이어 마티아스의 손가락이 헤집고 들어와 덩굴 줄기를 끄집어내는 걸 알 수 있었다. 마티아스는 그걸 텐트 뒷면의 비품 더미를 향해 내던졌다. 방수포 바닥에 철떡 달라붙는 소리가 에릭의 귀에 똑똑히 들렸다.

"오, 맙소사. 젠장."

그는 신음을 뱉어냈다.

마티아스가 그의 상처 부위를 압박하며 출혈을 막으려 애쓰는 게 느껴졌고, 그때서야 에릭은 눈을 떴다. 마티아스의 벌거벗은 등짝이 눈에 들어왔다. 그는 자기 셔츠를 벗어 붕대로 사용하고 있었던 것이다.

"괜찮을 거야. 날 믿어."

마티아스가 말했다.

두 사람은 꼼짝도 하지 않고 숨을 고르며 아무 말 없이 몇 분간 앉아 있었고, 그 와중에도 마티아스는 온 체중을 실어 절개 부위를 압박했다. 에릭은 스테이시가 들어와 자기를 살펴주기를 바랐지만, 그녀는 오지 않았다. 파블로가 우는 소리는 똑똑히 들렸다. 그러나 여자들의 기척은 전혀 나지 않았다.

"어떻게 된 거야?"

마침내 에릭이 질문을 던졌다.

"밖에서 무슨 일이 있었던 거지?"

마티아스는 대꾸하지 않았다.

에릭이 재차 물었다.

"스테이시가 왜 비명을 지른 거야?"

"심각해."

"뭐가?"

"네가 직접 보는 게 나아. 말로는……."

마티아스는 고개를 내젓고 다시 입을 열었다.

"뭐라고 설명해야 할지 모르겠어."

에릭은 아무 말 없이 잠시 궁리에 들어갔다.

"파블로 때문에 그래?"

마티아스가 고개를 끄덕였다.

"그는 괜찮아?"

마티아스는 고개를 저었다.

"뭐가 잘못됐는데?"

마티아스는 뜻을 알 수 없는 모호한 손짓을 했지만, 그걸 보고 에릭은 순간 가슴팍이 조여드는 느낌을 받았다. 그것은 절망이었다. 그는 등을 돌리고 앉은 독일 청년의 얼굴을 보고 표정을 살피고 싶었다.

"얘기해봐."

그가 말을 붙였다.

마티아스는 조용히 일어섰다. 그의 손에 들린 티셔츠 뭉치는, 에릭의 피로 검게 물들어 있었다. 그가 손을 내밀면서 물었다.

"일어설 수 있겠어?"

에릭은 일어나보기로 했다. 다리에서는 여전히 피가 흘렀고, 체중을 싣고 일어서기가 힘들었다. 가까스로 두 발로 일어서기는 했지만, 하마터면 다시 주저앉을 뻔했다. 마티아스가 그의 팔꿈치를 잡고, 열어젖힌 텐트 입구로 비틀거리며 다가가도록 도와주었다.

제프는 조그만 공터에서 오렌지색 텐트 곁에 앉아 있는 네 사람을 발견했다. 그가 다가오는 걸 보자마자, 그들은 저마다 입을 열었다.

에이미는 금방이라도 눈물이 터질 것 같았다.

"여기서 뭐 하는 거야?"

그녀는 연방 그에게 그 질문만을 던졌다.

제프가 오랫동안 돌아오지 않자, 그들은 그가 달아날 길을 찾아내서 언덕 밑자락의 감시망을 뚫고 정글을 내달려 지금쯤 코바에 당도했고, 따라서 구조 인력이 곧 올 거라고 여기던 참이었다. 예상 시나리오까지 구상해, 제프의 탈출 과정을 다양한 단계로 추리했다. 일단 도로에 도착하면 그가 지나다니는 차를 얻어 탔을지, 아니면 18킬로미터를 온전히 걸어서 이동했을지, 시간대별 이동 과정까지 상상하면서 이야기꽃을 피웠다. 그런데 정말 거리가 18킬로미터밖에 안 되었던 것일까? 경찰이 즉시 출동할까, 아니면 마야인들을 제압할 정도로 충분한 인력을 모으느라 시간이 더 걸릴까? 에이미의 상상은 모호한 가능성의 영역을 넘어서, 훨씬 명료한 개연성의 세계로 빠져 들어갔다. 그리하여 제프의 탈출은 벌어질 수도 있는 일이 아닌, 이미 벌어진 일이 되어버린 참이었다.

그래서 그녀는 똑같은 질문만 자꾸 되뇌었던 것이다.

"여기서 뭐 하는 거야?"

그가 언덕 밑자락으로 내려가 한 바퀴 돌고 왔다고 하자, 에이미는 기가 막힌 얼굴로 그를 바라보았다. 마치 마야인들과 조기 테니스라도 치고 왔다는 대답을 들은 듯한 표정이었다.

에릭도 상태가 나빴다. 그는 계속 선 자세로 비틀대며 동료들에게 말을 건넸고, 그러다 푹 주저앉더니 부상당한 다리를 제프에게 내보였다. 그는 반바지를 입고 있었는데, 버려진 배낭에서 꺼내 입은 것이라고 제프는 추측했다. 에릭은 잠시만 있을 뿐, 무릎과 정강이의 굳은 피를 보고는 후다닥 다시 일어나 또 이야기를 줄줄 늘어놓았다. 덩굴이 몸을 뚫고 들어갔다. 그게 화제였는데, 일행 중 누구를 겨냥하거나, 대꾸를 기다리거나, 무엇을 기대하는 것도 아니었고, 그저 계속 그 말만 반복했다. 덩굴은 제거되었지만, 아직도 그의 몸 안에 남아 있다는 주장이었다.

에릭에게 일어난 일, 즉 잠든 사이에 덩굴이 상처를 뚫고 들어갔는데 마티아스가 나이프로 절개해 제거했다는 걸, 스테이시가 제프에게 차근차근 설명해주었다. 처음에는 다른 두 사람보다 그녀가 한결 안정되어 보였다. 참으로 놀라울 정도로. 그러나 이야기 도중에 그녀는 돌연 화제를 바꾸었다.

"그들이 오늘 올 거야."

그녀의 목소리는 낮게 가라앉았지만, 몹시 다급하게 들렸다.

"그렇지?"

"누가?"

"그리스 사람들."

"모르겠어."

제프가 입을 열었다.

"나는……."

그때 그는 스테이시의 표정, 즉 그녀의 얼굴에 전율이 쓸고 지나가는 걸 알 수 있었다. 공포였다. 그는 말의 방향을 바꾸었다.

"그렇겠지. 아마 오늘 오후쯤."

"꼭 그래야 해."

"오늘이 아니면 어쩌면……."

스테이시는 그의 말을 가로막고 날 선 목소리로 말했다.

"우리는 여기서 또 한 밤을 보낼 수 없어, 제프. 그들은 꼭 오늘 와야 해."

제프는 입을 다물고 놀란 얼굴로 그녀를 물끄러미 쳐다보았다.

그녀는 에릭의 걸음걸이와 중얼거리는 모습을 묵묵히 바라보았다. 그러고는 제프의 팔을 잡고 조용히 말했다.

"덩굴이 움직여."

이렇게 말하면서도 혹시 누가 엿듣기라도 할까 겁이 나는지, 조그만 공터를 에워싼 덩굴 울타리를 흘끗 쳐다보았다.

"에이미가 토했는데, 그것들이 다가왔어."

그녀는 손으로 뱀이 움직이는 시늉을 해 보였다.

"이렇게 다가와서 다 마셔버렸다고."

제프는 모두 그 말을 부정해주기를 바라는 표정으로 자기를 쳐다보는 걸 알 수 있었다. 그러나 그는 고개를 끄덕였다. 그게 움직인다는 걸 그는 이미 알고 있었고, 사실은 그것보다 더 많은 걸 알고 있었다.

그는 에릭의 다리를 살펴보기 위해 가만히 앉아 있게 했다. 무릎의 벤 자국은 아물었다. 딱지는 거의 검은색에 가까운 검붉은 빛을 띠었고, 주변의 피부는 벌겋게 달아올라 손으로 만져도 뜨거울 정도였다. 그러나 이 상처 밑의 상황은 달랐다. 에릭의 정강이뼈 왼쪽 방향으로 수직 절개된 자국은, 마치 대문자 T를 그의 살 속에 비스듬히 아로새긴 것 같았다.

"괜찮은 것 같네."

제프는 이렇게 말했다. 에릭을 진정시키기 위해 한 말일 뿐, 실상은 전혀 그렇게 생각하지 않았다. 구급약 함에 든 네오스포린을 상처에 발라준 모양이었다. 에릭의 다리에 번들거리는 연고 자국이 보였고, 그 위로 흙먼지가 점점이 박혀 있었다.

"왜 붕대를 감지 않았어?"

제프가 물었다.

"그러려고 했지."

스테이시가 말했다.

"하지만 에릭이 풀어버렸어. 자기 눈으로 직접 보고 있어야 한다고."

"왜?"

"지키고 있지 않으면, 그게 도로 자랄 거야."

에릭이 말했다.

"하지만 벌써 꺼냈잖아. 그런데 어떻게……."

"우리가 없앤 건 큰 줄기지. 나머지는 아직 내 안에 그대로 남아 있어. 난 느낄 수 있어."

그는 제 정강이를 가리켰다.

"보여? 잔뜩 성이 난 거?"

"그냥 부은 거야, 에릭. 자연스러운 현상이라고. 상처를 입었으니까 당연한 거지."

에릭은 고개를 저으며 조금 비꼬는 투로 대꾸했다.

"헛소리 마. 이 망할 게 저 안에서 자라고 있다니까."

그는 다시 몸을 일으키고는 공터를 향해 비틀대며 다가갔다.

"나는 여기서 나가야 해. 병원에 가야 한단 말이야."

제프는 그의 걸음걸이를 지켜보다가, 버럭 소리를 치는 바람에 깜짝 놀랐다. 에이미는 아직도 금방이라도 울음을 터뜨릴 것 같은 얼굴이었다. 스테이시는 양손을 비비 꼬아댔다.

마티아스는 암녹색 셔츠를 입었는데, 배낭을 뒤져 찾아낸 모양이었다. 그는 내내 말이 없었다. 그리고 마침내 높낮이가 거의 없는 차분한 목소리로 말을 꺼냈다.

"그게 다가 아니야."

그는 시선을 돌려 파블로를 바라보았다.

파블로. 제프는 파블로를 까맣게 잊었다. 공터로 돌아왔을 때 그를 흘끗 보니, 오두막에서 얌전히 눈을 감고 누워 있었다. *자고 있구나. 다행이다.* 그렇게 생각하고는 끝이었다. 에이미는 "여기서 뭐 하는 거야?"라며 계속 묘한 질문만 되뇌고, 스테이시는 그리스인들의 도착 여부에 불안해하며, 에릭은 덩굴이 제 몸 안에서 자란다고 주장하는 통에, 그는 신경을 한 군데에 집중할 수가 없었다.

그게 다가 아니야.

제프는 오두막으로 다가갔다. 마티아스가 그 뒤를 따랐고, 나머지 일행은 그쪽으로 접근하는 것조차 두려운 듯 공터에서 그들을 지켜보았다. 파블로는 들것에 누웠고, 허리 아래에는 침낭이 덮여 있었다. 눈에 띄게 달라진 점은 없어 보이는데, 왜 그토록 마음이 무거워지는지 제프는 이해할수가 없었다. 하지만 그는 분명히 긴박한 위기감에 가슴이 죄어드는 걸느낄 수 있었다.

"뭔데?"

그가 물었다.

마티아스가 쭈그리고 앉아 조심스레 침낭을 벗겼다.

제프는 한동안 넋이 나간 듯했다. 자기 눈앞에 똑똑히 드러난 상황이지만, 도무지 그 사실을 받아들일 수가 없었다.

그게 다가 아니야.

불가능하다. 어떻게 이런 일이 가능할 수가 있다는 말인가?

파블로의 두 다리는 무릎 아래서부터 살점이 거의 완전히 사라지고 없었다. 남은 것은 뼈, 힘줄, 연골, 끈끈하게 엉겨서 검게 말라붙은 핏덩이뿐이었다. 마티아스와 일행은 그리스 청년의 허벅지에 지혈대를 묶어서, 대퇴동맥을 단단히 차단시켜두었다. 파란색 텐트를 길게 자른 나일론 천을 지혈대로 사용했다. 제프는 꼼꼼히 그것을 살폈다. 뼈가 더 이상 노출되지 않도록, 그만하면 응급조치로는 충분하다고 판단했다. 그는 이 새로운 공포에 적응하고, 머리를 식히고, 생각을 집중할 필요가 있었다. 지혈대를 직접 매본 경험은 없지만, 간단한 요약문으로나마 읽어본 적은 있었다. 정기적인 간격으로 지혈대를 풀어주고 다시 묶어야 한다는 것은 알지만, 정확한 시간 간격과 부차적인 처치 방법에 대해서는 기억나는 게 없었다.

그래도 그건 중요하지 않을 거라고 그는 생각했다.

아니, 어차피 중요하지 않다는 것을 그는 이미 알고 있었다.

"덩굴이?"

마티아스는 고개를 끄덕였다.

"우리가 그것들을 끌어내니까, 피가 터져 나왔어. 단단히 달라붙어 있다가 갑자기 뜯겨 나오면서……."

그는 양손으로 피가 뿜어져 나오는 시늉을 해 보였다.

파블로는 마치 잠든 듯이 두 눈을 감았지만, 양 주먹의 관절 부위가 하얗게 질릴 정도로 꽉 틀어쥐고 있었다.

"의식은 있어?"

제프가 물었다.

마티아스는 어깨를 으쓱 움직였다.

"판단하기가 애매해. 처음에는 마구 비명을 질렀어. 그러다 멈추고는 눈을 감았지. 머리를 마구 내젓다가 소리를 치기도 했고. 그래도 눈은 다시 뜨지 않더군."

파블로한테서는 기묘하게 달큰한 냄새가 풍겼는데, 일단 맡고 나자 속이 울렁거렸다. 그게 부패의 조짐이라는 걸 제프는 감지했다. 그리스인의 다리가 썩기 시작한 것이다. 최대한 빨리 병원에 데려가 수술을 받게 해야 한다. 그가 생존하려면, 내일까지는 구조 인력이 당도해야만 한다. 그렇지 못하면, 그들은 앞으로 파블로가 죽는 걸 지켜볼 수밖에 없을 것이다.

아니면 세 번째의 경우가 있을 수도 있다.

제프는 어차피 그날 밤 안으로 구조 인력이 도착하지 못할 거라고 거의 확신하고 있었다. 또한 파블로가 죽는 걸 앉아 구경하고 싶지도 않았다. 하지만 세 번째 경우라면…… 동료들이 그런 경우에 준비가 되어 있지 않았다는 것, 즉 그런 경우를 상상하거나 실제 겪어보지 못했다는 걸 그는 잘 알고 있었다.

따라서 그들을 준비시키고 각오를 단단히 하게 하자면, 일단 불구가 된 파블로의 몸에서 화제를 돌려, 그날 아침 자신이 발견한 사실에 대해 이야기를 해야겠다고 결심했다.

동이 튼 이후부터 덩굴의 습성들을 이미 목격했기 때문에, 즉 그것이 에릭의 다리로 파고 들어갔고, 파블로의 살점을 앗아갔으며, 에이미의 구토액을 빨아들이기 위해 공터로 들어온 걸 모두 보았기 때문에, 제프의 발견에 스테이시는 그다지 놀라지 않았다. 신기할 정도로 덤덤하게 그의 이야기를 들었고, 감정 표현이라고는 제프한테는 통 주의를 주지 않고 계속 조그만 공터 주변을 서성이며 중얼대는 에릭이 성가셔 낮게 헛기침을 한 게 전부였다. 스테이시는 에릭이 그만 자리에 앉고, 그 식물이 몸 안에 있다는 망상을 그만두기 바랐다. 그녀는 덩굴이 몸 안에 있다는 생각은 그야말로 말도 되지 않으며, 그저 공포만 키울 뿐이라고 여겼다. 하지만 아무리 에릭에게 설명을 해도 효과가 없었다. 그는 계속 서성대기만 했고, 이따금 제 상처 부위를 유심히 쳐다보곤 했다. 따라서 지금은 그를 무시하는 게 최선책이었다.

그들 일행이 언덕에 갇히게 된 이유는, 바로 덩굴 때문이었다. 이것이 제프 이야기의 요지였다. 마야인들은 그 식물이 손을 뻗는 걸 막기 위해, 언덕 밑자락을 에워싸서 공터를 만들고 소금을 뿌렸다고 했다. 또한 덩굴은 접촉을 통해 번식한다고 그는 주장했다. 누가 건드리기만 하면, 씨앗이나 포자 또는 어떤 번식 수단이든지 간에 활동을 시작하므로, 한 뼘의 땅이라도 그게 자라는 곳을 지나면 반드시 옮겨 붙게 되어 있다고 했다. 마야인들이 언덕을 내려오지 못하도록 막는 이유도 바로 그것 때문이었다.

"새들은?"

마티아스가 질문을 던졌다.

"새들이 땅에 내려앉으면……."

"전혀 내려앉지 않아."

제프가 대답했다.

"여기에서 새를 본 적 있어? 이곳에는 그 식물과 우리 말고는, 새도 곤충도, 어떤 생물도 없어."

그들은 그 주장에 반박할 거리를 찾는 듯 서로 얼굴을 마주 보았다.

"새들이 그걸 어떻게 알고 피한다는 거야?"

스테이시가 물었다. 대머리 남자가 그들 여섯 명을 막으려고 했을 때처럼, 마야인들이 새와 모기와 파리 떼 등 조그만 생물들을 향해 총을 흔들고 고함을 치며 저지하는 걸, 그녀는 머릿속에 그려보았다. 자기도 전혀 깨닫지 못한 걸, 새들은 어떻게 알고 발길을 돌린다는 말일까?

"진화를 통해 그렇게 된 거지. 이 언덕에 내려앉았던 놈들은 죽음을 맞았어. 피해간 녀석들은 생존했고."

제프가 말했다.

"그게 다야?"

에이미는 도무지 믿기지 않는다는 듯 되물었다.

제프는 어깨를 으쓱 움직였다.

"잘 봐."

그는 셔츠 주머니에 든 플라스틱 단추를 꺼내 덩굴 밭을 향해 휙 던졌다.

순간 녹색 군집 속에서 풀썩거리는 움직임이 일었다.

"얼마나 빠른지 봤지?"

이렇게 묻는 제프의 얼굴에는, 마치 그 식물의 재주가 자랑스럽기라도 한 듯 기묘한 만족감이 번졌다.

"저게 새였다고 생각해봐. 아니면 파리. 눈 깜짝할 사이에 당하는 거야."

아무도 대꾸하지 않았다. 또 움직임이 일기를 고대하듯, 모두 주변의 덩굴 밭을 응시했다. 스테이시는 기다란 덩굴 팔이 공터로 뻗어 나와 에이미의 구토액을 빨아 먹던 장면을 떠올렸다. 그러자 숨이 꽉 막히고 현기증이 일어, 애써 호흡을 가다듬어야 했다. 내쉬고…… 들이쉬고…… 내쉬고.

제프는 주머니에서 단추를 또 하나 꺼내 던졌다. 이번에도 덩굴 밭에서 번개처럼 빠른 움직임이 일어났다.

"재미있는 게 있어."

그는 셔츠 주머니에서 세 번째 단추를 꺼내 덩굴 밭을 향해 던졌다.

아무 반응도 없었다.

"봤어?"

그는 일행을 향해 미소를 지었다. 또 뿌듯한 만족감이 올라오는 걸, 그도 어쩌지 못했다.

"그 식물은 학습하고 있는 거야. 사고할 줄 안다고."

"대체 무슨 소리야?"

에이미가 제프의 말에 발끈해서 되물었다. 어쩌면 겁을 먹은 것인지도 몰랐다. 그녀의 목소리는 신경질적으로 날이 서 있었다.

"그게 내 표지판까지 넘어뜨렸어."

"글노 읽을 술 안다는 말이니?"

"내가 무슨 짓을 하는지, 눈치를 채더라는 뜻이야. 우리를 죽이고자 한다면, 나아가 여기에 오는 이들을 모두 죽이고자 한다면, 표지판을 치워야 한다는 걸 놈은 알고 있어. 그래서 내가 만든 것도 없애버린 거지."

그는 바닥에 에스파냐어 한 마디가 적힌 프라이팬을 발로 툭 건드렸다.

에이미가 웃음을 터뜨렸다. 아무도 따라 웃지는 않았다. 스테이시는 제프가 하는 말을 듣고는 있었지만, 한 귀로 흘리며 제대로 집중하지 않았다. *식물은 빛을 향해 몸을 움직인다.* 그녀는 그 문장을 떠올리는 중이었다. 지금 이 상황에서 기적이라 할 정도로, 그녀는 용케 그 문장을 기억해 냈다. 고교 시절의 생물 시간, 분필 가루 냄새, 포름알데히드, 책상 밑에 달라붙어 딱딱하게 굳은 껌딱지들이 의식의 표면으로 거품처럼 보글보글 올라왔고, 마침내 그 거품들이 퐁퐁 터지면서 딱 한 마디가 또렷하게 떠올랐다. 굴광성. 꽃은 아침에 꽃잎을 열고 저녁에 닫는다. 뿌리는 물을 향해 뻗어나간다. 신기하고 오싹하며 으스스한 사실이었지만, 사고 능력이 있다는 말은 금시초문이었다.

"말도 안 돼."

에이미가 말했다.

"식물은 뇌가 없어. 사고할 줄 몰라."

"이 덩굴은 거의 어디에서든지 번식하고 있잖아? 모든 유기물에서 말이야, 그렇지?"

제프가 자신의 청바지를 가리켰고, 거기에는 연두색 솜털들이 뒤덮여 있었다.

에이미가 고개를 끄덕였다.

"그렇다면 로프는 왜 멀쩡했던 걸까?"

제프가 질문을 던졌다.

"멀쩡하긴. 그래서 끊어졌던 거잖아. 덩굴 때문에……."

"하지만 왜 몽땅 사라지지 않았던 거지? 파블로의 다리 살점은 단 하룻밤 사이에 갉아먹었는데. 왜 로프는 말끔히 먹어치우지 않았을까?"

에이미는 이맛살을 씨푸리며 궁리했지만, 생각나는 건 아무것도 없었다.

"덫이었던 거야."

제프가 말했다.

"저기 구덩이 보이지? 여기 오는 사람들이 결국 저 구덩이를 들여다볼 줄을 알았기 때문에, 로프를 남겨두었던 거야. 그리고 중간에 그걸 태워

버려서……."

에이미가 못 말리겠다는 투로 양손을 들어 올렸다.

"그건 식물이야, 제프. 식물은 의식이 없어. 그것들은 그저……."

"보여줄 게 있어."

제프는 주머니에 챙겨온 물건들을 꺼내 발치에 내려놓았다. 여권 네 개, 안경 두 개, 결혼반지, 귀고리, 목걸이.

"다 죽은 사람들 거야. 유일하게 남은 것들이지. 이것들하고 뼈밖에는 없었어. 장담하는 데 다 덩굴이 저지른 짓이야. 그게 사람을 죽인 거라고. 그리고 우리가 이야기를 나누는 지금, 놈도 우리를 죽일 계획을 짜고 있어."

에이미가 세차게 고개를 내저었다.

"덩굴이 그들을 죽인 게 아니야. 마야인들이 범인이야. 그들이 달아나려고 하니까 마야인들이 총을 쏜 거라고. 덩굴은 총을 맞고 죽은 시체만을 원해. 그것들한테 사고 능력 따위는 없어. 아니야……."

"주변을 둘러봐, 에이미."

에이미는 시선을 돌려 공터를 둘러보았다. 다른 이들도 따라 했다. 심지어 에릭까지도. 에이미가 짜증스럽다는 듯 양손을 또 들어 올렸다.

"뭔데?"

제프는 공터에서 나가 주위를 에워싼 식물 군집 속으로 들어갔다. 여섯 걸음을 떼자 허리 높이의 둔덕들 중 한 곳에 도달했다. 그는 그 곁에 앉아 덩굴을 끌어내기 시작했다. *저러다 화상을 입을 텐데.* 스테이시는 그런 생각은 들었지만, 제프가 신경 쓰지 않는다는 걸 알 수 있었다. 그런데 제프가 걷어낸 우거진 덩굴 밑으로, 노란빛이 도는 하얀 물체가 눈에 들어왔다. *돌인가 봐.* 언뜻 그 생각이 들기는 했지만, 어느덧 그녀의 머릿속에는 또 다른 단어가 떠오르고 있었다. 제프는 둔덕의 중심으로 들어가 뭔가 둥그런 것을 끄집어내고는, 일행한테로 가져왔다. 스테이시는 굳이 두 눈으로 확인하고 싶지 않았다. 보지 않고 서서히 깨닫는 게 차라리 충격이 덜할 테니까. 그렇지 않으면 그 물체의 정체는 싱긋 웃는 할로윈의 상징, 제프 팔뚝의 돛대 문신에 나부끼는 해적 깃발, 햄릿이 비탄하던 불쌍한 요릭, 바로 그것임을 금세 알아채야 했을 것이다. 제프는 친구들 앞에 해골을 안고 돌아왔다. 그러나 제 눈으로 보고 확인하기 전부터, 스테이시의 머릿속에는 내내 그 단어가 뱅뱅 맴돌고 있었다. 해골, 해골, 해골……….

제프는 언덕 꼭대기로 올라가더니, 일행에게 따라오라는 손짓을 보냈다. 그런 둔덕이 사방에 널렸다는 걸, 그때서야 스테이시도 깨달았다. 그 수를 헤아리기 시작해 아홉에 이르렀을 무렵, 숫자가 불어나는 데 흠칫 놀라 그만 멈추고 말았다.

"그게 저들을 모두 죽인 거야."

제프가 말했다. 그는 성큼성큼 걸음을 옮기며 손바닥을 바지에 쓱 문질렀다.

"마야인들이 아니고 덩굴이었어. 하나씩 하나씩 그게 저들을 모두 죽인 거야."

마침내 에릭이 걸음을 멈추고 큰 소리로 외쳤다.

"우리는 달아나야 해."

모두 그를 물끄러미 쳐다보았다. 그는 마치 고통을 한 방에 날려 털어버리려는 듯, 한 손을 허공을 향해 휙 날렸다. 에릭은 몹시 불안하고 초조해 보였다.

"방패를 만들어야겠어. 어쩌면 창도. 그래서 마야인들을 공격하자. 지금 당장. 우리 모두……."

제프가 거의 짜증스럽다는 투로 그의 말을 자르고 나왔다.

"그들에게는 총이 있어. 최소한 두 자루, 아니면 더 많을 수도 있지. 인원도 우리는 다섯에 불과해. 차도까지 20킬로미터 거리를 맨몸으로 달아날 수 있을 것 같아? 게다가 파블로는……."

에릭은 더욱 빠르고 두서없이 휙휙 팔을 휘둘러댔다. 그는 고함을 쳤다.

"아무것도 안 하고 여기서 죽을 수는 없잖아!"

"에릭……."

"그게 내 안에 있어!"

제프는 단호히 고개를 저었다. 목소리 또한 깜짝 놀랄 정도로 단호했다.

"그건 사실이 아니야. 그런 느낌이 들 수도 있지만, 분명 아니야. 내가 장담할게."

물론 에릭이 그 말을 믿을 턱이 없었다. 그래도 제프는 그를 안심시켜야만 했다. 스테이시도 그의 의도를 알 수 있었다. 어쨌든 그 말은 효과가 있는 듯했다. 에릭은 한풀 누그러지고는, 제 근육이 긴장에서 풀어지는 걸 바라보았다. 그는 땅바닥에 주저앉아 무릎을 가슴에 모으고 눈을 감았다. 그런 상태가 오래 지속되지는 않을 것이라고, 스테이시는 짐작했다. 그가 곧 일어나서 공터를 서성거릴 게 틀림없었다. 제프가 에릭 문제를 해결했다고 여기며 다음 문제에 착수하려고 시선을 돌릴 무렵, 어느새 에릭의 손은 정강이의 상처, 그 주변의 부어오른 부위를 더듬어대는 걸 볼 수 있었다.

그들은 물을 한 모금씩 마셨다. 파블로의 오두막 옆 공터에 원을 그리고 앉아, 플라스틱 물통을 차례로 돌렸다. 에이미는 간밤의 도둑질을 고백하고 제 몫의 배급을 거절하겠다던 맹세를 잊고, 일말의 가책도 없이 자기한테 할당된 몫을 삼켰다. 너무 목이 말라 다른 것은 생각할 겨를이 없고, 그저 입 안에 남은 구토액의 신맛을 씻어내고 싶을 뿐이었다.

그리스 사람들이 오고 있다. 에이미는 혼자 그 생각에 잠겨, 그리스 청년들이 찾아오는 여정까지 상상하고 있었다. 두 사람이 칸쿤의 버스 터미널에서 웃고 까불어대며, 후안과 돈키호테 이름이 박힌 티켓을 사고는, 그걸 또 재미있다고 서로 어깨를 치고 특유의 짓궂은 미소를 지을 것이다. 그러고는 버스를 타고 내려, 흥정 끝에 택시를 잡아탄 다음, 숲길을 따라 한참을 걸어서 정글을 통과하고 황무지에 도착한다. 그들은 마야인 마을은 들어가지 않는다고 에이미는 결정해버렸다. 뭐가 어쨌든지 간에 그리스인들은 그게 낫다고 판단하고, 두 번째 숲길을 찾아내, 아마 노래까지 불러가며 발길을 재촉할 것이다. 그들 두 사람이 다시 숲에서 벗어나 덩굴이 뒤덮인 언덕을 발견하고는, 에이미 자신 또는 제프 또는 스테이시나 에릭이 언덕 밑자락에 대기하다가 손짓 발짓으로 위험을 알리는 걸 보고 반색하는 표정이 눈앞에 선했다. 그리스 사람들은 우리가 전하고자 하는 뜻을 금세 알아들을 것이다. 그들은 걸음을 돌려 정글을 쏜살같이 빠져나가, 도움을 청하러 간다. 이렇게 되기까지 많은 시간이 소요된다는 걸 에이미도 알고 있었다. 아직 시간이 너무 이르다. 후안과 돈키호테는 버스 터미널에 도착하지 않았을 것이다. 아마 일어나지도 않았는지도 모른다. 하지만 그들은 올 것이다. 그 밖의 다른 경우란 아예 생각도 않기로 했다. 그래, 제프가 단언한 대로 덩굴이 사악한 존재이고 우리의 파멸을 모의하든 말든, 하나도 중요하지 않다. 왜냐하면 그리스 사람들이 빨리 구조하리 올 테니까. 에이미는 지금쯤 그리스인들이 잠에서 깨어 샤워를 하고 아침을 먹고서, 파블로의 지도를 꼼꼼히 들여다볼 거라는 상상 속에 잠겼다.

제프는 갖고 있는 음식이 얼마나 되는지 알아보기 위해 각자 배낭을 열자고 했다.

스테이시가 그녀와 에릭이 가져온 걸 내놓았다. 상한 걸로 보이는 바나나 두 개, 물 한 병, 프레첼 과자 한 봉지, 혼합 너트 캔 작은 것이 하나 있었다.

에이미는 제프의 배낭을 열어 아이스티 캔 두 개, 단백질 바 두 개, 건포도 박스 한 개, 갈색으로 변해가는 포도가 가득 든 비닐봉지를 꺼냈다.

마티아스는 오렌지 한 개, 콜라 캔 하나, 눅눅한 참치 샌드위치 하나를 내놓았다.

물론 모두 배가 고팠다. 그 자리에서 그 음식들을 다 먹어치우고도 턱없이 모자랄 게 뻔했다. 하지만 제프는 음식을 다 먹게 하지는 않을 것이다. 그는 얼마 안 되는 음식들 앞에 쭈그리고 앉아, 인상을 써가며 쳐다보았다. 염력이라도 발휘해서 그걸 두 배, 세 배 부풀려보려는 듯이 뚫어지게 쳐다보았다. 일행이 생존할 수 있을 만큼 최대한으로.

최대한으로. 제프가 평소에 자주 쓰는 표현이었다. 제프에게 몹시 토라진 에이미는, 딴 세상 사람인 듯 아무 관심도 없는 척 행동했다. 그리스 사람들이 오늘 오후에 올 것이다. 왜 그는 그토록 완강하게 그 사실을 거부하려고 드는 걸까? 그리스인 두 사람이 언덕으로 들어오지 않고, 바로 구조를 청하러 돌아가게 할 방법은 반드시 있을 것이다. 그렇게 하면 오늘 밤에는 구조 인력이 도착한다. 식량 배분은 할 필요가 없다. 쓸데없는 걱정을 사서 할 뿐이다. 그가 참치 샌드위치 껍질을 조심스레 벗겨 똑같이 다섯 조각으로 나누던 걸, 나중에 그대로 흉내 내며 놀려줄 거라고 다짐했다. 칸쿤의 해변에서 모두 제프를 향해 깔깔대는 장면을 에이미는 잠시 떠올려보았다. 모두 나눠 먹었던 샌드위치 조각이 얼마나 말도 안 되게 작았는지, 고작 크래커만도 못해서 한입에 몽땅 넣을 수도 있던 그 크기를 엄지손가락 한 마디로 비유해서 보여줄 것이다. 다가올 행복한 장면을 상상하느라 골몰한 틈에도, 그녀는 입을 열어 조그만 샌드위치 조각을

입 안에 털어 넣고, 몇 번 씹다가 꿀꺽 삼켰다. 샌드위치는 이내 입 안에서 사라졌다.

다른 이들도 쥐가 한 번 베어 문 것만큼 작은 각자의 몫을 천천히 먹기 시작했다. 에이미는 울컥 후회가 밀려왔다. 한 끼 식사를 먹는다고 생각하며 천천히 음미할 생각을, 자신은 왜 하지 못했을까? 훨씬 천천히 먹을 수 있도록, 제 몫을 다시 받고 싶었다. 하지만 이미 끝났다. 샌드위치는 위장 속으로 들어가 뱉어낼 수도 없고, 이제는 다른 사람들이 천천히 음미하고 냄새를 맡아가며 조금씩 갉아먹는 걸 지켜보는 수밖에 없었다. 갑자기 울고 싶어졌다. 아니, 아침 내내 울고 싶었다. 아니, 언덕에 도착한 이후로 내내 그랬지만, 지금은 그때보다 훨씬 더 그러고 싶었다. 에이미는 깊고 깊은 물속에서 허우적대면서도 사실이 아닌 양 행동해야 했고, 그게 그녀를 지치게 했다. 허우적대면서도 아닌 척하는 것, 대체 얼마나 더 그러고 버틸 수 있을지 알 수가 없었다. 그녀는 더 많이 먹고 더 마시고 싶었고, 집으로 가고 싶었으며, 파블로가 다리에 살점을 잃은 채 오두막 밑에 누워 있지 않기를 바랐다. 그런 바람들은 점점 간절해지는데, 그 중에서 가능한 것은 아무것도 없었다. 그런데도 계속 몸부림치고 아닌 척을 해야 하니, 이제는 너무나 힘에 겨워 몸부림을 거두고, 아닌 척하는 걸 포기하고, 물밑으로 가라앉아야 할 것만 같았다.

그들은 플라스틱 물통을 돌려가며 한 모금씩 한 번 더 삼켜, 음식물과 함께 내려 보냈다.

"파블로는 어떡할까?"

마티아스가 물었다.

제프는 오두막을 흘끗 보고 대꾸했다.

"소화를 시킬 수 있을지 의심스러워."

마티아스가 고개를 저었다.

"내 말은 그의 배낭 말이야."

그들은 공터에서 파블로의 가방을 찾아보았다. 제프의 것 바로 옆에 있었다. 지퍼를 열자 테킬라가 세 병 나왔다. 제프는 술병을 꺼낸 다음, 배낭을 거꾸로 들고 흔들었다. 그러자 비닐 꾸러미가 나왔는데, 소금 뿌린 짭짤한 크래커였다. 스테이시가 웃음을 터뜨렸고 에이미도 따라 웃었다. 그러자 조금은 안심이 되기도 했다. 거의 평소와 같은 기분이 들었기 때문이다. 머릿속이 조금 맑아지고 가슴도 가벼워진 듯했다. 테킬라 세 병이라니. 파블로는 대체 무슨 생각으로 그랬을까? 대체 어디에 간다고 상상했던 것일까? 에이미는 눈 깜짝할 사이에 먹어치운 소량의 참치 샌드위치로 간신히 찾은 위안을 최대한 연장시키기 위해, 계속 웃고 싶었다. 그러나 스테이시는 웃음을 멈추었고, 그러자 혼자 웃기가 머쓱한 에이미도 바로 멈추어야 했다. 그녀는 입을 다물고, 제프가 크래커를 수집한 음식물에 포함시키고 술병은 도로 배낭에 넣는 걸 지켜보았다. 언제 무엇을 먹을지, 제프가 머릿속으로 계산 중인 걸 알 수 있었다. 바나나와 포도와 오렌지 같은 썩기 쉬운 것부터 먼저 조금씩 배급이 될 게 틀림없다. 참치 샌드위치의 뒷맛이 입 안에 남은 구토의 뒷맛과 섞여들었다. 배가 아프고 이상하게 팽팽해졌다. 그녀는 음식이 더 먹고 싶었다. 제프가 준 것으로는 터없이 부족했다. 그는 일행에게 음식을 좀 더 배급해야 했다. 최소한 크래커 하나, 오렌지 한 조각, 포도 몇 알이라도.

에이미는 빙 둘러앉은 일행을 바라보았다. 에릭은 그중에 있지 않았다. 또다시 절뚝거리고 비틀비틀 돌아다니며, 가끔씩 우뚝 멈추고 제 다리를 살폈다. 마티아스는 제프가 음식물을 정돈하는 걸 바라보았다. 스테이시는 마지막 남은 손톱만큼의 샌드위치를 눈을 감고 천천히 음미하는 중이었다. 그리스 사람들이 온다. 그것도 몇 시간 안으로. 그런데 이런 식으로 음식을 나눠 먹는 건 도무지 말이 안 된다. 누군가 그 사실을 지적해야 한다. 하지만 일행 중 그럴 사람은 아무도 없다는 걸, 에이미는 깨달았다. 결국 평소처럼 그 역할은 그녀가 맡는 수밖에 없었다. 징징 짜고 투덜대기 잘하는 불평꾼.

"우리 중 한 사람이 언덕 아래로 내려가서 그리스 사람들이 오나 지켜야 해."

제프가 말했다.

"그리고 해가 더 높이 떠오르기 전에 변소도 파고. 또……."

"그게 다야?"

에이미가 물었다.

제프는 고개를 들고 그녀를 바라보았다. 그녀가 무슨 말을 하는지, 이해하지 못했기 때문이다.

에이미는 음식 더미를 가리키며 말했다.

"먹을 것 말이야."

그는 고개를 끄덕였다. 단 한 번 아주 짧게 끄덕이고는 그걸로 끝이었다. 그녀의 질문은 굳이 말로 대꾸할 가치조차 없다는 뜻 같았다. 틀림없이 그런 뜻이었다. 에이미는 지지를 기대하며 다른 이들을 바라보았지만, 아예 그녀의 얘기는 듣지도 않은 듯했다. 모두 제프가 이야기를 이어가기를 기다렸다. 제프는 잠시 머뭇거리며 에이미를 바라보았지만, 그녀의 반응은 익히 잘 알고 있었다. 그녀 또한 마찬가지였다. 어깨를 으쓱 움직이고는, 이내 단념하고 전체의 의지에 굴복했다. 그녀는 겁쟁이였고, 그녀 또한 그걸 잘 알고 있었다. 불평하고 볼멘소리는 할 줄 알아도, 저항할 줄은 몰랐다.

"마티아스와 나는 땅을 팔 거야."

제프가 말을 이었다.

"에릭은 아마 쉬어야겠지. 해가 들지 않는 텐트에서. 그러니까 너희 둘 중 한 사람이 언덕 아래로 내려가고, 그동안 나머지 한 사람은 여기에서 파블로를 지키는 거야."

그는 스테이시와 에이미를 바라보았다.

스테이시가 제프의 말에 주의를 기울이지 않고 있음을 에이미는 눈치 챘다. 아직도 두 눈을 감은 채, 참치의 마지막 여운을 음미하는 중이었다. 에이미는 굶주림과 갈증과 온갖 불편함보다도 소변에 대한 욕구가 점점 커지는 걸 느꼈다. 병에 대고 또다시 방광을 비우고 싶지 않아, 몰래 빠져 나가서 아무 데나 소변을 볼 생각으로 아침부터 내내 참아왔다. 그리고 지금 이 순간, 급한 소변 때문에 그녀는 황급히 입을 열지 않을 수 없게 되었다. 언덕 아래로 혼자 내려가 공터 너머의 마야인들과 대치한다는 게 어떤 것인지는 생각할 겨를도 없었다. 언덕길에 쪼그리고 앉아, 타인이 안 보는 데서 바지를 내리고 시원하게 오줌을 눌 생각만 간절했다.

"내가 갈게."

그녀가 말했다.

제프가 승인의 뜻으로 고개를 끄덕였다.

"모자를 써. 선글라스도. 그리고 쓸데없이 여기저기 다니면 안 돼. 앞으로 물을 다시 마시려면 두 시간은 버텨야 하니까."

에이미는 제프가 출발 시시를 내리고 있음을 깨달았다. 여전히 머릿속으로는 방광 생각을 하며, 그녀는 자리에서 일어났다. 언덕 아래로 멀리 내려간다는 게 그저 안심이 될 뿐이었다. 모자와 선글라스를 쓰고, 카메라를 목에 건 다음 공터를 걸어 나갔다. 막 언덕길로 발을 들여놓으려는 순간, 뒤에서 제프가 부르는 소리가 들렸다.

"에이미!"

그녀는 고개를 돌렸다. 그가 달려오고 있었다. 제프는 그녀 옆으로 다 가와 팔꿈치를 잡고 조그만 소리로 말했다.

"달아날 기회가 오면 주저하지 마. 재빨리 달리는 거야."

에이미는 아무 대꾸도 하지 않았다. 그녀는 달아날 생각이 없었다. 참으로 터무니없는 생각이요, 쓸데없는 모험이라고만 여겨졌다. 그리스 사람들이 오고 있다. 지금쯤이면 아마 잠자리에서 일어나 샤워를 하고 배낭을 꾸리고 있을 터였다.

"단박에 정글로 뛰어 들어가는 거야. 그리고 땅에 엎드려. 워낙 수풀이 우거져서 그들도 너를 찾아내지 못할 거야. 거기서 한동안 기다렸다가 다시 출발해. 하지만 조심해. 네가 움직이면 그들도 너를 발견하게 될 테니까."

"나는 달아나지 않을 거야, 제프."

"내 말은 일단 그럴 기회가 오면……."

"그리스 사람들이 오고 있어. 그런데 왜 나더러 달아나라는 거야?"

이번에는 제프 쪽에서 아무런 대꾸가 없었다. 그는 무표정한 얼굴로 그녀를 빤히 쳐다보았다.

"넌 꼭 그들이 오지 않을 것처럼 행동해. 우리가 먹지도 마시지도 못하게 하고……."

"그들이 정말 올지는 우리도 알 수가 없어."

"당연히 그들은 와."

"그들이 온다면 언덕에 우리처럼 갇히지 않을 거라는 보장이 있어?"

에이미는 제프가 황당한 주장을 편다는 듯 고개를 내저었다.

"내가 그들이 못 들어오게 하면 돼."

제프는 또 말이 없어졌다. 이맛살에 드리운 주름으로, 무슨 생각을 하는지 훤히 알 수 있었다.

"내가 못 들어오게 경고할 거라니까."

에이미도 주장을 굽히지 않았다.

제프는 한동안 말없이 그녀를 바라보았고, 그녀는 그 행동만으로도 그가 무슨 말인가 하려 궁리하다가 결국 포기하고 마음을 다잡는 걸 알 수 있었다. 마침내 그가 입을 열었을 때, 그의 목소리는 한층 가라앉아 거의 속삭임처럼 들렸다.

"이건 심각한 문제야, 에이미. 너도 알고 있지?"

"그래."

"그저 기다리기만 하면 되는 문제라면 나도 좋겠어. 아무리 힘들어도 우리는 결국 해낼 거라고 믿으니까. 아마 파블로는 그렇지 못할 수도 있 겠지만, 나머지 우리들은 해낼 거라고 믿어. 조만간에 정말 누군가 와준 다면, 우리는 그때까지 손 놓고 쉬고 있으면 돼. 그거라면 잘해낼 수 있을 거야. 굶주리고 목이 마르고 에릭의 무릎은 감염이 될지도 모르지만, 그 래도 우리는 결국 버텨내겠지. 너도 그렇게 생각하는 거지?"

에이미가 고개를 끄덕였다.

"하지만 우리는 지금 그저 기다리고 있는 게 아니야."

에이미는 아무 대꾸도 하지 않았다. 그가 무슨 말을 하려는지 알지만, 인정할 수는 없었다.

제프의 시선은 여전히 그녀를 뚫어질 듯 쳐다보며, 마주 볼 것을 강요 했다.

"내가 무슨 소리 하는지 알아늘었니?"

"덩굴을 말하는 거잖아?"

그는 고개를 끄덕였다.

"그게 우리를 죽이려고 들 거야. 다른 사람들한테 한 것처럼. 우리가 여 기 오래 머물수록 그럴 기회는 더 많아지지."

에이미는 언덕 꼭대기를 바라보았다. 덩굴이 무슨 짓을 할 수 있는지, 그녀도 이미 본 터였다. 그게 공터를 비집고 들어와 구토액을 빨아 먹는 걸 바로 코앞에서 보았다. 파블로의 다리에서 살점을 앗아간 것도 보았다. 하지만 그 모든 광경은 지금껏 배워온 자연의 법칙이라든지 식물의 능력과 너무나 동떨어진 현상이라, 쉽게 수긍이 가지 않았다. 기이한 일들, 그것도 위험천만한 일들이 실제로 벌어졌고, 자기 눈으로 직접 목격까지 했지만, 그래도 에이미는 의심을 놓을 수 없었다. 언덕을 휘감고 무성하게 퍼진 덩굴과 진초록빛 잎사귀들, 피처럼 붉은 꽃들을 바라보는 지금까지도, 그 위험성이 선뜻 믿기지 않았다. 그녀는 활과 총을 든 마야인들이 무서웠다. 충분히 먹거나 마시지 못하는 게 무서웠다. 하지만 덩굴은 그녀의 마음속에 여전히 한 식물로만 존재할 뿐, 제프가 강요하는 방식으로 두려워할 수는 없었다. 그게 자신을 죽일 거라고는 도저히 믿을 수가 없었다.

에이미는 결국 마음이 놓이는 쪽, 즉 처음의 제 주장으로 돌아가버렸다.

"그리스 사람들이 올 거야."

그 말에 제프는 한숨을 내쉬었다. 그를 실망시켰다는 것, 그가 바라는 것보다 훨씬 못 미치는 꼴을 또 내보이고야 말았다는 걸 알 수 있었다. 하지만 그것이 지금 에이미가 가진 능력의 전부였다. 현재의 자신보다 더 낫거나 더 용감하거나 더 현명할 수는 없었고, 제프 또한 그렇게 생각하고 단념하는 게 훤히 보였다. 그는 에이미의 팔꿈치에서 손을 뗐다.

"조심해야 돼, 오케이?"

그가 말했다.

"늘 경계하고. 무슨 일이 일어나면 최대한 소리쳐. 우리가 달려갈게."

그렇게 이별의 말을 마치고, 그는 에이미를 언덕 아래로 내려 보냈다.

❧

에릭은 오렌지색 텐트에 돌아왔다. 좋은 생각이 아니란 것은 본인도 잘 알고 있었다. 그가 지내기에는 매우 적당치 않은 장소지만, 그래도 오지 않을 수가 없었다. 소극적이고 무기력해 보이는 에릭의 겉모습 속에는, 온통 공포가 가득 들어차 있었다. 따라서 옴짝달싹 못 하도록 갇힌 이 상황에서 홀로 텐트에 들어가는 것은 그의 상태를 악화시킬 뿐이었다. 하지만 제프는 그늘로 가서 쉬라고 말했고, 에릭은 그 말에 순순히 따라야 했다.

하지만 그게 옳은 판단이 아니라는 걸, 그는 직감했다.

한낮의 열기가 더해가고 무정하게도 높이 떠오른 태양은 텐트의 오렌지 빛 나일론 천 위에 작열해, 텐트 자체가 빛과 열기를 막아주기는커녕 오히려 증폭시키는 것 같았다. 머리는 기름이 잔뜩 끼고 땀이 줄줄 흘렀지만, 에릭은 드러누워 호흡을 가다듬으려 애썼다. 숨이 너무 낮게, 그리고 가쁘게 뛰었다. 숨을 깊게 들이마셔 가슴에 공기를 꽉 채우면, 몸과 마음이 차분해질 거라고 생각했다. 심장의 고동이 차분해지고 생각도 느긋해지리라 믿었다. 그런데도 이상하게 그의 사고는 너무나 빠르고 극단적으로 날뛰어댔다. 극한 히스테리 상태에 왔고, 아마 그걸 넘어섰을지도 모른다는 생각이 들었다. 그는 일종의 불안발작(anxiety attack) 상태에 빠졌고, 거기에서 빠져나올 방법은 없어 보였다. 그의 호흡과 심장과 생각과 보는 것들이 그의 통제력을 빠져나가고 있었다.

그는 부상당한 다리를 살피기 위해, 쭈그리고 앉아 부풀어 오른 부위를 쏘아보며 손가락으로 연방 눌러댔다. 덩굴이 그의 몸 안에 있었다. 마티아스가 그걸 잘라냈지만 아직도 그 안에는 뭔가 있었다. 에릭은 그걸 느낄 수 있고, 틀림없다고 확신했지만, 다른 이들은 들으려고도 하지 않았다. 그들은 그의 말을 무시하고 혼자 떨어뜨려놓았지만, 덩굴은 그의 안에서 자라기 시작했다. 그것이 그의 몸 안에서 자라고 그의 몸을 먹기 시작했으니, 결국 파블로처럼 다리에서 살점이 말끔히 사라지고 말 것이다.

그와 그리스인은 이곳을 살아서 나가지 못하고, 결국 이 언덕에 산재하는 초록빛 둔덕에 수를 더하게 될 게 뻔했다.

텐트야말로 이 불상사가 발생한 지점이다. 그런데 왜 이 텐트에 돌아왔을까? 제프가 그 이유였다. 그가 그 안으로 들어가서 쉬라고 말했기 때문이다. 마치 쉬는 게 가능하기나 한 것처럼. 분명히 제프는 에릭의 말을 믿지 않았다. 그의 무릎을 2, 3초 정도 보았을 뿐이고, 그것으로는 절대로 충분치 않았다. 그래, 제프는 그의 상처를 전혀 보지 않은 것과 같다. 아니, 어쩌면 아무리 오래 들여다본다고 해도, 결국 보지 못했을 수도 있다. 아마 문제는 거기에 있는 것인지도 모른다. 에릭은 몸 안에 그게 있다는 걸 느낄 수 있기 때문에, 그게 진실임을 알 수 있었다. 자기 다리 안에서 자기가 아닌 낯선 존재가 모종의 의도를 갖고 움직이고 있는 것이다. 에릭은 그게 몸 안에 있는 걸 눈으로 확인하고 싶었고, 제프와 다른 이들도 볼 수 있기를 바랐다. 그들이 볼 수만 있다면 상황은 완전히 달라질 텐데. 그 일이 발생했고 앞으로 또 발생할 수 있는 텐트 안에 있으면 안 된다. 혼자여서는 안 된다.

놀랍게도 에릭은 제 힘으로 일어섰다. 그는 절뚝거리며 텐트 입구로 다가가 햇살을 향해 나갔다. 스테이시가 오두막 옆에 앉아 있었다. 제프와 마티아스는 그녀를 위해서 쓰다 남은 기둥과 텐트의 나일론 천을 사용해 누더기 우산 같은, 조그만 파라솔을 만들어주었다. 그녀는 그 밑에서 책상다리를 하고 맨땅에 앉아, 대각선 방향의 파블로를 바라보고 있었다. 그 방향이어야만 그를 제대로 보지 않으면서도 감시할 수 있기 때문이었다. 일행 중 그 누구도 파블로를 더 이상 보고 싶어 하지 않았고, 에릭도 그걸 알아챌 수 있었다. 자신 또한 그리스 청년을 바라보고 싶지가 않았다. 그 보고 싶지 않은 범주에 이제는 자신까지 포함되고 있다는 게, 에릭은 괴로웠다. 지금도 스테이시를 향해 걸어가고 있건만, 그녀는 눈길도 주지 않았다.

　에릭은 다가가 그녀의 손을 잡았다. 그녀는 잠자코 있었지만, 그저 내버려둘 뿐 아무 반응도 하지 않아 텅 빈 글러브를 쥔 기분이 들었다. 두 사람은 말없이 묵묵히 앉았고, 에릭은 이 짧은 침묵 속에서 일종의 평화를 느낄 수 있었다. 태양 아래 나란히 앉아 쉬고 있자니, 왜 진작 이러지 못했을까 후회가 들기도 했다. 하지만 그것도 잠시 뿐, 에릭의 안정은 오래가지 못하고 돌연 유리처럼 산산이 부서지고, 심장이 목구멍을 치받고 올라올 것만 같았다. 살갗에 땀이 솟고 제 손 안에서 스테이시의 손이 빠져나가는 게 느껴졌다. 그는 벌떡 일어나 걷고 싶은 충동을 억눌렀다. 파블로의 숨소리, 양철 캔을 쓱쓱 톱질하는 듯한 불길하고 거친 숨소리가 들렸다. 에릭은 그를 흘끗 보는 모험을 감행하고는 이내 후회했다. 파블로의 얼굴은 섬뜩한 잿빛으로 변해 있었고, 푹 꺼진 눈은 굳게 닫혔는데, 입 한 귀퉁이에서 가느다란 검은 액체가 한 줄기 흘러나왔다. 구토액 또는 담즙, 아니면 피, 그중에 무엇인지 에릭은 알 수 없었다. *누가 닦아주어야 하는데.* 생각은 들었지만 몸은 꿈쩍도 하지 않았다. 물론 침낭 밑 파블로의 두 다리는, 뼈와 말라붙은 핏덩어리와 노란 힘줄뿐일 것이다. 에릭은 이 그리스인이 다리에 살점이 완전히 벗겨진 상태로는 결국 죽음을 맞을 수밖에 없다는 걸 예감했고, 그렇다면 빠른 시일 안에, 지금 당장이라도 그 일이 일어나기를 바랐다. 그게 차라리 축복이자 안식일 거라고 그는 생각했다. 예전에는 사람들이 시신과 함께 슬픔을 묻어버리기 위해 위로 삼아 하는 말이라고 여겼지만, 왠지 지금은 그게 진실처럼 느껴졌다. 죽음. 에릭의 머릿속에 갑자기 그 말이 떠올랐다. *지금 당장 끝내. 그냥 죽어버려.* 그러는 동안에도 그리스인의 호흡은, 참으로 신기하게도 그 거친 행로를 이어가고 있었다.

　에릭은 제프와 마티아스가 대화하는 소리를 어렴풋이 들을 수 있었지만, 무슨 말인지는 전혀 알 수가 없었다. 그들은 에릭의 시야가 미치지 않는 곳, 언덕 저 아래 어딘가에서 변소를 파고 있었다.

그는 스테이시의 손을 꽉 잡았다. 그녀는 아직도 시선을 외면하고 있었다.

"저⋯⋯."

과연 지금 이런 얘기를 하는 게 옳을지 확신하지 못한 채, 그가 주저하며 말을 꺼냈다.

"내 몸 안에서 덩굴이 자라고 있어."

정적이 흘렀다. *보나마나 대답하지 않겠지*, 그는 생각했다. 하지만 의외로 그녀는 입을 열었다.

"우리가 꺼냈어."

그녀의 목소리는 몹시 차분했다. 너무 조용해서 에릭은 귀를 기울이기 위해 몸을 기울여야 했다.

"너는 또 '하지만' 이라고 받아치겠지만."

스테이시는 고개를 내젓고 말을 이었다.

"농담이 아니야. 마티아스가 분명히 그걸 잘라냈다고 했어. 그러니까 그건 네 몸 안에 없어."

"하지만 나는 지금도 느낄 수 있는데."

그녀가 마침내 그를 마주 바라보았다.

"네가 느낄 수 있다고 해서, 그게 정말 그 안에 있다는 뜻은 아니지."

"그래두 정말로 있다면?"

"그렇다면 우리가 손쓸 일은 전혀 없다는 뜻이 돼."

"어쨌든 너도 그럴 가능성은 있다고 인정하는 거네?"

"그런 뜻으로 한 말이 아니야."

"하지만 나는 느낄 수 있어, 스테이시."

"뭐가 사실이든지 간에 우리는 여기서 기다려야만 해."

"그러면 결국 나도 파블로처럼 되고 말 거야."

"그만 해, 에릭."

"하지만 그게 내 안에 있어. 내 피 속에 있다고. 내 가슴속에서 그걸 느낄 수 있어."

"제발 그만 해."

"차라리 지금 죽고 싶어."

"에릭."

갑자기 잦아든 그녀의 목소리에 놀라, 에릭은 말을 뚝 멈추었다. 그녀는 울고 있었다. 언제부터 울기 시작한 걸까?

"제발 그만둬, 자기야."

그녀가 말했다.

"그만 좀 참아주면 안 돼? 진정할 수는 없어?"

그녀는 손등으로 얼굴을 훔치며 다시 말을 이었다.

"나는 정말 네가 진정해주었으면 해."

에릭은 아무 말도 하지 않았다. 가슴속에도 있다. 대체 언제 비집고 파고들었단 말인가? 미처 깨닫지 못하고 있었지만, 그것은 분명 사실이었다. 덩굴이 그의 가슴속 움푹 아랫부분에서, 미세한 움직임이지만 위를 향해 압력을 가한다는 걸 그는 확실히 느낄 수 있었다.

스테이시는 그의 손아귀에서 손을 빼내고, 땅을 짚고 일어나 공터로 들어갔다. 그녀는 허리를 숙이고 파블로의 배낭을 뒤적여 유리병을 꺼내고는, 그를 향해 돌아오며 마개를 열었다.

"자."

그녀가 우두커니 서서 그에게 테킬라를 내밀었다.

에릭은 그걸 받아 들지 않았다.

"제프가 술 마시지 말라고 했어."

"제프는 여기 없잖아, 그치?"

여전히 손은 뻗지 않은 채, 에릭은 호박 빛깔 액체가 담긴 병을 물끄러미 바라보았다. 테킬라 냄새가 확 풍겼다. 그러자 타는 듯한 갈증이 더 강렬해져, 테킬라는 참을 수 없는 유혹으로 다가왔다. 그는 손을 들어 그녀에게서 병을 건네받았다. 전날 오후에 진흙밭을 간신히 건넌 후에 마셨던 그 술이건만, 그때 기억은 너무나 딴 세상 일처럼 여겨졌다. 파블로가 그들 두 사람 앞에 서서 환하게 웃으며 그 병을 건네던 게 눈에 선한데, 지금은 기억이 아닌 아련한 꿈만 같았다. 에릭은 고개를 뒤로 젖히고 술을 길게 들이켰다. 너무 많이 들이켜서 숨이 차고 기침이 터지며, 눈물이 찔끔 나와 눈앞이 아른거렸다. 하지만 기분은 좋았다. 바로 그것이었다. 그래서 쉴 여유도 주지 않고 얼른 다시 술병을 입으로 가져갔다. 호흡이 안정되기를 간절히 원했기에.

어제 아침부터 먹은 것이라고는 조그만 참치 샌드위치 조각과 빵이 전부였고, 몹시 지친 데다 탈수 상태였던 터라, 몇 초 사이에 기분 좋게 몸이 나른해지더니, 마침내 숨쉬기가 편안해졌다. 마치 바늘이 혈관에 들어가자마자 약효가 신속히 작용하듯, 머릿속이 순식간에 먹먹하고 흐릿해졌다. 에릭은 팔뚝으로 입 주변을 훔쳐내며, 자기 자신도 놀랄 정도로 크게 웃었다.

스테이시는 여전히 그를 지켜보고 섰는데, 우스꽝스러운 파라솔을 어깨에 걸치고 그 그늘을 그에게 드리우고 있었다.

"너무 많이 마시면 안 돼."

그가 또 술병을 들어 올리자, 그녀가 재빨리 낚아채며 말했다.

그녀는 마개를 닫고 파블로의 배낭에 술병을 도로 넣었다. 그리고 그의 곁에 나란히 앉아 그가 손을 쥐도록 해주었다. 테킬라가 가슴속에서 타오르고, 귀가 윙윙 울렸다. 그들의 말이 옳은지도 몰라. 내가 너무 과잉 반응을 했는지도 모르지. 그렇게 생각했다. 물론 벌레 같은 것이 여전히 다리 속에서 꿈틀대고, 흉곽 아래쪽에서는 묘한 압박감이 올라오는 걸 느꼈지만, 술이 들뛰던 잡념들을 잠재운 덕에 덩굴 따위는 이제 아무 상관도 없다는 기분이 들었다. 겁을 집어먹고 자기 몸에 너무 신경을 썼던 탓이라고 여기기로 했다. 지나치게 몰두하다보면, 정말 그게 몸 안에 있는 듯한 기분이 들게 마련이라고.

"가련하고 가련하며 또한 가련하여라."

그는 문득 아무 이유도 없이 이 말을 중얼거렸다.

"뭐라고?"

스테이시가 물었다.

에릭은 옆으로 손을 내저으며 고개를 흔들었다. 테킬라가 세 병이나 있으니, 혈관에 진정제를 주입하듯이 앞으로 몇 시간 동안 홀짝홀짝 아껴 마실 생각에만 집중하기로 했다. 그리스인들이 곧 올 테니, 모두 무사할 것이다. 따라서 지금 할 일이란, 이렇게 앉아서 스테이시의 손을 잡고 술병을 달라고 부탁하는 것이다. 한 번에 한 모금씩만 마시면, 앞으로 다가올 날도 그럭저럭 견뎌낼 수 있을 것 같았다.

그들에게는 삽이 없었다.

제프는 커다란 창날처럼 생긴 예리한 바위를 찾아냈는데, 그걸 양손에 쥐고 무릎을 꿇고 앉아 메마르고 딱딱한 지면을 잘게 다졌다. 마티아스는 파란색 텐트에서 나온 금속 기둥을 이용해 땅을 내리쳤는데, 팔을 휘두를 때마다 그의 입에서 신음 소리가 터져 나왔다. 땅을 충분히 바숴놓았다

싶으면, 일어나서 먼지를 털고 잠시 호흡을 가다듬으며 얼굴의 땀을 씻어낸 다음, 그동안의 진척 상황을 훑어보았다.

고된 노역이었지만, 작업 결과는 제프가 바라던 것과 영 거리가 멀었다. 그는 1.2미터 깊이에 사람이 양발을 벌리고 앉아 볼일을 볼 만한 구덩이를 예상하고, 수직으로 파 내려갈 작정이었다. 그런 작업을 설명한 책을 읽은 적이 있고, 또는 어딘가에서 그림을 본 적도 있는 듯했는데, 이 언덕에서는 그와 마티아스가 해낼 만한 작업이 아니었다. 조금 구덩이가 파였다 싶으면, 사방의 벽이 와르르 부서져버려, 결국 깊이를 키우려면 폭을 넓히는 수밖에 없었다. 따라서 사람이 웅크리고 앉을 만한 좁은 폭을 유지하자면, 60센티미터 깊이에 만족해야 했는데, 그래 가지고는 변소 본래의 용도를 해낼 수 없었다. 깊이가 얕은 변소는 더 이상 변소라 할 수 없었다. 결국 제프가 그날 아침 일찍 했던 대로, 덩굴 밭으로 들어가 변을 보고 난 뒤, 발로 흙을 차서 오물을 덮는 수밖에 없다는 뜻이 된다.

생각이 여기에 이르자, 제프는 애당초 깨달았어야 할 진실이 무엇인지, 마침내 깨닫게 되었다. 변소 자체가 멍청한 아이디어라는 것을. 아무리 잘 만들어낸다고 해도, 어차피 그들에게 변소는 필요 없다는 사실을 깨달은 것이다. 위생 문제는 지금 그들에게 당면한 급선무가 아니었다. 위생 문제가 위기를 불러일으킬 시기가 오기 전에, 이미 그들은 사라지고 난 뒤일 테니까. 구조되든지 죽든지 둘 중에 하나인 것이다. 결국 제프와 마티아스는 의미 있는 작업에 매달린 게 아니었다. 무기력하게 다가올 운명을 기다리는 대신, 무엇이든지 매달릴 구실을 찾아 집착하는 제프 때문에, 지금껏 두 사람은 진땀을 흘려낸 것이다. 이 사실을 깨닫고 인정하고 나자, 제프는 땅을 파던 동작을 멈추고 그 자리에 주저앉았다. 마티아스도 그렇게 했다.

"우리가 뭘 하고 있는 거지?"

제프가 물었다.

마티아스는 어깨를 으쓱 움직이고는, 자신이 가까스로 만들어놓은 엉성한 얕은 구덩이를 가리켰다.

"변소를 파지."

"저걸 쓸 수나 있을까?"

마티아스는 고개를 흔들었다.

"그렇게는 안 될 것 같아."

제프는 돌멩이를 획 내던지고, 손을 바지에 쓱쓱 문질렀다. 손바닥이 화끈거렸다. 녹색 솜털이 바지에 또 자라고 있었다. 공터에 다 같이 모여 있을 때 분명히 털어냈는데도, 어느새 그것들은 바지와 구두를 또다시 점령해버린 것이다.

"구덩이는 오줌 모을 때 쓸 수는 있겠는데."

마티아스가 말했다.

"증류할 때 말이야."

그는 양손으로 구덩이에 방수포를 덮는 시늉을 해 보였다.

"그게 소용이나 있을까?"

제프가 물었다.

미디아스는 그 말을 듣자마자, 성이 난 듯 고개를 번쩍 들어 올렸다.

"너야말로 그걸 생각해낸 장본인……."

제프는 고개를 끄덕이며 그의 말을 막아섰다.

"알아, 내 아이디어였어. 하지만 그걸로 우리가 물을 얼마나 모을 수 있을까?"

"많지는 않겠지."

"우리가 지금 땅을 파면서 흘린 땀을 보충할 수 있을 정도로?"

"모르겠어."

제프는 한숨을 푹 내쉬었다. 자신이 바보처럼 여겨졌다. 어찌 그런 기분이 들지 않겠는가? 몹시 지친 데다, 그는 지독한 패배감을 맛보아야 했다. 그것은 곧 절망을 뜻했고, 그것이야말로 최악 중의 최악, 바로 생존의 반대말이라는 걸 그는 잘 알고 있었다. 그가 지금 느끼는 감정이 정확히 무엇인지는 중요하지 않았다. 어떻게 해야 그런 감정을 떨쳐낼 수 있는지를 알 수가 없었다.

"비가 오면, 물을 많이 받을 수 있을 텐데. 비가 안 오면 결국 갈증에 죽게 될 거야."

그가 말했다.

마티아스는 아무 말도 하지 않았다. 조금은 흘겨보듯 제프를 유심히 바라보았다.

"나는 일부러 부산을 떨었어."

제프가 말했다.

"할 일을 찾아서 하자. 그래야 사기를 잃지 않는다고 하면서."

그의 얼굴에 자조하는 미소가 흘렀다.

"나는 저 갱로 밑으로 다시 내려갈 계획까지 세우고 있었어."

"왜?"

"벨 소리. 휴대폰이 울리는 소리 말이야."

"램프에 기름이 없어."

"횃불을 만들 수 있잖아."

마티아스가 믿기지 않는 듯 웃음을 터뜨렸다.

"횃불이라고?"

"헝겊으로. 그걸 테킬라에 적셔서."

"너 알아?"

마티아스가 물었다.

"너 지금 정말 독일 사람 같은 거 알아?"

"소용이 없을 거라는 뜻이야?"

"모험을 걸 만한 가치가 없어."

"어떤 모험?"

마티아스는 어깨를 으쓱 움직였는데, 뻔하지 않느냐는 투였다. 아마 그 뜻이었을 것이다.

"파블로를 봐."

그가 말했다.

파블로. 최악 중의 최악. 제프는 그리스 청년을 구할 마지막 아이디어를 아직 입 밖에 내지 않고 있었다. 그 동기가 정말 파블로를 위한 것인지, 자신 있게 말할 수가 없었기 때문이다. 단순히 부산 떨기 위한 행동일 가능성이 털끝만큼이라도 있다면, 그 아이디어는 즉시 취소해야 했다. 하지만 일단 시도만 하면, 그를 살릴 수 있다고 제프는 확신했다.

"그가 살아날 수 있을 것 같아?"

제프가 물었다.

마티아스는 이맛살을 찌푸렸다. 입을 열었을 때 그의 목소리는 거의 들리지 않을 정도로 가라앉아 있었다.

"그럴 것 같지가 않아."

"하지만 오늘 구조대가 온다면?"

"정말 구조대가 오늘 올 거라고 믿어?"

제프는 고개를 흔들었고, 두 사람은 한동안 말이 없었다. 마티아스가 땅에서 기둥을 집어 들었다. 제프는 마음을 단단히 먹었다. 그리고 입을 열어 마침내 그 아이디어를 꺼냈다.

"어쩌면 우리가 그를 구할 수 있을지도 몰라."

마티아스는 시선을 들 생각도 않고, 여전히 땅을 들여다보며 대꾸했다.

"어떻게?"

"다리를 절단하는 거야."

마티아스는 그때서야 눈을 들고 묵묵히 제프를 바라보며, 알 듯 모를 듯한 미소를 보냈다.

"농담이지?"

제프는 고개를 저었다.

"너 방금 다리를 자른다고 했어."

"그렇게라도 하지 않으면 그는 죽을 거야."

"마취도 못 하잖아."

"고통은 없을 거야. 허리 아래로는 감각을 못 느끼니까."

"피를 너무 많이 흘릴 텐데."

"압박대로 이미 지혈해놓았어. 우리는 그 아래를 자르면 돼."

"뭘로? 수술 도구 따위는 전혀 없는데, 뭘로……."

"나이프."

"뼈를 자르는 톱 말이야. 나이프로는 그런 걸 못 해."

"일단 뼈를 부수고 난 다음에 절단하면 돼."

마티아스는 고개를 가로저으며, 기가 막힌 듯 쳐다보았다. 그의 얼굴에 그런 표정이 떠오른 걸 제프는 처음 보았다.

"안 돼, 제프. 절대로."

"안 그러면 그는 죽어."

마티아스는 제프의 말을 들으려 하지 않았다.

"감염되는 건 어쩌고? 분견힌 나이프로 그의 다리를 절단한다고?"

"살균할 수 있어."

"나무가 없잖아. 끓일 만한 물도 없고. 물이 있다 쳐도, 그걸 끓일 솥도 없어."

"태울 재료는 있어. 노트하고 배낭에 가득 찬 옷가지들. 나이프를 불꽃에 달구기만 하면 돼. 뜨거운 나이프가 다리를 베어내면서, 그 단면을 지지게 하는 거지."

"그러다 그를 죽게 할 수도 있어."

"아니면 살리든지. 둘 중에 하나야. 어쨌든 살릴 기회는 만들 수 있잖아. 가만히 앉아서 그가 죽는 걸 지켜볼 거야? 그건 그리 간단하게 끝날 일이 아니야. 너 자신을 속이지 마."

"그래도 구조대가 오면……."

"오늘이야, 마티아스. 온다면 바로 오늘 와야 해. 그의 다리를 저렇게 노출시켜두면, 패혈증을 일으킨다고. 어쩌면 이미 시작됐는지도 모르지. 일단 그게 발병하면, 손쓸 도리가 없어져."

마티아스는 다시 허리를 구부리고, 흙을 파내기 시작했다.

"나 때문에 모두 여기까지 오게 해서 미안해."

그가 말했다.

제프는 손을 내저었다. 핵심에서 벗어난 얘기라는 뜻이었다.

"오겠다고 선택한 건 우리야."

마티아스는 한숨을 푹 내쉬며 텐트 기둥을 땅에 떨어뜨렸다.

"난 못 하겠이."

그가 말했다.

"내가 할게."

"내 말은…… 동의 못 하겠다고."

제프는 한동안 말을 잇지 못했다. 예상치 못한 대답이었다. 마티아스는 흔쾌히 그의 의견을 받아들이고, 다른 일행을 설득하도록 도와줄 거라고 여겼기 때문이다.

"그러면 최소한 그를 저 비참한 지경에서 벗어나게는 해주어야 해."

제프가 입을 열었다.

"목구멍에 테킬라를 부어서 취하게 해놓고, 정신을 잃을 때까지 기다리는 거야. 그런 다음……"

그는 손을 들어 허공에 휙 빗금을 그렸다. 말 대신 행동으로 보여주려던 것인데, 그것 역시 생각보다 힘들었다.

마티아스가 그를 빤히 쳐다보았다. 전혀 알아듣지 못한 듯했다. 어쩌면 도저히 그 말을 입에 담을 수가 없어, 일부러 그랬는지도 모른다.

"뭐라고?"

마티아스가 되물었다.

"끝내는 거야. 목숨을. 숨을 끊어주자고."

"말도 안 돼."

"그가 만일 개라고 쳐보자. 그러면……"

"하지만 그는 개가 아니잖아."

제프는 낙담한 듯 양손을 내려뜨렸다. 이 말을 설득하기가 왜 이렇게 어려울까? 그는 현실적인 판단을 내리려는 것뿐이었다. 인도적인 판단을.

"내가 무슨 뜻으로 하는 말인지, 너도 알잖아."

그가 말했다.

제프는 더 이상 그 얘기는 계속하고 싶지 않았다. 자기 의견을 이미 내놓았는데, 거기서 더 무엇을 어쩌겠는가? 가슴속이 납덩이를 안은 것처럼 갑갑했다. 태양은 더욱 높이 떠오르고 있었다. 두 사람도 텐트의 그늘에 들어가야 했다. 이렇게 야외에서 땀을 흘리는 것은 어리석은 행동이었다. 그러나 제프는 움직일 생각이 나지 않았다. 제프는 뾰로통하게 토라진 채, 자신의 계획을 수용하지 않는 마티아스에게 벌을 주고 있음을 깨달았다. 마티아스가 밉고, 그런 자신을 보고 있는 것도 얄미웠다. 그가 그만 쳐다보게 하고 싶었다. 하지만 그럴 방법은 없었다.

"다른 사람들한테도 얘기했어?"

마티아스가 물었다.

제프는 고개를 저었다.

마티아스는 바지에 묻은 녹색 솜털을 털어내고, 묵묵히 생각에 잠긴 채 흙으로 손을 문질러 씻었다. 마침내 그가 다시 몸을 일으키며 입을 열었다.

"투표로 정하자. 다른 사람들이 좋다고 하면, 나도 따를게."

그 말을 마치고 마티아스는 텐트를 향해 언덕을 올라갔다.

그들은 공터에 다시 모였다.

먼저 마티아스가 공터로 올라왔고, 몇 분 후에 제프도 모습을 나타냈다. 두 사람은 에릭과 스테이시 옆에 나란히 자리를 잡았고, 그리하여 그들 일행은 오두막 근처에 거의 반원을 그리며 앉게 되었다.

파블로는 눈을 감은 그대로였다. 그를 놓고 의논을 하는 자리지만, 아무도 그에게 눈길을 두려 하지 않았다. 그의 이름을 부르거나 입에 올리는 걸 피하고, 그저 "그"라고만 하면서 망가진 그의 몸을 대충 가리기만 했다. 에이미는 아직도 언덕 밑자락에서 그리스인들을 기다리고 있었지만, 이야기가 시작되고 안건이 명백해지고, 그리하여 심각하고도 무서운 일이 결정되는 과정에서조차, 어느 누구도 그녀의 부재를 언급하지 않았다. 스테이시는 그녀를 떠올리며, 자기가 가서 데리고 와야 하지 않을까 궁리했다. 에이미가 옆에 앉아 손을 잡고 함께 고민하기를 바랐지만, 그런 의견을 입 밖으로 내놓지는 못했다. 그녀는 이런 상황에 익숙하지 않았다. 공포 때문에 그녀는 소극적이고 말수가 적어졌다. 잔뜩 움츠린 채, 나쁜 일들이 어서 지나기만을 기다리고 있었다.

그러나 그들은 그녀의 의견을 원했다. 그녀와 에릭 두 사람의 의견을 원했다. 두 사람이 좋다고 하면, 일은 행해지게 되어 있었다. 제프가 파블로의 다리를 자른다. 너무나 끔찍하고 상상도 할 수 없는 일이지만, 제프의 말에 따르면 그게 유일한 희망이라고 했다. 그의 논리대로라면, 그들이 안 된다고 할 경우 희망은 사라지는 것이다. 파블로가 죽는다. 이것이 제프가 그들에게 설명한 요지였다.

파블로에게 희망이 없다. 이 말에는 한 가지 전제 조건이 붙어 있었다. 즉, 그 조건이 충족되지 않기 때문에, 파블로는 다리를 제거하는 모험을 벌여야 한다고 했다. 그 전제 조건이란, 오늘 구조되지 못한다는 제프의 주장이었다. 스테이시는 파블로의 다리를 놓고 판단해야 하는 지금, 바로 그 주장에 골몰하고 있었다. 오렌지색 텐트 속에서 덩굴에 둘러싸인 채 또 밤을 나야 한다. 제 의지대로 움직이고, 에릭의 다리 속으로 파고들었으며, 제프의 말대로라면, 그들 일행을 모두 죽이려고 드는 그 덩굴에 둘러싸인 채, 또다시 밤을 나야 한다. 그녀는 도저히 배겨낼 자신이 없었다.

"어떻게 알아?"

그녀의 입에서 공포에 짓눌린 목소리가 흘러나왔고, 그런 자기 목소리에 그녀는 더욱 주눅이 들었다.

"뭘 어떻게?"

제프가 물었다.

"그들이 오지 않을 거라는 거."

"그런 말은 하지 않았어."

"네가 방금……."

"그들이 오늘 올 것 같지는 않다고 했지."

"하지만……."

"그들이 오늘 오지 않고, 우리가 행동에 들어가지 않으면, 그는……."

여기서 제프는 손짓으로 오두막을 대충 가리켰다.

"살아나지 못할 거야."

"하지만 네가 어떻게 알아?"

"그의 뼈가 노출됐어. 그는 곧……."

"아니, 내 말은 그들이 안 올지도 모른다고 한 거."

"지금은 그들이 오냐 오지 않느냐가 중요한 게 아니야. 언제 오느냐가 중요하지. 손 놓고 기다리기만 하는 건, 모험이라는 뜻이야."

"그러니까 그들은 올 수도 있다는 말이네?"

제프는 포기했다는 표정으로 양손을 들어 올렸다.

"오지 않을 수도 있고. 그러면 정말 문제가 커지는 걸 테고."

사실 둘러앉은 그들 사이에 이런 이야기가 오가지는 않았다. 모두 묵묵히 입을 다물었다. 그래도 스테이시는 알 수 있었다. 제프는 그녀가 바라는 대로 해주지 않을 것임을. 더 정확히 말하자면, 해줄 수가 없다는 것을. 그리스 사람들이 어서 와서 안전하게 자신들을 구조해주기를 바랐지만, 제프는 최소한 오늘은 아닐 것이므로 파블로의 다리를 절단할 수밖에 없다고 대꾸할 게 뻔했다.

그는 그렇게 하고 싶어 했다. 스테이시는 분명히 알 수 있었다. 마티아스는 그렇지 않았다. 하지만 그는 입을 열지 않았다. 평소처럼 귀를 기울이며, 다른 이들이 결정하기를 기다리고만 있었다. 스테이시는 제프가 파블로의 다리를 자르지 않기를 바랐고, 그게 좋은 생각이라고 믿을 수가 없었기 때문에, 마티아스가 나서서 자신과 에릭이 동의하지 않도록 설득해주기를 바랐지만, 혼자 힘으로 논쟁을 벌일 자신은 없었다. 설사 안 된다고 말을 꺼낸다고 해도, 제프한테 타당한 이유를 설명하지 못할 게 뻔했다. 자신을 도와줄 사람이 필요했지만, 지금은 아무도 없었다. 약간 술기운이 돈 에릭은 졸린 눈을 하고 앉아, 전보다 한층 말수가 적어졌으니 사실상 회의에 참석 안 한 것이나 다름없었다. 에이미는 언덕 아래에 내려가 그리스 사람들을 기다리고 있었다.

"에이미는 어떻게 해?"

스테이시가 물었다.

"뭘 어떻게 해?"

"그 애 생각도 물어봐야 하는 거 아니야?"

"동점이 나왔을 경우에는, 에이미 의견이 중요해지지."

"동점이라니?"

"투표."

"우리 투표하는 거야?"

제프가 고개를 끄덕이고는, 당연하다는 투로 양손을 쫙 펴고 어깨를 으쓱 움직였다. 어차피 거쳐야 하는 과정인데, 왜 그토록 놀라 묻는지 이해할 수 없다는 표정이었다.

하지만 그녀는 놀랐다. 일행의 의견을 묻는 자리이므로, 모두 동의하지 않으면 행동에 들어가지 않을 거라고만 여겼기 때문이다. 하지만 그런 방식이 아니란다. 그들 중 셋만 찬성하면, 제프가 파블로의 다리를 자르겠다는 뜻이었다. 스테이시는 가까스로 입을 열고 더듬대며 말했다.

"하지만…… 그러니까 내 말은, 우리는 차마 그렇게는…… 그렇게는 안 하……."

"절단해야 해."

돌연 에릭의 단호한 목소리가 나오자, 그녀는 화들짝 놀랐다.

"지금 당장."

스테이시는 그를 쳐다보았다. 에릭의 얼굴에서는 술기운이 싹 달아난 듯했고, 시선까지 또렷했다. 표정에는 주장을 굽히지 않겠다는 강한 의지까지 엿보였다. 그래도 스테이시는 안 된다고 말하고 싶었다. 자기가 안 된다고 말하면, 제프는 언덕 아래로 내려가 에이미의 생각을 물을 게 틀림없다. 그리고 에이미를 설득할 것이다. 그녀가 저항하려 한다 해도, 그는 결국 굴복시키고 말 것이다. 제프는 다른 친구들보다 강했다. 모두 지치고 목이 마르고 다른 곳에 있기를 갈망하고 있는데, 그는 조금도 그런 내색을 보이지 않았다. 그렇다면 의논을 하는 이유는 대체 무엇이란 말인가?

"너는 그게 옳은 일이라고 확신하는 거야?"

스테이시가 물었다.

"지금 저대로 내버려두면, 그는 죽을 거야."

스테이시는 그 말을 듣자, 제 잘못 때문에 파블로에게 죽음이 닥치기라도 한 듯 파르르 떨며 말했다.

"그가 죽게 하고 싶지는 않아."

"당연히 그러면 안 되지."

제프가 말했다.

스테이시는 마티아스가 자신을 응시하는 걸 느꼈다. 눈도 깜빡이지 않고, 그녀의 대답을 기다리고 있었다. 안 된다고 하기를 바라는 게 분명했다. 그녀 역시 그럴 수 있기를 바랐지만, 그러지 못한다는 것 또한 잘 알고 있었다.

"오케이."

그녀가 말했다.

"그래야 할 것 같네."

에이미는 사진을 찍고 있었다.

언덕의 공터에서 나올 때만 해도, 아무 생각 없이 무심코 카메라를 집어 들고 목에 걸었다. 언덕을 내려가다 말고 길옆에 쪼그리고 앉아 방광을 비워내며 안도의 한숨을 쉬던 순간, 에이미는 카메라의 용도를 깨달았다. 마야인들을 사진에 담고, 이 언덕에서 무슨 일이 벌어졌는지 증거를 모으기로 한 것이다. 그녀 스스로 끈질기게 주장한 대로, 일행은 곧 구조될 것이므로, 이후에는 수사가 시작되고 체포와 재판이 있게 된다. 그렇다면 증거로는 어떤 사진을 올려야 할까? 범죄자들을 찍은 사진보다 더 나은 증거가 또 있을까?

그녀는 언덕 밑자락에 닿자마자, 마야인들의 얼굴에 집중하여 셔터를 눌러댔다. 그러면서 은밀한 승리감, 즉 자신을 사냥하던 자들을 도리어 사냥하는 듯한 기분을 만끽했다. 저들은 벌을 받을 것이다. 남은 삶을 감옥에서 보내게 된다. 그리고 에이미 자신이 거기에 한몫을 하는 장본인이 된다. 렌즈를 조준하고 셔터를 누르는 동안, 그녀는 온 청중이 귀를 기울이는 가운데 자신이 증언하는 장면을 상상했다. 커다란 스크린에 저들의 사진이 떠오르고, 그녀는 옆구리에 총을 찬 대머리 남자의 사진을 지목하며 증언할 것이다. *그가 우두머리예요. 우리가 빠져나가지 못하도록 막은 자예요.*

마야인들은 그녀를 본체만체했다. 그녀에게 눈길 한 번 제대로 주지도 않았다. 모닥불 가까이에 모인 남자들을 좀 더 나은 각도로 찍으려고 공터로 발걸음을 내디뎠을 때, 두 남자가 그녀를 향해 활을 치켜든 게 전부였다. 에이미는 사진을 찍고 재빨리 덩굴 밭으로 돌아갔다.

얼마 후 승리감은 슬그머니 사라지기 시작했지만, 그녀에게는 그 자리를 대신 메울 만한 게 아무것도 없었다. 태양은 계속 하늘 높이 떠오르는데, 너무 덥고 배가 고프고 목이 말랐다. 하지만 언덕 밑자락에 처음 내려왔을 때도 이미 그랬던 처지라, 지금의 감정 변화와는 아무 상관이 없었다. 전혀. 카메라를 들고 바삐 움직이는 그녀를 본체만체하는 마야인들의 무관심이, 결국 그녀를 지치게 만들었던 것이다. 그들은 연기 나는 모닥 불 둘레에 모여 있었고, 일부는 점차 그늘이 짧아지는 정글 끄트머리에 누워 잠을 잤다. 웃어가며 이야기를 나누기도 했다. 그중 대머리 남자는 나뭇가지를 깎아내고 있었는데, 무엇을 만들려는 게 아니라 그저 시간을 때우기 위해 양손을 놀리는 것이었다. 고작 시간을 때우기 위해서? 그들 이 언덕을 경계로 대치하는 목적이 바로 그것이었다. 즉, 시간이 가기만 기다리고 있는 것이었다. 불침번의 성과에 대해 조금도 의심하거나 불안 해하는 기색이 비치지 않았다. 아무런 감정의 동요도 보이지 않는 그들 은, 그저 하룻밤을 새우며 초가 다 타는 걸 지켜보는 사람처럼, 느긋하고 여유롭게 시간이 흐르기만 기다리는 게 분명했다.

그렇다면 그것은 대체 무슨 뜻일까? 에이미는 궁리하기 시작했다.

마야인들은 아마 그리스 사람들에 대해 알고 있을지도 모른다. 후안과 돈키호테가 이미 숲길을 통과해 마을로 들어왔지만, 은폐된 샛길을 찾지 못하고 그냥 돌아가버렸는지도 모른다. 이 가능성을 입에 올린 일행은 없 었다. 하지만 일단 그걸 머릿속에 떠올리니, 너무나 명백한 사실 같고 도 저히 무시할 수가 없었다. 그리스 사람들이 오지 않는다는 게, 거부할 수 없는 진실로 여겨졌다. 아무도 오지 않는다. 그리고 이게 진실이라면 희 망은 사라진다. 파블로에게, 물론 나머지 친구들에게도. 마야인들은 그걸 알고 있는 게 틀림없다. 그게 그들이 이토록 지루해하는 이유이나. 그들 은 차근차근 일이 진행되기를 기다리기만 하면 된다는 걸 아는 것이다. 누구도 시키지 않았건만, 그들은 언덕의 경계를 이루는 공터를 수비하고 있다. 갈증과 굶주림과 덩굴을, 그들은 이전에도 숱하게 목격했던 게 틀 림없다.

에이미는 촬영을 중단했다. 술에 취한 것처럼 현기증이 일어났다. 언덕 길이 시작되는 지점에 털썩 주저앉았다. 햇볕 때문이야. 그녀는 혼잣말로 중얼거렸다. 뱃속이 비어서 그래. 그것은 거짓말이었다. 그녀는 현기증의 원인을 알고 있었다. 태양과 굶주림은 아무 상관도 없었다. 원인은 공포 때문이었다. 생각을 다른 데로 돌리려고, 심호흡을 하고 카메라를 만지작거렸다. 10년 전 보모로 아르바이트하면서 돈을 모아 산 싸구려 자동 카메라였다. 제프가 이번 여행을 위해 디지털 카메라를 주었지만, 그녀는 돌려주었다. 이 물건에 너무나 정이 들어, 아직은 버릴 생각이 나지 않았다. 하지만 그리 쓸 만한 물건은 못 되었다. 햇빛 때문에 하얗게 또는 어둡게 그늘이 져서 나오고, 초점도 흐릿하게 나올 때가 많았지만, 에이미는 완전히 망가지거나 분실하거나 도둑맞기 전에는 새것으로 대체할 마음이 나지 않았다. 필름은 총 36컷 중에서 세 컷이 남아 있었다. 카메라를 쓸 일이 별로 없을 것이라 여기고, 여분의 필름은 사두지 않았다. 그 33컷이 자신의 생애를 담은 마지막 기록이라는 생각이 들자, 기분이 묘해졌다. 부모님 사진 x장, 칸쿤의 명소와 일몰과 개들 사진 x장, 제프와 스테이시의 사진 x장. 그리고 지금 그녀의 느낌이 옳다면, 즉 마야인들의 태도와 제프의 주장이 옳다면, 그녀의 전 생애에서 찍을 사진은 앞으로 석 장밖에 되지 않는다. 에이미는 무슨 장면을 찍어야 할지 궁리해보았다. 타이머를 맞춰놓고, 들것에 누운 파블로 주위로 단체 사진을 찍어야겠다고 생각했다. 물론 자신과 스테이시가 팔짱을 낀 사진 한 장. 그리고 마지막으로…….

"너 괜찮은 거니?"

에이미가 올려다보니 스테이시가 누더기 파라솔을 어깨에 걸고, 그녀 앞에 서 있었다. 기름 낀 머리카락에 수척해진 그녀는, 몹시 초췌해 보였다. 입술을 파르르 떨고 손까지 떨고 있어, 마치 미풍이 불 때처럼 파라솔까지 조그맣게 달그락대는 소리를 냈다.

내가 괜찮은가? 에이미는 정확한 대답이 무엇인지 골똘히 궁리했다.

현기증을 느낀 이후로 그녀는 마음이 착 가라앉고 체념한 상태가 되어 있었다. 그녀는 제프와 같은 투사 체질이 아니었다. 그렇다고 제프가 자신을 바보 취급하듯이, 자기까지 나서서 자학하고 싶지는 않았다. 이 언덕에서 죽을지도 모르는 위기에 처했지만, 에이미는 무슨 짓이든 해야겠다는 조급함은 없었다. 그저 지쳤을 뿐이고, 남들 하는 대로 허겁지겁 따라가느니 편히 눕고 싶은 생각뿐이었다.

"괜찮은 거겠지."

그렇게 대꾸하고 스테이시를 올려다보니, 생각보다 훨씬 어두운 얼굴을 하고 있었다.

"너는?"

스테이시는 고개를 가로저었다. 그리고 등 너머 언덕을 가리키며 입을 열었다.

"그들이…… 말이야……."

그녀는 말을 잇지 못했고, 적절한 어휘를 찾지 못해 헤매는 것 같았다. 지난 24시간 사이에 심하게 부르트고 갈라진 입술을 혀로 핥았다. 그리고 마침내 작은 소리로 입을 열었다.

"그들이 시작했어."

"뭘 시작해?"

"그의 다리를 잘라."

"무슨 소리야?"

에이미가 물었다. 물론 무슨 뜻인지를 몰라서 묻는 것은 아니었다.

"파블로의 다리."

스테이시는 제 입으로 말하고도 그 소식을 처음 듣는 사람인 양, 두 눈을 치켜뜨며 속삭였다.

"나이프로 할 거래."

에이미는 자리에서 벌떡 일어났지만, 어떤 조치를 취해야 할지는 조금도 생각나지 않았다. 스테이시가 전한 소식에 넋이 나가, 당장 어떤 반응을 취해야 할지도 전혀 떠오르지 않았다. 하지만 그 소식 때문에 그녀에게 어떤 식으로든 감정 변화가 일어난 것은 분명했다. 오히려 반응을 보인 것은 스테이시로, 겁에 잔뜩 질린 얼굴로 뒷걸음질쳤다.

"나는 찬성하면 안 되었던 거야, 그렇지?"

"뭘 찬성했는데?"

"우리는 투표를 했어. 그리고 나는……."

"왜 아무도 나한테는 얘기를 안 했어?"

"너는 여기 내려와 있었으니까. 제프는 투표 결과가 동점일 때에만 네 의견이 중요하다고 했어. 하지만 그렇게 되지 않았어. 에릭이 찬성하고 나도……."

스테이시의 얼굴에 또 잔뜩 겁에 질린 표정이 떠올랐다.

"그러면 안 되었던 거야, 그치? 너하고 마티아스하고 나까지…… 그러면 우리가 막을 수 있었을 텐데."

에이미는 그런 일이 벌어진다는 걸 받아들일 수가 없었다. 나이프로 사람의 다리를 자른다는 걸 믿을 수가 없었고, 바로 제프가 그걸 시도한다는 것 또한 믿을 수가 없었다. 어쩌면 그들은 그 문제를 놓고 의논을 벌였을 뿐이고, 아직도 그러는 중일지도 모른다. 그렇다면 자신이 서두른다면 제지할 수도 있을 것이다. 그녀는 자기 손을 잡고 있던 스테이시의 손을 놓으며 말했다.

"여기에 있어. 그리스 사람들이 오는지 지켜봐, 알았지?"

스테이시는 고개를 끄덕였고, 여전히 겁에 질려 입 언저리까지 파르르 떨렸다. 그녀는 꼿꼿하게 서 있도록 공중에 붙들어 맨 끈이 갑자기 확 풀린 듯, 길 한복판에 힘없이 풀썩 주저앉았다.

에이미는 스테이시가 이상이 생긴 것은 아닌지 잠시 지켜보았다. 그러고는 서둘러 언덕을 올라가기 시작했다.

☙

제프와 마티아스가 그 일을 맡았다. 에릭에게는 도움을 청하지 않았다. 본인 또한 그러지 못한다는 걸 알고 있으므로, 옳은 결정이었다. 두 사람이 작업하는 동안, 에릭은 공터를 배회했다. 그러다 문득 걸음을 멈추기는 했지만, 이내 시선을 돌려버렸다. 그 광경을 차마 볼 수 없는지, 보는 둥 마는 둥 얼른 시선을 거두었다.

먼저 두 사람은 벨트를 다시 묶기로 했다. 전날 밤 풀어놓은 벨트 세 개가, 들것 바로 옆에 뱀처럼 뒤얽혀 있었다. 제프와 마티아스는 그중 두 개를 써서, 그리스인의 가슴과 허리를 묶었다. 파블로의 두 눈은 여전히 굳게 닫혀 있었다. 그날 이른 아침에 비명을 멈춘 이후로, 그는 한 번도 눈을 뜨지 않았다. 제프가 그의 이름을 부르며 깨워, 이제부터 하려는 일을 알려주려 했지만, 그리스인은 반응을 거부했다. 입도 눈도 세상 앞에 굳게 문을 걸어 잠근 채, 누워만 있었다. 그는 일행의 손길 너머에 있는 세계, 그러나 이제는 현재와 그리 멀지 않은 곳에 가 있는지도 몰랐다. 파블로에게 불안 따위는 이미 오래전 기억이 되었을 거라고, 에릭은 생각했다.

다음으로 불을 피웠다. 고고학 팀의 노트 세 권, 셔츠, 바지 한 벌로, 간신히 작은 불을 피울 수 있었다. 종이 두 장을 구겨서 불쏘시개로 쓰고, 거기에 노트 한 권을 통째로 추가했다. 옷은 테킬라에 흠뻑 적셨다. 불은 거의 연기를 내지 않고, 나지막한 파란 불꽃을 내며 타올랐다. 제프는 도끼날처럼 생긴 예리하고 커다란 돌덩이와 나이프를 불 한가운데에 집어넣었다. 불꽃이 빨갛게 타오르자, 바위는 딱딱 소리를 내며 달궈지기 시작했다. 도구들이 달아오르는 사이에, 제프와 마티아스는 파블로 옆에서 절단 순서를 의논하며, 수술 계획을 잡았다. 그런데 막상 수술에 들어가려고 하자, 이 일을 자처한 제프가 돌연 억지로 떠밀려 맡기라도 한 듯 침울한 표정을 지었다. 하지만 재고의 여지가 생긴다고 해도, 그는 늑장을 부리는 걸 허용하지 않았을 것이다.

두 사람이 수술에 들어갈 무렵, 에릭은 바짝 붙어 서서 지켜보았다. 제프는 불에서 돌을 꺼내기 위해, 고고학 팀이 남긴 배낭에서 가져온 작은 수건을 글러브처럼 손에 감았다. 그리고 민첩하게 돌을 들어내 머리 위로 치켜들고 들것을 겨냥했다. 그러고는 온힘을 다해 그리스인의 다리 아랫부분을 내리쳤다..

파블로가 움찔하며 눈을 떴다. 그는 다시 비명을 지르며, 제 몸을 묶은 벨트에서 벗어나려고 몸부림쳤다. 그런 모습이 아예 보이지도 않는 듯, 제프는 표정 하나 흔들리지 않았다. 벌써 돌덩이를 불 속에 던지고, 나이프를 집어 든 참이었다. 마티아스도 똑같이 무표정한 얼굴로 임무에 집중하고 있었다. 불을 지피는 게 그의 임무였으므로, 노트를 새로 던져 넣고, 알코올을 붓기도 하고, 불꽃을 쑤석거리기도 했다.

들것 옆에 쪼그리고 앉아 나이프로 살점을 잘라내고 썰고 다듬느라, 제프의 근육이 팽팽하게 긴장했다. 파블로의 살을 뜨거운 나이프가 베어낼 때, 음식 냄새, 즉 고기 타는 냄새가 풍겼다. 제프의 나이프가 살점을 베고 들어가 자르고 떼어내는 사이, 그리스인의 왼쪽 무릎 밑으로 뼛조각이 떨어지고 핏방울과 골수가 튀기는 걸 에릭은 힐끗 보았다. 파블로는 흰자위를 드러내고 미친 듯이 몸부림치며 비명을 실렀다. 마티아스는 제프에게서 나이프를 받아, 불 속에 도로 넣었다. 제프는 조그만 수건을 집어 들고, 다시 손에 감았다. 그가 불에 달군 돌덩이에 손을 뻗는 순간, 에릭은 얼른 몸을 돌려 공터로 들어갔다. 도저히 지켜볼 수가 없어, 달아나야 했기 때문이다.

물론 달아날 데라고는 어디에도 없었다. 공터의 가장자리까지 물러선다 해도, 등 뒤에서는 여전히 그 장면이 펼쳐지는 걸 알 수 있었다. 돌덩이가 파블로의 다른 쪽 다리를 내리치는 소리와 더 크고 날카로워진 비명소리가 고스란히 들렸기 때문이다.

에릭은 어깨 너머를 흘끗 돌아보았다. 아무래도 보지 않고는 견딜 수가 없었다.

마티아스는 제프가 언덕 밑자락에서 가져온 까만 팬을 들고 있었다. 바닥에 글자가 새겨진 팬이었다. 펠리그로. 그가 팬을 불 속에 넣는 걸, 에릭은 지켜보았다. 그들은 그것을 이용해, 그리스인의 잘려나간 다리 밑동에 대고 압박하여, 상처를 지지겠다고 했다.

제프는 들것 위에서 허리를 구부린 채, 나이프로 여전히 톱질하는 몸짓을 하고 있었고, 셔츠는 땀으로 흥건하게 젖었다.

파블로는 계속 고함을 쳤다. 이제는 무슨 말인가 외치는 것 같았다. 당연히 무슨 뜻인지 알아들을 수는 없었지만, 두 사람에게 애걸하는 것만은 틀림없었다. 자신이 갱로를 내려가다 뛰어내려 파블로에게 떨어졌고, 자기 밑에서 그의 몸이 엄청난 충격을 받던 기억이 생생하게 떠올랐다. 에이미와 자신이 파블로를 들것에 태워 올려 보낼 때, 끔찍하게도 여기저기 부딪히게 했던 것도 생각났다. 또한 에릭은 제 다리 안에서 넝쿨이 움직이는 것, 그리고 가슴팍 밑 부분에서 꾸준히 위를 향해 압력을 가하는 것도 느낄 수 있었다. 모든 게 다 글러먹었다. 이 언덕의 모든 게 다 글러먹었다. 하지만 그걸 멈출 방법도 달아날 방법도 없었다.

에릭은 오두막을 향해 다시 몸을 돌렸지만, 얼마 견디지 못했다. 이내 시선을 돌리고 말았다.

제프는 나이프 작업을 마치고 땅바닥에 내려놓았다. 그가 수건을 집어

들고 손에 감싸서, 불 속의 팬을 꺼내는 게 보였다. 이제부터는 마티아스도 제프를 도와 힘을 써야 한다. 그는 들것 옆에 앉아 파블로의 왼쪽 다리, 즉 왼쪽 다리의 남은 부분에서 무릎 바로 아래쪽을 두 손으로 꽉 붙들었다. 파블로는 마티아스와 제프 두 사람을 향해, 그들의 이름을 불러가며 뭔가 호소하며 울부짖었다. 그러나 두 사람 모두 들은 체도 하지 않았다. 파블로의 얼굴은 보려고도 하지 않았다. 팬은 이제 오렌지 빛으로 달아올라, 바닥에 새긴 글자들이 더욱 짙어져 거의 붉은색을 띠었다. 그리하여 제프가 불꽃 속에서 팬을 들어 올릴 때, 에릭은 공터에 서서 그 철자들을 똑똑히 확인할 수 있었다. 제프가 파블로의 잘려나간 다리 밑동에 팬을 대고, 온 체중을 실어 힘껏 누르는 걸 에릭은 지켜보았다. 칙칙 하며 살이 타는 소리가 들렸다. 냄새도 났다. 그는 뱃속이 꾸르륵대며 반응하는 걸 깨닫고 아연실색했다. 구역질이 올라온 게 아니라, 기막히게도 배고픔이었기 때문이다.

에릭은 시선을 돌리고, 털썩 주저앉아 두 눈을 감고, 손으로 귀를 막으며 입으로 숨을 내쉬었다. 불가사의할 정도로 길게 느껴질 만큼, 그는 한동안 그렇게 앉아 있었다. 한편으로는 자기 몸 안에서 덩굴이 움직이는 느낌, 끈질긴 다리의 경련, 가슴의 압박감에 생각을 모으면서, 스테이시가 주장한 대로 아주 미묘한, 일종의 감각의 착각 현상일 거라고 애써 위로해보았다. 겁에 질린 데다 심장 박동은 빨라지고 근육은 과로한 상태이므로. 그래도 더 이상은 참을 수 없었다. 그는 다시 오두막으로 고개를 돌렸다.

그가 다시 시선을 둘러보니, 제프와 마티아스는 여전히 들것 앞에 웅크리고 있었다. 제프는 이제 파블로의 오른쪽 다리 밑동에 팬을 압박하고 있었다. 코를 찌르는 역한 냄새가 공기 속에 가득했다. 그러나 파블로에게서 비명은 더 이상 흘러나오지 않았다. 의식을 잃은 모양이다.

그때 에릭을 향해 다가오는 발자국 소리가 들렸다. 에이미가 언덕길을 올라오고 있었다. 그녀는 헐떡거리며 단숨에 공터로 들어왔고, 살갗은 땀에 젖어 번들거렸다.

너무 늦었어. 에이미가 순간 비틀대며 걸음을 멈추고, 공포에 질린 얼굴로 한곳을 응시하는 걸 보고, 에릭은 그렇게 생각했다. *그녀는 너무 늦게 왔어.*

제프는 자신이 지금 어떤 감정 상태인지 알 수가 없었다. 아니, 실은 자신이 무엇을 생각하고 어떻게 느끼는지는 알았지만, 그 두 가지가 서로 일치하지 않아 영 거북했다. 예상보다 일은 수월하게 끝났고, 그게 제프가 생각한 것이었다. 두 다리를 무릎 바로 아래 몇 센티미터에서, 즉 관절만 남겨두고 상당히 빠른 시간 내에 절단했다. 잘려나간 밑동은 완벽하게 지진 덕분에, 압박대를 풀었을 때 출혈은 극소량에 그쳤다. 출혈이라기보다는 혈액이 스며 나왔다는 게 적절한 표현으로, 피 때문에 문제 될 것은 전혀 없었다. 막판에는 파블로가 의식을 잃었지만, 출혈이 아닌 쇼크 때문으로 보였다. 무엇을 느낄 만한 상태가 아니므로, 고통은 전혀 없었다고 제프는 굳게 믿었다. 하지만 그는 깨어 있었다. 고개를 들고 눈앞에 벌어진 광경을 보고는, 모종의 고통을 상상해낸 게 틀림없었다. 아직 상태가 위험하기는 하지만, 그래도 이제는 한결 안전해진 거라고 제프는 믿었다. 많은 시간은 아니지만 앞으로 하루 이틀 정도, 파블로는 시간을 번 셈이었다. 그렇다면 칭찬을 받을 만한 용감한 행위에, 제프 스스로 자부심을 느끼는 게 당연해야 했다. 그러나 그의 마음속은 무겁기만 했다. 마치 억지로 울음을 참느라, 숨까지 콱 막히는 것 같았다.

스테이시는 그리 협조적이지 않았다. 나머지 일행도 마찬가지였다. 마티아스는 그에게 시선을 외면한 채, 타고 남은 모닥불 옆에 웅크리고 앉아 있었다. 에릭은 다시 서성대고 다니며, 자신의 다리와 가슴을 초조하게 더듬었다. 에이미는 제프가 해낸 성과에 대해서는 전혀 관심이 없었다. 지혈대를 풀고, 불로 지진 다리 밑동에 조심스레 네오스포린 연고를 바르는 순간, 그녀는 느닷없이 제프에게 들이닥쳤다.

"세상에."

그 말에 제프가 깜짝 놀랐다. 그녀가 다가오는 걸 전혀 몰랐던 것이다.

"세상에 맙소사. 너 무슨 짓을 한 거야?"

제프는 굳이 대꾸하지 않았다. 누가 봐도 사건은 명백했다.

"그의 다리를 잘랐어. 빌어먹을, 네가 어떻게……?"

"선택의 여지가 없었어."

제프가 말했다. 그는 두번째 다리 밑동에 젤 연고를 펴 바르며 말을 이었다.

"그는 죽고 말았을 거야."

"이래놓고 그를 구했다고 생각하는 거니? 더러운 나이프로 그의 다리를 난도질해 잘라놓고?"

"지혈했어."

"이봐, 제프. 지금 그가 누운 꼴을 보라고."

물론 그것은 사실이었다. 그들이 들것 쿠션으로 사용했던 침낭은 파블로의 방광에서 흘러나온 소변으로 흠뻑 젖어 있었다. 제프는 어깨를 으쓱 움직였다.

"우리가 그를 위해 시간을 벌었어. 내일 구조를 받는다면, 아니 그다음 날이라도 구조가 된다면, 그는 이제……."

"네가 그의 다리를 잘랐어."

에이미는 거의 고함치듯 큰 소리로 말했다.

제프가 마침내 그녀를 향해 시선을 올렸다. 에이미는 그을린 얼굴에 흙먼지를 뒤집어쓴 채 내려다보았고, 바지에는 솜털이 1센티미터도 넘는 두께로 뒤덮여 있었다. 엉망진창이 된 몰골에 몹시 화가 난 그녀는, 마치 딴사람이 된 것 같았다. 그녀뿐만 아니고 다른 이들도 모두, 어느 정도는 변했다고 제프는 생각했다. 자기 또한 지난 24시간 사이에 확실히 다른 사람이 된 걸 느끼고 있었다. 나이프와 돌덩이만으로 사람의 다리, 그것도 친구이자 낯선 타국인의 다리를 잘랐으니, 변하고도 남은 게 아니겠는가. 사실 그는 파블로의 진짜 이름도 알지 못했다.

"다리를 자르지 않았다면 그가 앞으로 어떻게 되었을 것 같아, 에이미? 뼈를 그대로 노출시키고 말이야?"

그가 물었다.

에이미는 아무 말도 하지 않았다. 기묘한 표정을 지은 채, 제프의 오른쪽 땅바닥을 물끄러미 쳐다보았다.

"대답해봐."

그가 말했다.

울려고 그러는 걸까? 그녀는 덜덜 떨리는 턱으로 손을 가져갔다.

"맙소사."

그녀가 속삭이듯 말했다.

"오, 맙소사."

제프는 그녀의 시선을 따라갔다. 파블로의 다리에서 떨어져 나온 부분, 즉 피가 쩌든 뼈에 기다란 살점 몇 가닥이 간신히 붙어 있는 정강이를 에이미는 보고 있었다. 제프는 다리를 지지고 난 다음에 모두 함께 묻을 생각으로, 들것 옆에 내버려둔 참이었다. 하지만 이제 그럴 필요조차 없는 듯 보였다. 덩굴이 공터 안으로 기다란 줄기를 들이민 것이다. 덩굴은 파블로의 절단되고 남은 발을 친친 감고는, 뼈를 잡고 질질 끌며 공터를 빠져나갔다. 제프가 에이미를 따라 시선을 돌렸을 때에는, 두 번째 줄기가 처음 것보다 더욱 빠른 속도로 뻗어 나와 나머지 발을 향해 접근하던 참이었다.

그들 모두, 즉 에릭과 마티아스도 그 광경을 보았다. 마티아스가 나이프를 손에 쥔 채 재빨리 달려들었다. 그는 허리를 굽히고, 절단된 발에서 첫 번째 덩굴을 베어냈다. 그리고 두 번째 것도 베어냈다. 그러나 그사이에 세 번째 줄기가 공터로 뻗어 나오고, 네 번째도 뼈를 향해 손을 뻗었다. 에이미는 짧은 비명을 내지르고는, 손으로 입을 가리며 제프를 향해 뒷걸음질쳤다. 마티아스는 구부정하게 서서 줄기를 베어내고 또 베어냈지만, 이제 덩굴은 사방에서 줄기를 들이밀고 있었다.

"그냥 둬."

제프가 말했다.

마티아스는 들은 체도 하지 않았다. 점점 더 빠른 속도로 덩굴 줄기를 잘라냈지만, 그래도 공터로 비집고 들어오는 놈들의 속도를 따라잡기에는 턱없이 부족해, 어느새 그의 다리까지 친친 감겨 방해받고 있었다.

"마티아스."

제프가 그를 향해 다가가 팔을 잡고 끌어당겼다. 잔뜩 긴장한 독일인의 팔 근육이 느껴졌지만, 극심한 피로 때문에 그 힘은 금세 수그러들었다. 그리고 덩굴이 절단된 다리와 흰 뼈를 똘똘 감아 커다란 녹색 덩어리로 만들어 끌고 가는 것을, 나란히 서서 바라보았다.

네 사람은 그 자리에 못 박힌 듯 꼼짝노 않고 서 있었는데, 언덕 정상 너머에서 익숙한 전자음이 다시 울리기 시작했다. 갱로 밑바닥에서 휴대전화 벨 소리가 구슬프게 울려대고 있었다.

스테이시는 누더기 파라솔의 둥그런 그늘 한가운데에 책상다리를 하고, 구부정하게 앉아 있었다. 손목을 쳐다보아봤자 시계는 거기 없었다. 칸쿤의 호텔 방, 즉 그녀가 안타깝게도 돌아가지 못하는 그곳의 침대 곁 테이블에 있다는 사실을 계속 상기하며, 손목으로 시선을 두지 않으려 애썼다. 아니, 어쩌면 그게 아닌지도 모른다. 걱정이 현실이 되어서, 호텔 메이드가 정말 훔쳐 갔는지도 모른다. 과연 시계의 운명은 어떻게 되었을까? 모자, 선글라스와 더불어, 해변의 어느 레스토랑에서 유유히 점심을 즐기는 낯선 여자를 장식하고 있을 것만 같았다. 스테이시는 이와 같은 물리적인 소유물들의 부재를, 거의 육체적인 수준, 즉 가슴의 통증이나 굶주림, 갈증과 같은 수준으로 여겼다. 그중에서도 가장 간절한 게 선글라스였다. 이곳에서 내리쬐는 햇볕은 지독하게도 강렬했다. 그것 때문에 머리까지 띵했다. 물론 굶주림과 갈증, 피로와 공포도 한 원인이었다.

그녀 뒤로 언덕의 꼭대기에서는, 그들이 파블로의 다리를 절단하고 있다. 스테이시는 그것만은 생각하지 않기로 했다. 그는 이 언덕에서 죽음을 맞게 될 텐데, 그녀는 도무지 제 눈으로 지켜볼 자신이 없었다. 그녀는 그 점 또한 생각하지 않기로 했다.

결국 지금 할 수 있는 생각이란 뻔했다. 손목시계를 들여다보는 수밖에 없었다. 물론 그 자리에는 아무것도 없었고, 그녀는 쳇바퀴를 돌 듯 동일한 번민 속으로 빠져 들었다. 침대 곁의 나이트 테이블, 호텔 메이드, 모자와 선글라스, 해변에서 점심을 즐기는 여인. 그 여자는 편안하고 청결하게 휴식과 식사를 즐길 테고, 손만 뻗으면 닿는 곳에 물병이 대기할 것이다. 아무 걱정 없이 유유자적 만족스러울 테지. 스테이시는 불현듯 이

상상 속의 낯선 여인에 대한 미움이 와락 치밀었고, 버스 터미널에서 그녀의 젖가슴을 쥐어틀던 소년, 아마 상상에 불과할 테지만 사악한 호텔 메이드, 활과 화살을 들고 경계하며 대치하고 앉은 마야인들로 미움은 줄줄이 번져나갔다. 어제 자전거 핸들에 걸터앉아 일행을 따라붙던 작은 사내아이까지 그 무리에 끼어 있었다. 나이 지긋한 여인의 무릎에 앉아, 다른 마야인들처럼 무표정한 얼굴로 스테이시를 바라보는 그 아이까지도, 그녀는 밉살스러웠다.

그녀의 카키색 바지와 티셔츠에는 연두색 솜털들이 잔뜩 뒤덮였다. 연방 그것들을 털어내느라 양손이 화끈거렸지만, 미세한 덩굴손들이 금세 그 자리를 뒤덮어버렸다. 벌써 티셔츠에 구멍까지 몇 개 내놓았다. 그중 하나는 그녀의 배꼽 바로 윗부분에 은화만큼 커다란 크기로 뚫렸다. 덩굴에게 뜯어 먹혀 옷이 누더기가 되는 것은, 그야말로 시간문제인 듯했다.

만일 식물을 증오하는 게 가능하다면, 스테이시는 당연히 덩굴도 증오했다. 그 짙은 초록빛, 선홍색 조그만 꽃, 피부에 화상을 입히는 즙이 가증스러웠다. 그것이 제 의지를 갖고 움직인다는 사실, 무서운 식탐, 잔혹성이 끔찍했다.

그녀의 발에는 전날 오후 진흙밭을 한참이나 건너온 흔적이 남아 있어, 아직까지도 희미한 똥 냄새가 풍겼다. *파블로도 이랬지.* 어느새 언덕 위의 상황, 나이프와 달군 돌덩이로 생각이 미쳤다. 스테이시는 몸서리를 치며 두 눈을 꾹 감았다.

증오에서 더 깊은 증오로. 그녀는 바닥이 보이지 않는 깊은 증오 속으로, 점점 더 깊숙이 빠져 들었다. 그리하여 파블로가 갱로에 추락한 게 밉고, 허리가 부러져 시시각각 죽음이 엄습하는 것도 싫었다. 에릭이 다리를 다치고, 피부 밑에서는 덩굴이 벌레처럼 꿈틀대며, 그의 얼굴에 극도의 공포가 드리운 것도 싫었다. 제프의 뛰어난 능력, 냉철함, 나이프와 달군 돌덩이로 절단 수술을 감행하는 결단력도 싫었다. 에이미가 그를 막지 못한 것도, 마티아스가 담담하게 침묵을 지킨 것도 밉고, 무엇보다 자기 자신이 참으로 미웠다.

그녀는 눈을 뜨고 주위를 둘러보았다. 그사이 몇 분인가 흘렀고, 변한 것이라고는 전혀 없었다.

그렇다, 스테이시는 자기 자신이 죽도록 미웠다.

시간을 알 수 없는 것, 또는 이곳에 얼마나 앉았는지를 가늠하지 못하는 게 싫었다.

파블로가 살아날 거라고 믿지 못하는 자신이 미웠다.

그리스인들이 오늘만이 아니고, 영원히 오지 않을 것임을 아는 자신이 미웠다.

그녀는 파라솔을 뒤로 기울여, 하늘을 올려다보았다. 제프가 간절히 비를 기다린다는 걸, 스테이시는 알고 있었다. 그는 친구들을 구하기 위해 온 노력을 다하고 있다. 작전을 구상하고 계획을 짜는 게 그이지만, 사실 그들 모두 동일한 결점을 지녔다. 즉, 희망이라는 동일한 약점이, 그들 안에 도사린 것이다. 하지만 비는 희망을 통해 내리는 게 아니라, 흰색이든 잿빛이든 검은색이든지 간에, 구름을 통해 내리게 되어 있다. 그러나 머리 위의 하늘은 구름 한 점 없이 새파랗기만 했다.

비는 오지 않을 것이다.

그리고 이 사실을 안다는 것이, 스테이시가 자신을 증오하는 또 다른 이유였다.

그들은 구덩이에 다시 내려가보기로 결정했다.

그것은 제프의 아이디어였지만 에이미는 굳이 저항하지 않았다. 그리스인들은 오늘 오지 않는다. 이제는 모두 그걸 인정하고 있다. 그게 아니라고 해도, 최소한 에이미 자신은 그러했다. 따라서 갱로 바닥에서 그들을 부르는 미지의 휴대 전화 소리야말로, 이제는 그들이 의지할 수 있는 유일한 희망이었다. 그리하여 마지막으로 전화기를 찾아보자는 제프의 제안에 에이미는 순순히 동의했고, 그런 태도에 그도 깜짝 놀랐다.

물론 파블로를 혼자 둘 수는 없었다. 처음에는 에릭과 마티아스가 권양기에 매달려 제프를 갱로로 내려 보내는 동안, 에이미가 곁을 지키고 앉아 있기로 했다. 하지만 제프는 그녀도 갱로에 내려갈 것을 원했다. 고고학자들의 옷가지로 일종의 횃불용 막대를 만들고, 그것을 테킬라로 흠뻑 적실 계획을 세웠는데, 그게 얼마나 버틸지는 그도 확신하지 못했다. 따라서 어두운 갱로 밑에서 한 사람보다는 두 사람의 눈이 있는 게 유리하며, 휴대 전화를 더욱 철저하고 능률적으로 수색할 수 있다고 그는 주장했다.

에이미는 또다시 그 밑으로 내려가고 싶지 않았다. 하지만 제프는 그녀가 무엇을 원하는지 묻지 않았다. 자신이 원하는 것을, 그것도 이미 결정이 난 사항으로서 전체의 필수 임무인 양 통보했을 뿐이다.

"우리가 구덩이로 옮기면 돼."

마티아스는 들것, 즉 파블로를 가리키며 한 말이었고, 그들 모두 한동안 그걸 놓고 궁리에 들어갔다. 마침내 제프가 고개를 끄덕였다.

그리하여 그들은 실행에 옮겼다. 제프와 마티아스가 들것을 조그만 오두막 밑에서 들어내, 언덕 꼭대기 너머의 갱로 입구를 향해, 파블로에게 충격을 가하지 않도록 조심해가면서 옮겼다. 그리스인의 몸에서 고약한 냄새가 풍겼다. 대변과 소변, 지진 다리 밑동의 고기 탄 내, 온몸 구석구석에서 번지는 땀 냄새, 부패의 조짐으로 나타나는 특유의 냄새까지, 이제는 모두 익숙해진 상태였다. 그걸 두고 누구도 뭐라 입을 열지 않았다.

사실 누구도 파블로에 대해서는 입을 열지 않았다. 그는 여전히 의식이 없었고, 전보다 상태는 더욱 불길해 보였다. 에이미가 애써 외면하는 것은 그의 다리만이 아니었다. 얼굴도 마찬가지였다. 처음 의대에 지원했을 때, 그녀는 캠퍼스 구경을 갔다가 의대생들의 해부 광경을 본 적이 있었다. 잿빛 피부에 푹 꺼진 눈, 헤벌어진 입. 파블로의 얼굴이 바로 그 시체의 얼굴을 닮아가고 있었다.

그들은 갱로 옆에 파블로를 내려놓았다. 전자음은 멈추었지만, 그들이 도달하자마자 다시 울리기 시작했고, 그들 모두 어둠 속에 서서 고개를 갸우뚱 기울인 채 귀를 기울였다.

전화기는 아홉 번 울렸다. 그리고 멈추었다.

마티아스는 로프를 점검했다. 권양기에서 대마 로프를 전부 풀어내, 조그만 공터에 기다랗게 지그재그로 흩어놓고, 해진 부분을 찾았다.

에이미는 마음을 다잡기 위해 구덩이 옆에 서서 그 안을 들여다보았다. 그리고 에릭과 둘이 그 밑에 앉아, 두려움을 몰아내려고 주고받던 거짓말들을 떠올렸다. 그녀는 다시 그리로 돌아가고 싶지 않았고, 거절할 만한 구실만 있다면 그렇게 하고 싶었다. 그러나 파블로까지 언덕 정상을 넘어 옮겨온 지금, 선택의 여지란 더 이상 있을 수 없었다.

에릭은 쪼그리고 앉아 제 다리의 상처를 들여다보며 혼잣말로 중얼댔다. "우리가 다 잘라내고 말 거야."

그가 갑자기 입을 열자 에이미는 깜짝 놀라 바라보았지만, 제대로 알아들었는지 확신할 수가 없었다. 그는 다시 일어나 주위를 서성댔다. 덩굴은 그의 셔츠를 먹어치워 구멍들을 내놓았고, 거의 누더기가 되어가고 있었다. 방울져 떨어지고 튀기고 문지른 피의 흔적들이, 그의 온몸에 묻어 있었다. 모두들 몰골이 말이 아니었지만, 그중에서도 에릭이 가장 심했다.

제프가 횃불을 만들었다. 텐트의 알루미늄 기둥에서 밑 부분, 즉 손잡이로 쓰일 부분을 열기에서 보호하기 위해 접착테이프로 감았다. 고고학자들의 옷가지, 즉 데님 반바지와 면 티셔츠를 기둥 윗부분에 단단히 묶어서, 두툼한 매듭을 지었다. 그게 얼마나 효력을 발휘할지 에이미는 자신이 서지 않았지만, 너무 지쳐 입씨름을 벌일 기운도 없어 아무 말도 하지 않았다. 그들이 시도한다고 했으니, 그대로 하도록 내버려두고 싶었다.

마티아스가 일어나 바지에 손을 문질렀다. 로프는 말짱했다. 그가 권양기에 조심스레 도로 로프를 감는 걸 모두 지켜보았다. 그가 일을 마치자, 제프가 머리 위로 그네를 뒤집어쓰고 겨드랑이에서 고정시켰다. 성냥갑, 뚜껑을 열어둔 테킬라 병, 조악해 보이는 횃불이 그의 손에 들렸다. 마티아스와 에릭이 권양기에 달라붙어, 온 체중을 실어 손잡이를 기울였다. 이어 제프는 눈곱만큼도 머뭇대지 않고, 뻥 뚫린 갱로로 발을 들여놓았다. 에이미에게는 인사 한 마디도 없었다. 두 사람은 이 계획에 대해 전혀 이야기를 주고받은 게 없었다. 그녀는 그를 따라 구멍 안으로 따라 들어가게 되어 있었고, 그게 그녀가 아는 전부였다. 나머지는 일단 저 아래로 내려간 다음에 결정해야 할 문제였다.

권양기에서 끽끽 하며 귀에 익은 소리가 흘러나왔다. 마티아스와 에릭은 로프가 갑자기 확 풀리지 않도록, 힘껏 핸들을 붙들었다. 에이미는 갱로로 몸을 기울여 제프가 어둠 속으로 내려가는 걸 지켜보았다. 그녀가 예상했던 것보다 오랫동안 그를 볼 수 있었는데, 마치 저 아래로 내려가면서 그가 하늘의 빛을 함께 끌어가기라도 하는 것 같았다. 그의 모습은 서서히 유령처럼 어둠 속에서 흐릿해졌지만, 예상보다는 훨씬 오래 그를 지켜볼 수 있었다. 그는 그녀의 시선에는 아랑곳없이 단 한 번도 고개를 들지 않은 채, 오직 바닥을 향해 시선을 집중하며 내려갔다.

"거의 다 됐어."

마티아스가 말했다. 누구한테 한 말인지 분명하지 않았고, 아마 그 자신인 것 같았다. 그 정도로 그는 나지막하게 중얼거렸다.

에이미는 고개를 돌려 그와 권양기를 바라보았다. 로프가 거의 다 풀려, 두어 바퀴만 돌면 끝날 것 같았다. 시선을 다시 갱로로 돌려보니, 제프는 보이지 않았다. 로프는 어둠 속으로 계속 내려가면서, 권양기에서 한 바퀴를 돌 때마다 좌우로 약간 흔들렸고, 그녀의 눈에 로프 끝은 전혀 보이지 않았다. 제프가 시야에서만 사라진 게 아니라 정말 없어져버린 것 같은 느낌이 들어, 그의 이름을 부르고 싶은 충동을 애써 참아야 했다.

권양기가 마침내 끽끽대던 소음을 멈추었다. 에릭과 마티아스도 구멍 곁의 에이미와 합류해, 세 사람은 함께 갱로 밑을 유심히 바라보았다. 두 사람이 고된 작업에 가쁜 숨을 쉬는 게, 에이미에게는 들리지 않았다.

"괜찮아?"

마티아스가 외쳤다.

"끌어 올려."

제프가 대꾸하며 외쳤다. 그의 목소리가 먼 곳에서 메아리쳐 울려, 꼭 그의 목소리가 아닌 듯이 들렸다.

마티아스가 혼자 권양기를 되감았는데, 이제는 끽끽대지 않고 가볍게 휙휙 돌아가면서 마치 웃음소리 같은 기묘한 소음을 내 소름이 돋게 했다. 에이미는 부르르 떨며 제 몸을 감싸 안았다. *싫다고 해. 너는 말할 수 있어. 그냥 말해.* 속으로 생각했다. 그러나 에릭이 그녀를 잡고 그녀가 뒤집어쓰도록 도울 때에도, 그녀는 입도 뻥긋하지 못했다. *그리 어렵지 않아. 너는 벌써 해봤잖아. 두 번이라고 못 해내겠어?* 그녀는 생각을 고쳐 먹었다. 뻥 뚫린 수직 갱로로 발을 내디디고, 잠시 좌우로 흔들리다가 서서히 밑으로 하강할 때까지, 그녀의 머릿속에는 온통 그 생각뿐이었다.

낮은 달랐다. 어떤 면에서는 낮고 또 어떤 면에서는 더 나빴다. 물론 햇볕 덕에 하강하면서 시야 확보가 한결 좋아졌다. 갱로 벽의 돌과 받침목,

파티 장식인 양 여기저기서 길게 또아리를 틀며 자라는 덩굴까지. 하지만 그 빛 때문에 하강하는 느낌, 즉 한 세계에서 또 다른 세계로 건너가는 느낌은 더욱 고조되었다. 낮에서 밤으로, 광명에서 암흑으로, 생명에서 죽음으로. 에이미는 몹시 불안해졌다. 따라서 지금 위를 올려다보는 것은 좋은 생각이 아니고, 상황만 악화시킬 뿐이다. 이제 막 갱로 안으로 들어왔지만, 벌써 햇살은 불가능할 정도로 멀리 떨어진 것만 같았다. 제프가 하강하면서 점차 작아졌던 것처럼, 이제 구덩이도 금세라도 굳게 다물 주둥이처럼 점점 크기가 줄어들면서 에이미를 어둠 깊이 빨아들일 것이다. 그녀는 그네를 꽉 쥔 채, 호흡을 가라앉히고 진정하려 애썼다. 그네가 축축했는데 제프가 흘린 땀 때문인 것 같았다. 어쩌면 자신의 땀인지도 몰랐다. 그녀의 몸이 거의 갱로 벽에 닿을 듯 좌우로 흔들리기 시작했고, 제지하려 했지만 오히려 더 심하게 흔들려 마치 뱃멀미할 때처럼 속이 울렁거렸다. 입 안에 아직도 구토액의 쓴맛이 남은 데다, 그네까지 흔들리자, 뱃속이 비었는데도 저 아래 어둠 속에서 자신을 기다리는 제프를 향해 와락 토사물을 쏟아낼 것만 같았다.

그녀는 두 눈을 꼭 감았다.

토할 것 같은 느낌은 다소 진정되었다.

공기가 점차 서늘해져 썰렁하기까지 했다. 갱로 바닥의 기온을 에이미는 깜박 잊고 있었다. 고고학 팀의 배낭에서 스웨터를 찾아내, 체온을 보호했어야 했다는 게 이제야 떠올랐다. 몸에서는 계속 땀이 흐르는데도 그녀는 오들오들 떨기 시작했다. 신경을 바짝 곤두서서 그렇다는 걸, 그녀도 알고 있었다. 즉, 공포 때문이라는 것을.

끽끽대는 소리가 계속 이어졌다. 다시 눈을 뜨니, 제프가 시야에 들어왔다. 흐릿하게. 그는 눈앞에 있는 것 같기도 하고 없는 것 같기도 했다. 마치 물속이나 연기 속에서 그를 보는 것 같았다. 그는 고개를 들고 바라보고 있었다. 에이미는 그의 얼굴을 분명히 볼 수는 없었지만, 왠지 자신을 향해 미소 짓고 있다는 느낌이 들었다. 공포, 땀, 오한, 언덕에 들어온 이후의 모든 불편들에도 불구하고, 그녀 또한 그를 향해 미소를 보냈다.

그녀의 발이 갱로 바닥에 닿았다. 그네가 느슨해졌고, 끽끽대던 소리가 멈추었다. 갑자기 찾아온 정적에 그녀는 몹시 당황하며 가슴이 조여들었다. 그 소름끼치는 정적을 깨트리기 위해, 그녀는 간신히 입을 열었다.

"다 왔네."

제프는 그녀가 그네에서 나오도록 도우면서 말했다.

"믿을 수가 없어. 그렇지 않아? 우리가 얼마나 깊이 내려온 것 같니?"

에이미는 그의 목소리에 담긴 분명한 흥분, 즉 환희의 기색에 어이가 없어 아무 말도 하지 않았다. 그가 즐기고 있음을 그녀는 깨달았다. 지난 24시간 사이에 무슨 일이 벌어졌든지 간에, 그는 여전히 이와 같은 즐거움을 찾아내고 있었다. 동굴, 은신처, 비밀 터널 따위가 존재하는 금단의 지하 세계에 발을 들여놓은 어린아이처럼, 그는 몹시 들떠 있었다.

"내가 다녀본 것 중에 제일 길어. 틀림없어. 300미터는 되는 것 같지 않니?"

그가 말했다.

"제프."

그녀가 입을 열었다. 이상했다. 어둠 속에 있지만, 빛 속에 있는 것 같기도 했다. 저 위에서 희미한 태양 빛이 그들을 향해 떨어지고 있는지도 몰랐다. 그녀의 눈이 갱로 밑바닥에 적응되기 시작해, 점점 더 많은 것들, 즉 갱로 벽과 바닥, 그리고 제프의 얼굴까지 눈에 들어왔다. 그가 어리둥절한 얼굴로 자신을 바라보는 게 보였다.

"왜?"

그가 물었다.

"휴대폰을 찾아야 하잖아, 오케이?"

그는 고개를 끄덕였다.

"맞아. 폰."

에이미는 그가 웅크리고 앉아 횃불을 준비하는 걸 지켜보았다. 그는 테킬라 마개를 열고, 옷가지들을 묶은 매듭에 스며들도록 천천히 술을 붓기 시작했다. 조금 부었다가 멈추고, 다시 조금 더 붓는 식으로 뜸을 들여가며 작업했다. 에이미의 코에 테킬라 냄새가 들어왔다. 굶주리고 목마르고 지친 탓에, 그 냄새만으로도 취하는 것 같았다. 제프의 오른쪽 갱로 바닥에 양말과 신이 한 짝씩 뒹구는 게 보였는데, 그게 파블로의 것임을 한참 후에야 깨달았다. 어제 파블로의 척추가 부러졌는지 알아보기 위해, 에릭이 그의 발바닥을 간질이느라 벗겨놓은 것이었다. 지난밤 황급히 떠나는 바람에 까맣게 잊어버렸는데, 지금 보니 가느다란 덩굴이 뒤덮고 있었다. 파블로가 그걸 찾을 거라는 생각에 바닥을 향해 몸을 기울였지만, 이내 어리석은 생각임을 깨달았다. 어이가 없어 자기도 모르는 실소가 터졌다. 지금 이곳에서는 파블로뿐만 아니라 그 누구도, 양말이고 신이고 원할 사람이 없으므로.

"어젯밤에 삽이 있었어."

에이미는 자기 입으로 말하면서도 놀랐다. 첫 번째는 갱로 바닥에 삽이 있다는 걸 지금껏 생각해본 적도 없었고, 두 번째는 제 입으로 말할 때까지도 삽이 그 자리에 없다는 걸 깨닫지 못했기 때문이다. 그녀는 삽이 기대 세워져 있던 갱로 벽을 가리켰다. 하지만 삽은 그곳에 없었다.

제프가 그녀의 손끝을 따라 시선을 돌렸다.

"확실해?"

그가 물었다.

그녀는 고개를 끄덕였다.

"접을 수 있는 삽이었어."

제프는 한동안 바라보고는, 다시 횃불에 테킬라를 조금 더 많이 부었다.

"그들이 가져갔을 거야."

그가 말했다.

"그들?"

"덩굴들."

"무엇 하러 그걸 가져갔다는 거야?"

"마티아스와 내가 아침 일찍 돌덩이와 텐트 말뚝으로 구덩이를 팠거든. 변소로 쓰고 오줌도 증류하려고. 아마 놈들은 우리가 그런 짓을 하는 게 마땅치 않았던 것이겠지."

에이미는 입을 다물었다. 영 믿기지 않는 말이지만, 그 말을 듣자 머릿속이 윙 울리고 극한 공포가 밀려들었다. 어떻게 말을 꺼내야 할지, 에이미는 분간이 서지 않았다.

"그게 볼 줄 안다는 뜻이야? 그것들이 네가 땅을 파는 걸 보았다고?"

제프는 어깨를 으쓱 움직였다.

"일종의 감지 기능이 있는 게 틀림없어. 그렇지 않고서야 어떻게 파블로의 잘린 발에 손을 뻗어서 가져갔겠어?"

페로몬일 거야. 에이미는 생각했다. *민사적용일지도 모르지.* 그녀는 덩굴이 볼 줄 안다는 걸 믿고 싶지 않았다. 그 가능성만으로도 겁에 질렸으며, 오직 본능과 같은 자동적인 반응이기만 바랐다.

"그게 의사소통도 할 수 있을까?"

에이미가 물었다.

제프는 술병에 마개를 닫았다. 알루미늄 기둥에 묶은 옷가지에는, 알코올이 완전히 스며들어 있었다.

"무슨 뜻이야?"

"그것들이 네가 땅 파는 걸 보았고, 그래서 이 아래에 있는 제 동료들한 테 삽을 숨기라고 알렸다는 말이잖아."

그녀는 터무니없는 소리를 한 것 같아 웃고 싶었다. 하지만 왠지 머릿 속은 윙윙 울리고, 웃음은 터져 나오지 않았다.

"그런 것 같아."

제프가 대꾸했다.

"그것들이 생각도 한다고?"

"확실히."

"하지만……."

"그것들이 내 표지판을 넘어뜨렸어. 사고 기능이 없다면 어떻게 알고 서……."

"그것들은 식물일 뿐이야, 제프. 식물은 시각이 없어. 의사소통도 그렇 고. 그것들한테는 사고 기능 따위는 없어. 그저……."

"지난밤에는 저기에 삽이 있었다면서?"

그가 한쪽 갱로 벽을 손짓으로 가리켰다.

"그렇게 생각했지. 나는……."

"지금은 어떻게 됐지?"

에이미는 대꾸하지 않았다. 대꾸할 수가 없었다.

"뭔가 삽을 옮겨놓았다면, 그게 덩굴일 거라고 추정하는 게 타당하지 않니?"

제프가 물었다.

그녀가 대꾸를 하기노 전에 전자음이 다시 울렸다. 그녀의 왼쪽, 수평 갱로에서 울리고 있었다. 제프는 얼른 성냥갑을 찾아서 불꽃을 내고, 성 냥을 옷가지 매듭에 꽂았다. 알코올은 성냥을 움켜쥐고 파르르 소리를 내 며 그 열기를 빨아들여, 희미한 파란 불꽃 구름을 일으켰다. 제프는 횃불을 들고 제 앞을 비추었다. 가냘픈 빛이 흘러나오기는 했지만, 금세라도 꺼질 듯 위태로웠다. 에이미는 그게 오래가지 못할 거라고 확신했다.

"서둘러."

그가 수평 갱로를 가리키며 그녀에게 말했다.

전자음은 계속 이어져 세 번째 울리고 있었고, 두 사람은 그 소리가 끊기기 전에 전화기를 찾으려고 서둘러 걸음을 놓았다. 급히 다섯 걸음을 놓자 수평 갱로에 닿았고, 그 안에서 서늘한 미풍이 한 줄기 새어 나와 햇불을 든 제프의 손이 희미하게 떨렸다. 에이미는 순간 조그만 사각형 하늘을 뒤로해야 한다는 데 공포를 느꼈다. 수평 갱로의 천장은 제프가 허리를 구부리고 전진해야 할 만큼 낮았다. 걸음을 옮길 때마다 어둠이 그들을 짓누르는 것 같았는데, 마치 수평 갱로의 벽과 천장이 점차 깊어지는 것만 같았다. 그처럼 빛이 없는 장소에서도 신기하게 덩굴은 무성하게 자라, 온 사방을 메웠다. 그들은 무릎 깊이의 덩굴 밭을 헤치고 나아갔는데, 천장에서도 마찬가지로 자라고 있어 축 늘어진 가지가 에이미의 얼굴을 간질였다. 휴대 전화를 찾아야 한다는 갈급함만 없다면, 당장이라도 뒤돌아 달아나고픈 심정이었다.

그들 앞에서 네 번째 전자음이 이어지고, 그들은 갱로 안으로 더욱 깊이 들어갔다. 에이미는 한 치 앞도 볼 수 없는 그 어둠 속에서도, 앞에 벽이 가로놓였다는 느낌이 들었다. 9미터 정도만 더 가면 갱로는 끝이 날 것 같았다. 전자음이 메아리를 치는 것은, 맞은편에 막다른 벽이 있기 때문이고, 휴대 전화는 바닥의 덩굴 밭 속에 묻힌 게 틀림없었다. 그걸 찾자면 손과 무릎으로 바닥을 짚고 엎드려야 했다. 벨 소리가 끊기기 전에 전화기를 찾아야 한다는 다급함에 좁은 갱로의 공포가 더해져, 에이미는 이제 앞을 향해 무작정 달렸다.

하지만 제프는 한층 경계하며 뒤에 처져 있었다. 그녀는 그와 그가 든 햇불을 뒤로한 채 앞으로 나아갔고, 덩굴은 그녀가 통과하기를 허용한다는 듯이 부드럽고 다정하게 그녀의 몸을 쓸어주었다.

"기다려."

제프가 이렇게 말하고 걸음을 멈추고는, 주변을 자세하게 살피기 위해 깜박이는 햇불을 얼굴 앞으로 들어 올렸다.

에이미는 그 말을 무시했다. 그녀는 어서 전화기를 찾아 떠나기만 바랐다. 이제 막다른 벽이 보일 것이다. 그녀 앞을 가로막은 벽이 곧 모습을 드러낸다.

"에이미."

제프가 더 크게 부르자, 그의 목소리가 맞은편 벽에 부딪혀 메아리쳤다. 멈칫하며 서서히 몸을 반쯤 돌이킨 그녀는, 그때서야 덩굴이 움직이고 있고 그래서 압박감이 느껴졌다는 걸 순간 깨달았다. 그저 어둠이 깊어지는 게 아니라, 실제로 갱로가 좁아지고 있었던 것이다. 아니, 그것은 꽃이었다. 천장과 벽에 매달린 채 바닥을 향해 드리운 덩굴의 꽃들이, 마치 조그만 주둥이들처럼 움직이며 꽃잎을 열었다 닫았다 하고 있었다. 이걸 깨닫자 그녀는 비로소 걸음을 멈출 듯했다. 그러나 이어 다섯 번째 전자음이 그녀를 끌어당기듯이 울렸다. 이제 벨 소리는 더 울리지 않을 게 틀림없다는 느낌이 왔다. 곧 막다른 벽이 나올 거라고 믿었다. 그렇다면 남은 것은 조금만 더 전진…….

"에이미!"

제프가 외치는 소리에 그녀는 화들짝 놀랐다. 그는 햇불을 든 채 그녀를 향해 급히 다가왔다.

"안 돼."

"바로 여기야."

그녀가 말했다. 그녀는 또 한 걸음을 내디뎠다. 어리석은 행동이지만,

그래도 그 한 걸음이면 전화기를 찾을 수 있을 것만 같았다.

"그게 있어."

"그만!"

그가 외쳤다. 그러고는 그녀가 대꾸하기도 전에, 그녀 곁에 바싹 다가와 팔을 붙들고 홱 잡아당겼다. 그의 얼굴과 체온까지 느껴졌고, 그의 속삭임 또한 또렷하게 들렸다.

"폰은 없어."

"뭐?"

그녀가 당황해서 물었다. 그때 여섯 번째 전자음이 들렸는데, 그들 바로 앞의 덩굴이었다. 에이미는 제프의 팔을 놓으려고 했다.

"그게 있어."

제프는 그녀가 아픔을 느낄 정도로 꽉 붙들고 다시 잡아끌었다. 그는 고개를 숙이고 그녀 귀에 바짝 대고 속삭였다.

"덩굴이야. 꽃이었다고. 그게 소리를 만들고 있었어."

그녀는 믿기지 않는다는 듯 고개를 저었다.

"아니야. 그게 바로 여기에……."

제프는 횃불을 내려, 1미터 앞의 덩굴이 수북하게 자란 갱로 바닥을 비추었다. 덩굴은 불기가 다가오자 움찔히며, 횃불이 지나가도록 한가운데에 통로를 열었다. 너무나 재빨리 움직여 쉿 하고 소리까지 나는 듯했다. 제프는 쪼그리고 앉아, 불꽃을 밑으로 들이밀었다. 그러나 흙바닥이 있어야 할 곳은 컴컴하기만 하고, 서늘한 미풍이 돌연 강도를 더해 에이미의 머리카락을 흩어놓아 방향을 헤아릴 수 없게 했다. 제프는 횃불을 좌우로 흔들어 덩굴이 자리를 더 비키도록 했다. 그리고 불과 몇 초 사이에 에이미는 바닥이 있어야 할 곳에 왜 캄캄한 어둠뿐인지, 그 이유를 분명히 깨달았다. 또 다른 갱로, 수직으로 떨어지는 갱로가 입을 벌리고 있었다. 덩굴이 그 입구를 무성하게 덮어, 은폐하고 있었던 것이다. 덫이었어. 에이미는 깨달았다. 놈들은 그녀와 제프가 이 어둠 속으로 발을 들여놓기를 바라며, 계속 안으로 들어오게 유인했던 것이다.

그 캄캄한 덫 속에서 덩굴 한 줄기가 채찍을 휘두르는 듯한 날카로운 소리를 내며, 제프가 든 횃불의 알루미늄 기둥을 휘감고 앗아가버렸다. 금방이라도 꺼질 듯 희미하게 깜박이는 횃불은, 바닥으로 추락할 때가지 용케 꺼지지 않았다. 약 10미터 깊이임을 알 수 있었다. 언뜻 희뜩한 게 보였는데, 사람의 뼈, 즉 에이미를 멍하니 응시하는 해골인 게 분명했다. 삽도 거기에 있었다. 바닥에는 무수한 뱀 떼가 꿈틀대며 뒤엉킨 듯, 덩굴들이 더욱 무성하게 번성했고, 그 한가운데로 떨어진 횃불을 똘똘 휘감았다. 이내 불꽃은 꺼지고, 사방은 암흑으로 변했다.

에이미는 횃불을 켜기 전보다도 훨씬 더 캄캄해진 기분이 들었다. 귀에 들리는 것은 곁에 선 제프의 숨소리와 제 심장이 쿵쾅대는 희미한 소리뿐이었다. 그러나 곧이어 채찍을 갈기는 소리가 또다시 흘러나왔는데, 이번에는 더욱 크고 암팡지게 울려, 그게 에이미의 몸에 닿기도 전에 이미 붙들린 것만 같았다. 덩굴은 사방 벽과 바닥과 천장에서 동시에 달려들어, 입맛을 다셔가며 그녀의 팔과 다리, 심지어 목까지 휘감고 함정 속으로 끌고 가려 했다.

에이미는 비명을 지르고, 두 손으로 덩굴을 뜯어내려고 몸부림을 쳤지만, 한쪽을 떼어내고 나면 또 다른 쪽에 금세 그것들이 달라붙었다. 덩굴은 그녀를 제압할 만큼 힘이 세지는 못했다. 쉽게 찢겨지고 즙이 흘러나와 피부에 화상을 입혔지만, 놈들의 공격은 끊일 줄 모르고 계속 이어졌다. 극도의 공포에 빠진 에이미는, 칠흑 같은 어둠 속에서 어디로 가야 안전하고 어디로 가면 함정인지, 방향조차 가늠하지 못한 채 비명을 지르고 발길질을 하며 몸부림쳤다.

"제프?"

그녀가 물을 사이도 없이 그의 손이 그녀를 잡아끌었고, 그의 힘에 이끌려 가면서도 내내 그들을 향해 달려드는 덩굴을 뜯어내고 화상을 입었다.

제프가 뭐라고 외쳤지만 알아들을 수가 없었다. 그는 수평 갱로 입구를 향해 계속 그녀를 끌어당겼고, 그러다 비틀대며 덩굴 밭 속에 양손과 무릎을 짚고 쓰러졌다. 덩굴은 그들을 사로잡고 꽉 붙들려고 했지만, 두 사람은 다시 일어났고, 그때 전방에 희미한 빛이 보이자 그것을 향해 전력 질주 했다. 제프가 에이미의 팔을 잡고 달렸고, 뒤에 남은 덩굴은 다시 꼼짝도 않고 조용해졌다.

에이미의 눈에 로프에 매달린 그네가 들어왔다. 그 위로는 파란 하늘이 빠끔 보였다. 고개를 한껏 꺾고 위를 보자, 자신을 내려다보는 에릭과 마티아스의 거무스름한 윤곽도 보였다.

"제프?"

마티아스가 외쳤다.

제프는 대꾸할 기색이 아니었다. 그는 수평 갱로를 뚫어지게 돌아보았다. 컴컴한 입구에서는 처음처럼 서늘한 미풍만 흘러나왔지만, 그래도 경계를 늦추기가 꺼림칙한 모양이었다.

"그네에 타."

그가 에이미에게 말했다.

가쁘게 내쉬는 그의 숨소리가 에이미의 귀에 들어왔다. 그녀 또한 그의 곁에 꼼짝 않고 서서, 한참 동안이나 숨을 고르려 애쓰고 있었다.

제프는 쪼그리고 앉아, 테킬라 병을 잡고 마개를 열었다. 그리고 파블로의 양말을 집어 들고 술을 조금 부었다.

"뭐 하는 거야?"

그녀가 속삭였다.

수평 갱로의 검은 입구 속에서 뭔가 동요하는 듯한 소리가, 거의 들리지 않을 정도로 작지만 점차 커지고 있었다. 제프는 파블로의 양말을 병목에 채우고, 집게손가락으로 깊숙이 밀어 넣었다. 수평 갱로에서 나는 소리는 신기하게도 마치 카드 섞는 소리처럼 귀에 익숙했다. 왠지 인간의 냄새가 나는 기묘하고 소름끼치는 소리였다.

"서둘러, 에이미."

제프가 말했다.

그녀는 순순히 그의 말에 따랐다. 그네에 손을 뻗어 머리에 뒤집어쓰고 팔을 끼웠다..

마티아스가 다시 외쳤다.

"제프?"

"에이미를 끌어 올려."

에이미는 고개를 꺾어 위를 바라보았다. 조그만 사각형 하늘에서 두 사람의 머리가 아래를 내려다보고 있었다. 그래도 어두운 바닥에 있는 자신은 보이지 않을 게 뻔했다. 하지만 에이미 쪽에서는, 마티아스가 양손을 모아 입 주위에 갖다 대는 게 훤히 보였다.

"어떻게 된 거야?"

그가 외쳤다.

제프는 성냥갑을 손에 쥐고 외쳤다.

"어서 올려!"

수평 갱로의 기묘한 소리는 더욱 빠른 속도로 커졌고, 크게 들릴수록 귀에도 점점 익숙해져갔다. 에이미는 그게 무슨 소리인지 알 수 있었다. 눈에 보이지 않을 뿐, 그 소리는 그녀의 머릿속에 각인되어 있었다. 하지만 이제는 더 이상 듣고 싶지 않았고, 그 소리의 정체 또한 떠올리고 싶지 않았다. 그네가 덜컥 움직이더니, 끽끽 하는 소음이 다시 들렸다. 권양기가 삐걱대는 소리는 수평 갱로의 기묘한 소리와 뒤섞였고, 그녀는 허공으로 들어 올려져 갱로 바닥에서 발이 떨어지기 시작했다. 제프는 그녀에게 눈길 한 번 주지 않았다. 손에 쥔 성냥갑과 갱로 입구를 번갈아 보고 있었는데, 거기서 울려나오는 소리는 허공으로 올라가는 그녀를 도로 끌어내고 싶은 듯 한층 커졌다.

에이미의 발밑에서 제프가 성냥을 켜는 게 보였다. 그것을 파블로 양말에 꽂자, 테킬라가 순식간에 횃불처럼 연한 파란색 불꽃을 밝혔다. 쪼그리고 앉았던 제프는 그 자리에서 일어났고, 술병을 옆으로 기울여 양말심지에 테킬라가 더 잘 젖어들게 했다. 그러고는 마치 수류탄을 던지듯, 수평 갱로를 향해 힘껏 내던졌다. 에이미의 귀에 병이 깨지는 소리가 들렸고, 수평 갱로에서 불빛이 번져 나와 제프를 한층 환하게 비추었다.

화염병이야. 그녀는 생각했다. 자신이 그 단어를 알고 있는 게 놀라웠다. 폴란드 민중이 계란으로 바위를 치는 격이지만, 러시아 탱크를 향해 절박하게 화염병을 던지는 장면이 떠올랐다. 그녀 밑에서 제프는 꼼짝도 않고 선 채, 갱로를 뚫어질 듯 쳐다보았다. 불길은 벌써 수그러들고 있었고, 그녀는 위를 향해 계속 상승했다. 그러자 그가 곧 시야에서 사라진다는 생각이 불쑥 떠올랐다. 불꽃 때문에 그 소름 끼치는 소리, 무슨 소리인지는 알지만 그래도 굳이 확인하고 싶지 않은 그 소리는 처음에는 중단된 듯했지만, 이내 다시 이어졌는데, 그녀를 푹 감싸 안듯이 나지막하게 울렸다. 에이미는 그 소리가 발밑에서만 나지 않는다는 걸 깨달았다. 이제 사방에서, 그녀 머리 위에서도 흘러나오고 있었다. 제프는 점차 시야에서 사라지고, 불길은 꺼져가면서 그를 다시 어둠 속으로 밀어 넣고 있었다. 얼마나 상승한 것인지 가늠하려고 시선을 들었을 때, 어떤 재빠른 움직임이 눈에 들어왔다. 갱로 벽에서 자라나는 식물들로, 저 위의 동족들보다 더 가늘고 색이 옅었다. 조그만 꽃들이 오므렸다 폈다 하고 있었다. 이것

이 바로 그 끔찍한 소리를 만들어내는 정체였음을 에이미는 깨달았다. 이제는 훨씬 더 부드럽고 교묘하게 울려대는 이 소리가, 언덕 구석구석에 메아리치고 있다는 것을 결국 인정할 수밖에 없었다.

그것들이 비웃고 있어. 그녀는 생각했다.

※

두 사람이 갱로에서 다시 나온 이후, 일행은 할 일이 별로 없게 되었다. 처음으로 제프의 입에서 계획이란 말이 나오지 않았다. 저 아래에서 본 것 때문에, 그는 조금 넋이 나간 듯 보였다. 그들은 파블로를 오두막으로 옮긴 다음, 다시 모여 앉았다. 언덕 밑자락에서 아직까지 그리스인들을 기다리는 스테이시를 제외하고, 모두 플라스틱 물통을 돌려가며 마셨다. 제프가 물을 마실 때 그의 손이 바르르 떨리는 걸 에릭은 보았고, 왠지 흡족한 기분이 들었다. 자기 손이 떨리는 판인데, 그것도 꽤 긴 시간 동안 그러고 있는데, 다른 사람까지 그런 조짐을 보인다는 게 만족스러웠던 것이다. *가련하고 가련하며 또한 가련하여라.* 그는 생각했다. 어떤 이유에서인지, 그 말이 계속 머릿속에서 떠나지 않았고, 이제는 소리 내어 말하고 싶은 충동까지 불쑥 일어나곤 했다.

"그들이 우리를 비웃고 있었어."

에이미가 중얼거렸다.

누구도 그 말에 대해 대꾸하지 않았다. 마티아스는 물통 마개를 닫고 일어나, 텐트로 돌아갔다. 제프는 구멍에서 나오자마자 어떤 일이 벌어졌는지, 그 식물들이 그들을 함정으로 유인하려고 일부러 휴대 전화 소리를 지어냈다는 사실을 알렸다. 실망스럽고 무시무시한 보고를 듣는 자리건만, 에릭에게는 위안거리가 새로 생겼다. 이제는 모두들 깨달았을 것이다. 제프와 에이미가 덩굴의 파워를 목격하고 왔으므로, 그게 몸 안에서 자라면서 안에서부터 먹어치우고 있다는 자신의 말을 이제는 그들도 주목할 게 틀림없었기 때문이다. 에릭은 여전히 그게 몸 안에 있는 걸 느꼈다. 그게 느껴지는 걸 멈출 수가 없었다. 조그맣고 벌레 같은 것이 자신의 다리에 터를 잡고는, 정강이뼈 옆의 살점 속에서 계속 꿈틀대고 탐색하며 먹어대고 있었다. 가슴속에서는 어떤 움직임이 느껴지는 것은 아니지만, 꾸준한 압박감이 계속되어 도저히 무시할 수가 없었다. 갈비뼈 밑의 빈 공간, 즉 정상적인 사람의 몸 안에 있는 빈 공간을 덩굴이 서서히 채우고 있고, 점점 더 자라서 내장 기관들을 옆으로 밀어내며 더 많은 공간을 찾아 위를 향해 줄기를 뻗어간다. 그곳을 절개해서 아주 작은 상처만 내주어도, 그 식물은 금세 빛을 인지하고, 피를 뒤집어쓴 끔찍한 신생아의 모습으로 몸부림치며 몸 밖으로 튀어나올 것이고, 그 오므렸다 폈다 하는 꽃잎들은 무수한 조그만 주둥이처럼 먹을 것을 졸라댈 것이다.

파블로가 조그맣게 중얼거렸는데, 뭔가 부르는 것 같았다. 하지만 그들이 바라보니, 여전히 꼼짝도 않고 눈을 감고 있었다. 꿈을 꾼다. 에릭은 생각했지만 이내 그렇지 않다는 것을, 훨씬 더 심각한 상태라는 것을 깨달았다. 정신착란. 그것은 마지막 추락 직전의 비틀대는 걸음과 같은 것이었다.

꿈을 꾸다 정신이 돌고 죽는다……

"그에게 물을 좀 주어야 하지 않아?"

에이미가 물었다.

에릭은 그녀의 목소리가 평소와 다르다고 느꼈다. *그녀의 손도 떨리고 있기 때문이야.* 그는 생각했다. 아무도 그녀에게 대꾸하지 않았다. 그들은 묵묵히 앉아 파블로가 눈을 뜨기를 한동안 기다렸지만, 아무 반응도 보이지 않았다. 들리는 소리라고는 심하게 가래가 끓는 듯한 그의 거친 호흡이었다. 에릭은 어느 곳에서인지 이른 아침에 반쯤 잠이 깬 채 누워, 누군가 마룻바닥 위로 가구를 끌어 옮기는 소리를 들은 기억이 났다. 그는 한 친구를 방문해 소파에서 잠을 자고 있었다. 이상하게도 그 친구의 이름은 기억나지 않았다. 커피 탁자에 늘어선 빈 맥주병들, 그날 베고 잤던 베개의 쿰쿰한 냄새, 방 이편에서 저편으로 밀리고 끌리던 가구 소리까지 또렷이 기억났지만, 너무나 지치고 갈증과 굶주림에 시달린 탓에, 그때 방 주인이 누구인지는 도통 떠오르지 않았다. 다만 지금 귀에 들리는 소리, 즉 파블로의 숨소리가 마룻바닥 위로 테이블을 끌어당기는 소리와 꼭 같다는 점만은 분명했다.

에이미는 제 주장을 반복했다.

"그는 물을 못 먹었어. 여기 온 이후부터……."

"그는 의식이 없어."

제프가 그녀의 말을 자르고 나섰다.

"지금 그에게 우리가 물을 먹이면 어떻게 될 것 같아?"

에이미는 눈살을 찌푸리며 입을 다물었다.

그들은 하나 둘 서서히 파블로에게서 시선을 거두었다. 눈을 감고 시선을 외면한 채, 뒤를 돌아보지 않았다. 에릭의 시선은 공터 이곳저곳을 눈으로 좇고 있었는데, 나이프를 찾기 위해서였다. 그것은 오두막 바로 옆에 있었다. 칼끝에서 자루까지 완전히 그리스인의 피가 엉겨 붙어, 칼날도 무뎌져 있었다. 손에 넣기에 먼 거리는 아니었다. 왼쪽으로 한두 걸음 정도를 옮겨 팔을 쭉 뻗으니, 금세 손에 들어왔다. 손잡이가 햇볕에 따뜻해져, 손에 쥐니 안락한 느낌까지 주었다. 자기 티셔츠에 대고 칼날을 문지르려고 했지만, 피는 씻겨나가지 않았다. 탈수 상태에서 침이 나올 리 만무했고, 에릭은 혀로 핥아 지워보려고 했다. 하지만 그마저 도움이 되지 않자, 다시 티셔츠에 대고 칼날을 문지르기 시작했는데, 덩굴의 녹색 솜털에 뜯어 먹혀 모슬린처럼 얇아진 티셔츠는 이내 갈가리 찢어져나갔다.

그런 것쯤 상관없다고, 에릭은 결심했다. 어쨌든 그가 두려워하는 것은 감염이 아니니까.

그는 몸을 숙이고, 그날 이른 아침에 마티아스가 했던 것처럼, 정강이 바로 왼쪽을 약 7센티미터 길이로 절개했다. 아픈 게 당연하지만, 그가 확신하는 미세한 덩굴 조각을 찾으려고 칼끝을 근육까지 닿도록 깊이 찔러 넣을 때는 특히 더 아팠다. 그 고통은 너무나 강렬하고 지독했지만, 묘하게 안정감을 주기도 했다. 이제 그걸 찾아내서 활동에 제동을 걸기만 하면 되었기 때문이다. 절개한 자리에서 피가 솟아나와 다리를 타고 흘러내려, 그 속을 들여다보기 어려웠다. 에릭은 칼을 쥐지 않은 손의 집게손가락을 절개 자리에 깊숙이 찔러 넣고, 손끝에 닿는 느낌에 집중했다. 그 고통이란 기다란 계단을 두 개씩 전력 질주로 뛰어올라갈 때의 고통과 맞먹었다. 다른 일행도 그를 쳐다보고는, 기가 막혀 말을 잇지 못했다. 그 고통에도 불구하고, 벌레가 움직이는 느낌은 끊이지 않았다. 그것이 손가락을 피해 더욱 깊숙이 달아나는 게 느껴졌다. 그는 다시 한 번 나이프로 더 깊이 절개하기 시작했고, 그때 제프가 후다닥 일어나 그를 향해 다가왔다.

에릭의 무릎 아래로 피가 흥건하게 흘러, 그의 신발 속을 채웠다. 그는 제프한테서 듣기 좋은 칭찬을 기대했지만, 다가온 그의 얼굴에 드러난 혐오와 초조한 기색에 흠칫 놀랐다. 제프는 나이프를 에릭의 손에서 잡아뺐다.

"그만둬."

그는 이렇게 말하고 나이프를 홱 던져버렸고, 그것은 흙바닥에 땡그랑 떨어졌다.

"천치같이 굴지 말란 말이야."

공터에는 침묵이 흘렀다. 에릭은 다른 일행을 바라보며, 그들 중 하나는 자기편을 들어주리라 예상했지만, 그들은 시선을 피한 채 질책하는 제프만 바라보았다.

"우리한테 아직 문제가 부족한 것 같니?"

제프가 물었다.

에릭은 벌건 손으로 피가 흥건한 정강이를 힘없이 가리켰다.

"그게 내 안에 있어."

"네가 벌인 이 짓 때문에, 너는 감염될 거야. 그게 네가 원하는 거였어? 다리가 세균에 감염되는 게?"

"내 다리뿐만이 아니야. 가슴도 그래."

에릭은 가슴의 한 곳, 희미한 통증이 느껴지는 부위에 손바닥을 얹었다. 덩굴이 미묘한 압박을 보내고 있다고, 그는 굳게 믿었다.

"네 안에는 아무것도 없어. 알아들어?"

제프가 얼굴만큼이나 단호한 목소리로 물었다. 물론 그 얼굴에는 좌절과 피로도 함께 섞여 있었다.

"네가 멋대로 상상하고는 스스로 막아야 한다고 결정한 거야."

그 말을 던지고, 그는 등을 올려 공터 한가운데로 성큼성큼 돌아갔다.

그는 좌우로 서성대며 생각에 잠겼고, 나머지 일행은 그를 물끄러미 쳐다보았다. 파블로는 여전히 마룻바닥에 육중한 테이블을 끌어당기고 있었는데, 그때 별안간 마이크 오도넬이라는 이름이 에릭의 머릿속에서 불쑥 떠올랐다. 그것이 친구의 이름이었다. 빨간 머리에 잇새가 벌어진 하키 선수 그들은 고교 때부터 아는 사이로, 서로 다른 대학에 진학하면서 사이가 뜸해졌다. 그는 볼티모어 외곽의 오래된 연립주택에 살았고, 에릭은 거기서 주말을 보냈다. 오리올스의 경기를 보려고 암표 장사한테 티켓을 샀지만, 터무니없는 좌석에 앉아 경기를 제대로 보지도 못했다. 이게

다 불과 2, 3년 전의 일이지만, 조그만 공터에 앉아, 파블로(*꿈꾸다 정신이 돌고 죽어가는*)의 불길한 숨소리를 듣는 이곳의 삶과는 너무나 동떨어진 머나먼 옛일 같았다. 그는 절개 부위에 다시 손가락을 밀어 넣고 싶은 충동을 억제하고, *그것은 거기에 없다고* 자신에게 타이르며 그걸 믿으려 애썼다.

서성대던 제프가 우뚝 멈추었다.

"누가 가서 스테이시와 교대해야 해."

그가 말했다.

아무도 움직이지 않았고, 누구도 입을 열지 않았다.

제프는 처음에는 에이미를, 이어서 마티아스를 바라보았다. 둘 다 그의 눈을 마주 보지 않았다. 그렇다고 에릭을 쳐다볼 생각은 전혀 없었다.

"알았어."

마침내 그는 입을 열고는, 세 사람에게 그만 되었다는 투로 손을 내저었다. 그들 세 사람의 나태, 무기력, 패배 의식에 대한 자신의 혐오를 애써 몰아내려는 의미도 포함된 손짓이었다.

"내가 갈게."

그러고는 무슨 말이나 눈짓 한 번 던지지 않고, 몸을 돌려 공터에서 걸어 나갔다.

❧

막상 언덕길을 내려가다보니, 모두 무엇을 좀 먹어야 했다는 생각이 떠올랐다. 정오도 한참 지났다. 바나나 두 개를 다섯 조각으로 나누어 잘근잘근 씹고 삼키고는, 그것을 점심이라고 해야 한다. 그리고 저녁은 오렌지로 할 것이다. 어쩌면 보존 상태가 좋지 못한 포도도 포함시켜야 하는데, 이 더위 속에서 벌써 상해가고 있는지도 모른다. 그런 다음에는? 프레첼, 너트, 단백질 바로 얼마나 버틸 수 있을까? 제프는 이틀 정도로 추측했다. 그 후부터는 굶주림, 기아가 시작될 것이다. 이 국면을 전환시킬 만한 계기를 자기 힘으로 만들어내지 못한다면, 걱정만 해봐야 아무 소용이 없다고 그는 생각했다. 지금 그들에게 남은 것은 희망과 기도뿐이지만, 제프에게 희망이나 기도는 아무 행동도 하지 않는 걸 뜻했다.

그는 나이프를 가져왔어야 했다는 생각이 들었다. 친구들이 제지하지 않으면 에릭은 계속 제 몸을 절개하려 들 테고, 에이미와 마티아스가 과연 그걸 막아낼 수 있을지 미덥지가 않았다. 친구들이 하나 둘 자신을 떠난다는 걸, 제프는 직감했다. 겨우 24시간 만에 그들은 어깨를 축 늘어뜨린 채, 넋 나간 얼굴로 희생자 역할을 하고 있었다. 마티아스까지도 오전 이후부터, 제프가 행동에 나서주기를 원할 때마다 주춤하며 어딘지 소극적인 태도를 보였다.

갱로에 휴대 전화가 없다는 것을 진작 알았어야 했다. 그 밑에서 전혀 다른 상황이 펼쳐질 것을 예상했어야 했다. 정신을 똑바로 차리고 생각해야 했는데, 방심하다가 위험에 처한 게 후회막급이었다. 덩굴은 로프쯤 얼마든지 먹어치울 수 있는데도 그러지 않았다. 권양기에도 손도 대지 않았다. 그들 일행을 구덩이로 다시 끌어들일 목적이 아닌가 경계하고, 따라서 벨 소리는 덫에 불과할지도 모른다는 걸 진작 알아챘어야 했다. 덩굴은 움직이고 사고할 뿐만 아니라, 휴대 전화는 물론 새소리까지도 흉내 낼 줄 안다. 그가 어젯밤에 언덕 아래에 몰래 내려갔을 때, 마야인들에게 경고하기 위해 울어대던 새소리는 덩굴이었던 게 틀림없다. 그 점 또한 진작 알아챘어야 했다.

그는 느슨해지고 있었다. 통제력을 잃고 있는데, 어떻게 해야 되찾을지는 알 수가 없었다.

파라솔 그늘 밑에 쪼그리고 앉아, 공터 너머 정글의 마야인들과 대치한 스테이시가 눈에 들어왔다. 제프가 오는 소리를 못 들은 그녀는, 그를 마주 볼 생각도 하지 않았다. 거의 코앞까지 다가갔을 때, 제프는 그 이유를 알 수 있었다. 그녀는 어깨에 파라솔을 걸고 책상다리를 하고 앉았는데, 눈을 감고 고개를 늘어뜨린 채 입까지 벌리고 잠이 들었다. 제프는 거의 1분가량 허리에 손을 얹고 잠자코 그녀를 바라보았다. 그녀의 나태함에 울컥 화가 치밀었지만, 이내 수그러들었다. 너무 지쳐 분노를 지탱하는 것도 힘에 부쳤다. 가만히 따져보면, 사실 잠들었다는 게 큰 문제가 될 것도 없었다. 그리스인들이 온다 해도, 그녀가 여기 앉은 걸 보면 이내 소리쳐 부를 테고, 그 소리를 듣고 깨어날 수 있을 만큼 충분한 거리였기 때문이다. 더욱 객관적으로 말하자면, 그리스인들은 이곳에 도착하지 않을 것이고, 아마 영원히 그럴지도 모른다. 그러므로 지금 여기서 화를 낼 필요는 없다. 소름이 돋을 때처럼, 분노는 금세 왔다 사라져버렸다.

그녀의 파라솔은 각도가 잘못되어, 상반신만 가려줄 뿐, 책상다리를 한 하반신은 한낮의 태양 밑에 그대로 노출되어 있었다. 진흙 때가 찌든 샌들 신은 발에서 발목까지, 태양열에 화상을 입어 날고기처럼 붉은색을 띠었다. 그러다 물집이 잡히고 각질이 벗겨지는 고통스러운 과정이 진행될 것이다. 만일 에이미라면 시도 때도 없이 징징대면서 불평을 늘어놓겠지만, 스테이시는 아마 아무에게도 알리지 않을 것이다. 이것이 스테이시만의 특징으로, 일종의 자기 신체와의 해리(解離) 현상이라 할 수 있었다. 제프는 그녀와 에이미를 비교하곤 했는데, 그걸 참기 어려울 때가 많았다. 그는 그녀들과 동시에 친해졌다. 신입생 시절 같은 기숙사에서 지냈는데, 그가 그녀들의 바로 아래층 방을 썼다. 어느 날 밤 쿵쿵대는 소리가 거슬려 찾아갔더니, 잠옷 바람의 그녀들이 소복하게 쌓인 나뭇조각들, 망치, 한국어로 쓰인 사용 설명서를 놓고 씨름 중이었다. 직접 조립해야 한다는 사실은 간과한 채, 에이미가 싼값만 보고 인터넷에서 구입한 책장이 었다. 제프는 두 사람을 위해 책장을 조립해주었고, 그걸 계기로 셋 모두 친구가 되었다. 그는 둘 중 누구를 좋아하는지, 한동안 몹시 애매했다. 두 사람을 비교하고 상반된 특징들을 따져보는 버릇이 생긴 것은, 바로 그때 부터 비롯된 것이라고 그는 짐작했다.

결론적으로 승리한 쪽은 에이미였다. 불평을 잘하기는 해도, 그녀가 스 테이시보다 속이 깊고 차분하며 믿음직해 보였지만, 순전히 겉만 보고 한 판단이었다. 실상은 스테이시가 훨씬 매력적이라는 걸 깨달았다. 묘한 매 력이 담긴 까만 눈으로, 돌연 아무것도 숨기고 싶지 않다는 듯, 고통스럽 지 않을까 싶을 정도로 상대방을 빤히 쳐다보곤 했다. 그녀가 섹시하고 무척 매혹적이라면, 에이미는 그저 귀여운 스타일이었다. 에이미와 진지 한 데이트를 시작한 직후에, 잠시나마 제프는 스테이시와 정사를 나누는 야한 상상을 즐기기도 했다. 돈키호테와 해변에서 벌인 사건은 사실 드문 일도 아니었다. 스테이시는 그렇게 충동적인 경향이 있었다. 앙큼하며 대 책 없을 정도로 문란했다 그러면 안 된다고 생각은 하면서도, 낯선 남자 들과 키스하고 어루만지는 걸 좋아했다. 특히 술에 취했을 때 그러했다. 에릭은 그러한 비행에 대해 어느 정도는 알았지만, 모르고 지나갈 때도 있었다. 에릭이 눈치를 채는 경우, 그들은 소리치고 심한 욕설을 해가며 다퉜지만, 결론은 늘 스테이시가 울면서 진정을 맹세하는 걸로 끝이 났 다. 하지만 며칠도 못 가 맹세는 깨어지기 일쑤였다. 지금 이곳에서 그런 기억을, 특히 배신에 대한 자신의 환상을 떠올린다는 게 어색했지만, 정 확히 어쩌다가 또는 왜 그런 환상을 품게 되었는지는 기억나지 않았다. 하지만 이제 와서 그게 다 무슨 소용인가. 제프는 얼른 그 생각을 떨쳐버 렸다.

스테이시가 가진 특징 중의 하나는, 강렬한 성적 매력을 내뿜는 동시에

희한하게도 어린아이 같은 매력이 공존하는 점이었다. 놀기 좋아하고 대책 없이 공상에 푹 빠지는 경솔함이 한 원인이겠지만, 더 큰 원인은 그녀의 신체, 특히 그 얼굴 생김새와 머리 형태에 있었다. 눈에 띄게 둥글고 몸에 비해 너무 커서, 성인 여자보다는 어린 여자 아이 같았다. 그녀가 완전히 성장했는지, 제프는 의심이 들곤 했다. 이곳에서 살아남아 주름투성이에 쇠약한 노파가 될 때까지 산다고 해도, 그녀는 아마 여전히 그런 분위기를 유지할 것이다. 무방비 상태로 깊이 잠든 지금, 어린아이 같은 분위기는 특히 더 고조되었다.

그녀는 여기 오면 안 되었는데. 제프는 무심코 이렇게 생각했다가, 퍼뜩 놀라고 말았다. 물론 그것은 당연한 사실이었다. 그들 중 누구도 여기에 와서는 안 되었다. 하지만 그들은 이미 이곳에 와 있고, 다른 곳으로 떠날 가망은 점차 줄어들었다. 멕시코에 오자고 한 것은 그의 아이디어였고, 마티아스가 헨리히를 찾는 데 따라가자고 한 것도 그의 아이디어였다. 따라서 무심코 뱉은 그 말 속에는, 이 사건의 원인이 자신과 아무 상관이 없는 듯 어물쩍 넘어가려는 꿍꿍이가 담긴 건 아니었을까? 덩굴이 스테이시 샌들에 뿌리를 내려 무슨 장식처럼 달라붙었고, 제프는 상념에 빠져든 채, 그 식물을 거두어내기 위해 그녀 앞에 쪼그리고 앉았다.

그의 손길에 그녀가 흠칫 잠에서 깨이니 후다닥 일어서는 바람에 파라솔이 바닥으로 떨어졌다.

"무슨 일이야?"

그녀는 놀라서 거의 고함치듯 큰 소리로 물었다.

제프는 그녀를 붙들고 토닥여주려는 뜻으로 손을 뻗었지만, 그녀는 뒤로 한 걸음 물러서며 그의 손길을 피했다.

"잠이 들었더라."

그가 말했다.

스테이시는 눈을 감고 생각을 모으려 애썼다. 그녀의 옷에도 덩굴이 자라는 게, 제프의 눈에 들어왔다. 티셔츠 앞쪽에 기다란 덩굴손이 매달려 대롱거렸고, 왼쪽 다리의 바지 위에도 또 다른 덩굴손이 뻗어 장딴지를 휘감았다. 제프는 몸을 숙여 그녀의 파라솔을 집어 들고 건네주었다. 스테이시는 그게 무엇인지, 자신과 무슨 상관인지를 생각해내는 게 어려운 양 빤히 바라보다가, 마침내 받아 들고는 어깨에 걸었다. 그녀는 다시 한 걸음 더 물러섰다. *나를 두려워하잖아.* 이 생각이 들자 제프는 조금 짜증이 일었다.

그는 언덕 위를 가리키며 말했다.

"그만 돌아가도 돼."

스테이시는 꼼짝도 하지 않았다. 햇볕에 그을린 발을 들어 올리고 멍하니 긁어댔다.

"그게 웃고 있었어."

그녀가 말했다.

제프는 그녀를 가만히 쳐다보았다. 그녀가 무슨 말을 하는지 알았지만, 뭐라고 대꾸해야 할지 생각이 나지 않았다. 지금 이 자리에서 그녀를 대한다는 게, 왠지 그로 하여금 더욱 피로를 의식하게 했다. 그는 하품을 하고픈 걸 억지로 참았다.

스테이시가 두 사람 주변을 가리키며 말했다.

"덩굴."

그는 고개를 끄덕였다.

"우리는 갱로 밑으로 다시 내려갔어. 휴대폰을 찾으러."

그 말을 듣자마자 스테이시의 얼굴에서 반짝하고 희망이 피어올랐다. 목소리도 마찬가지였다. 그녀는 매사 그렇게 즉흥적인 반응을 보였다.

"찾았어?"

제프는 고개를 가로저었다.

"함정이었어. 덩굴이 그 소리를 만들어내고 있었던 거야."

순간 그는 자기가 스테이시를 친 게 아닌가 싶었다. 그만큼 그녀의 반응은 극적이었다. 그녀는 풀썩 주저앉았고, 얼굴에서 핏기가 싹 가시며 해쓱해졌다.

"그게 웃는 소리를 들었어. 온 언덕에서."

제프도 고개를 끄덕였다.

"그게 여러 가지 소리를 흉내 내."

그러고는 그녀가 설명을 요구하는 것 같아, 말을 덧붙였다.

"그게 소리를 만들어낼 줄 알아. 진짜 웃는 것은 아니야."

"나는 잠이 들었어."

스테이시는 마치 다른 사람한테 그 말을 듣기라도 한 듯, 제 입으로 말해놓고도 흠칫 놀랐다.

"나는 너무 무서워. 나는……."

그녀는 고개를 가로저으며 적절한 어휘를 찾으려 했지만, 결국 모호하게 말을 마쳤다.

"잠이 든 줄도 몰랐어."

"피곤해서 그래. 우리 모두 그렇고."

"그는 괜찮아?"

그녀가 속삭이며 물었다.

"누구?"

"파블로. 그는……."

여기서 다시 적절한 어휘를 찾으려 말을 더듬었다.

"……괜찮아?"

묘하게도 제프는 그녀가 한 말이 쉽게 이해되지 않았다. 시선을 내리고 자신의 바지에 피가 흩뿌려진 걸 보았지만, 그게 누구 피인지 또는 어쩌다 그렇게 묻었는지가 쉽게 떠오르지 않았다. *지쳤어.* 그는 생각했지만, 그 수준 이상이라는 것도 잘 알고 있었다. 다른 일행과 마찬가지로 그의 머릿속도 과부하 상태였다.

"그는 의식이 없어."

제프가 말했다.

"그의 다리는?"

"절단했어."

"그래도 살아 있어?"

제프가 고개를 끄덕였다.

"앞으로도 괜찮겠어?"

"두고 봐야지."

"에이미가 말리지 않았어?"

제프는 고개를 가로저었다.

"그 앤 너희들을 말리러 간 거였는데."

"벌써 다 마친 뒤였어."

그녀는 그 말에 입을 다물었다.

제프는 그녀 때문에 좌절과 조바심이 다시 일어나는 걸 느꼈다. 그녀를 어서 언덕으로 올려 보내고 싶었다. 왜 그녀는 떠나려 들지 않는 걸까? 그녀가 다음에 할 말이 무엇인지를 이미 계산하고 각오했지만, 정작 그때가 왔을 때 그는 여전히 당황하고 있었다.

"네가 그래야 했다고는 생각하지 않아."

그녀가 말했다.

그는 얼른 손을 내저으며 화제를 돌렸다.

"조금 늦지 않았니?"

스테이시는 머뭇대며 그를 바라보았다. 그러고는 가까스로 다시 입을 열었다.

"나는 그 말을 하고 싶었어. 너도 알고 있겠지. 나는 다른 쪽으로 투표하고 싶었다는 것. 네가 다리를 자르지 않기를 바랐다는 것 말이야."

제프는 그 말에 뭐라 대꾸해야 할지 알 수가 없었다. 아무리 생각해보아도 그녀에게는 먹혀들 것 같지 않았다. 버럭 고함을 치며 그녀의 어깨를 잡고 흔들고 뺨을 치고 싶었지만, 그래봤자 나아질 것은 전혀 없었다. 모두 그가 실패하기를, 즉 이 언덕에서 좌절하기를 바라는 것 같았다. 그들은 제프가 예상했던 것보다 훨씬 더 허약했다. 자신은 파블로의 생명을 구하기 위해, 그리고 그들 모두를 구하기 위해 옳은 일을 하려 한 것뿐인데, 일행은 그 점을 인정할 만한 재목이 못 되었다. 생존을 위해 힘든 짐을 짊어진 것은 그뿐이었고, 나머지 그들은 살아남기 위해 꼭 해야 할 일 앞에서도 도움은커녕 나 몰라라 방관했다.

"넌 그만 돌아가야 해."

마침내 그가 입을 열었다.

"가서 물을 좀 달라고 해."

스테이시는 고개를 끄덕이고, 티셔츠에 달라붙은 가느다란 덩굴을 뜯어냈다. 그러자 그게 달라붙었던 자리에, 길게 찢어진 자리가 드러났다. 그녀는 브래지어를 하지 않았고, 제프는 그녀의 오른쪽 젖가슴이 드러난 걸 흘끗 보았다. 놀라울 정도로 에이미의 그것과 닮아 있었다. 똑같은 크기에 똑같은 모양이지만, 젖꼭지는 더 짙어 진한 갈색을 띠었고, 반면 에이미는 연한 핑크빛이었다. 제프는 황급히 시선을 돌렸고, 그러자 꼭 그럴 의도는 아니었는데 마치 연쇄반응이 일어난 듯이 몸까지 스르르 돌아가, 자연스럽게 그녀한테 등을 돌린 결과가 되었다. 그는 공터 너머의 마야인들을 응시했다. 그들은 한낮의 열기를 피하기 위해, 대부분 정글 끝자락의 그늘 밑에 누워 있었다. 몇몇은 담배를 피우거나 이야기를 나누었고, 나머지는 낮잠을 자는 것 같았다. 그들은 타다 남은 모닥불에 재를 덮어 불을 껐다. 누구도 제프나 스테이시에게 관심을 두지 않았다. 그래서 공터를 성큼성큼 걸어 나가 그들 한가운데를 지나서 나무 그늘 밑으로 사라진다고 해도, 아무도 제지하지 않을 것 같은 상상까지 들었다. 물론 그것은 어디까지나 상상에 불과했다. 그가 실제로 공터 너머로 걸음을 뗀다면, 그들은 무기를 찾아 손에 들고 고함을 치며 활시위를 겨눌 게 뻔했으므로, 실제로 시도할 생각은 전혀 없었다.

전날 마을을 떠날 때, 삐걱대는 자전거 핸들에 앉아 따라오던 작은 소년이 보였다. 소년은 불 꺼진 모닥불 옆에 서서 혼자 저글링을 연습했다. 광대가 공, 검, 활활 타는 횃불로 완만한 원을 그리며 재주를 부리듯이, 주먹만 한 돌멩이를 차례로 허공으로 던지고 받아내는 연습을 했다. 여섯 번 정도 반복하다가, 마침내 소년은 제프의 시선을 알아차렸다. 그는 돌아보고는 우뚝 시선을 고정했고, 그러자 제프도 마치 눈싸움을 벌이듯이 똑바로 바라보았다. 제프는 분명 항복할 생각이 전혀 없어 보였다. 그는 모든 좌절과 분노를 이 눈싸움에 쏟아 부었고, 너무 집중한 나머지 스테이시가 등을 돌리고 점차 멀어지다가 완전히 보이지 않을 때까지도 전혀 의식하지 못했다.

스테이시는 텐트 옆 공터에 있는 에이미와 에릭을 발견했다. 에이미는 파블로에게 등을 돌린 채, 무릎을 끌어안고 흙바닥에 앉아 있었다. 눈도 감고 있었다. 에릭은 공터를 서성댔다. 스테이시가 온 걸 알면서도 눈길을 주지 않았다. 마티아스는 보이지 않았다.

스테이시는 일단 갈증부터 해결하고 싶어, 이렇게 말을 건넸다.

"내가 물을 마셔야 한다고 제프가 그러던데."

에이미는 눈을 뜨고 그녀를 바라보았지만, 아무 말도 하지 않았다. 에릭도 마찬가지였다. 공터에는 음식 냄새가 풍기고, 마티아스가 불을 피웠던 흔적으로 거무스름한 원이 보였다. *점심을 만들었나봐.* 처음에 스테이시는 그렇게 생각했다. 하지만 불을 피운 이유가 불쑥 떠오르자, 파블로를 향해 흘긋 시선을 던졌다. 오두막 밑에 누운 파블로(푹 꺼진 두 눈, 핑크색과 검은색으로 번들거리는 잘려나간 다리 밑동……)를 얼핏 보고는, 이내 텐트로 몸을 돌려 달아났다. 덮개는 열려 있었고, 그녀는 파라솔을 흙바닥에 내려놓고 재빨리 안으로 들어갔다.

텐트 속은 빛이 흐릿해, 스테이시의 눈은 잠시 후에야 적응이 되기 시작했다. 마티아스가 침낭을 끌어안고 누워 있었다. 눈을 감았지만, 왠지 그가 잠들지 않았다는 게 느껴졌다. 그녀는 텐트 뒤쪽으로 기어가, 그를 지나서 물통을 집어 들고 앉았다. 마개를 비틀어 열고는 꿀꺽 삼키고, 손등으로 입가를 문질렀다. 물론 그것으로 충분하지 않았다. 사실 그 물통을 다 비운다고 해도 충분할 리가 없지만, 그래도 한 모금만 더 마실까 잠시 갈등에 빠졌다. 하지만 그게 잘못된 행동임을 알기에 이내 그런 생각 자체에 죄책감을 느끼며, 마개를 도로 닫았다. 그러고 나서야 마티아스가 특유의 알 수 없는 표정으로 자신을 바라본다는 걸 깨달았다.

"제프가 마셔도 된다고 했어."

그녀는 물을 훔쳐 먹는다고 오해를 살까봐 그렇게 말했다.

마티아스는 고개를 끄덕였다. 그러나 여전히 말을 않고, 가만히 바라만 보았다.

"그는 괜찮아?"

스테이시는 바깥의 파블로를 가리키며 속삭였다.

마티아스는 대답하고 싶지 않은 듯, 한참이나 머뭇거렸다. 그러고는 고개를 천천히 가로저었다.

스테이시는 더 이상 할 말이 떠오르지 않았다. 열어젖힌 덮개로 한 걸음 다가갔다가, 다시 멈추고 물었다.

"너는 괜찮은 거야?"

마티아스의 얼굴이 조금 동요하는 듯했지만, 미소로 번지지는 않았다. 그가 웃음을 보내려고 했지만, 그러지 못한다는 걸 이내 알 수 있었다.

"너는?"

그가 되물었다.

그녀는 고개를 흔들었다.

"별로."

그러고는 또 아무 말이 없었다. 그는 특유의 덤덤한 얼굴로 그녀를 계속 쳐다볼 뿐이었지만, 표현은 하지 않아도 그 무표정 속에 반가워하는 듯한 희미한 기색을 읽을 수 있었다. 또한 자신이 그만 나가주기를 바란다는 것도 알 수 있었다. 그리고 그렇게 했다. 눈부신 햇살을 향해 발을 내딛고는, 텐트 덮개의 지퍼를 닫았다.

에릭은 계속 서성대고 있었다. 그의 다리에서 또 피가 흐르는 걸 보고 이유를 물어야겠다는 생각은 들었지만, 솔직히 말하면 알고 싶지 않다는 게 본심이었다. 그가 마티아스처럼 텐트로 들어가 누워주기만 바랐고, 그럴 방법만 있다면 억지로라도 그렇게 하고 싶었다. 아마 그들 모두 텐트 안에 있어야 할지도 모른다. 제프도 그걸 원할 것이다. 그늘 속에서 쉬면서 기운을 비축해야 하기 때문이다. 하지만 왠지 그 안은 덫 같은 기분이 들게 했다. 그 안에 갇혀 있으면 밖에서 무슨 일이 벌어지고, 어떤 일이 닥칠지 전혀 알 수가 없었다. 스테이시는 그곳에 있고 싶지 않았고, 다른 이들도 마찬가지일 거라고 짐작했다. 그녀는 마티아스가 어떻게 그런 기분을 견디고 누워 있는지, 이해가 가지 않았다.

그녀는 파라솔을 도로 주워 들고, 에이미 오른쪽에서 두어 걸음 떨어진 흙바닥에 앉았다. 에릭은 계속 서성댔고, 다리에서 천천히 흘러내린 피가 신발 속에 고여, 그가 걸음을 놓을 때마다 질척거리는 소리가 났다. 스테이시는 그를 멈추게 하고, 뭔가 안정시킬 만한 거리를 찾고 싶었지만, 마음으로만 바랄 뿐 행동으로 옮기지는 않았다. *앉아, 에릭.* 그녀는 속으로 중얼거렸다. *제발 앉아.* 물론 그래봐야 아무 소용이 없었다. 하지만 큰 소리로 그 말을 외친다고 한들, 어차피 결과는 마찬가지였을 것이다.

공터에 나와 있을 때 가장 힘든 것은, 태양이나 열기가 아니었다. 파블로의 호흡이었다. 힘겹게 색색대는 데다 불길하게 끊어졌다 이어졌다 했다. 몇 초 동안이나 숨소리가 딱 끊어지기도 했고, 그럴 때마다 스테이시는 안 그러려고 하면서도 조그만 오두막을 향해 시선을 던지고는 두 단어를 떠올렸다. *그가 죽었어.* 하지만 별안간 거칠게 숨을 훅 뱉어내 그녀는 흠칫 놀랐고, 그리스인의 호흡은 다시 이어졌다. 그러면 또다시 그를 향해 시선을 던져야 했고, 결국 불에 지져 번들거리는 다리 밑동, 다시는 뜨지 않는 두 눈, 입가에서 흘러나오는 가느다란 진갈색 액체를 볼 수밖에 없었다.

사방에는 덩굴이 있었다. 그들은 그것에 완전히 둘러싸인 꼴이었다. 초록, 초록, 초록, 어디로 눈길을 보내도 오직 그 색깔뿐이었다. 그것은 식물이라고, 그저 식물에 지나지 않는다고, 자신에게 계속 타일렀다. 어쨌든 그 생김새는 여지없이 식물에 불과했다. 움직이지도 않았고, 그 소름 끼치는 웃음소리를 만들어내지도 않았다. 조그만 빨간 꽃과 평평한 손바닥 모양의 잎이 달린 식물이 뒤얽혀 자라며, 아무 해도 끼치지 않고 그저 햇볕을 빨아들이고 있을 뿐이다. 그게 곧 식물이 하는 일이다. 그것들은 움직이지도 않고 웃지도 않으며, 움직일 수도 없고 웃을 수도 없다. 하지만 그렇게 단정한다고 안심할 일이 아니었다. 마치 얼음 덩어리가 녹는 게 아까워, 손에 꼭 쥐는 행동처럼 어리석은 생각이었다. 오래 쥐면 쥘수록 손에 쥔 얼음은, 점차 작아질 뿐이다. 그녀는 덩굴이 움직이고 에릭의 다리에 파고든 걸 보았으며, 공터로 들어와 메마른 에이미의 구토액을 빨아 먹는 걸 보았고, 그게 내는 소리, 즉 온 언덕을 울려대던 그 소름끼치는 웃음소리도 들었다. 이제는 그게 자신들을 주시하며 다음 공격을 계획하는 걸, 느끼지 않으려고 해도 느낄 수밖에 없었다.

그녀는 에이미에게 좀 더 다가앉아, 파라솔 그늘이 두 사람 모두에게 미치도록 했다. 그녀가 에이미의 손을 잡았고, 그러자 축축한 느낌에 에이미가 흠칫 놀랐다. 겁에 질렸어. 스테이시는 생각했다. 그러고는 텐트 안에서 마티아스에게 했던 질문을 반복했다.

"괜찮아?"

에이미는 고개를 내젓더니, 스테이시의 손을 붙들고 울기 시작했다.

"쉿."

스테이시는 그녀를 안정시키기 위해 조그맣게 속삭였다.

"쉿."

그녀는 에이미의 어깨를 끌어안았고, 그러자 에이미가 몸을 들썩여가며 서럽게 흐느끼는 게 느껴졌다.

"무슨 일이니? 왜 그러는 건데?"

그녀가 물었다.

에이미는 그녀에게서 손을 놓고, 얼굴을 훔쳤다. 그리고 고개를 내저었지만 울음은 그치지 않았다.

에릭은 여전히 서성댔고, 완전히 딴 세상에 가 있는 듯 그들에게는 눈길조차 주지 않았다. 스테이시는 그가 조그만 공터를 이리 갔다 저리 갔다 서성대는 걸 바라보았다.

마침내 에이미가 말문을 열었다.

"그냥 지쳐서 그래."

그녀는 힘없이 속삭였다.

"그게 다야. 난 정말 지쳤어."

그러고는 다시 울음을 터뜨렸다.

스테이시는 그녀와 나란히 앉아, 울음이 그치기를 기다리려 했다. 하지만 그러지 못했다. 더 이상 견딜 수가 없었다. 그녀는 자리에서 일어나 공터의 한쪽 끝으로 뚜벅뚜벅 걸어갔다. 파블로의 배낭이 거기 있었고, 그 안에 손을 넣어 남은 테킬라 한 병을 꺼냈다. 그것을 에이미 곁으로 가져가서 마개를 열었다. 지금 스테이시가 해줄 수 있는 것은 그것뿐이었다. 그녀는 다시 파라솔 그늘 밑에 앉아, 목구멍이 타는 듯한 독한 알코올을 길게 삼키고, 친구에게 건넸다. 에이미는 여전히 훌쩍이며 물끄러미 쳐다보다가, 눈을 깜박이더니 손으로 눈물을 훔쳤다. 스테이시는 그녀가 갈등하는 걸 알 수 있었고, 결국 마시지 않으려던 결심을 포기하는 것도 알 수 있었다. 에이미는 술병을 받아 들고 입술에 대더니, 목을 뒤로 꺾고 목구멍에 콸콸 부었다. 그러고는 숨이 차올라 밭은기침을 토해냈다.

별안간 에릭이 그들 곁에 앉아 손을 내밀었다.

에이미가 그에게 술병을 건넸다.

오후가 되면서 해는 서서히 서쪽으로 기울었다. 그들은 녹색 잎에 선홍색 꽃이 달린 덩굴 밭에 둘러싸인 조그만 공터에 모여앉아, 서서히 병을 비워갔다.

꽃

에이미는 얼마 못 가 술에 취했다.

천천히 마시려고는 했지만, 그건 어차피 별 상관이 없었다. 위장이 너무나 비어 있던 터라, 테킬라는 그녀의 심장을 향해 곧장 타 들어가는 것만 같았다. 처음에는 그냥 얼굴이 발갛게 달아오르고 키득키득 웃음이 터지며, 조금 어지럽기도 했다. 이어서 말과 생각이 무뎌지고, 마침내 나른해졌다. 에릭은 그녀 곁에서 이미 잠에 빠져 들었고, 그의 다리에 난 세 군데 상처에서 가느다란 핏줄기가 정강이를 타고 흘러내렸다. 스테이시는 아직 깨어 있어 말까지 했지만, 점차 몽롱해져 자기가 무슨 말을 하는지도 알지 못했다. 에이미는 잠시 눈을 감았다. 그러자 머릿속에 아무 생각도 떠오르지 않고, 그저 지금 이대로 지극히 만족스러운 기분뿐이었다.

다시 눈을 떴을 때에는, 태양이 훨씬 밑으로 내려왔고, 취한 느낌, 더 정확히 말하면 비참한 느낌이 들었다. 에릭은 여전히 잠을 잤다. 스테이시는 계속 중얼대고 있었다.

"중요한 건 바로 그것이었어. 다음 기차가 또 오는지. 무슨 상관이냐고도 할 수 있겠지만, 내가 장담하는데 그녀에게는 중요했을 거야. 바로 그것 때문에 고민했던 게 틀림없어. 즉, 그게 그날의 마지막 열차였기 때문에, 그걸 놓치면 말도 안 통하는 낯선 도시에서 밤을 나야 할 처지였던 거지. 하지만 그러는 게 차라리 낫지 않았을까?"

에이미는 스테이시가 무슨 말을 하는지 알 수 없었지만, 그래도 고개를 끄덕여주었다. 그게 옳은 반응일 것 같았다. 반쯤 남은 테킬라 병은 마개가 닫힌 채, 스테이시 앞에 뒹굴고 있었다. 에이미는 그만 멈춰야 한다는 것, 이미 술을 마신 것 자체가 어리석은 짓으로 몸에서 수분을 빼앗길 뿐, 이곳에서 선다는 게 더욱 힘들어질 테고, 더구나 곧 밤이 되므로 지금은 자면 안 된다는 걸 알았지만, 그중 어떤 이유도 그녀를 단념시키지 못했다. 물론 그렇게 해야만 현명하다는 생각은 들었다. 그러면서도 그녀는 술병으로 손을 뻗었다. 스테이시가 에이미에게 술병을 건네주며, 여전히 중얼거렸다.

"나 같아도 그랬을 거야. 그게 막차라면 온 힘을 다해 뛰어가 올라탔겠지. 게다가 내 기억에 그녀는 달리기 솜씨가 아주 좋았어. 그래서 그녀도 떨어질 위험은 생각도 안 해보고, 조금도 머뭇대지 않았던 것이겠지. 냅다 달려서 뛰어올랐던 거야. 사실 나는 그녀가 누구인지는 몰라. 그 후 그녀가 어떻게 되었는지도 몰랐어. 그냥 당시 그녀의 생각이 그랬을 거라고, 내가 짐작하는 것뿐이야. 그런데 나는 그녀를 다시 만났어. 아마 1년 후였던 같아. 모든 상황을 감안해보면, 정말 빠른 회복이었어. 그녀는 농구를 하고 있더라고. 물론 팀으로 뛰었던 건 아니야. 하지만 그녀는 경기장에 모습을 나타냈어. 그리고 있잖아, 그녀는 괜찮아 보였어. 운동복 바지를 입었는데, 먼 데서는 다리 모양이 어떤지 제대로 눈에 들어오지 않더라. 하지만 그녀가 경기장을 달리는 걸 보았는데, 거의 정상이었지. 정확히 말해 정상은 아니고, 거의 그랬다는 거야."

에이미는 테킬라를 짧게 두 번 들이켰다. 태양 아래 앉아 있는 게 따뜻하게 느껴지고, 그래서 술을 삼키는 게 다른 때보다 더 수월했다. 이번에는 길게 들이켰지만, 그래도 기침이 나오지 않았다. 스테이시가 술병으로 손을 뻗자, 에이미가 다시 건네주었다. 스테이시는 숙녀처럼 아주 조금만 홀짝거렸고, 이내 마개를 닫고 무릎에 얹어놓았다.

"그녀는 행복해 보였어. 그게 내가 하고자 하는 말이지. 그녀는 괜찮아 보였어. 미소 짓고 있었지. 자신이 하고 싶어 하는 것을 하러 거기에 나왔으니까. 사실……."

스테이시는 여기에서 말문을 닫았는데, 그 얼굴은 왠지 서글퍼 보였다.

에이미는 술에 취해 반쯤 잠이 들었고, 여전히 스테이시가 무슨 말을 하는지 알지 못했다.

"사실 뭐?"

스테이시가 무겁게 고개를 끄덕였다.

"정확히 어땠냐 하면."

한참이나 두 사람은 말없이 앉아 있었다. 에이미가 다시 술병에 손을 대려고 할 때, 스테이시가 별안간 확 밝아진 얼굴로 물었다.

"내가 보여줄까?"

"뭘?"

"그녀가 어떻게 달렸는지?"

에이미는 고개를 끄덕였고, 스테이시는 그녀에게 파라솔과 술병을 건넸다. 그러고는 자리에서 일어나 농구하는 시늉을 하며, 조그만 공터를 재빨리 가로질러 나갔다. 짧게 점프하고 나서 가볍게 뛰면서, 손을 하늘 높이 올리고 방어하는 몸짓을 취했다. 그러고는 다시 한 번 공터 맞은편 끝으로 재빨리 달려가, 한 손으로 슛하는 시늉을 했다. 조금 절름거리는 듯한 불안정한 자세로 달렸는데, 마치 다리 긴 새가 겅중거리고 걷듯이 불안정해 보였다. 에이미는 술병을 길게 들이켜고는, 어리둥절한 얼굴로 스테이시를 지켜보았다.

"봤어?"

가상의 농구 게임에 열중하던 스테이시가, 숨을 헐떡이며 물었다.

"그들은 무릎을 구했어. 그게 중요한 점이야. 그렇기 때문에 그녀는 상당히 잘 달릴 수 있었던 거지. 아주 조금 어색했을 뿐. 하지만 내가 말한 대로, 어디까지나 1년 남짓 지난 후였어. 지금쯤 훨씬 더 좋아졌을 거야."

그들은 무릎을 구했다. 에이미는 이제야 스테이시가 무슨 말을 하는지 알 수 있었다. 어떤 여자가 열차를 잡아타려고 전력 질주 해 차에 뛰어올랐다가 추락한 것이다. 그들은 무릎을 구했다. 그녀는 다시 테킬라를 한 모금 마시고, 과감하게 파블로를 정면으로 바라보았다. 그의 호흡은 다소 진정되어, 점차 낮고 부드러워져갔지만, 가래가 잔뜩 끓는 듯한 그 거친 소리는 그대로였다. 물론 그의 몰골은 심각했다. 어떻게 그렇지 않을 수 있겠는가? 척추가 부러졌고 두 다리를 절단했는데. 출혈이 많았고 탈수가 진행된 데다 의식도 없고, 어쩌면 죽어가는지도 모른다. 또한 대변과 소변과 부상 때문에 악취도 심하게 풍겼다. 그에게서 분비된 갖은 액체에 흠뻑 젖은 침낭에는, 덩굴이 퍼지기 시작했다. 에이미는 무슨 조치든지 해주어야 한다는 생각이 들었다. 침낭 자체를 없애든지, 파블로를 들것에서 들어내고 고약한 악취를 풍기는 배설물을 치워야 할지도 모른다. 그렇게 하는 게 당연하고, 제프가 여기 있어도 승낙했을 거라고 생각했지만, 직접 그 일을 떠맡아 움직이고 싶지는 않았다. 엊저녁 일이 떠올랐다. 그녀와 에릭이 갱로 바닥에서 흔들리는 들것에 파블로를 실었던 기억이다. 따라서 지금 또 그리스인을 들어 올리려 해서는 안 된다고 결론을 내렸다.

"무릎이 없으면 말이지."

스테이시가 다시 말문을 열었다.

"뻣정다리가 되어야 해. 이렇게."

그러고는 심각한 표정을 지으며, 뻣뻣한 다리로 비틀대며 걷는 흉내를 냈다. 그녀는 워낙 그런 데 능숙했다. 타고난 흉내쟁이인 것이다. 지금 그녀는 의족으로 갑판을 배회하는 에이햅 선장(미국의 소설가 H. 멜빌이 지은 소설 《백경》에 나오는 외다리 선장—옮긴이) 같았다. 에이미는 웃음을 터뜨렸다. 그러지 않고는 배길 수 없었다.

스테이시가 재미난 표정으로, 그녀를 향해 시선을 돌렸다.

"그 반대의 경우는 아직 안 보여줬지? 무릎이 있는 경우? 다시 해볼게."

그녀는 가상의 농구 경기를 다시 시작했다. 처음에는 그냥 드리블을 하면서, 무릎이 있을 때의 차이를 확실히 보여줄 수 있는 다리 동작들을 궁리했다. 그러더니 갑자기 발이 마비된 발레리나처럼, 어딘지 어색하게 우아한 자세를 취했다. 그 자세로 공터 한끝으로 달려가 다시 슛을 날리고는, 방어하는 동작을 취하며 잽싸게 에이미에게 돌아왔다.

에릭이 부스럭댔다. 그는 옆으로 누워 동그랗게 몸을 말고 있었는데, 어느새 일어나 스테이시를 보고 있었다. 상태가 좋지 않아 않았다. 에이미는 그들 모두 마찬가지일 것이라고 여겼다. 그는 수염이 까칠하고 눈빛은 공허했다. 굶주리고 지칠 대로 지친 채, 어떤 사고를 당하고 달아나는 사람 같았다. 그의 셔츠는 누더기가 되어 있었다. 다리의 상처들은 아물 기색이 보이지 않았다. 그는 기묘하게 멍한 시선으로, 스테이시가 드리블하고 패스하고 슛하는 걸 쳐다보았다. 응급실의 대기 코너에 앉아, 볼륨이 너무 작아 들리지도 않는 텔레비전을 우두커니 응시하며, 간호사가 자기 이름을 부르기만 기다리는 사람 같았다.

"농구를 하는 중이야."

에이미가 말했다.

"의족을 한 다리로."

에릭은 고개를 돌려 멍하니 스테이시를 바라보고, 다시 에이미를 쳐다보았다.

"이런 여자가 있었대."

에이미가 이야기를 계속했다.

"기차에서 떨어졌다고 해. 하지만 아직도 농구를 할 수 있다는 거야."

그녀는 제대로 이야기를 전달하지 못한 것 같아 혼란스러웠다. 그래도 에릭이 고개를 끄덕이는 걸 보니, 크게 상관은 없는 것 같았다.

"오."

그가 손을 내밀자, 에이미는 술병을 긴냈나.

스테이시가 공터의 또 다른 지점으로 옮겨 농구하는 걸, 두 사람은 지켜보았다. 마침내 그녀는 땀을 흘리고 숨을 헐떡여가며 움직임을 멈추었고, 에이미는 박수를 보냈다. 무슨 이유에서인지 기분이 나아졌고, 그런 기분이 사라지지 않게 하고 싶었다.

"스튜어디스도 해봐!"

그녀가 외쳤다.

스테이시는 경직되고 과장된 미소를 짓더니, 안전벨트 사용법, 비상구 위치, 산소마스크 사용법을 몸짓만으로 설명하기 시작했는데, 모든 동작이 로봇처럼 절도 있었다. 칸쿤행 비행기에서 본 스튜어디스를 흉내 내는 것이었다. 그들이 처음 도착한 날 밤, 객실에 짐을 풀고 해변에 대충 원을 그리고 모여앉아 다들 맥주병을 홀짝거리는 가운데 선보인 연기였다. 그리스인들을 만나기 전이었고, 마티아스도 만나지 못한 때였다. 모두 긴 여행으로 조금 지치고 창백했지만, 그곳에 도착한 게 마냥 기쁘기만 했다. 그들은 스테이시의 연기를 지켜보며, 맥주를 마시고 발밑의 모래 감촉을 느끼고, 한낮의 따스한 햇볕을 즐기며, 서핑 소리와 호텔 테라스에서 흘러나오는 희미한 음악 소리를 들어가며 환하게 웃어댔다. 정말 행복한 시절이었다. 어쩌면 에이미는 그들이 갇혀버린 이 끔찍한 장소에 대해 까맣게 모르던 그때로 돌아가고 싶어, 스테이시에게 스튜어디스를 다시 흉내 내달라고 한 것인지도 모른다. 물론 효과는 없었다. 스테이시가 연기를 못 해서가 아니었다. 경직된 미소와 절도 있는 동작은 영락없이 스튜어디스였다. 이 노력을 헛수고로 만든 것은 에릭과 에이미 본인들이었다. 스테이시의 연기를 보고 에이미는 웃었지만, 그 안에는 헤어날 수 없는 슬픔이 깃들어 있었다.

그들은 무릎을 구했다. 그녀는 생각했다.

해변의 첫날 밤에 그들은 각자 장기를 선보였다. 그들은 그런 일에 워낙 익숙했다. 여름 캠프나 스키 여행 등에서 흔히 하는 놀이였고, 별이 총총한 하늘 아래 또는 모닥불 둘레에서 무엇을 하고 어떻게 놀아야 하는지 그들은 잘 알고 있었다. 각자 지정된 역할을 하기로 했다. 스테이시는 문제의 그 흉내를 냈다. 제프는 비행 중에 읽은 여행안내서의 흥미로운 정보를 알려주었다. 에릭은 그들의 여행이 앞으로 어떻게 펼쳐질 것인지를 상상하며, 우스꽝스러운 이야기를 해서 모두 웃게 만들었다. 에이미는 노래를 불렀다. 그녀는 꽤 좋은 목소리를 지녔고, 본인도 그걸 잘 알았다. 아주 뛰어난 수준은 아니지만, 야영장이나 야간 스키 여행의 장기 자랑에 딱 어울리는 목소리였다.

스테이시는 이제 공터 끝에서 다시 걸어와, 그들 곁에 앉아 있었다. 파라솔도 도로 어깨에 걸쳤다. 에이미는 그녀의 셔츠가 찢어져 가슴이 내비치는 걸 보았다. 지금 그들의 행색은 모두 마찬가지였다. 옷이 덩굴의 녹색 거미줄에 사로잡혀, 삽시간에 갈가리 뜯어 먹히고 있었다. 거기에 손쓸 만한 대책이 전혀 없었다. 손으로 쓸어내지만 불과 2, 3분 만에 그것들은 도로 점령을 시작했다. 그리고 그것들을 문질러내는 사이에 즙이 새어나와 피부에 화상을 입혔다. 손도 상처투성이로, 무엇을 잡을 때마다 쓰라렸다. 그들은 배낭을 뒤져 새 셔츠와 바지를 찾아냈지만, 다른 사람, 즉 언덕에 흩어진 봉분의 주인인 죽은 사람들의 옷을 입는다는 게 꺼림칙했고, 에이미는 그런 일만은 벌어지지 않기를 간절히 바랐다. 그건 어떤 면으로 보자면 굴복, 즉 패배나 같았다. 구조대가 곧 올 터인데, 그새를 못견디고 굳이 옷을 갈아입을 필요가 있겠는가?

에릭은 연방 가슴을 문질러댔다. 갈비뼈의 맨 아랫부분에서 오른쪽 부위, 거기를 만지지 않고는 못 배기는 것 같았다. 손바닥으로 눌렀다가 손가락으로 쿡쿡 찌르고, 살살 문지르기도 했다. 에이미는 그가 왜 그러는지 알고 있었다. 몸 안에 덩굴이 있다고 여기는 게 분명했다. 그렇게 끊임없이 탐색하는 그의 행동이, 그녀를 불안하게 만들기 시작했다. 그가 그만두어주기를 바랐다.

"재미난 얘기 좀 해봐, 에릭."

그녀가 말했다.

"재미난 거?"

그녀는 고개를 끄덕이고 생긋 웃으며, 그가 가슴속 느낌에 신경을 끊고 자기들 셋의 대화에 관심을 갖게 하려 했다.

에릭은 고개를 저었다.

"아무것도 생각나지 않아."

"우리가 집에 돌아갔을 때, 어떻게 될 것 같은지 말해봐."

스테이시가 말했다.

에이미와 스테이시는 에릭이 테킬라를 한 번 더 들이켜고, 그의 눈가가 젖어드는 걸 바라보았다. 그는 손등으로 얼굴을 훔치고는 술병 마개를 도로 닫았다.

"글쎄, 아마 우리는 유명해지지 않을까? 최소한 단기간만이라도."

두 사람은 고개를 끄덕였다. 물론 그들은 유명해질 것이다.

"〈피플〉지 표지에도 실릴 거야."

에릭은 그 생각에 젖어들며 말을 이었다.

"어쩌면 〈타임〉지에도. 그리고 우리 얘기를 영화화하겠다고 판권을 사려는 사람도 나올 거야. 우리는 합심하고 기지를 발휘해서, 그룹 자격으로 우리 이야기를 펴는 조건으로 서류에 사인해야 할 거야. 그렇게 되면 우리는 돈을 벌겠지. 어쩌면 변호사나 에이전트가 필요하게 될지도 모르지."

"사람들이 영화를 만들려고 할까?"

스테이시가 물었다. 에릭의 말에 무척 들뜨기도 했지만, 놀라기도 한 게 사실이었다.

"당연하지."

"누가 내 역할을 맡을까?"

에릭은 스테이시를 물끄러미 보며 생각에 잠겼다. 그러고는 빙긋 웃으며 그녀의 가슴을 가리켰다.

"너 가슴이 다 보인다."

스테이시는 아래를 내려다보고는 셔츠를 정돈했다. 이미 누더기가 되다시피 한 티셔츠는 가슴을 제대로 가리지 못했지만, 어쨌거나 그녀는 신경 쓰지 않았다.

"잘 생각해봐. 누가 내 역을 맡을 것 같아?"

"먼저 네가 어떤 인물인지부터 결정해야 해."

"내가 어떤데?"

"너도 알다시피 영화사에서는 인물 설정에 변화를 줄 거야. 영화 캐릭터에 맞도록. 영웅과 악당, 뭐 그런 식으로 말이야. 내 말 무슨 뜻인지 알지?"

스테이시는 고개를 끄덕였다.

"그러면 나는 어떤 캐릭터야?"

"글쎄, 일단 여자 등장인물은 두 사람이야, 그렇지? 그러니까 너희 둘 중 하나는 착실하고 정숙한 반면, 다른 하나는 헤픈 스타일이 되어야 할걸."

그러고는 잠시 생각하는 듯하더니 어깨를 으쓱 움직였다.

"내 생각에는 에이미가 착실한 쪽일 것 같은데?"

스테이시는 그 말에 인상을 찌푸렸다. 그리고 입을 꾹 다물었다.

"그리고 너는, 음…… 헤픈 쪽이 되겠지."

"엿 먹어, 에릭."

스테이시가 볼멘소리로 말했다.

"왜? 난 그저……."

"그럼 너는 악당이야. 나더러 방금……."

에릭은 고개를 내저었다.

"절대 아니지. 나는 재미있는 남자야. 애덤 샌들러 스타일. 아니면 짐캐리. 본래 이곳에 올 예정이 아니었는데, 실수로 다른 이들과 한데 섞여 발이 묶이는 거야. 나는 일행에게 웃음을 주는 탈출구 같은 존재야."

"그럼 악당은 누구야?"

"물어보나 마나 마티아스가 악당이지. 전형적인 으스스한 독일인이야. 그가 우리를 일부러 이곳까지 끌어들이는 걸로 이야기가 전개되는 거야. 덩굴은 나치 정부의 실험이 잘못된 결과이고. 그의 아버지는 과학자인데, 아버지의 식물한테 우리를 먹이로 주려고 여기로 데려와."

"그렇다면 영웅은?"

"두말할 필요 없이 제프. 냉소적인 표정으로 악을 응징하는 브루스 윌리스. 〈마지막 보이스카우트〉에 나왔던 고독한 영웅."

그는 에이미에게 시선을 던졌다.

"제프도 보이스카우트였어? 내가 장담하는데, 제프는 보이스카우트였을 거야."

에이미는 고개를 끄덕였다.

"이글 스카우트였대."

그 말이 우스운 농담도 아니었는데, 세 사람 모두 깔깔대고 웃었다. 그는 실제로 이글 스카우트였다. 그의 엄마는 거실 벽에 지역 신문 스크랩한 것을 액자에 끼워 실어놓고 있다. 유니폼을 입고 매사추세츠 주지사와 악수하는 제프의 사진이었다. 에이미는 거기에 생각이 미치자 가슴속이 이상하게 조여들며, 돌연 제프에 대한 따스한 감정, 즉 연민이 울컥 올라왔다. 캄캄한 갱로에서 채찍질해대는 덩굴 틈에서, 그가 자신을 잡아끌던 게 생각났다. 그녀는 횃불이 꺼지기 직전에 인골을 흘끗 보았다. 다른 사람들이 거기에서 죽었고, 그녀 또한 그렇게 될 수 있었다. 그 캄캄한 동굴을 빠져나온 것은, 자신의 능력으로 된 게 아니었다. 제프가 그녀를 구한 것이다. 그들이 협조만 한다면, 그는 일행도 모두 구해낼 것이다. 그러므로 그를 이렇게 비웃어서는 안 되었다.

"하나도 안 웃겨."

그녀는 그렇게 말했지만 목소리가 너무 작았고, 다른 두 사람은 술에 만취되어 있었다. 그들은 그녀가 한 말을 듣지도 못한 것 같았다.

"누가 내 역을 맡게 될까?"

스테이시가 또 그 질문을 던졌다.

에릭은 그 질문은 아랑곳 않고 입을 열었다.

"그건 중요하지 않아. 티셔츠 틈으로 가슴을 내놓은 게 멋져 보이는 사람이면 돼."

"너는 뚱보로 나올 거야."

스테이시가 다시 볼멘소리로 말했다.

"땀내 풍기는 뚱보."

두 사람은 그렇게 옥신각신 입씨름을 벌였고, 에이미는 자기가 너무 작게 말했다는 걸 깨달았다. 둘 사이에 두어 번 더 대화가 오가더니, 아예 언성까지 높이기 시작했다. 에이미는 자기 힘으로는 그 상황을 제압할 자신이 없었다. 지금 이곳에서는. 그래서 그들의 관심을 딴 데로 돌리기로 했다.

"나는 어때?"

그녀가 물었다.

"너?"

에릭이 대꾸했다.

"누가 내 역을 맡을 것 같아?"

에릭은 입술을 비죽 내밀고 생각에 잠겼다. 그리고 술병을 도로 열고 한 모금 마신 다음, 화해의 의미로 스테이시를 향해 내밀었다. 그녀는 그걸 받아 들고는, 고개를 뒤고 꺾고 콸콸 들이붓다시피 마셨다. 그녀는 술병을 내려놓고 희희낙락 키들키들 웃었는데, 눈마저 묘하게 번들거리며 반짝였다.

"노래를 잘하는 사람."

에릭이 말했다.

"맞아."

스테이시도 고개를 끄덕였다.

"그러니까 뮤지컬 곡도 소화할 줄 알아야 해."

에릭이 싱글거렸다.

"보이스카우트와 함께 듀엣으로."

"그렇다면 아마 마돈나."

에릭이 코웃음 쳤다.

"브리트니 스피어스."

"맨디 무어."

두 사람은 깔깔 웃었다.

"사인해주세요, 에이미."

에릭이 말했다.

에이미는 싱긋 웃기는 했지만, 모욕당한 것은 아닌지 혼란스러웠다. 그들이 자신을 비웃는 것인지 또는 우스운 얘기를 자기만 못 알아들은 것인지 분간이 가지 않았다. 자신도 그들처럼 취했다는 걸, 그녀는 깨달았다.

"〈하나는 세상에서 가장 외로운 숫자(One is the loneliest number)〉를 불러봐."

스테이시가 말했다.

"오, 예."

에릭도 고개를 끄덕였다.

"최고지."

그들은 싱글거리며 그녀의 노래를 기다렸다. 스테이시가 술병을 건넸고, 에이미는 꿀꺽 삼킨 다음 두 눈을 감았다. 다시 눈을 떴을 때에도 그들은 여전히 기다리고 있었다.

　"하나는 세상에서 가장 외로운 숫자. 둘도 마찬가지일 수는 있지. 하나 다음으로 외로운 숫자이니까. 노(No)는 세상에서 가장 슬픈 경험. 아무렴, 세상에서 가장 슬픈 경험이지. 왜냐하면 하나는 세상에서 가장 외로운 숫자이니까. 하나는 가장 외롭고 둘보다 더욱……."

　숨이 차고 머리가 띵해 노래가 끊겼다. 그녀는 에릭에게 술병을 내주었다.

　"나머지는 기억이 안 나."

　그것은 사실이 아니었다. 그저 노래를 부르고 싶지가 않았다. 그 가사가 그녀를 서글프게 했다. 한동안 기분이 그럭저럭 괜찮았고, 최소한 거의 그럴 뻔했기 때문에, 슬픈 기분은 더 이상 느끼고 싶지가 않았다.

　에릭이 길게 들이켰다. 이제 술병은 3분의 2가 비워졌다. 그는 비틀거리며 일어나 공터를 걸었는데, 걸음걸이가 약간 불안정해 보였다. 그는 허리를 숙이고 뭔가 집어 들더니, 비틀대며 두 여자에게 돌아왔다. 한 손에는 술병이 들렸고, 다른 한 손에는 나이프가 들려 있었다. 에이미와 스테이시는 그를 물끄러미 보았다. 에이미는 나이프가 그의 손 안에 있는 게 걸렸지만, 그가 그걸 내려놓게 하자면 뭐라고 말해야 할지 생각나지 않았다. 그가 칼날에 침을 뱉어 셔츠로 닦아내는 걸 지켜보았다. 그러고는 그녀를 향해 나이프를 흔들었다.

　"결국 그 노래를 부르게 될 거야. 네가 최후에 남는 한 사람이 되었을 때."

　"최후에 남는 사람?"

　에이미가 물었다. 그녀는 얼른 손을 뻗어 그에게서 나이프를 빼앗고, 이제 막 하려는 짓을 못하도록 양손을 들어 올리게 하고 싶었지만, 어디까지나 생각뿐이었다. 몹시, 몹시 술에 취했고, 또한 몹시 피곤했다. 도저히 배겨낼 수가 없었다.

"모두 죽임을 당하고 났을 때."

에릭이 말했다.

에이미는 고개를 가로저었다.

"그만. 하나도 안 웃겨."

그 말에는 아랑곳없이, 에릭은 계속 말을 이었다.

"보이스카우트는 생존하겠지. 그는 영웅이니까. 꼭 살아남아야 해. 너는 그냥 그가 죽었다고 생각해. 네가 노래를 부르면, 그가 도로 살아난다고 생각하라고. 그러고 나서 너희들은 탈출에 성공하게 돼. 그가 텐트로 기구를 만들어서, 안전한 곳으로 타고 가는 거지."

"나는 죽고?"

스테이시가 말했다. 그 가능성에 그녀는 몹시 놀란 듯 눈을 휘둥그레 떴다. 그러고는 이내 자신이 한 말을 반박했다.

"내가 왜 죽어야 하는데?"

"헤픈 여자는 죽어야 하거든. 마땅히. 네가 나쁘니까. 너는 벌을 받아 죽어야 해."

스테이시는 그 말에 상처를 받은 것 같았다.

"재미난 사내는 어떻게 되고?"

"그가 제일 먼저 죽지. 그런 남자는 늘 첫 번째로 죽게 돼 있어. 그것도 좀 어이없는 방식으로. 그래서 그가 죽는 마당에도 사람들은 웃게 되지."

"어떻게 죽는데?"

"어쩌다 다리에 상처를 입는데, 덩굴이 그 속에 파고 들어가 안에서부터 그를 먹어치워."

에이미는 그 말 뒤에 무엇이 이어질지 이미 짐작하고 있었고, 그래서 그를 제지하려고 얼른 손을 들었다. 하지만 너무 늦었다. 그는 이미 그 짓을 벌이고 있었다. 이미 시작된 것이다. 그는 셔츠를 들어 올리고, 갈비뼈 아랫부분을 따라 10센티미터가량 절개했다. 스테이시는 헉하고 숨을 들이쉬었다. 에이미는 속수무책으로 팔짱을 끼고 앉았다. 수평으로 절개된 에릭의 상처 자리에서 피가 솟구쳐 나와 배로 번지고, 바지허리 부분까지 적셨다. 그는 그걸 바라보며 눈살을 찌푸리고는, 나이프 끝으로 절개 자리를 쿡쿡 눌러보고 안으로 깊숙이 찔러 넣었다. 피는 계속 흘러나왔다.

"에릭."

스테이시가 외쳤다.

"그게 불쑥 디밀고 나올 거라고 생각했어."

그가 말했다. 무척 고통스러울 텐데 그는 내색도 하지 않았다. 오히려 나이프를 상처 속으로 계속 밀어 넣었다.

"그게 바로 이 속에 있어. 나는 느낄 수 있어. 내가 살을 가른 걸 알아채고, 달아나려고 하는 게 틀림없어. 그게 숨고 있어."

그는 왼손으로 절개 부위를 압박했다. 오른손으로 다시 제 몸을 절개하려는 것 같았다. 에이미는 앞으로 몸을 내밀고, 그에게서 나이프를 낚아챘다. 그가 저항하리라 생각했지만 그러지 않았다. 그는 순순히 그녀가 나이프를 가져가게 했다. 피는 계속 흐르는데 그는 지혈할 생각을 하지 않았다.

"그를 도와줘."

에이미가 스테이시에게 말했다. 그리고 나이프를 자기 옆의 흙바닥에 내려놓았다.

"그가 중단하게 도와줘."

스테이시는 입을 딱 벌리고 에이미를 바라보았다. 그녀는 숨을 헐떡였다. 충격으로 호흡 곤란이 오려는 것 같았다.

"어떻게?"

"셔츠를 벗겨. 그걸로 절개 자리를 압박해."

스테이시는 파라솔을 내려놓고, 에릭에게 다가가 셔츠를 벗도록 도왔다. 그는 매우 수동적인 태도를 보였다. 어린아이처럼 팔을 들어 올려, 셔츠가 머리 위로 벗겨지도록 했다.

"누워."

에이미가 지시하자 그는 순순히 똑바로 누웠고, 출혈이 계속되어 배꼽이 난 오목한 자리까지 피가 고였다.

스테이시는 티셔츠를 둘둘 말아 상처 자리에 갖다 댔다.

상황은 다시 악화돼 되돌릴 방법이 없음을, 거짓이나마 이 오후에 평온한 분위기를 되살릴 방법은 전혀 없음을, 에이미는 직감했다. 이제는 흥내도 우스갯소리도 노래도 없다. 그녀와 스테이시는 말없이 앉았고, 스테이시는 출혈을 막으려고 힘주어 압박하느라 몸을 조금 앞으로 기울이고 있었다. 에릭은 흙바닥에 드러누워, 아무 불평 없이, 기이하게도 차분하게 하늘만 응시했다.

"내 잘못이야."

에이미가 말했다. 스테이시와 에릭 둘 다 무슨 뜻인지 몰라, 그녀를 물끄러미 쳐다보았다. 에이미는 손으로 얼굴을 훔쳤다. 땀이 찌들어 끈적끈적했다.

"나는 오고 싶지 않았어. 마티아스가 처음에 제프하고 나한테 제안했을 때, 나는 분명 가고 싶지 않았어. 하지만 아무 말 못 했지. 그냥 되어가는 대로 내버려두었던 거야. 우리는 지금 해변에 있을 수도 있던 건데. 우리는……."

"쉿."

스테이시가 말했다.

"그리고 그 픽업트럭. 그 택시 기사 말이야. 나한테 가지 말라고 했어. 나쁜 장소라고 했어. 그가 말하기를……."

"너는 아무것도 몰랐어, 애."

"그리고 마을에 들어와서도, 내가 나무들 틈새를 뒤져보자는 생각만 안 했어도, 우리는 샛길을 찾지 못했을 거야. 내가 입만 다물었어도……."

스테이시는 계속 티셔츠로 에릭의 복부를 압박하며 고개를 내저었다. 피는 내내 흘러나오고 그칠 줄을 몰랐다. 그녀의 손은 피범벅이 되었다.

"그렇다고 네가 어떻게 알 수 있었겠니?"

그녀가 말했다.

"나 때문인 거였어, 그치? 덩굴 밭으로 발을 들여놓은 게 나였잖아? 내가 그러지만 않았다면, 그 마야 남자는 우리를 정글 밖으로 내쫓고야 말았을 텐데. 그러면 우리는……."

"구름을 봐."

에릭이 그녀의 말을 자르고, 마치 약에 취한 듯 몹시 몽롱하고 흐릿한 목소리로 말했다. 그는 손을 들어 위를 가리켰다.

그의 말이 옳았다. 구름이 남쪽으로 몰려가 모루구름이 일어났는데, 그 밑 부분은 우중충하게 거무스름한 것이 비를 잔뜩 머금은 것 같았다. 칸쿤의 해변에서는 갑자기 쏟아지는 비를 피해 소지품을 모아들고 객실로 돌아가곤 했다. 제프와 에이미는 사랑을 나누고는 잠에 빠져 들었고, 저녁 먹을 때가 되어서야 깼는데, 창문을 두들기던 빗물이 발코니에 거의 3센티미터나 고여 있었다. 첫날에는 비를 피해 발코니에 내려앉은 갈매기가, 고인 빗물 위에서 바다를 바라보는 걸 발견하기도 했다. 비가 오면 물이 생긴다. 에이미는 그걸 모을 방법을 생각해내야 한다는 걸 알고 있었다. 하지만 그러지 못했다. 머릿속이 멍했다. 술에 취하고 지치고 서글펐다. 비를 모을 방법은 다른 누가 나서서 생각해주어야만 했다. 물론 피가 계속 솟아나와 티셔츠까지 흠뻑 적신 에릭은 아니었다. 스테이시도 마찬가지였다. 그녀는 에이미가 느끼는 것보다 훨씬 상태가 좋지 않았다. 일사병 때문에 몽롱하고, 눈앞이 어질어질했다. 그들 셋 모두 이런 곳에서 어리석은 이야기, 노래, 웃음으로 시간을 때워버린 무용지물들이었다. 그들은 바보들이지 생존자라 할 수 없었다.

거의 예고라고 할 만한 것도 없이, 태양이 그렇게 뚝 떨어지는 게 어떻게 가능할 수 있다는 말인가? 어느새 태양은 지평선에 거의 닿을 지경까지 와 있었다. 길어야 앞으로 두 시간 안이면 밤이 온다.

애당초 일이 틀어진 게 언제부터였을까?

다음 날 아침이 되어서, 일행의 숫자가 전날보다 하나 줄어든 걸 깨달아야 했을 때, 에릭은 한참 동안이나 그걸 밝혀내려 고심했다. 술, 그리고 자기가 살을 가른 게 원인은 아닌 것 같았다. 그 짓을 벌였을 때만 해도, 상황은 그리 나쁘지 않았다. 나사가 풀린 듯 온몸이 나른했지만, 그런대로 버텨낼 만했다. 흙바닥에 똑바로 드러누운 채, 스테이시가 티셔츠로 싱치 부위를 압박하며 지혈하려 애쓰는 동안, 그들 머리 위의 하늘에서 구름이 일었고, 에릭은 예상하지도 못한 평온함을 느꼈다. 비가 온다. 이제 갈증 때문에 죽지는 않게 된다. 그렇게만 된다면, 즉 가장 절박한 생존의 장애물을 훌쩍 넘어간다면, 다른 장애물 또한 극복 못 하란 법이 있겠는가? 그들이 살아서 귀국 못 할 이유가 있겠는가?

물론 물 때문에 다음 순위로 밀려난 음식 문제가 남아 있지만, 그걸 해결하는 데에도 물이 도움이 될 수 있지 않을까? 에릭은 그 점을 궁리하며 하늘을 올려다보았지만, 생각나는 것은 없었다. 오히려 그 문제에 집중하다가, 그나마 잠자고 있던 굶주림마저 일깨우고 말았다.

"왜 음식을 다시 먹지 않는 거야?"

그가 물었는데, 자기 귀에도 너무나 희미하게 들렸다. 혀가 굳고 폐가 약해졌다. 테킬라 때문이야. 그는 생각했다. 나는 피를 흘리고 있어. 이어서 그 생각도 떠올랐다.

"배고파?"

에이미가 물었다.

물론 어리석은 질문이었다. 배는 당연히 고프고도 남았다. 그는 굳이 대답하지 않았다. 잠시 후 에이미는 자리에서 일어나 텐트로 다가가서, 덮개의 지퍼를 열고 안으로 들어갔다.

바로 그것이었어. 다음 날 아침 에릭은 마침내 그렇게 결론을 내렸다. 그녀가 먹을 걸 찾으러 텐트로 들어간 게, 바로 시작이었다. 하지만 그때만 해도 까맣게 몰랐다. 그녀가 텐트로 들어가는 걸 보고 나서, 그는 다시 구름이 뭉게뭉게 일어나는 하늘을 올려다보았다. 그는 움직이지 않기로 마음먹었다. 비가 쏟아져 내려도 그 자리에 그대로 있기로 했다.

"멈추지를 않아."

스테이시가 말했다.

그녀가 상처 부위를 두고 한 말이라는 걸 에릭은 알고 있었다. 불안한 투가 역력했지만, 그는 아니었다. 피가 흐르는 걸 괘념치 않았고, 너무 취해 어차피 고통도 느껴지지 않았다. 곧 비가 온다. 여기 그대로 누워서, 그 비가 몸을 깨끗이 씻기게 하고 싶었다. 덩굴을 찾아내서 끄집어낼 생각으로 전개했던 갈비뼈 바로 아랫부분까지, 빗물이 파고 들어가 깨끗하게 씻어줄 것이다. 그러면 그는 몸이 나을 것 같았다.

에이미가 텐트에서 돌아왔다. 플라스틱 물통과 포도가 든 비닐봉지를 가져왔다. 그녀는 물통을 바닥에 내려놓고, 비닐봉지를 열어 스테이시에게 건넸다.

그녀는 고개를 저었다.

"기다려야지."

"우리는 점심을 안 먹었어."

에이미가 말했다.

"점심은 먹기로 돼 있던 거잖아."

그녀는 포도 봉지를 내려놓지 않고, 계속 스테이시 앞에 들고 있었다.

스테이시는 다시 고개를 흔들었다.

"제프가 돌아오면. 우리는 뭐라고⋯⋯."

"내가 그의 몫을 남겨둘게. 따로 챙겨두면 되지."

"마티아스는 어떻게 하고?"

"그의 것도."

"그는 지금 뭐 해?"

에이미는 턱 끝으로 텐트를 가리켰다.

"자고 있어."

그리고 포도 봉지를 흔들며 말했다.

"어서. 두 알만. 먹으면 갈증을 식히는 데 도움이 될 거야."

스테이시는 눈에 띄게 갈팡질팡 머뭇대다가, 결국 손을 뻗어 두 알을 땄다.

에이미는 다시 봉지를 흔들었다.

"좀 더. 에릭도 줘야 하잖아."

스테이시는 두 알을 더 땄다. 자기 입 안에 한 알을 넣고 그다음에 에릭에게도 넣어주었다. 그는 포도의 맛을 음미하기 위해, 포도 알을 한동안 입 안에 머금었다. 스테이시와 에이미가 각자 몫을 먹는 걸 지켜보았다. 그리고 자신도 따라 했다. 그 맛이란 너무나 강렬한 것이었다. 즙이 터져 나올 때의 그 달콤함, 씹고 삼키는 즐거움으로 머릿속이 환하게 밝아지는 기분이 들었다. 하지만 만족, 즉 해갈이란 없었고, 그나마 굶주림만 어느 정도 견딜 만해졌다. 아니, 그것도 아니었다. 그의 몸 안에 깊숙이 잠복했던 어떤 것이, 갑자기 들고일어나는 것 같았다. 그로 인해 온몸이 욱신거리는 듯했다. 스테이시는 남은 한 알을 그의 입 안에 넣어주었고, 이번에는 더욱 빠르게 씹었는데, 맛을 느끼는 것보다 삼키는 게 훨씬 중요해, 어느새 다음 것을 대기하며 입을 떡 벌렸다. 다른 두 사람도 비슷하게 다급한 상태가 되어 있는 것 같았다. 누구도 입을 열지는 않았다. 그들은 씹고 삼켰고, 그리고 입 안에 더 넣기 위해 봉지에 손을 가져갔다. 에릭은 포도를 먹으며, 구름이 이는 걸 바라보았다. 그가 하는 일이라고는, 입을 벌려 스테이시가 포도 알을 넣어주기를 기다리는 것뿐이었다. 그녀는 미소를 짓고 있었고 에이미도 그랬다. 에이미가 장담한 대로 과즙 덕에 갈증에는 도움이 되었다. 정신이 조금 맑아졌다. 긍정적인 쪽으로. 자기 몸 안팎의 상처가 다소 아물고 안정을 찾는 것 같았다. 고통이 느껴졌지만 그것마저도 안심이 되었다. 그런 나이프로 제 몸을 헤집다니, 정말 어리석은 짓이었다. 어떻게 그런 일을 벌일 용기를 냈는지, 도무지 이해가 가지 않았다. 서둘러 봉합해야 하고, 아마 항생제도 먹어야 하겠지만, 그런데도 그는 신기하게도 마음이 차분해졌다. 이곳에 그대로 누워 이렇게 포도를 받아먹으며 하늘의 먹구름을 지켜보기만 한다면, 만사가 다 풀려서 기적적으로 생존한다고 믿을 수 있을 것 같았다.

그런데 포도 봉지가 어느새 비어간다는 사실을 돌연 깨닫게 되었고, 그것은 충격 그 자체였다. 이제 남은 것은 네 알뿐이었다. 나머지는 그들이 전부 먹어치웠다. 세 사람은 비닐봉지를 뚫어지게 쳐다보았다. 한동안 누구도 입을 열지 않았다. 파블로는 계속 거친 숨을 내쉬었지만, 에릭의 귀에는 아무 소리도 들리지 않았다. 창밖을 지나는 자동차 소리, 바닷가의 파도 소리 같은, 먼 배경의 희미한 소음이나 마찬가지였다. 물론 그들이 저지른 짓에 대해 누구든지 입을 열어야 했고, 결국 총대를 멘 것은 에이미였다.

"그래도 오렌지가 있어."

스테이시와 에릭은 여전히 말이 없었다. 봉지에는 포도 알이 많이 있었다. 처음부터 마티아스와 제프의 몫을 따로 챙겨두었어야 했다.

"오줌 좀 누어야겠어."

스테이시가 조그맣게 말했다. 그래서 자기한테 한 말이라는 걸, 에릭은 간신히 깨달았다.

"셔츠를 붙들 수 있겠어?"

그는 고개를 끄덕이고 티셔츠를 넘겨받아, 옆구리에 대고 계속 압박했다. 덩굴이 다시 움직이는 것, 그의 몸 안에서 이동하는 게, 고통과 더불어 감지되었다. 그가 몸을 절개하자 덩굴은 움직임을 멈추었지만, 이제 다시 꿈틀대고 있었다.

"병에다 받아야 되나?"

스테이시가 에이미에게 물었다.

에이미는 고개를 저었고, 스테이시는 일어나 공터 맞은편으로 걸어갔다. 하지만 덩굴 밭 안으로는 들이가지 않았다. 그녀는 등을 돌린 채 쪼그리고 앉았고, 에릭은 그녀가 오줌 누는 소리를 들었다. 많은 양은 아니고 흙바닥에 약간 튀기는 정도였고, 그녀는 이내 다시 일어나 바지를 추어올렸다.

"건포도도 좀 있어."

에이미가 말했지만, 너무 조그맣게 말해서 혼잣말로 중얼거린 것 같았다.

스테이시가 돌아와 에릭 곁에 앉았다. 그녀가 상처를 압박하는 티셔츠를 다시 붙들 거라고 생각했는데 아니었다. 그녀는 물통을 집어 들더니, 마개를 열고 오른쪽 발에 대고 조금 부었다. 에릭과 에이미는 너무 놀라 어안이 벙벙했다.

"젠장, 지금 뭐 하는 거야?"

에이미가 물었다.

스테이시는 에이미의 날 선 목소리에 흠칫 놀라 대꾸했다.

"오줌이 묻었어."

에이미는 스테이시의 손에서 물통을 잡아채고 마개를 도로 닫았다.

"이건 우리의 물이야. 그런데 넌 망할 발에 대고 부었어."

스테이시는 에이미의 말이 어처구니없다는 듯, 보란 듯이 눈을 깜박이며 한동안 가만히 앉아 있었다.

"미안해. 하지만 욕까지 할 필요는 없잖아."

그녀가 말했다.

"그게 없으면 우리는 죽어. 알아? 그런데 너는 고작……."

"내가 생각이 없다는 말이지, 그치? 난 발에 묻은 오줌을 씻어내고 싶었고, 물통이 보이기에……."

"놀고 있다, 스테이시. 어떻게 물을 그렇게 버릴 수가 있니?"

스테이시는 구름이 이는 하늘을 손짓으로 가리켰다.

"비가 올 거야. 물을 많이 받을 수 있다고."

"그러면 그때까지 왜 못 기다리는데?"

"소리 좀 지르지 마, 에이미. 미안하다고 했잖아. 그리고……."

"미안하다고 물이 도로 생기지는 않잖아?"

에릭은 두 사람을 말리고 화제를 돌리기 위해 무슨 말이든 하고 싶었지만, 적절한 말이 생각나지 않았다. 지금 무슨 일이 벌어지고, 어떻게 이어질지 그는 훤히 알고 있었다. 에이미와 스테이시는 이런 식으로 갑자기

싸움을 벌이곤 했는데, 무슨 이유인지도 모호한 채 급격한 분노가 격발했다가 금세 가라앉곤 했다. 하지만 그 짧은 틈에 둘 사이에 폭력까지 오가기도 했다. 대개 술에 취한 경우로, 경솔한 말들이 오가고, 몇 초 사이에 주먹질로 번졌다. 스테이시가 에이미의 뺨을 할퀴어 피가 흐를 정도로 깊이 상처를 낸 걸 에릭은 본 적이 있고, 반면 에이미가 스테이시를 냅다 후려쳐 바닥에 나동그라지게 한 걸 본 적도 있었다. 결국 사납게 몰아치던 두 여자의 격투는, 절정에 이르고 나서 제풀에 꺾였다. 그러고는 어쩌다 그런 심한 말을 했는지, 서로 당황해하며 바라보았다. 이어서 서로 용서를 구하고 끌어안고 울음을 터뜨렸다.

그리고 지금 두 여자는 또 유사한 순서를 내달리고 있었다.

"어떨 때 보면 너는 정말 바보 같아."

에이미가 말했다.

"그만 다무시지."

스테이시가 거의 들리지 않을 정도로 작게 중얼거렸다.

"뭐?"

"그만두자고, 오케이?"

"넌 전혀 미안하지 않은 거지, 그치?"

"대체 얼마나 더 그 말을 해줘야 하는데?"

에릭은 일어나 앉았다. 상처 부위가 벌어지는 걸 느꼈지만, 그게 더 낫다고 생각했다.

"너희들 이러면······."

에이미가 경멸하는 투로 그를 쏘아보았다. 그녀가 잔뜩 취해 과장된 표정을 짓는다는 걸, 그는 알 수 있었다.

"잠자코 있으시지, 에릭. 넌 벌써 충분히 문제를 일으켰으니까."

"그를 그냥 놔둬."

스테이시가 말했다. 두 여자는 목소리가 너무 높았다. 그걸 듣자니 에릭은 귀가 아플 정도였다. 그는 일어나서 이 자리를 뜨고 싶었지만, 여전히 출혈이 계속되고 고통스럽고 만취된 상태여서, 움직일 수 있을 것 같지가 않았다.

"그가 또다시 제 살을 가르기만 하면, 이제는 그냥 피를 흘리게 내버려두겠어."

"너는 나쁜 년이야, 에이미. 너도 알고 있나?"

"헤픈 년."

스테이시는 에이미가 자기한테 침이라도 내뱉은 듯, 그 말에 당혹한 표정을 지었다.

"뭐야?"

"에릭이 맞았어. 그게 바로 너란 인간이야."

스테이시는 그따위 모욕은 자신에게 통하지 않는 양, 고고한 척 초연한 표정을 지으려 애썼지만, 에릭은 그게 효과가 없다는 걸 잘 알았다. 그들은 이제 할퀴고 따귀를 갈기고 걷어차는 단계로 접어들 게 뻔했다.

"너는 취했어. 천치 같은 짓을 벌이고 있어."

스테이시가 말했다.

"헤픈 년. 그게 너한테 딱 맞는 말이야."

"너 지금 혀가 꼬이는 거, 모르니?"

"닥쳐, 헤픈 년."

"싫어. 네가 닥쳐. 나쁜 년."

"헤픈 년."

"나쁜 년."

"헤픈 년."

그런데 예상치 못한 일이 벌어졌다. 두 여자 모두 입을 다문 채, 에릭의 오른쪽을 응시했다. 아니, 입을 다문 게 아니었다. 그녀들의 음성으로 두 마디가 계속 반복되었기 때문이다. *나쁜 년······ 헤픈 년······ 나쁜 년······ 헤픈 년······ 나쁜 년······ 헤픈 년.* 그러나 에이미와 스테이시가 하는 말이 아니었다. 화들짝 놀란 그녀들의 얼굴은, 이내 공포에 가까운 표정으로 변하고, 언덕 정상 너머를 바라보았다. 그곳에서 그들의 날 선 목소리가 한 쌍으로 버무려져, 동시에 울려나오고 있었기 때문이다.

나쁜년헤픈년나쁜년헤픈년나쁜년헤픈년.

덩굴이었다. 그게 두 여자의 다툼을 조롱이라도 하듯 흉내 내고 있었다. 너무나 완벽하게 모방한 목소리였다. 스테이시와 에이미가 더 이상 입을 놀리지 않고 우두커니 서서 침묵을 지키고 있으므로, 에릭은 지금 들리는 목소리의 주인공이 그들일 가능성이 없다는 걸 알았지만, 그래도 영 믿기지가 않았다. 왜냐하면 분명히 그들의 목소리였기 때문이다. 덩굴에게 도둑맞아 악용되는 것은 뻔히 알았지만, 그래도 분명히 그들의 목소리였다.

나쁜년헤픈년나쁜년헤픈년나쁜년헤픈년.

마티아스가 자다 깬 부스스한 머리를 하고, 눈을 껌벅이며 어느새 그들 앞에 와 있었는데 에릭이 보아도 아직 완전히 깬 것 같지 않았다.

"무슨 일이야?"

그가 물었다.

아무도 대구하지 않았다. 대체 뭐라고 설명해야 한다는 말인가? 그 목소리는 낮게 잦아들었다가 다시 높아졌고, 이제는 아예 가지까지 쳤다. *또다시 제 살을 가르기만 하면······ 넌 전혀 미안하지 않은 거지, 그치?*

"덩굴이 그러는 거야."

스테이시가 부연 설명이 필요하다는 듯이 덧붙였다.

마티아스는 입을 다물고 주변으로 시선을 돌렸다. 플라스틱 물병, 포도

네 알만 남은 비닐봉지, 에릭의 복부를 누르고 있는 피투성이 티셔츠, 꼼짝도 않는 파블로, 거의 다 비운 테킬라 병.

"제프는 어디 있어?"

그가 물었다.

발에 오줌이 묻었어. 덩굴이 또 외쳤다. 그래도 오렌지가 있어.

"언덕 아래에."

에이미가 대꾸했다.

"누가 가서 교대해주어야 하지 않아?"

아무도 대꾸하지 않았다. 모두 부끄러워 먼 데만 바라보며, 그 목소리가 그만 그치고 어서 마티아스가 그들 곁을 떠나주기를 바랐다. 에릭은 울컥 화가 치밀어 가슴이 먹먹해졌다. 어떻게 감히 마티아스가 자신들을 판단할 위치에 설 수 있다는 말인가? 그는 그들의 일행이 아니지 않은가? 그들은 그에 대해 거의 알지도 못한다. 사실상 그는 이방인인 것이다.

어떤 때 보면 너는 정말 바보 같아.

"너희들 술 마셨어?"

또다시 그들은 꿀 먹은 벙어리가 되었다. 그런데 돌연 에릭의 목소리가 언덕 정상 너머에서 울리기 시작했다. *물어보나 마나 마티아스가 악당이지.* 그리고 이어서 녹음기가 같은 단어를 반복하듯, 그가 한 말이 띄엄띄엄 반복되었다. *나치…… 보이스카우트…… 나치…… 보이스카우트.*

에릭은 마티아스가 자기를 향해 고개를 돌렸다가 이내 외면하고는, 구름이 계속 일어나고 색이 짙어지는 남쪽 하늘을 응시하는 걸 바라보았다. 비가 내릴 것이다. 그것도 아주 빨리. 에릭은 지금 당장이면 좋겠다고 생각했다.

닥쳐.

그를 그냥 놔둬.

재미있는 얘기 좀 해봐.

나는 재미있는 남자야.

"이런 지 얼마나 되었어?"

마티아스가 물었다.

"방금 시작되었어."

에이미가 말했다.

그들은 무릎을 구했어.

나치.

피를 흘리게 그냥 놔두겠어.

너는 취했어.

나치.

그만 다무시지.

나치. 나치. 나치.

에릭은 마티아스가 언덕으로 내려가기로 결심한 걸 알 수 있었는데, 왠지 표정이 어두워진 것 같았다.

"내가 그와 교대할게."

마티아스가 말했다.

에이미가 고개를 끄덕였다 스테이시도 그렇게 했다. 에릭은 그대로 누워 있었다. 자기 몸 안에서 그 식물의 소리가 들리고 있었다. 자신의 갈비뼈를 진동시키고 외치는 게 느껴졌다. 이 소리를 아무도 못 듣는다는 말인가? *헤픈 년.* 에이미의 목소리였다. 이어서 스테이시의 목소리도 나왔다. *나쁜 년.* 둥글게 뭉친 티셔츠는 물을 흠뻑 머금은 스펀지처럼 피에 푹 젖어들어, 그가 쥐어짜니 따뜻한 피가 옆구리를 타고 흘러내렸다.

나치.

헤픈 년.

나치.

나쁜 년.

나치.

그들은 마티아스가 등을 돌리고 공터를 나가는 걸 바라보았다.

목소리는 아직도 계속되었다. 에이미와 스테이시, 그리고 에릭의 목소리가 서로 이야기를 주고받는 듯이 온 사방에서 울려댔고, 이따금 고함을 치듯 높아졌다가, 시작할 때 그런 것처럼 돌연 중단되었다. 그러나 조용해졌다고 해서, 에릭이 기대하던 대로 마음이 놓이는 게 아니었다. 언제든지 덩굴이 다시 시작할 수 있다는 것을 알기에, 긴장과 공포는 여전했다. 게다가 자신들이 하는 말을 그게 엿듣고 있다는 부담감까지 가세했다. 한동안 그들은 감히 말을 꺼낼 용기를 내지 못하다가, 마침내 스테이시가 속삭이는 소리로 입을 열었다.

"미안해."

에이미가 손을 내저었다.

"내가 생각이 부족했어."

스테이시는 계속 말을 이었다.

"난 그냥…… 발에 오줌이 묻어서."

"괜찮아."

에이미가 하늘의 구름을 가리키며 말했다.

"문제없을 거야."

"너는 나쁜 애가 아니야."

"나도 알아, 애. 그냥…… 우리 그냥 잊어버리자, 오케이? 아무 일도 없었던 것처럼 말이야. 우리 둘 다 지쳤어."

"겁먹었고."

"맞아. 지치고 겁먹었어."

스테이시는 에이미에게 조금 더 다가갔다. 손을 내밀자 에이미도 내밀고, 서로 맞장구를 쳤다.

에릭은 일어나서 마티아스를 따라 언덕 아래로 내려가, 모든 걸 해명하고 싶었다. 나치라는 말이 자신의 목소리로 계속 반복되었다. 마티아스가 무슨 생각을 할지 상상조차 하기 힘들었고, 생각도 하지 않으려 했지만 계속 고민이 되었다. *해명했어야 해.* 불안은 점차 커졌다. *그저 농담이었다고 말했어야 했어.* 출혈이 계속되고 너무 고통스러워, 더 이상 고심할 수가 없었다. 이대로 가면 피가 멈추는 걸 영영 보지 못할 것 같았다. 하지만 누군가 가야 한다. 가서 바로잡아야 한다.

"그에게 말해줘."

에릭은 스테이시에게 말을 걸었다.

그녀가 어리둥절한 표정으로 물었다.

"누구한테 말하라고?"

"마티아스. 농담이었다고."

"뭐가 농담이라고?"

"나치. 우리는 그냥 장난을 하던 중이었다고 말해줘."

스테이시가 뭐라 대꾸하기도 전에, 파블로가 갑자기 입을 열어 그들을 깜짝 놀라게 했다. 물론 그리스어였다. 단 한 단어였는데 놀랍게도 큰 소리로 말하고 있었다. 그들 모두 파블로를 향해 시선을 돌렸다. 그는 눈을 뜨고 고개를 들것에서 들어 올려, 목 근육이 긴장해 파르르 떨리고 있었다. 그는 감자라는 단어를 반복했는데, 그게 에릭에게는 어처구니없는 말로 들렸다. 그는 오른손을 들어 손짓을 해 보였다. 물통을 가리키는 것처럼 보였다.

헐떡거리는 목소리로 그는 말하고 있었다.

"포-타-토."

"물이 먹고 싶은가봐."

스테이시가 말했다.

에이미가 물통을 들고 들것으로 가져가, 파블로 곁에 앉았다.

"물?"

그녀가 물었다.

파블로가 고개를 끄덕였다. 그는 물고기가 뻐끔대듯, 입을 열었다 닫았다.

"포-타-토…… 포-타-토…… 포-타-토……."

에이미는 물통 마개를 열고 그의 입에 조금 부어주었다. 그러나 손이 떨려서 너무 빨리 붓는 바람에 하마터면 그를 질식하게 할 뻔했다. 그는 기침을 하고 물을 토해내고는, 고개를 외면했다.

"포도를 주는 게 나을지도 몰라."

스테이시가 말했다. 그녀는 비닐봉지를 집어 들고 에이미에게 주었다.

"그럴까?"

"아무것도 못 먹었어, 어저께부터."

"하지만 그가 아직……."

"한번 해봐."

파블로는 기침을 멈추었다. 에이미는 그가 다시 고개를 돌릴 때까지 기다렸다가, 포도 한 알을 따서 그가 볼 수 있도록 높이 들어 올렸다.

"배고파?"

그녀가 물었다.

파블로는 그녀를 물끄러미 보았다. 그는 서서히 안으로 꺼져들고 있는 것 같았다. 잠시 그의 얼굴에 혈색이 돌아오나 싶었지만, 다시 잿빛으로 변했다. 목은 다시 힘을 잃고 축 늘어졌고, 머리는 바닥에 털썩 떨어졌다.

"그의 입에 넣어주고 지켜봐."

스테이시가 말했다.

에이미는 파블로의 입술 사이에 포도를 물리고, 안 보일 때까지 그 안으로 밀어 넣었다. 파블로는 눈을 감았다. 턱은 전혀 움직이지 않았다.

"네 손을 써. 그가 씹을 수 있게 도와줘봐."

스테이시가 말했다.

에이미는 그리스인의 턱을 잡고, 입을 벌렸다 닫게 했다. 에릭은 축축한 포도가 그의 입 안에서 터지는 소리를 들었다. 그러나 파블로는 금세 다시 숨이 막혀, 고개를 옆으로 돌리고 구역질을 했다. 짓이겨진 과일이 튀어나오고, 이어서 놀라운 양의 액체가 따라 나왔다. 섬유질 덩어리가 가득 든 검은 액체였다. 에릭은 그게 피라는 걸 알았다. 오, 맙소사. 대체 우리가 무슨 짓을 저지르는 거지? 그는 속으로 생각했다.

바로 그때 거의 똑같은 말이, 바로 등 뒤의 허공에서 들려와 그는 화들짝 놀라고 말았다.

"대체 무슨 짓들을 저지르는 거야?"

에릭은 깜짝 놀라 고개를 돌렸고, 제프가 그들 위에서 잔뜩 노한 얼굴로 에이미를 쳐다보는 걸 발견했다.

❧

언덕 밑자락에 앉아 그리스인들을 기다리던 제프는, 시간이 더디 흐르는 새로운 시간대에 접어든 기분이었다. 초는 분으로, 분은 시간으로 확장된 것만 같은데, 그 긴 시간 동안 아무 일도, 정말 눈길 한 번 줄 만한 일도 벌어지지 않았다. 그리스인들이 실수로 공터를 넘어서서 제프와 일행이 사로잡힌 이 금단의 구역에 들어서고, 제프가 그걸 막기 위해 안절부절못할 일은 분명히 발생하지 않았다. 묵묵히 앉아 기다리는 동안, 태양이 피부에서 귀중한 수분을 앗아가, 그에게는 또 하나의 고통만 가중시켰다. 갈증과 굶주림과 피로, 그리고 일행을 보호하려다가 오히려 피해만 키웠다는 죄책감에 더하여.

생각할 게 너무나 많은데 제대로 갈피가 잡히는 것은 없었다.

물론 그 생각들 중 하나는 당연히 파블로였다. 파블로에 대한 생각이 제프의 머리에서 떠나지 않았다. 손에 수건을 감고 돌덩이를 쥐고서 그의 정강이뼈와 종아리뼈를 내리칠 때 뼈가 부서지던 소리, 살을 지질 때의 고약한 냄새가 아직도 생생했다. 나는 왜 그런 선택을 했을까? 그는 계속 자신에게 물었다. 그러면서도 한편으로는, 그런 질문이야말로 불순한 징조, 즉 어떤 비난에서 자신을 방어하고 합리화할 구실을 찾는 것임을 잘 알고 있었다. 나는 그의 생명을 구하려고 했어. 이 대답 역시 핑계거리를 만들려는 얄팍한 속셈이 깔려 있었다. 살리려고 한다는 말은, 곧 뭔가를 해내려고 노력했지만 성공하지 못했다는, 실패의 의미를 담고 있기 때문이다. 하지만 그게 사실이었다. 제프는 파블로를 포기하고 있었다. 구조대가 몇 시간 안에, 아니면 내일까지라도 도달한다면, 파블로는 목숨을 구할 수 있다. 하지만 그런 일이 과연 일어나기나 할까? 그것이야말로 모든 문제를 결정짓는 가장 핵심적인 실마리였다. 앞으로 몇 시간 또는 내일일지도 모른다. 하지만 제프는 거기에 대해 희망을 잃어가고 있었다. 다리를 제거함으로써 또는 다리를 일부만 남김으로써, 그는 그리스인에게 시간을 벌어주었다. 많은 시간은 아니지만, 구조대만 와준다면 상당한 시간을 벌어준 걸 증명할 수 있을지도 모른다. 하지만 왠지 그렇게 될 것 같지가 않았다. 그는 이제 인정해야만 했다. 파블로는 내일 아니면 이틀 또는 기껏해야 사흘을 간신히 버티다 죽는다는 것을.

그것도 엄청난 고통 속에.

물론 그리스인들이 올 가능성은 남아 있지만, 거기에 대해 궁리하면 할

수록 확률은 미미해졌다. 마야인들은 지금 일행이 무슨 일을 벌이는지 정확히 알고 있다. 언덕 밑에서 망을 보는 것은, 전에도 해보았기 때문에 그대로 되풀이하면 된다고 확신하는 듯했다. 벌써 은폐된 샛길 앞에 사람을 보내놓고, 구조대가 오면 다른 곳으로 따돌리거나 우회하게 한 게 틀림없다. 돈키호테와 후안은 절대 그걸 간파해낼 만한 사람들이 못 된다. 마야인들의 속임수에 쉽게 넘어가고 말 것이다. 아니, 구조대는 아예 한참 늦게, 아마 3주 후에나 도착할지도 모른다. 자식들이 돌아오지 못했다는 것을 안 부모들이, 정글 탐험에 대해 미심쩍어하며 조사를 시작하는 것이다. 그들의 행적에 대한 탐문이 이어지고, 조사에 필요한 장비를 갖추기까지, 시일이 얼마나 걸릴지 제프는 짐작도 하고 싶지 않았다. 그 이후라야 칸쿤 너머로 조사가 진행될 것이다. 그들 일행이 사용한 티켓에 이름을 새겨 넣었지만, 과연 그 기록이 보관되어 있을까? 가까스로 그 관문을 통과하고 코바까지 추적한 다음, 정글까지의 20킬로미터는 과연 어떻게 진척될 것인가? 이 조사를 진행하는 사람이 누구든지 간에, 사진을 이용할 것이라고 제프는 추측했다. 조사 담당자는 코바의 택시 운전사, 행상, 카페의 웨이터들에게 그 사진들을 보여줄 것이다. 아마 노란 픽업트럭 운전사가 그들을 알아볼지도 모른다. 그리고 기꺼이 자신이 본 내용을 전달할 것이다. 그런 다음에는? 팀딩 경찰이니 탐정은 숲길을 따라 들어가 마야인 마을에 도착하는데, 그들에게는 네 장 또는 다섯 장 또는 여섯 장의 사진이 들려 있다. 수사 과정에서 마티아스와 파블로의 존재를 파악했을 경우에 따라, 사진의 숫자는 달라진다. 사진을 보고 과연 마야인들은 어떤 반응을 보일까? 당연히 무덤덤한 얼굴을 할 것이다. 생각을 해보는 척 턱을 긁적이고는, 천천히 고개를 가로젓는다. 그래도 끈질기고 집요한 경찰이나 탐정이 그들의 위장을 간파해내고 수사를 계속 진행한다면, 거기까지 또 시간은 얼마나 걸릴까? 모든 함정과 위장을 뚫고 마침내 언덕에 도달하기까지, 시간은 과연 얼마나 걸릴 것인가? 제프는 너무 오랜 시간이 걸린다고 결론지었다. 파블로에게 너무나 긴 시간이다. 거기에는 이론의 여지가 없었다. 나아가 다른 일행에게도 너무 긴 시간이라고 그는 생각했다.

그들에게는 비가 필요했다. 지금 그들에게 무엇보다도 간절한 문제였다. 물이 없으면 그들은 파블로보다 오래 버텨내지 못할 것이다.

그다음에는 먹을 게 문제이다. 그들에게는 이번 탐험에 가져온 소량의 음식밖에 없다. 사실상 간식거리에 불과한 그것을 철저하게 배분해서 먹으면, 앞으로 이틀 또는 사흘 정도는 버틸 수 있다. 하지만 그 이후에는?

아무것도 없다. 굶주림과 기아뿐이다.

에릭도 문제라는 걸 제프는 알고 있었다. 몸을 절개하고 계속 서성대고 중얼대는 증상들이 모두 불길한 징조였다. 그는 절개 상처 때문에 곧 감염될 것이다. 제프로서는 그걸 막을 방법이 없었다. 여기에서도 역시 시간이 변수가 된다. 괴저, 패혈증은 갈증보다는 천천히 증세가 나타나겠지만, 기아보다는 훨씬 빠를 것이다.

제프는 덩굴은 생각하지 않았다. 생각하고 싶지도 않았고, 어차피 타개책이란 것은 있을 수도 없었다. 그것들은 움직이고 소리를 만들어내며, 사고하고 계획한다. 앞으로 더 끔찍한 일들이 터질 텐데, 제프는 감히 짐작조차 할 수가 없었다.

그는 우두커니 앉아, 자신을 감시하는 마야인들을 바라보았다. 그리스인들이 오기를 기다리고는 있지만, 아무래도 불가능한 일 같았다. 물과 음식, 그리고 파블로와 에릭에 대해서도 생각했다. 남쪽에서 구름이 일기 시작하자, 그는 그쪽을 올려다보며 더욱 크고 짙어지고 북쪽을 향해 움직이기를 바랐다. 비. 일단 그것을 모아야 한다. 거기에 대해 일행과 아직 이야기를 나누지 않았다. 다른 이들과 계획을 강구하고, 그들이 따를 지침을 마련해야 했지만, 너무 지친 데다 생각할 게 너무 많아 잊어버리고 있었다. 그는 자리를 털고 일어나 언덕길을 올려다보았다. 왜 교대하러 아무도 내려오지 않는 걸까? 망보는 임무에 대해서도 의논하고 계획을 세웠어야 했는데, 아직까지 그러지 못했다.

구름은 계속 일어났다. 파란색 텐트에서 꺼내놓은 플라스틱 연장함이 있다. 그걸 비우고 빗물을 받는 데 사용하면 된다. 이 용도에 맞는 게 또 있겠지만, 일단 언덕으로 올라가서 찾아보아야 했다.

그는 서성대다가 다시 앉았다. 마야인들, 구름, 등 뒤의 언덕길을 연방 쳐다보았다. 마야인도 말없이 덤덤한 얼굴로 마주 보았다. 구름은 계속 일어났다. 등 뒤의 샛길에는 아직 인기척이 없었다. 제프는 일어나 기지 개를 켠 다음, 한 자리에서 잠시 서성거렸다. 하늘은 이제 완전히 구름으로 뒤덮여 금세 비가 올 게 분명했고, 제프는 언덕길을 냅다 달려 올라갈까 궁리를 시작했다. 곧 비가 올 것이다. 이 지역의 폭우는 아주 짧고 강하게 오기 마련이므로 보초서기를 포기할까 궁리하던 차에, 언덕길을 내려오는 발자국 소리가 들렸다.

마티아스였다.

뭔가 잘못되었다. 마티아스를 보고 제프는 한눈에 알아차렸다. 빠른 걸음이지만 왠지 무거워 보였다. 뭔가 속으로 삼키는 것 같기도 했다. 평소처럼 담담한 얼굴이지만, 거기에는 미세한 변화가 있었다. 거의 분간하기 힘든. 그의 시선 때문이라고 제프는 생각했다. 피로, 그리고 경악이 담겨 있었다. 그는 숨을 헐떡이며 제프의 몇 미터 앞에서 걸음을 멈추었다.

"무슨 일 있어?"

제프가 물었다.

마티아스는 언덕 위를 손짓으로 가리켰다.

"소리 못 들었어?"

"무슨 소리?"

"말하는 거."

"누가?"

"덩굴이."

제프는 그를 빤히 쳐다보았다. 말을 못 믿어서가 아니라, 정확히 말하자면 너무 놀랐기 때문이었다.

"우리 흉내를 냈어."

마티아스가 말을 이었다.

"스테이시와 에이미와 에릭…… 목소리까지 똑같아."

제프는 생각에 잠겼다. 마티아스의 동요는 그것만으로는 충분히 설명되지 않았다. 뭔가 더 있었다.

"뭐라고 말했는데?"

그가 물었다.

"나는 텐트에서 잠이 들었어. 그리고 깨어나보니……."

마티아스는 말꼬리를 흐렸는데, 뭐라고 해야 할지 난감한 듯했다. 그러다 결국 다시 입을 열었다.

"싸우고 있었어."

"싸워?"

"여자들이. 서로 고함을 치고 있었어."

"맙소사."

제프는 한숨을 푹 내쉬었다.

"술을 마셨어. 테킬라. 내 생각에는 꽤 많이."

"그들 셋 다?"

마티아스는 고개를 끄덕였다.

"전부 술에 취했다고?"

마티아스는 다시 고개를 끄덕였다.

"나더러 나치라고 했어."

"뭐?"

"덩굴이. 어쩌면 에릭인지도 몰라. 덩굴이 고함치는 게 그의 목소리였거든."

제프는 마티아스를 물끄러미 쳐다보았다. 바로 그것 때문이었다. 그게 그를 당혹하게 했던 것이다. 물론 그러고도 남을 일이었다. 그는 일행 중에 외톨이였다. 다른 친구들과 거의 모르는 사이였다. 아웃사이더인 그는 따돌림당하기 쉬운 위치에 있었다. 제프는 그를 다독이려 애썼다.

"내가 장담하는데 그냥 농담이었을 거야. 너도 알다시피, 에릭이 워낙 그런 장난을 잘해."

마티아스는 말이 없었는데, 긍정하는 것도 부정하는 것도 아니었다.

"내가 올라가봐야겠어."

제프가 말했다.

"네가 그리스인들을 기다릴래?"

마티아스는 고개를 끄덕였다.

제프는 걸음을 놓다 우뚝 멈췄다.

"파블로는 어때?"

마티아스는 망설이다 손을 살짝 내저었다.

"마찬가지야. 좋지 않아."

그 말을 듣고 제프는 길을 재촉했다. 편편한 부분은 달려서, 경사가 급한 곳은 걸어가며, 제프는 최대한 빨리 언덕을 올라갔다. 다른 때보다 숨이 빨리 차올랐다. 이곳에 도착한 지 하루밤이 지나지 않았는데 벌써 몸이 약해지고 있었다. 신체적으로 약해지면, 다른 모든 분야까지 그대로 반영된다. 실제로 모든 것이 그의 통제력을 빠져나가고 있었다. 스테이시와 에이미와 에릭은 테킬라를 마시며 오후를 보냈다. 어쩌면 그렇게 어리석을 수 있다는 말인가? 그렇게 자기 자신을 파괴하며 노닥거리다니, 그들 셋 다 근시안적이고 충동적이며 무책임했다. 그것도 모자라 핏대를 세우고 욕하며 싸움질까지 했다. 그리고 에릭은 무슨 이유인지 모르지만, 마티아스를 나치라고 불렀다. 뒤숭숭하게 얽힌 이 사건들에 대한 제프의 불쾌한 감정은, 점차 분노로 변해갔다. 지금 길길이 뛰며 화를 내는 것은 현명치 못한 행동임을 알면서도, 그들 셋을 있는 힘껏 갈기든지, 혹독한 벌을 주고픈 생각이 불끈 일었다. 마침내 언덕 정상에 도달하여 공터로 걸어 들어가, 에이미가 간신히 의식을 차린 파블로에게 억지로 포도를 먹이는 게 눈에 들어왔을 때에도, 불꽃 같은 감정의 물결은 여전히 이글거렸다.

"대체 무슨 짓들을 저지르는 거야?"

어느새 그가 다가와 화가 머리끝까지 치밀어 올라 소리치자, 세 사람은 화들짝 놀라 돌아보았다.

파블로는 구토를 했는데, 그것은 적절치 못한 단어인 듯했다. 구토란 적극적인 의지를 갖고 토해내는 걸 뜻한다. 하지만 파블로의 구토는 훨씬 소극적인 것이었다. 머리를 옆으로 돌린 채 입을 벌렸는데, 거기서 검은 액체 한 줄기가 흘러나오고 있었다. 피 또는 담즙, 그게 정확히 무엇인지는 분간하기 어려웠다. 그 양이 너무 많아 제프는 흠칫 놀랐다. 두툼한 실이 뒤섞인 검은 액체는 차라리 덩어리에 가까웠다. 그것이 들것 옆에 얕은 웅덩이를 만들었는데, 땅속에 흡수되기에는 너무 되직해 보였다 제프는 4미터쯤 떨어져 있었지만, 그 거리에서도 미심쩍은 달콤한 냄새를 맡을 수 있었다.

"그는 배가 고팠어."

에이미가 말했다. 제프는 그녀가 술에 취해 혀 꼬인 소리 하는 걸 깨달았다. 왼손에는 한때 그들 공동의 식량이 담겼던 비닐봉지가 들렸지만, 지금은 세 알밖에 보이지 않았다. 스테이시 곁의 맨바닥에는 거의 다 비운 테킬라 병이 뒹굴었다. 에릭은 피투성이 티셔츠로 제 옆구리를 압박하는 중이었다.

제프는 분노가 온몸 구석구석까지 가득 채우고는, 마치 탈출구를 찾으려는 듯이 피부까지 팽팽하게 압박하는 걸 느꼈다.

"너희들 취한 거야? 그래?"

에이미는 시선을 피했다. 파블로는 구토를 멈추고 눈을 다시 감았다.

"너희들 다 말이야."

제프는 스스로 놀랄 정도의 인내력으로, 자신의 목소리를 낮추었다.

"내 말이 맞지?"

"나는 아니야."

에릭이 말했다.

제프는 하마터면 그를 향해 달려들 뻔했다. 말자. 말아. 그는 생각했다. 하지만 너무 늦었다. 그는 이미 입을 열었고, 분노 때문에 단어 하나하나 터질 때마다 점차 빠르고 격한 호통이 되었다.

"네가 안 취했다고?"

에릭은 고개를 서었지만, 제프는 그런 기색에는 눈 하나 깜짝하지 않았다. 그는 대꾸할 말을 찾느라 뜸을 들이지도 않았다. 아니, 그는 계속 말을 뱉고 있었다. 속으로는 이 최악의 태도를 그만두어야 한다는 걸 알았지만, 더 이상 제지할 수도 그리고 싶지도 않았다. 그 안에서 기쁨을 느꼈기 때문이다. 큰 소리로 호통 칠 때의 해방감. 몸으로 치자면 거의 섹스만큼 짜릿한 해방감이었다.

"술에 취했다는 것이야말로, 지금 너한테는 유일한 핑계거리야, 에릭. 알아들어? 너는 또 그 망할 몸에다 칼자국을 냈잖아? 네 그 망할 가슴팍에다 말이야. 네가 대체 무슨 짓을 하는지, 얼마나 대책이 안 서도록 바보 같은 지 알기나 하니? 너는 그 빌어먹을 더러운 나이프로 두어 시간마다 네 몸을 가르는데, 여기 갇힌 우리한테는 유통기한도 한참 전에 지난 조그만 네오스포린 연고 하나밖에 없어. 그래놓고 잘했다고 생각하냐? 눈곱만큼이라도 생각이 있는 거야? 계속 그래봐, 죽고 말 테니. 너는 절대 살아남지……."

"제프……."

에이미가 입을 열었다.

"닥쳐, 에이미. 너야말로 나빠."

그는 그녀에게 화살을 돌렸다. 지금 고함치는 상대가 누구든지, 그들 중 누구든지 간에 상관이 없었다.

"최소한 너는 좀 나을 거라고 예상했어. 알코올은 이뇨 작용을 해서 몸에서 수분을 앗아가. 당연히 너도 그걸 알겠지. 그런데도 제기랄, 고작 한다는 짓이……."

그래놓고 잘했다고 생각하냐? 그것은 자신의 목소리지만, 왼쪽의 어딘가에서 울려나왔고, 그 바람에 그는 입을 다물었다. *눈곱만큼이라도 생각이 있는 거냐?* 그는 마치 다른 누군가가 자기를 흉내 내주기를 기대라도 하는 듯이, 왼쪽으로 시선을 돌려 쳐다보았다. 바람이 한 줄기 불어왔다. 덩굴들이 마치 그를 조롱이나 하듯이, 손바닥 모양의 잎사귀를 좌우로 흔들며 까불대고 있었다.

이제 에이미의 목소리가 흘러나왔다. *헤픈 년!*

이어서 스테이시의 목소리도 나왔다. *나쁜 년!*

"네가 소리를 질러서 그래."

스테이시가 기어 들어가는 소리로 말했다.

"우리가 소리를 지르면 덩굴이 저렇게 해."

보이스카우트. 에릭의 목소리였다. 나치!

구름이 짙어져 거의 땅거미가 내려앉은 것처럼 사방이 침침해졌다. 시간이 얼마나 되었는지 가늠하기가 힘들었다. 분명히 폭우가 임박했을 뿐 아직 밤은 아니었는데, 꼭 그런 것만 같았다. 그들은 밤을 맞을 준비가 조금도, 전혀 되어 있지 않았다.

"저거 봐."

에이미가 하늘을 가리키며 말했다. 분명하게 발음하려고 무척 애쓰고 있지만 큰 효과는 없었다.

"문제없어. 이제부터 물을 모으면 돼."

"준비는 해놨어?"

제프가 물었다.

"금세 왔다 그칠 텐데, 너희들은 여기 앉아서 넋 놓고 보고만 있을 거지? 빗물이 땅에 스며들어 사라지는 걸 구경만 하시겠지."

제프는 자신의 분노가 누그러지는 걸 느꼈다. 그렇다고 기분이 좋아지는 것도 아니었다. 분노는 돌연 사라지는 게 아니라, 썰물이 빠지듯 서서히 물러났다. 그는 분노가 가라앉는 걸 원치 않았다. 그게 없으면 몸도 힘을 잃을 것만 같아, 낭패한 기분이 들었다.

"너희들은 구제불능이야."

그는 세 사람에게서 시선을 떼며 말했다.

"너희들 모두 빌어먹을 구제불능들이라고. 굳이 덩굴이 죽일 필요도 없지. 너희들 스스로 자초하고야 말 테니까."

그때 스테이시의 목소리가 외쳤다.

악당은 누구야?

노래 좀 불러봐, 에이미. 에릭의 목소리였다.

나쁜 년!

헤픈 년!

나치.

그리고 이어서 분노에 이글이글한 자신의 목소리가 다시 울렸다.

너희들 취한 거야? 그래?

제프는 오렌지색 텐트로 걸어가, 덮개 지퍼를 열고 안으로 들어갔다. 텐트 뒷벽의 비품 더미를 뒤적거렸다. 연장함은 있었지만, 그 밖에 현재 그의 의도에 맞는 물건은 보이지 않았다. 그는 웅크리고 앉아 연장함 뚜껑을 열었는데, 의외로 연장이 아닌 반짇고리가 들어 있었다. 조그만 바늘꽂이에 바늘이 소복하게 꽂혔다. 실패까지 갖가지 색깔별로 두 줄로 정리되어 크레파스 같았다. 헝겊 조각들, 조그만 가위, 줄자도 보였다. 제프는 그것들을 다 텐트 바닥에 쏟아놓고, 빈 상자를 들고 공터로 나갔다.

아무것도 변한 것은 없었다. 에릭은 여전히 드러누운 채, 피 묻은 티셔츠로 복부를 압박했다. 스테이시는 아까처럼 겁에 질린 얼굴로, 그의 곁에 앉아 있었다. 파블로는 눈을 감고 꼼짝도 하지 않았고, 거친 숨소리만 오르락내리락했다. 에이미는 그의 곁에 앉아 제프가 다가와도 시선을 들지 않았다. 그는 공터 한가운데에 상자를 내려놓고, 비를 받기 위해 뚜껑을 열었다. 그러고는 언덕 정상을 넘어가, 파란색 텐트의 비품들이 수북하게 쌓인 갱로 입구로 다가갔다.

식물들은 계속 흉내를 냈다. 때로는 크게 외치기도 하고, 아주 나지막하게 속삭이기도 했다. 약속이나 한 듯 일시에 중단되었다가도, 돌연 갖가지 말과 목소리들이 한꺼번에 터져 나왔다. 제프는 거기에 귀를 기울이지 않으려고 했지만, 그중 일부는 깜짝 놀라 일손까지 멈추고 생각에 잠기게 했다. 참으로 믿기 어려운 일이지만, 덩굴들은 이제 그들 일행을 분열시키고 서로 적대케 하려는 의도로 말을 하고 있었다.

스테이시의 목소리가 *제프는 여기 없잖아, 그치?* 하고 말했다. 그러자 에릭의 목소리가 말했다. *제프가 보이스카우트였어? 내가 장담하는데 보이스카우트였을 거야.* 깔깔대는 웃음소리가 이어졌다. 에릭과 스테이시가 그를 실컷 조롱하며 함께 웃어대는 소리였다.

덩굴은 그들의 이름이 무엇이고, 누가 누구인지를 이미 알고 있으며, 이제는 그들을 동요시킬 목적에 부합하는 말만 따로 떼어내서 흉내 내는 게 틀림없었다. 제프는 지난 24시간을 돌이켜보고, 그가 문제를 해결한답시고 입 밖에 낸 말들을 되짚어보려 했다. 하지만 너무 지쳐 멍한 머릿속에서는 아무것도 떠오르지 않았다. 어차피 그럴 필요조차 없었다. 덩굴이 벌써 눈치 채고, 갱로 입구에서 비품 더미를 뒤지는 제프를 향해 그의 목소리로 말을 하기 시작했기 때문이다.

끝내는 거야. 목숨을. 숨을 끊어주자고.

우리가 여기 오래 머물수록 그럴 기회는 더 많아지지.

그게 소리를 만들어낼 줄 알아. 진짜 웃는 것은 아니야.

그때 온 언덕 전체에서 낄낄, 깔깔, 까르르 웃어대고, 키들거리며 시시덕대는 소리가 일시에 터져 나왔다. 그 소리는 그칠 줄 모르고 이어졌다. 마치 크게 고함쳐 시끄러운 잡음을 잠재우고픈 제프 자신의 생각을 읽기나 한 듯, 제프의 목소리가 똑같은 말을 되풀이하며 웃음소리 중간에 간간이 끼어들었다. *진짜 웃는 것은 아니야 … 진짜 웃는 것은 아니야… … 진짜 웃는 것은 아니야…….*

제프는 비품 더미에서 원반, 빈 캔을 가지고 언덕 정상을 넘어 오렌지색 텐트로 다가갔다. 원반에 빗물을 담아서 캔, 플라스틱 통, 그들이 오줌을 받아두던 물병에 담자는 게 그의 생각이었다. 최선의 계획이라기보다는, 그것이 그가 지금 생각해낼 수 있는 전부였다.

에이미와 스테이시와 에릭은 꼼짝도 하지 않았다. 덩굴이 또 기다란 가지를 뻗치고 들어왔다. 파블로의 구토액을 큰 소리로 빨아들이며 포식 중이었다. 아직도 술에 취한 세 사람은, 입을 딱 벌리고 바라보았다. 덩굴은 조그만 웅덩이를 다 빨아 먹고 나서는, 공터 너머로 되돌아갔다. 아무도 움직이지 않았고, 아무도 입을 열지 않았다. 제프는 이러한 광경, 즉 넋 나간 듯한 세 사람의 무기력한 태도를 보자 분노가 일었지만, 아무 말도 꺼내지 않다. 고래고래 소리치고픈 충동은 이미 사라지고 없었다. 그는 원반을 연장함 옆에 내려놓고, 마티아스가 제공한 그들 공동의 오줌 병을 비웠다. 나머지 셋은 말없이 그를 지켜보았고, 한편으로는 아직도 웃어대는 덩굴 소리에 귀를 기울였는데, 그 소리가 갑자기 커지자 화들짝 놀라기도 했다. 제프는 낯선 사람들의 목소리라는 생각이 들었다. 아마 시스 스틴캄프일 것이다. 헨리히가 해변에서 만난 여자도 끼어 있을 것이다. 그들의 뼈와 깨끗이 갉아 먹힌 살점, 그리고 영혼은 이미 오래전에 이곳을 떠났지만, 그들의 웃음소리는 고스란히 덩굴 속에 저장되고 기억된 채, 이제 제프 일행을 향해 덩굴이 무기처럼 휘두르고 있었다.

진짜 웃는 것은 아니야…… 진짜 웃는 것은 아니야…… 진짜 웃는 것은 아니야…….

파란색 텐트를 길게 잘라놓은 것이 아직 남아 있었고, 제프는 그걸로 빗물을 받거나 저장하는 물건을 만들고 싶었다. 진작 생각해냈어야 했다는 자책감이 들었다. 오렌지색 텐트에서 찾은 반짇고리를 이용해, 나일론 천을 꿰매서 커다란 주머니처럼 만들 수도 있었다. 하지만 이제는 그럴 시간이 없었다.

내일 하자. 그는 생각했다.

그때 비가 내렸다.

마치 구름 속에서 하늘 문이라도 열려 쏟아지듯 급하게 내렸다. 빗방울이 한두 방울씩 떨어지는 예고란 없었다. 열대 기후에서 흔히 보듯, 폭우가 오기 전에 잠시 하늘이 찌무룩하니 숨이 막힐 듯 짙은 잿빛으로 어두위겼다. 미풍이 덩굴 밭을 살짝 흔들었을 뿐, 외관상 아무런 변화도 없이 공중은 갑작스레 폭우로 가득 메워졌다. 햇볕은 자리를 잃고, 주변은 초록빛이 감도는 거무스름한 색을 띠었다. 그 밑의 단단한 지면은 순식간에 진흙탕이 되었다. 숨쉬기조차 갑갑해졌다.

식물들도 입을 다물었다.

불과 몇 초 사이에 원반에 물이 찼다. 제프는 그걸 캔에 붓고, 다시 순식간에 차오른 물을 캔에 또 부었다. 그리고 스테이시에게 캔을 건넸다. 세찬 빗속에서 들릴 수 있게 하자면, 거의 천둥 치듯 고함을 쳐서 말해야 했다.

"마셔!"

그의 모자, 옷, 신발 모두 완전히 젖어 몸에 착 들러붙고 묵직해졌다.

그는 원반의 물을 플라스틱 통에 담고, 가득 채울 때까지 계속 옮겨 담았다. 통이 다 차자 마티아스의 빈 물병에도 담기 시작했다.

스테이시는 캔의 물을 마시고 에릭에게 건넸는데, 그는 아직도 맨바닥에 셔츠도 입지 않은 맨몸으로 누워 있어 온몸에 진흙이 튀겨댔다. 그는 옆구리를 누르며 어정쩡하게 일어나 앉아, 캔을 받아 들었다.

"될 수 있는 한 많이 마셔!"

제프가 그를 향해 소리쳤다.

비누. 그 생각이 불현듯 났다. 배낭들을 뒤져서 비누를 찾았어야 했다. 폭우가 지나가기 전에 최소한 얼굴과 손을 씻을 시간은 되었을 것이다. 일부만 씻는 것이지만, 그래도 모두 마음은 한결 홀가분해졌을 텐데. *내일.* 그는 생각했다. *내일이 있어. 내일 또 비가 오지 말란 법은 없잖아?*

그는 마티아스의 물병을 다 채우자, 캔에 다시 물을 받아 에이미에게 주었다.

비는 계속 그들을 향해 쏟아져 내렸다. 놀랍게도 추워졌다. 제프는 몸을 떨기 시작했고, 다른 이들도 마찬가지였다. 먹을 게 부족해서라고 제프는 추측했다. 냉기와 싸울 만한 에너지는, 이미 그들에게 사라지고 없었다.

원반이 또 차자 그는 그것을 입으로 가져가 단숨에 마셨다. 빗물에서 달착지근한 맛이 나, 그는 깜짝 놀랐다. 설탕물이라는 걸 깨닫자마자, 그걸 마시는 즉시 머릿속이 맑아지고 몸에 힘이 나며, 그때까지도 깨닫지 못한 빠져나간 체중까지 도로 불어나는 기분이 들었다. 그는 원반을 채우고 마시고 또 채우고 마시며 배를 불렸고, 거의 배가 아플 정도로 팽팽해질 때까지 실컷 마셨다. 지금껏 그가 마셔본 것 중에 최고의 물이었다.

에이미는 마시는 걸 중단했다. 그녀와 스테이시는 서로 꼭 끌어안은 채, 오들오들 떨며 서 있었다. 에릭은 다시 누웠다. 눈을 감은 채 입을 벌리고 빗물을 받아 마셨다. 다리와 몸통은 점차 더욱더 흙투성이로 변해갔다. 머리카락도 얼굴도.

"그를 텐트로 데려가!"

제프가 소리쳤다.

그는 캔을 에이미에게서 받아 다시 채웠고, 그러면서 그녀와 스테이시가 에릭이 일어서도록 부축해서 텐트로 데려가는 걸 지켜보았다.

빗줄기가 가늘어졌다. 꾸준하게 빗발이 떨어지긴 했지만, 지면으로 들이붓듯이 쏟아지지는 않았다. 앞으로 5분이나 10분 후면 완전히 그칠 거라고 제프는 짐작했다. 그는 공터로 들어가 파블로를 살폈다. 오두막은 폭우로부터 그를 지켜주지 못했다. 나머지 일행과 다를 바 없이, 그도 흠뻑 젖어 있었다. 에릭과 마찬가지로 그도 셔츠, 얼굴, 팔, 절단된 다리, 모두 진흙투성이였다. 눈은 여전히 감고 있었고, 거칠고 불규칙한 호흡도 그대로였다. 신기하게도 그는 떨지 않고 있었는데, 제프는 그게 나쁜 징조는 아닌지, 몸이 너무 망가져서 떠는 것조차 기력에 부치는 것은 아닌지 걱정스러웠다. 그는 쪼그리고 앉아 파블로의 이마에 손을 얹었는데, 순간 그 열기에 흠칫 놀라고 말았다. 당연히 그 모든 게 나쁜 징조였다. 사실 이곳은 온통 나쁜 징조들뿐이었다. 그는 덩굴이 자기 목소리로 흉내 냈던 말을 떠올렸다. *끝내는 거야. 목숨을. 숨을 끊어주자고.* 그 말이 마음속에 깊이 박혔고, 그는 이제 행동에 옮길 결정의 순간에 다다랐다. 사실 아주 간단한 일이었다. 공터에는 지금 자신뿐이다. 누구도 알지 못할 것이다. 몸을 약간 앞으로 기울이고, 파블로의 콧구멍과 입을 꽉 막고, 그 다음에는 얼마를 세면 될까? 100? 자비. 파블로의 이마에서 손을 떼고 얼굴을 향해 옮기면서, 그의 머릿속에 떠오른 것은 그 한 마디뿐이었다. 그리스인의 코 바로 앞에서 손을 멈춘 그는, 아직 행동에 옮기지 않은 채, 속으로 숫자 세는 걸 상상했다. 그때 에이미가 텐트에서 나왔다. 아직도 술에서 깨어나지 못해 약간 비틀거리며 공터로 들어왔다. 머리카락은 비에 젖어 축 늘어졌다. 그녀의 왼뺨에는 진흙이 묻어 있었다.

"그는 괜찮아?"

그녀가 물었다.

제프는 그녀의 혀 꼬인 목소리가 듣기 싫어 버럭 다시 소리치고 싶었지만, 애써 짜증을 가라앉히려 얼른 일어섰다. 그는 고함치고 싶은 유혹과 싸우며 아무 내*기*도 하지 않고(*그가 뭐라고 대꾸할 수 있겠는가?*) 공터의 연장함으로 자리를 옮겼다.

그런데 어이없게도 그 안은 거의 비어 있었다.

제프는 영문을 몰라 멍하니 바라보기만 했다.

"구멍이 났어."

에이미가 말했다.

정말이었다. 제프가 상자를 들어 올려보니, 가느다란 물줄기가 바닥에서 새어 나왔는데, 바닥에 5센티미터의 실금이 나 있었다. 연장함에서 반짇고리를 비워낼 때 점검했어야 했다. 하지만 그때는 정신이 없었다. 바닥을 살펴볼 만한 시간이 없었다. 그럴 여유만 있었다면 비가 오기 전에 접착테이프로 손을 보았겠지만, 이제는 너무 늦어버렸다. 비는 멎어가고 있었다. 이 생각을 하는 틈에도 빗발은 더욱 가늘어져, 앞으로 2, 3분 후면 완전히 그칠 것 같았다. 제프는 낭패감에 연장함을 내던졌고, 그것은 텐트를 향해 나가떨어졌다.

에이미가 당황해서 쳐다보았다.

"뭐 하는 짓이야?"

그녀는 고함치다시피 큰 소리로 말했다.

"아직 그 안에 물이 있었단 말이야!"

그녀는 연장함으로 달려가 똑바로 세웠다. 소용없는 짓이라는 걸 제프는 알았다. 폭우는 지나갔다. 하늘은 다시 환해지기 시작했다. 비는 더 이상 내리지 않을 것이다. 적어도 오늘 안에는.

"너야말로 무슨 짓을 했는지 털어놓으시지."

그가 말했다.

에이미가 얼굴의 빗물을 문지르며 그를 쳐다보았다.

"뭘?"

"물을 허비한 것."

그녀는 고개를 저었다.

"난 안 그랬어."

"뭘 안 그래?"

"그만두사."

"뭘 안 그랬다는 거지, 에이미?"

"귀찮게 좀 하지 마."

"네가 한 짓이 있잖아. 너도 알고 있어, 그렇지?"

그녀는 아무 말 없이 몹시 억울한 표정으로, 마치 잘못을 저지른 당사자는 제프라는 듯이 그를 빤히 쳐다보았다. 그녀의 천연덕스러운 반응에 제프는 분노가 치미는 걸 느꼈다.

"한밤중에 물을 도둑질했잖아. 훔쳐 먹었다고. 대체 무슨 생각이지? 우리가 지금 장난하는 줄 아는 거야?"

그녀는 다시 고개를 내저었다.

"너무한다, 제프."

"너무한다고? 저 빌어먹을 둔덕들을 좀 봐."

그는 언덕 사방의 덩굴이 뒤덮은 뼈 더미들을 가리켰다.

"우리도 저 꼴이 나고 말아. 그리고 네가 바로 거기에 한몫한 거라고."

에이미는 계속 고개를 흔들었다.

"그리스 사람들이……."

"그만둬. 넌 꼭 어린애 같아. 그리스인, 그리스인, 그리스인…… 그들은 오지 않을 거야, 에이미. 너도 그걸 인정해야 해."

그녀는 양손으로 귀를 틀어막았다.

"그만, 제프. 제발 그만……."

제프는 앞으로 다가가 그녀의 손목을 붙들고 아래로 확 내렸다. 그리고 고함을 질렀다.

"파블로를 봐. 그는 죽어가고 있어. 그게 안 보여? 그리고 에릭도 살이 썩어서 끝장이 날……."

"쉿."

그녀는 그를 뿌리치려 애쓰며, 불안스레 텐트를 쳐다보았다.

"그리고 너희 셋이 술을 마셨지. 그따위 멍청한 짓을 저지르다니, 조금이라도 생각이 있는 거냐? 그것이야말로 덩굴이 네가 하기 바라는……."

에이미가 비명을 질렀다. 분노를 이기지 못해 냅다 지른 비명에, 그는 입을 다물었다.

"나는 오고 싶지 않았어!"

그녀가 그의 손을 홱 뿌리치고 그의 가슴팍을 밀치고 때리는 바람에, 그는 한 걸음 뒤로 비척거리며 물러서야 했다.

"나는 오고 싶지 않았어!"

그녀는 계속 그 말만을 외치며 그를 때려댔다.

"바로 너야! 네가 그걸 제안했어! 나는 해변에 남고 싶었는데! 네 잘못이라고! 네 잘못! 내가 아니고!"

그녀는 빗물에 젖어 번들대는 얼굴을 일그러뜨려가며, 그의 가슴팍과 어깨를 마구 때렸다.

"너 때문이야!"

그녀는 계속 고함을 질렀다.

"내가 아니고!"

덩굴이 갑자기 다시 소리치기 시작했다. *내 잘못이야. 나 때문인 거였어, 그치? 덩굴 밭으로 발을 들여놓은 게 나였잖아?* 그것은 에이미의 목소리였고, 온 사방에서 울려댔다. 에이미는 그를 때리던 걸 멈추고, 황급히 주위를 돌아보았다.

내 잘못이야.

"멈춰!"

에이미가 외쳤다.

나 때문인 거였어, 그치?

"닥치라니까!"

덩굴 밭으로 발을 들여놓은 게 나였잖아?

에이미는 절박한 얼굴로, 제프를 향해 양손을 앞으로 내밀고 빌었다.

"저걸 멈추게 해줘."

내 잘못이야.

에이미는 그를 향해 손가락을 흔들며 말했다.

"너 때문이야! 너도 진실을 알아! 내가 아니야. 나는 오고 싶지 않았어."

나 때문인 거였어, 그치?

"멈추게 해줘. 제발 멈추게 해주지 않을래?"

제프는 꼼짝도 않고 아무 말도 하지 않았다. 그 자리에 선 채, 그녀를 우두커니 쳐다볼 뿐이었다.

덩굴 밭으로 발을 들여놓은 게 나였잖아?

하늘은 다시 어두워졌지만, 폭우 때문이 아니었다. 태양이 구름의 장막 뒤편에서 지평선을 향해 기울고 있었다. 밤이 오고 있고, 그들은 거기에 대해 아무런 대비가 되어 있지 않았다. 일단 뭘 먹어야 한다고 제프는 결론짓고, 그러자 포도 봉지가 생각났다. 술에 취해서만은 아니었다. 그녀와 다른 두 사람도 무엇이든지 먹어야만 하는 상황이었다.

"그 밖의 다른 것 또 먹은 거 없어?"

그가 물었다.

"먹었냐고?"

"포도 말고. 다른 것도 훔친 게 있어?"

"우리는 포도를 훔치지 않았어, 배가 고팠어. 우리는……."

"대답해."

"엿 먹어, 제프. 꼭 네가 뭐라도 되는 것처럼 굴지……."

"어서 말해."

그녀는 고개를 저었다.

"정말 너무한다. 모두…… 우리 모두…… 네가 너무한다고 생각해."

"무슨 뜻이지?"

내 잘못이야.

에이미는 다시 제프에게서 등을 돌리고 덩굴을 향해 외쳤다.

"닥쳐!"

"무슨 말이냐니까?"

제프가 물었다.

"나에 대해서 뭐라고?"

"제발 그만두자."

에이미가 말했다. 그녀는 다시 고개를 가로저었고, 그는 그녀가 울고 있다는 걸 깨달았다.

"제발 그만둘 수 없어, 자기야?"

그녀가 손을 내밀었다.

잡아줘. 그는 생각했다. 하지만 손끝 하나 움직여지지 않았다. 그들은 늘 그런 식이었다. 둘 사이에 터진 갈등이 마무리 순서를 밟는 과정은 언제나 같았다. 이유가 무엇이든지 간에 다툼이 일어나면, 결국 에이미는 당황스러워하며 울음을 터뜨리고 한발 물러선다. 그러면 속으로는 마뜩지 않으면서도, 제프는 그녀를 끌어안고 다독이고 위로하며, 자신의 사랑을 확인하는 말을 속삭여주었다. 그는 언제나, 언제나 사과하는 쪽이었다. 에이미는 절대 아니었다. 잘못을 누가 저질렀냐는 상관없었다. 이번에도 마찬가지였다. "그만둘 수 없어?" 하고 그녀는 말했다. *내가 그만둘게,* 나아가 *우리 그만두자*라고는 절대 말한 적이 없었다. 제프는 이제 그런 방식에 진절머리 났다. 뼛속 깊이 지겨워졌다. 그래서 이제는 그런 식으로 행동하지 않겠노라고 다짐했다. 지금, 이곳에서는. 잘못은 그녀가 했다. 즉, 그만 그치고 한발 앞서 사과할 사람은, 그가 아니라 그녀였다.

어느새 덩굴은 입을 다물었지만, 제프는 미처 의식하지 못하고 있었다.

곧 어두워진다. 앞으로 5분이나 10분 후면 사방이 캄캄해진다. 그들은 의논을 하고 불침번 순번을 짜며, 물과 식량을 나눠 먹어야 한다. 햇볕이다 기울어가는 지금쯤이면, 그걸 모두 끝냈어야 했다.

"너무해."

에이미가 입을 열었다.

"우리는 네가 너무한다고 생각해."

그는 그들을 구하기 위해 동분서주하는데, 정작 그들은 등 뒤에서 불평하며 험담이나 늘어놓은 것이다.

엿이나 먹어. 제프는 생각했다. *다들 엿이나 먹으라고.*

그는 자기 앞으로 손을 내민 에이미를 그대로 버려둔 채, 등을 돌렸다. 그는 오두막으로 가서 그 옆의 흙바닥에 앉아 파블로를 바라보았다. 그리스인은 두 눈을 감았고, 입은 조금 벌리고 있었다. 그가 풍기는 냄새는 이제 견딜 수 없는 정도가 되었다. 제프는 그를 옮겨내야 한다고 생각했다. 그의 몸에서 분비된 것들로 흠뻑 젖어 끈적이는 그 역겨운 침낭에서 그를 들어 올려야 한다. 또한 그를 씻기고, 지져놓은 다리 밑동에 묻은 흙도 물로 씻겨내야 한다. 지금은 물이 있으므로, 얼마든지 가능한 일이다. 하지만 제프가 이 생각을 하는 사이에도 해는 마지막 기운을 토해내는 중이었고, 어둠 속에서는 절대 그 일을 할 수가 없었다. 그 기회를 놓친 것은 순전히 에이미 때문이다. 에이미와 스테이시와 에릭의 잘못 때문이었다. 그들이 그의 주의를 흩어놓아 시간만 낭비하게 했다. 그리고 파블로는 씻기위해 내일 아침까지 기다려야만 하게 되었다.

지진 다리 밑동에서는 계속 피가 흘렀다. 많은 양은 아니지만 꾸준히 스며 나오고 있으므로, 물로 씻기고 붕대를 감아야 했다. 물론 붕대는커녕 살균된 천 조각 하나 이곳에는 없었다. 제프는 다시 배낭을 뒤져 깨끗한 셔츠를 찾아, 그것으로 붕대를 대신하기로 마음먹었다. 어쩌면 반짇고리의 바늘과 실을 써먹을 수 있을지도 모른다. 아직도 출혈이 계속되는 혈관들을 찾아서 하나씩 봉합하면 될 것이다. 그런 다음 에릭의 상처도 손볼 수 있을지도 모른다. 그의 옆구리에 난 절개 부위를 꿰매주는 것이다. 그는 시선을 돌려 에이미를 바라보았다. 그녀는 여전히 공터 한가운데에 꼼짝 않고 서 있었다. 손도 아직 내리지 않고 있었다. 그가 마음이 풀리기를 기다리는 것이다. 하지만 그는 그러고 싶지 않았다.

"네가 잘못했다고 해."

그가 말했다.

"뭐라고?"

그녀의 얼굴 표정을 읽을 수 없을 정도로, 이미 날은 상당히 어두워져 있었다. 제프 자신이 생각해도 유치한 행동이었다. 그도 그녀만큼이나 어리석었다. 그래도 그는 그만두고 싶지 않았다.

"미안하다고 하라니까."

그녀는 힘없이 손을 내려뜨렸다.

그래도 그는 제 주장을 되풀이했다.

"말해."

"뭐가 미안하다고?"

"물을 훔쳐 먹은 것. 술을 마신 것."

에이미는 지쳤다는 듯 손바닥으로 제 얼굴을 문질렀다. 그리고 한숨을 내쉬었다.

"좋아."

"뭐가 좋아?"

"미안해."

"뭐가?"

"제발 좀……."

"말해, 에이미."

한참 동안 침묵이 이어졌고, 그는 에이미가 동요하고 있음을 깨달았다.

이윽고 매우 힘없는 목소리로 그녀는 입을 열었다.

"물을 훔친 것, 술에 취한 것 미안해."

됐어. 이제 그만 하자. 그는 속으로 생각했다. 하지만 그렇게 되지가 않았다. 생각은 그렇게 하면서도, 입에서는 다른 말이 튀어나왔다.

"네가 진심으로 그렇게 생각하는 걸로는 들리지 않아."

"맙소사, 제프. 너 정말⋯⋯."

"진심으로 말해. 그렇지 않으면 소용없어."

그녀는 더욱 크게 한숨을 내쉬었는데, 그를 비난하는 투였다. 그러고는 고개를 내젓고, 몸을 돌려 공터 가장자리까지 다가가 맨바닥에 털썩 주저앉았다. 그녀는 그에게 등을 돌린 채 웅크리고 앉아, 손으로 머리를 감싸안았다. 빛은 거의 사라졌다. 제프는 햇살이 그들 주변에서 거의 다 빠져나가고 있음을 느꼈다. 웅크린 에이미의 그림자와 그녀 앞에 군집을 이룬 식물들의 거무스름한 그림자가, 어둠 속에서 서서히 하나로 어우러지는 걸 그는 바라보았다. 그녀는 울고 있는 걸까? 그는 귀를 기울이려 애썼지만, 파블로의 가래 끓는 거친 숨소리 때문에 공터의 다른 소리들은 희미하게만 들렸다.

그녀에게 가. 어서. 그는 속으로 자신에게 타일렀다. 하지만 마치 덫에 갇힌 듯, 그의 몸은 꼼짝도 하지 않았다. 그는 책에서 자물쇠 따는 법을 읽었고, 필요하기만 하면 언제든지 그걸 해낼 수 있다고 믿었다. 잠긴 차 트렁크를 여는 법, 벽을 타고 올라가는 법, 불타는 건물에서 탈출하는 법도 알고 있었다. 하지만 그 어떤 지식도 지금은 도움이 되지 않았다. 이 상황에서 탈출하는 법은 도무지 생각해낼 수가 없었다. 그는 에이미가 먼저 움직이는 쪽이 되기만 바랐다.

그는 그녀가 울고 있다는 걸, 이제 분명히 알 수 있었다. 하지만 그 때문에 마음이 누그러지기는커녕, 오히려 역효과를 불러왔다. 그녀가 그의 동정을 사서 조종하려고 일부러 운다고 판단했기 때문이다. 따라서 그가 지금 그녀에게 원하는 것은, 진심을 담아서 미안하다고 말하는 것뿐이었다. 그게 그렇게 힘든 요구란 말인가? 아마 그녀는 울고 있는 게 아닐 것이다. 몸이 젖어서 한기 때문에 오들오들 떠는 것이다. 우는 것인지 몸을 떠는 것인지 결정하려고 에이미를 계속 관찰하자, 그녀가 옆으로 몸을 누이고 맨바닥에 드러눕는 게 보였다. 그것 또한 그의 동정을 사려는 행동인 게 뻔했다. 그러자 또다시 분노가 이는 걸 느꼈다. 몸이 젖었다면, 그래서 춥다면 그녀는 왜 저런 행동을 하지? 얼른 일어나 텐트로 가서, 아무 배낭이나 뒤져서 마른 옷을 찾아야 하지 않을까? 그가 그렇게 말해주기를 기다리는 것인가? 좋아, 그는 그녀에게 가지 않기로 했다. 진흙땅에 드러누워 떨든지 울든지 또는 두 가지 다라고 해도, 결국 그녀가 선택한 일이다. 그러고 싶다면 밤새도록 그러고 있게 내버려둘 것이다. 절대 그녀한테 가지 않겠다고 그는 결심했다.

얼마 후 해가 졌고, 마티아스가 언덕 밑자락에서 돌아와 텐트의 두 사람과 합류했으며, 구름 한 점 없는 하늘에 달이 떠올라 창백한 은빛으로 온 사방을 어둠에서 한 겹 드러내주었다. 시간이 흐르자 제프가 입은 옷이 말라서 조금 빳빳해졌고, 파블로의 호흡이 30초쯤 멈췄다가 돌연 침대 시트를 잡아 찢는 것 같은 거슬리는 소리를 내며 터져 나왔다. 그러는 사이에 제프는 에이미에게 가서, 그녀를 일으켜 텐트로 들여보낼까 말까 열두 번은 더 갈등했다. 하지만 그때마다 가지 않기로 결론을 내렸다. 그는 꼼짝 않고 자리를 지키고 앉아 불침번을 섰고, 그녀가 먼저 움직여주기를, 그에게 와서 용서를 빌기를 바랐다. 최소한 아무 말 없이 뒤로 다가와 자신을 끌어안아주기를 바랐다. 그때 에이미가 몸을 움직였다. 흙바닥에서 일어나 그를 향해 반걸음을 떼더니, 다시 무릎을 꿇고는 구역질을 시작했다. 한 손은 앞으로 뻗고, 다른 한 손은 마치 구토를 억지로 막으려는 듯 입을 틀어막았다. 너무 어두워서 에이미의 모습을 제대로 가늠할 수가 없었다. 거무스름한 윤곽은 볼 수 있었지만, 그 이상은 보이지 않았다. 지금 그녀의 행동을 확인하는 것은, 그의 눈보다는 귀였다. 그녀가 구역질을 하고 기침하고 침을 뱉는 소리가 들렸다. 그리고 다시 일어서려 했지만 결과는 마찬가지였다. 반걸음을 내딛더니 다시 무릎을 꿇고 오른손으로 입을 틀어막았고, 왼손은 어둠 속의 그를 향해 내뻗는 것 같았다. 그녀가 그를 부르고 있는 것일까? 구역질, 기침, 침을 뱉는 소리들 틈으로, 그녀가 그의 이름을 부른 것 같기도 했다. 하지만 확실한 것은 아니었다. 즉, 확신을 가질 만큼 분명히 들리지 않았기 때문에 그는 계속 몸을 일으키지 않았다. 그리고 금방이라도 터져 나올 구토를 막으려는 듯, 이제 그녀는 두 손으로 입을 막았다. 하지만 뜻대로 되지 않았다. 구역질, 꺽꺽대는 소리, 침 뱉는 소리는 계속 이어졌다. 제프는 파블로의 악취 너머로 그 냄새까지 맡을 수 있었는데, 테킬라와 담즙이 섞인 냄새가 쉽게 가시지 않고 계속 풍겼다.

그녀에게 가. 그는 다시 그 생각이 들었다.

하지만 이어서 그녀가 했던 말이 떠올랐다? *너무한다. 우리 모두 네가 너무한다고 생각해.*

그는 그녀가 산뜩 웅크린 채, 양손으로 아직도 입을 막는 걸 쳐다보았다. 그렇게 얼마 동안 버둥대다가 결국 입을 다물었다. 더 이상 꺽꺽대거나 구역질하는 소리도 나지 않았다. 거의 1분 동안 그녀는 꼼짝도 하지 않았다. 그리고 아주 천천히 그녀는 다시 진흙 바닥에 옆으로 드러누웠다. 태아처럼 동그랗게 웅크린 채, 그녀는 작은 소리 하나 내지 않고 누워 있었다. 제프는 그녀가 잠에 빠졌다고 추측했다. 이제 가서 그녀를 도와, 아기처럼 깨끗이 씻어주고 텐트로 들여보내야 한다고 생각했다. 하지만 이건 순전히 그녀의 잘못이지 않은가? 그런데 왜 그가 나서서 뒤처리를 해야 하는가? 그는 하지 않기로 마음먹었다. 그대로 그녀를 내버려두고, 아침에 토사물을 얼굴에 덕지덕지 바른 채 깨어나도록 내버려두기로 했다. 아직도 구토액의 냄새가 났고, 그 악취에 그는 뱃속이 울렁거렸다. 위장뿐만 아니라 그의 감정까지도 마찬가지였다. 분노와 혐오와 극한 불안, 그것들 때문에 그는 꼼짝도 않고 조그만 오두막 곁에서 밤새도록 눈을 붙이지 못했다. *그녀를 살펴보아야 해.* 그는 생각했다. 몇 번이나 그 생각을 했을까? 아마 열두 번은 더 했을 것이다. *그녀가 괜찮은지 확인해야 해.* 하지만 행동으로 옮기지는 않았다. 그는 그녀를 바라보고 앉아, 마음을 다스리는 격언 따위를 떠올리며 생각을 정리하려고 했지만, 결국 밤새도록 아무 행동도 취하지 않았다.

그가 마침내 자리를 털고 일어난 것은 동틀 때가 다 되어서였다. 달이 그의 머리 위로 높이 올랐다가 하강을 시작할 무렵, 그는 선잠이 들어 꾸벅꾸벅 고개를 늘어뜨리고 있었다. 그가 힘겹게 일어나 기지개를 켤 때에는, 달이 거의 다 지고 있었다. 오랜 시간 같은 자세로 앉았다 일어서니, 몸이 뻐근하게 굳은 것 같았다. 그는 잠에서 깬 후에도 에이미에게 가지 않았다. 걱정이 안 되어서 그런 건 아니었다. 그는 공터 한가운데에 꼼짝도 않고 누운 그녀의 흐릿한 윤곽을 한참 동안이나 묵묵히 바라보았다. 그러고는 텐트로 발을 끌며 다가가, 덮개 지퍼를 열고 조용히 안으로 들어갔다.

스테이시는 제프와 에이미가 서로 소리치는 걸 들었다. 텐트를 두들겨대는 거센 빗소리 때문에, 그들이 무슨 말을 하는지는 알아듣기 어려웠다. 하지만 다투고 있는 것은 분명했다. 역시 덩굴이 한몫 낀 것도 알 수 있었다. 그것이 에이미의 목소리를 흉내 내는 게 들렸기 때문이다.

크게 외치는 소리였다. *내 잘못이야.*

이어서 또 소리가 났다. *나 때문인 거였어, 그치?*

텐트에는 그녀와 에릭뿐이었다. 폭우가 내려 사방이 어두컴컴해 잘 보이지 않았다. 스테이시는 시간이 얼마나 되었는지는 몰랐지만, 그래도 날이 서서히 저물고 있음을 느낄 수 있었다. 또다시 밤이 된다. 어떻게 밤을 또 나야 할지, 그녀는 엄두가 나지 않았다.

"내가 잠들면, 좀 지켜봐줄래?"

에릭이 물었다.

스테이시는 술 때문에 머릿속에 무지근해져 있었다. 모든 게 정상보다 조금 느리게 움직이는 것 같았다. 그녀는 흐릿한 어둠 속의 에릭을 쳐다보며, 그의 질문에 대꾸할 말을 찾으려 애썼다. 비가 계속 내리자, 텐트 지붕은 고이는 물을 이기지 못하고 축 늘어졌다. 제프와 에이미는 고함치던 걸 멈추었다.

"밤새도록?"

그녀가 물었다.

에릭은 고개를 저었다.

"한 시간만. 한 시간 정도 깨어 있을 수 있겠어? 한 시간만 자면 되겠는데."

너무나 지쳤다. 지치고 배고프고 몹시도 취했노라고, 될 수만 있다면 사실 그대로 말하고 싶었지만 그러지는 못했다.

"우리 둘 다 자면 왜 안 되는데?"

에릭은 텐트 뒷벽의 비품 더미를 가리켰다.

"그게 돌아올 거야. 그게 다시 이 안에 손을 뻗친다고. 그러니까 우리 둘 중에 하나는 깨어 있어야 해."

덩굴 얘기구나. 스테이시는 생각했다. 그게 정말 그늘 속에 도사린 채, 그들의 말에 귀를 기울이며, 어서 잠들기만 기다리며 지켜보고 있는 것 같았다.

"오케이."

그녀가 말했다.

"한 시간 있다가 깨워줄게."

에릭은 바닥에 등을 대고 똑바로 누웠다. 둘둘 만 피투성이 티셔츠로, 아직도 옆구리를 누르고 있었다. 텐트 속이 너무 어두워 출혈이 멎었는지, 그녀는 확인할 수가 없었다. 그녀는 그의 곁에 다가앉아 손을 잡았다. 끈끈했다. 젖은 옷을 갈아입어야 한다는 것은, 그녀도 알고 있었다. 한기까지 들어 몸이 덜덜 떨렸지만, 그래도 배낭 쪽으로는 얼씬도 하고 싶지 않았다. 고고학 팀은 모두 죽었다. 그들 전후에 왔던 다른 이들도 모두 죽었다. 따라서 어리석은 생각이기는 하지만, 그들의 소유물은 왠지 전염병이라도 옮길 것처럼 불길하게 여겨졌다. 스테이시는 그들이 남긴 옷을 입고 싶지 않았다.

에릭은 잠이 들었고, 그녀의 손을 쥔 손에서 힘이 빠졌다. 스테이시는 에릭이 금세 잠에 떨어지자 깜짝 놀랐다. 게다가 코를 골기 시작했다. 파블로의 가래 끓는 숨소리처럼 크게 울리는 게 꺼림칙해서, 그를 흔들어 조용히 시키고 싶었는데 돌연 그가 스스로 멈추었다. 하지만 그것 역시 두렵기는 매한가지여서, 그녀는 머리를 숙이고 그의 얼굴에 귀를 바짝 기울여 숨을 쉬는지 확인했다.

물론 _그_는 숨을 쉬었다.

머리가 텐트 바닥에서 30센티미터 남짓 떨어질 때까지 몸을 바짝 기울이고 있었더니, 고개를 다시 드느니 그대로 푹 떨어뜨리는 게 나을 성싶었다. 그녀는 그의 옆에 꼭 붙어 몸을 뉘었다. 비는 그쳐가서 이제 방울방울 떨어지는 정도였고, 텐트 속에서는 거의 소리가 들리지 않았다. 스테이시는 눈을 감았다. 하지만 잠은 오지 않았다. 어떻게 그럴 수 있겠는가? 아직 밤도 안 되었고 에이미가 곧 들어올 테니, 둘이서 일어나 앉아, 에릭이 깨어나지 않도록 소곤소곤 귀엣말을 나눌 것이다. 그녀는 지쳤고, 그게 사실이었다. 하지만 그와 약속을 했고, 덩굴이 그들 주변에 도사린 채 그녀가 경계를 늦추기만 기다린다는 걸 알고 있었다. 따라서 잠이 들어서는 안 되었다. 지금 할 수 있는 것은 잠시 눈을 감고, 머리 위에 떨어지는 나지막한 낙수 소리를 들으며, 다른 어떤 장소에 가 있는 상상, 잠깐 공상에 빠져 드는 것뿐이었다.

그녀가 다시 눈을 떴을 때에는, 텐트 안은 칠흑처럼 캄캄해져 아무것도 보이지 않았다. 누군지 그녀 위에 서서 어깨를 잡고 흔들어댔다.

"일어나, 스테이시."

그는 계속 같은 말을 되뇌었다.

"네 차례야."

그게 제프의 목소리라는 걸, 그녀는 깨달았다. 꼼짝도 하지 않고 누워, 어둠 속의 그를 올려다보았다. 지금까지의 모든 상황들이 머릿속에 들어왔지만, 그 속도가 너무 느려 대부분 제대로 파악되지 않았다. 비가 내렸다. 에이미가 자신을 향해 "헤픈 년"이라고 소리쳤다. 제프와 에이미가 다투었다. 에릭이 자신을 지켜봐달라고 부탁했다. 숙취를 느꼈지만 술기운도 아직 가시지 않아, 그 두 가지 증상이 합쳐져 몹시 고통스러웠다. 머리만 아픈 게 아니었다. 마치 몸이 액체 상태가 되어서, 어느 방향으로 급히 몸을 기울였다 하면 그대로 쏟아져 내릴 것만 같았다. 머리가 무거워 생각이 또렷하게 잡히지 않았다. 그녀가 아는 것이라고는 그 자리에서 꼼짝도 말아야 하고, 그래야 위험을 막을 수 있다는 것뿐이었다. 방광이 꽉 차서 불편했지만, 그래도 억지로 몸을 움직여야 할 정도는 아니었다.

"안 돼."

그녀가 말했다.

"난 못 해."

"왜?"

"그냥 못 해."

"하지만 네 차례야."

"난 못 한다니까, 제프."

그는 화가 치밀어 소리를 높였다.

"헛소리 집어치워, 스테이시. 일어나."

그가 쿡 찌르는 바람에 그녀는 하마터면 비명을 지를 뻔했다. 온몸이 다 욱신거렸다. 그녀는 같은 말을 흥얼대기 시작했다.

"난 못 해, 못 해, 못 해, 못 해……."

"내가 할게."

마티아스의 목소리가 텐트 한쪽 끝에서 들렸다.

제프가 그녀를 흔들어대던 걸 그만두고 일어서는 게 느껴졌다.

"그녀 차례야."

"괜찮아. 난 다 깼어."

스테이시는 마티아스가 일어나 부스럭거리며 텐트 입구로 가는 소리를 들었다. 그러다 그는 걸음을 멈추고 머뭇거리며 물었다.

"에이미는 어디 있어?"

"아직 밖에."

제프가 대꾸했다.

"잠들었어."

"그럼 내가 데려……."

"그냥 놔둬."

스테이시는 마티아스가 덮개를 여는 소리를 들었고, 그 순간 희붐한 기운이 텐트로 스며드는 걸 느꼈다. 그녀는 텐트 안의 세 사람을 흘끗 보았다. 에릭은 꼼짝 않고 누웠고, 제프는 그녀를 내려다보며 서 있었고, 마티아스는 공터로 나가는 참이었다. *고마워.* 그렇게 생각은 했지만, 몸이 축 늘어져 입 밖으로 낼 수가 없었다. 덮개가 닫히고 텐트 속은 다시 어둠이 점령했다.

일부러 애쓰지 않아도, 스테이시의 눈은 저절로 감겼다. 제프는 그녀 왼쪽에서 조금 떨어진 곳에 누우며 뾰로통하게 뭐라고 중얼댔는데, 스테이시는 자기를 향한 것이라고 짐작했다. 그래도 상관없었다. 에이미한테 머리끝까지 화가 나 있는데, 자기한테라고 왜 화를 내지 않겠는가? 나중에 둘이서 제프를 놓고 실컷 비웃어줄 것이다. 그가 바로 지금 중얼대며 한숨 쉬던 모습을 스테이시는 그대로 흉내 내리라 마음먹었다.

에릭을 살펴야 하는데. 그녀는 생각했다.

그리고 잠들기 전에 그와 했던 말을 애써 떠올려보았다. 약속한 대로 그를 깨워주었던가? 생각을 기울일수록 아닐 가능성이 컸고, 그래서 힘겹게 간신히 눈을 뜨고 일어나 앉아 그에게 다가가려던 찰나, 마티아스가 제프의 이름을 외쳐 부르는 소리가 났다.

결국 마찬가지였다. 터분한 곰팡이 냄새와 함께 잠에서 깨어나보니, 덩굴이 그의 다리를 휘감고 자라고 있었다. *그게 내 안에 있어.* 에릭은 손을 뻗어 다리를 매만지며 생각했다. *가슴속에도.*

마티아스가 공터에서 소리를 질러댔다. 텐트에서 누군가 부스럭대며 움직였다. 너무 어두워 그게 누구인지는 알 수가 없었다. 에릭은 일어나 앉으려고 했지만, 꼼짝도 할 수 없는 것이 꼭 덩굴이 꽉 짓누르고 있는 것만 같았다.

그게 내 안에 있어.

"제프……."

마티아스가 소리를 질렀다.

"제프……."

누군가 일어나 텐트 덮개를 향해 움직였다.

"맙소사."

에릭이 입을 열었다. 그는 덩굴을 비집고 손가락을 밀어 넣어, 절개한 자리를 만지작댔다. 그의 피부 바로 밑에 덩굴이 있다는 것, 그게 스펀지 뭉치처럼 갈비뼈 속을 가득 채우고, 흉곽 위로 뻗어나가는 게 느껴졌다.

"나이프!"

그가 외쳤다.

"나이프를 가져다줘!"

"왜 그래? 무슨 일이야?"

바로 곁에서 스테이시의 목소리가 들렸다. 아직 잠에서 덜 깨어난 상태로, 화들짝 놀란 목소리였다. 그녀는 그의 어깨를 꽉 붙들었다.

"나이프가 필요해."

그가 말했다.

"나이프?"

"빨리!"

공터에서는 마티아스가 외치는 소리가 계속 들려왔다.

"제프…… 제프……."

에릭의 손은 다리로 내려갔고, 그곳에서도 피부 바로 밑에 동일한 스펀지 덩어리 같은 게 자라며 무릎과 허벅지로 뻗어 올라가는 걸 알 수 있었다. 텐트 덮개의 지퍼가 열리는 소리가 났고, 그는 시선을 들었다. 아직 밤이지만 밖은 텐트 안처럼 어둡지 않았다. 제프가 공터로 들어가는 게 흐릿하게 눈에 들어왔다.

"기다려."

그가 외쳤다.

"나이프 좀……."

그러나 제프는 이미 가고 난 뒤였다.

제프는 알고 있었다.

마티아스가 소리를 치자마자, 그는 알 수 있었다. 그는 일어나 공터로 나갔고, 모든 게 금세, 너무나도 순식간에 파악되었다. 너무나 순식간이라, 애써 부인할 만한 틈도 없었다. 극도로 당황하여 다급하게 외치는 마티아스의 목소리가 단서였다. 그것만으로도 제프가 직감하기에는 충분했다.

그는 확실히 알 수 있었다.

텐트에서 나와 감감한 공터를 지나자, 마티아스의 거무스름한 형체가 또 다른 그림자 앞에 웅크린 게 보였다. 에이미였다. 제프는 무릎을 꿇고 에이미의 손과 손목을 한꺼번에 잡았는데 이미 차갑게 식어 있었다. 그녀의 얼굴은 확인할 수가 없었다.

"내 생각에는……."

마티아스가 입을 열었지만, 몹시 흥분해 적절한 말을 찾지 못한 채 더듬거렸다.

"그게 그녀의 목을 조른 것 같아."

제프는 몸을 숙였다. 덩굴이 그녀의 입과 코에 뒤덮여 있었다. 그걸 끄집어내기 시작하자, 즙이 스며 나와 손이 화끈거렸다. 그녀의 입에도 손을 넣어 덩굴을 제거했다. 그녀의 입술이 너무나 차갑게 굳어 고무처럼 느껴졌지만, 개의치 않았다.

목을 조른 게 아니야. 기도를 막았어. 제프는 생각했다. 테킬라, 담즙의 냄새가 났고, 덩굴 잎은 축축하게 젖어 있었다. 에이미가 비틀거리며 그를 향해 반걸음쯤 떼고, 입을 틀어막던 장면이 떠올랐다. 그때는 그녀가 토하지 않으려고 입을 막는다고 생각했지만, 잘못된 판단이었다. 그녀는 억지로 토해내려 했던 것이다. 구토의 통로를 열기 위해 얼굴에서 그 식물을 뜯어내려 했고, 그것 때문에 숨이 막혀가면서도 무릎을 꿇고 그를 향해 도움의 손짓을 보냈다.

에이미의 입에서 덩굴을 제거하고 나서, 그는 그녀의 얼굴을 들어 올리고 콧구멍을 막은 다음, 그녀의 입술을 제 입으로 막았다. 조금의 틈새도 없이 단단히 막았다. 구토액의 맛이 나고, 덩굴 즙 때문에 혀까지 화상을 입었다. 그는 그녀의 폐에 숨을 불어넣고 입을 뗀 다음 그녀의 가슴, 즉 흉곽을 양 손바닥 뒷부분으로 온 체중을 실어 압박을 가했다. 머릿속으로는 *하나…… 둘…… 셋…… 넷…… 다섯……* 숫자를 세어가며. 그리고 다시 그녀의 입을 제 입으로 막았다.

"제프."

마티아스가 말했다.

심해에서 맥박이 끊긴 사람을 건져 올렸는데, 입술이 파랗고 몸이 굳어버린 뒤였는데도 되살아난 사례를 제프는 떠올리고 있었다. 심장마비, 뱀에게 물린 사람, 번개에 맞은 사람 중에도 되살아난 경우가 있었다. 질식사한 사람이라고 해서, 그러지 말란 법이 있을까? 다시는 숨을 쉴 수 없게 된 사람인데, 이성적인 논리나 아무 개연성 없이 무턱대고 시체의 폐에 숨을 불어넣거나 심장에 혈액을 공급하는 등의 소생 노력을 벌이자, 모종의 기적 또는 생리적 변이 때문에 성경 속 인물 나사로처럼 급작스러 운 죽음에서 돌연 회복하는 일이 종종 발생한다고 하지 않았던가.

"너무 늦었어."

마티아스가 말했다.

제프는 10학년 때 보건 시간에 심폐소생술을 배웠다. 메사추세츠 주 서 부의 이른 봄, 커다란 유리창에 파리들이 웽웽 몰려들고, 창밖으로는 운 동장과 깃대, 조그만 온실이 내려다보였다. 짧은 시범이 끝나고, 리놀륨 바닥에 더미를 뉘어놓고 학생들은 실습을 시작했다. 다리가 없는 여자 모 형이었다. 이름도 있었던 게 기억났지만, 정확히 무엇인지는 떠오르지 않 았다. 열다섯 명의 소년들이 번갈아 고무 모형에게 인공호흡을 실시했다. 몇몇은 지각없이 성적인 농담들을 해댔고, 담당 코허 선생은 눈살을 찌푸 리며 입을 다물었다. 다들 실패하지 않을까 불안하고 당황해하면서도, 그 걸 내색하지 않으려 애썼다. 모형의 입술에서는 알코올과 고무의 맛이 함 께 났다. 모형의 머리 곁에 무릎을 꿇고, 제프는 장차 이 일을 실행할 날 을 상상했다. 할머니가 주방 바닥에 갑자기 쓰러지고, 부모 형제, 일가친 척들 모두 얼음처럼 굳어 무력하게 할머니가 죽어가는 걸 지켜보는 장면 이었다. 그때 제프가 조용히 나서서 사람들 틈을 비집고 들어가, 할머니 곁에 무릎을 꿇고 앉아 아주 간단한 동작으로, 그러나 신과 같은 위엄을 갖고 할머니의 몸에 생명을 불어넣는다. 침착함과 자신감으로 충만한, 자 비의 한 장면일 거라고 그는 상상했다.

그는 에이미의 폐에 숨을 불어넣었다.

마티아스가 손을 뻗어 그의 어깨를 붙들었다.

"그녀는 이미……."

그녀에게 가. 머릿속에 그 말이 불쑥 떠올랐다. 파블로의 오두막 옆 흙

바닥에 앉아, 그녀가 비틀대며 무릎을 꿇고 양손으로 입을 틀어막는 걸 지켜보던 때였다. *어서.* 그런데 왜 그러지 않았을까?

텐트에서 스테이시가 나와 그들을 향해 비틀거리며 다가왔다.

"그게 그의 몸 안에 다시 들어갔어."

그녀가 말했다.

"나는……."

그녀는 말을 멈추고, 어둠 속의 그들을 물끄러미 쳐다보았다.

"무슨 일이야?"

제프는 에이미의 가슴으로 자리를 옮겨, 흉곽에 손을 얹었다.

"그녀가……."

내 잘못이야. 거기에는 이론의 여지가 없다. 하지만 지금은 그걸 고민할 때가 아니라는 걸, 제프는 알고 있었다. 나중에, 그 말이 갖는 중요한 의미와 맞부딪혀야 할 때가 올 것이다. 도저히 피할 수 없이. 거기에서 달아날 길은 없었다. 하지만 지금은 아니었다.

그는 그녀의 가슴을 누르기 시작했다. *하나…… 둘…… 셋…… 넷…… 다섯.*

다시 생각해보니, 나중은 아닐 것 같았다. 그럴 기회마저도 아예 없는 게 아닐까? 이곳을 벗어날 길은 없고, 따라서 나중이란 있을 수도 없다. 에이미는 그저 그들 중 제일 먼저일 뿐이고, 다른 이들도 곧 그 뒤를 따를 것이다. 그렇다면 누구 잘못이든지 뭐가 중요하겠는가? 이렇게 죽든 저렇게 죽든, 지금 당장이든 앞으로 며칠 후든 몇 주 후든지 마찬가지리면, 남들보다 고통을 겪는 시간이 단축된 것은 오히려 축복이라 할 수 있지 않을까?

"제프……."

마티아스가 말했다.

그는 알지 못했다. 전혀 볼 수가 없었다. 그녀는 불과 5미터밖에 떨어져 있었지만, 어둠 속에서 아무것도 제대로 보이지 않았다. 그가 어떻게 알 수 있었겠는가?

에릭이 텐트 안에서 스테이시와 나이프와 도움을 외치고 있었다.

지금은 아니다. 제프는 애써 마음을 다잡으며 생각했다. *나중에.*

"마티아스?"

스테이시가 겁먹은 소리로 물었다.

"그녀가……."

"맞아."

쓰레기통에 버려진 갓난아기, 잠옷 가운을 입은 채 쓰러져 숨진 노파, 눈 더미 속에서 발견된 여행객. 여기서 중요한 것은 쉽게 포기하거나 속단하거나 머뭇대지 않고, 즉각 대책을 시행하고, 기적과 같은 소생, 즉 별안간 숨을 헉 토해내기를 간절히 기도하는 것이다.

스테이시가 한 걸음 앞으로 다가왔다.

"그 애가……."

"죽었어."

그들이 하는 말은 제프의 귀에 들어오지 않았다. 다시 그녀에게 입을 갖다 댔다. 그녀의 가슴속에 숨을 불어넣을 때, 차갑게 굳은 입술, 구토액 맛, 덩굴 즙으로 인한 화상이 느껴졌다. 에릭은 텐트에서 고함을 쳐댔다. 스테이시와 마티아스는 꼼짝 않고, 제프가 시체 곁에서 폐와 심장을 압박하는 걸 지켜보았다. 그는 자비의 순간을 위해 애썼지만, 그 순간은 끝내 오지 않을 것이다. 심폐소생술을 중단하기 전부터, 그는 이미 포기하고 있었다. 그녀의 입에서 입술을 떼어내는 것, 그녀의 가슴에서 손을 거두는 것이 두려워, 그저 로봇처럼 몇 분가량 더 몸을 움직였을 뿐이다. 결국 그를 중단하게 한 것은 피로, 오른쪽 장딴지의 경련, 점차 맑아지는 머릿속이었다. 그는 주저앉아 가쁜 숨을 내쉬었다.

아무도 입을 열지 않았다.

그녀는 내 이름을 불렀어. 제프는 생각했다. 그는 입을 쓱 문질렀다. 덩굴 즙 때문에 입술이 벗어진 걸 알 수 있었다. *그녀가 나를 부르는 걸 들었어.* 그는 에이미의 손을 들어 꽉 붙들었는데, 자기 손의 온기로 따뜻하게 하려는 것 같았다.

"스테이시……."

에릭의 목소리였다.

제프는 고개를 들어 텐트를 향해 시선을 돌렸다.

"에릭이 왜 저래?"

그가 물었다. 침착한 자신의 목소리에, 제프 자신도 놀랐다. 조금 가라앉고 낙망한 소리일 거라고 예상했기 때문이다. 그는 눈물을 기다리고 있었고, 금방이라도 흘러나올 것 같았지만 나오지 않았다.

눈물은 나오지 않았다.

나중에. 그는 생각했다.

"그게 그의 안에 다시 들어갔어."

스테이시가 말했다. 그녀의 목소리는 거의 알아들을 수 없을 정도로 잦아들었다. 일행의 주검 앞에서 모두 목소리를 낮추고 있다는 걸, 제프는 알 수 있었다.

그는 쥐고 있던 에이미의 손을 조심스레 그녀의 가슴에 얹었고, 힘없이 늘어진 팔을 보자 또다시 여자 고무 모형이 생각났다. 그는 그 시험에 통과하여 자격증을 받았다. 어머니가 그걸 액자에 넣어, 그의 방에 걸어주었다. 지금도 눈을 감으면 자기 방 벽에 내걸린 갖가지 자격증, 상패와 리본들, 선반을 가득 메운 트로피들이 선명하게 떠올랐다.

"누가 가서 에릭을 도와야 해."

그가 말했다.

마티아스는 아무 말 없이 일어나 텐트로 걸음을 옮기기 시작했다. 제프와 스테이시는 그가 공터에서 빠져나가는 그림자를 물끄러미 쳐다보았다.

유령 같다. 제프는 생각했고, 이어 눈앞이 어른거렸다. 도저히 참을 수가 없었다. 흐느끼거나 숨을 씨근덕대지는 않았다. 몸부림치거나 신음하거나 절규하지도 않았다. 대여섯 방울의 소금물이 천천히 뺨을 타고 내려, 덩굴 즙 때문에 화상을 입은 그의 피부를 따끔거리게 했다.

스테이시는 제프의 눈물을 보지 못했다. 사실 그녀가 보지 못하는 것은, 그것 말고도 많았다. 그녀는 몰골이 말이 아니었다. 지치고 술에 취해 근육에서 뼈까지 온몸이 욱신거렸고, 공포 때문에 머릿속이 멍했다. 게다가 너무 어두웠다. 그래서 그들을 하나하나 집중해서 보느라고 눈까지 시렸다. 에이미는 흙바닥에 드러누웠고, 제프가 그녀 곁에 무릎을 꿇고 있는 게 보이는 전부였다. 하지만 스테이시는 텐트에서 걸어 나오자마자, 어떻게 알아냈는지는 모르지만, 이미 사실을 직감하고 있었다. 그녀가 죽었다.

에이미는 잔뜩 웅크리고 앉았다. 그들 앞에 50센티미터쯤 떨어진 곳이었다. 손을 뻗기만 하면 에이미를 만질 수도 있었다. 그렇게 해야 하고 그게 옳은 행동이며, 바로 에이미가 자신에게 바라는 행동일 것 같았다. 하지만 스테이시는 몸을 움직일 수가 없었다. 너무 겁이 났다. 에이미를 만지는 순간, 빼도 박도 못 하고 진실임을 인정해야 할 테니까.

"확실해?"

그녀가 물었다.

"확실하냐니?"

"그녀가……."

스테이시는 도저히 그 말을 입 밖에 낼 수가 없었다.

하지만 제프는 그녀가 하려는 말을 알아들었다. 그가 어둠 속에서 고개를 끄덕이는 걸, 스테이시는 알 수 있었다.

"어떻게?"

그녀가 속삭였다.

"뭘 어떻게?"

"어떻게 그녀가……."

"그게 그녀의 입을 막았어. 질식시킨 거야."

스테이시는 깊은 한숨을 내쉬고는 생각에 잠겼다. 이런 일이 일어나서는 안 돼. 그녀는 생각했다. 어떻게 이럴 수가 있지? 모닥불 냄새가 다시 허공으로 퍼졌고, 언덕 밑자락에 사람들이 있다는 게 떠올랐다.

"우리가 그들에게 말해야 해."

그녀가 말했다.

"누구한테?"

"마야인들."

그녀는 제프가 자신을 쳐다보는 걸 느꼈지만, 그는 아무 말도 하지 않았다. 그의 표정을 확인하고 싶었다. 왠지 그는 이곳에 존재하지 않는, 비현실적인 존재가 된 것 같아서였다. 그 침착함, 차분한 목소리, 어둠 속에 가려진 얼굴. 에이미는 죽었고, 그는 바로 그 곁에 묵묵히 앉아 있었다.

"무슨 일이 벌어졌는지 그들에게 말해야 해."

스테이시는 소리를 높여 말했다. 실제 들리는 것 이상으로 크게 말하는 기분이 들었고, 테킬라, 잠, 그리고 공포 때문에 심장 박동도 빨라졌다.

"그들이 우리를 돕게 해야 해."

"그럴 일은 없을……."

"그들은 그렇게 할 거야."

"스테이시……."

"그럴 거라니까!"

"스테이시!"

그녀는 말을 멈추고 눈을 깜박이며 그를 보았다. 바짝 웅크리고 앉아 있었더니, 허벅지 근육이 욱신거렸다. 벌떡 일어나 언덕 아래로 내달려 이 일을 해결하고 싶은 생각이 굴뚝같았다. 아주 간단한 일일 것만 같았다.

"그만둬."

제프의 목소리는 아주 차분했다.

"알았니?"

그녀는 너무 놀라 아무 대꾸도 하지 않았다. 순간 소리를 꽥 지르고 냅 다 그의 뺨을 갈기고 때려주고픈 생각이 불끈 일었지만, 그런 충동은 금 세 지나갔다. 몸 안에서 기운이 일시에 쑥 빠져나가는 기분이었다. 갑자 기 피로감이 다시 찾아들고, 공포도 되살아났다. 그녀는 에이미의 손에 손을 뻗었다. 만져보니 차갑고 조금 축축했다. 꽉 붙잡았다면 그 촉감 때 문에 외마디 비명을 질렀겠지만, 살짝 만진 것만으로도 에이미의 죽음은 부인할 수 없는 현실임을 확인할 수 있었다.

죽었어. 스테이시는 생각했다. 그 애가 죽었어.

"가서 말해봐야 소용없어."

제프가 입을 열었다.

"가당키나 할 것 같아? 그냥 이곳에서 나, 그리고 그녀와 함께 있도록 해. 이제 다른 말하기 없기다?"

스테이시는 계속 에이미의 손을 붙들고 있었다. 어쩐지 그게 더 안심이 되었다. 그녀는 고개를 끄덕였다.

제프와 스테이시의 대화는 거기까지였다. 에이미의 시신을 사이에 두고, 아무 말 없이, 서서히 동이 터올 때까지 기다리며 그대로 앉아 있었다.

🌿

에릭은 마티아스에게 자기 몸을 절개해달라고 졸랐지만, 마티아스는 그렇게 하지 않았다. 어둠 속에서는.

"그걸 끄집어내야 해."

에릭은 고집을 피웠다.

"그게 온몸에 퍼지고 있어."

"우리는 모르겠는데."

"그게 느껴지지 않아?"

"부어오른 건 알겠어."

"부은 게 아니야. 덩굴 때문이지. 그게……."

마티아스가 그의 팔을 다독거리고 말했다.

"쉿. 날이 밝으면."

텐트 속은 덥고 후텁지근하며 곰팡내가 났고, 마티아스의 손은 땀 때문에 끈적거렸다. 에릭은 그런 느낌이 싫었다. 그는 마티아스의 손길을 피했다.

"오래 기다릴 수는 없어."

"날이 거의 밝았어."

"내기 너한테 나지라고 해서 그런 거야?"

마티아스는 아무 말도 하지 않았다.

"그냥 농담이었어. 사람들이 우리 얘기를 영화로 만드는 상상을 했어. 우리가 귀환하면, 누구를 악당으로 그릴까 생각했지. 너는 독일 사람이잖아? 그러니까 영화사에서는 너를 나치로 정할 거라고 했어."

머릿속이 제대로 집중되지 않았지만, 자기가 말을 너무 빨리 한다는 느낌은 들었다. 에릭은 이치에 닿는 해명을 못 하는 것 같아 두려워졌다. 하지만 일단 입이 터지니 거침없이 말이 술술 나왔다.

"너를 두고 한 말이 아니었던 거야. 그냥 사람들이 그런 인물을 정할 거라는 뜻이었어. 왜냐하면 영화에는 나쁜 사람이 필요하니까. 꼭 그런 법이지. 물론 덩굴이야말로 악당이겠지만 말이야, 그렇지? 그러니까 네가 나치라는 말이 아니었다는 거야. 너는 제프와 마찬가지로 영웅이지. 너희 둘 다 영웅이고말고. 독일에도 보이스카우트가 있니?"

마티아스가 한숨을 내쉬는 소리가 들렸다.

"에릭……."

"제발 그 빌어먹을 나이프 좀 줘, 오케이? 내가 직접 할게."

"나는 나이프가 없어."

"그러면 가지고 와줘."

"날이 밝으면 그때……."

"제프를 불러. 제프가 해줄 거야."

"제프는 부를 수 없어."

"왜?"

잠시 침묵이 흘렀고, 에릭은 마티아스가 머뭇댄다는 걸 깨달았다.

"나쁜 일이 생겼어."

그가 말했다.

에릭은 조그만 오두막을 떠올리고, 똥오줌, 부패의 악취를 떠올렸다. 그리고 고개를 끄덕였다.

"그럴 줄 알았어."

"내 말은 그게 아니야. 네 짐작이 틀린 것 같다."

"파블로 얘기가 아니었어? 그가 죽었다고 말이야."

"아니. 파블로가 아니야."

"그럼 무슨 일이?"

"에이미야."

"에이미?"

에릭은 예상치도 못한 답변이었다.

"에이미가 뭘 어쨌는데?"

또다시 적절한 말을 찾지 못해 정적이 이어졌다.

"그녀는 떠났어."

"이곳을 나갔다고?"

마티아스가 어둠 속에서 머리를 흔드는 걸, 그는 알 수 있었다.

"그녀는 죽었어, 에릭. 그게 그녀를 죽였어."

"대체 무슨 말……?"

"그게 그녀의 기도를 막았어. 잠든 사이에."

에릭은 충격에 말을 잇지 못했다. 죽다니.

"정말이야?"

어리석은 질문인 줄 뻔히 알면서도, 그는 물었다.

"응."

에릭은 머릿속이 빙빙 돌고 갑자기 맥이 탁 풀리는 걸 느꼈다. 죽다니. 그는 벌떡 일어나 직접 두 눈으로 확인하고 싶었지만, 그럴 기운이나 있는지 자신이 서지 않았다. 일단 누가 나서서 그의 다리에서 덩굴을 끄집어내야 했다. 죽다니. 그게 사실인 것은 알겠지만, 그래도 받아들일 수는 없었다. 죽다니. 어리석기는 하지만, 그들이 농담으로 주고받은 영화 스토리가 그의 상상 속에 뿌리를 내리고 있었다. 에이미는 착하고 정숙한 여자로서, 제프와 함께 기구를 타고 탈출하여 생존해야 했다.

죽다니, 죽다니, 죽다니……

"이럴 수가."

그가 말했다.

"그래."

"내 말은……."

또다시 땀에 젖은 살갗이 그를 다독거렸다.

"쉿. 조용. 아무 말 하지 마."

에릭은 텐트 바닥에 머리를 내려놓았다. 한동안 눈을 감았다 뜨고, 오렌지색 나일론에 스며 들어오는 빛의 기운을 찾아보았다. 하지만 온 사방이 어둠뿐이었다.

죽다니, 죽다니, 죽다니, 죽다니……

🌿

태양이 떠오르자마자 에릭이 다시 텐트에서 외치기 시작했다. 그는 나이프를 원했다. 마티아스가 조그만 텐트 입구에서 걸어 나와, 공터에서서 제프와 스테이시를 바라보았다. 두 사람은 여전히 에이미의 시신을 사이에 놓고 마주 앉았다. 스테이시는 에이미의 손을 쥐고 있었다.

"어때?"

제프가 물었다.

마티아스는 고개를 갸웃하며 어깨를 으쓱 움직였다. 아직 빛은 그리 밝은 기운을 내지 못했고, 온 사방에 핑크빛이 감돌았다. 멀리 정글에서 새가 깍깍 날카롭게 우는 소리가 제프의 귀에 들어왔다. 마티아스의 표정은 확인할 수가 없었지만, 불안해하는 것 같았다. 어쩌면 당혹스러워하는 것일지도 몰랐다.

"네가 들어와서 봐야 할 것 같아."

제프는 일어섰는데, 몸이 굳어 반쯤 마비된 것 같았고, 남은 기운마저 고갈되는 걸 느꼈다. 그는 마티아스를 따라 텐트로 들어가고, 스테이시만 에이미의 시신 곁에 남았다.

텐트 안은 아직 너무 어두침침해 제대로 보이지 않았다. 에릭이 누워 있었다. 왼쪽 다리와 대부분의 복부가 무엇인가로 가려졌는데, 제프는 그게 덩굴이라는 걸 즉시 깨달았다.

그는 그의 옆에 쪼그려 앉았다.

"왜 뜯어내지 않았어?"

그가 물었다.

"그걸 중간에서 찢을까봐 두려워해."

마티아스가 말했다.

에릭도 고개를 끄덕였다.

"중간에서 잘리면, 다른 데로 이동해버려. 벌레처럼."

제프는 잎사귀를 헤치고 그 속을 들여다보았다. 덩굴이 에릭의 다리와 가슴에 난 상처 속으로 밀고 들어갔지만, 얼마나 깊숙이 자리 잡았는지는 판단하기 어려웠다. 좀 더 환한 곳에서 보아야 했다.

"걸을 수 있겠어?"

그가 물었다.

에릭은 고개를 가로저었다.

"그것들이 달려들 거야. 나한테 화상을 입힐 거야."

제프는 생각에 잠겼다. 에릭 말이 맞을 거라고 그는 판단했다.

"그럼 우리가 너를 옮길게."

에릭은 그 말에 겁을 내는 것 같았다. 앉으려고 했지만, 중간에서 멈추고 팔꿈치로 바닥을 지탱했다.

"어디로?"

"밖에. 이 안은 너무 어두워."

에릭의 몸을 휘감은 덩굴의 줄기는 모두 다섯 개였다. 세 개는 그의 다리에 있었는데, 각각 다른 상처를 비집고 들어갔다. 나머지 둘은 가슴팍의 절개 자국으로 들어갔다. 제프는 에릭을 밖으로 옮기면, 그 줄기들의 뿌리를 잘라내야겠다고 결심했다. 물론 말할 것도 없이 아주 재빨리 해치워야 하는데, 에릭이 저항하지 않을까 걱정되었다. 그는 마티아스에게 손짓으로 도움을 청했다.

마티아스가 에릭의 어깨를 잡고, 제프는 발을 잡고서 들어 올렸다. 다섯 개의 줄기들이 그의 몸에서 늘어져 텐트 바닥에 대롱거렸는데, 그들이 에릭을 공터로 데리고 나가자, 마치 뱀처럼 꿈틀거리며 몸부림쳤다.

그들은 파블로와 에이미의 중간 지점인 흙바닥에 그를 내려놓았다. 그런 다음 제프는 공터로 들어가 나이프를 집어 들었다. 이런 작업을 하기에는 좋은 물건으로, 쓸 만하다고 판단되었다. 나이프를 손에 쥔 것만으로도, 그는 생각이 또렷하게 잡히는 기분이 들었다. 그는 1초쯤 뜸을 들이며, 불을 피웠던 조그만 흔적을 바라보았다. 그들이 벗어놓은 더러운 옷가지들이 쌓여 있었는데, 보기에도 비참하기 짝이 없었다. 마티아스와 에릭의 열굴은 들치럼 군었다. 에릭은 온몸이 마른 피로 덮였고, 덩굴은 마치 그의 상처를 비집고 들어간 게 아니라, 거기에서 자라 나온 듯이 보였다. 제프는 그를 텐트에서 옮겨 나올 때, 에이미 쪽을 흘끗 훑어보고는 얼른 시선을 피했다. 아무도 입을 열지 않았다. 그들 모두 누군가 먼저 그러기를 기다리고 있는 것 같았다. 제프는 일행에게 계획이 필요하다는 것, 즉 그들의 머릿속을 점령한 현재의 상황을 극복할 만한 방법이 필요한데, 자신이야말로 그걸 찾아내야 할 당사자라고 믿었다.

빛은 점점 세력이 강해지고, 드디어 뜨거운 열기까지 지상에 내려 보내기 시작했다. 파블로의 호흡은 예상외로 놀랍게도 훨씬 조용해졌다. 순간 제프는 그리스인이 죽은 게 아닌가 의심했다. 오두막에 다가가 그 옆에 쪼그리고 앉았다. 다행히 그는 숨이 붙어 있었다. 하지만 가래 끓는 소리는 사라졌다. 그의 호흡은 이제 한층 안정되고 편안해졌다. 제프는 파블로의 이마에 손을 대고 열을 체크했는데, 그의 몸 안에서 불이 타는 것 같았다. 하지만 바뀐 게 있었다. 제프가 손을 떼자, 그리스인이 스르르 눈을 뜨고 그를 바라본 것이다. 놀랍게도 두 눈은 또렷하게 초점이 잡혀 있었다. 경계의 눈빛이었다.

"헤이."

제프가 말했다.

파블로는 입술을 핥으며 마른침을 꿀꺽 삼켰다.

"포타토?"

그가 속삭였다.

제프는 그 말의 뜻을 몰라, 그를 빤히 쳐다보고 물었다.

"포타토?"

파블로는 다시 입술을 핥으며 고개를 끄덕였다.

"물을 찾는 거야."

스테이시가 공터 저편에서 말했다.

"그리스인이 원하는 것은 물이야."

제프는 그녀를 돌아보고 물었다.

"어떻게 알아?"

"전에도 그 말을 했어."

에릭은 맨바닥에 드러누워 하늘을 바라보며 말했다.

"나이프, 제프."

"잠깐만."

마티아스는 추위에 떠는 사람처럼 가슴 앞으로 팔짱을 끼고, 에릭을 내려다보고 서 있었다. 하지만 제프는 그의 얼굴에 땀이 솟아난 걸 보았다. 땀방울 때문에 햇볕을 받은 얼굴이 반짝이고 있었다. 제프는 그와 시선이 마주치자, 물통을 가리켰다. 그것은 텐트 옆의 흙바닥에 놓여 있었다. 마티아스가 그걸 집어 들어 제프에게 건넸다.

제프는 물통 마개를 열고 파블로 앞에 조금 부었다. 그리고 물어보았다.

"포타토?"

파블로는 고개를 끄덕이며, 입을 벌려 혀를 조금 내밀었다. 잇새에 갈색 얼룩 같은 게 보였는데, 제프는 그게 피일 거라고 짐작했다. 그는 물통을 파블로의 입에 갖다 대고, 혀 위로 약간 기울인 다음, 그의 입을 조금 더 벌리게 했다. 그리스인은 물을 삼키고 조금 기침을 하는, 입을 조금 더 크게 벌렸다. 제프는 이 과정을 세 번 반복했다. 파블로의 숨소리가 잦아들고 의식이 돌아오고 물을 마실 수 있다는 게 모두 좋은 징조임에 틀림없었지만, 그래도 제프는 왠지 석연치 않았다. 그의 마음속에서 파블로는 이미 죽어 있었다. 정밀한 의학 조치도 없이, 지난 36시간 동안 그리스인이 당한 일을 겪고도 살아날 사람은 있을 수가 없었다. 부러진 척수, 절단한 다리, 출혈, 거의 확실시되는 감염까지, 겨우 몇 모금의 물로는 그중 어떤 것도 보완해주지 못할 게 뻔했다.

파블로가 다시 눈을 감자, 제프는 공터를 건너와 에릭 곁에 쪼그리고 앉았다.

계획, 그들이 지금 해야 할 일이 바로 그것이었다.

칼날에 묻은 피를 씻어내고, 다시 불을 피워 살균 작업을 해야 한다. 아마 반짇고리에서 바늘을 꺼내, 마찬가지로 살균시켜야 할 것이다. 그런 다음 에릭한테서 덩굴을 빼내고 봉합한다.

또한 누군가 언덕 밑자락으로 내려가 그리스인들을 기다려야 한다.

오후에 다시 비가 올 것에 대비해, 파란색 텐트의 나일론 천을 꿰매서 커다란 주머니를 만들어야 한다.

그리고 또 뭐가 있지? 그가 놓친 것, 회피하는 게 있다는 걸 제프는 알고 있었다.

에이미의 시신.

그는 그녀를 흘끗 내려다보고는, 얼른 시선을 돌렸다. *한 번에 하나씩이야.* 그는 자신에게 타일렀다. *나이프부터 시작하자.*

"준비하려면 몇 분은 걸릴 거야."

그가 에릭에게 말했다.

에릭은 일어나 앉았고, 그게 한결 낫다는 생각이 들었다.

"무슨 뜻이야?"

"나이프를 소독해야 해."

"상관없어. 내가 필요한 건……."

"불결한 나이프로 네 몸을 절개하고 싶지 않아."

에릭이 얼른 손을 내밀었다.

"내가 할게."

제프는 고개를 저었다.

"3분만, 에릭. 오케이?"

에릭은 얼른 대꾸하지 못하고 머뭇댔다. 결국 자신에게 선택의 여지가 없다는 걸 깨달은 모양이었다. 그는 다시 손을 내렸다.

"제발 서둘러줘."

그가 말했다.

나이프를 소독하자.

제프는 텐트로 돌아가, 비누를 찾기 위해 고고학 팀의 배낭들을 뒤졌다. 옆 주머니의 지퍼를 열어보니, 다행히 조그만 세면도구 세트가 나왔다. 면도기, 조그만 면도 크림 캔, 칫솔과 치약, 빗, 방향제, 그리고 작은 플라스틱 상자에 비누가 담겨 있었다. 그는 세면도구 세트와 함께, 배낭에서 찾아낸 조그만 수건, 바늘, 작은 실패를 들고 공터로 돌아갔다.

비누, 수건, 나이프, 바늘, 실, 물통. 이것 말고 필요한 게 또 뭐가 있을까? 그는 오두막 옆에 앉은 마티아스를 쳐다보았다.

"불을 피울 수 있겠어?"

그가 물었다.

"어느 정도 크기로?"

"조그맣게만 피우면 돼. 나이프를 가열할 정도만."

마티아스가 일어나, 불을 피우기 위해 공터로 들어왔다. 노트들이 어제 내린 비에 젖어버렸다. 불을 피우기에는 너무 축축했다. 마티아스가 텐트로 들어가, 불쏘시개로 쓸 만한 것을 찾았다. 제프는 물통의 물을 수건에 조금 붓고는, 비누를 문질러 거품을 냈다. 나이프의 칼날에 묻은 마른 피를 문지르기 시작할 무렵, 마티아스가 남자 속옷 두 벌과 책을 들고 돌아왔다. 그걸 제프 옆의 흙바닥에 내려놓고, 남은 테킬라를 그 위에 뿌렸다. 책은 헤밍웨이의 소설 《태양은 다시 떠오른다》였다. 제프는 고등학교 때 그것과 같은 책을 읽은 적이 있다. 표지도 그때와 똑같았다. 하지만 지금 그 안의 내용은 하나도 떠오르지 않았다.

"그에게도 좀 줘."

제프가 테킬라를 가리키며 말했다.

마티아스가 에릭에게 병을 건네자, 에릭이 두 손으로 받아 들고는 미심쩍은 표정으로 제프를 쳐다보았다.

제프가 마시라는 뜻으로 고개를 끄덕였다.

"고통에 대비해서야."

에릭은 길게 들이마시고, 숨을 고르기 위해 멈추었다가 다시 마셨다.

마티아스는 이제 성냥갑을 쥐고 있었다. 그리고 성냥을 하나 꺼냈다.

"준비가 되면 말해."

제프는 칼날에 물을 조금 부어 헹궈냈다. 그런 다음 에릭에게서 테킬라를 돌려받아 바닥에 내려놓았다.

"절개해서 그걸 빼낸 다음에는 실로 봉합할 거야, 오케이?"

에릭은 겁먹은 얼굴을 하고 고개를 흔들었다.

"봉합은 하기 싫어."

"저절로 아물 상처가 아니야."

"하지만 그게 아직 안에 있어."

"내가 계속 지켜볼 거야, 에릭. 내가 계속……."

"너는 절대 못 볼걸. 아주 작은 것들이란 말이야. 네가 봉합해버리면, 그게 내 몸 안에서……."

"내 말 잘 들어, 알았니?"

제프는 목소리를 높이지 않고 침착하게 설득하려 애썼다.

"우리가 계속 상처를 열어두면, 네가 걱정하는 바로 그 일이 발생하는 거야. 무슨 말인지 알겠지? 네가 잠이 들면, 그게 다시 열린 상처 안으로 밀고 들어간다고. 네가 원하는 게 그거야?"

에릭은 눈을 감았다. 그의 얼굴이 일그러지기 시작했다. 울지 않으려고 애쓴다는 걸 제프는 알 수 있었다.

"집에 가고 싶어."

에릭이 말했다.

"그게 내가 원하는 거야."

그는 깊은 한숨을 푹 내쉬더니, 거의 흐느낄 지경까지 이르렀지만 용케도 참아냈다.

"네가 봉합하면 그게 또……."

"에릭."

스테이시가 말했다.

에릭이 눈을 뜨고 그녀를 바라보았다. 스테이시는 아직도 에이미 곁에 앉아, 그녀의 손을 쥐고 있었다.

"제프가 알아서 하게 해줘, 자기야. 오케이? 그냥 그가 하는 대로 맡겨."

에릭은 그녀를, 그리고 에이미를 물끄러미 보았다. 다시 한숨을 푹 내쉬고 또 한 번 내쉬었고, 이어서 그의 얼굴이 파르르 떨렸다. 그는 다시 두 눈을 감았다가 떴다. 그리고 마침내 고개를 끄덕였다.

제프가 마티아스에게 시선을 옮겼고, 내내 기다리고 있던 그는 성냥을 그어 불꽃을 냈다.

"어서 시작하자."

제프가 말했다.

마티아스가 조그만 불씨를 살리는 모습을, 그들 모두 묵묵히 바라보았다.

스테이시는 몇 미터 떨어진 자리에서 모든 걸 지켜보고 있었다.

제프가 에릭의 복부 상처를 넓히는 작업을 시작했는데, 절개하면서 줄기 하나를 살며시 끄집어냈다. 식물이 벌어진 틈을 이용해 더 깊이 달아나지 않도록, 너무 길지 않게 약 5센티미터 정도만 절개했다. 그러고 나서 다른 방향으로 절개를 시작해, 두 번째 줄기도 끄집어냈다. 이번에도 덩굴이 틈새를 이용해 쏙 빠져나가지 못하도록 6, 7센티미터 정도만 절개했다. 당연히 아픈 게 틀림없었지만, 에릭은 인상을 찡그리고 주먹만 꽉 쥐었다. 희미한 신음 소리 한 번 내지 않았다.

제프가 나이프를 마티아스에게 건네고, 바늘을 집어 들었다. 마티아스는 바늘을 조그만 불꽃에 가열하고 실까지 꿰놓았다. 사전에 그렇게 하자고 의논하지는 않았지만, 그들은 상대방이 원하는 걸 정확히 알고 준비하고 있었다. *에이미하고 나 같다.* 스테이시는 그 생각이 나자 하마터면 눈물이 터질 뻔했다. 그녀는 눈을 질끈 감고 에이미의 손을 꽉 쥐었다. 이제는 자신의 체온이 에이미의 피부에 전달되어 있었다. 스테이시가 실상을 몰랐다면, 에이미가 잠을 잔다고 여길 수도 있을 정도였다. 하지만 현실은 그게 아니었다. 이미 경직이 시작되어, 그녀의 손가락은 스테이시의 손안에서 약간 오그라든 상태였다.

스테이시는 눈을 떴다. 제프가 한 손에 든 조그만 수건으로 에릭의 피를 닦아낸 다음, 몸을 숙인 채 다른 손에 쥔 바늘로 막 바늘땀을 뜨려는 참이었다.

에릭이 고개를 조금 들고 내려다보았다.

"뭐 해?"

제프는 에릭의 복부 위에서 3센티쯤 바늘을 겨누고 있다가 멈추었다.

"내가 말했지? 실로 봉합해야 한다고."

"하지만 그걸 다 꺼내지 않았잖아."

"다 했어. 방금 꺼냈어."

에릭은 손을 내저었다.

"젠장, 정말 안 보이는 거니? 그게 내 가슴팍을 밀고 올라가고 있어."

제프는 에릭이 가리키는 곳, 즉 왼쪽 갈비뼈를 따라 가슴팍을 쭉 살폈다.

"그냥 부은 거야, 에릭."

"헛소리."

"인체는 물리적 충격에 그렇게 반응하게 돼 있어."

"거기를 절개해."

그가 가슴팍을 가리키며 말했다.

"그럴 필요 없⋯⋯."

"갈라서 보라니까."

제프는 지원 요청의 의미로, 마티아스와 스테이시를 차례로 바라보았다. 스테이시가 힘없는 목소리로 거들었다.

"그가 봉합하게 해, 자기야."

에릭은 들은 체도 하지 않았다. 그는 마티아스에게 손을 뻗었다.

"나이프를 줘."

마티아스는 제프를 보았고, 그는 머리를 내저었다.

"절개하든지 나이프를 주든지, 내 말대로 해줘."

"에릭⋯⋯."

제프가 말문을 열려고 했다.

"그게 내 안에 있다니까, 젠장. 나는 느낄 수 있어."

제프는 잠시 머뭇대다가 마티아스에게 바늘을 건네고, 나이프를 도로 받았다.

"어딘지 짚어봐."

그가 말했다.

에릭이 흉곽의 왼쪽 가장자리를 손가락으로 매만졌다.

"여기. 부풀어 오른 데."

제프가 몸을 구부리고 칼날을 그의 살갗에 대고 누른 다음, 약 7센티미터 길이로 절개했다. 상처에서 피가 스며 나와, 에릭의 갈비뼈 부위를 따라 흘러내렸다.

"보여?"

제프가 물었다.

"덩굴은 없어."

에릭은 땀을 흘렸고, 머리카락이 이마에 엉겨 붙었다. 무척 고통스러울 거라고, 스테이시는 생각했다.

"더 깊이 절개해."

그가 말했다.

"안 돼."

제프는 고개를 저었다.

"거기엔 아무것도 없어."

"그게 숨고 있어. 어서……."

"더 깊이 들어가면 뼈까지 다치게 돼. 그게 어떤 건지나 알고 있어?"

"하지만 그게 그 안에 있어. 나는 느낄 수 있다고."

제프는 수건으로 피를 닦아냈다.

"그냥 부은 거야, 에릭."

"아마 뼈 밑에 있을 거야. 네가……."

"이미 끝났어. 이제는 봉합을 할 거야."

제프가 나이프를 마티아스에게 도로 주고, 바늘을 받아 들었다.

"그게 나를 먹기 시작할 거야. 파블로처럼."

제프는 그 말을 무시했다. 수건으로 계속 피를 닦아냈다. 그러고는 몸을 숙이고 꿰매기 시작했다.

에릭은 눈을 감고 찡그렸다.

"아파."

제프는 에릭의 몸에 잔뜩 고개를 숙이고 한 땀 뜨고 피를 닦고, 한 땀 뜨고 피를 닦아냈고, 마침내 실을 당기고 고정했다. 그렇게 해서 상처가 봉합되었다. 아주 빠르고 조용히 끝내서, 스테이시는 그가 하는 말을 들으려고 몸을 기울여야 할 정도였다.

"잘 참았어."

제프가 에릭에게 말했다.

에릭은 여전히 눈을 감은 채 아무 말도 하지 않았다. 그는 숨을 깊게 들이쉬고 잠시 머금고 있다가, 천천히 내쉬었다.

"나는…… 나는 여기서 죽고 싶지 않아."

"당연히 그렇게 안 돼. 우리 모두 다."

"하지만 나는…… 그럴 것 같은데? 우리들 전부."

제프는 아무 대꾸도 하지 않았다. 그는 에릭의 가슴 봉합을 마쳤고, 이제 갈비뼈 밑 부분에 있는 상처로 옮겼다.

그때 에릭이 눈을 떴다.

"제프?"

"왜?"

"우리가 여기서 죽을 거라고 생각하는 거지?"

막 봉합을 시작한 제프는, 집중하기 위해 실눈을 뜨고 있었다.

"우리가 험한 곳에 왔다고 생각해. 따라서 우리 모두 아주 아주 주의를 기울여야 한다고 생각하고. 현명하게. 경계를 늦추지 말고."

"아직 내 질문에 대답 안 했어."

제프는 곰곰 생각하다 고개를 끄덕였다.

"맞아."

뭔가 더 말을 이을 듯도 했지만, 더 이상 입을 열지 않았다. 그는 바늘 땀을 뜨고 피를 닦고, 다시 뜨고 닦아가며 봉합을 마쳤고, 그런 다음 다시 나이프에 손을 뻗어 다리의 상처로 옮겼다.

모든 작업이 끝났을 때, 제프는 에릭에게 테킬라를 마시게 했다. 많은 양은 아니고 약간만 마시게 했다. 아스피린도 주었는데, 에릭은 어이가 없어 꼭 장난처럼 생각되었다. 제프가 약병을 건넸을 때, 에릭은 피식 웃었다. 하지만 이글 스카우트의 제프는 그러지 않았다. 엷은 미소조차 짓지 않았다.

"세 알 먹어. 안 먹는 것보다는 나을 거야."

그가 말했다.

바늘이 들어간 자리마다 아팠다. 한 땀 한 땀 모두. 마치 피부가 몸에 비해 너무 팽팽하게 당겨져, 자칫하다가는 터져버릴 것만 같았다. 일어서거나 앉으려고 몸을 움직이는 게 겁이 났고, 그래서 아예 시도조차 하지 않았다. 그는 공터에 드러누워 구름 한 점 없이 눈부시게 파란 하늘을 쳐다보았다. *해변에서 놀기에 딱 좋은 날이야.* 그는 생각했다. 사람들로 북적이던 칸쿤의 호텔에서 이런 아침을 맞았다면, 자신과 일행이 어떻게 지냈을까를 떠올려보았다. 아마 아침 일찍 수영을 하고 나서, 베란다에서 아침을 먹었을 것이다. 오후에는 비가 내리지 않으면 승마를 하러 갔을 것이다. 스테이시는 떠나기 전에 말을 또 타보고 싶다고 했다. 에이미도 그랬다. 그 생각을 하자, 에릭은 그들에게 시선이 돌아갔다. 스테이시는 연방 에이미의 눈을 감기려 하고 있었는데, 그럴 때마다 그녀의 눈은 다시 열렸다. 에이미의 입도 열려 있었다. 덩굴 즙이 얼굴의 피부를 태워, 꼭 신생아의 몸에 돋아난 반점 같았다. 그녀를 묻어야 할 텐데, 시신을 누일 만큼 커다란 구덩이를 어떻게 팔 수 있을지 걱정되었다,

처음에 그가 의식한 것은 배고픔이었지만, 애초에 원인을 제공한 것은 냄새였다. 뱃속이 조여드는 기분이었다. 입 안에는 침이 가득 고였다. 반사적으로 그는 숨을 깊이 들이마셨다. *빵이다.* 그는 생각했다.

다른 이들도 고개를 들고 허공을 향해 킁킁대며 냄새를 맡았다.

"마야인들이겠지?"

스테이시가 물었다.

점점 더 짙어지는 빵 냄새의 근원을 추적하려, 제프가 자리에서 일어났다. 그는 천천히 공터의 가장자리를 따라 걸으며, 숨을 들이쉬었다.

"아마 그들이 우리한테 빵을 가져다주려나 봐."

스테이시가 말했다. 그녀는 미소를 짓고 있었다. 어리석기 짝이 없는 생각을 하면서도, 그게 사실이라고 믿는 것 같았다.

"그러면 우리 중 한 사람이 내려가서……."

"마야인들이 아니야."

제프는 이제 공터의 맨 끝에 가서, 등을 돌리고 쪼그려 앉아 있었다.

"하지만……."

그는 스테이시를 돌아보며, 그녀도 와서 보라는 손짓을 했다.

"덩굴이야."

그가 말했다.

마티아스와 스테이시 둘 다 일어나, 덩굴에 달린 조그만 빨간 꽃의 냄새를 맡았다. 에릭은 그럴 필요가 없었다. 그들의 표정만으로도, 덩굴이 갓 구운 빵 냄새의 범인이라는 제프의 말이 옳다는 걸 알 수 있었다. 스테이시는 에이미의 시신을 향해 돌아와, 그 곁에 앉았다. 그녀는 손으로 코와 입을 막고, 냄새를 맡지 않으려 애썼다.

"참을 수가 없어, 제프. 정말 못 참겠다."

"뭘 좀 먹자."

제프가 말했다.

"오렌지를 나눠 먹자."

스테이시가 고개를 흔들었다.

"도움이 안 될 거야."

제프는 대꾸하지 않았다. 그는 텐트 안으로 들어갔다.

"어떻게 저럴 수가 있지?"

스테이시가 물었다. 그녀는 에릭과 마티아스를 차례로 바라보고, 또 한 번씩 보았다. 누구 하나라도 설명해주기를 고대하는 듯이. 물론 둘 다 그럴 수가 없었다. 그녀는 금방이라도 울음을 터뜨릴 것 같았다. 코를 꽉 틀어막고 입으로만 숨을 쉬자니 숨도 조금 가빠졌다.

잠시 후 제프가 다시 나왔다.

"일부러 저러는 거야, 그렇지?"

스테이시가 물었다.

역시 아무도 대꾸하지 않았다. 제프가 자리에 앉아 오렌지를 까기 시작했다. 에릭과 마티아스가 지켜보는 사이에, 과육은 천천히 껍질을 벗고 모습을 드러냈다.

"왜 지금이지?"

스테이시는 포기하지 않고 또 질문을 던졌다.

"왜 하필 지금……."

"우리가 굶주릴 때까지 기다렸던 거야."

제프가 말했다.

"우리의 방어력이 낮아질 때까지."

그는 오렌지가 몇 쪽인지 세어보았다. 모두 열 조각이었다.

"좀 더 일찍 저 짓을 시작했다면, 우리는 이렇게 고통당하지 않았을 거야. 거기에 익숙해졌을 테니까. 하지만 지금은……."

그는 어깨를 으쓱 움직였다.

"우리의 목소리를 흉내 낼 때까지 뜸을 들인 것도, 같은 이유였어. 우리 몸이 쇠약해질 때까지 기다렸다가 제 능력을 보여준 거야."

"왜 하필 빵 냄새지?"

스테이시가 물었다.

"언젠가 그게 그 냄새를 맡은 적이 있는 게 틀림없어. 누가 여기서 빵을 구웠거나, 최소한 데우기라도 했을 거야. 그래서 흉내를 낼 수 있는 거지. 놈이 들은 것, 냄새 맡은 것을. 카멜레온처럼. 앵무새처럼."

"하지만 그건 식물일 뿐이야."

제프가 그녀를 흘끗 쳐다보았다.

"네가 그걸 어떻게 알아?"

"무슨 뜻이야?"

"그게 식물이라는 걸 네가 어떻게 알지?"

"그게 아니면 무엇이겠어? 잎에다 꽃에다, 그리고……."

"하지만 그것은 움직여. 생각도 하고. 따라서 겉모습이 식물처럼 보이는 것에 불과해."

그는 덩굴의 다양한 능력이 대견하기나 하다는 듯, 그녀를 향해 또 그 의기양양한 미소를 지었다.

"그 정체가 무엇인지, 지금으로서는 알 길이 없는 거야, 그렇지?"

냄새가 바뀌었다. 더욱 짙고 강렬한 것이었다. 마티아스가 입을 열었을 때, 에릭도 마침 그 생각을 하던 찰나였다.

"고기."

스테이시는 하늘을 올려나보며 킁킁 냄새를 맡았다.

"스테이크."

마티아스가 고개를 내저었다.

"햄버거."

"폭찹."

에릭이 다시 거들고 나섰다.

제프는 조용하라는 뜻으로 손을 내저었다.

"그만."

"뭘 그만?"

스테이시가 물었다.

"그것에 대해 말하는 거. 상황을 더 악화시키기만 할 거야."

그들은 입을 다물었다. 폭참은 없어. 에릭은 생각했다. 핫도그도. 그 식물이 여전히 그의 안에 있었다. 그는 확신했다. 그의 안에 봉합된 채, 때를 기다리고 있었다. 하지만 어차피 중요한 일이 아닐지도 모른다. 그게 소리와 냄새를 흉내 낼 수 있다. 사고할 줄 알고 움직일 줄도 안다. 그의 몸 안팎에서 덩굴은 이미 승리를 거두고 있는 것이다.

제프가 오렌지를 네 부분, 즉 한 사람당 두 쪽과 2분의 1로 배분하기로 했다.

"껍질도 먹어야 해."

그가 말했다. 그러고는 각각의 몫을 바닥에 배열했다. 그리고 스테이시에게 말했다.

"네가 먼저 골라."

스테이시는 흙바닥에서 일어나, 조그만 과일 더미로 다가갔다. 그 앞에 쪼그리고 앉아, 각각의 분량을 눈대중으로 가늠했다. 마침내 그중 하나로 손을 뻗어 집어 들었다.

"에릭?"

제프가 말했다.

에릭이 손을 내밀었다.

"나는 상관 안 할래. 아무것이나 줘."

제프는 고개를 저었다.

"네가 짚어."

에릭은 과일 더미 중 하나를 가리켰고, 제프가 집어 들고 그에게 건네주었다. 에이미가 사라졌다는 것은, 일행에게 고작 오렌지 반쪽이 더 배분되는 의미라고 생각하니, 에릭은 몹시 서글펐다. 그는 한 조각을 입에 넣고, 눈을 감은 채 씹지 않고 그대로 입 안에 머금었다.

"마티아스?"

제프가 말했다.

에릭은 독일인이 일어나 조용히 자기 몫을 가져가는 소리를 들었다. 그리고 모두 입을 다물고 조용히 물러나, 오늘의 아침 식사로 때워야 하는 각자의 분량을 음미하기 시작했다.

냄새가 또 바뀌었다. *애플파이.* 에릭은 그 생각을 할 때도 오렌지를 씹지 않고 있었는데, 갑자기 무슨 이유에서인지 눈물이 와락 터져 나오려 했다. *그게 어떻게 애플파이 냄새가 어떻다는 걸 알까?* 다른 이들도 식사를 시작해, 촉촉한 오렌지가 입 안에서 씹히는 소리가 들렸다. 그는 모자를 벗어, 얼굴에 덮었다.

계피 냄새도 난다.

에릭은 과육을 씹고 삼킨 다음, 오렌지 껍질을 입 안에 넣었다. 그는 울지 않았다. 울음을 터뜨리고픈 충동과 싸웠다. 하지만 그게 아직도 그의 몸 안에 그대로 있었다. 그는 느낄 수 있었다.

휘핑크림 냄새도 난다.

그는 소그만 껍실을 씹어 삼킨 나음, 또 하나를 입 안에 넣었다. 비닥이 약간 탄 파이 덩어리가 눈앞에 떠올랐다. 그것은 휘핑크림 냄새가 아니었다. 아이스크림이었다. 접시 위에서 약간 녹기 시작한 바닐라 아이스크림. 그 옆에는 머그잔에 블랙커피가 담겨 있다. 그걸 상상하자 에릭은 다시 울고 싶은 충동이 올라왔다. 눈을 질끈 감고 숨을 참으며 충동이 가라앉기를 기다렸고, 그러는 한편으로는 똑같은 생각이 머릿속을 뱅뱅 맴돌았다.

그게 어떻게 알고 있지? 그게 어떻게 알고 있지? 그게 어떻게 알고 있지?

"우리가 생각해볼 게 좀 있어."

제프가 말했다.

오렌지는 공평하게 나뉘어 껍질과 과육까지 모두 먹어치웠다. 그 이후에 그들은 조그만 공터에 모여 앉아 물통을 돌렸고, 제프는 일행이 양껏 마실 때까지 기다렸다. 물은 이제 그의 주된 관심사가 아니었다. 전날 저녁 폭우가 내린 이후, 그는 비가 또 내릴 거라고 자신했고, 그것도 거의 매일 그럴 것이라고 믿었다. 최소한 한 가지 불편을 제거했으니, 사기를 높이는 데 도움이 될 게 분명했다. 아침 식사는 아주 적었지만, 물은 배가 부를 때까지 마실 수 있었다.

이따가 파란색 나일론 천 남은 것을 꿰매, 커다란 주머니를 만들어보아야 한다. 그걸 이용해서 몸을 씻어도 될 만큼 많은 빗물을 받을 수 있을지도 모른다. 그러면 사기를 높이는 데 역시 도움이 될 것이다.

물론 그들은 충분히 배가 부르지 않았다. 어떻게 그럴 수 있겠는가? 오렌지 한 조각을 네 사람이 나누어 먹어야 했다. 제프는 굶주림에 대해 생각해보았다. 얼마나 버틸 수 있을까? 간이침대에 누워 잔뜩 경계하는 눈빛으로 바라보던, 흑인과 백인 세 청년의 신문 사진이 퍼뜩 떠올랐다. 몹시 마르고 쇠약했지만, 번들거리는 두 눈만으로도 그들이 틀림없이 살아 있다는 걸 알 수 있었다. 제프는 그 사진 위에 찍힌 머리기사를 생각해내려 애썼다. 왜 기억이 나지 않는 것일까? 그들이 얼마나 오래 버텨냈는지, 제프는 그 숫자를 기억하고 싶었다. 틀림없이 몇 주, 즉 물만으로 몇 주를 버텼다고 한 것 같았다.

50일?

60일?

70일?

하지만 결국 굶주림이 단식이 되어버리는 때가 닥치고 만다. 아무리 적게 소비한다고 해도, 현재 가진 근소한 음식량과 계속되는 언덕의 감금 생활을 연관 짓지 않을 수가 없었다. 그래도 조금씩이나마 나누어 먹을 음식이 남아 있는 한, 그들은 통제력을 잃지 않으리라고 제프는 확신했다. 굶주리지 않고 배급할 게 있다는 사실만으로.

아니. 허무맹랑한 생각이다.

제프의 머릿속에는 다른 생각들이 이내 떠올랐다. 그가 알고 있는 숨길 수 없는 사실들, 지난 몇 년 동안 책에서 읽은 사실들, 그의 뇌리 속에 분명히 박혀 있는 세세한 사실들이 속속 떠올랐다. 어떤 시점에 가면, 굶주림의 고통은 사라진다. 그들의 신체는 근육 조직을 파괴하고, 간의 지방산을 소화하기 시작한다. 기계가 자기 자체를 소모하여 연료로 쓰는 것과 같다. 그리하여 그들의 신진대사율은 하락하고, 맥박은 느려지고 혈압이 떨어진다. 태양 아래 있어도 한기를 느끼고 무기력해진다. 이 모든 현상들은 상대적으로 너무 빨리 진행될 것이다. 2주, 길어야 3주. 이후 상황은 급속도로 악화돼 부정맥, 각종 눈병, 빈혈, 구강 궤양 등, 끝도 없을 것처럼 갖은 질환들이 발생한다. 따라서 50일인지 60일인지 70일인지, 정확히 기억나지 않아도, 어차피 상관이 없다. 중요한 것은 한계가 온다는 사실이다. 그들 앞에는 막다른 길 또는 절벽이 기다리고 있고, 그들은 지금 시시각각 그 앞으로 한 걸음씩 내딛고 있었다.

빵이 고기가 되고, 고기가 애플파이로, 애플파이가 딸기로, 딸기가 초콜릿으로 변하더니 냄새는 그쳤다.

"그러고 보면 우리가 아직 익숙해지지 않은 게 있어."

제프가 다른 이들을 향해 입을 열었다.

"우리가 무방비 상태로 있을 때, 그게 늘 치고 들어온다는 것."

어떤 결정을 내리느냐는 각자의 처분에 달린 것이지만, 제프는 이제부터 꺼낼 말을 다들 수용이나 할는지 의심스러웠다. 그 순간 입맛에 안 맞는다는 표현이 문득 떠올랐다. 실제로 그들은 제프의 제안을 입맛에 안 맞아 할 테니까. 이렇게 극단적인 상황에서도, 그는 유머를 생각하고 있었다.

섬뜩한 유머.

우리가 생각해봐야 할 게 좀 있어. 결국 그 이야기를 꺼내면서도, 그는 아무 일도 아닌 듯이 평범한 말로 운을 떼었다. 하기는 달리 어떻게 그 제안을 화제에 올릴 수 있겠는가?

에릭은 모자를 얼굴에 덮고, 계속 맨바닥에 드러누워 있었다. 제프의 말을 듣는 기척이 전혀 없었다.

"에릭?"

제프가 말했다.

"너 깨어 있니?"

에릭이 손을 들어 모자를 들어 올리고, 고개를 끄덕였다. 꿰맨 부위의 피부가 바늘땀에 당겨져 오글오글했고, 아직도 피가 스며 나왔다. 흉하고 조잡한 봉합 솜씨였고, 고통스러워 보였다. 마티아스는 물통을 무릎에 올려놓고, 제프의 왼쪽에 자리 잡았다. 스테이시는 에이미의 시체 곁에 앉아 있었다.

에이미의 시체.

"발에 자외선 차단제를 좀 발라, 스테이시."

제프가 그녀의 발을 가리키며 말했다.

그녀는 발을 내려다보기는 했지만, 별로 신경 쓰지 않는 듯했다. 그녀의 발은 옅은 핑크빛에 조금 부은 상태였다.

"에이미의 모자를 써. 선글라스도."

스테이시는 에이미에게 시선을 옮겼다. 그녀의 티셔츠 칼라에 선글라스가 꽂혀 있었다. 모자는 벗겨져 1미터가량 떨어져 있는데, 진흙이 묻고 찌그러졌으며, 아직 빗물이 채 마르지도 않았다. 스테이시는 꼼짝도 하지 않았다. 그대로 우두커니 앉아만 있자, 결국 제프가 일어섰다. 그는 몇 걸음 걸어가 모자를 줍고, 에이미의 셔츠에서 조심스레 선글라스를 빼냈다. 그리고 스테이시에게 건넸다. 그녀는 거절할까 망설이는 듯했지만, 결국 천천히 그에게서 물건들을 건네받았다.

제프는 그녀가 선글라스를 쓰고 머리에 모자를 쓰는 걸 지켜보았다. 기분이 좋았다. 일단 첫 단계로서 좋은 징조였다. 그는 자기 자리로 돌아가 다시 앉았다.

"우리 중 하나는 언덕길을 지켜야 해. 그리스인들이 올 경우……."

마티아스가 일어났다.

"내가 갈게."

제프는 고개를 젓고, 다시 앉으라고 손짓했다.

"잠깐만. 그 전에 먼저 우리가……."

"그렇지. 네 말은……."

스테이시가 에이미의 시체를 가리켰다.

에이미의 시체.

제프는 깜짝 놀라 스테이시를 바라보았다. 희망과 안심이 뒤섞인 미묘한 감정이 그의 안에서 피어올랐다. *나를 위해 그녀가 입을 열어주었어.*

"그래서?"

그가 물었다.

"그러니까……."

그녀는 다시 시체를 가리켰다.

제프는 그녀가 말을 꺼내기를, 자신이 아니라, 그녀가 먼저 말을 꺼내는 당사자가 되기를 바라며 기다렸다. 왜 그런 몫은 항상 자기 담당이어야 한단 말인가? 그는 그녀가 어서 입을 열고 그 말을 해주기를 잠자코 기다리며, 그녀를 바라보았다.

하지만 그녀는 그를 마주 보지 않았다.

"내 생각엔…… 글쎄……."

그녀는 어깨를 으쓱 움츠렸다.

"이제는 그녀를 묻어주어야 하지 않아?"

이런, 그게 아니었다. 그녀의 말은 요점을 완전히 빗나가버렸다. 결국 그가 또 총대를 메야 했다. 허튼 기대를 하다니, 자신이 어리석게만 느껴졌다. 그는 고개를 비뚜름하게 기울였고, 그래서 끄덕이는 것처럼 보였지만 전혀 그 뜻이 아니었다.

"그래, 그렇기는 해."

그가 입을 열었다.

"우리가 지금 얘기해야 할 주제하고도 연관이 있어."

다들 묵묵히 아무 대꾸도 하지 않았다. 결국 자기편에 설 사람은 없다는 걸, 제프는 깨달아야 했다. 자기 자신 말고는, 아무도 그걸 생각조차 못 하고 있었다. 멀뚱멀뚱 서로 얼굴만 쳐다보는 그들이 꼭 소처럼 보였다. 오렌지를 나눠 먹지 말 걸 그랬다. 더 뜸을 들여서 공기 중에 떠도는 빵이나 고기 냄새를 맡으며, 굶주림의 강도가 한껏 치솟게 했어야 했다.

그래, 고기.

"우리는 견딜 수 있을 거야."

그가 다시 입을 열었다.

"물이 생겼어. 우리가 생존하는 데 충분할 만큼 비가 또 내릴 거라고 믿어. 아마 남아 있는 나일론 천을 꿰매서 커다란 주머니를 만들 수도 있겠지."

제프는 공터 너머에 있는, 파란색 텐트의 자투리 나일론 천을 가리켰다. 모두 그의 손끝을 따라가 잠시 시선을 옮겼다가, 다시 그를 바라보았다.

양 떼들 같군. 그는 생각했다. 속으로는 핵심에 접근할 적절한 말을 찾고 있었지만, 아무것도 떠오르지 않았다.

스테이시가 자리를 옮겨, 에이미 옆에 앉아 손을 꼭 쥐었다. 그래야 안심이 되는 것 같았다.

사실 적절한 말이란 게 있을 수가 없었다.

"내내 기다리는 일뿐이야."

그가 이야기를 계속했다.

"우리가 여기에서 할 일이란 그게 전부지. 누군가 찾아와 우리를 발견하기를 기다리는 것. 아마 그리스인들이나 우리 부모님들이 보낸 사람일 테지."

그는 시선을 고정하기가 어려웠고, 그래서 좀 창피했다. 그들 중 한 사람만 택해서 시선을 마주하면 나을 걸 알았지만, 어쩐지 그것조차 뜻대로 되지 않았다. 그는 자기 무릎에서 스테이시의 그을린 발, 에릭 다리의 오글오글한 봉합 자국, 이어서 다시 자신의 무릎으로 시선을 옮겼다.

"기다려야 해. 기다리면서 동시에 생존해야 하고. 충분히 물을 챙길 수 있다면, 물론 도움은 될 거야. 하지만 먹을 게 문제야, 그렇지? 우리한테는 그리 많지 않으니까. 게다가…… 음, 그리스인들이 오지 않는다면, 우리 부모님들을 기다려야 한다면, 누군가 찾아와 우리를 이곳에서 구해줄 때까지 몇 주는 걸릴 수도 있어. 현재 우리가 배분해 먹는 음식은 이틀이면 끝이 나게 돼. 사냥을 하고 덫을 놓고, 물고기를 잡거나 뿌리를 파먹거나, 아니면 열매를 찾아다녀야 하는데……."

그는 말끝을 흐리고 어깨를 으쓱 움직였다.

"이 언덕에 우리 말고 존재하는 것은 덩굴뿐이고, 확실히 그건 먹을 게 못 돼. 벨트를 푹 삶는 방법을 강구할 수도 있지. 사막에서 조난당하거나 바다에서 표류하는 사람들이 그렇게 한다는 글을 본 적이 있어. 하지만 그런다고 별 도움은 안 될 거야, 그렇지? 몇 주를 버티기에는 어림도 없어."

그는 일행의 얼굴을 쓱 둘러보았다. 모두 창백했다. 그들이 귀를 기울이는 건 분명했지만, 자신이 원하는 방향으로 생각해줄지는 알 수가 없었다. 그들을 놀라게 하지 않고, 굳이 말로써 직접적인 표현을 하지 않고, 이런 식으로 언질을 줌으로써 스스로 예상할 수 있게 하고 싶었다. 하지만 별 소용이 없었다. 그들의 도움이 필요한데, 제프의 의중을 알아채는 이는 아무도 없었다.

"50일, 60일, 70일."

그는 다시 말을 이었다.

"그중 어느 게 맞는지는 기억이 안 나는데, 사람이 아무것도 안 먹고 최대한 생존할 수 있는 기간이라고 해. 하지만 그 이전에, 훨씬 이전에, 몸 상태는 악화되고 망가지기 시작해. 아마 한 30일쯤부터겠지, 오케이? 그게 무슨 뜻일까? 30일, 즉 4주 남짓한 기간이 무엇을 뜻하는 걸까? 만일 그리스인들이 오지 않고, 결국 부모님을 기다려야 하는 상황이 된다면, 시일은 얼마나 걸리겠어? 현실적으로 볼 때 말이야. 우리가 집에 돌아올 거라고 예상되는 시점에서 일주일을 넘기면, 부모님은 걱정을 시작하고, 칸쿤의 호텔과 미국 영사관에 전화를 걸 테고, 거기까지는 간단해. 그다음에는? 코바행 버스 터미널, 숲길과 마야의 촌락, 정글 한가운데의 이 빌어먹을 언덕까지 추적하는 데 과연 얼마나 걸릴까? 4주보다는 덜 걸릴 거라고, 속단할 수 있을까?"

그는 자기 질문에 대한 대답으로 고개를 흔들었다. 그리고 다시 용기를 내 일동의 얼굴을 쓱 훑어보았지만, 모두 그가 원하는 요점은 파악하지 못하고 있었다. 그들을 심리적으로 압박하고 겁을 준 게 다였다. 이제 핵심이 코앞까지 다가왔는데, 그들은 전혀 보지 못하고 있었다.

어쩌면 보려고 하지 않는 것인지도 몰랐다.

그는 팔을 쭉 뻗어서 에이미의 시체를 한동안 가리켰다. 모두 그쪽으로 시선을 돌리지 않고는 못 배기도록. 그녀의 잿빛 피부, 감기지 않는 눈, 화상을 입어 날고기처럼 붉어진 입가와 코를 그들은 반드시 눈으로 확인해야 했다.

"에이미에게 이와 같이 끔찍한 일이 벌어졌어. 끔찍한 일이. 돌이킬 방법은 없어. 일은 이미 벌어졌고 우리는 그걸 직시해야 하고, 나아가 우리한테 무엇이 중요한지를 인정해야 한다고 나는 생각해. 왜냐하면 우리한테는 스스로 대답을 해야 하는 아주 힘든 질문이 남아 있기 때문이지. 시간이 흐를수록 심각한 문제가 되기 때문에, 일단 상상력을 동원해서 따져보아야 해. 분명한 것은 지금 미리 결정을 해야 한다는 거야."

그는 일동의 얼굴을 다시 쓱 살폈다.

"내가 무슨 말을 하려는 건지 알겠어?"

마티아스는 아무 말도 하지 않았고, 표정도 바뀌지 않았다. 에릭은 다시 눈을 감고 있었다. 스테이시는 여전히 에이미의 손만 꼭 쥐고, 고개를 살살 내저었다.

제프는 이번에도 말귀가 안 먹혔다는 걸 알 수 있었지만, 그래도 이제는 핵심을 드러내야 하고 그게 자신의 임무라고 여겼다. 그는 몸을 앞으로 기울였다.

"나는 에이미 얘기를 하는 거야. 그녀를 보존하는 방법을 찾아야 한다고."

이번에는 좀 알아들은 모양이었다. 마티아스의 몸이 조금 움찔했고, 얼굴도 굳어진 것 같았다. 그는 알고 있어. 제프는 생각했다. 하지만 다른 이들은 여전했다. 에릭은 눈을 감고 누워만 있었다. 벌써 잠이 든 것 같기도 했다. 스테이시는 고개를 들고, 미심쩍은 눈초리로 그를 쳐다보았다.

"네 말은 방부 처리 같은 걸 하자는 거야?"

제프는 접근 방법을 달리하기로 마음먹었다.

"네가 신장을 필요로 하는 상황이고 그게 없어 죽어가는 마당인데, 에이미가 먼저 죽었다면 그녀의 신장을 가질 거지?"

"그녀의 신장을?"

스테이시가 물었다.

제프는 고개를 끄덕였다.

"그런 말을 왜……."

스테이시는 말을 하던 중간에, 마침내 그 뜻을 깨달았다. 제프도 그녀가 알아들었다는 걸 눈치 챘다. 그녀는 속에서 뭔가 울컥 치받고 올라오는 듯, 얼른 손으로 입을 막았다.

"안 돼, 제프. 절대."

"뭐가?"

"네가 말하는 거……."

"질문에 대답만 해, 스테이시. 네가 신장이 필요하다면, 너는……."

"그게 같은 얘기가 아니란 거 너도 알잖아."

"왜?"

"신장을 받는다는 것은 수술을 뜻해. 그건 그저……."

스테이시는 고개를 흔들었고, 제프에세 화가 치밀었다. 말을 히면서 점차 음성이 높아졌다.

"이…… 이건……."

그녀는 질렸다는 듯 양손을 들었다 내렸다.

에릭은 눈을 휘둥그레 떴다. 그는 어리둥절한 얼굴로 스테이시를 멍하니 바라보았다.

"지금 무슨 말들을 하는 거야?"

스테이시는 제프를 가리켰다.

"그가 원하는 건…… 그건…….""

그녀는 차마 입 밖으로 낼 수가 없는 모양이었다.

"우리는 먹을 것에 대해 이야기 중이야, 에릭."

히스테릭한 스테이시와 반대로, 제프는 조용하고 차분한 음성을 유지하려 노력했다.

"여기서 굶어죽느냐 마느냐에 대해."

에릭은 아무리 생각해도 그게 무슨 뜻인지 도통 이해가 되지 않았다.

"그게 에이미의 신장하고 무슨 상관이지?"

"아무 관계 없어! 그게 바로 핵심이야."

스테이시가 거의 고함치듯 큰 소리로 말했다.

"너라면 그녀의 신장을 받을 거니?"

제프가 묻자, 그는 에이미를 향해 시선을 돌렸다.

"네가 신장이 필요하다면? 새로 받지 못할 경우 죽을 수밖에 없다면?"

"글쎄."

에릭은 어깨를 으쓱 움츠렸다.

"당연히 받아야지?"

"그는 신장 얘기를 하는 게 아니야, 에릭. 먹을거리를 말하는 거야. 알아들어? 그녀를 먹겠다고 한다고."

더 이상 숨기고 말 게 없어졌다. 마침내 그 말이 나왔다. 한동안 아무 말 없이, 에이미의 시체로 일제히 시선이 몰렸다. 그 적막을 깬 것은 스테이시로, 그녀는 제프를 향해 입을 열었다.

"너 정말로 그럴 생각이야?"

"실제 있는 일이야. 조난자들, 그리고……."

"너 말이야. 네가 그럴 거냐고 나는 물었어. 정말 그녀를 먹을 수 있겠냐고."

제프는 한동안 말이 없었다.

"모르겠어."

그게 사실이었다. 그 자신도 알지 못했다.

스테이시는 황당하다는 표정으로 물었다.

"모르겠다고?"

그는 고개를 가로저었다.

"어떻게 그렇게 말할 수 있어?"

"굶어죽는 게 어떤 것인지 나는 몰라. 정작 그 상황이 닥쳤을 때 내가 어떤 선택을 할지, 나는 모르겠어. 내가 분명히 아는 것은, 기회가 있다면, 우리가 다 같이 뜻을 모을 수만 있다면, 시간이 더 지나기 전에 지금 당장 필요한 단계들을 밟아나가야 한다는 거야."

"단계들이라."

제프는 고개를 끄덕였다.

"예를 들면?"

"그걸 보조할 방법을 강구하는 거지."

"그거?"

제프는 한숨을 푹 내쉬었다. 그가 예상하던 그대로 대화는 실패로 나아가고 있었다.

"그럼 내가 뭐라고 말하면 좋겠는데?"

"그녀라고 하면 어떨까?"

제프는 그 대꾸에 와락 분노가 치밀었다. 정당한 분노. 바로 그가 좋아하는 감정이었다. 자신이 올바른 처신을 하는 것이라 믿을 수 있는 근거가 되므로, 그에게는 오히려 정서적인 안정을 가져다주었다.

"정말 아직도 그녀라고 생각해?"

그가 물었다.

"정말 손톱만큼이라도 에이미하고 아직 연관이 있다고 생각하는 거야? 저건 그냥 물체야, 스테이시. 사물이라고. 움직임도 생명도 없어. 여기서 우리가 생존하는 데 활용하기로 합리적인 선택을 하든지, 아니면 비합리적이고 감정적이고 어리석은 선택으로서, 그냥 부패하거나 덩굴에게 먹혀서 또 하나의 뼈 더미가 되게 하는 길밖에는 없어. 결론적으로 말해, 앞으로 이 시체에게 일어날 일은 우리가 결정해야 하는 거야. 그러니까 너 자신을 속이지 마. 하기는 일부러 현실을 회피하고 관심을 두지 않는 것도, 선택은 선택이겠지. 내 말이 맞지?"

스테이시는 아무 말도 하지 않았다. 그와 시선을 마주하지도 않았다.

"내가 말하고자 하는 것은, 무슨 결정을 내리든지 간에 두 눈을 똑바로 떠야 한다는 거야."

제프는 이제 말을 마쳐야 할 때라는 것, 이미 너무 많은 말로 밀어붙였다는 걸 알면서도, 이왕 얘기가 나왔는데 여기서 멈출 수는 없다고 결론지었다.

"순전히 물리적인 관점에서 볼 때, 그것은 고기야. 그게 지금 저기 누워 있는 거야."

스테이시는 혐오스러운 눈길로 그를 바라보았다.

"지금 무슨 말을 지껄이는 거지? 제정신이니? 그녀가 죽었어, 제프. 알아들어? 죽었다고."

그녀처럼 목청을 드높이지 않으려고 그는 무진 애를 썼고, 가까스로 마음을 다잡을 수 있었다. 그는 그녀에게 다가가 다독이고 싶었지만, 그녀가 뿌리칠 게 뻔했다. 제프는 자신과 그녀 둘 다 진정하기를 바랐다.

"까놓고 말해서, 에이미가 지금 근심이라도 하고 있을 것 같니? 네가 그 입장이 된다면 그럴 것 같아?"

스테이시는 세차게 고개를 저었다. 에이미의 진흙 묻은 모자가 기우뚱 기울어졌고, 그녀는 손을 올려 고쳐 썼다.

"그건 공정치가 않아."

"왜?"

"너는 마치 무슨 게임인 양 말하고 있잖아. 술집에 앉아 흥밋거리로 대충 주절대는 것처럼. 하지만 이건 현실이야. 그녀의 시체라고. 나는 절대……"

"어떻게 할 생각인데?"

에릭이 물었다.

제프는 그를 향해 시선을 돌렸다. 제3자의 목소리가 끼어들자 안심이 되었다.

"어떻게 할 거냐니?"

에릭은 여전히 드러누워 있었고, 봉합 자리에서는 실처럼 가는 핏물이 흘러나왔다. 그는 복부를 압박하며 더듬고 있었는데, 이전과 다른 자리였다.

"그…… 그걸 보존한다고……"

고기는 적절한 표현이 아니었다. 그렇다고 달리 좋은 표현이 있는 것도 아니어서, 에릭은 선뜻 입을 열지 못하고 머뭇거리는 게 분명했다.

제프는 어깨를 으쓱 움직였다.

"절이는 방법이 있겠지. 말릴 수도 있고."

스테이시는 토악질이라도 나올 것 같은지, 입을 벌리고 몸을 기울였다.

"쓰러질 것 같아."

제프는 그녀의 말은 들은 체도 하지 않았다.

"소금에 절이는 게 낫겠어. 오줌을 이용해서. 네가 고기를 길게 조각을 내서 거기에 담그고……."

스테이시가 귀를 막고 다시 고개를 흔들기 시작했다.

"아냐, 아냐, 아냐, 아냐……."

"스테이시……."

그녀는 흥얼대고 있었다.

"널 그렇게 두지 않을 거야. 널 그렇게 두지 않을 거야. 널 그렇게 두지 않을 거야. 널 그렇게 두지 않을 거야. 널 그렇게 두지 않을 거야……."

제프는 입을 다물었다. 그는 어쩌자고 그런 선택을 했을까? 스테이시는 계속 흥얼대고 머리를 흔들었고, 그 와중에 모자가 또 흘러내려 바닥에 떨어졌다. 그런 그녀를 바라보며 제프는 다시 마음이 무거워졌고, 그만 포기하고 싶어졌다. 어차피 식량이란 이제 별 상관없는 문제라는 생각마저 들었다. 여기라고 죽기 좋은 장소가 되지 말란 법이 있을까? 그는 손을 들어 올려 얼굴의 땀방울을 씻어냈다. 손가락에서 귤 껍질 냄새가 났다. 배가 고파 얼른 손가락을 핥고 싶지만 꾹 참았다.

마침내 스테이시가 흥얼대던 걸 멈추었다. 한동안 아무도 말을 꺼내지 않았다. 에릭은 계속 가슴팍을 만지작댔다. 마티아스가 몸을 조금 움직여, 그의 무릎에 얹힌 물통에서 출렁이는 소리가 났다. 스테이시는 아직도 에이미의 손을 꼭 쥐고 있었다. 제프는 파블로를 쳐다보았다. 그리스인은 눈을 뜨고 그들을 바라보고 있었는데, 심각한 부상에도 불구하고 지금 중요한 의논이 진행 중이란 걸 감지한 것 같았다. 끔찍하게 망가진 채 꼼짝 않고 누운 그를 바라보며, 제프는 어차피 이 의논은 여기서 끝날 일이 아니라는 걸 깨달았다. 에이미의 죽음이 마지막이 아닌 게 거의 확실하므로. 일단 그 생각은 나중으로 미루기로 했다.

그들은 서로 시선을 피하고 있었다. 제프는 아무도 입을 열지 않을 것이고, 결국 이번에도 자신이 총대를 메야 하지만, 반드시 화해의 선물이어야 한다는 결론을 내렸다. 그는 입술을 핥았다. 햇볕에 말라 갈라지고 부푼 게 느껴졌다.

"그러면 그녀를 묻기로 하자."

그가 말했다.

🌿

에이미를 묻는 게 불가능하다는 것을 깨닫기까지, 그리 오랜 시간이 걸리지 않았다. 금세 후끈 달아오른 낮의 열기가 그걸 확인시켜주었다. 더위가 문제 되지 않는다 해도, 어차피 삽도 없었다. 땅을 팔 수 있는 도구란 텐트 기둥과 돌덩이가 전부였다. 결국 제프는 텐트에서 침낭을 하나 빼 와, 에이미를 그 안에 넣고 지퍼를 채우기로 했다. 이 작업은 또 하나의 고된 노역이었다. 에이미의 시체는 의도적으로 그 안에 들어가는 걸 저항하는 것 같았다. 팔다리가 한데 모이기를 거부했다. 사지가 축 늘어지고 뒤엉키기만 했다. 제프와 마티아스 둘 다 숨을 헐떡이고 진땀을 흘려가며 시체와 씨름을 벌여, 마침내 침낭 속에 밀어 넣었다.

스테이시는 도울 생각을 하지 않았다. 자기 몸에 점차 이상을 느끼며, 제프와 마티아스가 하는 걸 지켜보았다. 물론 숙취 때문이었다. 어지럽고 머리가 띵하고, 토할 때처럼 울렁거렸다. 게다가 에이미가 죽었다. 제프는 그녀의 시체를 먹으려 하고, 다른 이들도 그러기를 바란다. 그 대가로 죽음은 면할 수 있지만, 스테이시는 제프를 제지했다. 자신이 거둔 승리에 모종의 희열을 느꼈지만, 승리는 아직 그녀의 것이 아니었다.

시체를 침낭에 넣고 지퍼를 닫는 순간, 묘한 느낌이 들었다. 삽으로 흙을 떠서 첫 삽을 관 뚜껑 위에 뿌릴 때처럼, 이젠 정말 마지막이라는 것을 상징하는 순간이었다. 침낭 입구로 에이미의 얼굴이 스테이시의 눈에 들어왔다. 이미 눈에 띄게 부풀고, 옅은 잿빛을 띠었다. 눈도 다시 멀거니 뜨고 있었다. 망자의 눈 위에 동전을 얹는 옛날 관습에 대해 스테이시는 들은 적이 있다. 아니, 사공에게 뱃삯으로 주라고 망자의 입 안에 넣어둔 다고 했던가? 스테이시는 확실히 기억나지 않았다. 그녀는 자잘한 것까 지 꼼꼼하게 챙기는 걸 늘 귀찮아했다. 결국 반쪽 지식이란 완전히 모르 는 것만도 못하다는 걸 나중에 깨달아야 했고, 불완전한 지식으로는 아무 것도 해내지 못한다는 자격지심을 늘 지니고 있었다. 하기는 눈 위에 동 전을 얹다니, 바보 같은 짓이다. 관을 묘지로 옮기는 과정에 흔들리고 기 우뚱하게 기울어질 테고, 구덩이로 내려갈 때도 마찬가지인데, 그게 떨어 지지도 않고 온전히 남아 있을 수 있다는 말인가? 시체들은 쓸모도 없이 나무판자 위에 뒹구는 동전 두 닢과 함께, 멀거니 눈을 뜬 채 영원한 흙의 무게에 눌려 있을 뿐이다.

에이미에게는 관도 동전도 없다. 사공에게 줄 게 아무것도 없다.

우리는 의식을 치러주어야 했어. 스테이시는 생각했다. 그리고 장례 광 경에 대해 떠올려보았지만, 생각나는 것이라고는 묘지의 구덩이를 내려 다보며 누군가 성경 구절을 읽는 모호한 영상이었다. 구덩이 옆에는 흙 둔덕, 호박진이 송글송글 맺힌 조잡한 소나무 관이 놓여 있다. 물론 성경 도 구덩이도 관도 여기에는 전혀 해당되지 않는다. 그들이 가진 것이라고 는 에이미의 시체와 곰팡내 나는 침낭뿐이다. 결국 스테이시는 제프가 몸 을 숙이고 천천히 지퍼를 닫는 모습을 묵묵히 지켜보는 수밖에 없었다.

에릭은 얼굴에서 모자를 도로 내려놓았다. 마티아스는 바닥에 앉아 눈 을 감았다. 제프는 텐트 안으로 사라져버렸다. 스테이시는 그를 뒤따라 들 어갈까, 아니면 그냥 혼자 흐느껴 울며 무릎을 꿇고서 바닥에 머리를 쿵쿵 찧도록 내버려둘까 궁리했다. 하지만 금세, 거의 순식간에 그는 조그만 플 라스틱 통을 들고 다시 나타났다. 그리고 스테이시 앞에 바짝 다가앉았는데, 그 바람에 그녀는 화들짝 놀라 하마터면 뒤로 나자빠질 뻔했다.

"이걸 발에 발라야 해."

그가 말했다.

그는 조그만 통을 그녀에게 건넸다. 스테이시는 눈을 가늘게 뜨고, 작은 상표를 읽었다. 선크림. 제프의 카키색 셔츠는 땀에 절고, 칼라에는 소금기가 배어 나왔다. 그의 몸에서 악취가 풍겼고, 그 때문에 스테이시는 속이 울컥하고 뒤집힐 것 같았다. 자신의 뱃속에 들어있는 씹은 과일, 껍질 조각들, 그 내용물이 얼마나 빈약하며 얼마나 쉽게 자극에 굴복하는지, 그녀는 생각하고 있었다. 제프를 내버려두고 얼른 일어나 걸음을 떼고 싶었다. 하지만 그는 움직이지 않았다. 그대로 쪼그리고 앉은 채, 그녀가 로션을 손바닥에 짠 뒤, 샌들 끈을 피해 건성으로 오른쪽 발에 문지르는 걸 지켜보았다.

"제대로 좀 해봐."

그가 말했다.

"제대로?"

그녀가 무심코 되물었다. 제프가 무슨 말을 하는지, 머리에 들어오지 않았다. 구토를 참는 데 온 신경을 쓰고 있었기 때문이다. 토하게 되면 덩굴이 가지를 뻗고 들어와, 그녀에게서 나온 오렌지 조각과 껍질 조각을 빨아 먹을 텐데, 자신에게는 그걸 보충할 만한 음식은 전혀 없었다.

제프가 그녀에게서 차단제 통을 뺏어 들었다.

"샌들 벗어봐."

그녀는 머뭇거리며 신을 벗은 다음, 그가 차단제를 쭉 짜서 발을 마사지하는 걸 지켜보았다.

"나한테 화났어?"

그녀가 물었다.

"화?"

그는 시선을 들지 않고 발만 보며 대꾸했고, 그게 스테이시는 두려웠다. 마치 자신이 그 자리에 존재하지 않는 기분이었다. 그가 얼굴을 들고 자신을 마주보아주기를 바랐다.

"왜냐하면, 아까 내가……."

그녀는 침낭 쪽을 가리켰다.

"너를 제지했잖아."

제프는 즉시 대꾸하지 않았다. 그는 그녀의 다른 발로 손을 옮겼고, 그때 그의 코에서 그녀의 정강이로 땀방울이 떨어져내려, 그녀는 바르르 떨었다. 파블로의 숨소리가 다시 악화되었다. 짙은 가래가 끓는, 가쁜 숨소리가 흘러나왔다. 그게 공터에 들리는 유일한 소리라서, 신경을 쓰지 않으려면 상당한 노력이 필요했다. 어떻게 대꾸해야 할지 제프가 궁리 중이라는 걸, 그녀는 알 수 있었다.

"나는 우리를 구하고 싶었어."

그가 입을 열었다.

"그것뿐이야. 우리가 여기서 죽는 걸 막는 것. 그리고 먹을거리……."

그는 말꼬리를 흐리고 어깨를 으쓱 움직였다.

"결국 식량은 떨어질 거야. 달리 또 무슨 수를 낼 수 있을지, 나는 모르겠어."

그는 차단제 통의 마개를 닫고 옆으로 던져두고는, 다시 샌들을 신으라고 손짓했다. 스테이시는 자신의 발을 물끄러미 바라보았다. 햇볕에 타서 이미 옅은 핑크색이 되어 있었다. *샤워할 때 쓰라리겠어.* 그 생각을 하자, 순간 눈물이 쏟아지려고 해 애써 참았다. 하지만 문득 그녀도, 그들 중 누구도, 앞으로 샤워할 일은 없을 것이라는 확신이 들었다. 에이미와 마찬가지로. 아무도 이곳에서 탈출해 집에 가지는 못할 것이다.

"무슨 생각해?"

제프가 물었다.

"나?"

"화났어?"

스테이시의 머릿속에서 윙 하는 소리가 일어났다. 굶주림 또는 피로 또는 공포. 그중 무엇 때문인지는 알 수 없지만, 분명한 것은 그 셋 다 충분히 이유가 되고도 남는다는 사실이었다. 꾹꾹 눌러온 분노만큼이나, 그녀는 지독하게도 지쳐버린 상태였다. 여기에 너무나 오래 머물렀고 너무나 많은 것을 겪었다. 하지만 그녀는 괜찮다는 뜻으로, 고개를 가로저었다.

"좋아."

제프가 말했다. 그러고는 정답을 선택했으니 상이라도 내리겠다는 듯, 의기양양한 얼굴로 말했다.

"언덕 밑에 내려가 망보는 일은, 네가 제일 먼저 하도록 해."

스테이시는 그러고 싶지 않았다. 하지만 그의 말에 저항할 구실을 찾아내봤자, 결국 선택의 여지란 없을 게 뻔했다. 에이미는 죽었고, 그 일로 모든 게 달라져야 마땅할 것 같았다. 하지만 세상은 변함없이 계속되었고, 계획 또 계획을 외치던 제프도 이전과 다름없이 자외선 차단제와 그리스인들의 도착을 챙기고 있었다. 왜냐하면 그게 바로 살아 있다는 증거이니까.

나는 살아 있는 걸까? 그녀는 생각해보았다.

제프가 물통을 집어 들어 그녀에게 건넸다.

"먼저 수분 공급부터 하고."

그녀는 물통을 건네받고, 마개를 열고 마셨다. 울렁거리는 속을 진정하는 데 어느 정도 도움이 되었다.

제프가 급조한 파라솔을 건넸다.

"세 시간이야."

그가 말했다.

"오케이? 그다음에는 마티아스가 너와 교대하려 내려갈 거야."

스테이시는 고개를 끄덕였고, 그러자 그는 얼른 등을 돌리고 다음 임무에 들어갔다. 이제 공터에서 그녀가 할 일은 아무것도 없었다. 자외선 차단제 때문에 발이 미끈거렸고, 머릿속에서는 윙 하는 소리가 높아졌다 낮아졌다 했다. *나는 괜찮아.* 그녀는 언덕길을 천천히 내려가면서 주문처럼 그 말을 되뇌었다. *나는 살아 있어. 나는 살아 있어. 나는 살아 있어……*

&

에릭은 공터 한가운데에 드러누워 있었다. 자신의 몸, 즉 얼굴, 팔, 다리에 쏟아지는 뜨거운 햇살이 꿰맨 자국을 더욱 화끈거리게 했다. 그 지독한 고통이 분명 즐거울 턱이 없지만, 바로 그 고통 때문에 그는 즐거웠다. 몸이 햇볕에 타는 것뿐인데, 뭐가 그리 대수란 말인가? 그게 정상이다. 수영장에 드러눕거나 해변에서 낮잠을 자면, 누구든지 그렇게 되기 마련이다. 에릭은 오히려 고통 안에서 안정을 찾는 법을 깨달았다. 그렇다. 그는 햇볕에 타기를 원했고, 지금 같은 불편 속에 계속 붙들려 있기를 원했다. 그럼으로써 제 몸의 비정상적인 흥분, 갑자기 몸을 움직이면 상처가 터질 것 같은 불안, 제프의 봉합 시술로 방해를 받기는 했지만 덩굴이 여전히 죽지 않고, 마치 씨앗이 때를 기다리듯 자기 몸 안에 잠복해 있다는 의심, 아니 확신을 다소나마 누그러뜨릴 수 있다고 여겼다. 눈을 감고 햇볕에 그을리는 자신의 피부에 온 신경을 집중하자, 절개 자리의 화끈거리는 고통 때문에 에릭은 일시적으로 걱정에서 놓여났다. 물론 그게 그리 오래가지 않을 것 또한 그는 알고 있었다. 일종의 힘의 균형이란 게 있어, 자칫 경계를 늦추는 시점이 발생하기 때문이다. 즉, 너무 지친 나머지 하품이 불쑥 올라오려고 하는데, 그때 조금이라도 방심하면 잠에 빠져 드는 것이다. 그 잠이야말로 이곳에서는 적이나 다름없다. 덩굴이 그의 몸에 대한 소유권을 주장할 때가, 바로 잠에 빠져 들 때이기 때문이다.

그는 억지로 눈을 뜨고, 팔꿈치로 바닥을 짚고서 고개를 들었다. 제프와 마티아스가 파블로의 다리 밑동을 점검하는 게 보였다. 물통의 물을 불로 지진 근육 조직에 대고 부은 다음, 제프가 성냥불로 바늘을 소독했다. 파블로의 다리 밑동에서는 가느다란 핏줄기가 흘러나오는 곳이 약 10 여 군데쯤 되었다. 제프는 몸을 바짝 기울인 채, 그곳들을 바늘땀으로 봉합하기 시작했다. 에릭은 더 이상 지켜볼 수가 없었다. 다시 땅바닥에 드러누웠다. 성냥 타는 냄새가 났고, 그러자 전날 밤의 공포가 떠올랐다. 제프가 그리스인의 살점을 벌겋게 달아오른 팬으로 압박하던 장면, 언덕 꼭대기 너머에서 번지던 음식 냄새들.

그는 텐트로 들어가서, 뜨거운 햇볕에서 몸을 보호해야 한다는 걸 알고 있었다. 하지만 그렇게 생각은 하면서도, 그대로 눈을 감고 누워만 있었다. 머릿속에서 자신의 목소리가 들렸다. *괜찮을 거야. 제프가 바로 옆에 있잖아. 그가 나를 지켜봐줄 거야. 그가 나를 안전하게 해준다고.* 에릭이 의식적으로 집중한 것도 아니었는데, 그런 말들이 저절로 술술 떠올랐다. 마치 다른 사람이 하는 말을 곁에서 엿듣는 것만 같았다.

그는 자신이 잠에 빠져 들고 있다는 걸 느꼈지만, 거기에 저항할 수가 없었다.

눈을 떴을 때는 날이 저물고 있다는 것, 그것도 급속도로 변하고 있다는 걸 깨달았다. 태양은 이미 밤을 향해 긴 하강을 시작했다. 구름도 보였다. 하늘의 절반을 뒤덮었고, 눈에 띄게 서쪽을 향해 전진하고 있었다. 돌연 불거졌다가 금세 퍼지는 모양이, 지금껏 에릭과 일행이 목격했던, 평소와 같은 오후의 소나기구름은 확실히 아니었다. 왠지 강력한 폭풍이 그들 앞에 휘몰아칠 것만 같았다. 태양은 아직 그 모습을 내보이고 있었지만, 에릭은 오래가지 않을 게 틀림없다고 믿었다. 굳이 하늘을 올려다보지 않아도, 한층 기세가 꺾인 햇볕만으로도 폭풍이 임박한 걸 느낄 수 있었다.

그는 고개를 들어, 아직 잠에서 덜 깬 눈으로 공터를 둘러보았다. 스테이시는 언덕 밑자락에서 돌아와, 파블로 곁에 앉아 손을 잡고 있었다. 그리스인은 다시 의식을 잃은 모양이었다. 그의 호흡은 여전히 불안했다. 가래 끓는 소리를 내며 색색대는 호흡에 귀를 기울여보니, 그 간격이 너무 길어 에릭은 깜짝 놀랐다. 에이미의 시체는 짙은 파랑색 침낭에 싸인 채, 그의 왼쪽에 놓여 있었다. 제프는 공터 가장자리에서 구부정하게 앉아, 뭔가 골똘히 작업 중이었다. 잠시 후에야 그가 무엇을 하는지 깨달았다. 제프는 비를 모으기 위해 파란색 텐트의 자투리 천으로 커다란 바구니 모양의 주머니를 꿰매고 있었다. 남은 알루미늄 기둥 몇 개를 이용해, 그 바구니의 골조를 만들고, 테이프로 바구니 양옆에 고정시켜 빗물이 꽉 차도 쓰러지지 않게 했다.

마티아스의 자취는 보이지 않았다. 그는 언덕길을 지키고 있을 거라고, 에릭은 짐작했다.

그는 일어나 앉았다. 몸이 뻣뻣하고 텅 빈 것 같은 데다, 왠지 으슬으슬한기마저 느껴졌다. 상처 부위를 점검하려고 고개를 숙여, 막 몸 안에 있는 덩굴의 자취를 찾으려 할 때, 제프가 일어나 한마디 말도 없이 그를 지나쳐 텐트 안으로 들어가버렸다.

왜 이렇게 춥지?

에릭은 기온이 떨어진 게 문제가 아님을 분명히 알 수 있었다. 스테이시의 셔츠 등판이 땀으로 둥그렇게 젖어든 게 보였고, 무엇보다 자기 자신이 무더운 열기를 느낄 수 있었지만, 마치 냉방이 된 방 안에서 유리창 너머로 태양이 작열하는 풍경을 내다보는 듯한 괴리감이 들었다. 아니, 정확히 말하면 그게 아니었다. 그의 몸이 냉방된 방이고 살갗이 바로 유리창이라서, 표면은 후끈거리고 그 속은 서늘한 느낌이었다. 아마 굶주림의 여파일 거라고 그는 추측했고, 아니면 피로나 출혈, 나아가 몸 안의 식물이 기생충처럼 체온을 빨아들이고 있기 때문이라고 생각했다. 그렇다고 확실히 알 수 있는 방법은 없었다. 그가 막 다시 누우려고 하던 찰나, 제프가 바나나 두 개를 들고 다시 나타났다.

그가 흙바닥에서 나이프를 주워 들고, 셔츠로 문질러 칼날을 정성껏 닦아내고는, 주저앉아 껍질째 반으로 나누는 걸 에릭은 바라보았다. 그는 에릭과 스테이시에게 다가오라고 손짓했다.

"골라."

그가 말했다.

스테이시는 파블로의 손을 살포시 그의 가슴에 얹어주고는, 제프 곁에서 그가 차려놓은 음식을 내려다보았다. 바나나 껍질은 거무죽죽하게 변했다. 에릭은 그것만 봐도 바나나가 얼마나 물렀을지 충분히 짐작이 갔다. 스테이시가 한 조각을 집어 들고 손바닥에 올려놓았다.

"껍질도 먹는 거야?"

그녀가 물었다.

제프는 어깨를 으쓱 움직였다.

"씹기가 어렵기는 할 거야. 그래도 먹으려고 해봐."

그는 무표정한 얼굴로 에릭을 바라보았다.

"하나 집어."

그가 말했다.

"마티아스는 어떻게 하고?"

에릭이 물었다.

"내가 지금 교대하러 내려갈 거야. 그의 몫은 내가 가져다줄게."

에릭은 자기가 몸을 덜덜 떠는 것 같은 느낌이 계속 들었다. 일어설 수 있을지 자신이 없었다. 꿰맨 데가 터질 것 같아서가 아니었다. 다리가 자신을 지탱할 수 있을지 불안해서였다. 그는 손을 내밀었다.

"그냥 던져."

"어떤 거?"

"거기."

그는 자기한테 제일 가까운 데 놓인 것을 가리켰다. 제프는 그것을 손으로 주워 들고, 에릭의 무릎에 놓아주었다.

모두 말없이 먹었다. 바나나는 너무 짓물렀다. 벌써 부패하기 시작한 듯 걸쭉하고 시큼한 단맛이 나서, 굶주린 상태지만 에릭은 삼키는 게 힘들었다. 그는 먼저 과육을 빨리 먹고, 다음에 껍질을 먹었다. 껍질은 씹는 게 불가능했다. 섬유질이 너무 많았다. 에릭은 턱이 아플 때까지 잘근잘근 깨물다가, 미끈미끈한 덩어리를 억지로 꿀꺽 삼켜버렸다. 제프는 벌써 다 먹은 뒤였고, 스테이시는 껍질을 무릎에 얹어놓은 채, 얼마 되지도 않는 제 몫의 과육을 서서히 음미하는 중이었다.

제프는 눈을 들어 짙어져가는 구름, 4분의 1로 영역이 줄어든 파란 하늘, 그리고 태양을 살펴보았다.

"내가 저 아래 있는 동안 비가 올 경우를 대비해, 너희한테 비누를 주고 갈게."

그는 파란색 주머니를 손짓으로 가리켰다. 비누가 그 옆의 흙바닥에 놓여 있었다. 플라스틱 연장함도 거기 있었다. 제프가 접착테이프로 바닥의 금을 이미 막아놓았다.

"몸을 씻은 다음 안으로 들어가……."

그는 말을 하다 말고 화들짝 놀란 얼굴로 텐트를 바라보았다.

에릭과 스테이시도 그의 시선을 좇아갔다. 바스락대는 소리가 났다. 침낭이 움직이고 있었다. 말도 안 돼. 에이미가 움직이고 있다. 침낭을 발로 차고 뒤척이며, 일어서려 버둥댄다. 잠시 세 사람은 눈앞에서 벌어지는 광경을 제 눈으로 보고도 믿지 못한 채, 우두커니 서 있었다. 곧이어 그들 셋 모두 뛰어갔다. 에릭은 충격과 경악, 그리고 희망에 저도 모르던 힘이 불끈 일어나, 자신의 상처, 쇠약함, 피로, 그 모든 걸 제쳐두고 달려들었다. 제프와 스테이시가 침낭 앞에 우뚝 멈춰 섰을 때, 에릭의 마음 한편에서는 이제 발견하게 될 사실을 이미 짐작했지만, 그래도 애써 그걸 부인하며, 에이미가 숨을 헐떡이면서 황망한 표정으로 지퍼를 열고 나와주기를 고대했다. *실수였어. 완전히 실수였던 거야.*

침낭에서 에이미의 목소리가 울리는 걸, 그는 들을 수 있었다. 겁에 질린 목소리가 침낭 속에서 흘러나왔다.

"제프…… 제프……."

"우리 여기 있어, 애."

스테이시가 소리쳤다.

"여기 있어."

그녀는 허둥지둥 지퍼를 열었다. 순간 제프가 스테이시의 손을 얼른 잡아 뺐고, 그러자 침낭에서 거대한 덩굴 더미가 와락 튀어나와 땅바닥에 쏟아져 내렸다. 꽃잎은 옅은 핑크빛이었다. 그것들이 열렸다 닫혔다 하며, 여전히 소리를 내는 걸 에릭은 바라보았다. *제프…… 제프…… 제프…….* 무성한 줄기 다발이 경련하듯 감고 풀면서 몸부림을 쳤다. 친친 휘감은 줄기 다발 속에서, 에이미는 이미 살점이 다 벗겨져나가고 뼈만 남아 있었다. 그녀의 두개골, 골반, 대퇴골인 듯한 부위가 에릭의 눈에 흘끗 들어왔지만, 이내 분간조차 할 수 없도록 와르르 무너져버렸다. 그러자 스테이시가 비명을 지르고 뒷걸음질을 치며 고개를 흔들었다. 그는 그녀를 향해 다가갔고, 그녀는 그를 꽉 끌어안았다. 그러자 자칫하면 피가 터지는 민감한 상처 부위가 다시 걱정되었다.

덩굴은 제프의 이름을 부르던 걸 그쳤다. 아마 3초 정도 침묵이 흘렀고, 이어 웃음소리가 흘러나왔다. 나지막하게 조롱하는 듯한 킬킬대는 웃음소리.

제프는 침낭 앞에 서서, 그걸 물끄러미 바라보았다. 스테이시는 에릭의 가슴에 얼굴을 파묻었다. 그녀는 울고 있었다.

"쉿."

에릭이 말했다.

"쉿."

그는 그녀의 머리를 쓰다듬었고, 그 순간 묘하게도 아득한 딴 세상에 간 듯한 기분이 들었다. 충격적인 사고를 겪은 사람들이, 마치 자신과 전혀 관계없는 다른 사람의 일처럼 무심하게 증언하던 장면이 불쑥 떠올랐고, 그는 얼른 현실에 집중해야겠다고 마음을 다잡았다. 손가락에 스테이시의 기름 낀 머리카락이 느껴졌다. 그 느낌에 집중하며 부디 현실 감각을 잃지 않기를 바랐지만, 그의 시선은 어느새 침낭, 아직도 킬킬대며 몸부림치는 덩굴 다발, 그리고 그 안에 갇힌 뼈늘을 향해 빠져 틀었다.

에이미.

스테이시는 그에게 꽉 안긴 채, 이제 주체할 수 없이 훌쩍거렸다. 그녀의 손톱이 그의 등에 깊이 파고들었다.

"쉿."

그는 연방 다독였다.

"쉿."

제프는 꼼짝도 하지 않았다.

에릭은 그것, 즉 덩굴이 가슴속에 있다는 걸, 이제 더 깊숙이 이동하는 걸 느낄 수 있었지만, 이것마저도 저 먼 나라 얘기만 같고, 사실상 전혀 그의 관심사가 되지 못했다. 쇼크 때문이라고 그는 결론을 내렸다. 그는 쇼크에 빠진 게 틀림없었다. 하지만 이런 상태 역시 좋은 조짐이라고 그는 생각했다. 그의 의식이 지금 벌어진 일들을 다 먼 나라 얘기로 차단시켜, 자신을 보호하는 것이라고 여겼기 때문이다.

"나 집에 가고 싶어."

스테이시가 끙끙대며 말했다.

"집에 가고 싶어."

그는 그녀를 쓰다듬으며 다독거렸다.

"쉿…… 쉿."

덩굴은 반나절 만에 에이미의 살점을 먹어치웠다. 그렇다면 자신에게도 똑같은 비극이 닥치지 말란 법이 있을까? 따라서 이제 자신이 해야 할 일은, 심장을 보호하는 것이라고 여겼다. 그런데 어떻게? 천천히 수축하는 것, 즉 천천히 고동치게 하면 되지 않을까? 생각이 거기에 미치자, 에릭은 자신의 맥박을 의식하게 되었다. 진부하면서도 동시에 심오한 사실, 즉 심장은 이곳에서든 다른 어디에서든 언젠가는 멈추게 되어 있고, 따라서 그의 삶도 멈춘다. 심장의 박동 소리가 그의 머릿속에 희미하게 울렸다. 그 박동이란 한계가 정해진 것이어서, 심장이 매번 수축할 때마다 마지막 순간을 향해 조금씩 다가서는 것이다. 에릭은 심장 박동의 속도를 늦추면 더 오래 살 수 있다고, 즉 할당된 박동 수가 더 긴 시간 동안, 하루, 아니면 이틀, 어쩌면 일주일 더 길게 유지되게 할 수 있다고 믿었다. 덩굴이 마침내 입을 다물었을 때, 그는 그와 같은 비이성적인 상념에 푹 빠져 있었다. 한동안 공터에는 파블로의 거친 숨소리만 울렸다. 끊어졌다 이어졌고, 다시 끊어졌다 이어졌다 반복하며. 그런데 처음에는 나지막하게 시작했지만, 이내 급속도로 커가는 소리로 누군가 꺽꺽대는 게 들렸다.

에이미의 소리라는 걸, 에릭은 알 수 있었다. 그녀가 토악질을 하고 있었다.

제프는 침낭, 덩굴 다발, 무너져 내린 뼈 더미에서 시선을 거두었다. 그의 얼굴은 돌처럼 굳어 있었다. 에릭은 그가 울지 않으려고 무진 애를 쓴다는 걸 깨달았다. 무슨 말인가 꺼내서 그를 위로하고 싶었지만, 제프는 재빨리 지나쳐버렸고, 에릭은 그 속도에 맞춰 민첩하게 말을 던질 만큼 그리 순발력이 좋지 못했다. 제프가 남은 과일을 주워 들고 언덕길로 들어서는 걸, 잠자코 바라볼 뿐이었다. 꺽꺽대는 토악질 사이로, 에이미의 목소리가 아주 희미하게 섞여 나왔다. *살려줘.*

제프는 우뚝 멈추고 에릭을 돌아보았다.

살려줘, 제프.

제프는 고개를 가로저었다. 갑자기 망연자실한 표정이 된 그는, 울음을 참으려고 안간힘을 쓰는 어린 소년 같았다.

"몰랐어."

그가 말했다.

"정말이야. 너무 어두웠다고. 그녀를 제대로 볼 수가 없었어."

그는 에릭의 대꾸를 기다리지 않았다. 휙 몸을 돌리고 성큼성큼 언덕길을 내려갔다.

에릭은 그 자리에 선 채 망연히 그의 뒤를 바라보았다. 스테이시는 여전히 그의 몸을 꽉 붙들고 흐느꼈다. 에이미의 목소리는 점차 희미해지며, 제프를 따라 언덕 아래로 따라붙었다.

살려줘, 제프……. 살려줘……. 살려줘…….

제프가 30미터도 채 못 내려갔을 때, 덩굴은 조용해졌다. 그러자 다소 안심이 된 듯했지만, 그건 사실이 아니었다. 그 정적이 훨씬 더 끔찍했다. 덩굴의 목소리가 끊어지자, 이루 형용할 수도 없는 적막이 그 뒤를 이었기 때문이다. 물론 그 목소리는 에이미가 죽어가며 한 말, 그때 제프가 들었던 소리, 울먹이던 도중에 뚝 끊어진 그녀의 목소리였다. 그는 다시 울음이 복받치는 걸 느꼈고, 이번에는 도무지 억제하지 못할 만큼 거세게 치밀어 올라왔다. 그는 언덕길 한가운데에 쪼그리고 앉아, 무릎을 팔로 감싸 안고 머리를 파묻었다.

말도 안 되는 소리 같기는 하지만, 그는 자신이 우는 걸 덩굴이 알게 하고 싶지 않았다. 그 식물이 자신의 고통을 보고 기뻐할까봐 두려워, 애써 그걸 숨겼다. 그래서 울기는 하되 훌쩍거리지 않았고, 서럽게 헐떡거리는 소리도 내지 않고 꾹 참았다. 그냥 내내 머리를 무릎에 파묻고 있었다. 마침내 가까스로 안정을 찾자, 그는 다시 일어나 셔츠 소매로 콧물을 닦아냈다. 다리가 후들거리고 가슴속이 텅 빈 것 같았지만, 개운하고 차분해져서 한결 기운이 났다. 물론 쓰라린 슬픔, 죄책감과 상실감은 가시지 않았지만, 그래도 마음은 한결 안정되었다.

그는 다시 언덕길을 내려갔다.

머리 위의 서쪽 하늘에서 구름이 계속 일어나, 불길하게 어두워지고 있었다. 폭우, 그것도 아주 큰비가 올 것 같았다. 제프는 그게 닥치기 전까지 아직 한두 시간쯤 여유가 있다고 추측했다. 모두 텐트 안에 모여야 할 거라는 생각이 들었다. 그러자 네 사람 모두 밀폐된 공간에 들어앉아 있으면 시간은 더디게만 흘러갈 게 떠올랐고, 다시 마음이 무거워졌다. 파블로도 문제였다. 그를 빗속에 혼자 놔둘 수는 없지 않겠는가? 제프는 이 난제의 해답을 위해, 대충 궁리를 해보았다. 들것을 텐트 안으로 들여놓는 상상을 해보았다. 바람이 나일론 벽을 후려치고, 천장에는 빗물이 퍼붓는데, 그리스인의 몸에서는 지독한 악취가 풍길 걸 생각하자, 그 계획은 불가능하다는 결론을 내려야 했다. 하지만 다른 해결책이란 것도 있을 수가 없었다. *비가 안 올지도 몰라.* 결국 그렇게 생각해버렸다. 그러자 자신 또한 일행과 다를 바 없이, 어린아이처럼 유치하다는 생각이 들었다. 생각하기도 싫은 일이기에, 아예 생각 자체를 접어버림으로써 빠져나갈 궁리를 하고 있으므로.

마티아스는 정글을 바라보며, 언덕 밑자락에 책상다리를 하고 계속 앉아 있었다. 그는 제프가 다가오는 걸 듣지 못했다. 아니, 들었으면서도 돌아보지 않은 것인지도 몰랐다. 제프는 그의 곁에 앉아 반으로 쪼갠 바나나를 내밀었다.

"점심이야."

그가 말했다.

마티아스는 아무 말 없이 과일을 받아 들었다. 그가 먹는 걸 제프는 지켜보았다. 금요일이었다. 마티아스와 헨리히는 바로 오늘 독일로 돌아가기로 되어 있었다. 제프와 친구들은 그들 형제에게 이메일 주소와 전화번호를 알려주었을 테고, 정확히 언제인지는 알 수 없지만 앞으로 찾아가겠다는 진심 어린 약속을 했을 것이다. 로비에서 서로 끌어안고, 에이미는 사진을 찍었을 것이다. 그런 다음 네 사람은 커다란 유리창 너머로, 공항을 향해 밴을 타고 떠나는 형제를 향해 손을 흔들어주었을 것이다.

제프는 혹시라도 흙먼지가 묻은 뺨 위로 눈물 자국이라도 남았을까봐, 다시 소매로 얼굴을 훔쳐냈다. 마티아스는 방금 덩굴이 낸 소리를 못 들은 것 같았고, 그게 얼마나 안심이 되는지 제프 스스로도 놀랄 지경이었다. 독일인이 내막을 알게 되는 것, 그래서 그걸 빌미로 자신을 판단한다는 것이 두려웠다.

그녀가 나를 불렀어. 내 이름을 불렀어.

마야인들은 정글이 시작되는 지점으로 들어가 방수포를 치고 있었는데, 폭우에 대비해 피난처를 만드는 거라고 제프는 짐작했다. 여자 하나와 남자 셋이서 작업을 진행했다. 다른 두 남자는 무릎에 화살을 얹은 채, 연기가 이는 모닥불 곁에 앉아 제프와 마티아스를 지켜보았다. 그들 중 한 사람은 더러워 보이는 바나나 잎에 코를 풀더니, 그걸 다시 펼쳐 제가 풀어낸 것을 들여다보았다. 제프는 몸을 앞으로 쑥 내밀어, 경계선인 공터 좌우를 살폈지만, 벨트에 권총을 찬 대머리 남자, 즉 그들의 리더는 보이지 않았다. 아마 교대를 한 것으로, 그들 중 일부는 언덕을 지키고 다른 이들은 마을에 남아 밭일을 할 거라고 제프는 추측했다.

"저들이 우리를 죽일 거라고 생각했어."

제프가 말했다.

마티아스는 먹다 말고 그를 향해 시선을 들었다.

"이렇게 여기에 앉아 있는 것도 꽤 힘이 들잖아. 그런데 왜 처음부터 우리를 죽이고, 간단히 끝내지 않은 걸까?"

"그러면 죄를 짓는 것이라고 여겼는지도 모르지."

마티아스가 말했다.

"하지만 우리를 여기에 가두어 결국은 죽게 만드는 거잖아? 지금이라도 우리가 떠나려고 들면 주저 없이 총을 쏠 게 틀림없어."

"일종의 정당방위 아닐까? 그들의 관점에서는? 살인이 아니고."

살인. 제프는 생각했다. 이곳에서 일어난 일이 바로 그것이던가? 에이미는 살해당한 것이었나? 그렇다면 누구에 의해? 마야인들? 덩굴? 제프 자신?

"그게 얼마나 오래된 거라고 생각해?"

제프가 물었다.

"뭐가?"

제프는 주변의 언덕과 공터를 손짓으로 가리켰다.

"덩굴. 그게 어디에서 온 것 같아?"

마티아스는 바나나 껍질을 씹으며, 약간 인상을 쓴 채 생각에 잠겼다. 그가 다 씹을 때까지 제프는 잠자코 기다렸다. 마야인들이 쳐놓은 방수포 위의 나무들 틈새로, 까만 새 세 마리가 보였다. 까마귀일 거라고 제프는 생각했다. 썩은 고기를 먹는 새들이 파블로나 에이미의 냄새에 이끌려 왔겠지만, 영리하게도 가까이 접근하지는 않고 있었다. 마티아스가 꿀꺽 껍질을 삼키고, 손으로 입을 훔쳤다. 그리고 입을 열었다.

"갱로 말이야. 이런 생각 안 들어? 누군가 그걸 일부러 파놓았다고."

"하지만 덩굴을 그 안에 어떻게 가두었겠어? 또 언덕을 봉쇄할 만한 시간은 어디에서 나고? 우거진 정글의 수목을 베고, 땅을 일궈서 소금을 뿌려야 했을 텐데. 그러는 데 시간이 얼마나 들었을지 생각해봐."

제프는 고개를 내저었다. 참으로 불가사의한 일이었다.

"어쩌면 네 짐작이 틀렸을지도 몰라."

마티아스가 말했다.

"애초부터 덩굴을 고립시키는 게 목적이 아니었을 수도 있어. 마야인들은 그걸 죽이는 법을 알면서도, 그러지 않는 건지도 모른다고."

"무엇 때문에?"

"그게 계속 되살아났기 때문은 아닐까? 결국은 언덕에 가두고 억제시키는 방법만 남고. 일종의 휴전에 들어간 거라고 할 수 있겠지."

"하지만 덩굴을 고립시키는 게 목적이 아니라면, 우리는 왜 떠나지 못하게 하는 걸까?"

"아마 그들 부족에서 수세대에 걸쳐 내려온 금기일 거야. 덩굴이 경계선을 절대 넘어오지 못하도록, 단단히 못을 박는 일환으로. 누구든지 그 안에 발을 들여놓으면 다시는 나올 수 없다. 그리고 외부인이 올 경우, 그들에게도 금기를 동일하게 적용한다."

그는 한동안 생각에 잠겼다가, 마야인들을 향해 시선을 돌렸다.

"아니면 종교 같은 게 아닐까? 언덕을 신성한 존재로 보는 거야. 그래서 누군가 그 안에 발을 들여놓으면 절대 벗어날 수가 없게 되지. 그렇게 본다면 우리는 일종의 제물인지도 몰라."

"하지만 그렇다면……"

"그냥 추측일 뿐이야, 제프."

마티아스가 지친 목소리로, 조금은 짜증스러운 투로 말했다.

"그냥 얘기였어. 입씨름을 벌일 만한 화제는 아니야."

그들은 한동안 나란히 앉아, 퍼덕대며 나뭇가지를 옮겨 다니는 까마귀를 바라보았다. 바람이 일기 시작해 폭우가 임박했음을 알렸다. 마야인들은 소지한 물건들을 정글 경계 지점의 방수포 밑으로 가져갔다. 역시 마티아스의 말이 옳았다. 아무리 살 길을 궁리한다 한들 아무 소용이 없었다. 덩굴은 여기에 있고, 그들도 여기에 있지만, 마야인들은 저 너머에 있었다. 그리고 마야인들 너머, 그들의 손이 닿지 않는 곳에 세상은 그대로 존재한다. 중요한 것은 그것이었다.

"고고학자들은 어땠을까?"

제프가 물었다.

"그들이 뭐?"

"이곳에서 죽은 사람들 모두 말이야. 왜 그들을 찾기 위해 아무도 오지 않은 걸까?"

"아마 아직 때가 이른 것일 수도 있어. 그들이 실종된 기간이 얼마나 되는지, 우리는 모르잖아. 예를 들어 그들이 여기에 여름 내내 있기로 했다면, 지금쯤 누가 걱정을 하겠어?"

"그러면 너는 누군가 올 거라고 생각해? 우리가 충분히 버티기만 한다면?"

마티아스는 어깨를 으쓱 움직였다.

"저 둔덕들이 몇 개나 될 것 같아? 서른 개? 마흔 개? 많은 사람들이 이곳에 왔다가 실종됐어. 그러니까 결국 누군가 이곳을 찾아올 수밖에 없어. 그때가 언제인지는 모르지만. 하여튼 조만간 오게 될 거야."

"우리가 오래 버틸 수 있을 거라고 생각해?"

마티아스는 바지에 손바닥을 쓱 문지르고 내려다보았다. 덩굴 즙 때문에 손바닥이 새빨갛게 화상을 입었다. 손가락 끝이 갈라지고 피가 맺혔다. 그는 고개를 가로저었다.

"음식이 없으면 힘들지."

제프는 묵묵히 남은 음식을 짚어보았다. 프레첼, 너트. 단백질 바 두 개, 건포도, 소금 뿌린 크래커 약간. 콜라 캔 하나, 아이스티 두 병. 네 명이서, 파블로가 먹을 수 있을 정도로 회복될 경우, 다섯이서 나눠 먹을 음식은 그게 전부였다. 그걸로 얼마나 오래 버틸 수 있을까? 6주?

까마귀 한 마리가 공터로 내려앉아 모닥불 가에 앉은 두 사람을 향해 성급하게 접근하기 시작했다. 바나나 잎을 가지고 있던 남자가 그걸로 내리치자, 새는 깍깍 울며 다시 숲으로 날아갔다. 제프는 새를 물끄러미 쳐다보았다.

"창으로 저 새 중 하나는 잡을 수 있겠어."

그가 말했다.

"접착테이프로 텐트 기둥에 나이프를 붙인 다음에, 갱로에서 로프를 가져다가 기둥 끝에 연결해서 작살처럼 만드는 거야. 그리고 저 숲을 향해 날렸다가, 로프를 잡아당겨서 다시 끌어들이는 거야. 우리가 해야 할 일은 나이프에 미끼를 매다는 것인데, 그러자면……."

"우리가 그렇게 하도록 그들이 내버려두지 않을걸."

물론 그게 사실이었다. 제프는 이내 그걸 깨달았지만, 마치 마티아스가 의도적으로 자신을 밀어낸 것처럼 잠시 기분이 언짢았다.

"언덕을 싹 갈아엎으면 어떻게 될까? 일단 덩굴을 마구 찍어낸 다음에 뽑아내는 거야. 우리 모두 같이 하면……."

"그러기엔 덩굴이 너무 많아, 제프. 그리고 워낙 빨리 자라고. 그런데 어떻게 우리가……."

"난 그저 타개책을 찾아보려고 하는 거야."

제프가 말했다. 잔뜩 토라진 소리로 말하는 걸 본인도 알 수 있었고, 그런 자신이 미웠다.

하지만 마티아스는 아무 내색하지 않았다.

"타개책이란 건 없을 거야."

그는 말했다.

"우리가 할 수 있는 건, 최대한 기다리고 희망하고 견디는 것뿐이지. 먹을 게 바닥나겠지. 몸은 망가져가고. 덩굴은 계속 본색을 드러낼 것이고."

제프는 잠시 마티아스의 얼굴을 찬찬히 들여다보았다. 나머지 다른 이들과 마찬가지로, 그도 놀라울 정도로 지친 상태였다. 코끝의 살갗과 이마는 각질이 벗어지기 시작했다. 입가에는 끈끈한 것이 달라붙어 있었다. 눈가에는 그늘이 드리웠다. 하지만 이와 같은 변화에도 불구하고, 그에게는 제프를 포함해 누구도 갖지 못한 기운이 아직 남아 있는 것 같았다. 그는 다른 이들보다 차분하고, 신기하게도 다부져 보였다. 순간 제프는 이 독일인에 대해 사실상 아는 게 거의 없다는 사실을 퍼뜩 떠올렸다. 그는 뮌헨에서 성장했다. 군대에서 잠시 복무하던 시절, 팔에 문신을 새겼다.

그 후 엔지니어가 되기 위해 대학에 다니고 있었다. 아는 것은 그게 전부였다. 마티아스는 언제나 말이 없고 숫기가 적었다. 그가 무슨 생각을 하는지 훤히 알 수 있다고, 속단하기 쉬웠다. 하지만 지금, 처음으로 그와 긴 대화를 나누면서, 제프는 이 독일인의 본모습이 시시각각 드러나고 있음을, 즉 예상하던 것보다 더 침착하고 성숙하며 강인한 존재라는 게 드러나고 있음을 깨달았다. 그런 마티아스의 옆에서, 제프는 자신이 왠지 작고 유치한 존재라는 생각이 들었다.

"영어에도 이런 말 있지? 목이 날아간 닭?"

마티아스는 손가락 두 개로 닭발이 정신없이 배회하는 시늉을 해 보였다.

제프는 고개를 끄덕였다.

"우리 모두 쇠약해지고 있고, 앞으로 더욱 악화되기만 할 거야. 따라서 불필요한 일에 기력을 낭비하지 마. 앉아 있어도 되는데 걷지 마. 누워 있어도 되는데 앉지 말고. 알겠지?"

그들이 이야기를 나누는 사이에, 마야의 소년이 다시 모습을 드러냈다. 작은 쪽 소년이었다. 모닥불 곁에 앉아 저글링 놀이를 했다. 마야 사내들이 그가 끙끙대며 애쓰는 걸 보고 웃음을 터뜨렸고, 뭔가 조언인 듯한 말을 해주었다.

마티아스가 고갯짓으로 그들을 가리켰다.

"이곳 사람들에 대해서, 네 안내서에는 뭐라고 나와 있었어?"

제프는 안내서의 반들반들한 책장들을 떠올렸다. 그 냄새, 차가운 촉감, 만질만질한 질감까지 선명하게 떠올랐다. 그 책에는 마야인들의 과거, 즉 피라미드, 도로, 천문력 등에 관해 자세히 실렸지만, 그들의 현재에 관해서는 무관심했다.

"많지는 않았어."

그가 대꾸했다.

"그들의 신화, 즉 탄생 신화가 있었어. 기억나는 건 그것뿐이야."

"세상의 탄생?"

제프는 고개를 저었다.

"인간."

"얘기해봐."

제프는 이야기의 순서를 떠올리며, 잠시 생각을 기울이다 입을 열었다.

"처음에는 순탄치가 않았어. 신들이 맨 처음 사용한 것은 진흙이고, 그걸로 만들어낸 사람들은 말은 해도 감각이 없었지. 고개를 돌릴 줄도 모르고, 결국 빗물에 녹아버렸어. 그래서 신들은 나무를 써보기로 했어. 하지만 나무로 만든 사람들은 사악했어. 그들의 마음은 공허했지. 신들을 무시했어. 결국 온 세상이 신들을 공격했어. 나무 인간들의 가슴에서 튀어나온 돌이 신들의 얼굴을 향해 날아갔고, 요리 냄비로 신들을 때리고, 칼로 찔렀어. 그때 사람들 중 일부는 숲으로 달아나 원숭이가 되었지만, 다른 이들은 죽임을 당했어."

"그다음엔?"

"신들은 옥수수를 써보기로 했어. 하얀 옥수수와 노란 옥수수. 그리고 물. 마침내 완벽한 사람을 넷 만들어내지. 사실 너무나 완벽해서 신들은 겁을 집어먹었어. 이 피조물들이 너무 많은 것을 알고, 결국 신을 필요로 하지도 않을 거라고 걱정한 나머지, 그들에게 입김을 불어넣어 마음을 혼탁하게 해. 이렇게 옥수수와 물로 빚어지고 사고가 흐릿해진 이들이 바로 최초의 인간이야."

우르르 천둥이 쳤다. 놀라울 정도로 가깝게 들렸다. 제프와 마티아스는 하늘을 올려다보았다. 구름이 막 태양을 뒤덮으려 하고 있었고, 곧 그렇게 될 것 같았다.

"정글을 지나면서 원숭이는 못 봤는데."

마티아스는 이렇게 말하고 서글픈 표정을 지었다.

"내가 정말 좋아했을 것 같지 않니? 원숭이를 보면?"

그 말 속에는 체념의 분위기가 깃들었고, 이제는 영원히 돌아갈 수 없는 곳을 바라보는 듯한 표정까지 지어, 제프의 신경이 곤두서게 했다. 스스로도 놀랄 정도로, 그의 입에서 무심코 볼멘소리가 툭 터져 나왔다.

"나는 여기서 죽고 싶지 않아."

마티아스가 그를 향해 설핏 미소를 지었다.

"그 어디에서든지 나도 죽고 싶지 않아."

마야인 한 사람이 모닥불 곁에서 박수를 치기 시작했다. 소년이 머리 위로 유연하게 돌멩이들을 던져 올리며, 저글링을 하고 있었다. 얼굴 표정을 보니, 어쩌다 이 묘기에 성공했는지 본인조차 얼떨떨하고 놀란 듯했다. 마침내 돌멩이 하나를 툭 떨어뜨리자, 남자들은 환호를 보내며 소년의 어깨를 두들겨주었다. 소년은 이를 드러내고 씩 웃었다.

"하지만 결국 나는 죽게 될 거야, 그렇지?"

마티아스가 말했다.

제프의 머릿속에서는 그 질문에 대한 대답으로, 단어 하나가 달랑 떠올랐다. 여기서? 하지만 입 밖에 내지는 않았다. 마티아스가 뭐라고 대꾸할지 제프는 두려웠다. 죽음의 가능성 앞에서도 초연한 이 독일인이, 거만하게 어깨를 으쓱 움직일까봐 겁이 났다. 파블로가 제일 먼저 죽을 거라고 제프는 추측했다. 그리고 다음은 에릭. 스테이시가 그다음일 것 같지만, 어쩌면 아닐지도 모른다. 어디까지나 그가 추측한 순서일 뿐이었다. 하지만 마티아스의 말대로 된다면, 그들 모두 덩굴이 뒤덮인 둔덕이 되고 만다. 제프는 자신이 죽고 난 뒤, 몸에 남는 게 무엇일지 상상해보았다. 지퍼와 청바지의 장식 징, 테니스화의 고무 밑창, 시계. 그리고 남의 배낭에서 마음대로 꺼내 입은 이 셔츠, 모직물로 보이지만 실상은 폴리에스테르 천이라서 텅 빈 갈비뼈에 아무렇게나 걸쳐 있을 것이다. 이 마지막 이미지가 가장 그를 불안하게 했다. 마티아스의 말대로 조만간에 누군가 와서 마침내 그들을 발견했을 때, 셔츠를 보고 그의 신원을 판단할 텐데, 낯선 사람의 옷을 걸친 채 죽는다는 게 영 찜찜했다.

"너는 크리스천이니?"

제프가 물었다.

마티아스는 그 질문을 재미있어하는 것 같았다. 아까와 같은 어렴풋한 미소를 제프에게 보냈다.

"세례는 받았어."

"정말 믿음이 있어?"

독일인은 주저 않고 고개를 흔들었다.

"그러면 너에게 죽음이란 어떤 의미지?"

"아무것도 없어. 그냥 끝이지."

마티아스는 고개를 돌리고 제프를 바라보았다.

"너는?"

"모르겠어."

제프가 대꾸했다.

"어리석게 들리겠지만, 사실 나는 거기에 대해 생각해본 적이 없어. 사실대로 말하자면."

정말 사실이었다. 제프는 감독교회 신도로 자랐지만, 그저 겉모양일 뿐이었다. 어린 시절 잔디를 깎거나 피아노 레슨을 받는 일과나 다름없는, 또 하나의 의무에 불과했다. 대학에 가자 자연스럽게 예배하고는 멀어졌다. 그는 젊고 건강하며 신분이 확실했다. 죽음이란 그의 머릿속을 비집고 들어설 여지가 없었다.

마티아스가 고개를 내저으며 작은 소리로 웃었다.

"가엾은 제프."

"왜?"

"무엇이든지 늘 사전에 준비를 갖추려고 노력하지."

그는 손을 뻗어 제프의 무릎을 툭 쳤다.

"어차피 그게 다 무슨 소용이겠니? 우리가 뭘 믿든지 간에, 결국 아무 상관도 없는 거야."

이렇게 말하고 마티아스는 자리를 털고 일어나, 팔을 머리 위로 치켜들고 기지개를 켰다. 그가 떠나려 한다는 걸 제프는 알 수 있었고, 그 순간 공포가 와락 밀려드는 걸 느꼈다. 정확한 이유는 설명할 수 없었지만, 혼자 남는 게 두려웠다. 그것은 예감이었지만, 제프는 그 가능성을 결코 믿고 싶지 않았다. 어떤 이유에서인지 그때 그의 머릿속에 떠오른 것은, 에이미의 입에서 덩굴을 뽑아내던 기억, 그 끈끈한 습기, 점액과 테킬라의 냄새, 줄기가 그녀 얼굴에 찰싹 달라붙어서 뜯어내려는 그의 손길에 저항하며 비비 꼬고 비틀어대던 장면이었다. 그는 몸을 부르르 떨었다.

"너는 어디에 사니?"

그가 물었다.

마티아스는 무슨 뜻인지 몰라, 그를 물끄러미 내려다보았다.

"독일에서."

제프가 다시 물었다.

"주택?"

마티아스는 고개를 흔들었다.

"플랫."

"그게 어떤 곳인데?"

"특별한 것은 없어. 아담해. 침실 하나, 거실, 주방, 거리가 내려다보이는 2층이었지. 1층은 빵집이고. 여름에는 그 오븐들 때문에 너무 더워."

"빵 냄새도 나?"

"물론. 아침마다 그게 날 깨웠는걸."

거기까지가 그가 생각한 대답이었지만, 그는 계속 말을 이었다.

"고양이가 한 마리 있어. 이름은 카첸. 그냥 고양이라는 뜻이야. 내가 나가 있는 동안, 빵집 주인의 딸이 돌보고 있어. 녀석의 집을 치워주고 먹이도 주고. 내 식물들도 그 애가 돌봐줘. 내 침실에 커다란 창이 있거든. 그걸 영어로 뭐라고 하더라? 베이 윈도(bay window: 외부로 돌출한 형태를 띤 창)?"

제프는 고개를 끄덕였다.

"식물이 잔뜩 있어. 지금 생각하니 우습다. 밤마다 나는 식물이 가득한 방에서 잠이 들었어. 그게 날 편안하게 해준다고 생각했거든."

그는 그 말을 하고 웃었고, 제프도 따라 웃었다. 그때 구름이 태양을 완전히 뒤덮었다. 순식간에 사방이 우중충한 빛을 띠었고, 마치 가을이 된 것 같았다. 돌풍이 일더니 두 사람한테까지 들이닥쳐, 손으로 모자를 눌러야 했다. 그게 지나고 나자 마티아스가 말했다.

"이제 가봐야겠어."

제프는 고개를 끄덕였고, 그것으로 대화는 끝이 났다. 그는 마티아스가 언덕길을 올라가는 걸 지켜보았다.

공기 중에 음식 냄새가 감돌았다. 처음에 제프는 덩굴이 자신을 괴롭히려고 또 냄새를 풍긴다고 생각했다. 하지만 공터 쪽으로 몸을 돌린 순간, 마야인 여자가 커다란 쇠 냄비를 모닥불의 삼발이 위에 올려놓은 게 보였다. 그녀는 그 안에 담긴 것을 휘젓는 중이었다. 냄새를 맡아보니 염소 고기인 것 같았다. 어제 저녁 식사 시간보다 일렀는데, 폭우가 오기 전에 식사를 마치려는 모양이었다.

음식과 모닥불 냄새 말고도, 제프는 자신의 몸에서 나는 냄새도 느낄수 있었다. 땀에 찌든 냄새에 뭔가 더 지독한 게 섞여 있었는데, 파블로의악취, 즉 그의 똥오줌, 살 썩는 냄새가 그에게도 배어든 모양이었다. 제프는 비가 올 것에 대비해 텐트 바깥의 공터에 두고 온 비누를 생각했다. 비누 거품을 내서 문지르고 씻어내는 기분을 떠올리려 해보았지만, 그게 효과가 있을지 영 믿기지가 않았고, 자신의 피부에서 오물을 벗겨낼 수나있을지 전혀 상상이 되지 않았다. 왜냐하면 그가 느끼는 악취란 단지 신체적인 감각만을 의미하는 게 아니었기 때문이다. 더 깊은 곳에서 진행되는 부패. 그의 몸에서 뿜어내는 냄새는 땀과 똥오줌뿐만이 아니고, 좌절도 섞여 있는 듯했다. 사실 그는 이곳에서 계속 살아갈 수 있다고 여겼다. 다른 이들보다 자신이 더 영리하고 자제력이 있다고 믿었고, 이와 같은자질이 있어야만 그들을 구해낼 수 있다고 믿었다. 하지만 그는 어리석었다. 이제야 그걸 깨닫고 말았다. 파블로의 다리를 자르다니 어리석었다. 그가 가까스로 해낸 모든 일이, 그리스인의 고통을 연장시켰을 뿐이다. 그리고 그는 바보였다. 아니, 그보다 훨씬 더 우둔했다. 불과 5미터 앞에서 에이미가 질식해 죽어가는데도, 뾰로통하게 앉아만 있었다. 기적적으로, 이곳에서 목숨을 부지한다고 해도, 그 기억을 안고 어떻게 살아갈 수있을지 막막했다.

시간이 흘렀다. 마야인들은 식사를 마쳤다. 여자가 한 줌의 나뭇잎으로냄비를 닦아냈다. 남자들은 화살을 무릎에 내려놓고 앉아, 제프를 지켜보았다. 소년은 이미 저글링을 그만두었다. 지금은 정글이 시작되는 지점으로 물러나, 방수포 아래 드러누웠다. 까마귀들은 쉬지 않고 나뭇가지에서나뭇가지로 푸드덕푸드덕 옮겨 다니며 깍깍 울어댔다. 하늘은 점차 어두워졌다. 나무들이 바람에 휘날리기 시작했다. 돌풍이 불 때마다, 비닐 방수포가 라이플 총성처럼 탕탕 울리는 소리를 냈다.

그리고 마침내 막 땅거미가 지려는 순간, 비가 내리기 시작했다.

스테이시는 에릭과 텐트 안에 있었다.

공터에서 침낭 앞에 섰을 때, 발치에서 덩굴이 몸부림치며 웃어대던 그때, 그녀는 한동안 넋을 잃어야 했다. 그녀는 에릭을 끌어안고 울음을 터뜨렸고, 눈물은 계속 흘러나왔다. 제프가 언덕 밑자락으로 떠나고, 덩굴이 마침내 조용해지고 마티아스가 돌아오고 나서 한참 후에도, 그녀는 계속 훌쩍거렸다. 그녀는 겁에 질려 있었다. 울음을 멈출 수 있을지, 그녀 자신도 알 수가 없었다. 하지만 에릭은 그녀를 계속 끌어안고 쓰다듬으며 다독여주었다.

"쉿…… 쉿."

결국 그녀도 지쳐 조용해지기 시작했다.

"좀 누워야겠어."

그녀가 중얼거리며 말했다.

그리하여 두 사람은 텐트로 들어오게 되었다. 에릭이 그녀를 위해 텐트 덮개 지퍼를 열었고, 그녀는 안으로 들어갔다. 스테이시가 남은 침낭에 푹 쓰러져 눕자, 에릭도 그녀 등 뒤에 바짝 달라붙어 누웠다. 울음을 그치고 나자, 아무것도 할 수 없을 것처럼 온몸에서 힘이 쭉 빠져나갔다. 이것도 역시 지나갈 거야. 스테이시는 자신에게 타이르며, 그렇게 빌어보려 애썼다. 그날 아침 언덕 밑자락에 혼자 앉았을 때, 그 세 시간이 얼마나 지루하고 견디기 힘들었던가를 떠올렸다. 하지만 그녀는 해냈다. 태양 아래 앉아 에이미 생각을 하지 않으려고 애썼다. 애쓰다가 실패하고, 다시 애쓰던 사이에 시간은 흘러갔다. 어느새 마티아스가 등 뒤에 다가와 시간이 다 되었음을, 즉 그녀가 임무를 완수했고 언덕으로 돌아갈 수 있음을 알렸다.

하도 울어서 목이 아팠다. 눈도 부은 게 느껴졌다. 너무 피곤했다. 지독히도 피곤했지만, 아직도 공포는 그녀 안에 가득했다. 목덜미로 에릭의 숨결이 닿는 게 느껴졌다. 그는 그녀를 끌어안고 있었는데, 처음에는 마음이 차분해지고 기분이 좋았다. 하지만 이제는 달라졌다. 그가 너무 꽉 조여 안은 게 거북하고, 자신의 심장 박동이 빨라지는 소리까지 귀에 쾅쾅 울려댔다.

그녀는 몸을 움직이려 해보았지만, 그는 더욱 바싹 당겨 안을 뿐이었다.

"너무 추워."

그가 말했다.

"너도 춥니?"

스테이시는 고개를 저었다. 그의 몸이 차갑다는 느낌은 전혀 들지 않았다. 오히려 열이 오른 듯 뜨겁기만 했다. 그와 몸이 닿은 곳에서는 땀이 흘렀다.

"그리고 피곤해."

그가 말을 이었다.

"죽도록 피곤해."

스테이시가 언덕 밑자락에서 돌아왔을 때, 그는 공터에 드러누워 입을 벌린 채 잠이 들어 있었다. 제프는 주머니를 꿰매는 중이었다. 그는 언덕 길을 막 올라온 스테이시를 불러, 물을 마시라고 했다. 그리고 난 후에도 에릭은 일어날 기미를 보이지 않았다. 두 시간, 어쩌면 세 시간은 족히 잠을 잤을 거라고 그녀는 생각했지만, 그래도 그의 피로는 가시지 않았다. 그의 목소리만으로도 얼마나 졸음에 겨운지 알 수 있었다. 하지만 왠지 그 목소리를 듣자 어서 그의 품에서 벗어나고 싶어졌다. 그녀는 더욱 힘을 넣어 다시 몸을 움직였고, 그러자 그의 팔이 스르르 풀리며 그녀를 놓아주었다. 스테이시는 일어나 앉아, 그를 물끄러미 쳐다보았다.

"나를 지켜봐줄래?"

그가 물었다.

"지켜봐?"

"잘 거야."

그가 대답했다.

"아주 잠깐만 봐줄래?"

스테이시는 고개를 끄덕였다. 그의 다리의 상처, 제프가 봉합한 들쭉날쭉한 바늘땀, 그리고 네오스포린 연고가 번들거리는 게 눈에 들어왔다. 피부에는 온통 핏자국이 얼룩져 있었다. 그는 춥고 피곤하다고 했지만, 사실 객관적으로 그럴 만한 이유는 없어 보였다. 스테이시는 거기에 관해서는 더 이상 궁리를 하지 않기로 했다. *이것도 역시 지나갈 거야.* 눈을 감고서 오직 그 생각만 떠올리려고 애썼다.

그때 그의 손길이 그녀의 몸에 닿았고, 그녀는 화들짝 놀랐다. 그가 손을 뻗어 그녀의 손을 잡고는, 졸린 얼굴로 미소를 보냈다. 스테이시는 손을 빼지는 않았지만, 속으로는 애써 참고 있었다. 그에게서 달아나고 싶었다. 그의 몸에서 내뿜는 열기, 손안의 미끈미끈한 습기에서 떨어지고 싶었다. *그게 그의 안에 있어.* 그때 그 생각이 그녀의 머릿속에 떠올랐다. 스테이시는 가까스로 그를 향해 미소 지었지만, 아주 희미했다. 그래도 문제는 되지 않았다. 에릭은 눈이 가물가물 감기고 있었다.

스테이시는 그가 푹 잠들어 손에서 힘이 풀릴 때까지 기다렸다가, 뒤로 물러나 앉았다. 약간 오므린 그의 손이, 손바닥을 위로 하고 텐트 바닥에 툭 떨어졌다. 마치 거지가 구걸하는 듯한 손 모양이었다. 그녀는 도시의 어느 어두운 밤, 그의 손에 동전을 떨어뜨려주고는, 다시는 보지 않으려고 총총 사라지는 자신을 그려보았다.

이것도 역시 지나갈 거야.

마티아스는 텐트 밖의 파블로 곁에 앉아 있었다. 바람이 부는 가운데에도 그리스인의 숨소리는 똑똑히 들렸다. 바람은 점차 강도가 더해져, 텐트의 나일론 벽을 가차없이 두들겨댔다. 텐트 속이 침침해지더니 거의 어두워졌다. 에릭은 평소에 코를 골았고, 이제 또 막 코골이를 시작하고 있었다. 스테이시는 그의 요란한 코골이를 에이미한테 흉내 냈고, 두 사람은 늦은 밤 기숙사 방 안에서 깔깔거리며 비밀 얘기를 나누었다. 이 추억의 아픔은 몸으로 고스란히 전해졌다. 가슴속이 콕콕 쑤시며 아팠다. 그녀는 그곳을 살살 문지르며, 울지 않으려 애썼다.

이것도 역시 지나갈 거야.

스테이시는 곧 비가 퍼부을 거란 예감이 들었다. 곧 쏟아지겠어. 그녀의 생각이 맞아떨어졌다. 즉시 폭우가 시작되었다. 비는 억수같이 쏟아졌다. 마치 거인이 젖은 손으로 텐트를 리드미컬하게 후려치는 것 같았다.

스테이시는 몸을 앞으로 기울여, 에릭의 어깨를 툭툭 쳤다.

"에릭."

그녀가 말했다.

그가 눈을 뜨고 그녀를 바라보았지만, 아직 잠에서 깨어난 것 같지는 않았다.

"비가 와."

그녀가 말했다.

"비?"

스테이시는 그가 자기 몸의 상처들을 차례로 더듬는 걸 바라보았다. 상처들이 아직 그대로 있는지 확인하려는 듯이. 그녀는 고개를 끄덕이며 말했다.

"마티아스를 도우러 가야겠어. 괜찮지?"

그는 물끄러미 그녀를 바라보았다. 그의 얼굴은 몹시 초췌한 데다, 너무나 창백했다. 지난 48시간 동안 제프가 그의 몸 안에서 덩굴 줄기들을 제거했지만, 그의 피까지 모두 잃은 게 아닌가 싶었다. 그녀는 자기도 모르게 몸서리를 쳤다.

에릭은 고개를 끄덕이고 침낭을 끌어당겨 몸에 둘렀다. 그걸 보고 스테이시는 마음을 놓고, 덮개를 열고 빗속으로 나갔다.

불과 몇 초 사이에 그녀는 흠뻑 젖었다. 마티아스는 공터 한가운데에 서서 원반에 물을 채우고, 그것을 다시 플라스틱 물통에 붓는 작업을 하고 있었다. 옷이 몸에 찰싹 달라붙었고, 모자는 제 모양을 잃고 축 늘어졌다. 그는 스테이시에게 원반과 물통을 맡으라고 손짓했다. 그리고 재빨리 파블로에게 다가갔다. 파블로는 눈을 감고, 꼼짝 않고 들것에 누워 비를 맞고 있었다. 스테이시는 원반이 찰 때까지 기다렸다가 물통에 붓고, 계속 그 과정을 반복했고, 한편 마티아스는 그리스인이 빗속에서 좀 더 안전하게 지내도록 끙끙대며 오두막을 손보았다. 하지만 별 소용없는 일 같았다. 바람이 워낙 거세게 불어, 빗발이 거의 수평으로 들이치고 있었기 때문이다. 파블로를 텐트 안으로 옮기는 것 말고는, 그를 보호할 만한 방법이 없었다.

스테이시는 물통 마개를 닫았다. 주머니도 다 찬 걸 보니, 쓸모가 있는 것 같았다. 쏟아지는 빗속에서 공터는 진흙밭으로 바뀌었다. 지면은 점점 더 물렁해져, 스테이시의 샌들까지 서서히 잠겨들었다. 그때 주머니 바로 옆, 반쯤 땅속에 잠긴 채 비죽하게 박혀 있는 비누가 눈에 띄었다. 그녀는 그것으로 얼굴과 손을 문지르기 시작했다. 그러고는 고개를 꺾어들고, 빗물에 비눗기가 씻겨나가게 했다. 하지만 그것으로는 만족스럽지 않았다. 그녀는 아무 생각 없이 거의 무의식적으로, 셔츠와 바지와 속옷까지 벗어내렸다. 공터 한가운데에서 발가벗은 채, 가슴, 배, 다리 사이, 머리에 비누칠을 해서 오물, 즉 땀과 기름기와 냄새를 씻어냈다.

마티아스는 오두막에 웅크린 채, 테이프로 알루미늄 기둥에 나일론 천이 좀 더 팽팽하게 붙어 있도록 고정시켰고, 그 와중에도 바람은 그를 향해 세차게 몰아쳤다. 스테이시에게 도움을 청하려고 몸을 돌린 순간, 벌거벗은 그녀의 몸이 눈에 들어왔고, 그는 서서히 시선을 들어 올렸다. 하지만 그녀와 눈길이 마주칠까봐, 한마디 말도 않고 얼른 오두막으로 고개를 돌렸다.

이미 흐릿해지기 시작한 햇빛은, 급속도로 공터에서 빠져나가고 있었다. 스테이시는 한참 전부터 시간의 흐름을 잊고 있었다. 그래서 주위가 컴컴해진 게 폭우 때문인지, 구름 뒤에 숨은 해가 마침내 급작스러운 하루의 종결을 향해 하강을 시작한 것인지, 분간하기가 어려웠다. 천둥이 쳤다. 굵은 저음으로 으르렁대는 소리였고, 쏟아지는 빗발은 살갗이 따가울 정도로 억셌다. 점점 추워졌다. 이가 딱딱 마주치지 않게 하려고, 턱에 힘을 주어야 했다. 그녀는 부들부들 떨었고, 한기가 뼛속까지 스며드는 것 같았다.

뼈.

스테이시는 침낭으로 시선을 놀렸나. 그 입구에서 쏟아져 나온 덩굴 다발과 사방이 컴컴한 가운데 축축하게 젖어 하얗게 빛나는 것이 눈에 들어왔다. 그때 갑자기 그녀의 알몸을 누군가 지켜보는 것 같은 이상한 느낌이 들었고, 그녀는 얼른 양팔을 접어 가슴을 가렸다. 마티아스를 흘끗 쳐다보았다. 그는 여전히 등을 돌린 채, 오두막 작업에 열을 올렸다. 제프가 혹시 저 아래에서 올라왔을까, 언덕길로 눈길을 돌렸다. 하지만 거기에는 아무도 없고, 텐트에서 에릭이 내다본 것 같은 흔적도 보이지 않았다. 하지만 누군가 훔쳐본 것 같은 느낌은 여전했고, 오히려 점점 더 강해져 영 거북했다. 언덕 정상 쪽으로 시선을 돌리고 나서야, 즉 쏟아지는 빗속에 고개를 숙인 채 끄덕거리는 푸른 잎들을 보고서야, 그녀는 자신의 느낌이 적중했음을 깨달았다.

덩굴이었다. 그게 보고 있다는 걸, 스테이시는 마침내 알아차렸다.

그녀는 젖은 옷가지를 그대로 진흙 속에 내버려둔 채, 텐트를 향해 있는 힘껏 내달렸다.

그 안은 바깥보다 훨씬 어두웠다. 에릭이 어떻게 하고 있는지 분간하기가 어려웠다. 그가 침낭을 몸에 만 채, 텐트 바닥에 누워 있는 걸 확인하느라 애를 먹어야 했다. 그녀가 안으로 들어선 순간, 그가 눈을 뜨고 바라본 것 같기는 했지만 확실치는 않았다.

"몸을 씻었어."

그녀가 말했다.

"너도 씻어야 돼."

에릭은 대꾸하지도 움직이지도 않았다.

그녀는 그에게 다가가 몸을 숙였다.

"에릭?"

그는 힘없이 씩 웃어 보였다.

"괜찮아?"

그녀가 물었다.

그는 다시 씩 웃어 보였다.

스테이시는 그가 어둠 속에서 자신을 바라본다는 걸 마침내 깨닫고 멈칫했다. 바람은 텐트 벽을 뒤흔들었다. 머리 위의 나일론 천장 여러 곳에서 물이 새, 바닥에 똑똑 떨어지며 서서히 흥건하게 괴어들고 있었다. 몸이 덜덜 떨리는 게 멈출 것 같지 않았다.

"옷을 입어야겠어."

그녀가 말했다.

에릭은 가만히 누워만 있었다.

스테이시는 텐트 뒤쪽으로 가서 쪼그리고 앉아, 배낭들을 뒤적거려 치마와 노란 블라우스를 찾아냈다. 티셔츠로 얼른 몸을 문질러 닦고 치마와 블라우스를 걸쳤지만, 속에는 아무 것도 입지 않았다. 모르는 사람의 팬티만은 차마 입을 수가 없었다. 치마가 짧아 허벅지 위로 올라왔다. 블라우스도 꽉 끼었다. 그녀보다 마른 사람의 옷이었던 모양이다.

기분이 좀 나아졌지만, 정확히 말해 기분이 좋아진 게 아니라, 좀 전처럼 불쾌한 정도는 아니라는 뜻이었다. 머릿속에서 윙윙대는 소음은 거의 사라졌다. 배고픔도 가신 것 같았다. 뭔가 허전한 기분이 들기는 했지만, 그래도 왠지 마음이 차분히 가라앉았다. 여전히 몸이 덜덜 떨려, 에릭의 침낭 속으로 기어들어가 그를 껴안고 따뜻한 체온을 느껴볼까도 잠시 생각했다. 하지만 그때 공터에서 파블로를 위해 오두막을 손보느라 애쓰는 마티아스가 떠올랐고, 텐트 덮개로 다시 기어가 밖을 내다보았다. 이제 햇빛은 거의 사라지고 없었다. 불과 3미터 앞의 마티아스는 그림자처럼 어둑어둑하게 보였다. 그는 파블로의 곁, 진흙탕 속에서 스테이시의 파라솔을 쓰고 앉아 있었다. 간신히 오두막의 높이를 낮추기는 했지만, 그게 그리스인에게 얼마나 도움이 될지는 기대하기 어려웠다.

"마티아스?"

스테이시가 불렀다.

그는 폭우 속에서 그녀를 향해 얼굴을 돌렸다.

"제프는 어디 있어?"

그녀가 물었다.

마티아스는 공터 어딘가에 제프가 숨어 있기라도 한 듯, 어깨 너머를 흘끗 돌아보았다. 그러고는 그녀를 돌아보고 고개를 가로저었다. 그가 뭐라고 이야기했지만, 빗소리 때문에 알아듣기가 어려웠다.

스테이시는 양손을 오므려 입에 대고 외쳤다.

"그가 돌아왔어야 하지 않아?"

마티아스는 일어나 그녀에게 다가왔다. 파라솔은 이름만 파라솔일 뿐, 전혀 기능을 못 해 빗발은 조금도 막아주지 못했다.

"뭐라고?"

그가 말했다.

"제프가 돌아왔어야 하지 않아?"

마티아스는 생각에 잠겨 한 발 한 발 무겁게 걸음을 내디뎠고, 그럴 때마다 그의 테니스화가 물렁물렁한 땅속으로 사라졌다가 다시 나타나고 또 사라졌다.

"내가 내려가서 확인해야겠어."

"확인?"

"왜 못 오고 있는지."

스테이시는 머릿속이 다시 윙윙 울리기 시작했다. 이곳에 에릭과 파블로하고만 남고 싶지 않았다. 마티아스가 텐트 근처에 남아 있게 할 만한 말을 하고 싶었지만, 아무것도 생각나지 않았다.

"파블로를 지켜볼 수 있겠어?"

그가 물었다.

그녀는 머뭇거렸다. 깨끗해지고 물기가 말라서 어느 정도 안정을 찾기는 했지만, 두려움을 몰아내기에는 턱도 없었다.

"우리가 여기서 기다리고 있으면, 그가……."

"날이 어두워질 거야. 여기서 더 기다리면, 내려가 확인할 수도 없게 돼."

그는 그녀에게 파라솔을 건넸고, 그녀가 그것을 받아 들려고 빗속에 팔을 뻗자 살갗에 소름이 올라왔다. 마티아스는 모자를 벗어서 쭉 짜고 다시 썼다.

"서둘러 갔다 올게."

그가 말했다.

"알았지?"

스테이시는 고개를 끄덕였다. 마음을 다잡고 텐트 덮개에서 빠져나왔다. 마치 폭포 속을 걷는 것 같았다. 그녀는 파블로의 오두막을 향해 다가가 그 곁에 웅크리고 앉았지만, 앙상하고 진흙투성이인 그리스인의 얼굴, 젖은 머리카락은 일부러 보지 않았다. 그의 비참한 몰골과 극심한 고통 앞에서 자신이 도와줄 방법은 전혀 없다는 걸 알기에, 그녀는 차마 눈길을 줄 수가 없었다. 파라솔을 그의 머리 위에 드리워주었지만, 아무 소용없었다. 고약한 바람이 심술을 부려 확 젖혀놓았다. 마티아스는 쏟아지는 비를 맞으며, 잠시 그녀를 지켜보았다. 그러고는 몸을 돌려 공터를 성큼성큼 빠져나가 어둠 속으로 사라졌다.

에릭은 침낭 속에서 몸을 동그랗게 말고 온기를 찾으려 애썼다. 비가 내리고, 스테이시와 마티아스는 밖에 있었다. 바람이 거세게 붉이 덴트를 흔들었다. 에릭은 몹시 지쳤지만, 아무도 지켜주지 않는데 잠이 들지 않으려고 안간힘을 썼다. 아주 잠깐, 단 몇 초만이라도 눈을 감고 깊은 숨을 내쉬며, 잠들지 않은 상태에서 휴식을 취하고 싶었다. 그때 스테이시가 생각보다 빨리 돌아와, 그를 내려다보며 괜찮으냐고 물었다. 그녀는 비에 젖었고 알몸이었으며, 그에게 물방울을 뚝뚝 흘렸다. 나는 잠들었어. 꿈을 꾸는구나. 그는 그렇게 생각했다. 하지만 그게 아니었고, 어쩌면 절반쯤은 그랬는지도 모른다. 그녀가 텐트에 들어오는 걸 알 수 있었고, 배낭을 뒤적거리고 몸을 툭툭 두들기며 물기를 닦고 옷을 입는 소리도 들렸다. 꾸벅꾸벅 조는 사이에 덩굴이 공격하지는 않았는지 불안해서, 손을 뻗어 상처 부위를 더듬었지만 그런 기미는 없었다. 온몸이 쿡쿡 쑤시며 아팠다. 손가락 끝에 멍이 든 게 아닌가 싶었다. 발바닥과 무릎뼈, 온몸이 죄다 그런 것 같았다.

누군가의 목소리가 들려 고개를 들었다. 스테이시가 텐트 덮개 앞에 선 게 어렴풋이 보였는데, 마티아스한테 말을 걸고 있었다. 에릭은 눈이 다시 스르르 감겼는데, 아주 잠깐 동안인 것 같았고, 눈을 떴을 때에는 텐트에 홀로 남아 있었다. 그는 또 상처 부위를 점검했고, 일어나 앉을까 생각도 했지만, 그럴 만한 힘이 나지 않았다. 억수같이 쏟아지는 빗소리 때문에 생각을 한데 모으기가 어려웠다. 폭우 소리는 마치 박수 소리처럼 들렸다.

에릭은 다시 잠에 빠져 드는 게 느껴졌고, 그래서 어떻게든 깨어 있으려 안간힘을 썼다. 그는 첫 직장에서 첫 수업을 하고 있었다. 그런데 그가 말하려 할 때마다 소년들이 손뼉을 쳐대는 바람에, 그 소음에 그의 목소리가 파묻히고 말았다. 자초지종은 모르지만, 그것은 일종의 게임이었다. 하지만 그는 그 게임의 규칙을 알지 못해 계속 지기만 했고, 그대로 가면 첫날도 넘기지 못하고 해고될 판이었다. 신기하게도 그는 그게 오히려 마음이 편했다. 한편 그는 아직도 깨어 있었다. 자신이 꿈을 꾼다는 걸 알고 있었다. 희미하게 남아 있는 의식의 한 단면을 통해, 에릭은 지금 꾸는 꿈을 분석했다. 그는 교사가 되고 싶지 않았다. 즉, 그가 교사가 되고 싶지 않았음을, 꿈은 가르쳐주고 있었다. 사로잡힌 몸이 되어 다시는 귀국할 수 없는 지금에서야, 그는 그 사실을 인정한 꼴이 되었다. *그렇다면, 교사가 아니라면 무엇?* 그는 마음속으로 질문을 던졌고, 대답은 역시 꿈을 통해서 그 자신을 납득시키는 방법으로 이루어졌다. 그리하여 에릭은 자신이 언제나 고풍스러운 술집의 바텐더가 되고 싶었다는 걸 깨달았다. 진짜 술집은 아니고, 옛날 흑백 서부 영화에 등장하는 술집으로서, 양쪽 여닫이문이 달렸고, 구석에서는 술 취한 포커꾼들이 노름을 하며, 길에서는 악당들이 결투를 벌인다. 그는 머그잔에 맥주를 가득 채워, 기다란 카운터의 한끝으로 쓱 밀어낸다. 그의 말투에는 아일랜드계 억양이 배어 있고, 존 웨인, 게리 쿠퍼의 절친한 친구로서……

"그게 꾸며내고 있어. 오케이? 에릭? 너도 알지, 그렇지?"

텐트 안은 캄캄했다. 스테이시가 다시 그의 앞에 웅크리고 앉아 있었다. 흠뻑 젖은 채 물방울을 뚝뚝 흘리며 그의 팔을 툭툭 쳤다. 공포에 질린 데다 신경이 날카롭게 곤두선 것 같았다. 그녀는 어깨 너머의 텐트 입구를 연방 흘끗거리고 있었다.

"사실이 아니야."

그녀가 말했다.

"그런 일은 없었어."

아이들의 박수 소리, 술집 문이 삐걱대며 열리는 꿈속에서 아직 채 헤어 나오지 못한 에릭은, 그녀가 무슨 말을 하는지 이해가 되지 않았다.

"뭐가 없었다고?"

그가 물었다.

바로 그때 폭우 속에서 몇 마디가 희미하게 들렸다. *키스해, 마티아스. 키스해줄래?* 공터에서 여자의 목소리가 들렸다. *괜찮아. 내가 원해.* 스테이시의 목소리 같았지만, 너무 희미했다. 그녀의 목소리 같기도 하고, 아닌 것 같기도 했다.

그가 무슨 생각을 하는지, 스테이시도 눈치를 챈 듯했다.

"그게 나를 흉내 내고 있어. 내가 저런 말을 한 것처럼. 하지만 난 안 그랬어."

안아줘. 나를 안아줘.

이어서 마티아스인 듯한 목소리가 들렸다. *우리 이러면 안 돼. 만일 누가…….*

쉿. 아무도 못 들을 거야.

"내가 아니야."

스테이시가 말했다.

"맹세해. 아무 일도 없었어."

에릭은 바닥을 짚고 일어나, 침낭을 어깨에 두른 채 책상다리를 하고 앉았다. 비가 쏟아지는 캄캄한 바깥에서 헐떡이는 소리가 났다. 처음에는 나지막하다가, 이내 소리가 거칠어졌다.

마티아스였다. 거의 한숨 소리 같았다. *맙소사, 너무 좋아.*

헐떡이는 소리가 깊어져 신음으로 변했다.

너무 좋아.

더 세게. 스테이시의 목소리가 속삭였다.

신음 소리가 잦아들면서 더욱 간절해졌고, 스테이시 쪽에서 비명을 내지르면서 절정에 이르렀다. 그러고는 조용해져 빗발이 지면에 튀기는 소리, 그리고 끊어졌다 이어졌다 하는 파블로의 숨소리만 들렸다. 에릭은 어둠 속에서 스테이시를 바라보았다. 그녀는 처음 보는 옷을 입고 있었다. 그녀에게는 너무 작았고, 비에 젖어 몸에 찰싹 달라붙었다.

물론 그게 문제는 아니었다. 그 일이 정말 벌어졌을 수도 있고 아닐 수도 있지만, 어느 쪽이든지 간에 멍청하게 속을 끓이고 싶지 않았다. 에릭은 그런 심리전에는 자신이 있었기에, 유리한 고지를 점령할 수 있는 손쉬운 접근 방식을 잠시 궁리해보았다. 처음에는 그냥 한번 웃어볼까 생각했다. 그게 적절한 전략일까? 고개를 저을까, 키들키들 비웃어볼까? 아니면 그녀를 끌어안을까? 하지만 그녀는 온통 젖었고, 솔직히 말해 창녀

같은 이상한 차림새를 하고 있었다. 그 생각이 불쑥 떠오르자 얼른 지워 버리려 했지만, 도무지 그렇게 되지가 않았다. 블라우스 밖으로 뾰족 솟아오른 그녀의 젖꼭지, 허벅지 위로 올라온 치마, 게다가 그 속에는 아무 것도…….

"너도 그게 사실이 아니란 거 알지?"

그녀가 말했다.

"그렇지?"

그냥 웃자. 그는 생각했다. 간단해. 하지만 전혀 그럴 의도가 아니었는데, 그의 목소리는 완전히 딴 방향으로 떠밀려 나왔다.

"그게 꾸며냈을 리가 없어."

스테이시는 아무 말 없이 그를 바라보았다. 그녀는 가슴 앞으로 팔짱을 꼈다.

"에릭…….'

"그건 흉내를 내. 자기가 들은 것만. 지어내지는 않아."

"그렇다면 언제쯤 누군가 섹스하는 소리를 듣고는, 거기에다 우리 목소리를 섞어 넣은 거야."

"네 목소리를 섞어 넣었다고? 네가 그런 말을 하기는 했구나?"

"당연히 아니야."

"하지만 그게 네 목소리를 섞어 넣었다고, 네 입으로 말했잖아."

"우리가 전에 한 말을 따다가 멋대로 조합해서, 전혀 다른 말로 만든 거라는 뜻이야. 알겠어? 어떤 대화에서 한 단어만 취해서는 다른 단어하고…….'

"언제 '더 세게' 라고 말했어? '키스해' 는 언제?"

"모르겠어. 아마…….'

"이봐, 스테이시. 그만 사실을 털어놓으시지."

"이건 어리석은 짓이야, 에릭."

그는 그녀가 얼마나 실망했는지, 상황을 바로잡으려고 얼마나 애쓰는지도 알 수 있었다.

"나는 진실을 알고 싶을 뿐이야."

그는 말했다.

"나는 진실을 말했어. 그게 사실이 아니라고. 그건⋯⋯."

"화 안 낸다고 약속할게."

하지만 물론 이미 화가 나 있었다. 그 말을 하면서, 본인도 그걸 알 수 있었다. 에릭이 스테이시에게 부정을 저지른 걸 털어놓으라고 요구한 것은 이번이 처음이 아니었다. 그는 앞으로 이어질 모든 대화가 부담스럽고 답답하고 괴로웠다. 두 사람 사이의 이런 입씨름에는, 마치 대본처럼 늘 순서가 정해져 있었다. 그가 그녀를 차근차근 다그치고, 갖은 평계와 구실을 낱낱이 밝혀가면서 서서히 그녀를 코너로 몰고 가, 마침내 털어놓게 만든다. 그녀는 울음을 터뜨리기 시작하고, 용서를 빌며 다시는 그를 배신하지 않겠노라고 맹세한다. 그러면 에릭은 마음을 누그러뜨리고, 그녀를 다시 믿기로 마음먹는다. 지금 그 순서들, 그 많은 단계들을 밟아나갈 걸 생각하니, 그는 진절머리가 났다. 어서 끝을 보고 싶었다. 그녀가 울면서 빌고 맹세하기를 바랐고, 이곳에서조차, 이 기막힌 상황에서조차 그녀가 또 자신을 괴롭게 한다는 데 화가 치밀었다.

"나를 봐."

스테이시가 말했다.

"내가 이곳에서 누군가와 그 짓을 하는 데 정말 관심을 가질 거라고 생각해? 오히려 나는 지금⋯⋯."

"다른 데라면 그와 그 짓을 할 거야?"

"에릭⋯⋯."

"칸쿤에서라면 그와 그 짓을 벌였겠네?"

그녀는 그 질문이 대답하기에 너무나 수치스러운지, 한숨을 푹 내쉬었다. 사실이 그랬다. 한편으로 에릭은 그녀의 심정을 이해할 수 있었다. *마음을 가라앉히자.* 그는 속으로 타일렀다. *목소리를 가라앉히자.* 그는 생각을 집중하려 애썼지만, 뜻대로 되지 않았다.

"칸쿤에서 마티아스와 잤어?"

그가 물었다.

스테이시가 채 대답을 하기 전에, 그녀의 목소리가 다시 시작되었다. *안아줘. 꼭 안아줘.*

우리 이러면 안 돼. 만일 누가…….

쉿. 아무도 못 들을 거야.

그리고 또다시 헐떡이는 소리가 시작되고 점차 크게 울렸다. 에릭과 스테이시 둘 다 입을 다물고 귀를 기울였다. 하기는 달리 무슨 수를 쓸 수 있겠는가?

맙소사, 너무 좋아.

헐떡이는 소리는 신음으로 깊어졌다. 에릭은 그 목소리를 집중해 들었고, 조금은 석연치 않은 구석을 느꼈다. 어떻게 들으면 그게 스테이시와 마티아스의 목소리가 틀림없는 것 같았다. 하지만 어떻게 들으면, 그녀 말대로 사실이 아니고 전혀 벌어지지도 않은 일이라고 믿고 싶어졌다.

너무 좋아. 그 소리가 들리자, 그는 얼른 생각했다. *당연히 아니야. 마티아스일 리가 없어.*

더 세게. 잔뜩 굶주린 듯, 간절하게 속삭이는 그 소리가 들리자, 그는 또 생각했다. *그래, 분명히 스테이시의 목소리가 맞아.*

마침내 절정에 다다랐고, 이어서 빗줄기와 파블로의 숨소리가 다시 들려왔다. 바람이 들이칠 때마다, 텐트 덮개가 펄럭였다. 스테이시가 그에게 다가앉았다. 그리고 손을 뻗어 침낭이 덮인 그의 무릎을 꽉 붙잡았다.

"저게 우리를 갈라놓으려고 해, 자기야. 우리가 싸우기를 바란다고."

"'안아줘. 꼭 안아줘'라고 해봐."

스테이시는 그의 무릎에서 손을 떼고, 그를 빤히 쳐다보았다.

"뭐?"

"네 목소리를 듣고 싶어. 네가 그렇게 말하는 걸 들으면, 나도 알 수 있을 거야."

"뭘 알아?"

"네 목소리가 맞는지."

"넌 망할 자식이야, 에릭."

"'아무도 못 들을 거야'라고 해봐."

그녀는 고개를 가로저었다.

"그런 짓은 하기 싫어."

"아니면 '더 세게'라고 해봐. '더 세게'라고 속삭여봐."

스테이시는 자리에서 일어났다.

"파블로를 살펴봐야 해."

"괜찮아. 여기서도 다 들리잖아?"

사실이었다. 파블로의 숨소리가 텐트 안을 가득 메울 듯이 똑똑히 들렸다.

스테이시가 양손을 허리춤에 가져갔다. 어둠 속에서 그녀의 얼굴은 확실히 보이지 않았지만, 자신을 노려본다는 걸 알 수 있었다.

"왜 이러는 거니? 어? 지금 우리한테 닥친 일이 태산 같은데, 너는 꼭……."

"에이미 말이 맞았어. 너는 헤픈 년이야."

그 말이 결정타인 것 같았다. 순간 그녀는 아무 말도 하지 못했다. 그리고 아주 조용히 속삭이듯 입을 열었다.

"뭐가 어째, 에릭? 어떻게 그런 말을 할 수 있어?"

그녀의 목소리가 떨리는 걸 듣자, 그는 입을 다물까도 생각했다. 하지만 그는 이미 말을 시작했고, 멈출 수가 없었다.

"언제 그랬어? 오늘 밤에?"

단정할 수는 없지만, 그녀는 울고 있는 것 같았다.

"여기 들어왔을 때 너는 발가벗고 있었어."

그가 말했다.

"네가 벗은 걸 봤어."

그녀는 손으로 얼굴을 훔쳤다. 갑자기 빗발이 거세져, 낙수 소리가 확 커졌다. 텐트가 금방이라도 무너질 것처럼 흔들렸다. 두 사람은 본능적으로 고개를 움츠렸다. 하지만 불과 몇 초 사이에 진정되었고, 온 사방이 기이하게도 조용해졌다.

"전에도 그랬어?"

스테이시가 코를 훌쩍이는 소리가 났다.

"제발 그만 해."

에릭은 머뭇거렸다. 어떤 이유에서인지, 유별나게 고조된 적막한 느낌이 그를 불안하게 만들었다. 불길하고 두려웠다. 그는 저 밖에 침입자라도 나타나기를 기대라도 하는 듯, 공터를 흘끔거리며 내다보았다.

"몇 번이나 그랬는지 말해, 스테이시."

그녀는 다시 고개를 가로저었다.

"나쁜 자식."

"나는 화 안 났어. 내가 화난 것처럼 보여?"

"가끔씩 네가 미워져. 정말 미워."

"나는 진실을 알고 싶을 뿐이야. 나는 그저……."

순간 스테이시가 소리를 꽥 질러, 그는 화들짝 놀랐다. 그녀는 주먹을 그러쥐었다. 그리고 머리카락을 뒤로 홱 넘겼다.

"닥쳐! 제발 좀 그래줄래? 제발 좀 닥쳐줄래?"

그녀는 그를 향해 성큼성큼 다가와, 한 대 내리칠 듯 오른팔을 그의 머리 위로 들어 올렸지만 중간에 멈추고는 텐트 입구로 고개를 돌렸다.

에릭도 그녀의 시선을 따라갔다. 마티아스가 한 발은 텐트 안에, 다른한 발은 텐트 밖에 놓은 채 우뚝 서 있었다. 완전히 흠뻑 젖었다. 그것 말고는 너무 어두워 볼 수가 없었지만, 에릭은 독일인이 무척 당혹스러워하는 걸 감지했다. 그들의 프라이버시를 방해하지 않으려고, 그는 막 어둠속으로 다시 물러나려던 참이었다.

"너라면 털어놓을 수도 있겠구나."

에릭이 그에게 말했다.

"그녀하고 놀아났니?"

마티아스는 그 질문에 너무 놀라 대꾸를 못 하고 입을 꾹 다물었다.

"덩굴이 소리를 만들어냈어."

스테이시가 설명했다.

"우리가 섹스를 하는 것처럼."

에릭은 마티아스의 표정을 살피려, 몸을 앞으로 쑥 내밀었다.

"'맙소사, 너무 좋아'라고 말해봐."

마티아스는 여전히 한 발은 빗속에 내놓고 있었다. 그는 고개를 흔들었다.

"무슨 말인지 모르겠어."

"아니면 '우리 이러면 안 돼. 만일……' 이렇게 말할 수 있어?"

"그만둬, 에릭."

스테이시가 말했다.

에릭이 그녀에게 고개를 돌렸다.

"너한테 하는 말이 아니야. 알겠어?"

그는 다시 마티아스를 바라보았다.

"어서 말해. 네 목소리로 듣고 싶어."

"어쩌다가 그런 생각을 하게 된 거야?"

마티아스가 물었다.

에릭은 그 질문에는 뭐라 할 말이 떠오르지 않았다. 젠장. 그 한 마디가 불쑥 떠올랐다. 빌어먹을. 하지만 소리 내어 말하지는 않았다.

"지금 이 지경에서 스테이시와 내가 그랬다고 불안해하는 이유가 뭐야? 그게 무슨 상관이지? 우리는 이곳에 갇혔어. 먹을 것도 없고. 헨리히와 에이미 둘 다 살해당했어. 제프는 찾을 수도 없고. 게다가 파블로는……"

그는 말을 멈추고 고개를 갸웃 기울인 채, 귀를 기울였다. 에릭과 스테이시도 귀를 기울였다.

조용하다. 에릭은 생각했다.

마티아스가 다시 빗속으로 사라졌다.

"세상에."

스테이시가 중얼대며 바삐 그 뒤를 쫓았다.

"오, 제발, 안 돼."

에릭은 어깨에 침낭을 두른 채 일어섰다. 덮개로 다가가 오두막 쪽을 쳐다보았다. 마티아스가 들것 옆에 무릎을 꿇고 있었다. 스테이시는 그의 옆에 서 있었다. 두 사람에게 빗발이 쏟아져 내렸다.

"미안해."

스테이시가 연방 그 말을 되뇌었다.

"정말 미안해."

마티아스가 다시 일어섰다. 아무 말도 하지 않았다. 사실 그럴 필요도 없었다. 에릭을 밀치고 텐트로 들어올 때 그 역겨워하는 표정만으로도, 그의 입을 통해 어떤 말을 듣는 것보다 훨씬 더 큰 효과가 있었다.

스테이시는 웅크리고 앉았고, 빗발에 흙탕물이 온몸에 튀겼다. 그녀는 다리를 끌어안고서, 좌우로 흔들기 시작했다.

"정말 미안해⋯⋯ 정말 미안해⋯⋯ 정말 미안해⋯⋯."

에릭은 그녀 너머로 들것에 누운 파블로를 어둠 속에서 간신히 확인할 수 있었다. 꼼짝도 하지 않고 조용했다. 그들이 텐트에서 싸우는 동안, 폭우가 그들 위로 내리치는 동안, 덩굴이 파블로에게 밀사를 보냈다. 가느다란 줄기 한 가닥이 그리스인의 얼굴을 감고 입과 코를 막고서 질식해 죽게 만든 것이다.

※

비가 내리기 시작한 후에도, 제프는 언덕 밑자락에서 보초를 섰다. 그리스인들이 그날 아침에 출발했다면, 차로를 벗어나 숲길을 걷던 중에 갑작스러운 폭우로 무척 놀랐을 수 있다. 제프는 후안과 돈키호테가 억수 같은 비에 어떻게 반응했을지, 한동안 골똘히 생각해보았다. 그 자리에서 방향을 틀어 코바로 돌아갔을지, 아니면 고개를 움츠리고 길을 재촉했을지. 결국 후자 쪽이 가능성이 적다는 걸 인정해야 했다. 단, 그들이 거의 당도했을 경우, 즉 처음의 숲길에서 나와 샛길을 따라 걸으며 점차 오르막길로 접어들던 중이었다면, 이 폭우 속을 뚫고 전진했을 것이라 짐작했다.

그는 20분만 더 기다려보기로 결정했다.

몸을 숨길 데도 없는 허허벌판에서 쏟아지는 비를 고스란히 맞고 앉기에는 긴 시간이었다. 마야인들은 정글 시작 지점으로 물러가, 방수포 밑에 옹기종기 모여들었다. 그들 중 한 사람만 공터에 남아 제프를 지켜보왔다. 큼직한 비닐 쓰레기봉투에 머리와 팔이 나올 구멍을 낸 뒤, 일종의 판초처럼 뒤집어쓰고 있었다. 제프는 예전에 캠핑 여행에서도, 그것과 비슷한 의상을 만든 기억이 났다. 그와 동료 보이스카우트들이 예기치 않게 이틀간이나 폭우를 만나던 때였다. 집으로 돌아갈 때에는 강을 하나 건너야 했다. 일주일 전에도 건넌 곳이지만, 폭우 때문에 급격히 불어난 상태였다. 가슴 높이까지 차오르는 데다, 물살이 빠르고 몹시 차가웠다. 제프는 속옷만 걸친 채 로프를 어깨에 메고 비틀대며 건너갔다. 그리고 로프를 나무에 묶어, 다른 이들이 그걸 잡고 건너올 수 있게 했다. 그런 행동을 하다니 자신이 얼마나 자랑스러웠는지, 마치 영웅이 된 기분이었지만, 지금 그 추억을 떠올리니 다소 창피스러웠다. 인생이 무슨 장난인 양 이런저런 모험을 하며 살아왔다는 걸, 그는 이제야 깨달았다. 물론 그마저도 이제는 과거의 일이 되어버렸다.

빗발은 계속 억세게 쏟아졌다. 천둥소리가 났지만 번개는 치지 않았다. 결국 제프가 시계를 확인하고 일어나 돌아가려고 할 때에는, 날이 거의 어두워진 뒤였다.

진흙탕이 되어 미끌미끌한 언덕길을 올라가기란 몹시 힘이 들었다. 제프는 숨을 고르느라 연방 걸음을 멈추어야 했다. 그가 또 걸음을 멈추고 얼마나 올라왔는지 확인하려고 언덕 밑자락을 흘끗 돌아본 순간, 퍼뜩 한 가지 생각이 뇌리를 스치고 지나갔다. 날이 어두워져 나무가 늘어선 지점은 더 이상 식별할 수가 없다. 공터에서 안개까지 피어올라, 시계(視界)는 더욱 흐렸다. 마야인들이 피운 모닥불들도 모두 꺼진 뒤였다. 그들이 밤새도록 공터를 빈틈없이 메우고 서서 지키지 않는 한, 제프가 통과할 가능성은 충분해 보였다.

비는 계속 맹공격을 퍼부었지만, 제프는 한동안 그걸 까맣게 잊고 있었다. 그는 굶주린 데다 지칠 대로 지친 상태였다. 어서 텐트로 돌아가, 조그만 너트 캔을 열어 일행과 나눠 먹고 싶었다. 그런 다음 배가 아플 때까지 물통의 물을 마시고 싶었다. 그러고는 눈을 감고 푹 잠들고 싶었다. 하지만 그러한 유혹과 맞서 싸워야만 했다. 또한 그에게 끈질기게 들러붙은 채, 앞으로 또 다른 실패를 기약하는 좌절감에도 저항해야 했다. 이제는 낯설게 느껴지기 시작한 희망이라는 감정을 붙들기 위해, 그는 안간힘을 썼다. 성공 못 하리란 법은 없잖아? 제프는 이렇게 질문을 던졌다. 마야인들이 큰비를 피해 비닐 방수포 밑에 웅크리느라 잠시 한눈을 판 틈을 타, 저 공터로 슬쩍 발을 내디딜 수도 있지 않을까? 그들 곁을 몰래 빠져나가, 그 뒤의 정글로 숨어들 수도 있지 않을까? 그러고는 동이 틀 때까지 숨어 있다가, 날이 밝자마자 코바로 출발한다. 그러면 언덕 위의 일행들을 구해낼 수 있을 것이다.

안 돼. 또 일을 저지르지 못해 안달인가? 어리석기 짝이 없는 영웅 행세를. 마야인들이라고 그런 사태를 예상 못 하겠는가? 보초가 잠복해 있다가 화살을 날릴 게 뻔하지 않은가? 거기에 생각이 미치자 제프는 언덕길을 다시 오르려 했지만, 고된 전진은 그를 더욱 지치고 춥고 굶주리게 했다.

언덕길을 계속 올라가야 한다고 마음먹었다가도 얼른 돌이키고 싶은 생각이 들고, 이렇게 갈팡질팡하는 사이에 빗발은 계속 내리치고 어둠도 깊어만 갔다. 결국 굶주림, 피로, 실패를 예감하는 좌절감에도 불구하고, 마침내 승리를 거둔 쪽은 제프의 어린 시절 교육 환경이었다. 강인한 절제력을 추구하는 뉴잉글랜드에서 성장한 그는, 두 가지 운명 중에 더욱 힘든 쪽을 택하라는 청교도 정신에 깊은 영향을 받았다.

그리하여 제프는 언덕 밑자락을 향해 천천히 내려가기 시작했다.

예상하던 그대로였다. 안개, 비, 짙어가는 어둠 때문에 5미터 앞도 보이지 않았다. 임시 판초를 걸친 마야인은 여전히 공터 한가운데에 앉아 임무를 수행했지만, 제프의 눈에는 보이지 않았다. 물론 그 말인즉슨 제프 또한 상대방에게 보이지 않는다는 뜻이 된다. 이제부터 그가 할 일이란, 마야인들의 방수포 은신처와 다음 야영지 사이의 중간 지점, 즉 왼쪽으로 20미터를 걸어가는 것이었다. 그런 다음 어둠 속에 몸을 숨긴 채 안개와 비를 뚫고 전진한다면, 발각되지 않고 정글에 닿을 수 있다.

그는 왼쪽으로 몸을 틀고, 머릿속으로 숫자를 헤아리며 걸음을 내디뎠다. *하나…… 둘…… 셋…… 넷……*. 공터에 깊이 스며든 빗물 때문에, 땅은 깊디깊은 진창이 되었고, 제프의 발걸음을 묵직하게 붙들었다. 그는 언덕에서 첫날 밤을 맞았을 때에도 달아나려고 했다. 덩굴 밭을 몰래 통과하려 했는데, 그러자 덩굴의 줄기들이 마야인들에게 제프의 접근을 경고라도 하듯이 울어대 산통을 깼다. 그런데 지금은 왜 이토록 꼼짝도 않고 잠잠하기만 할까 의심스러웠다. 지금 그가 무슨 일을 벌이는지, 덩굴은 분명히 감지하고 있었다. 제프의 탈출 시도가 얼마나 가소로운지, 이 짙은 안개, 어둠, 빗속에서도 마야인들이 수비를 계속한다는 사실 또한 덩굴은 알고 있었다. 따라서 덩굴이 이렇게 잠잠한 것은, 탈출은 결코 성공 못 할 테니 당장 돌이켜 죽음을 면하는 게 낫다는 암시일 수도 있다. 즉, 그것이 바로 전조이며, 타당하고 현명한 논리이므로, 지금이라도 포기하고 안전하게 언덕길로 놀아가야 한다는 걸, 그도 마음 한쪽에서는 느끼고 있었다.

그런데도 그는 계속 걸음을 떼었다.

서른 번째 걸음에서 마침내 그는 우뚝 멈추었다. 그리고 정글을 바라보았다. 들리는 것이라고는 사방의 진창으로 빗발이 떨어지는 소리뿐이었다. 바람이 안개 속을 헤집고 어지럽게 흩어놓았고, 그 틈으로 알 수 없는 형체가 어른거렸다. 제프는 처음은 왼쪽, 다음은 오른쪽을 뚫어지게 살폈다. 온몸의 세포들이 허튼짓은 하지 말고 어서 돌아가라고 그에게 경고를 보내는 것 같았다. 하지만 그토록 염원하던 순간이 아니던가? 이것이야 말로 탈출, 즉 구원이었다. 그런데 어떻게 단념할 수 있다는 말인가? 그는 마음을 다잡았다. 앞으로 닷새 동안 굶주림에 몸이 망가져갈 때, 망설이던 이 순간을 떠올리면 과연 기분이 어떨지 상상해보았다. 그는 자신의 비겁함이 수치스럽고 화가 치밀었다.

그는 공터로 한 걸음을 내디뎠다. 그때 안개 속에서 또다시 형체가 어른거리다가 금세 사라졌다. 한 번에 한 걸음씩 조심스럽게. 제프는 그런 식으로 전진하자고 마음먹었다. 하지만 진창이 되어버린 길에서는 그게 불가능하고, 오히려 마음 단단히 먹고 달리는 수밖에는 없었다. 그것 말고 다른 방법이란, 지칠 대로 지친 그의 머릿속에 떠오르지 않았다. 더욱 현명하고 신중한 접근 방법은, 극도로 예민해진 그에게는 무리였다. 물론 마야인 중 한 사람과 정면충돌할 위험도 있다. 그렇다고 해도 문제 될 것은 없었다. 재빨리 움직이기만 한다면, 그 사람이 무기를 겨누기도 전에 재빨리 어둠 속으로 사라질 수 있을 테니까. 그저 정글을 향해 있는 힘껏 내달리기만 하면 되고, 이런 악천후 속에서 마야인들은 결코 자신을 찾아내지 못할 거라고 그는 확신했다.

계속 생각하고 궁리만 하면, 아무것도 해내지 못한다고 제프는 결심했다. 이제 결행에 옮기든지, 아니면 돌아가야만 했다. 어쩌면 돌아서는 것만이 그에게 휴식을 줄 수도 있었지만, 그는 그렇게 하지 않기로 했다. 돌아간다는 것은 여기서 또 한 번의 실패를 인정하는 꼴이었고, 제프는 그런 자신을 용납할 수 없었다. 오래전 강둑에서 어깨에 로프를 메고 의연하고 당당하게 급류에 뛰어들던 때가 생각났다. 이제 그는 그때의 기분 또는 그때의 기억을 떠올리며 의지하려 애썼다.

그는 깊은 숨을 훅 내쉬었다.

그러고는 달리기 시작했다.

그가 다섯 걸음을 옮기기도 전에 왼쪽에서 어떤 움직임, 즉 마야인 한 사람이 일어나 화살을 겨누는 걸 깨달았다. 그때까지만 해도 제프에게는 아직 기회가 있었다. 걸음을 멈추고 뒤로 돌아서, 마야인 남자를 향해 애처롭게 미소 지으며 양손을 머리 위로 들어 올리면 되었다. 마야인은 화살을 들어 올려 그를 향해 조준만 했으므로, 제프는 자신에게 아무 힘이 없고 고분고분 순종하겠다는 뜻을 내비칠 시간은 얼마든지 있었다. 하지만 그에게는 무리한 버거운 요구였다. 그는 여전히 걸음을 뗐고, 멈출 생각도 없었다.

남자가 활시위를 놓는 소리가 그의 귓전에 울렸다.

빗맞혔어. 제프는 생각했다. *그가 빗…….*

화살은 그의 턱 바로 밑을 맞혔다. 왼쪽에서 들어가 오른쪽으로 꿰뚫고 나옴으로써, 그의 목을 완벽하게 관통했다. 제프는 무릎을 꿇었지만, 즉시 다시 일어났다. *나는 괜찮아. 다치지 않았어.* 이렇게 생각했지만, 그의 입 안은 순식간에 피가 가득 차올랐다. 그는 가까스로 세 걸음을 더 내디뎠고, 화살이 또 날아왔다. 이번 것은 겨드랑이에서 몇 센티미터 밑의 가슴팍으로 들어가, 거의 화살 깃까지 닿을 정도로 푹 박혔다. 제프는 망치로 얻어맞은 기분이었다. 숨이 탁 막혔고, 다시는 숨을 쉬지 못할 거라는 느낌이 들었다. 그는 다시 쓰러졌다. 이번에는 더욱 세게. 그는 입을 벌렸고, 피가 솟구쳐 나와 진흙밭에 왈칵 쏟아졌다. 다시 일어서려 했지만 힘이 나지 않았다. 다리가 꼼짝도 하지 않았다. 추웠다. 그리고 어둠 속 저 멀리에 가 있는 기분이 들었다. 모든 게 점차 흐릿해져갔다. 시야만이 아니라 생각까지도. 잠시 후 자신이 무엇에게 붙들렸는지 간신히 깨달았다. 마야인 중 한 사람일 거라고 그는 생각했다.

물론 사실은 전혀 그렇지 않았다.

줄기들이 공터에서 뻗어 나와 그의 사지를 친친 감고서, 진창 속으로 질질 끌어가는 중이었다. 그는 놀라운 기력으로 용케 다시 일어섰지만, 밑에서 덩굴이 그의 왼쪽 팔을 홱 잡아챘다. 그 바람에 그는 가슴팍에 화살이 비죽하게 박힌 채로 엎어졌고, 체중 때문에 화살은 더욱 깊이 박혔다. 줄기들은 그를 계속 언덕을 향해 질질 끌어당겼다. 피부 밑으로 진흙이 쓸리는 느낌이 묘하게도 따뜻했다. 그게 자신의 피라는 걸, 그는 깨달았다. 덩굴 잎이 그것을 소리 내어 쭉쭉 빨아들이는 소리가 들렸다. 멀리 어렴풋한 형체들이 보였다. 그를 향해 아직도 화살을 겨눈 채 내려다보는 마야인들이었다.

"살려줘."

그는 빌었다. 입 안에 피가 계속 차올라, 말할 때마다 갸르륵 소리가 났다. 알아듣기 힘들 정도로 목소리가 희미하다는 걸 알면서도, 그는 계속 말을 하려 애썼다.

"제발…… 도와……줘."

그가 지금 할 수 있는 것은 그것뿐이었다. 줄기 하나가 그의 입을 덮었다. 또 다른 것이 눈, 귀로 축축한 손을 뻗었고, 그러자 세상은 한 걸음 뒤로 물러나는 것 같았다. 그를 내려다보는 마야인들, 비, 따뜻한 피, 모두 한 걸음 또 한 걸음 물러나고 있었다. 하지만 고통은 몸에 고스란히 남았다. 결국 최후의 순간까지 그의 곁에 남은 것은, 어둠, 정적, 그리고 고통이었다.

밤새도록 비는 그칠 줄 모르고 계속 내렸다. 텐트 벽에도 빗물이 스며들어, 물방울이 똑똑 떨어지는 데가 계속 늘어났다. 물이 괴어 웅덩이가 되었고, 이내 온 바닥을 거의 3센티미터 두께로 채웠다. 그들 세 사람은 어둠 속에 모여앉아 있었다. 물론 잠을 잔다는 것은 불가능했고, 스테이시이와 에릭은 이야기를 하면서 시간을 보냈다.

에릭은 그녀에게 용서를 빌었고, 그녀는 그를 용서해주었다. 두 사람은 서로 부둥켜안았다. 스테이시의 손이 그의 사타구니로 내려갔지만, 그는 발기할 기미를 보이지 않았고 잠시 후 그녀도 포기했다. 그녀가 애초부터 바란 것 또한 섹스가 아닌, 따뜻한 느낌, 문자 그대로 온기였다. 하지만 그의 피부는 그녀보다 훨씬 더 차가웠고, 끌어안고 있을수록 오히려 그가 그녀 몸의 열기를 떨어뜨려 한기가 들게 하는 것 같았다. 결국 그가 몸을 웅크리고 기침을 시작하자, 그걸 구실 삼아 그녀는 그에게서 떨어졌다.

그녀는 파블로에 대해서는 생각하지 않으려 했지만, 이렇게 앉아 있는 동안에도 덩굴이 그의 뼈에서 살점을 벗겨내고 있고, 아침이 오기 전에 해골이 될 거라는 생각을 떨쳐낼 수가 없었다. 밤이 깊어갈수록. 스테이시는 파블로를 지켜주지 못한 자책감으로 흐느끼기 시작했다. 에릭은 그리스인의 죽음은 그녀의 잘못이 아니고, 갱로에 추락하던 순간 이미 결정된 것으로, 오히려 마침내 고통이 멈춘 게 다행이라며 그녀를 위로했다.

물론 제프의 부재에 대해서도 이야기를 나누었다. 여러 가지 가능성을 놓고 궁리하다가, 결국 그가 달아날 길을 찾아냈다는 일말의 가능성에 몰두하기 시작했다. 이야기를 나눌수록 스테이시는 점차 그 가능성이 뚜렷해 보였다. 그는 어디에 가 있을까? 지금쯤 코바로 돌아가는 중이어서, 내일 해가 뜨기 전에 사람들이 구조하러 올지도 모른다. 그래, 그들이 여기서 죽을 일은 절대 없는 것이다.

마티아스는 내내 아무 말도 하지 않았다. 스테이시는 그가 어둠 속에서 1미터 남짓 떨어져 앉아 있는 걸 알고 있었다. 잠을 자지 않는다는 것도 알고 있었다. 그가 말을 하고, 이 즐거운 상상에 동참해주기를 바랐다. 그의 침묵은 의혹을 뜻했고, 스테이시는 그런 그의 태도가 두려웠다. 마치 그의 의혹이 앞으로 일어날 일을 결정하는 힘이라도 갖춘 듯이. 그래서 마티아스도 제프의 탈출을 믿어주고, 그럼으로써 그 상상이 실현되는 데 도움이 되어주기를 바랐다. 말도 안 되는 미신 같은 유치한 생각이라는 걸 그녀도 알았지만, 도무지 떨쳐버릴 수가 없었고 시간이 지날수록 조금씩 불안은 더해갔다.

"마티아스?"

그녀가 속삭였다.

"자는 거야?"

"아니."

그가 대꾸했다.

"무슨 생각해? 제프가 탈출했을까?"

텐트 안에는 나일론 바닥에 빗방울이 똑똑 떨어지는 소리만 울렸다. 에릭이 쉬지 않고 부스럭대는 통에 바닥의 웅덩이에는 잔물결이 일었다. 스테이시는 그가 잠잠히 있어주기를 바랐다. 똑딱똑딱 몇 초가 흘렀고, 그래도 마티아스는 대꾸하지 않았다.

"마티아스?"

"내가 아는 것은 그가 여기 없다는 거야."

그가 말했다.

"그러니까 달아날 수도 있는 거잖아. 맞지? 어쩌면 그는……."

"그만 해, 스테이시."

이 말에 그녀는 깜짝 놀랐다. 그리고 그를 빤히 쳐다보았다.

"뭘 그만 해?"

"네가 희망을 품고 있다면 틀린 거야. 얼마나 무모한 상상인지 생각해봐. 우리는 달아나지 못해."

"하지만 만일……."

"아침에 보면 알겠지."

"뭘 본다고?"

"눈앞에 나타나는 현실 그대로."

"네 말은 그러니까 어쩌면 제프가……."

"쉿. 기다려봐. 두어 시간 있으면 날이 밝을 테니."

그 말을 마친 직후, 파블로의 숨소리가 다시 시작되었다. 거칠게 숨을 들이마시고, 쇳소리를 내며 내쉬는 소리, 이어 중단되었다가 다시 시작되었다. 스테이시는 그 순간 그게 무엇을 의미하는지 잘 알면서도, 벌떡 일어섰다. 마티아스도 일어섰다. 두 사람은 누가 먼저랄 것도 없이, 나란히 텐트 입구를 향해 다가갔다. 그때 그가 그녀의 손목을 잡고 제지했다.

"덩굴이야."

그가 소곤거리며 말했다.

"알아."

그녀가 대꾸했다.

"그래도 확인하고 싶어."

"내가 할게. 넌 여기서 기다려."

"왜?"

"놈은 우리한테 보여주고 싶은 거야, 너도 짐작이 가지? 그게 지금 파블로에게 무슨 짓인가 하고 있어. 우리를 당황하게 하려고."

텐트 밖에서 또다시 가쁘게 색색대는 소리가 났다. 정확히 파블로의 숨소리였다. 스테이시는 지금껏 이 언덕에서 모든 걸 게 눈으로 목격했지만, 그래도 그게 그의 숨소리가 아니라고는 믿기 힘들었다. 하지만 마티아스의 말이 옳다는 걸 그녀는 알았고, 덩굴이 오두막 밑에서 그들에게 보여주기 위해 무엇을 준비했든지 간에, 그녀는 보고 싶지 않았다.

"확실한 거야?"

그녀가 물었다.

어둠 속에서 그가 고개를 끄덕이는 걸 알 수 있었다. 그는 그녀의 손목을 놓고, 덮개의 지퍼를 열고 허리를 구부리고 밖으로 나갔다.

그가 빗속으로 나가자마자, 거의 즉각적으로 숨소리가 멎었다. 그리고 한 남자의 목소리가 외치기 시작했다. 외국어였는데, 스테이시는 독일어가 아닐까 생각했다. *보 이스트 다인 브루더(Wo ist dein Bruder)? 보 이스트 다인 브루더?*

스테이시는 다시 자리에 앉았다. 어둠 속으로 손을 뻗어, 에릭의 손을 꽉 붙들었다.

"그게 그의 동생에 대해 말하고 있어."

그녀가 말했다.

"그걸 어떻게 알아?"

에릭이 물었다.

"들어봐."

다인 브루더 이스트 다(Dein Bruder ist da). 다인 브루더 이스트 다.

마티아스가 빗속을 뚫고 다시 텐트로 돌아왔고, 바닥의 웅덩이에 물방울이 떨어지는 소리가 들렸다. 그는 입구 지퍼를 닫고 그들 옆에 다시 앉았다.

"어떻게 됐어?"

스테이시가 물었다.

그는 말이 없었다.

"말해봐."

그녀가 재촉했다.

"그게 그를 먹고 있어. 얼굴…… 살점이 다 없어졌어."

스테이시는 그가 머뭇대는 걸 알 수 있었다. 그것 말고 뭔가 더 있어. 그렇게 생각하고, 잠시 기다렸다.

마침내 마티아스가 아주 조그만 소리로 말을 이었다.

"이게 그의 머리에 있었어. 정수리에."

그는 어둠 속에서 그녀를 향해 뭔가 내밀었다. 스테이시는 손을 뻗어 천천히 받아 들었다. 그리고 손으로 어루만져 형태를 감지했다.

"모자?"

그녀가 물었다.

"제프의 모자인 것 같아."

스테이시는 그의 말이 옳다는 걸 알았다. 하지만 이내 부인했다. 그리고 다른 가능성을 찾으려 했지만, 아무것도 떠오르지 않았다. 모자는 비에 흠뻑 젖어 묵직했다. 그걸 내팽개치고 싶은 걸 꾹 참고, 그녀는 몸을 앞으로 기울여 마티아스에게 도로 건넸다.

"그게 어떻게 오두막에 있던 거지?"

그녀가 물었다.

"덩굴이 그런 게 틀림없어……."

"왜?"

"그게 모자를 저 아래에서부터 줄기에서 줄기로 전달해, 언덕 위의 저곳까지 가져다 놓고는, 우리를 불러서 발견하게 한 거야."

"하지만 덩굴이 그걸 어떻게 가지고 있을 수가 있어? 내 말은 맨 처음에 그걸 어떻게 가지게 되었……."

그녀는 말을 하다 뚝 끊었다. 묻는 중산에 이미 대답이 떠올랐기 때문이다. 너무나 선명하게. 하지만 마티아스가 무슨 말을 하든 듣고 싶지 않았다. 그래서 이야기를 다른 방향으로, 즉 다른 가능성으로 돌리기로 했다.

"아마 제프가 떨어뜨린 걸 거야. 숲 속을 내달리던 도중에……."

공터에서 또다시 외치는 소리가 울려나와, 그녀의 말을 가로막았다. 다인 브루더 이스트 게슈토르벤(*Dein Bruder ist gestorben.*). 다인 브루더 이스트 게슈토르벤.

"뭐라고 그러는 거야?"

에릭이 물었다.

"처음에는 헨리히가 어디에 있느냐고 물었어."

마티아스가 대꾸했다.

"그러고는 그가 여기에 있다고 했어. 지금은 그가 죽었다고 그래."

보 이스트 제프? 보 이스트 제프?

"저건 무슨 소리야?"

마티아스는 입을 열지 않았다.

제프 이스트 다. 제프 이스트 다.

스테이시는 덩굴이 무슨 말을 하는지, 충분히 짐작이 가고도 남았다. 하지만 에릭은 아직 아니었다.

"제프에 관한 거야?"

그가 물었다.

제프 이스트 게슈토르벤. 제프 이스트 게슈토르벤.

에릭은 손을 비비 비틀며 꼬아댔다.

"왜 마티아스가 대답을 안 하는 거야?"

"마찬가지야, 에릭."

스테이시가 힘없이 말했다.

"마찬가지라니?"

"제프는 어디에 있냐고 물었어. 그러고는 그가 여기에 있다고 했고. 지금은 그가 죽었다고 한 거야."

저 밖에서 외치던 목소리가 갑자기 사방에서 그들을 에워싸며, 언덕 전체에 퍼져나갔다. 우렁찬 합창 소리는 점점 더 커지며, 같은 말을 되뇌었다. *제프 이스트 게슈토르벤…… 제프 이스트 게슈토르벤…… 제프 이스트 게슈토르벤…….*

동이 트기 전에 비가 그쳤다. 태양이 떠오를 무렵, 구름은 이미 옅어져 사방으로 흩어져버렸다. 에릭과 스테이시와 마티아스는 해가 뜨자마자 텐트에서 뻣뻣하게 굳은 몸으로 비틀대며 나와, 밤사이의 피해와 대면했다.

덩굴이 들것을 촘촘하게 뒤덮고, 파블로의 유해를 그 안에 묻어놓았다. 파란색 주머니 속에 여섯 개의 줄기들이 밀고 들어가, 폭우가 내리는 동안 간신히 받아놓은 물을 다 없애버렸다. 에이미의 뼈는 침낭 입구에서 끌려나와, 공터에 아무렇게나 흩어져 있었다. 에릭은 스테이시가 멍한 얼굴로 그 뼈들을 줍고 다니는 걸 바라보았다. 그녀는 텐트 옆에 조그만 뼈 더미를 쌓았다.

에릭은 간밤에 기침이 심해져, 가슴 깊은 곳에서 밭은기침을 연방 토해댔다. 머리는 지끈거리고 옷은 다 젖었으며, 물이 괸 웅덩이에 밤새 앉아 있느라 살이 짓물렀다. 배가 고프고 지치고 추웠지만, 그게 나아질 거라는 희망은 조금도 품지 않았다.

마티아스는 들것 옆에 앉아, 파블로의 시신에서 덩굴을 걷어내기 시작했다. 에릭은 너무 피곤해, 깨어 있는 상태라는 것도 느껴지지 않았다. 또다시 모든 게 아득하게 느껴졌고, 그게 안심이 되기도 하고 겁이 나기도 했다. 무심코 가슴을 슬슬 문질렀는데, 피부 밑에 잠복한 그것 때문에 부풀어 오른 걸 깨달았을 때에도, 그는 놀랍도록 차분하기만 했다.

"나이프 어디 있어?"

그가 물었다.

마티아스가 그를 향해 시선을 돌렸다.

"왜?"

에릭이 셔츠를 들어 올렸다. 생각보다 상황은 훨씬 심각했다. 흉곽과 피부 사이로 커다란 불가사리가 비집고 올라온 것 같았다. 게다가 그것은 천천히, 그러나 눈으로 식별할 수 있을 정도로 아랫배를 향해 움직이고 있었다.

"오, 맙소사."

스테이시가 말했다. 그녀는 손으로 입을 가리고, 시선을 돌렸다.

마티아스가 일어나 그에게 다가왔다.

"아파?"

에릭은 고개를 저었다.

"감각이 없어. 전혀 느껴지지가 않아."

그는 손가락으로 부풀어 오른 곳을 꾹 눌렀다.

마티아스는 공터를 다니며 나이프를 찾았다. 그것은 텐트 옆에 반쯤 진흙 속에 파묻혀 있었다. 그는 나이프를 집어 들고, 칼날에 묻은 흙을 바지에 쓱쓱 문질러 닦았다. 그래도 물기가 축축하고, 진흙 때문에 기다란 갈색 줄무늬가 그어져 있었다.

"저 밑에도 그래."

스테이시가 말했다. 그녀는 에릭의 오른쪽 다리를 가리켰지만, 메스꺼운 듯 시선을 피했다.

에릭은 고개를 숙이고 아래를 쳐다보았다. 사실이었다. 정강이 윗부분에서 허벅지 안쪽까지, 불룩한 부기가 그의 다리를 뱀처럼 휘감았다. 얼른 그곳으로 손을 갖다 댔지만, 역시 아무 감각이 없었다. 이 부기는 다리 앞쪽에서 시작해 무릎 뒤로 돌아간 다음, 위를 향해 뻗어 올라가 사타구니 바로 밑에서 멈추었다. *비명을 질러야 하는데.* 에릭은 생각했지만, 왠지 여전히 멍하고 아득할 뿐이었다. 오히려 가장 당황한 사람은 스테이시였다. 그녀는 그와 시선을 마주하지도 못했다.

에릭이 나이프를 향해 손을 뻗었다.

"이리 줘."

마티아스는 움직이지 않았다.

"살균부터 해야 해."

그가 말했다.

에릭은 고개를 저었다.

"싫어. 나는 원치……."

"이건 더러워, 에릭."

"상관없어."

"이렇게 더러운 걸로 네 피부를 절개할 수는……."

"젠장, 마티아스. 내 꼴이 안 보이니? 내가 그따위 감염으로 걱정하게 생겼어? 아니면 살이 썩는 것 때문에? 내일 아니면 그다음 날 안으로 누가 와서 구조해주지 않으면, 이 망할 게 나를 죽일 거야. 알아듣겠어?"

마티아스는 입을 다물었다.

에릭이 다시 손을 내밀었다.

"그 빌어먹을 나이프 달라니까."

제프라면 용납하지 않았을 것이다. 에릭은 알 수 있었다. 제프라면 눈하나 깜짝하지 않고, 비누와 물을 가져오고, 불을 피워서 칼날을 달궜을 것이다. 하지만 제프는 이제 여기에 없고, 결정은 마티아스의 몫이었다. 독일인은 잠시 망설이며, 에릭의 가슴에 난 불가사리와 다리를 휘감은 뱀을 바라보았다. 에릭은 그가 마침내 선택을 했고, 그게 무엇인지도 알 수 있었다.

"알았어."

마티아스가 말했다.

"하지만 내가 할게."

에릭은 셔츠를 벗었다.

마티아스는 진흙탕이 된 공터를 쓱 둘러보았다.

"눕고 싶지 않아?"

에릭이 고개를 저었다.

"참을 수 있어."

"아플 거야. 그래도 누우면 한결 견디기……."

"괜찮다니까. 어서 해."

마티아스는 에릭의 가슴부터 작업을 시작했다. 불가사리처럼 부푼 부위의 바로 위에 별표 모양의 절개선을 넣고, 그 안에 손가락을 집어넣어 에릭의 몸에서 덩굴을 천천히 끌어냈다. 놀랍게도 많은 분량이었다. 마티아스는 나이프를 뒷주머니에 꽂고, 양손으로 끈끈한 덩어리를 끄집어냈다. 끈끈하게 엉긴 핏물을 뒤집어쓰고, 그것이 꾸역꾸역 몸 밖으로 나왔다. 고통은 극심했지만, 절개 때문이 아니었다. 그걸 끌어낼 때, 마티아스가 에릭의 몸에서 주요 장기라도 끄집어내는 것 같았다. 에릭은 제프의 여행 안내서에서 본 장면이 떠올랐다. 아즈텍 족이 포로의 다리를 꽁꽁 붙들어놓고, 기다란 나이프로 아직도 펄펄 뛰는 심장을 끄집어내던 장면이었다. 그는 쓰러지지 않으려고, 마티아스의 어깨를 꽉 붙들었다.

마티아스는 꿈틀거리는 덩굴 뭉치를 툭 내던졌다. 그것은 진흙 바닥에 철떡 떨어져, 감았다 풀었다 몸부림을 쳤다.

"괜찮겠어?"

그가 물었다.

에릭은 고개를 끄덕이며, 마티아스의 어깨에서 손을 놓았다. 피가 몸통으로 흘러내려, 반바지의 허리띠에 스며들었다. 그는 티셔츠를 둥글게 뭉쳐 상처 부위에 대고 압박했다.

"계속해."

그가 말했다.

마티아스는 쪼그리고 앉아, 에릭의 다리 주변에 날렵하게 나이프를 그었다. 이번에도 절개 때문에 아프지는 않았다. 하지만 마티아스가 손을 집어넣어 덩굴을 끄집어낼 때, 에릭은 비명을 질렀다. 이를 악물고 울부짖었다. 살가죽이 고스란히 벗겨지는 것 같았다. 그는 흙바닥에 쿵 엉덩방아를 찧고 주저앉았다. 다리에서 피가 솟구쳐 나왔다.

마티아스는 에릭이 볼 수 있도록 줄기를 끄집어 올렸다. 이번에는 훨씬 길고, 잎과 꽃들이 많이 자라 있어, 거의 완전히 자란 상태 같았다. 그것이 허공에서 비비 꼬며 에릭을 향해 막무가내로 손을 뻗으려 했다. 마티아스는 그걸 진흙밭에 내던지고 발로 밟고 짓이겼다. 처음 뽑아낸 것도 마찬가지로 짓이겼다.

"바늘하고 실을 가져올게."

마티아스가 이렇게 말하고 텐트로 향했다.

"잠깐!"

에릭이 외쳤다.

"더 있어."

그의 목소리는 희미하게 떨리고 있었다. 에릭 또한 자신의 목소리가 너무나 희미한 데 놀랐다.

"내 다리에 온통 다 번졌어. 어깨하고 등에도 있어. 그게 움직이는 게 느껴져."

사실이었다. 이제 그게 온몸에 퍼졌다는 것, 그의 피부 바로 밑에서 근육처럼 유연하게 움직인다는 걸, 그는 알 수 있었다.

마티아스는 에릭을 물끄러미 보다가, 텐트에서 한 걸음 물러섰다.

"안 돼, 에릭."

그가 말했다.

"나이프에 손도 대지 마."

그의 목소리는 지쳐 있었다. 보기에도 그랬다. 눈은 쑥 들어가고 어깨는 구부정했다.

"지금은 봉합을 해야 해."

에릭은 아무 말도 하지 않았다. 갑자기 머릿속이 띵해졌다. 그에게는 마티아스와 입씨름을 벌일 힘도 남아 있지 않았다.

"너는 피를 너무 많이 흘렸어."

마티아스가 말했다.

한동안 에릭은 넋이 나간 듯이 보였다. 그는 조심스레 흙바닥에 드러누웠다. 고통은 줄어들고 있었다. 그는 눈을 감았고, 그러자 그를 기다리고 있던 암흑 속에서 화려한 색채가 피어올랐다. 환한 오렌지 빛이 가장자리부터 붉은색으로 짙어져갔다. 가슴과 다리에서는 줄기들이 빠져나간 빈 공간이 느껴졌는데, 아무래도 그게 고통의 원인 같았다. 마치 그의 신체가 덩굴이 사라진 걸 도난으로 여기고, 그걸 되찾고 싶어 안달하는 것 같았다.

마티아스가 텐트에 들어갔다가 다시 나오는 걸, 에릭은 소리만 듣고도 알 수 있었지만 눈은 다시 뜨지 않았다. 화려한 색채가 암흑 속에서 바르르 떨리는 게 보였다. 독일인이 그의 앞에 웅크리고 앉아 다리의 상처를 봉합하기 시작하자, 그 색채는 다시 환하게 피어올랐다. 바늘을 소독한다는 말은 들리지 않았다. 마티아스는 곧바로 작업을 시작했다. 절개 자국이 꽤 길었다. 그래서 봉합을 마치기까지 한동안 시간이 걸렸다. 마티아스는 피가 흠뻑 배어든 티셔츠로 상처를 누르던 에릭의 손을 살짝 내려놓고, 가슴팍을 봉합하기 시작했다.

에릭은 조금씩 안정을 되찾았다. 고통은 줄지 않았지만, 아득한 거리감이 돌아와, 마치 자기 몸의 고통을 제3자처럼 관찰하는 듯한 기분이 들었다. 태양은 지평선 위로 올라와 뜨거운 열기를 뿜어냈는데, 그것마저도 지금은 도움이 되었다. 몸이 덜덜 떨리던 게 마침내 멈추었기 때문이다.

스테이시는 공터 끝에 가 있었다. 그녀가 그 부근에서 서성대는 게, 에릭의 귀에 들렸다. 그녀는 그를 피하고, 왠지 가까이 오기를 두려워하는 것 같았다. 그녀가 뭘 하는지 보려고 그는 고개를 들었고, 파블로의 배낭 앞에 쪼그려 앉은 게 눈에 들어왔다. 남은 테킬라 병을 꺼내고 있었다.

"마시고 싶은 사람?"

그녀가 술병을 들고 외쳤다.

에릭은 고개를 가로젓고는, 그녀가 다시 배낭 속을 들여다보는 걸 바라보았다. 배낭에 속주머니가 있는 모양이었다. 그녀가 지퍼를 여는 소리가 들렸다. 그 속을 뒤적거리더니 뭔가 꺼냈다.

"그의 이름은 데메트리스였어."

그녀가 말했다.

"누가?"

마티아스가 물었다. 봉합 중이라서 고개를 들지는 않았다.

스테이시는 그들을 향해 여권을 들어 보였다.

"파블로. 그의 진짜 이름. 데메트리스 람브라키스."

그녀는 여권을 들고 공터 가운데로 다가왔다. 마티아스는 바늘을 내려놓고 바지에 손을 쓱 문지르고는, 그녀에게서 여권을 건네받았다. 한참 동안 말없이 들여다본 뒤, 에릭에게 주었다.

지금보다 더 젊었을 때의 파블로 사진이 그 안에 있었다. 조금 더 살이 올랐고 머리가 짧았는데, 어울리지 않게도 턱수염을 길렀다. 재킷에 타이까지 매고, 어색하게 웃음을 참는 듯한 표정을 짓고 있었다. 그걸 보자 에릭은 또다시 아주 먼 데 일인 것 같은 아득한 느낌이 들었고, 손이 바르르 떨리는 걸 깨달았다. 그는 스테이시에게 여권을 건넨 다음, 다시 고개를 땅바닥에 내려놓았다. 데메트리스 람브라키스. 그는 마치 그 이름을 외우기라도 하려는 듯, 머릿속으로 계속 되뇌었다. *데메트리스 람브라키스…… 데메트리스 람브라키스…… 데메트리스 람브라키스……*.

마티아스가 봉합을 마쳤다. 에릭은 그가 다시 텐트로 향하는 소리를 들었다. 돌아왔을 때에는 너트 캔을 들고 있었다. 그는 캔을 열고, 원반을 쟁반 삼아 내용물을 한 알 한 알 세어가며 꺼내놓고 세 등분으로 나눴다. 이제 마티아스가 책임자라는 걸 에릭은 깨달았다. 그 문제에 관해 그들 셋이서 의논을 거친 바는 없지만, 이미 동의를 마친 것이나 다름없었다.

에릭은 너트를 먹으려고 일어나 앉아야 했지만, 그러기에는 너무 아팠다. 그는 잠시 몸을 더듬어보았다. 꿰매고 또 꿰매고, 바늘땀 틈으로 피를 흘리는 그의 몰골은, 장난꾸러기 아이들 손에 몇 대를 거쳐 내려온 누더기 인형 같았다. 자신이 이곳에서 어떻게 살아낼지 엄두가 나지 않았고, 그런 생각들이 마치 침전물이 쌓이듯 그의 마음속에 차곡차곡 쌓여갔다. 불길한 생각들이 자기 안에서 점차 영역을 넓혀가는 걸 느꼈지만 그는 체념했다. 하지만 그의 몸은 불안 따위에는 아랑곳하지 않았다. 계속 욕구를 채우려고만 들었다. 얼마 안 되는 너트로 맹렬한 배고픔을 달래야 했다. 그는 그걸 재빨리 입 안에 밀어 넣고 씹고 삼켰다. 다 먹고는 손가락에 묻은 소금기까지 핥아먹었다. 마티아스가 그에게 플라스틱 물통을 주자 그걸 받아 마셨고, 그러는 동안에도 몸 안에서 그게 이동하는 걸 여전히 느끼고 있었다.

태양은 계속 높이 떠오르고 더욱 뜨거워졌다. 공디의 진흙이 마르기 시작해, 거기에 움푹 찍힌 발자국마다 그늘이 드리워졌다. 그들 세 사람은 식량 배급을 마치고, 이제 조용히 앉아 누구든지 말을 꺼내기를 기다렸다.

"제프를 찾으러 가봐야겠어."

마티아스가 말했다.

"더 더워지기 전에."

그 생각을 하자 그는 더욱 피곤해졌다.

스테이시는 아직도 테킬라 병을 치우지 않았다. 그것은 그녀의 무릎에 놓여 있었다. 그녀는 계속 마개를 비틀어 열었다 닫았다 했다.

"너는 그가 죽었다고 생각하는 거지, 맞지?"

그녀가 물었다.

마티아스가 그녀를 향해 고개를 돌리고, 조금 흘기듯이 쳐다보았다.

"너하고 마찬가지로 나도 그게 사실이 아니기를 바라. 하지만 바라는 것과 현실이란……."

그는 어깨를 으쓱 움직였다.

"그 두 가지가 같을 수는 없잖아?"

스테이시는 아무 대꾸도 하지 않았다. 병을 입술로 가져가, 고개를 뒤로 꺾고 삼켰다. 에릭은 마티아스가 그걸 얼른 빼앗고 싶어 했고, 거의 그러려고 하다가 그만두는 걸 알 수 있었다. 그는 제프와 달랐다. 리더가 되기에는 너무 소극적이고 너무 담담했다. 스테이시가 이곳에서 뭔가 위험한 걸 마시려고 한다면, 그것은 그녀의 선택이다. 이제 그녀를 제지할 사람은 아무도 없었다.

마티아스가 자리를 털고 일어나며 말했다.

"내가 여기서 이러고 있으면 안 돼."

그 순간 스테이시가 술병을 내려놓고, 그를 따라 벌떡 일어섰다.

"나도 갈게."

그녀가 그에게 겁을 먹었고, 그의 몸 안에서 벌어지는 일을 두려워한다는 걸, 에릭은 또 한 번 감지했다. 그녀가 그와 함께 단둘이 남고 싶어 하지 않는다는 걸, 에릭은 확실히 알 수 있었다.

마티아스는 셔츠도 입지 않은 진흙투성이 맨몸에 피를 흘리는 에릭을 내려다보았다.

"혼자 괜찮겠어?"

그가 물었다.

안 돼. 에릭은 생각했다. 당연히 안 돼. 하지만 소리 내어 말하지는 않았다. 나이프, 그걸 갖고 혼자 공터에 남는다는 것, 자기 마음대로 행동할 자유를 갖는다는 게 떠올랐기 때문이다. 마침내 에릭은 고개를 끄덕였다. 그러고는 태양 아래 드러누워 기이하게도 마음이 편안해지는 걸 느끼며, 두 사람이 언덕길을 내려가 시야에서 사라지는 걸 지켜보았다

⁂

스테이시와 마티아스는 한동안 언덕 밑자락에 서서, 그 너머의 황무지와 나무가 늘어선 지점을 바라보았다. 태양은 벌써 지표면을 달궈, 얇은 한 겹이 바싹 말라 벗겨지고 있었지만, 그 밑은 여전히 발목까지 잠기는 진흙밭이었다. 마야인들은 발치에 진흙덩어리를 덕지덕지 묻힌 채, 공터와 숲 주변에서 부산하게 움직였다. 스테이시는 여자 둘이서 젖은 물건들을 펴서 말리는 걸 지켜보았다. 담요며 옷가지가 수북했다.

모닥불 곁에는 마야인이 셋 있었다. 그들 중 하나는 첫날 만났던, 엉덩이에 권총을 걸친 대머리 사내였다. 나머지 두 사람은 그보다 훨씬 젊어, 갓 소년티를 벗었다. 그들 두 사람은 화살을 지니고 있었다. 대머리 남자는 하얀 바지를 무릎까지 접어 올렸는데, 스테이시는 옷이 진흙에 젖지 않게 하려는 거라고 여겼다. 그의 정강이뼈는 몹시 야위어 가늘디가늘었다.

마티아스가 공터로 걸음을 내디뎌, 그의 신발이 진흙 속으로 푹 파묻혔다. 그는 왼쪽으로 눈길을 돌리고는, 뚫어지게 바라보았다. 그의 표정이

변하지는 않았지만, 스테이시는 그가 본 게 무엇인지를 직감했다. 톡 쏘는 테킬라가 목구멍을 타고 넘어간 뒤로, 머릿속이 나른했다. 땀이 등줄기를 타고 내려갔다. 이제 그녀가 할 일이란(달리 선택의 여지도 없지만) 그가 본 것과 자신이 본 것이 차이가 있기를 바라며, 그래서 마티아스가 아직은 입을 열지 않기를 바라며, 시간을 보내는 것뿐이었다. 그녀는 조심스레 샌들을 벗고, 한 걸음 한 걸음 언덕길을 내려갔다. 그리고 마침내 공터의 진흙밭으로 걸어 들어갔다. 예상보다 훨씬 차가워 순간 하얀 눈이 떠올랐다. 내내 거기에만 생각을 집중해가며(대머리 남자의 바지처럼 하얗고, 뼈처럼 하얗지), 진흙 벌판에 한 가닥 손가락처럼 비죽 튀어나온 조그만 초록빛 섬 같은, 25미터 앞의 조그만 둔덕을 향해 걸음을 옮겼다. 한낮의 열기가 그들 머리 위로 내리쬐었다. 스테이시는 눈앞의 광경이 신기루에 불과할 거라고 자신을 설득했다. 하지만 그게 제프라는 걸, 에이미가 그랬고 파블로가 그랬듯이, 자신들을 포기하고 떠났다는 걸, 이제 남은 것은 세 사람뿐이라는 걸, 그녀는 이미 직감하고 있었다. 스테이시는 마티아스를 향해 손을 뻗었고, 그가 잡아주지 않으면 어쩌나 반쯤 불안했지만, 그는 손을 잡아주었고, 두 사람은 묵묵히 앞을 향해 나아갔다.

그들은 언덕 밑자락을 따라서, 진흙밭 한가운데에 비죽 솟아오른 덩굴 둔덕을 향해 계속 다가갔다. 한마디도 하지 않았다. 대머리 마야인이 그들 뒤를 따랐고, 그 뒤에는 활 든 젊은 남자들이 따랐다. 먼 거리는 아니었기에, 거기까지 닿는 데 오랜 시간이 걸리지는 않았다.

마티아스가 조그만 둔덕 앞에 쪼그리고 앉아 줄기를 걷어내자, 제프의 시신이 서서히 드러났다. 부분적으로 이미 먹히기는 했지만 아직 알아볼 만한 상태였는데, 제프가 죽었다는 걸 일행에게 알리고자 덩굴이 일부러 그런 듯했다. 엎드린 채 팔을 머리 위로 들어 올린 자세를 한 걸로 보아, 발부터 잡혀서 쭉 끌려온 듯했다. 마티아스가 시체 위로 허리를 숙이고 자세히 들여다보았다. 목에 관통당한 상처가 있고, 셔츠는 완전히 피로 물들었다. 얼굴의 절반은 이미 살점이 벗겨져 이와 턱뼈가 고스란히 드러났지만, 눈은 그대로였다. 멀거니 뜬 두 눈이 허공을 향하고 있었다. 스테이시는 시선을 돌리고 말았다.

자신이 동요하지 않고 차분하게 반응한다는 것이, 스테이시는 놀랍기만 했다. 그 사실이 그녀를 더욱 두렵게 했다. *나는 누구일까?* 그녀는 생각했다. *나는 아직도 나일까?*

마티아스가 제프의 손목에서 시계를 풀었다. 주머니에 손을 넣어 지갑도 빼냈다. 제프의 오른손에 은반지가 보였고, 마티아스는 그것도 뺐다. 반지를 빼낼 때에는 꽤 힘을 주어 당겨야 했다.

스테이시는 에이미와 함께 그 반지를 산 기억이 났다. 보스턴의 어느 전당포에서 그 반지를 발견했다. 에이미는 첫 데이트 1주년 기념으로 그걸 제프에게 선물했다. 스테이시와 에이미는 이후 몇 년 동안이나 반지의 본래 주인을 상상하곤 했다. 어떻게 생긴 사람이고, 어쩌다가 그토록 아름다운 물건을 전당포에 맡기는 지경이 되었을지, 갖은 상상의 나래를 폈다. 때로는 실패한 음악가나 마약중독자를 떠올리기도 하고, 또 어떤 때는 마일즈 데이비스(1926~1991, 미국의 재즈트럼펫 연주자·작곡가—옮긴이)에게 헤로인 1온스를 판 적이 있다고 허풍 떠는 마약 밀매업자를 연상하기도 했다. 심지어 그에게 태디어스 프레몬트라는 이름도 지어주었는데, 추레한 몰골의 연만(年晚)한 남자가 어슬렁대는 걸 보면, 서로 쿡쿡 찔러대며 "저거 봐. 태디어스야. 반지를 찾아다닌다"라며 속닥거렸다.

마티아스가 제프의 물건을 스테이시에게 건네주었다.

"헨리히의 것도 챙겼어야 했는데."

그가 입을 열었다.

"목걸이를 하고 다녔거든. 그게 행운의 부적이랬어."

그는 가슴에 손을 대고, 목걸이가 걸렸던 자리를 스테이시게 보여주었다. 그러고는 한동안 공터를 아련하게 바라보는 모습이, 마치 지금 그걸 찾아오기나 하려는 것 같았다. 하지만 그가 일어섰을 때에는, 언덕길을 향해 방향을 돌리고 있었다.

두 사람은 아무 말 없이 나란히 걸음을 옮겼다. 스테이시의 발이 진흙 속에 푹푹 파묻혔다. 묵직한 부츠를 신고 걷는 기분이 들었다.

"결국 효과도 없었어."

마티아스가 말했다.

그녀가 그를 보며 물었다.

"효과가 없다니, 뭐가?"

"헨리히의 행운의 부적."

스테이시는 그 말에 어떻게 반응해야 할지 알 수가 없었다. 그가 농담을 했다는 것 또는 그러려는 의도라는 것은 알았지만, 막상 웃거나 심지어 엷은 미소를 짓는 것조차도 돼먹지 못한 행동 같았다. 머릿속에 윙 하는 소음이 다시 일어났다. 그녀는 갑자기 눈을 뜨고 있기가 힘들어졌다. 무슨 이유에서인지 두 눈이 시렸다. 두 팔로 제 몸을 감싸 안은 채, 한 손에는 제프의 시계를 쥐고, 다른 한 손에는 지갑과 반지를 쥐고 계속 걸음을 떼어놓았다. 거의 언덕길에 다다를 때까지, 두 사람은 아무 말도 하지 않았다. 그대로 가면 마티아스가 한마디도 않고 입을 굳게 다물 것 같아, 결국 스테이시가 먼저 입을 열었다.

"우리 지금 뭐 하는 거지?"

"텐트로 돌아가야 하겠지. 쉬어야 하니까."

"우리 둘 중에 하나는 그리스인들을 기다려야 하지 않을까?"

스테이시의 생각은 이미 텐트, 즉 조그만 공터로 가 있었다. 들것에 누운 파블로와 그가 그곳에서 겪은 고통을 떠올렸다. 그날 아침 마치 파티 뒤처리를 하듯이, 무덤덤하게 에이미의 흩어진 뼈들을 주워 모으던 장면도 떠올랐다.

그때 그 말이 또다시 그녀의 머릿속에 맴돌았다. *나는 아직도 나일까?*

그녀는 별안간 울음을 터뜨렸다. 마치 밭은기침이 갑자기 터져 나오듯, 약 1분 남짓한 사이에 스무 번 가량의 격렬한 흐느낌을 토해냈다. 마티아스는 그녀 곁에서 울음이 그칠 때까지 기다렸다. 그러고는 그녀의 어깨에 손을 얹었다.

"잠깐 앉았다 갈래?"

그가 물었다.

스테이시는 눈을 들어 주변을 바라보았다. 그들은 대략 10센티미터 깊이의 진흙밭에 서 있었다. 오른쪽으로는 가파르게 뻗어 올라간 언덕배기에 덩굴이 뒤덮였다. 오른쪽으로는 공터 중간 지점에 마야인 세 명이서 그들을 감시하고 있었다. 그녀는 고개를 흔들고, 손으로 얼굴을 훔쳐냈다.

"에릭이 죽어가고 있잖아?"

그녀가 말했다.

"그게 그의 안에 있고, 그는 죽게 될 거야."

우는 동안 그녀는 양손에서 힘을 놓았다. 그래서 제프의 시계와 지갑과 반지를 바닥에 떨어뜨리고 말았다. 진흙투성이가 된 제프의 유품을, 마티아스가 자기 바지에 문질러 씻었다.

"내가 견뎌낼 수 있을지 모르겠어, 마티아스. 그가 죽는 걸 지켜본다는 것."

마티아스는 제프의 반지를 지갑에 넣었다. 그의 양손이 덩굴 즙 때문에 화상을 입고 갈라져 피가 흐르는 걸, 스테이시는 깨달았다. 그의 옷도 너덜너덜해졌다. 턱수염도 짙어져 나이 들어 보였다. 그는 고개를 끄덕이고 대꾸했다.

"어려울 거야. 당연히 힘들고말고."

스테이시는 마야인들한테로 시선을 돌렸다. 그들은 그녀의 시선을 응시하지 않은 채, 감시를 계속했다. 마음에 짐을 지지 않고 임무를 다하기 위해, 그들이 의도적으로 체득한 방식일 거라고 그녀는 추측했다. 한번 시선이 마주친 사람을 죽이기란, 훨씬 더 힘든 일이 될 테니까.

"우리가 지금 앞으로 나아간다면, 그들이 어떻게 할 것 같아?"

그녀가 물었다.

"우리가 그들을 향해 계속 걸음을 떼어놓으면?"

마티아스는 어깨를 으쓱 움직였다. 대답은 들을 필요도 없이 분명했다.

"화살을 날리겠지."

"그래도 시도는 해봐야 할지도 몰라. 어쩌면 뚫고 나갈 수도 있어."

마티아스는 스테이시를 물끄러미 보았다. 그녀의 주장을 진지하게 생각 중인 것 같았다. 하지만 이내 고개를 내저었다.

"누군가 올 거야, 스테이시. 결국은. 그게 오늘이 아닐 거라고 어떻게 장담할 수 있겠어?"

"하지만 그렇게 되지는 않겠지. 그렇지? 몇 주도 불가능할지 몰라. 어쩌면 몇 달이 될지도. 어쩌면 그보다 더 오래."

마티아스는 대답하지 않았다. 그저 그녀를 물끄러미 쳐다보기만 했다. 처음 만났을 때부터, 그녀는 어딘지 침울하면서도 차진 그의 눈길이 조금은 두려웠다. 잠시 후 그녀는 시선을 돌리고 말았다. 그가 손을 뻗어 그녀의 손을 잡더니, 아무 말 없이 걸음을 내디디며 그녀를 언덕길로 다시 이끌었다.

에릭은 자기 몸속에서 덩굴이 꿈틀거리는 걸 느꼈다. 등, 왼쪽 겨드랑이, 오른쪽 어깨에서 조금씩. 나이프는 약 3미터 앞에서, 아직도 그의 피로 얼룩진 채 진흙밭에 뒹굴고 있었다. 스테이시와 마티아스가 공터를 나서자마자 절개를 시작하려고도 했지만, 막상 그러려니 겁이 났다. 이미 피를 어마어마하게 흘린 데다(온통 쩨고 꿰맨 상처투성이 몸을 봐도 충분히 알 수 있지만) 앞으로 얼마나 더 흘려야 할지 장담할 수가 없었다.

그는 일어나 앉아 깊은 숨을 훅 내쉬고는, 몸을 웅크리고 마른기침을 해댔다. 가래는 없었다. 가슴속에 박혀 있지 말아야 할 어떤 게 박히는 바람에, 그의 신체가 그걸 쫓아내려 필사적인 시도를 하는 것 같았다. 에릭은 밤새도록 그 기침에 시달렸다. 이제는 원인이 무엇인지를 더 빨리 깨닫지 못한 게 신기하기까지 했다. 당연히 그것은 덩굴이었다. 그는 알 수 있었다. 폐 속에 덩굴 줄기가 자라고 있다는 것을.

텐트로 가야겠어. 그는 생각했다. *누워야 해. 바닥이 젖었어도 상관없어.* 하지만 그는 꼼짝할 수가 없었다.

다시 기침이 나왔다.

스테이시가 함께 있으면 한결 마음이 가벼울 것 같았다. 옆에서 말을 걸어주고, 입씨름도 벌였을 것이다. 그가 이야기 도중 몸속의 덩굴에 한눈을 팔면, 그녀가 그의 팔을 잡고 주의를 돌렸을 것이다. 하지만 그녀는 그를 두고 가버렸고, 그가 일어나 나이프를 도로 집어 들어도 이제는 제지할 사람이 없었다.

그는 다시 땅바닥에 앉아, 나이프를 무릎에 얹었다.

상상 속의 어휘 시험, 즉 자신만의 말놀이 게임을 시작해보려 했지만,

마지막에 무슨 단어를 생각했는지 전혀 기억나지 않았다. 몸 안에서 꿈틀대는 움직임 때문에 집중하기가 어려웠다. 하기는 지금은 몸 안의 그걸 추적하는 게 급선무였다. 오른쪽 발끝…… 목덜미…….

에릭은 허리를 숙여, 왼쪽 장딴지를 굵어가며 부푼 곳을 찾아보았다. 그리고 가만히 지켜보니, 부풀어 올랐다가 약간 가라앉으면서 다리 아래쪽으로 이동하는 움직임을 알 수 있었다. 거의 골프공만 한 크기였다. 손가락으로 문질러보니, 역시 아무 감각도 느껴지지 않았다.

절개할 때 아프지 않다는 걸, 그는 이미 알고 있었다. 오히려 그걸 뽑아낼 때, 고통스러운 비명이 터져 나왔다. 그는 골똘히 생각에 빠진 채, 몸에서 다른 부푼 부위를 찾았다. 이번에는 왼쪽 팔뚝이었는데 다른 데보다 훨씬 작아, 길이가 7센티미터에 벌레처럼 가늘었다. 거기를 건드리자, 부풀던 게 사라지고 피부 속 더 깊은 곳으로 숨어버렸다.

당연히 에릭은 감당할 수가 없었다. 이대로 묵묵히 앉아, 그것들이 부풀었다가 몸속 깊이 사라지는 걸 지켜볼 수는 없었다. 뭔가 조치가 필요했다. 하지만 해결책이란 결국 그것 하나밖에는 없지 않은가.

그는 무릎에서 나이프를 집어 들고, 허리를 숙이고 절개에 들어갔다.

스테이시는 언덕길이 지난번에 오를 때보다 훨씬 가팔라진 느낌이 들었다. 오르면 오를수록 숨이 차고, 옷은 땀에 젖어 몸에 들러붙었다. 옆구리도 결렸다. 그녀가 불편해하는 걸 깨달은 마티아스가, 거의 정상까지 왔는데도, 걸음을 멈추고 그녀가 쉴 수 있게 해주었다. 스테이시가 숨을 고르려고 애쓰는 사이에, 그는 언덕 사방을 쭉 훑어보았다.

스테이시의 호흡이 막 진정되려던 순간, 목소리들이 들려왔다.

보 이스트 에릭? 보 이스트 에릭?

그들은 시선을 돌리고 서로 마주보았다.

에릭 이스트 다. 에릭 이스트 다.

"오, 이런!"

스테이시가 말했다.

"안 돼."

에릭 이스트 게슈토르벤. 에릭 이스트 게슈토르벤.

그들은 달리기 시작했지만, 마티아스가 더 빨랐다. 그녀가 막 도착했을 때, 그는 이미 공터에 들어가 있었다. 거기서 마구 다그치는 말투로, 같은 단어를 계속 외치는 게 보였다.

"게누흐(genug=enough)."

그는 계속 그 말만을 외쳤다.

"게누흐."

잠시 후에야 마티아스가 에릭한테 하는 말이라는 걸 알 수 있었다. 공터의 식인귀. 그게 스테이시의 머리에 처음 떠오른 생각이었다. 갱로에서 또 다른 공포가 등장한 줄로만 알았다. 손에는 나이프를 쥔 채, 발가벗은 몸에서 피를 줄줄 흘리며 눈알을 번득이는 존재. 그것은 에릭이었다. 자기 몸에서 살갗을 많이도 벗겨낸 것 같았다. 피부 조각들이 그의 몸통에 너덜너덜 붙어 있었다. 그의 다리 근육, 복부, 하얗게 드러난 왼쪽 팔꿈치 뼈가 스테이시의 눈에 들어왔다. 머리 오른쪽의 머리카락이 찐득하게 뭉쳐 있었는데, 귀까지 잘랐다는 걸 그녀는 깨달았다.

마티아스는 이제 고래고래 고함을 쳐댔다.

"게누흐, 에릭! 게누흐!"

그는 에릭에게 나이프를 내려놓으라고 손짓했지만, 스테이시는 에릭이 그 말을 들을 리가 없다고 짐작했다. 잔뜩 겁에 질린 채 야만스러운 얼굴을 한 그는, 마치 모르는 사람에게 공격이라도 당한 듯이 보였다.

"에릭."

스테이시가 외쳤다.

"제발, 자기야. 제발……."

그때 마티아스가 다가와 에릭의 손에서 나이프를 낚아채려고 손을 뻗었다.

순간 스테이시는 무슨 일이 벌어질지 직감했다.

"안 돼!"

그녀가 고함쳤다.

하지만 늦고 말았다.

에릭은 나이프를 손에 쥐자, 도저히 멈출 수가 없었다.

처음에는 장딴지의 부푼 부위를 째기 시작했다. 쉬운 작업이었다. 나이프로 조금 금을 낸 다음, 피부 바로 밑에서 거의 호두만 한 크기에 단단히 또아리를 튼 덩굴 덩어리를 끄집어냈다. 몸에서 그걸 꺼내 옆으로 내던졌다. 그러고는 팔뚝 절개에 들어갔다. 이번에는 조금 더 복잡한 작업이었다. 벌레처럼 부풀어 오른 곳을 약간 쨴 다음, 막 그걸 찾아내려는데…… 없어졌다. 에릭은 나이프 끝으로 쿡쿡 찔러본 다음, 손목에서 팔꿈치까지 예리하게 쭉 그었고, 피가 줄줄 새어 나오는 절개선은 더욱 길어졌다. 덩굴이 거기에 있다는 걸 그는 알고 있었고, 따라서 반드시 찾아내야 했다. 그는 더 깊이 절개하기로 마음먹었고, 이제는 기다란 절개선 양 끝에서 수평으로 금을 긋고는 피부를 쭉 들어냈다. 결국 그의 팔뚝은 가죽이 완전히 벗겨진 채, 공기 중에 노출되었다. 피는 점점 더 많이, 너무나 많이 흘러나왔고, 더 이상 참고 볼 수 없는 지경이 되었다. 에릭은 손으로 피를 훔쳐내보았지만 계속 흘러나왔다. 그의 피부는 찢겨나간 소맷자락처럼 그의 팔꿈치에 대롱대롱 매달렸다.

돌연 오른쪽 엉덩이에서 꽉 조여드는 느낌이 왔다. 마치 누군가 손으로 꽉 틀어쥐는 것 같았다. 그는 벌떡 일어나 반바지와 속옷을 내리고, 몸을 틀어 뒤를 돌아보았다. 눈에 띄는 것은 없었다. 그래서 칼끝으로 쿡쿡 눌러보려고 하던 찰나, 배꼽 바로 윗부분에서 뭔가 천천히 위를 향해 움직이는 게 느껴졌다. 얼른 그 부위로 시선을 집중하고, 나이프를 그었다. 덩굴이 바로 피부 밑에 있었다. 30센티미터도 넘는 기다란 줄기가 절개선에서 쑥 빠져나와 허공 속에서 용틀임을 해댔고, 피가 솟구쳐 나오고 흙바닥에도 핏방울이 튀겼다. 줄기는 그의 몸 더 높은 어딘가에 뿌리를 박은 채, 아직도 그에게 붙어 있는 상태였다. 그 뿌리가 달아나기 전에, 왼쪽 젖꼭지 근처에 또 나이프를 그어야 했다.

그때 왼쪽 허벅지에서 느낌이 왔다.

목 뒤쪽에서도.

피가 사방에서 흘렀다. 금속, 즉 구리 향 같은 피 냄새가 났고, 시간이 지날수록 그는 출혈 때문에 더욱 기운을 잃어갔다. 그의 마음 한쪽에서는, 어서 그 짓을 중단하고 다시는 그러면 안 된다고 설득했다. 하지만 또 다른 한쪽에서는, 몸 안에 있는 덩굴을 무슨 대가를 치르고라도 제거해야 한다고 주장했다. 두 사람이 돌아오면, 어차피 그를 보게 된다. 그러면 그들이 붕대를 감아주고, 지혈도 해줄 것이다. 그러므로 지금 중요한 것은, 그 것들이 다 없어지기 전까지는 절대 멈출 수가 없다는 점이었다. 그렇지 않고서는 이 모든 고통이 헛수고가 되기 때문이다. 그는 최후의 줄기까지 말끔히 제거했다는 확신이 들 때까지, 계속 째고 가르고 찔러대야만 했다.

덩굴은 그의 오른쪽 귀에도 있었다. 불가능한 말처럼 들릴 수도 있겠지만, 그리로 손을 뻗어서 오톨도톨한 연골 부위를 만져보니, 피부 바로 밑에서 그게 꿈틀대는 걸 알 수 있었다. 그는 칼날을 관자놀이에 바짝 붙이고서, 귀를 쓸어내기 시작했다. 신음과 비명이 터져 나왔다. 고통이 견디기 힘들 정도였지만, 그것 때문은 아니었다. 칼날이 귀를 잘라내는 소리가 너무나 크게 들렸기 때문이다.

다음에는 왼쪽 정강이에서 느낌이 왔다.

오른쪽 무릎에도.

마티아스가 막 공터에 들어섰을 때, 그는 흉곽 아래쪽에서 살가죽을 벗겨내고 있었다. 시간이 아주 기이하게 흘러가고 있었다. 아주 빠르고 또한 동시에 아주 느리게. 마티아스가 소리를 질러댔지만, 에릭은 그가 뭐라고 하는지 알아들을 수가 없었다. 그는 독일인에게 자기가 무슨 일을 하는지 설명하고, 자기 행동의 타당성을 보여주고 싶었지만, 그게 불가능하다는 걸, 그러는 데 시간이 너무 많이 걸리고, 마티아스는 결국 이해하지 못할 거라는 생각이 들었다. 그는 서둘러야 했다. 의식을 잃기 전에 그걸 제거해야 하는데, 곧 한계가 닥칠 걸 알고 있었기 때문이다.

그때 스테이시도 공터에 들어섰다. 그녀가 뭐라고 말했는데, 그의 이름을 부른 것이었지만 그는 거의 듣지 못했다. 그는 절개를 계속해야 했고, 중요한 건 바로 그것뿐이었다. 그래서 마티아스가 달려들어 나이프에 손을 뻗으려 할 때에도, 그는 몸을 숙인 채 또다시 살가죽을 벗겨내려 하고 있었다.

에릭은 스테이시가 외치는 걸 들었다.

"안 돼!"

그의 몸이 부들부들 떨렸다. 그의 몸은 이미 그의 통제력을 완전히 벗어난 상태였다. 그래서 마티아스가 달려들었을 때, 그의 행동은 그저 반사적인 반응일 뿐이었다. 마티아스를 밀쳐내고, 하던 일을 끝낼 만한 짬을 얻으려는 의도였다. 그럴 생각으로 양손을 휘둘렀지만, 그중 한 손에는 나이프가 쥐어져 있었다. 놀랍게도 칼날은 독일인의 갈비뼈 사이, 흉골 바로 오른쪽을 너무나 쉽게 뚫고 들어가 박혀버렸다.

마티아스의 다리에서 힘이 쭉 풀렸다. 그는 뒤로 벌렁 나자빠지고, 동시에 나이프도 에릭에게서 멀어졌다.

스테이시는 비명을 지르기 시작했다.

"봐룸(warum＝why)?"

마티아스가 에릭을 올려다보며 말했다.

"봐룸?"

마티아스의 목소리를 듣고 목구멍에 피가 차올랐다는 걸 알 수 있었고, 그게 그의 셔츠에 번지는 것도 보였다. 나이프 손잡이가 메트로놈처럼 좌우로 오락가락했다. 마티아스의 심장 박동 때문이란 걸 에릭은 깨달았다. 그는 마티아스의 심장에 나이프를 찔러 넣었던 것이다.

마티아스는 일어서려고 했다. 한 손으로 바닥을 짚고 가까스로 일어나 앉았지만, 그의 생명은 분명히 꺼져가고 있었다.

"봐룸?"

그가 다시 말했다.

그때 덩굴이 공터를 향해 잽싸게 팔을 뻗고 들어와, 독일인을 붙들고 몸을 친친 감았다. 스테이시가 뛰어들었다. 그를 풀어내려 안간힘을 썼지만, 덩굴의 숫자가 너무 많았다.

에릭은 의식이 흐려지는 걸 느꼈다. 앉고 싶었다. 자신과 마티아스가 만든 커다란 피 웅덩이 속으로, 그는 거의 쓰러지듯이 푹 내려앉았다. 말도 안 되는 행동이지만, 그는 여전히 나이프를 원했다. 앞으로 기어나가, 그럴 힘만 있다면 독일인의 가슴에서 나이프를 빼내고 싶었다. 그게 좌우로 오락가락하는 걸, 그는 물끄러미 바라보았다.

점점 많은 줄기들이 공터로 들어왔다. 스테이시는 이제는 흐느껴가며 그것들을 걷어내고 있었다.

그게 곧 자신에게도 손을 뻗칠 것임을 에릭은 알고 있었다.

두 눈을 감았고, 아주 잠시뿐이었지만 그것으로 충분했다. 그가 다시 눈을 떴을 때, 나이프는 초조한 듯 움찔거리던 몸짓을 중단한 뒤였다.

🌿

에릭은 스테이시의 무릎에 머리를 묻고 앉았다. 덩굴이 마티아스의 시체를 요구했다. 마티아스의 시체가 질질 끌려가고 있었다. 그녀는 그의 오른쪽 신발이 푸른 덤불 속에 비죽 튀어나온 걸 볼 수 있었지만, 그것 말고는 완전히 덩굴 잎에 뒤덮여 보이지 않았다. 줄기들이 그의 몸을 갉아먹느라 이따금 바스락거리는 소리만 낼 뿐, 덩굴은 아무 움직임도 없이 조용했다.

스테이시는 덩굴이 왜 에릭까지 붙들어가지 않았는지 이해가 되지 않았다. 그녀가 마티아스의 몸을 지켜주지 못했듯이, 에릭의 경우에도 그러리란 걸, 식물이 훤히 알고 있을 게 뻔했다. 하지만 그게 공터로 들이민 것은 기다란 줄기 하나뿐이었다. 그게 그들 주위에 생긴 엄청난 피 웅덩이를 쭉쭉 소리 내며 빨아들였고, 서서히 핏물을 고갈시키고 있었다.

덩굴이 에릭은 남겨두었다.

스테이시는 그가 어떤 운명을 맞을지가 궁금한 게 아니었다. 그가 죽게 된다는 것은 이미 알고 있었다. 그것도 불과 몇 분 사이에 그렇게 될 듯 보였다. 귀가 있던 자리에서 가느다란 핏줄기들이 스며 나와 똑똑 떨어지고, 쇄골의 옴폭 파인 부분까지 가득 채웠으며, 저 아래 더 깊은 상처에서는 피가 솟구쳐 나왔다. 그에게서 독한 금속 냄새가 나고 있었는데, 스테이시는 왠지 어린 시절 동전 때를 벗겨서 날짜별로 분류해 수집하던 기억이 떠올랐다.

그녀가 그의 머리를 쓰다듬자, 그의 입에서 신음 소리가 흘러나왔다.

"나 여기 있어."

그녀가 말했다.

"여기 있어."

그 순간 그가 눈을 뜨는 바람에 그녀는 깜짝 놀랐다. 그는 겁먹은 시선으로 그녀를 올려다보았다. 말을 하려고 하자, 몹시 쉰 데다 속삭이는 듯한 희미한 목소리가 흘러나왔다. 너무 희미해서 스테이시는 알아들을 수가 없었다.

그녀가 몸을 숙여 귀를 가까이 가져갔다.

"뭐라고?"

다시 한 번 희미하게 속삭이는 소리가 나왔다. 누군가의 이름을 말하려는 것 같았다.

"빌리?"

그녀가 물었다.

그가 눈을 감고 간신히 다시 떴다.

"빌리가 누구야, 에릭?"

그가 마른침을 삼키는 게 보였는데, 매우 고통스러워 보였다. 호흡 또한 고통스러워 보였다. 모든 게 다.

"난 빌리라는 사람 몰라."

그가 힘없이 고개를 약간 내저었다. 그는 애써 집중했고, 그녀는 그의 말을 헤아리려 애썼다.

"킬(Kill)…… 미(me)."

그가 말했다.

스테이시는 그를 빤히 처다보았다. 안 돼. 그녀는 속으로 외쳐댔다. 안 돼, 안 돼. 안 돼. 그가 다시 눈을 감고, 그냥 서서히 무의식 세계로 잠겨들기를 바랐다.

"그게…… 아프게 해……."

그녀는 고개를 끄덕였다.

"알아. 하지만……."

"제발……."

"에릭……."

"제발……."

스테이시는 울고 있었다. 덩굴이 에릭을 손도 대지 않고 놔둔 이유가 이것임을, 그녀는 깨달았다. 그가 죽어가는 걸 지켜보게 해, 그녀를 고문하는 것이었다.

"너는 괜찮을 거야. 내가 약속할게. 그냥 쉬기만 하면 돼."

무슨 힘이 났는지, 그 말에 에릭이 희미하게 비죽 웃어 보였다. 그는 손을 뻗어 그녀의 손을 꼭 쥐었다.

"부……탁……. 네가."

그 말은 스테이시에게는 감당하기 힘든 충격이었다. 그녀는 순간 입을 다물었다.

"그…… 나이프……."

그녀는 고개를 저었다.

"안 돼, 자기야. 쉿."

"부……탁……."

그가 말했다.

"부……탁……."

그가 계속 그럴 거라는 걸, 스테이시는 알 수 있었다. 태양이 그들 머리 위로 높이높이 떠오르는 동안, 그는 그녀 무릎에 고개를 파묻은 채, 피를 흘리고 고통스러워하며 그녀의 도움을 간청할 것이다. 그걸 끝내고 싶다면, 즉 그의 출혈, 고통, 간청을 끝내고 싶다면, 끝을 낼 장본인은 그녀밖에 없었다.

스테이시는 조심스레 그의 머리를 내려놓고 일어섰다. 그를 위해 가져오겠어. 그녀는 생각했다. 하지만 그가 하게 할 거야. 그녀는 공터 끝으로 걸어가, 덩굴 밭으로 들어갔다. 마티아스의 시체 앞에 쪼그리고 앉아 줄기들을 걷어냈다. 식물은 이미 그의 오른쪽 팔의 살점을 벗겨내고, 어깨까지 먹어치우는 중이었다. 그의 얼굴에는 아직 손을 대지 않아, 멀거니 뜬 두 눈이 그녀를 바라보고 있었다. 스테이시는 그의 눈을 감겨주고픈 충동이 일었다. 나이프는 아직 그의 가슴팍에 비죽이 튀어나와 있었다. 그녀가 칼자루를 잡고 잡아당기자 쑥 빠져나왔다. 그녀는 그걸 가지고 에릭에게 돌아갔다.

"여기 있어."

그녀가 말했다. 그리고 그의 오른손에 그걸 내려놓고, 손가락을 오므려주었다.

그는 다시 비죽 미소를 지어 보이고는, 머리를 내저었다.

"너무…… 힘이 없어."

그가 속삭였다.

"그러면 그냥 쉬는 게 어때? 가만히 눈을 감고……."

"네가……."

그는 나이프를 도로 그녀에게 내밀었다.

"네가……."

"난 못 해, 에릭."

"제발……."

그는 그녀의 손에 나이프를 내려놓고 꾹 눌렀다.

"제발……."

이젠 끝이 났다는 걸 스테이시는 직감했다. 에릭의 생명이. 그에게 지금 남은 것은 고통뿐이었다. 그는 그녀의 도움을 간절히 바라고 있었다. 지금 상황에서는 승낙을 해야 마땅한데도, 단지 겁이 나고 메스껍다는 이유만으로 그의 간청을 무시한 채 뒤로 물러나 앉아, 그가 내내 고통에 겨워하다가 서서히 죽음을 맞게 하는 것, 그게 오히려 죄악이 아닐까? 그의 고통을 잠재워줄 만한 힘이 있으면서도, 그녀는 그러지 않기로 선택했다. 그렇다면 그의 극심한 고통에 그녀도 일말의 책임이 있는 게 아닐까?

나는 누구일까? 스테이시는 또 그 생각이 떠올랐다. *나는 아직도 나일까?*

"어디를?"

그녀가 물었다.

그가 나이프를 쥔 그녀의 손을 잡고, 자신의 가슴으로 이끌었다.

"여기……."

칼끝은 흉곽 바로 앞에 닿아 있었다.

"그냥…… 밀어 넣어……."

그다음에는 나이프를 도로 뽑아서 옆으로 던져놓기만 하면 될 테고, 스테이시는 자신의 몸에게 어서 그 동작에 들어가라고 명령했다. 하지만 몸은 말을 듣지 않았다. 꼼짝도 하지 않았다.

"제발……."

에릭이 속삭였다.

그녀는 두 눈을 감았다. *나는 아직도 나일까?*

"제발……."

마침내 그녀는 행동에 들어갔다. 앞으로 몸을 기울이고 나이프를 힘껏 밀어 넣었다.

고통.

에릭이 그 순간 느낀 것은, 무엇인가 그의 가슴속에서 파열하는 듯한 고통이었다. 스테이시가 극도로 겁에 질린 채, 눈물이 그렁그렁해 자신을 내려다보는 게 보였다. 그는 말을 하려고 했다. 고마워. 그리고 미안해. 그리고 사랑해. 하지만 입에서는 말이 나오지 않았다.

칸쿤에서 어느 날 오후, 그들은 장난삼아 노변의 동물원에 들렀다. 동물이라고는 10여 마리밖에 되지 않았고, 그중 하나는 명칭은 얼룩말이지만 엉덩이에 검은 줄무늬를 그려 넣은 당나귀가 틀림없었다. 줄무늬 중 일부는 물감이 뚝뚝 떨어진 모양이 그대로 남아 있었다. 그들 네 사람이 그 앞에 서자, 명색뿐인 얼룩말은 갑자기 다리를 쭉 뻗고 오줌을 쌌는데 엄청난 양이 콸콸 쏟아졌다. 에이미와 스테이시는 주저앉아 숨이 넘어가게 웃어댔다. 어떤 이유에서인지 그 순간 에릭은 그때 기억을 떠올리고 있었다. 당나귀가 오줌을 싸고 여자들이 맞잡고 웃어대는 소리.

고마워. 그는 계속 말을 해보려고 애썼다. 미안해. 사랑해.

그리고 서서히 고통이 누그러졌다……. 모든 게…… 아득해지고…… 아득해지고…… 아득해졌다…….

덩굴이 그의 시체를 요구했다. 스테이시는 거기에 저항하지 않았다. 소용없는 짓이라는 걸 알았기 때문이다.

태양은 머리 바로 위에 떠 있었다. 이제 여섯 시간 남짓 후면 해가 질

것을, 그녀는 짐작할 수 있었다. 마티아스가 한 말이 떠올랐다.

"그게 오늘이 아닐 거라고 어떻게 장담할 수 있겠어?"

그녀는 거기에 희망을 걸어보기로 했다. 빛이 남아 있는 한, 그녀는 견딜 수 있었다. 두려운 것은 어둠, 즉 텐트 안에 혼자 누운 채 너무 무서워 잠도 들지 못할 거라는 생각이었다.

그녀는 자신이 최후까지 남을 재목이 아니라는 걸 잘 알고 있었다. 그 장본인은 제프여야 했다. 그라면 해가 서쪽을 향해 기울어가는 걸 보고도, 전혀 겁먹지 않았을 것이다. 먹을 것과 마실 물과 쉴 곳. 제프라면 그녀와 달리 모두 다 계획하고도 남았을 것이다. 사실 그녀에게 계획이란 것은 전혀 없었다.

그녀는 텐트 바깥에 앉아 남은 음식물, 즉 프레첼, 단백질 바 두 개, 건포도, 조그만 크래커 봉지 두 개를 먹어치우고, 콜라 캔과 아이스티 병으로 목구멍을 씻어 내렸다.

전부 다, 그녀는 전부 다 먹어치웠다.

그리고 공터를 물끄러미 바라보며, 이곳에서 죽은 수많은 사람들, 언덕 사방에 점점이 흩어진 둔덕의 이름 모를 주인들을 생각했다. 그 많은 고통, 그 많은 절망, 그 많은 죽음을.

불타오르는 건물에서 달아나겠다고 머리부터 거꾸로 떨어지는 걸, 계획이라고 할 수 있을까?

어느 늦은 밤 술이 얼근히 돈 네 사람이, 각자 원하는 자살 방법에 대해 이야기를 나누었다. 그녀는 에릭에게 기댄 채 침대에 올라앉아 있었다. 에이미와 제프는 바닥에 앉아, 건성으로 주사위 놀이를 했다. 늘 효율성을 따지는 제프는 알약과 비닐봉지를 이용하는 방법이 좋다고 말했다. 그게 고통도 없고 효과도 좋다고 주장했다. 에릭은 엽총을 제안했는데, 총신을 입에 물고 발가락으로 방아쇠를 당기면 된다고 했다. 에이미는 아주 높은 데 올라가는데, 직접 뛰어내리지는 않고 뒤에서 누가 밀어주면 좋겠다고 했고, 그러자 그걸 자살로 칠 수 있느냐며 설전이 벌어졌다. 결국 에이미가 한발 물러서, 빈 차고에서 차에 시동을 걸고 일산화탄소를 마시는 방법을 선택하기로 했다. 스테이시의 상상은 한층 구체적이었다. 배를 타고 먼 바다에 나가, 몸에 추를 달고 바다 밑으로 가라앉겠다는 것이었다. 남은 사람들에게 미스터리를 남기고 사라지므로, 자살로서는 매우 매력적인 방법이라고 여겼다.

물론 모두 농담으로 한 얘기였다. 순전히 장난삼아.

스테이시는 콜라와 아이스티의 카페인 성분이 몸에서 반응을 일으키는 게 느껴졌다. 양손을 들어 올려보니 바르르 떨고 있었다.

물론 여기에는 보트도 공회전하는 차도, 엽총이나 약도 없었다. 다른 방법을 찾자면, 갱로로 뛰어내려야 했다. 아니면 권양기의 로프로 목을 매야 했다. 그것도 아니면 언덕 밑에서 대기 중인 마야인들에게 화살이나 총탄을 맞아야 했다.

그리고 마지막으로 나이프가 있었다.

그게 오늘이 아닐 거라고 어떻게 장담할 수 있겠어?

그녀는 파라솔을 찾았는데, 지난번 폭우 때 부서진 걸 접착테이프로 이어 붙인 상태였다. 공터 한가운데에서 테킬라 병도 도로 집어 들었다. 그리고 언덕길을 내려가기 시작했다.

나이프도 함께.

그녀가 내려오는 걸 보고, 마야인들은 찬찬히 그녀를 살폈다. 피로 얼룩진 옷, 바르르 떨리는 손. 그녀는 공터 끝에 앉아 나이프를 무릎에 올려놓고, 어깨에 파라솔을 걸쳤다. 테킬라 병 마개를 열고 길게 들이켰다.

앞으로 이곳에 찾아오는 사람들에게 경고를 보낼 만한 방법을 생각해보기로 했다. 스테이시는 모르는 사람들의 생명을 구해낼 만큼, 영민하고 선견지명을 갖춘 사람이고 싶었다. 하지만 그 순간 바닥에 경고의 한마디가 새겨진 프라이팬이 떠올랐다. 그것은 곧 다른 사람들도 그녀와 같은 시도를 했다가 실패했다는 뜻이었다. 자신이라고 다를 게 없다는 걸, 스테이시는 깨달았다. 그렇다면 이제 그녀가 선택할 수 있는 방법이란, 말 없이 이 자리를 지키는 것, 즉 언덕길 입구에 자신의 조그만 뼈 더미가 서 있는 걸로 위험 신호를 보내는 길밖에 없었다.

술기운이 돌았다. 그녀는 잠자코 기다렸다. 머리 위에서 태양은 점차 서쪽으로 기울어가고 있었다.

아니, 그건 절대 계획이라고 할 수가 없었다.

스테이시는 테킬라를 나이프 칼날에 조금 붓고 셔츠로 문질렀다. 소용도 없고 가망도 없는 어리석은 짓임을 그녀도 알았지만, 그래도 일단은 핏자국을 없애고 싶었다.

서서히 땅거미가 내려앉을수록 그녀는 더욱 차분해졌다. 손이 떨리던 게 멈췄다. 그녀는 언덕에 들어온 후 일행한테 닥칠지 모를 많은 위험 때문에 두려웠지만, 고통은 그렇지 않았다. 그녀는 고통을 두려워하지 않았다.

마침내 태양이 서쪽 지평선에 가 닿은 순간 돌연 하늘이 불그스름하게 변했고, 스테이시는 충분히 기다렸다는 결론을 내렸다. 그리스인들은 오지 않는다. 오늘은. 그녀는 다가올 어둠에 대해 생각했고, 다시 한 번 텐트에 홀로 남아 무슨 소리라도 나는 게 아닐까 귀를 기울이는 모습을 상상했다. 그리고 이제는 선택의 여지가 없음을 깨달았다.

그녀는 잠시 기도에 대해 생각했다. 하지만 무엇을 놓고, *용서?* 그래봤자 어차피 기도할 대상도 없다는 결론을 금세 내려버렸다. 그녀는 신을 믿지 않았다. 지금껏 본능적으로 아무 생각 없이 늘 그렇게 말해왔지만, 지금은 생애 최초로, 그녀가 막 하려는 행동에 대해, 전적인 확신을 갖고 진지하게 말할 수 있었다. 그녀는 신을 믿지 않았다.

그녀는 왼쪽 팔부터 시작했다.

맨 처음 절개는 시험 삼아 하는 첫 시도였다. 이렇게 막다른 지경까지 와서도 스테이시는 스테이시였다. 침착하게 단번에 그었다. 예상했던 것보다는 아팠다. 하지만 견딜 수 있었다. 그 정도면 참을 수 있다고 믿었다. 물론 지금의 이 고통이란 최후의 순간이니만큼 그에 어울리는 무게를 더한 듯, 전에는 느껴보지 못한 강도로 다가왔다. 두 번째는 더 깊이 절개해, 손목 밑에서 시작해 팔꿈치까지 칼날에 힘을 주어 그었다.

피가 솟구쳐 나왔다.

그녀는 나이프를 왼쪽 손에 쥐었다. 손에 힘을 주는 게 힘들었다. 손가락이 한데 오므려지지 않고 피 때문에 미끈거리기도 했지만, 가까스로 칼날을 오른쪽 손목에 대고 죽 그을 수 있었다.

아마 날이 저물어서도 그럴 수 있겠지만, 그녀의 피는 생각했던 것보다 짙었다. 에릭이나 마티아스의 것하고는 확연히 다르게. 거의 검은색에 가까웠다. 그녀는 무릎에 양 손목을 내려놓았고, 피는 다리로 흘러내렸는데 처음에는 따뜻하게 느껴지다가, 주변에 고이기 시작하자 점차 차가워졌다. 이 액체가 자신의 일부였다는 것, 또한 몸 안에서 계속 줄어들고 있다는 사실이 묘한 기분이 들게 했다.

마야인들은 그녀를 바라보고 있었다. 여자들이 야영하던 물건들을 챙겨 짐을 꾸리는 걸로 보아, 그녀가 최후까지 왔다는 걸 그들도 알아챈 것 같았다.

스테이시는 심장이 거세게 고동치고 시시각각 더욱 빠르게 뛸 거라고 예상했지만, 실상은 정반대였다. 모든 게, 즉 그녀의 안과 밖에서 모든 게 점차 느려지는 것 같았다. 자신이 너무나 차분한 데 대해 그녀는 놀랐다.

나는 아직도 나일까?

덩굴이 그녀를 향해 뱀처럼 팔을 뻗었다. 그게 피를 빨아 먹는 소리가 들렸다.

권양기에서 로프를 잘라냈어야 했다는 생각이 퍼뜩 떠올랐다. 왜 그 생각을 못 했을까? 하지만 자신의 몸이 여기에 파수꾼으로 남아서, 앞으로 찾아오는 사람들에게 경고를 보낼 테니 어차피 상관없다고 여겼다. 하지만 그렇지 않다는 걸 이내 깨달았다. 이미 줄기들이 그녀를 붙들고 언덕 길에서 덩굴 밭으로 끌어당기는 게 느껴졌다. 그녀는 남은 힘을 동원해 최대한 저항하고자 어떻게든 일어서려고 했지만 이미 늦었다. 너무 늦어 버렸다. 그녀에게는 남은 힘이 없었다. 덩굴은 그녀를 쓰러뜨리고, 그녀를 뒤덮고, 완전히 그 품속에 파묻었다. 그녀는 바다 밑으로 가라앉는 걸 느끼며 죽음을 맞았다. 추의 무게로 그녀는 점점 더 깊이 물속으로 빨려 들어갔고, 녹색 파도가 머리 위로 뒤덮였다.

그리스인들은 사흘 후에 도착했다.

그들은 코바까지 버스를 타고 가서, 노란 픽업트럭을 고용해 숲길까지 찾아왔다. 칸쿤에서 세 명의 브라질 사람들과 친구가 되었는데, 그들도 모험에 동행했다. 브라질인들의 이름은 안토니오, 리카르도, 그리고 소피아였다. 후안과 돈키호테는 소피아에게 흠뻑 빠졌지만, 그녀는 이미 리카르도와 미래를 약속한 사이 같았다. 그리스인들은 포르투갈 말을 모르고, 브라질 사람들은 물론 그리스어를 몰랐기 때문에, 그걸 확인하기란 몹시 애매했다.

그래도 그들은 함께 어울리는 게 재미있었다. 정글로 오는 도중에도 내내 수다를 떨며 웃어댔다. 리카르도는 맥주와 샌드위치가 가득 든 휴대용

쿨러를 들고 왔다. 안토니오는 커다란 대형 라디오를 들고 와서는, 같은 CD를 계속 반복해 틀어대며 그리스인들에게 살사 춤을 가르치려고 들었다. 후안과 돈키호테는 거기에 적극 응수했다. 자신들의 서툰 몸짓을 보고 소피아가 깔깔 웃는 게 좋았기 때문이다.

폐허로 이어지는 갈림길은 어렵지 않게 찾아냈다. 좁다란 숲길을 위장하기 위해, 많은 발길들이 오간 흔적이 고스란히 남아 있었다. 흙이 잘 다져진 데다, 관목들이 부러져 있었다.

그들이 막 샛길로 들어가려고 할 무렵, 리카르도가 황무지 한쪽 끝에 선 조그만 소녀를 발견했다. 열 살쯤 된 자그마한 소녀는 후줄근한 원피스를 입고, 목에 줄을 맨 염소를 데리고 있었다. 그녀는 당황한 듯 보였다. 팔짝팔짝 뛰며 그들에게 손짓을 했다. 그들은 우뚝 멈추고 바라보았다. 가까이 오라고 손짓을 보내고, 리카르도는 샌드위치까지 꺼내 보였지만, 소녀는 다가오지 않고 결국 그들도 포기했다. 햇살이 따가웠다. 목적지에 거의 다다른 걸 그들은 알고 있었고, 어서 빨리 도착하고 싶어 조바심이 났다.

그들은 샛길을 내려가기 시작했다.

후안과 안토니오가 돌아보니, 소녀가 염소 줄을 내려놓고 정글로 내달리고 있었다. 그들은 서로 어깨를 으쓱 움직이며 싱긋 웃었다. *알게 뭐야?*

숲을 통과하고 조그만 시냇물을 건너자, 돌연 밝은 햇살이 그들 앞에 나타났다.

공터.

그 공터 뒤로는…… 꽃으로 뒤덮인 언덕.

그들은 언덕의 아름다운 경치에 넋을 잃고 걸음을 멈추었다. 리카르도가 쿨러에서 맥주 한 병을 꺼내 다들 나눠 마셨다. 그들은 꽃을 가리키며 얼마나 기가 막히게 예쁜지를 각자 언어로 늘어놓았다.

그러고는 줄지어 다시 걸음을 떼어놓기 시작했다.

말을 몰고 온 남자가 뒤이어 당도하는 소리는, 들을 틈이 없었다. 그들은 이미 언덕 저 위로 올라가, 파블로의 이름을 외쳐 부르고 있었다.

THE
RUINS